Eichendorffs Gedichte gehören zu den bekanntesten Werken der deutschen Romantik; doch hat man sie darum nicht besser verstanden: sie wurden als harmlose Wanderburschenlieder, als oberflächliche Natur- und Stimmungsbilder verkannt. Inzwischen aber weiß man, daß den immer wiederkehrenden Bildern von Wald und Heimat eine tiefere Bedeutung zukommt, daß sich hinter den formelhaften Wendungen dieser Lyrik komplexe Symbole verbergen: »Die Erfahrung des modernen Elements in Eichendorff, das heute wohl erst offenliegt, führt am ehesten ins Zentrum des dichterischen Gehalts. Es ist wahrhaft antikonservativ: Absage ans Herrschaftliche, an die Herrschaft zumal des eigenen Ichs über die Seele. Eichendorffs Dichtung läßt sich vertrauend treiben vom Strom der Sprache und ohne Angst, in ihm zu versinken.« (Theodor W. Adorno) Die Ausgabe bietet die gesamte Lyrik des Dichters zeitlich geordnet und in der ursprünglichen Form der Erstdrucke, dazu in allen späteren Fassungen. Sie bezieht dabei auch die Schüler-Gedichte aus Breslau, die Übertragungen aus dem Spanischen, die Versepen und die gemeinsam mit dem Bruder Wilhelm verfaßten Gedichte mit ein.
Die Texte folgen der von Hartwig Schultz herausgegebenen Eichendorff-Edition im Deutschen Klassiker Verlag.
Der Herausgeber: Hartwig Schultz, geboren 1941. Dr. phil. habil. Seit 1974 Leiter der Brentano-Arbeitsstelle im Freien Deutschen Hochstift (Frankfurter Goethe-Museum), Mitherausgeber der historisch-kritischen Clemens-Brentano-Ausgabe, seit 1980 Privatdozent an der Johannes-Gutenberg-Universität in Mainz. Zahlreiche Veröffentlichungen.

insel taschenbuch 3158
Joseph von Eichendorff
Sämtliche Gedichte
und Versepen

JOSEPH VON EICHENDORFF
SÄMTLICHE GEDICHTE UND VERSEPEN

Herausgegeben von
Hartwig Schultz

Insel Verlag

insel taschenbuch 3158
Erste Auflage 2005
Insel Verlag Frankfurt am Main und Leipzig

Hinweise zu dieser Ausgabe am Schluß des Bandes
Vertrieb durch den Suhrkamp Taschenbuch Verlag
Umschlag nach Entwürfen von Willy Fleckhaus
Druck: Ebner & Spiegel, Ulm
Printed in Germany
ISBN 3-458-34858-1

1 2 3 4 5 6 – 10 09 08 07 06 05

GEDICHTE
VERSEPEN

INHALT

GEDICHTE

1807-1810

In wildem Wechsel treibt das flüchtge Leben.
Bang schwebt der Schiffer auf den fliehenden Wogen,
Vorüber Land und Menschen fortgezogen,
Es muß wohin die vollen Segel streben.
In Dämmrung sieht er noch die Heimat ragen,
Cypressen aus vergeßnen Blumenwogen;
Herüber schimmert's hold wie Regenbogen,
Er steht allein – und kann nur sehnend klagen;
Nichts weilt, doch aus der Erinnrung süßen Schmerzen,
Da blühen wieder die verklungnen Zeiten;
Ob auch die lieben Stunden längst vergangen,
Ruht doch ihr stilles Bild in träum'nden Herzen
Frühlingen gleich von Zauberschein umfangen,
Freundlich durchs ganze Leben zu geleiten.

BEIM ERWACHEN
An M. H.

Tiefer ins Morgenrot versinken die Sterne alle,
Fern nur aus Träumen dämmert dein Bild noch vorüber,
Und weinender tauch' ich aus seliger Flut. –

Aber im Herzen tief bewahr' ich die lieben Züge,
Trage sie schweigend durch des Tages Gewühle
Bis wieder zur stillen träumenden Nacht. –

SEHNSUCHT

Selig, wer zur Kunst erlesen,
Ruhig in getreuer Lust,
Hoher Dinge seltsam Wesen,
Selber froh erschreckt, mag lesen
In der Wundervollen Brust!

Wie die Rosse mutig scharrten!
Ach! die Freunde sind voraus!
Draußen blüht der schöne Garten,
Draußen Wald und Liebchen warten,
Und ich kann nicht, kann nicht raus!

Bleib'·ich ewig fern vom Glücke? –
Wen die Treue ganz durchdrang,
Einmal trafen Liebesblicke,
Ach! er kann nicht mehr zurücke,
Und ich kniee Lebenslang.

Lodert, lodert heil'ge Kerzen!
Bleibet unerhört mein Flehn:
Will ich in den Freuden, Schmerzen,
Mit dem unentweihten Herzen
Treu und heilig untergehn.

VARIAZION

Ewig's Träumen von den Fernen!
Endlich ist das Herz erwacht
Unter Blumen, Klang und Sternen
In der dunkelgrünen Nacht.

Schlummernd unter blauen Wellen
Ruht der Knabe unbewußt,
Engel ziehen durch die Brust,
Oben hört er in den Wellen
Ein unendlich Wort zerrinnen,
Und das Herze weint und lacht,
Doch er kann sich nicht besinnen
In der dunkelgrünen Nacht.

Und der Frühling will sich bläuen,
Aus der Grüne, aus dem Schein

Ruft es lockend: Ewig Dein! –
Aus der Minne Zaubereien
Muß er sehnen sich nach Fernen,
Denkend der alten Wunderpracht
Unter Blumen, Klang und Sternen
In der dunkelgrünen Nacht.

Heil'ger Kampf nach langem Säumen,
Wenn süßschaudernd an das Licht,
Lieb' in dunkle Klagen bricht!
Aus der Schmerzen Sturz und Schäumen
Steigt Geliebte, Himmel, Fernen,
Endlich ist das Herz erwacht
Unter Blumen, Klang und Sternen
In der dunkelgrünen Nacht.

Und der Streit muß sich versöhnen,
Und die Wonne und den Schmerz
Muß er ewig himmelwärts
Schlagen nun in vollen Tönen:
Ewig's Träumen von den Fernen!
Endlich ist das Herz erwacht
Unter Blumen, Klang und Sternen
In der dunkelgrünen Nacht.

VARIAZION

Wenn die Klänge nah'n und fliehen,
In den Wogen süßer Lust,
Ach! nach tiefern Melodieen
Sehnt sich einsam oft die Brust.

Wenn auf Bergen blüht die Frühe,
Wieder buntbewegt die Straßen,
Freut sich alles, wie es glühe,
Himmelwärts die Erde blühe;

Einer doch muß tief erblassen,
Goldne Wunder, Sternenlust
Wollten ewig ihn nicht lassen –
Sehnt sich einsam nun die Brust.

Und aus solcher Schmerzen Schwellen,
Was so lange dürstend rang,
Will ans Licht nun rastlos quellen,
Stürzend mit den Wasserfällen
Himmelstäubend, jubelnd, bang,
Nach der Ferne sanft zu ziehen,
Wo so himmlisch Rufen sang,
Ach! nach tiefern Melodieen.

Blüten licht nun Blüten drängen,
Daß er vor Glanz möcht' scheu erblinden;
In den dunklen Zaubergängen,
Von den eigenen Gesängen
Hold gelockt, kann er nicht finden
Aus dem Labyrinth der Brust.
Was er liebt, will's treu verkünden
In den Wogen süßer Lust.

Doch Waldsrauschen, Quellenlieder,
Wie er so will ewig knieen,
Kommen zaubrisch immer wieder
Und begeistert schaut er nieder:
»Wenn die Klänge nah'n und fliehen
In den Wogen süßer Lust,
Ach! nach tiefern Melodieen
Sehnt sich einsam oft die Brust!«

MARIA MAGDALENA

Duftig blühte Abendröte,
Aus dem prächt'gen Meeres-Schlosse

Trat die schöne Magdalena
Prangend für auf dem Balkone,
Aus der dunklen Nacht des Haares
Edelsteine zaubrisch lockend,
Um der Glieder blühend Schwellen
Buhlend blaue, laue Wogen,
Trunkne Blicke, wie aus langen
Schönen Träumen erst gehoben,
Durstig blühend in die Ferne;
Und die Ströme tönend zogen,
Und die Nachtigallen schlugen,
Berge, Auen, Wälder, Bronnen,
Von so überholden, reichen
Sternes Strahlen angesogen,
Tiefe Sehnsucht auszusagen,
Sendend Blicke still nach oben,
Standen, Eine glüh'nde Blume
Zart aus Duft und Klang gewoben,
Wie in Träumen ganz versunken,
Aufgericht't im Abendgolde.
Da sprach Sie in holden Tönen
In die Düfte vom Balkone:
Süße Lüste! Süße Lüste!
Kommt ihr wieder angeschwommen
Von dem still erblühten Meere,
Wenn Duft, Sang nicht lassen wollen,
Hold zu irren in den Gängen,
Durch die fall'nden Blütenflocken
Oder an des Stromes Ufer
Einzuschlummern süßverworren
Bei den Nachtigallenliedern
Unter den verträumten Rosen,
Süße, holde, blüh'nde Knaben,
An den Busen fest gezogen,
Süß verführet, zu verführen,
Alles Leben, glüh'nde Wonne
Flüsternd, schmachtend, liebermattet,

Zu versenken in den vollen
Sanfterschloss'nen, Duftberauschten
Busen tief der Zauber-Rose! –
Und doch wieder, wie so eigen
Kommt so wunderbares, großes
Bangen über Flüsse, Palmen
Oft mir an das Herz geflogen,
Daß ich plötzlich in der Freude
Einsam steh' und tiefbeklommen.
Und ach! niemand, wie ich bange,
Deutet mir, von wannen kommen
Solche Süße, solches Wehe,
Solche tiefbewegend' Worte,
Und ich muß in Tränen sagen,
Wenn schon goldne Nacht begonnen:
Ach! viel andre hohe Wunder
Ruhn' wohl in der Brust verborgen.

ANTWORT

An H. Gf. v. Loeben

Demütig kniet ich vor der Jungfrau Bilde,
Erflehend nur ein einzig Liebes-Zeichen,
Das nicht in Angst und Pein möcht' von mir weichen.
Sie gab mir – Mut und Andacht milde.

Nun drängt ein Schmerz mich süß und sanft und wilde,
Daß ich mir ihrer Wunder Himmelreichen,
Die weiter als mein ird'sches Leben reichen,
Wie ich sie himmlisch schau', die Schöne bilde.

Mir fehlen Töne noch und Himmelsfrieden;
Dir ward Erfüllung frühe schon beschieden,
Dein Himmel ist, wo zauberte dein Beten.

Hast du den höchsten Wunsch mir nun genommen,
Werd' ich demutsvoll wieder vor Dich treten;
Eins sein mit Dir, kann nur allein mir frommen.

SESTIME

Von Bergeshöhen Abendstrahlen fließen
Durch goldne Wipfel, die sehnsüchtig rauschen;
Da nun die Flur umblüht so selig Träumen,
Ist auch die Erde wohl ein duft'ger Himmel,
Wo aufgegangen hold der Blumen Sterne,
Als goldne Wolken ziehn der Vögel Lieder.

So mögen auch der Schäferflöte Lieder
Aus jungem Herzen durch die Zauber fließen!
O Töne süß! nehmt mit euch Düft' und Sterne
Und Dunkelgrün und sanfter Quellen Rauschen,
Daß Sie, besingt von solch' zaubrischem Träumen,
Auf Flur und Au auftut der Augen Himmel.

So schwüle stand der dunkelblaue Himmel;
Wohl fühlt' ich innerst überschwenglich' Lieder,
Hört' ich von fern der silbernen Ströme Fließen,
Des großen Frühlings ewig lockend Rauschen,
Durch meine Nächte wandeln einsam' Sterne –
Doch nicht erholen konnt' ich mich vom Träumen.

O süßer Kuß, so mich geweckt vom Träumen!
O süßer Abgrund in der Augen Himmel,
In den nun sanken meiner Blicke Sterne!
Jetzt sagen nur die langverhaltnen Lieder,
Der Tränen Bronnen, die so süße fließen,
Von ew'ger Treu' in kühlen Waldes Rauschen.

Betrachtend solcher Schöne süß' Berauschen,
Die nur von Blumen, Sternen scheint zu träumen,

Sag' ich gar oft: Solch Liebreiz mußt' vom Himmel
In stiller Nacht von goldnen Sternen fließen,
Da, wie der Erd' enthoben meine Lieder
Nun sich besprechen mit euch, Monden, Sterne.

Euch Abendhügel und euch, goldne Sterne,
Schon funkelnd durch des dunkeln Waldes Rauschen,
Ihr Augen aus der Nächte Liebes-Träumen,
Euch schwört die junge Brust voll frommer Lieder:
Stets werd' ich knieen unter diesem Himmel,
Der so mit ew'gem Lenz will auf mich fließen!

Ihr Glanzgewand seh' ich vom Hügel fließen,
Nun senkt euch ganz süß Dunkelheit und Sterne,
Webend um uns den goldensten der Träume!

KANZONE

Daß der verlornen Heimat es gedächte,
Schlugen ans Herz des Frühlings linde Wellen,
Wie ew'ger Wonnen schüchternes Vermuten.
Geheimer Glanz der lauen Sommernächte!
Du grüner Wald! Verführend Lied der Quellen!
Des Morgens Pracht, stillblüh'nde Abendgluten,
Fragend: wo Lust und Schmerz so lange ruhten,
Das Herz süß zu verdunkeln und zu hellen?
Wie tut ihr zaubrisch auf die alten Wunden,
Daß sie, nun losgebunden, in die Schimmer bluten!

O! selge Zeit der vor'gen Himmelsbläue,
Der ersten Andacht, solch' inbrünstger Liebe,
Die ewig wollte knieen vor der Einen!
Demütig in der Glorie des Maie,
Hob sie den Schleier oft, daß offen bliebe
Der Augen Himm'l, die Auen zu bescheinen.
Da durft' das junge Herz noch endlos weinen,

Spielen im Himmelsglanz die grünen Triebe,
Vor großer Wonne mußt' ich damals klagen
Von andern Tagen, ew'ger Treu und Liebespeinen.

Wie damals blühte jetzt der Morgen ferne,
Ein Strom zog hin, drauf schwebt' ein goldner Nachen.
Nicht trügrisch waren wohl und wahngeboren
Die Worte, da nun Fels, Strom, Bäum' und Sterne
Also ihr tiefes nächtlich Schweigen brachen:
So einsam fühlt das Herz sich und verloren,
Sieht sich's, vor Andren zauberhaft erkoren,
Von ird'scher Lust zu Himmelsschmerz erwachen.
So wirf von dir das Zagen und das Mühen!
Die Segel blühen nach den offnen Strahlentoren!

»So nimm mich, Strom! Ich mag nicht länger säumen!«
Ein Adler schweifte oben durch die Lüfte,
Wie schlug sein Flug ans Herz mir lockend wilde!
Und wie die Gluten um die Brust ihm bäumen,
Er trunken sinkt zum Morgenbrand der Düfte,
Trat funkelnd die Sonne über die Gefilde,
In Duft zerrannen beide Ufer milde
Und wortreich Schweigen wandelt' durch die Lüfte.
Erschrocken kniet' ich nieder auf den Wellen
Vor des Meers hellen geheimnisvollem Bilde.

Aber die Nacht mit ihren Wunder-Reichen,
Wie ich so kniet', große Gebet' im Herzen,
Blieb heilig stehn in meinem inn'rsten Wesen,
Da kann ich lesen still die sicherführ'nden Zeichen.

KANZONE

O, Tage süß, euch muß ich wohl beklagen,
Da von den Bergen Waldhornsklänge kamen,
Die durch die Bläue schienen licht zu gehen,

Und alle Trübnis von den Auen nahmen,
Verkündend mir, es hab' nun aufgeschlagen
Der Lenz sein grünes Reich auf Waldeshöhen,
Auf blauem Fluß, auf Tal'n und stillen Seen.
Da tönte Waldesgrund von Rosseshufen,
Den grauen Winter fühlt' ich von mir streifen
Ließ große Wünsche durch die Grüne schweifen,
Die zogen mit der Klänge Lust und Schmerze,
Und grün und kühl war selber noch mein Herze.

Wie oft mußt' ich damals von wilder Stelle
In See'n und Tales grüne Schwüle tauchen
Der kühnen Blicke mutiges Verlangen,
Meinend, es müßte vor den jungen Augen
Die wurzelnd nur in ew'ger Morgenhelle,
Ein schönrer Lenz noch auferstehn mit Prangen,
Zu stillen dieses Mittags blaues Bangen,
Wo süßgeladen nun von blauen Winden
Das ⟨. . .⟩ Herze fröhlich könnte binden
Der Wünsche blüh'nde Segel von den Banden
An ferner Heimatsküste hold zu landen.

Wohl hob sich dieser Lenz nun von den Matten,
Seit ich Sie sah zaubrisch durchs Grün gegangen,
Wo nur von Ihrer Augen Himmelsräumen,
Dem Abendrot der Wangen,
Der Locken Zaubernacht, die schwül' umschatten
Des jungen Busens liebesel'ge Hü⟨gel⟩, ⟨. . .⟩
Mir doch verwehrt Herbst des Herzens Grünen,
Wo trübe Nebel nur und Weh sich mehren;
Denn nie wird ihm dies Himmels blüh'nd Einkehren,
Ein einzig Liebeswort nur zu vertrauen
Dem Einsamen auf den verwirrten Auen.

Wie oft reit' ich in morgenroten Stunden,
Den Durst zu stillen nach dem süßen Leide,
Das Waldhorn noch mein mutiger Genosse,

Des Morgens Scheine funkelnd Jagdgeschmeide,
Das blühend legend sich um meine Wunden,
Süßzaubrisch spielt an Brust und dunklem Rosse
In grünem Grund vorüber an dem Schlosse,
Wenn Sie vom Söller süßverträumte Blicke
Läßt in des Morgens frischen Zauber streifen,
Oft sinnend wohl des Reiters trostlos Schweifen,
Den blauen Fluß und Wald und Au betrachtend –
Was Reiter, Horn und Fluß will sag'n, nie achtend.

So will der Schmerz in Waldsnacht wiederkehren,
Wo Ströme braus'n und einsam' Felsen ragen,
Die alten Klänge grün um ihn geschlagen.
Vielleicht befällt Sie fern im Tal einst Reue,
Wenn sie so sagen von des Jägers Treue.

AN ISIDORUS ORIENTALIS
zu den Sonetten an Novalis

Erwartung wob sich grün um alle Herzen
Als wir die blaue Blume sahen glühen,
Das Morgenrot aus langen Nächten blühen, –
Da zog Maria ihn zu ihrem Herzen.

Die Treuen schlossen sich in tausend Schmerzen,
Erfüllung betend wollt'n sie ewig knieen;
Da sahn sie neuen Glanz die Blume sprühen,
Ein Kind stieg licht aus ihrem duft'gen Herzen. –

Solch' Glühen muß der Erde Mark durchdringen,
In Flammen alle Farben jauchzend schwingen,
Ein Gotterklungner unermeßner Brand!

Wie ruft es mich! – Reich' fester mir die Hand –
Hinunter in den Opfertod zu springen!
Du wirst uns all' dem Vater wiederbringen!

Von trüber Bangigkeit war ich so eng befangen,
Da sprach Waldhorn zu mir aus blauen Weiten:
»Mir nach! Durch unbekannte Lande schreiten!«
Rief immer fern und fern – konnt's nie erlangen.

»Wo führst mich endlich hin? sprach ich voll Bangen,
Weit Freund' und Welt von diesen Einsamkeiten!«
Da klang es fern und nah wie alte Zeiten,
Dich sah ich fröhlich stehn am Bergeshange.

Und unten lag ein weites Land so helle,
War aufgetan die ew'ge Farben-Quelle,
Nach Osten sah man fromme Pilger ziehen.

So nimm nur alles, was ich lieb' und habe,
Gern laß ich ja die Welt und ihre Gabe,
Mit dir nur, Retter, will ich ewig ziehen!

ERMUNTERUNG

Waldhorn bringt Kund' getragen,
Es hab' nun aufgeschlagen
Der Lenz sein grünes Reich
Auf Bergen, Fluß und Teich.

In's Grün ziehn Klang und Reiter,
Ein jeglich Herz wird weiter,
Zög' gerne mit in's Grün,
Wollt' mit in's Blaue blühn.

Was stehst du so alleine
Pilgrim, im bunten Scheine?
Lockt dich der Wunderlaut
Nicht auch zur fernen Braut?

Kommt Liebesblick geschossen,
Der klare Strom geflossen,
Zur Heimat geht der Schein –
Was stehst du so allein?

»Ach! diese tausendfachen
Heiligverschlungnen Sprachen,
So lockend Lust wie Schmerz
Zerreißen mir das Herz!

Ein Wort will mir's verkünden,
Oft ist's, als müßt' ich's finden,
Und wieder ist's nicht so,
Und ewig frag' ich: Wo?«

Auf einsam hoher Stelle
Steht eine Waldkapelle,
Grüßt Wolken, Strom und Tal,
Die Pilger allzumal.

Eine heilige Romanze,
Das Tal im Abendglanze
Will dich an's Herze ziehn –
Dort magst du niederknien:

»Viel ist noch zu vollbringen,
Herr Gott, laß uns bezwingen
Die Trübnis und die Nacht,
Der Treuen Herze wacht!«

Wie heiter die Gebärde!
Verwandelt blüht die Erde,
Das Herz schlägt stark und frei,
All' Trübnis ist vorbei!

FRÜHLINGSANDACHT

I.

Was wollen mir vertraun die blauen Weiten,
Des Landes Glanz, die Wirrung süßer Lieder?
Mir ist so wohl, so bang'! – Seid ihr es wieder,
Der frommen Kindheit stille Blumenzeiten? –

Wohl weiß ich's – dieser Farben heimlich Spreiten
Deckt einer Jungfrau strahlend reine Glieder;
Es wogt der große Schleier auf und nieder,
Sie schlummert drunten fort seit Ewigkeiten.

Mir ist in solchen linden blauen Tagen,
Als müßten alle Farben auferstehen,
Aus blauer Fern' Sie endlich zu mir gehen.

So wart' ich still, schau' in den Frühling milde,
Das ganze Herz weint nach dem süßen Bilde,
Vor Freud'? Vor Schmerz? – Ich weiß es nicht zu sagen.

II.

In Lust und Scherzen dreh'n sich leichte Tage,
Von weißen Armen ruhet Lieb' umwunden,
Der Sänger schweift allein in Waldesgrunde,
Nur Waldhorns-Klang will, was er sucht, ihm sagen.

Es bringt der Lenz so glänzend Spiel getragen,
Durch's farb'ge Land die Ströme hell gewunden,
All' bunte Schifflein wieder losgebunden!
So zieh' doch fröhlich mit! – Wer wollt' noch zagen?

Doch daß im bunten, lichten Tanz des Maien
Der Einz'ge nur allein nicht länger weine,
Sieht er als Blume sich den Lenz erschließen;

Und aus dem duft'gen Kelch im Glorienscheine
Neigt sich die ew'ge Jungfrau, hebt den Treuen
An ihre Mutterbrust mit tausend Küssen.

AN MARIA

Viel Lenze waren lange schon vergangen,
Vorüber zogen wunderbare Lieder,
Die Sterne gingen ewig auf und nieder,
Die selbst vor großer Sehnsucht golden klangen.

Und wie so tausend Stimmen ferne sangen,
Als riefen mich von hinnen sel'ge Brüder,
Fühlt' ich die alten Schmerzen immer wieder,
Seit Deine Blicke, Jungfrau, mich bezwangen.

Da war's, als ob sich still Dein Auge hübe;
Lang'st sehnsuchtsvoll nach mir mit offnen Armen,
Fühlst selbst die Schmerzen, die Du mir gegeben. –

Umfangen fühl' ich innigst mich erwarmen,
Berührt mit goldnen Strahlen mich das Leben;
Ach! daß ich ewig Dir am Herzen bliebe.

AN DEN HEILIGEN JOSEPH

Wenn trübe Schleier alles grau umweben,
Zur bleichen Ferne wird das ganze Leben,
Will Heimat oft sich tröstend zeigen;
Aus Morgenrot die goldnen Höhen steigen,
Und aus dem stillen, wundervollen Duft
Eine wohlbekannte Stimme hinüberruft.

Du warst ja auch einmal hier unten,
Hast ew'ger Treue Schmerz empfunden;

Maria war lange fortgezogen,
Wie einsam rauschten rings die dunklen Wogen!
Da breitet' Sie von oben die Arme aus:
Komm' treuer Pilger, komm' auch nach Haus!

Seitdem ist wohl viel anders worden,
Treulieb' auf Erden ist ausgestorben.
Wem könnt' ichs, außer Dir, wohl klagen,
Wie oft in kummervollen Tagen
Mein ganzes Herz hier hofft und bangt,
Und nach der Heimat immer fortverlangt?

Bitt' für mich bei Maria und ihrem Kinde,
Daß sie mir vergeben meine Sünde,
Schicken einen bald'gen Tod gelinde.
Von der Heimat kommen die blauen Winde,
Die Wimpel jauchzen – das Schifflein los,
Maria! Nimm' mich auf in Deinen Gnadenschoß!

RETTUNG

Ich spielt', ein frommes Kind, im Morgenscheine,
Der Frühling schlug die Augen auf so helle,
Hinunter reisten Ström' und Wolken schnelle,
Ich streckt' die Arme nach in's Blaue, Reine.

Doch nur die Blumen wußten, was ich meine,
Und träumend schwamm ich fort auf blauer Welle,
Wußt' nicht, ob Liebe mir den Busen schwelle,
Von fern rief's immer fort: Ich bin die Deine.

Da kam ein alter Mann gegangen
Mit hohlen Augen und bleichen Wangen,
Er schlich gebogen und schien so krank;
Ich grüßt' ihn schön, doch für den Dank
Faßt' er mich tückisch schnell von hinten,

Schlug um die Augen mir graue Binden,
Daß ich bis in's innerste Herz mußt' erblinden.
Und wie ich rang und um Hülfe rief,
Geschwind noch ein anderer zum Alten lief,
Und von allen Seiten kamen Menschen gelaufen,
Ein dunkelverworrner, trübseliger Haufen.
Die drängten mich gar enge in ihre Mitte,
Führten mich wohl weit weg mit eiligem Schritte.
Wie wandt' ich sehnend mich oft zurücke!
Die Heimat schickte mir Abschiedsblicke,
Die Büsche langten nach mir mit grünen Armen,
Die Quellen weinten um mich Armen,
Es schrie'n die Vöglein zum Erbarmen.
Doch die Alten hörten nicht die fernen Lieder,
Summsten düstere Worte nur hin und wieder,
Führten mich endlich in ein altes Haus;
Da wogt' es unten in Nacht und Graus,
Drüber dehnte sich ein Qualm und Dunkel,
Zwischendurch blitzender Augen Gefunkel. –
Da ließen sie mich Armen allein und gebunden.

Da schaut' ich weinend aus meinem Kerker
Hinaus in das Leben durch düstern Erker,
Und unten sah ich den Lenz sich breiten,
Blühende Träume über die Berge schreiten,
Drüber die blauen unendlichen Weiten.
Durch's farbige Land auf blauen Flüssen
Zogen bunte Schifflein, die wollten mich grüßen.
Vorüber kamen die Wolken gezogen,
Vorüber singende Vöglein geflogen;
Es wollt' der große Zug mich mitfassen,
Ach! Menschen, wann werd't ihr mich wieder hinunter lassen!

Und im dunkelgrünen Walde munter
Schallte die Jagd hinauf und hinunter,
Eine Jungfrau zu Roß und blitzende Reiter
Über die Berge immer weiter und weiter;

Rief Waldhorn immer fort dazwischen:
Mir nach in den Wald, den frischen!
Ach! weiß denn niemand, niemand um mein Trauern?
Wie alle Fernen mir prophetisch singen
Von meinem künft'gen wundervollen Leben.

Von innen fühlt' ich blaue Schwingen ringen,
Die Hände konnt' ich innigst betend heben,
Da sprengt' ein großer Klang so Band wie Mauern.

Da ward ich im innersten Herzen so munter,
Schwindelten alle Sinne in den Lenz hinunter;
Weit waren kleinliche Mühen und Sorgen,
Ich sprang hinaus in den farbigen Morgen.

DER FROMME

Es saß ein Kind gebunden und gefangen,
Wo vor der Menschen eitlem Tun und Schallen
Der Vorzeit Wunderlaute trüb verhallen;
Der alten Heimat dacht' es voll Verlangen.

Da sieht sie draußen Ströme, hell ergangen,
Durch zaub'risch Land viel Pilger, Sänger wallen,
Kühl rauscht der Wald, die lust'gen Hörner schallen,
Aurora scheint, so weit die Blicke langen. –

O laß die Sehnsucht ganz Dein Herz durchdringen!
So legt sich blühend um die Welt Dein Trauern
Und himmlisch wird Dein Schmerz und Deine Sorgen.

Ein frisch Gemüt mag wohl die Welt bezwingen,
Ein recht Gebet bricht Banden bald und Mauern:
Und frei springst du hinunter in den Morgen.

*

Willkommen, Liebchen, denn am Meeresstrande!
Wie rauschen lockend da an's Herz die Wellen
Und tiefe Sehnsucht will die Seele schwellen,
Wenn and're träge schlafen auf dem Lande.

So walte Gott! – ich lös' des Schiffleins Bande,
Wegweiser sind die Stern', die ewig hellen,
Viel Segel fahren da und frisch' Gesellen
Begrüßend uns von ihrer Schiffe Rande.

Wir sitzen still, gleich Schwanen zieht das Segel,
Ich schau' in Deiner Augen lichte Sterne,
Du schweigst und schauerst heimlich oft zusammen.

Blick' auf! Schon schweifen Paradieses-Vögel,
Schon wehen Wunderklänge aus der Ferne,
Der Garten Gottes steigt aus Morgenflammen.

DIE WUNDERBLUME

Es war die Nacht so wunderbar, so schwüle,
Weit ab wohl lagen dunkle Länder viele,
Die Ströme hört' ich ferne gehen,
Doch, wo ich war, konnt' ich nicht sehen.

Und ferne sah ich aus dem grauen Schweigen
Seltsam verschlungne Wunder dunkel steigen,
Stumm gehen in den Finsternissen –
»Ach! Sind es Berge, sind es Riesen!«

Aus solchen Ängsten wollt' mein Herz verlangen,
Nie fühlt' ich noch so unaussprechlich Bangen.
»Wann wird der Morgen endlich röten?
O! Jesus hilf aus tiefsten Nöten!«

Und wie ich rief, sah ich fern Funken sprühen,
Ein Wunderglänzen aus der Nacht erblühen,
Und eine Blume drin erhoben,
Aus milden Flammen bunt gewoben.

Und wundersüße Scheine sandten
Die Blätter bald nach allen Strömen, Landen,
Rings wurd' es weit und immer weiter,
Der Himmel blau, die Erde heiter.

Wie weit liegt alle Bangigkeit dahinten!
Es wollen brünstig mich die Scheine zünden,
Frisch bluten alle Liebes-Wunden,
Verbrennt mich nur! – Bin euch ja längst verbunden!

GEBET

Wie in einer Blume himmelblauen
Grund, wo schlummernd träumen stille Regenbogen,
Ist mein Leben ein unendlich Schauen,
Klar durch's ganze Herz ein süßes Bild gezogen.

Stille saß ich, sah die Jahre fliegen,
Bin im Innersten dein treues Kind geblieben;
Aus dem duft'gen Kelche aufgestiegen
Ach! wenn lohnst Du endlich auch mein treues Lieben?

Morgenrot im Herzen aufgegangen
In den Morgen goldner Quellen strahlend Springen,
Zwischendrein das alte Zagen, Bangen –
O! so löse löse doch die Schwingen! –

FRÜHLING

Über blaue Berge fröhlich
Kam der bunte Schein geflossen,
In den Schimmer rief ich selig:
»Freu dich nur, jetzt wirds vollendet!«
Doch der Frühling ist vergangen,
Was ich innigst hofft' und strebte
Blieb ein unbestimmt Verlangen.

Und nach langem trüben Schweigen
Kamen goldne Tage wieder.
Blaue Berge, alte Zeiten,
Blumen, Sterne, Ström' und Lieder
Woben wunderbar ein Netze,
Und das schlang sich um die Glieder,
Zog so innig fest und fester
Mich ans Herz der Erde nieder,
Und so schlummert' ich und träumte
Von der allerschönsten Braut. –

DER ARME BLONDEL

Wie sie in den Blumentagen,
Über mir mit rotem Munde,
Daß die Locken mich umwunden,
Mich verführt aus Herzensgrunde,
Wollt' es immer, konnt's nie sagen!
Fortgezoh'n ist nun die Eine,
Weine, armer Blondel, weine!

Nachts die Berge stille stehen,
Ferne Schlösser, Strom und Bäume
Sehn mich seltsam an, wie Träume.
Drüber Wolken schnelle gehen,

Fest im Herzen steht die Eine,
Weine, armer Blondel, weine!

MARIA

»Ist der Frühling nicht gekommen,
Sinn'ge Farben still entglommen?
Hab ich nicht den Schleier 'hoben,
Zart aus Blumenduft gewoben?
Gegenüber kannst Du sitzen,
In des Kranzes funkelnd Blitzen,
In die stillen offnen Augen,
Himmelblau im Herzen, schauen,
Was dich ängstet mir vertrauen;
Muß dann weinen mit Dir sehr,
Sag', was willst Du dann noch mehr?«

Ewig werd' ich schweigen müssen,
Denn wohl niemand darf es wissen,
Was die Wünsche lang verschließen:
Möcht Dich gern recht herzlich grüßen,
Rühren nur den Mund, den süßen,
Sterben gerne so im Küssen.

MARIA VON TYROL IM KLOSTER

Da nun alles zur Ruh' gegangen,
Wacht mit Sternen mein Verlangen,
Kühle will das Herze lauschen,
Wie die Wellen unten rauschen.

»Fernher mich die Wellen tragen,
Um die Grau'n und Stürme schlagen.
Deinen Schlaf schützt Maur' und Gitter,
Fürstin! kennst du noch den Ritter?«

Ist's doch, als ob seltsam Stimmen
Durch die lauen Hauche schwimmen;
Wieder hat's der Wind genommen –
Ach, mein Herz ist so beklommen!

»Wohl zu Andechs auf dem Schlosse
Stieg ich ab von meinem Rosse.
Öde stehen Höf' und Bogen,
Da die Fürstin fortgezogen.«

Wie die Töne blühend schreiten!
Wie aus lang' vergangnen Zeiten
Will mich Wehmut hold bescheinen
Und ich muß inbrünstig weinen.

»In den nun verlaßnen Gründen
Gehn die Bächlein nach den Schlünden,
Lockend war's, was sie gesprochen –
Mut und Welt sind mir zerbrochen!«

Drüben glänzt mein Schloß von weitem,
Blühn im Mondschein alte Zeiten,
Einsam gehen Wolken drüber –
Ist ja doch alles längst vorüber!

»Wie so einsam wild mein Bangen!
Kruzifixe! durch die langen
Schatten mir vom Felsen funkel',
Denn der Strom zieht fort in's Dunkel!«

Schwärzer will sich's haußen nachten,
Pfadlos ist das ird'sche Trachten,
Schirm', Maria, mich hinieden,
Führ mich ein zum ew'gen Frieden!

DER KÄMPE

Nach drei Jahren kam gefahren
Einsam auf dem Rhein ein Schiff,
Drin gebunden und voll Wunden
Lag ein Rittersmann und rief:

»Still den Garten schön tust warten
Bleibst am Fenster ofte steh'n,
Ruhig scheinst Du, heimlich weinst Du,
Wie die Schiffe unten geh'n.«

»Was vertraust Du, warum baust Du
Auf der Männer wilde Brust,
Die das Blut ziert und der Streit rührt
Und die schöne Todeslust!«

Oben spinnend, saß sie sinnend –
Schwanden Schiff und Tageslicht,
Was er sunge, war verklungen,
Sie erkannt' den Liebsten nicht.

IN BUDDE'S STAMMBUCH

Es ist ein innig Ringen, Blühn und Sprossen,
Und träumend Rauschen tief in allen Zweigen,
Vor großer Wonne wieder selig' Schweigen,
Und klarer Liebesglanz drum ausgegossen.

Zwei Kindlein ruhn im Glanze, eng umschlossen,
Und goldne Vöglein in den grünen Zweigen,
Und Engel singend auf und nieder steigen –
So ist des Lenzes innerst Herz erschlossen.

Wer wollt' nicht schlummern in der Blume mitten inne? –
Ein Kuß weckt dich von unsichtbarem Munde,
Da ist zu duft'gem Land die Blum' zerronnen,

Und Lieder rufen aus dem blüh'nden Grunde,
Hat Fabel drum ihr magisch Netz gesponnen –
Das ist das alte ew'ge Reich der Minne.

IN STRAUSS' STAMMBUCH

Ein Wunderland ist oben aufgeschlagen,
Wo goldne Ströme gehn und dunkel schallen,
Und durch das Rauschen tief' Gesänge hallen,
Die möchten gern ein hohes Wort uns sagen.

Viel goldne Brücken sind dort kühn geschlagen,
Und drüber alte Brüder sinnend wallen,
Und seltsam' Töne oft herunterfallen –
Da will tief' Sehnen uns von hinnen tragen.

Wen einmal so berührt die heil'gen Lieder,
Sein Leben taucht in die Musik der Sterne,
Ein ewig Ziehn in Wundervolle Ferne.

Wie bald liegt da tief unten alles Trübe!
Er knieet ewig betend einsam nieder,
Verklärt im ew'gen Morgenrot der Liebe.

GESANG

Wer einmal tief und durstig hat getrunken,
Den zieht zu sich hinab die Wunderquelle,
Daß er melodisch mitzieht selbst als Welle,
Bis er in's Dufterglühte goldne Meer versunken.

Am Ufer träumen Wald und Berge trunken;
Schauend den tiefen Himmel in der Welle
Zieht süßes Weh' auch sie zur kühlen Stelle,
Es stäubt der Strom geheimnisvolle Funken. –

So laß es ungeduldig brausen, drängen!
Hoch schwebt der Dichter drauf in goldnem Nachen,
Sich selber heilig opfernd in Gesängen.

Die alten Felsen spalten sich mit Krachen,
Von drüben grüßen schon verwandte Lieder,
Zur Heimat führt der Dichter alle wieder.

Wie glühten Burg und Kreuz im Morgenstrahle!
Viel frohe Sänger, fromme Pilger sungen,
Und durch die Wälder Hörner frisch erklungen,
Und heilge Funken sprüh'nd vom zorn'gen Stahle.

Versunken sind die alten Wunder alle
Nur eine Waldkapelle unbezwungen
Blieb einsam stehn über den Niederungen,
Die läutet fort und fort hinab zum Tale.

Doch unten treibt die Menge dumpf vorüber,
Nur ein'ge trifft der Laut – die stehn erschrocken,
Und Heimweh zieht magnetisch sie hinüber.

Ein alter Mönch zieht oben still die Glocken,
Reicht fest die Hand, und führt aus der Verheerung
Durchs alte Tor die Treuen zur Verklärung.

DIE LIEDER

So viele Quellen von den Bergen rauschen,
Die brechen zornig aus der Felsenhalle,

Die andern plaudern in melod'schem Falle
Mit Nymphen, die im Grün vertraulich lauschen.

Doch wie sie irrend auch die Bahn vertauschen,
Sie treffen endlich doch zusammen alle,
Ein Strom, mit brüderlicher Wogen Schwalle
Erfrischend durch das schöne Land zu rauschen.

An Burgen, die vom Felsen einsam grollen,
Aus Waldesdunkel zwischen Rebenhügeln
Vorübergleitend in die duft'ge Ferne,

Entwandelt er zum Meer, dem wundervollen,
Wo träumend sich die sel'gen Inseln spiegeln
Und auf den Fluten ruhn die ew'gen Sterne.

Nicht Träume sind's und leere Wahn-Gesichte,
Was von dem Volk' den Dichter unterscheidet.
Was er inbrünstig bildet, liebt und leidet,
Es ist des Lebens wahrhafte Geschichte.

Er fragt nicht viel, wie ihn die Menge richte,
Der eignen Ehr' nur in der Brust vereidet;
Denn wo begeistert er die Blicke weidet,
Grüßt ihn der Weltkreis mit verwandtem Lichte.

Die schöne Mutter, die ihn hat geboren,
Den Himmel liebt er, der ihn auserkoren,
Läßt beide Haupt und Brust sich heiter schmücken.

Die Menge selbst, die herbraust, ihn zu fragen
Nach seinem Recht, muß den Beglückten tragen,
Als Element ihm bietend ihren Rücken.

Ihm ists verlieh'n, aus den verworrnen Tagen,
Die um die andern sich wie Kerker dichten,
Zum blauen Himmel sich emporzurichten,
In Freudigkeit: Hie bin ich, Herr! zu sagen.

Das Leben hat zum Ritter ihn geschlagen;
Er soll der Schönheit neid'sche Kerker lichten,
Daß nicht sich alle götterlos vernichten,
Soll er die Götter zu beschwören wagen.

Tritt erst die Lieb' auf seine blüh'nden Hügel,
Fühlt er die reichen Kränze in den Haaren,
Mit Morgenrot muß sich die Erde schmücken;

Süßschauernd dehnt der Geist die großen Flügel,
Es glänzt das Meer – die mut'gen Schiffe fahren,
Da ist nichts mehr, was ihm nicht sollte glücken!

BALLATE

So bange hielten mich die dunklen Mauern,
Als eine Blum' war Abendglanz erschlossen;
O Klagen, Tränen süß, so da geflossen!
Ich armes Kind, mußt' selber mich bedauern.

Wie wunderbar hat sich's da zugetragen,
Daß, wie von Drüben mir ein selig Zeichen,
Die Himmlische ich sah am Strome schreiten.

Mit großer Wünsche ew'gen Himmelreichen
Mußt' ich den Wiesen, Talen Abschied sagen,
Auf ewig nachziehn in Waldseinsamkeiten.

Nun rauschen Wald und Quellen wie von weiten,
Schon blühet Dunkelheit und goldne Sterne,
So trete endlich nah mir, ewig Ferne!
Da ich so einsam fühle mich mit Schauern.

MADRIGAL

O Strom auf morgenroten Matten!
Rubin, Smaragden deine Wellen,
Dann in des blauen Mittags schwülen Schatten,
Rauschend in Abendglanz versunken,
Bis du der Nächte Licht getrunken,
So muß mein Leben rastlos quellen,
Sich selber lauschend oft das sel'ge Herze,
O Liebe süß, o Lust im Schmerze!

ROMANZE

Felsen, Bäume, Blumen, Sterne!
Nacht, so zaubrisch aufgegangen!
Ach! wie schön hinauszutreten
In die Düft' der Pomeranzen,
Kennend weiter kein Verlangen,
Als den Durst nur nach Verlangen!
Seiden wallende Gewande,
Edelstein', Rubin, Smaragden,
Nicht noch lös' ich euch vom Leibe,
Von den Locken, weißen Armen;
Denn nicht Zierrat seid ihr mir nur,
Mit mir scheint ihr aufgewachsen,
Eine hold verträumte Blume,
Vor der Tage Strahl erblassend, –
In der Dunkelheit der Nächte
Mildes Glänzen gern entfaltend,
Felsen, Bäumen, Blumen, Sternen,
Wie ich liebe, süß zu sagen.
Also sprach Viola, die mit
Goldnen Sternen liebt' zu wachen.
Denn ein wunderbares Singen
Wohnte lange in dem Tale.

ROMANZE

Schöne Blume, die Du mit den
Goldnen Sternen liebst zu wachen,
Kennend weiter kein Verlangen,
Als den Durst nur nach Verlangen,
Lass' der Seide Zauberhimmel
Lockend, Süße, dich umwallen,
Der in Düften scheint zu rinnen
Vor des Leibes süßem Strahlen.
Nicht noch raube aus den Locken,
Von dem Busen, weißen Armen
Die Karfunkel, Gold, Rubinen,
Edler Steine Zaubergarten,
Welcher süße Nächte träumet,
Von dem Abendrot der Wangen,
Von der Augen Dunkelheiten,
Von des Liebesmunds Korallen,
Von der überird'schen Schöne
Wunderbarem süßen Abgrund.
Denn nicht Schmuck sind sie zu nennen,
Mit Dir sind sie aufgewachsen,
Eine holde Wunderblume,
Vor des Tages Strahl erblassend,
In der Stille goldner Nächte
Mildes Glänzen gern entfaltend,
Felsen, Bäumen, Blumen, Sternen,
Wie Du liebest, süß zu sagen.
Sieh! der Himmel glänzt so heiter,
Trete aus den dunklen Hallen,
Da Wald, Ströme, Tale, Sterne
Dich so liebeselig laden!

Der Himmel stand so dunkelblau und schwüle
Und unter ihm mein Herze so beklommen;
Da lockte mich des Waldes grüne Kühle

Die oft von mir die Ängsten schon genommen.
Oh! grüne Nacht wo Quellen ewig rauschen
Ihr Wolken zauberisch über mir geschwommen!

Draußen des blauen Mittags betend lauschen;
Oh! Blum'n bewegt von silberner Lüften Wogen,
Euch hört ich seltsam' Himmelsworte tauschen

Die halb verständlich durch den Schlummer zogen.
Da war's, als säß ich einsam und verschlossen,
Und vor des dunklen Fensters hohem Bogen
⟨. . .⟩

DER RITTER

Rasch sprengt der Ritter an ertos'nden Flüssen,
Funkelnd durch Waldes dunkelgrüne Dichten,
Die schlanker sich in Himmelsglanz aufrichten,
Den König kühlerauschend zu begrüßen.

Viel' schöne Augen werden weinen müssen,
Daß er Visier und Locken nie will lichten,
Daß zu dem Hohen sie sich mußten richten,
Betaut von süßem Schmerze, gerne büßen.

Schön ist's, von ird'schen Banden losgebunden,
In grüner Nacht, in dunkler Wetter Blicke
Einsam den Sinn zu weid'n, den wilden, reinen.

Doch Schönres wird auf Erden nicht gefunden,
Als wenn der Stolze senkt die dunklen Blicke,
Sanft niederknieend vor der Ersten, Einen.

DER SCHIFFER

Du schönste Wunderblume süßer Frauen!
Ein Meer bist Du, wo Flut und Himmel laden,
Fröhlich zu binden von des Grüns Gestaden
Der Wünsche blüh'nde Segel voll Vertrauen.

So schiffend nun auf stillerblühten Auen,
In Lockennacht, wo Blicke zaubrisch laden,
Des Mund's Korall'n in weißem Glanze baden,
Wen füllt' mit süßem Schauer nicht solch Schauen!

Viel hab' ich von Syrenen sagen hören,
Stimmen, die aus dem Abgrund lockend schallen
Und Schiff und Schiffer ziehn zum kühlen Tode.

Ich muß dem Zauber ew'ge Treue schwören,
Und Ruder, Segel lass' ich gerne fallen,
Denn schönres Leben blüht aus solchem Tode.

SONETT

Wohl kann ich, wie die andern, tun und lassen;
Auf kurze Frist von irdschem Wahn befangen,
Mitspielen ohne Klage und Verlangen,
Manch' Mädchen will mich nicht vom Herzen lassen.

Die Erde seh' ich schauernd süß erblassen,
Den Himmel überschwänglich aufgegangen,
Da faßt mich alte Liebe, altes Bangen,
Weiß nicht, soll ich das Kreuz, die Fahne fassen.

Es stürzt der Bach, hoch brausen Waldeswipfel,
Durch flieh'nde Wolken Waldhornsklang geflogen –
Und wenn der Blitz die grimme Nacht durchzücket,

Sehn fern die Furchtsamen auf steilem Gipfel
Den Fremdling knien, auf das Schwert gebogen,
Das zornigleuchtend aus dem Dunkel blicket.

JAGDLIED

Durch dunkele Wipfel
Schießt goldener Strahl,
Tief unter den Gipfeln
Das neblichte Tal.
Fern glänzet das Schlosse,
Das Waldhorn ruft,
Es wiehern die Rosse,
In die Luft, in die Luft!

Schimmernd' Länder und Seen
Durch den Wolkenzug
Tief unten zu sehen
Im schwindelnden Flug;
Bald schlägt Dunkel wieder
Um Reiter und Roß,
O! Lieb' o Liebe
So laß mich los!

Immer weiter und weiter
Die Klänge ziehn,
Durch Wälder und Heiden
Wohin, ach! wohin?
Es dehnt sich die Erde,
Es bäumt sich die Kluft –
Mit funkelndem Schwerte
Haue die Luft!

Erquickliche Frische!
Süßschaurige Lust!
Hoch flattern die Büsche,

Frei schlägt die Brust.
Ewig im Herzen
Blüht Morgenrot,
Hoch auf den Bergen
Allein mit Gott!

WALDLUST

Ach! wie ist es doch gekommen,
Daß die grüne Waldespracht
So mein ganzes Herz genommen,
Mich um alle Ruh' gebracht!

Wenn von drüben Lieder wehen,
Waldhorn gar nicht enden will,
Weiß ich nicht, wie mir geschehen,
Und im Herzen bet' ich still.

Könnt' ich zu den Wäldern flüchten,
Mit dem Grün in frischer Lust
Mich zum Himmelsglanz aufrichten –
Stark und frei wär' da die Brust!

Hörnerklang und Lieder kämen
Nicht so schmerzlich an mein Herz,
Fröhlich wollt' ich Abschied nehmen,
Zög' auf ewig wälderwärts.

Waldhornklänge, funkelnd Bläue
Alte Wunder, schaurig Grün!
Breitet um mein Leben treue
Ewig euer Baldachin!

KLAGE

Blaue Augen, blaue Augen!
Ach, wie gebt ihr süße Peine!
Aus dem schönen Wald unzählig
Stimmen zielen, grüne Scheine,
Und ich lass' mich gern verführen,
Locken Schmerzen so von weiten.
Draußen auf der Waldeswiese
Lass' ich wohl mein Rößlein weiden,
Sinnend steh' ich lang' daneben,
Grüßt mich wie aus fremden Zeiten
Waldesrauschen, Lied der Bronnen,
Ewigblühend grünes Schweigen,
Aus der tiefsten Brust Erinnern
Lang vergeßner goldner Träume –
Und ich muß dann fragen immer,
Ewig fragen: wo Sie weile?
Und das Waldhorn will mir's sagen,
Und das Herz will ewig weinen:
Süße Peine, blaue Augen!
Ewig stehst du in der Weite,
Blühend in den blauen Tagen.
Wolken durch den Himmel eilen,
Liebesblick kommt oft geschossen,
Und es glänzen Feld und Haine,
Und die Klarheit schließt sich wieder,
Und ich stehe so alleine;
Und ich kann mich gar nicht retten
Von den Freuden, von den Leiden,
Und ich kniee und ich bete:
Schöne Fraue, liebe, reine!
Blaue Augen, blaue Augen,
Ach! wie gebt ihr süße Peine!

AUSSICHTEN

Es will der Morgen sich von weitem zeigen,
Das dunkle Meer im Innern still erglühen,
Erwartungsvoll die reinen Segel blühen,
Doch deckt noch all' geheimnisvolles Schweigen.

Wird erst die Sonne auf die Berge steigen,
Gewaltig Licht in alle Lande blühen,
Sieht man ein frei Geschlecht nach Angst und Mühen
In stolzer Demut fromm die Kniee beugen.

Unendlich' Wunderfernen sind gelichtet,
Unzählig Lieder himmelwärts auflangen,
Daß treue Liebe Gegenlieb' erreiche. –

Wer frei geboren, ist schon längst geflüchtet,
Die andern faßt ein unaussprechlich' Bangen,
Der Sänger zieht zum alten ew'gen Reiche.

Es wächst und strömt in ewigen Gedichten
Jauchzend im Innersten das freie Leben;
Des Tempels strahl'nde Säulen klingend beben,
Unübersehbar will sich's himmlisch lichten.

Den heil'gen Kampf sie irdisch möchten schlichten,
Er spült sonst mit sich fort ihr schwankes Leben;
Die Arme wollen sie nicht gläubig heben,
Zur Nacht kein Herz, nicht Lieb sich aufzurichten.

Es bäumt das Roß in zorn'gem Mut sich raffend,
Durch eure Netze funkeln Schwert und Lanze,
Bricht Liebesblick aus tiefer, ew'ger Bläue.

Und wie ihr stehet, euch verwundernd, gaffend,
Glüht ferne Helm und Speer im Morgenglanze,
Und über die Berge sprenget froh der Freie.

Bin ich denn nicht auch ein Kind gewesen? –
Spielte goldne, goldne Stunden,
Unbekannt noch mit dem Bösen,
Furchtlos an dem finstern Schlunde.

Spielt' so lang am Felsenrande,
Sah viel Ströme unten fließen,
Fromme Pilger ziehn im Lande –
Doch mich wollte niemand grüßen.

Denn so wild war schon mein Spielen,
Und es zuckten furchtbar munter
Schon im Aug' die Flammen kühle,
Die zum Abgrund langten runter.

Und ich wandt' mich ohne Klage
Stumm im Zorne von dem Lichte,
Hinter mir die bunten Tage,
Wob die Nacht sich um mich dichte.

Und durch's Dunkel flogen Blitze
Und die flamm'nden Fahnen wehten;
Keck sucht ich des Felsen Spitze
Mußte fluchen nur, statt beten.

HERBSTLIEDCHEN

Flog Waldvögelein über den See,
Lieb' grüne Zeit, lieb' grüne Zeit; –
Es zogen die Wolken: Ade, Ade!
Wir fliegen mitsammen gar weit, gar weit!

Es schaut Feinsliebchen vom hohen Saal,
Fern ziehn die Ritter im grünen Tal;
Waldvöglein sang immerfort: Ade!
Das tat Feinsliebchen im Herzen so weh.

DIE ZAUBERIN IM WALDE
Romanze

Alter Vater, alter Vater,
Laß mich aus dem grauen Hause!
Winter ist ja längst vergangen,
Helle scheint die Sonne draußen.

Wird dir denn nicht selber bange?
Wie ein fremder Vogel drunten
In dem Walde seltsam sange –
Alter Vater, laß mich 'runter!

»Lieber Sohn, wie machst mir bange!
Wend' zum Kreuze dich alsbalde,
Daß dich fürder nicht verlange
Nach dem dunkelgrünen Walde.

Drüben wohnt in dem Gebirge
Eine Fey auf blankem Schlosse,
Ist genannt Sidonia schöne,
Zeigt sich oft auf weißem Rosse.

Und wenn Frühling ist gekommen,
Steht sie oben auf der Zinne,
Schauet nach den dunklen Gründen,
Weint nach eines Knaben Minne.

Kommt der Vogel jeden Frühling
Immer zu des Waldes Pforte,
Singt hinaus in's Land so eigen,
Führet durchs Gebirg zum Schlosse.

Und so manchen wilden Knaben
Lüstete in frechem Mute
Nach der Feye schönem Leibe
Und den Edelstein' und Gute.

Doch von allen Knaben, allen
Mochte keiner Lieb' erwerben,
Mußten all' in bittern Klagen
In dem dunklen Walde sterben.«

»Vater! Ach, wie sprecht ihr trübe!
Hat's euch nie an's Herz geschlagen
Lockend aus dem grünen Walde,
Daß ihr also möget zagen?

Schon vor vielen frühen Jahren
Saß ich drüben, an dem Ufer,
Sah manch Schiff vorüberfahren
Weit hinein in Waldesdunkel.

Und gar seltsam hohe Blumen
Standen an dem Felsenrande,
Sprach der Strom so dunkle Worte,
'S war, als ob ich sie verstande.

Und wie ich so sinnend saße,
Und ein wundersam Gelüste
Mich gar seltsam tät erfassen
Mit zu ziehn im Strom der Düfte;

Kam auf einem goldnen Nachen
Bald die schönste aller Frauen,
Wie von lauter Edelsteinen
Eine Blume anzuschauen.

Und von ihrem Hals behende
Tät sie lösen eine Kette,

Reichte mir mit zarten Händen
Wohl die allerschönste Perle.

Ein Wort, seltsam, unverständlich,
Sprach sie da mit rotem Munde,
Doch im Herzen ewig stehen
Wird des Worts geheime Kunde. –

Und so saß ich lange Jahre,
Und wenn neu der Lenz erwachte,
Immer von dem Halsgeschmeide
Eine Perle sie mir brachte.

Ich barg sie in Waldesgrunde,
Und aus jeder Perle reine
Sproßte eine Blum' zur Stunde,
Wie ihr Antlitz wunderfeine.

Und so bin ich aufgewachsen,
Tät der Blumen treulich warten,
Schlummert' oft und träumte golden
In dem bunten Waldes-Garten.

Fortgespült ist nun der Garten
Und die Blumen all verschwunden,
Und durchs Herze fühl' ich's ziehen,
Bluten, blühen alle Wunden.

In der Fern' liegt jetzt mein Leben,
Breitend sich wie grüne Träume,
Schimmert stets so seltsam lockend
Durch die alten dunklen Bäume.

Jetzt erst weiß ich, was der Vogel
Ewig ruft so bange, bange,
Unbekannt zieht ew'ge Treue
Mich hinunter zu dem Sange.

Locken dich nicht selbst die Klänge,
Wie sie ferne, wie Karfunkel,
Dunkelleuchtend irre schweifen
Durch das schauersüße Dunkel?

Wie die Wälder kühle rauschen,
Zwischendurch das alte Rufen!
Wo bin ich so lang' gewesen? –
O ich muß hinab zur Ruhe«!

Und es stieg vom Schloß hinunter
Schnell der süße Florimunde,
Weit hinab und immer weiter
Zu dem dunkelgrünen Grunde.

Hört' die Ströme stärker rauschen,
Sah in Nacht des Vaters Burge
Stillerleuchtet stehn im Dunkel,
Alles Leben weit verschwunden! –

Und der Vater schaut vom Berge,
Schaut zum dunkeln Grunde immer,
Regte sich der Wald so grausig,
Doch den Sohn erblickt' er nimmer.

Und es kam der Winter balde,
Und viel Lenze kehrten wieder,
Doch der Vogel in dem Walde
Sang nie mehr die Wunderlieder.

Und das Waldschloß war versunken,
Und Sidonia schön verschwunden,
Wollte keinen andern haben
Nach dem süßen Florimunde.

AN DIE VORÜBERSCHIFFENDE

Frisch eilt der helle Strom hinunter,
Drauf ziehn viel' bunte Schifflein munter,
Und Strom und Schiff und bunte Scheine,
Sie fragen alle, was ich weine? –
Mir ist so wohl, mir ist so weh,
Wie ich den Frühling fahren seh'!

Viel Lenze sitz' ich schon da oben,
Ein Regenbogen steht im Land erhoben
Und durch die Täler, Wiesen, Wogen,
Still, wie ein fernes Lied, gezogen,
Schifft' immerfort dein himmlisch Bild –
Doch Strom und Schiff nie stille hielt.

MORGENLIED

Sei stark, getreues Herze!
Laß' ab von Angst und Schmerze!
Steh auf und geh mit mir,
Viel Freude zeig' ich dir.

Die Lerchen jubilieren
Und fröhlich' Musizieren
Aus grünem frischem Wald
Von Stimmlein mannigfalt.

Wie geschmückt von Edelsteinen,
Die Erd' in bunten Scheinen
Als junge fromme Braut
Dir froh ins Herze schaut.

Im Garten zu spazieren,
Die Blumen mich verführen,

Schön' Augen aus dem Grün –
Viel heitrer Minnesinn!

Maria, schöne Rose!
Wie stünd' ich freudenlose,
Hätt' ich nicht Dich ersehn,
Vor allen Blumen schön.

Nun laß den Sommer gehen,
Die Blume, die bleibt stehen
Mit ew'gem Morgenschein –
Wer wollt' noch traurig sein!

MARIÄ SEHNSUCHT

Es ging Maria in den Morgen hinein,
Tat die Erde einen lichten Liebesschein,
Und über den fröhlichen grünen Höh'n
Sah sie den blaulichen Himmel weit stehn.
»Ach! Hätt ich ein Brautkleid von Himmelsschein,
Zwei goldene Flüglein – wie flög' ich hinein!«

Es ging Maria in stiller Nacht,
Die Erde träumte, der Himmel wacht',
Und durch's Herze, wie sie ging und sann und dacht',
Zogen die Sterne mit goldener Macht.
»Ach! Hätt' ich das Brautkleid von Himmelsschein,
Und goldene Sterne gewoben drein!«

Es ging Maria im Garten allein,
Es sangen so lockend bunt' Vögelein,
Und Rosen sah sie im Grünen stehn,
Viel rote und weiße so wunderschön.
»Ach! Hätt' ich ein Knäblein so weiß und rot,
Wie wollt' ich's lieb haben bis in den Tod!«

Nun ist wohl das Brautkleid gewoben gar
Und goldene Sterne in's dunkele Haar;
Und im Arme die Jungfrau das Knäblein hält
Hoch über der dunkelerbrausenden Welt,
Und vom Kindlein gehet ein Glänzen aus,
Das lockt uns nur ewig: nach Haus, nach Haus! –

KAISER ALBERT'S I. TOD
Romanze

Lebewohl noch schnell zu sagen,
Da der Tag zu grau'n begann,
Noch ein Mal der Kaiser trate
In den dunkelhellen Saal.

Sein Gemahl er dorten fande,
Die in bittern Tränen saß,
Halb bescheint vom Morgenstrahle,
Nahm Sie herzlich noch in Arm.

»Zieh nur heute nicht von dannen,
Denn so blutrot ist der Tag
Über'm Walde aufgegangen;
Dunkel geht noch durch das Tal.

Mutig steht empor der Jammer,
Wenn die Feldschlacht draußen ras't,
Heut so grausig stummes Bangen
Aus der Nacht an's Herze langt.«

»Also will das Herz verzagen,
Ist es draußen finst're Nacht;
Fraget fröhlich, was es bange,
Wenn der Morgen golden wacht.

Fern schon wehen meine Fahnen,
Aus dem Tal ruft Hörnerklang,
Deine Lieb' wird Gott bewachen,
Durch das Dunkel ficht der Mann.«

Und es legte Helm und Panzer
Schnell nun Kaiser Albert an,
Stiege freudig auf den Rappen,
Funkelnd hoch im Morgenglanz.

Von dem Schloß, von der Altane
Weint Sie lang hinaus in's Land,
Grüßt die Zieh'nden in dem Tale
Noch viel tausend, tausendmal. –

Wie sie nun hinunter kamen
Tiefer in den dunkeln Wald,
Traten aus dem Wald Gedanken
Seltsam Kaiser Albert an.

Jetzo erst so ganz empfand er,
Jener Worte tiefe Kraft,
Diese Treu', das holde Bangen,
Ihres süßen Leibs Gestalt.

Und die Tränen linde drangen,
Und so gar betrübt er sang,
Da die Vögel lustig sangen,
Schloß und Berg versunken war:

»Wie so wunderschön die Matte!
Ist's doch, als ob Wald und Bach
Mir hier seltsam's wollten sagen,
Alles doch so unbekannt!

Mögen weiter zieh'n die Andern,
Freudig grüßt von fern ihr Klang,

Ich will hier ein wenig rasten,
Denn so schwül wird dieser Tag.«

Kaiser Albert! Kaiser Albert!
Bleib zu dieser Stunde wach!
Stimmen gehen in dem Walde,
Näher schleichet schon Verrat. –

»Schönes Schloß, viel heit're Tage!
Schlummernd Rauschen, Vogelsang –
Wolken, über mir gegangen –
Schöner, grüner Wiesenplan.« –

Und dort hat ihn überfallen
Böser Ritter dunkle Schar,
Herzog Johann war's von Schwaben,
Der sein eig'ner Neffe gar.

Ferne wohl die Hörner klangen,
Irrend durch die Waldesnacht,
Euer Herre ist erschlagen
Auf dem grünen Wiesenplan.

LIED

Hat nun Lenz die silb'rnen Bronnen
  Losgebunden,
Knie' ich nieder süßbeklommen
  In die Wunder.

Himmelreich! so kommt geschwommen
  Auf die Wunden!
Hast du einzig mich erkoren
  Zu den Wundern?

In die Ferne süß verloren,
   Lieder fluten,
Daß sie, rückwärts sanft erschollen,
   Bringen Kunde.

Was die andern sorgen, wollen,
   Ist mir dunkel,
Mir will ew'ger Durst nur frommen
   Nach dem Durste.

Was ich liebe und vernommen,
   Was geklungen,
Ist den eignen, tiefen Wonnen
   Selig Wunder.

FRÜHLINGSLIED

Grün war die Weide,
   Der Himmel blau,
Wir schwuren beide
   Ewige Treu'.

Lenz ist's wohl wieder,
   Ferne ich bin,
Liebt fern noch lieber
   Der treue Sinn.

Verweinten Blicken
   Grünet die Au,
Goldene Brücken
   Schlägt er durch's Blau.

Frauen und Reiter
   Ziehen in's Grün,
Wohin so eilst Du,
   Fluß, blauer Fluß!

Soll ich nun beten?
 Singen im Schein
Von Lust und Scherzen
 Und großem Leid?

Blau ist der Himmel,
 Blau ist die Treu',
Schlägt um den Frühling
 Die Zauberei.

Lag blüh'nd ein weites, schönes Land erschlossen
Mit blauen Bergen, Schlössern, Ström'n und Blumen,
Viel Vögel sangen drauß'n und Ströme flossen,

Und roter Duft lag auf den Heiligtumen.
So warm fühlt' ich noch nie des Frühlings Weben,
Wie es diesmal ans Herz mir wollte blumen.

Mich aber zog ein wunderbares Streben,
Ein selig Wort, das ich nicht konnt' ergründen,
Wie es mich lockt, aus dunkler Brust zu heben.

Ich fühlt' wohl innigst oft, ich würd' es finden,
Doch wieder war's nicht so, und brünstig flehen
Mußt' ich gar oft zu Gott mir's zu verkünden.

Wie ich so sann in himmlisch süßen Wehen,
Sah ich aus Duft und Dunkelgrün der Bäume, –
⟨. . .⟩

Sie ging und stand, als ob sie selber träume,
Ließ tief den Schleier fall'n und hob ihn wieder.
Mich faßt ein Bang'n, als ob ich zaghaft säume,

Da sie nun sprach: »Wir sehn uns nimmer wieder!«
Und weinte sehr, da ich hinausgetreten.
Nun rannen tausend Strahlen golden nieder,

Und seltsam' Lieder durch die Bläue wehten,
Mir war so wohl und bang im tiefsten Herzen,
Ach, soll ich singen, rief ich, soll ich beten?

Da sah ich erst mit Schauern und mit Schmerzen,
Mir wie aus alter Zeit bekannt, die Matten,
Die solche Wehmut 〈...〉

〈...〉
Springbronnen einsam auf und nieder schallten,
So seltsam plätschernd in den dunklen Schatten.

Auch viel erkannt' ich wandelnde Gestalten,
Doch wußt' ich, wie ich sann, sie nicht zu trennen.
Ich rief in Angst und wollt' sie liebend halten,

Doch bleich schien'n sie, und mich nicht mehr zu kennen.
Da war's, als wollten Au'n und Wälder zu mir sprechen,
Und Bangen faßt mich, daß es nicht zu nennen,

Da ich sie also hört' ihr Schweigen brechen:
»Sie ist lang' fort! seit Sie uns hat verlassen,
Wird auch gar bald des Frühlings Herze brechen,

Des süßen Maies junger Glanz verblassen.«
Da fühlt' ich großes Bangen mich befallen,
Und Flur und Lenz und alles mußt' ich lassen,

Mich nahmen auf des Waldes dunkle Hallen,
So dicht und stumm, wie ich noch nie gesehen.
Viel fremde Vögel hört' ich seltsam schallen,

Durch's Dunkel altbekannte Stimmen gehen.
Mich faßt' ein ängstlich rastlos Eilen,
Das ewig wollte mit den Stimmen gehen.

Fühlend sich auf den Höh'n, den stummen, steilen,
Von leichter Wolken eil'gem Flug betauen,
Die zaub'risch blüh'nd sich schienen oft zu teilen,

Daß ich zur blüh'nden Tiefe konnte schauen,
Wo ruhig in den ewig blauen Tagen
Viel Schäfer sang'n von abendroten Auen.

Da fühlt' ich innigst, daß es nicht zu sagen,
Mich bodenlos einsam und so alleine.
Und ewig schien der Tale Lied zu fragen:

Was denn das Herz so trostlos such' und weine?
So langt' ich an an wunderbarer Stelle,
Wohin nicht reichten mehr, noch Lied, noch Scheine.

Gebrochen rauscht' ⟨. . .⟩ des Ird'schen Welle,
Und Himmel schien des Scheidens Schmerz zu säumen.
Ein Greis stand dort an ewig rausch'nden Quellen,

Der schien gewachsen mit den Bergen, Bäumen;
Denn alt und halbverständlich war die Sprache,
Da er nur wie aus langen Himmelsträumen

Das tiefe Schweigen also himmlisch brache:
»Wer rief dich von den buntbewegten Gassen?
Tief Grau'n, Ermatten sind des Ird'schen Rache;

Kurz ist die Frist, unendlich sind die Straßen
Und bebend fühlt, einsam vor Gott zu stehen
Das Herz in ⟨. . .⟩

Verborgne Himmel durch das Beten gehen,
Wohin der Mensch auch immer richt' und wende.
Die Himmelslust, der großen Ängste Flehen,

Hier ist kein Rückkehr'n wieder und kein Ende.«
Viel Wunderbares schien er noch zu sagen,
⟨...⟩

Da wacht' ich auf und zaub'risch aufgeschlagen
Sah ich schon Nacht mit ihren goldnen Weiten.
Demütig kniet' ich hin, wollt' viel noch fragen,
Und ewig wird mich dieser Traum geleiten.

MINNELIED

Denk' ich Dein, muß bald verwehen
Alle Trübnis weit und breit,
Und die frischen Blicke gehen
Wie in einen Garten weit.

Wunderbare Vögel wieder
Singen dort von grüner Au,
Einsam' Engel in die Lieder
Ziehen durch den Himmel blau.

Wolken, Ströme, Schiffe alle
Segeln in die Pracht hinein,
Keines kehrt zurück von allen
Und ich stehe so allein.

Doch der Garten wird zur Rose,
»Ich, die Liebste, bei dir bin!«
Singt nun aus der Blume Schoße
Ewig mir die Zauberin.

Könnt' verblühen diese Rose,
Wär' der Lenz auch nicht mehr schön,
Müßt' ich einsam, freudenlose
Mit der Laute irrend gehn!

LIED

Vöglein in den sonn'gen Tagen!
Augen blau', die mich verführen!
Könnt' ich bunte Flügel rühren,
Über Berg und Tal zu tragen!

Ach! es spricht der Frühling schöne
Und die Vögel alle singen:
Sind die Farben denn nicht Töne,
Und die Töne blaue Schwingen?

Vöglein! ja ich lass' das Zagen!
Winde blau die Segel rühren,
Und ich lass' mich gern entführen,
Ach, wohin? mag ich nicht fragen.

IM FRÜHLING

I.

Wenn Lenzesstrahlen golden niederrinnen,
Sieht man die Scharen losgebunden ziehen,
Im Waldrevier, dem neu der Schmuck geliehen,
Die lust'ge Jagd nach Lieb' und Scherz beginnen.

Den Sänger will der Frühling gar umspinnen,
Daß der Geliebteste nicht möcht' entfliehen,
Fühlt er ein Lied durch alle Farben ziehen,
Das ihn so ewig lockend ruft von hinnen.

Gefangen so sitzt er viel sel'ge Jahre;
Des Einsamen spottet des Pöbels Scherzen,
Der aller Glorie möcht' die Lieb' entkleiden.

Doch fröhlich grüßt Er alle, wie sie fahren,
Und mutig sagt er zu den süßen Schmerzen:
»Gern sterb' ich bald, wollt ihr von mir je scheiden!«

II.

Wenn frisch die bunten Frühlings-Schleier wallen,
Weit in das Land die Lerchen mich verführen,
Da kann ich's tief im Herzen wieder spüren,
Wie mich die Eine liebt und ruft vor allen.

Wenn Nachtigallen aus grünen Hallen schallen,
Wen möchten nicht die tiefen Töne rühren?
Wen nicht das süße Herzeleid verführen,
Im Liebesschlagen tot vom Baum zu fallen? –

So sag' auch ich in diesem Frühlingsglanze:
Du süße Laute! laß uns beide sterben,
Beklagt vom Widerhalle zarter Töne,

Kann unser Lied uns nicht den Lohn erwerben,
Daß auch mit eignem, frischen Blumenkranze
Uns kröne endlich nun die Wunderschöne! –

III.

Der Schäfer sagt, wenn er frühmorgens weidet:
»Dort drüben wohnt Sie hinter Berg' und Flüssen!«
Doch seine Wunden heilt Sie gern mit Küssen,
Wann Lauschen, Licht und Tag vom Tale scheidet.

Ob neu der Morgenschmuck die Erde kleidet,
Ob Nachtigallen Nacht und Stern' begrüßen,

Stets fern und nah bleibt meine Lieb' der Süßen,
Die in dem Lenz mich ewig sucht und meidet.

Doch hör' ich wunderbare Stimmen sprechen:
Die Perlen, so geweint dein treuer Schmerze,
Sie wird sie zierlich all' zusammenbinden,

Mit eigner Kette so dich süß umwinden,
Hinaufzuziehn an Mund und blühend Herze –
Was Himmel schloß, mag nicht der Himmel brechen.

AN HEINRICH GRAFEN V. LOEBEN

Die Klugen, die nach uns nicht wollten fragen,
Den heil'gen Kampf gern irdisch möchten schlichten,
Zum Tod' kein Herz, nicht Lieb' sich aufzurichten,
Verzehren sich nun selbst in eitlen Klagen.

Sind alle eure Schiffe denn zerschlagen:
Sieht man die heil'ge Flagge *Dich* aufrichten,
Vom Liebessturm', der jene mußt' vernichten,
Dein junges Schiff siegreich hinweggetragen.

Südwinde spielen blau um Laut' und Locken,
In Morgenrot des Hutes Federn schwanken,
Und Gottes Atem will die Segel schwellen.

Wen noch aus alter Zeit die Glocken locken,
Dem füllt der Segel wie der Töne Schwellen
Die Brust mit jungen, ewigen Gedanken.

DAS ZAUBERNETZ

Fraue, in den blauen Tagen
Hast ein Netz Du ausgehangen,

Zart gewebt aus seidnen Haaren,
Süßen Worten, weißen Armen.

Und die blauen Augen sprachen,
Wie ich Waldwärts wollte jagen,
»Zieh' mir, Schöner, nicht von dannen,
Sterben muß ich sonst im Garten!«

Und in diesem schönen Garten
Bunte Vögel lieblich sangen,
Schimmernd' Bronnen lustig sprangen,
Und ich blieb so gerne hangen. –

Hörst Du nun den Frühling laden,
Waldhorn gehn im grünen Walde,
Lockend grüßen bunte Flaggen,
Nach dem Sänger fragen alle?

Ach, von euch, ihr bunten Flaggen,
Kann ich, wie von Dir, nicht lassen!
Reisen in den blauen Tagen
Muß der Sänger mit dem Klange.

Flügel hat, den Du gefangen,
Alle Schlingen müssen lassen,
Und er wird Dir fortgetragen
Wie die Vöglein wiederkamen. –

Liebst Du, treu dem alten Sange
Wie dem Sänger, mich wahrhaftig,
Laß' Dein Schloß, den schönen Garten,
Führ' Dich ein in Waldesprachten!

Ein weiß' Zelter soll Dich tragen,
Um die schönen Glieder schlanke
Seide himmelblau gespannet,
Als ein süßgeschmückter Knabe.

Und dem Jäger wird so bange
Und er läßt die Rehe grasen,
Will nun nimmer von uns lassen
Mit dem frischen Hörnerklange.

Wer von uns verführt den andern,
Ob die Augen Dein es taten,
Meine Laut', des Jägers Blasen,
Ach! wir können's nicht erraten;

Aber um uns dreie alle
Wird der Lenz in grünen Walden
Wohl ein Zaubernetze schlagen,
Dem noch keiner je entkame.

Es will die Zeit mit ihrem Schutt verdecken
Den hellen Quell, der meiner Brust entsprungen,
Umsonst Gebete himmelan geschwungen,
Sie mögen nicht das Ohr der Gnade wecken.

So laß die Nacht die grausen Flügel strecken,
Nur immerzu, mein tapfres Schiff, gedrungen!
Wer einmal mit den Wogen hat gerungen,
Fühlt sich das Herz gehoben in den Schrecken.

Schießt zu, trefft, Pfeile, die durchs Dunkel schwirren!
Ruhvoll um Klippen über'm tück'schen Grunde
Lenk' ich mein Schiff, wohin die Sterne winken.

Mag dann der Steuermann nach langem Irren,
Rasch ziehend alle Pfeile aus der Wunde,
Tot an der Heimatküste niedersinken!

I.

Der Lenz mit Klang und roten Blumenmunden,
Holdsel'ge Pracht! wird bleich in Wald und Aue;
Tonlos schweift' ich damals durch's heitre Blaue,
Hatt' nicht das Glüh'n im Tiefsten noch empfunden.

Da sprach Waldhorn von übersel'gen Stunden,
Und wie ich mutig in die Klänge schaue,
Reit't aus dem Wald die wunderschöne Fraue,
O! Niederknie'n, erst's Aufblühn ew'ger Wunden!

Zu weilen, fortzuziehn, schien Sie zu zagen,
Verträumt blühten in's Grün der Augen Scheine,
Der Wald schien schnell zu wachsen mit Gefunkel.

Aus meiner Brust quoll ein unendlich Fragen,
Da blitzten noch einmal die Edelsteine,
Und um den Zauber schlug das grüne Dunkel.

II.

Nun ziehen Nebel, falbe Blätter fallen,
Öd' alle Stellen, die uns oft entzücket,
Zum letztenmal tief Rührung uns beglücket,
Wie aus der Flucht so scheidend Lieder schallen.

Wohl manchem blüht aus solchem Tod Gefallen,
Daß er, nun eng an's blüh'nde Herz gedrücket,
Von rotem Munde holdre Sträuße pflücket,
Als Lenz je beut mit Wäldern, Wiesen allen.

Mir sagte niemals ihrer Augen Bläue:
Ruh auch aus! Willst du ewig sinnen?
Und einsam seh' ich so den Sommer fahren.

So will ich tief des Lenzes Blüt' bewahren,
Und mit Erinnern zaubrisch mich umspinnen,
Bis ich nach langem Traum aufwach' im Maie.

ANGEDENKEN

I.

Sie band die Augen mir an jenen Bäumen;
Geh' schöner Blinder! sagt' Sie dabei sachte,
Wußt' nicht, wie Wunden süß dies Flüstern brachte
Und stieß mich in des Spieles wogend Schäumen.

Nun in der Augen Nacht quoll blühend Träumen,
Der Mienen Huld, wie Zauberblum'n, erwachte,
Da end't das Spiel – in's Aug' Licht wieder lachte,
Doch sehnend träumt' ich fort von jenen Träumen.

So stand ich unter holden Farbenbogen,
Und wie mein ganzes Leben schwellend blühte,
Dankt' ich dem Frühling solch' zaubrisch Verschönen.

Noch blüht der Lenz, doch Sie ist fortgezogen,
Nun weiß ich, daß nur Sie den Lenz beglühte,
Und einsam traur' ich in den Strahlen, Tönen.

II.

Wie wenn aus Tänzen, die sich lockend drehten,
Von müder Augen süßen Himmelsräumen,
Daß nun Gewährung nicht wollt' länger säumen,
Verratend die schamhaften Schleier wehten,

Ein einz'ger in die Nacht hinausgetreten,
Schauend wie draußen Land und Seen träumen,
Die Töne noch verklingen in den Bäumen,
An's Herz nun schwellend tritt einsames Beten:

Also, seit Du erhörend mich verlassen,
Grüßt mich Musik und Glänzen nur von ferne,
Wie Tauben, Botschaft bring'nd durch blaue Lüfte.

Nacht legt sich um die Augen hold, die nassen,
Als Blume sprieß' ich in die Klänge, Sterne,
Der goldnen Ferne hauchend alle Düfte.

DAS BILDNIS
Romanze

Der Knab' im grünen Walde
Ließ gerne Flur und Feld;
Das Waldhorn ferne schallte,
So weit lag alle Welt.
Er fragte: was er weine
Auf blumenreicher Au,
Was dieser Frühling meine,
Die Lüfte mild und blau?

Er kam zum dunkelhellen
Wundersam grünen Ort,
Da rauschten Wald und Quellen
Zaubrisch in einem fort;
Die zogen sich um sein Herze,
Da mußt er niederknie'n,
Gebannt in süßem Schmerze,
Mocht' nicht mehr weiter ziehn.

Dort stand eine Jungfrau milde,
Mit Kron' und Edelgestein',
Die in das grüne Wilde
Sandten vielsüßen Schein.
Süß Singen auf und nieder,
Und Blühen zu schauen war,
Nicht Farben waren's, noch Lieder,
Eine Glorie nur mild und klar.

Himmlische Rosen neigen
Sich Ihr um Wang und Brust,
Sie selber schien zu schweigen
Vor Wehmut und vor Lust,
Wie diese Melodieen
Ihr schlagen an die Brust,
Als wollt' die Welt Sie ziehen
Liebend an Ihre Brust. –

»O Königin vielsüße,
Du schöne Waldesbraut!
Wie Dich auch alles grüße
Mit holdem Frühlingslaut:
Mehr kann Dir keiner geben,
Als ich Dir geben muß,
Es wird mein ganzes Leben
Zum blüh'nden Liebesgruß.

Wo bin ich denn gewesen
Entfernt von Dir so lang?
Jetzt bin ich erst genesen,
In süßer Liebe krank.
Ach! was ich lieb' und habe,
Es war ja immer Dein,
Lassend der Erde Gabe,
Bleib' Du die Geliebte mein!«

Wie Schmerzen süß zu Schmerzen
Neigend die Königin,
Reicht Sie von Ihrem Herzen
Ihm eine Blume hin.
»Die Blume wohl bewahre!
Soll ewig Dich umblühn,
Zieht Dich nach einem Jahre
Wieder zu mir in's Grün.«

Nun schwiegen Wald und Quelle,
Versunken war die Braut,
Der Wald tät' auf sich helle,
Weit in den Lenz er schaut.
Nun wußt' er, was er weinte
Allein auf grüner Au;
Was dieser Frühling meinte,
Die Luft so lind und blau.

Und wie der Lenz von neuem
Mit tausend Stimmen sang,
Da ward dem Vielgetreuen
In seinem Tal so bang.
Er kniete zu der Stunde
Hin an des Hügels Hang,
Die Blume an dem Munde,
Die duftend ihn durchdrang.

Und aus der Blum' erstunde
Ein Glorifizieren mild,
Und in des Kelches Grunde
Blühte der Liebsten Bild.
Es macht' das süße Wunder
Süß alle Tränen los,
Sog alle Sinne hinunter
In seinen Farbenschoß.

Ein wunderbares Glimmen
Nun aus dem Frühling brach,
Rings überschwänglich' Stimmen
Tief lockend wurden wach,
Die Geliebte sah er schwimmen,
Als ob Sie zu ihm sprach
Und dieses Stromes Stimmen
Zogen den Liebsten nach. –

DAS GEBET

Wen hat nicht einmal Angst befallen,
Wann Trübnis ihn gefangen hält,
Als müßt' er ewig rastlos wallen
Nach einer wunderbaren Welt?
All' Freunde sind lang fortgezogen,
Der Frühling weint in einem fort,
Eine Brücke ist der Regenbogen
Zum friedlich sichern Heimats-Port.

Hinauszuschlagen in die Töne,
Lockt dich Natur mit wilder Lust,
Zieht Minne holde, Frauenschöne
Zum Abgrund süß die sel'ge Brust –
Den Tod siehst du verhüllet gehen
Durch Lieb' und Leben himmelwärts,
Ein einzig Wunder nur bleibt stehen
Einsam über dem öden Schmerz.

Du seltner Pilger, laß dich warnen!
Aus ird'scher Lust und Zauberei,
Die Freud- und Leidvoll dich umgarnen,
Strecke zu Gott die Arme frei!
Nichts mehr mußt du hienieden haben,
Himmlischbetrübt, verlassen, arm,
Ein treues Kind, dem Vater klagen
Die ird'sche Lust, den ird'schen Harm.

Es breitet diese einz'ge Stunde
Sich über's ganze Leben still,
Legt blühend sich um deine Wunde,
Die niemals wieder heilen will.
Treu bleibt der Himmel stets den Treuen,
Zur Erd' das Ird'sche niedergeht,
Zum Himmel über die Wüsteneien
Geht ewig siegreich das Gebet.

DIE HOCHZEITSNACHT

Nachts durch die stille Runde
Rauschte des Rheines Lauf,
Ein Schifflein zog im Grunde,
Ein Ritter stand darauf.

Die Blicke irrend schweifen
Von seines Schiffes Rand.
Ein blutigroter Streifen
Sich um das Haupt ihm wand.

Der sprach: »Da oben stehet
Ein Schlößlein überm Rhein,
Die an dem Fenster stehet:
Das war die Liebste mein.

Sie hat mir Treu versprochen,
Bis ich gekommen sei,
Sie hat die Treu gebrochen
Und alles ist vorbei.«

Viel' Hochzeitleute drehen
Da oben laut und bunt,
Sie bleibet einsam stehen
Und schauet in den Grund.

Und wie sie tanzten munter,
Und Schiff und Schiffer schwand,
Stieg sie vom Schloß hinunter,
Bis sie im Garten stand.

Die Spielleut' musizierten,
Sie sann gar mancherlei,
Die Töne sie so rührten,
Als müßt' das Herz entzwei.

Da trat ihr Bräut'gam süße
Zu ihr aus stiller Nacht,
So freundlich er sie grüßte,
Daß ihr das Herze lacht.

Er sprach: »Was willst du weinen,
Weil alle fröhlich sein!
Die Sterne schöne scheinen,
So lustig geht der Rhein.

Das Kränzlein in den Haaren
Steht dir so wunderfein,
Wir wollen etwas fahren
Hinunter auf dem Rhein.«

Zum Kahn folgt sie behende,
Setzt sich ganz vorne hin,
Er setzt' sich an das Ende
Und ließ das Schifflein ziehn.

Sie sprach: »Die Töne kommen
Verworren durch den Wind,
Die Fenster sind verglommen,
Wir fahren so geschwind.

Was sind das für so lange
Gebirge weit und breit?
Mir wird auf einmal bange
In dieser Einsamkeit.

Und fremde Leute stehen
Auf mancher Felsenwand,
Und stehen still und sehen
So steinern über'n Rand.«

Der Bräut'gam schien so traurig
Und sprach kein einzig Wort,

Schaut' in die Wellen schaurig
Und rudert' immerfort.

Sie sprach: »Schon seh ich Streifen
So rot im Morgen stehn,
Und Stimmen hör' ich schweifen,
Vom Ufer Hähne krähn.

Du siehst so still und wilde,
So bleich wird dein Gesicht,
Mir graut vor deinem Bilde –
Du bist mein Bräut'gam nicht.«

Da stund er auf – das Sausen
Hielt still in Flut und Wald,
Es rührt mit Lust und Grausen
Das Herz ihr die Gestalt.

Und wie mit steinern'n Armen
Hob er sie auf voll Lust,
Drückt ihren schönen, warmen
Leib an die eis'ge Brust. –

Licht wurden Wald und Höhen,
Der Morgen schien blutrot,
Das Schifflein sah man gehen,
Die schöne Braut drin tot.

DER ARMEN SCHÖNHEIT LEBENSLAUF

Die arme Schönheit irrt auf Erden,
So lieblich Wetter draußen ist,
Möcht' gern recht viel gesehen werden,
Weil jeder sie so freundlich grüßt.

Und wer die arme Schönheit schauet,
Sich wie auf großes Glück besinnt,
Die Seele fühlt sich recht erbauet,
Wie wenn der Frühling neu beginnt.

Da sieht sie viele schöne Knaben,
Die reiten unten durch den Wind,
Möcht' manchen gern am Arme haben,
Ach, hüte dich, du armes Kind!

Da ziehn viel redliche Gesellen,
Die sagen: Hast nicht Geld, noch Haus,
Wir fürchten deine Augen helle,
Wir haben nichts zum Hochzeitsschmaus.

Von andern tut sie sich wegdrehen,
Weil keiner ihr so wohlgefällt,
Die müssen traurig weiter gehen,
Und zögen gern ans End' der Welt.

Da sagt sie: Was hilft mir mein Sehen,
Ich wünscht', ich wäre lieber blind,
Da alle furchtsam von mir gehen,
Weil so gar schön mein' Augen sind. –

Nun sitzt sie hoch auf schlichtem Schlosse,
In schöne Kleider putzt sie sich,
Die Fenster glühn, sie winkt vom Schlosse,
Die Sonne blinkt, das blendet dich.

Die Augen, die so furchtsam waren,
Die haben jetzt so freien Lauf,
Das Kränzlein ist fort aus den Haaren,
Und hohe Federn stehn darauf.

Das Kränzlein ist herausgerissen,
So ohne Scheu sie dich anlacht,

Sie wird dich süß und heimlich grüßen,
Lockt dich zu einer schönen Nacht.

Da sieht sie die Gesellen wieder,
Die fahren unten auf dem Fluß,
Es singen laut die lustgen Brüder,
So furchtbar schallt des Einen Gruß:

»Was bist du für 'ne schöne Leiche!
So wüste wird mir meine Brust.
Wie bist du nun so arm, du Reiche,
Ich hab' an dir nicht weiter Lust!«

Der Wilde hat ihr so gefallen,
Laut schrie sie auf bei seinem Gruß,
Vom Schloß möcht' sie hinunterfallen,
Und unten ruhn im kühlen Fluß.

Sie blieb nicht länger mehr da oben,
Weil alles anders worden war,
Das Herz ist ihr so hoch erhoben,
Da wars so kalt und doch so klar.

Kein Stern wollt' nicht die Nacht erhellen,
Da mußte die Verliebte gehn,
Es rauscht' der Fluß, fern Hunde bellen,
Die Fenster still erleuchtet stehn.

Da legt sie ab die goldnen Spangen,
Den falschen Putz und Ziererei,
Aus dem verstockten Herzen drangen
Die alten Tränen wieder frei.

»Zu lieben und geliebt zu werden,
Ging ich bei schönem Wetter aus,
Jetzt liebt mich Keiner mehr auf Erden,
Jetzt ists so still, wär' ich zu Haus!«

Nun bist du frei von allen Sünden,
Die Lieb' zog triumphierend ein,
Du wirst noch hohe Gnade finden,
Die Seele geht im Hafen ein. –

Der Liebste war ein Jäger worden,
Der Morgen schien so rosenrot,
Da blies er lustig auf dem Horne,
Blies immerfort in seiner Not.

DER SÄNGER

Ich reise übers grüne Land,
Der Winter ist vergangen,
Hab' um den Hals ein gülden Band,
Daran die Laute hangen.

Der Morgen tut ein' goldnen Schein,
Den recht mein Herze spüret,
Da greif' ich in die Saiten ein,
Der liebe Gott mich führet.

So silbern geht der Ströme Lauf,
Fernüber schallt Geläute,
Die Seele ruft in sich: Glück auf,
Es grüßen frohe Leute.

Vom Schlosse in die weite Welt
Schaut eine Jungfrau munter,
Der Liebste sie im Arme hält,
Die sehn nach mir hinunter.

Sie ist so schön! Hinaus, im Wald
Gehn Wasser auf und unter,
Im grünen Wald sing', daß es schallt,
Mein Herz, sei wieder munter!

Die Sonne uns im Dunklen läßt,
Im Meere sich zu spülen,
Da ruh' ich aus vom schönen Fest,
Still in der roten Kühle.

Hoch führet durch die stille Nacht
Der Mond die goldnen Schafe,
Den Kreis der Erden Gott bewacht,
Wo ich tief unten schlafe. –

Wie liegt all' falsche Pracht so weit!
Schlaf wohl auf stiller Erde,
Gott schütz' dein Herz in Ewigkeit,
Daß es nicht traurig werde!

MANDOLINEN-LIED

Wenn die Sonne lieblich schiene,
Wie in Welschland blau und lau,
Ging' ich mit der Mandoline
Durch die überglänzte Au.

In der Nacht dann Liebchen lauschte
An dem Fenster, süßverwacht,
Wünschte mir und ihr, uns beiden
Heimlich eine schöne Nacht.

Wenn die Sonne lieblich schiene
Wie in Welschland lau und blau,
Ging ich mit der Mandoline
Durch die überglänzte Au.

KLAGE

Ich hab manch Lied geschrieben,
Die Seele war voll Lust,
Von rechtem Tun und Lieben,
Das Beste, was ich wußt'.

Was mir das Herz bewogen,
Das sagte treu mein Mund,
Und das ist nicht erlogen
Was kommt aus Herzensgrund.

Liebchen wußt's nicht zu deuten
Und lacht mir ins Gesicht,
Dreht' sich zu andern Leuten
Und achtet's weiter nicht.

Und spielt mit manchem Tropfe,
Weil ich so tief betrübt,
Mir ist so dumm im Kopfe,
Als wär' ich nicht verliebt.

Ach Gott, wem soll ich trauen,
Will sie mich nicht verstehn,
Tun all' so fremde schauen,
Und alles muß vergehn.

Und alles irrt zerstreuet,
Sie ist so schön und rot,
Ich hab' nichts, was mich freuet,
Ach wär' ich lieber tot!

NACH EINEM BALLE

Der Tanz, der ist zerstoben,
Die Musik ist verhallt,
Wir stehen einsam droben,
Es wird so still und kalt.

Sind alle fortgezogen,
Der Morgen scheint so rot,
Ich steh am Fensterbogen
Und wünscht', ich wäre tot.

Mein Herz möcht mir zerspringen,
Darum so wein' ich nicht,
Darum so muß ich singen,
Bis daß der Tag anbricht.

Bis es beginnt zu tagen –
Der Strom geht still und breit.
Die Nachtigallen schlagen,
Mein Herz wird mir so weit.

Sie hat so weiße Rosen,
Sie ist so still und bleich,
Sie kann wohl fröhlich kosen,
So jung und schmerzenreich. –

Und laß sie gehn und treiben
Und wieder nüchtern sein,
Ich will wohl bei Dir bleiben,
Ich will Dein Liebster sein!

LIED

In einem kühlen Grunde,
Da geht ein Mühlenrad,
Mein' Liebste ist verschwunden,
Die dort gewohnet hat.

Sie hat mir Treu versprochen,
Gab mir ein'n Ring dabei,
Sie hat die Treu gebrochen,
Mein Ringlein sprang entzwei.

Ich möcht' als Spielmann reisen
Weit in die Welt hinaus,
Und singen meine Weisen
Und gehn von Haus zu Haus.

Ich möcht' als Reiter fliegen
Wohl in die blut'ge Schlacht,
Um stille Feuer liegen
Im Feld bei dunkler Nacht.

Hör' ich das Mühlrad gehen,
Ich weiß nicht, was ich will,
Ich möcht' am liebsten sterben,
Da wär's auf einmal still.

HEIMKEHR

Sinds die Häuser, sinds die Gassen?
Ach, ich weiß nicht, wo ich bin,
Hab' ein Liebchen hier gelassen,
Und manch Jahr ging seitdem hin.

Aus den Fenstern schöne Frauen
Sehn mir freundlich ins Gesicht,
Keine kann so frischlich schauen,
Als mein liebes Liebchen sicht.

An dem Hause pocht' ich bange –
Doch die Fenster stehen leer,
Ausgezogen ist sie lange
Und es kennt mich Keiner mehr.

Und ringsum ein Rufen, Handeln,
Musikanten fiedeln drein,
Herrn und Damen gehn und wandeln
Zwischendurch in bunten Reihn.

Zierlich bücken, freundlich blicken,
Manches flücht'ge Liebeswort,
Händedrücken, heimlich Nicken –
Nimmt sie all der Strom mit fort.

Und mein Liebchen sah ich eben,
Traurig in dem lust'gen Schwarm,
Und ein schöner Herr daneben
Führt sie stolz und ernst am Arm.

Doch verblaßt war Mund und Wange,
Und gebrochen war ihr Blick,
Seltsam schaut' sie, stumm und lange,
Lange noch auf mich zurück.

Und es endet Tag und Scherzen,
Durch die Gassen pfeift der Wind,
Keiner weiß, wie unsre Herzen
Wild von Schmerz zerrissen sind.

WALDESGESPRÄCH

Es ist schon spät, es ist schon kalt,
Was reit'st du einsam durch den Wald?
Der Wald ist groß, du bist allein,
Du schöne Braut, ich führ' dich heim!

»Groß ist der Männer Trug und List,
Vor Schmerz mein Herz gebrochen ist,
Wohl irrt das Waldhorn her und hin,
O flieh, Du weißt nicht wer ich bin!«

So reich geschmückt ist Roß und Weib,
So wunderschön der junge Leib,
Jetzt kenn' ich dich – Gott steh mir bei!
Du bist die Hexe Lorelay.

»Du kennst mich wohl – vom hohen Stein
Schaut still mein Schloß in tiefen Rhein;
Es ist schon spät, es wird schon kalt,
Kommst nimmermehr aus diesem Wald!«

SONETT

Wir sind so tief betrübt, wenn wir auch scherzen;
Die Menschen tosen unten, gehn und reisen,
Die Welt zieht still und streng in ihren Gleisen,
Ein feuchter Wind verlöscht die lustgen Kerzen.

Du hast so schöne Worte tief im Herzen,
Du weißt so wunderbare, alte Weisen,
Und wie die Stern' am Firmamente kreisen,
Ziehn durch die Brust dir ewig Lust und Schmerzen.

So laß Dein' Stimme hell' im Wald erscheinen,
Das Waldhorn fromm wird auf und nieder wehen,
Die Wasser gehn und Rehe einsam weiden.

Wir wollen stille sitzen und nicht weinen,
Wir wollen in den Rhein hinunter sehen,
Und wird es finster, nicht von sammen scheiden.

AN DIE DICHTER

Wo treues Wollen, redlich Streben
Und rechten Sinn der Rechte spürt,
Das muß die Seele ihm erheben,
Das hat mich jedesmal gerührt.

Das Reich des Glaubens ist geendet,
Zerstört die alte Herrlichkeit,
Die Schönheit weinend abgewendet,
So Götterlos ist unsre Zeit.

O Einfalt gut in frommen Herzen,
Du züchtge, schöne Gottesbraut!
Dich schlugen sie mit frechen Scherzen,
Weil Dir vor ihrer Klugheit graut.

Wo findst Du nun ein Haus, vertrieben,
Wo man Dir Deine Wunder läßt,
Das treue Tun, das schöne Lieben,
Des Lebens still unschuldig Fest?

Wo findst Du Deinen alten Garten,
Dein Spielzeug, wunderbares Kind,
Der Sterne heilge Redensarten,
Das Morgenrot, den blauen Wind?

Wie hat die Sonne schön geschienen,
Nun ist so müd' und alt die Zeit,
Wie stehst so jung Du unter ihnen,
Wie wird mein Herz mir stark und weit!

Der Dichter kann nicht mit verarmen,
Wenn alles um ihn her zerfällt,
Hebt ihn ein göttliches Erbarmen,
Der Dichter ist das Herz der Welt.

Den dunklen Willen aller Wesen,
Im Irdischen die heilge Spur,
Soll er durch Liebeskraft erlösen,
Der schöne Liebling der Natur.

Drum hat ihm Gott das Wort gegeben,
Das schnell das Dunkelste benennt,
Den frommen Ernst im schönen Leben,
Die Freudigkeit, die keiner kennt.

Da soll er singen frei auf Erden,
In Lust und Not auf Gott vertraun,
Daß alle Herzen lustig werden
Und innerlichst sich still erbaun.

Der Ehre sei er recht zum Horte,
Der Sünde leucht' er ins Gesicht,
Viel Wunderkraft ist in dem Worte,
Das hell aus reinem Herzen bricht.

Vor Eitelkeit soll er vor allen
Streng hüten sein unschuldges Herz,
In eitlem Witz sich nicht gefallen,
Das Höchste duldet keinen Scherz.

O laßt unedle Mühe fahren,
O spielt in Wortgeklinge nicht,

Nicht mit der Gnad', die ihr erfahren,
Zur Sünde wird sonst das Gedicht.

Den lieben Gott laß in dir walten,
Aus frischer Brust nur treulich sing',
Was wahr an dir, wird sich gestalten,
Das andre ist erbärmlich Ding. –

Den Morgen seh ich fröhlich scheinen,
Die Oder ziehn im grünen Grund,
Mir ist so wohl – die's redlich meinen
Die grüß ich all' aus Herzensgrund!

DIE FREUNDE

I.

Wer auf den Wogen schliefe
Ein sanft gewiegtes Kind,
Kennt nicht des Lebens Tiefe,
Vor süßem Träumen blind.

Doch wen die Stürme fassen
Zu wildem Tanz und Fest,
Hoch auf den dunklen Straßen
Die falsche Welt verläßt:

Der lernt sich wacker rühren,
Durch Nacht und Klippen hin
Lernt der das Steuer führen
Mit sichrem, ernsten Sinn.

Der ist vom echten Kerne,
Erprobt zu Lust und Pein,
Der glaubt an Gott und Sterne,
Der soll mein Schiffmann sein!

II.
An L.

Vor mir liegen Deine Zeilen,
Sind nicht Worte, Schriften nicht,
Pfeile, die verwundend heilen,
Freundes-Augen, treu und schlicht.

Niemals konnte so mich rühren
Noch der Liebsten Angesicht,
Wenn uns Augen süß verführen,
Und die Welt voll Glanz und Licht:

Als in Freundes-Augen lesen
Meiner eignen Seele Wort,
Fester Treue männlich Wesen,
In Betrübnis Trost und Hort.

So verschlingen in Gedanken
Sich zwei Stämme wundertreu,
Andre dran sich mutig ranken
Kron' an Krone immer neu.

Prächt'ger Wald, wo's kühl zu wohnen,
Stille wachsend Baum an Baum,
Mit den brüderlichen Kronen
Rauschend in dem Himmelsraum!

III.
An L.

Mit Vielem will die Heimat mich erfreuen,
Ein heitres Schloß an blaugewund'nem Flusse,
Gesell'ge Lust, Mutwill und frohe Muße,
Der Liebe heitres Spiel, süß zu zerstreuen.

Doch wie die Tage freundlich sich erneuen,
Fehlt doch des Freundes Brust in Tat und Muße,
Der Ernst, der herrlich schwelget im Genusse,
Des reichen Blicks sich wahr und recht zu freuen.

Wo Zwei' sich treulich nehmen und ergänzen,
Wächst unvermerkt das freud'ge Werk der Musen.
Drum laß mich wieder, Freund, an's Herz Dich drücken!

Uns beide will noch schön das Leben schmücken
Mit seinen reichen, heitern, vollen Kränzen,
Der Morgenwind wühlt um den off'nen Busen!

IV.
An Fräulein –

Schalkhafte Augen reizend aufgeschlagen,
Die Brust empört, die Wünsche zu verschweigen,
Sieht man den leichten Zelter Dich besteigen,
Nach Lust und Scherzen durch den Lenz zu jagen.

Zu jung, des Lebens Ernste zu entsagen –
Kann ich nicht länger spielen nun und schweigen,
Wer Herrlich's fühlt, der muß sich herrlich zeigen,
Mein Ruhen ist ein ewig frisches Wagen.

Laß mich, so lang noch trunken unsre Augen,
Ein'n blüh'nden Kranz aus den vergang'nen Stunden
Dir heiter um die weiße Stirne winden;

Frag' nicht dann, was mich Deinem Arm' entwunden,
Drück' fest den Kranz nur in die muntern Augen,
Mein Haupt will auch und soll den seinen finden!

AN DIE ODER

Du blauer Strom, an dessen grünem Strande
Ich Licht und Lenz zum erstenmale schaute,
In frommer Sehnsucht still mein Schifflein baute,
Wie manch' Schiff unten kam und zog und schwand.

Von blauen Bergen über'm glänz'gen Lande
Bracht'st du mir Gruß und fröhl'ge sel'ge Laute,
Daß ich den blauen Winden mich vertraute,
Vom Ufer lösend hoffnungsreich die Bande.

Noch wußt' ich nicht, wohin und was ich meine,
Doch Morgenrot sah ich unsterblich quellen,
Wie liebt' ich Freiheit, Liebe, Kraft und Tugend.

Als ob das schöne Leben mich nur meine,
Fühlt' ich zu ferner Braut die Segel schwellen,
All' Wimpel rauschten da in ew'ger Jugend!

AUF DEM SCHWEDENBERGE

Da hoben bunt und bunter
Sich Zelte in die Luft,
Und Fähnlein wehten munter
Herunter von der Kluft.

Und um die leichten Tische,
An jenem Bächlein klar,
Saß in der kühlen Frische
Der lust'gen Reiter Schar.

Eilt' durch die rüstgen Zecher
Die Marketenderin,
Reicht' flüchtig ihre Becher,
Nimmt flücht'ge Küsse hin.

Da war ein Toben, Lachen,
Weit in den Wald hinein,
Die Trommel ging, es brachen
Die lust'gen Pfeifen drein.

Durch die verworr'nen Klänge
Stürmt' fort manch' wilde Brust,
Da schallten noch Gesänge
Von Freiheit und von Lust.

Fort ist das bunte Toben,
Verklungen Sang und Klang,
Und stille ist's hier oben
Viel hundert Jahre lang.

Du Wald, so dunkelschaurig,
Waldhorn, Du Jägerlust!
Wie lustig und wie traurig
Rührst Du mir an die Brust!

Wenn Du am Felsenhange stand'st alleine,
Unten im Walde Vögel seltsam sangen
Und Hörner aus der Ferne irrend klangen,
Als ob die Heimat drüben nach Dir weine,

War's niemals da, als rief die Eine, Deine?
Lockt' Dich kein Weh, kein brünstiges Verlangen
Nach andrer Zeit, die lange schon vergangen,
Auf ewig einzugeh'n in grüne Scheine?

Gebirge dunkelblau steigt aus der Ferne,
Und von den Gipfeln führt des Bundes Bogen
Als Brücke weit in unbekannte Lande.

Geheimnisvoll geh'n oben gold'ne Sterne,
Unten erbraust viel Land in dunk'len Wogen –
Was zögerst Du am unbekannten Rande?

Es wendet zürnend sich von mir die Eine,
Versenkt die Ferne mit den Wunderlichtern.
Es stockt der Tanz – ich stehe plötzlich nüchtern,
Musik läßt treulos mich so ganz alleine.

Da spricht der Abgrund dunkel: Bist nun meine;
Zieht mich hinab an bleiernen Gewichtern,
Sieht stumm mich an aus steinernen Gesichtern,
Das Herz wird selber zum krystall'nen Steine.

Dann ist's als ob es dürstend Schmerzen sauge
Aus lang vergess'ner Zeit Erinnerungen,
Und kann sich rühren nicht, von Frost bezwungen.

Versteinert schweigen muß der Wehmut Welle,
Wie willig auch, schmölz' ihn ein wärmend Auge,
Krystall zerfließen wollt' als Tränenquelle.

Durch's Leben schleichen feindlich fremde Stunden,
Wo Ängsten aus der Brust hinunterlauschen,
Verworr'ne Worte mit dem Abgrund tauschen,
Drin bodenlose Nacht nur ward erfunden.

Wohl ist des Dichters Seele stumm verbunden
Mit Mächten, die am Volk' vorüberrauschen;
Sehnsucht muß wachsen an der Tiefe Rauschen
Nach hellerm Licht und nach des Himmels Kunden.

O Herr! Du kennst allein den treuen Willen,
Befrei' ihn von der Kerkerluft des Bösen,
Laß' nicht die eig'ne Brust mich feig' zerschlagen!

Und wie ich schreibe hier, den Schmerz zu stillen,
Fühl' ich den Engel schon die Riegel lösen,
Und kann vor Glänzung nicht mehr weiter klagen.

Es saß ein Mann gefangen
Auf einem hohen Turm,
Die Wetterfähnlein klangen
Gar seltsam in den Sturm.

Und draußen hört' er ringen
Verworr'ner Ströme Gang,
Dazwischen Vöglein singen,
Und heller Waffen Klang.

Ein Liedlein scholl gar lustig:
Heisa, so lang Gott will!
Und wilder Menge Tosen,
Dann wieder totenstill.

So tausend Stimmen irren,
Wie Wind' im Meere geh'n,
Sich teilen und verwirren,
Er konnte nichts versteh'n.

Doch spürt' er, wer ihn grüße
Mit Schaudern und mit Lust,
Es rührt ihm wie ein Riese
Das Leben an die Brust.

GEISTESGRUSS

Nächtlich dehnen sich die Stunden,
Unschuld schläft in stiller Bucht,
Fernab ist die Welt verschwunden,
Die das Herz in Träumen sucht.

Und der Geist tritt auf die Zinne,
Und noch stiller wird's umher,
Schauet mit dem starren Sinne
In das wesenlose Meer.

Wer ihn sah bei Wetterblicken
Steh'n in seiner Rüstung blank:
Den mag nimmermehr erquicken
Reichen Lebens frischer Drang. –

Fröhlich an den öden Mauern
Schweift der Morgensonne Blick,
Da versinkt das Bild mit Schauern
Einsam in sich selbst zurück.

DER DICHTER

Nichts auf Erden nenn' ich mein,
Als die Lieder meiner Laute,
Doch nenn' den, der freud'ger schaute
In die schöne Welt hinein!
Alles Lebens tiefste Schöne
Tun geheimnisvoll ja Töne
Nur dem frommen Sänger kund,
Und *die* Freude sagt kein Mund,
Die Gott wunderbar gelegt
In des Dichters Herzensgrund.
Wenn die Welt, so wild bewegt,

Ängstlich schaut nach ihren Rettern:
Über aller Nebel Wogen
Wölbt Er kühn den Friedensbogen,
Und, wie nach verzog'nen Wettern,
Rauscht die Erde wieder mild;
Alle Knospen Blüten treiben;
Und der Frühling ist sein Haus,
Und *der* Frühling geht nie aus. –
O du lieblich Frauenbild!
Willst Du bei dem Sänger bleiben? –
Blumen bind't ein streng Geschick:
Wenn die tausend Stimmen singen,
Alle Schmerzen, alles Glück
Ewig lautlos zu verschweigen.
Doch bei kühlem Mondenblick
Regt ihr stiller Geist die Schwingen,
Möcht' dem duft'gen Kelch entsteigen.
Sieh', schon ist die Sonn' gesunken
Aus der dunkelblauen Schwüle,
Und zerspringt in tausend Funken
An den Felsen rings und Bäumen,
Bis sie alle selig träumen.
Mit den Sternen in der Kühle
Blüh'n da Wünsche, steigen Lieder
Aus des Herzens Himmelsgrund,
Und ich fühle alles wieder:
Alte Freuden, junges Wagen! –
Ach! so viel möcht' ich Dir sagen,
Sagen recht aus Herzensgrund,
In dem Rauschen, in dem Wehen
Möcht' ich fröhlich mit Dir gehen,
Plaudern in der lauen Nacht,
Bis der Morgenstern erwacht! –

KLAGE
1809

O könnt' ich mich niederlegen
Weit in den tiefsten Wald,
Zu Häupten den guten Degen,
Der noch von den Vätern alt,

Und dürft' von allem nichts spüren
In dieser dummen Zeit,
Was sie da unten hantieren,
Von Gott verlassen, zerstreut;

Von fürstlichen Taten und Werken,
Von alter Ehre und Pracht,
Und was die Seele mag stärken,
Verträumend die lange Nacht.

Denn eine Zeit wird kommen,
Da macht der Herr ein End',
Da wird den Falschen genommen
Ihr unechtes Regiment.

Denn wie die Erze vom Hammer,
So wird das lockre Geschlecht
Gehau'n sein von Not und Jammer
Zu festem Eisen recht.

Da wird Aurora tagen
Hoch über den Wald hinauf,
Da gibt's was zu singen und schlagen,
Da wacht, ihr Getreuen, auf.

LIEBER ALLES

Soldat sein ist gefährlich,
Studieren sehr beschwerlich,
Das Dichten süß und zierlich,
Der Dichter gar possierlich
In diesen wilden Zeiten.
Ich möcht' am liebsten reiten,
Ein gutes Schwert zur Seiten,
Die Laute in der Rechten,
Studentenherz zum Fechten.
Ein wildes Roß ist's Leben,
Die Hufe Funken geben,
Wer's ehrlich wagt, bezwingt es,
Und wo es tritt, da klingt es!

DIE BRAUT

Wann die Bäume blüh'n und sprossen
Und die Lerche kehrt zurück,
Denkt die Seele der Genossen,
Fühlet fern' und nahes Glück.

Selig Weinen sel'ger Herzen!
Wenn das Herz nichts weiter will,
Nicht weiß, ob es Lust, ob Schmerzen,
Aber fröhlich ist und still.

Frischer sich die Hügel kränzen,
Heitrer lacht das weite Blau,
Alle Blumen schöner glänzen
Durch des Auges süßen Tau.

Und soll denn das Lieben leiden,
Und, wer leidet, krank auch sein,

Ach, so will ich keine Freuden,
Und mag nicht gesund mehr sein!

IN DAS STAMMBUCH DER M. H.

Akrostichon mit aufgegebenen Endreimen

*I*st hell der Himmel, heiter alle *Wellen*,
*B*etritt der Schiffer wieder seine *Wogen*,
*V*orüber Wald und Berge schnell *geflogen*,
*E*r muß, wohin die vollen Segel *schwellen*.
*I*n Duft versinken bald all' liebe *Stellen*,
*C*ypressen nur noch ragen aus den *Wogen*,
*H*erüber kommt manch süßer Laut *geflogen*,
*E*s trinkt das Meer der Klagen sanfte *Quellen*.
*N*ichts weilt. – Doch zaubern Treue und *Verlangen*,
*D*a muß sich blüh'nder alte Zeit *erneuern*,
*O*effnet die Ferne drauf die Wunder*lichtung*,
*R*uht Dein Bild drin bekränzt in heil'ger *Dichtung*. –
*F*ern laß' den Freund nach Ost und West nur *steuern*,
*F*rei scheint er wohl – Du hältst ihn doch *gefangen*!

IN E..S STAMMBUCH

Mit einem Blatte, ein Bergschloß vorstellend

In klaren Ebenmaßen schön gefugt,
Gleich dem Palaste freundlich sich erhebend,
Stark wie die Burg, die von dem Fels dort lugt,
In ernster Höh der alten Freiheit lebend,
Gleich jenem Turm stets nach dem Höchsten strebend,
Schloß, Burg und was da irdisch, überflügelnd –
Dabei, still wie die See dort, im Gemüt
Des Himmels Blau und was auf Erden blüht,
In frommer Klarheit ewig heiter spiegelnd;
Vor allem dann fern über Strom und Land
Den alten Freunden treulich zugewandt!

Ach, von dem weichen Pfühle
Was treibt dich irr umher?
Bei meinem Saitenspiele
Schlafe, was willst du mehr?

Bei meinem Saitenspiele
Heben dich allzusehr
Die ewigen Gefühle;
Schlafe, was willst du mehr?

Die ewigen Gefühle,
Schnupfen und Husten schwer,
Ziehn durch die nächt'ge Kühle;
Schlafe, was willst du mehr?

Ziehn durch die nächt'ge Kühle
Mir den Verliebten her,
Hoch auf schwindlige Pfühle;
Schlafe, was willst du mehr?

Hoch auf schwindligem Pfühle
Zähle der Sterne Heer;
Und so dir das mißfiele:
Schlafe, was willst du mehr?

Der Liebende steht träge auf,
Zieht ein Herr Jemine-Gesicht,
Und wünscht, er wäre tot.
Der Morgen tut sich prächtig auf,

So silbern geht der Ströme Lauf,
Die Vöglein schwingen hell sich auf:
»Bad', Menschlein, dich im Morgenrot,
Dein Sorgen ist ein Wicht!«

Die Welt ruht still im Hafen,
Mein Liebchen, gute Nacht!
Wann Wald und Berge schlafen,
Treu' Liebe einsam wacht.

Ich bin so wach und lustig,
Die Seele ist so licht,
Und eh' ich liebt', da wußt' ich
Von solcher Freude nicht.

Ich fühl' mich so befreiet
Von eitlem Trieb und Streit,
Nichts mehr das Herz zerstreuet
In seiner Fröhlichkeit.

Mir ist, als müßt' ich singen
So recht aus tiefster Lust
Von wunderbaren Dingen,
Was niemand sonst bewußt.

O könnt' ich alles sagen!
O wär' ich recht geschickt!
So muß ich still ertragen,
Was mich so hoch beglückt.

DER KRANKE

Soll ich Dich denn nun verlassen,
Erde, heit'res Vaterhaus?
Herzlich Lieben, mutig Hassen,
Ist denn alles, alles aus?

Vor dem Fenster durch die Linden
Spielt es wie ein linder Gruß,
Lüfte, wollt ihr mir verkünden,
Daß ich bald hinunter muß? –

Liebe, ferne, blaue Hügel,
Stiller Fluß im Tales-Grün,
Ach, wie oft wünscht' ich mir Flügel,
Über euch hinweg zu zieh'n!

Da sich jetzt die Flügel dehnen
Schaur' ich in mich selbst zurück,
Und ein unbeschreiblich Sehnen
Zieht mich zu der Welt zurück.

DICHTERFRÜHLING

Wenn die Bäume lieblich rauschen,
An den Bergen, an den Seen,
Die im Sonnenscheine stehen,
Warme Regen niederrauschen,
Mag ich gern begeistert lauschen.
Denn um die erfrischten Hügel
Auf und nieder sich bewegen
Fühl' ich Winde, Gottes Flügel,
Und mir selber wachsen Flügel,
Atm' ich still den neuen Segen.

Wie der Kranke von der Schwelle
Endlich wieder in die warme
Luft hinausstreckt Brust und Arme,
Und es spült des Lebens Welle
Fort die Glieder in das Helle:
Also kommt ein neues Leben
Oft auf mich herab vom Himmel,
Und ich seh' vor mir mein Streben
Licht und unvergänglich schweben
Durch des Lebens bunt Gewimmel.

Will erquickt nun alles prangen,
Irrt der Dichter durch die Schatten,

Durch die blumenreichen Matten,
Denkt der Zeiten, die vergangen,
Ferner Freunde voll Verlangen,
Und es weben sich die Träume
Wie von selbst zum Werk der Musen,
Und rings Berge, Blumen, Bäume
Wachsen in die heitern Räume
Nach der Melodie im Busen.

GEBET

Gott, inbrünstig möcht' ich beten,
Doch der Erde Bilder treten
Immer zwischen dich und mich,
Und die Seele muß mit Grauen
Wie in einen Abgrund schauen,
Strenger Gott, ich fürchte dich!

Ach, so brich auch meine Ketten!
Alle Menschen zu erretten,
Gingst du ja in bittern Tod.
Irrend an der Hölle Toren,
Ach, wie bald bin ich verloren,
Hilfst du nicht in meiner Not!

Schon wird es draußen licht auf Berg und Talen;
Aurora, stille Braut, ihr schönen Strahlen,
Die farb'gen Rauch aus Fluß und Wäldern saugen,
Euch grüßen neu die halbverschlaf'nen Augen.
Verrät'risch, sagt man, sei des Zimmers Schwüle
Wo Nachts ein Mädchen träumte vom Geliebten:
So komm herein, du rote, frische Kühle,
Fliegt in die blaue Luft, ihr schönen Träume!

Ein furchtsam Kind, im stillen Haus erzogen
Konnt' ich am Abendrot die Blicke weiden,
Tiefatmend in die laue Luft vor Freuden.
Er hat um diese Stille mich betrogen.
Mit stolzen Augen, fremden schönen Worten
Lockt er die Wünsche aus dem stillen Hafen
Wo sie bei Sternenglanze selig schlafen,
Hinaus ins unbekannte Reich der Wogen;
Da kommen Winde buhlend angeflogen,
Die zarte Hand zwingt nicht die wilden Wellen,
Du mußt, wohin die vollen Segel schwellen.

Da zog er heimlich fort. – Seit jenem Morgen
Da hatt' ich Not, hatt' heimlich was zu sorgen.
Wenn nächtlich unten lag die stille Runde,
Einförmig Rauschen herkam von den Wäldern,
Pfeifend der Wind strich durch die öden Felder
Und hin und her in Dörfern bellten Hunde,
Ach! wenn kein glücklich Herz auf Erden wacht
Begrüßten die verweinten Augen manche Nacht!

Wie oft, wenn wir im Garten ruhig waren,
Sagte mein Bruder mir vor vielen Jahren:
»Dem schönen Lenz gleicht recht die erste Liebe.
Wann draußen neu geschmückt die Frühlingsbühne,
Die Reiter blitzend unten zieh'n durch's Grüne,
In blauer Luft die Lerchen lustig schwirren,
Läßt sie sich weit in's Land hinaus verführen.
Fragt nicht wohin, und mag sich gern verirren,
Den Stimmen folgend, die sie wirrend führen.
Da wendet auf den Feldern sich der Wind,
Die Vögel hoch durch Nebel zieh'n nach Haus;
Es wird so still, das schöne Fest ist aus.
Gar weit die Heimat liegt, das schöne Kind
Find't nicht nach Hause mehr, nicht weiter fort –
Hüt' dich, such' früh dir einen sichern Port!«

AUF DEM RHEIN

Kühle auf dem schönen Rheine,
Fuhren wir vereinte Brüder,
Tranken von dem goldnen Weine,
Singend gute deutsche Lieder.
Was uns dort erfüllt die Brust,
Sollen wir halten,
Niemals erkalten
Und vollbringen treu mit Lust!
Und so wollen wir uns teilen,
Eines Fels verschiedne Quellen,
Bleiben so auf hundert Meilen
Ewig redliche Gesellen!

Es waren zwei junge Grafen
Verliebt bis in den Tod,
Die konnten nicht ruh'n noch schlafen
Bis an den Morgen rot.

O trau' den zwei Gesellen,
Mein Liebchen, nimmermehr,
Die geh'n wie Wind und Wellen,
Gott weiß: wohin, woher. –

Wir grüßen Land und Sterne
Mit wunderbarem Klang,
Und wer uns spürt von Ferne,
Dem wird so wohl und bang.

Wir haben wohl hienieden
Kein Haus an keinem Ort,
Es reisen die Gedanken
Zur Heimat ewig fort.

Wie eines Stromes Dringen
Geht unser Lebenslauf,
Gesanges Macht und Ringen
Tut helle Augen auf.

Und Ufer, Wolkenflügel,
Die Liebe hoch und mild –
Es wird in diesem Spiegel
Die ganze Welt zum Bild.

Dich rührt die frische Helle,
Das Rauschen heimlich kühl,
Das lockt dich zu der Welle,
Weil's draußen leer und schwül.

Doch wolle nie dir halten
Der Bilder Wunder fest,
Tot wird ihr freies Walten,
Hältst du es weltlich fest.

Kein Bett darf er hier finden.
Wohl in den Tälern schön
Siehst du sein Gold sich winden,
Dann plötzlich Meerwärts dreh'n.

AN –

Was lebte, rollt' zum Himmel aus dem Tale,
Des Ritters Mut, Gesanges feur'ge Zungen,
Und aus den Felsen Münster kühn geschwungen,
Das Kreuz erhebend hoch im Morgenstrahle.

Versunken sind die alten Wundermale,
Nur eine Waldkapelle unbezwungen,
Blieb einsam stehen über Niederungen,
Die läutet fort und fort hinab zum Tale.

Was frägt die Menge, ob's der Wind verwehe, –
Nur Ein'ge trifft der Laut, die stehn erschrocken,
Und mahnend lockt's wie Heimweh sie zur Höhe.

Ein heit'rer Greis zieht oben still die Glocken,
Reicht fest die Hand und führt aus der Verheerung
Durch's alte Tor die Treuen zur Verklärung.

AN –

Wie nach festen Felsenwänden
Muß ich in der Einsamkeit
Stets auf Dich die Blicke wenden.
Alle, die in guter Zeit
Bei mir waren, sah ich scheiden
Mit des falschen Glückes Schaum,
Du bliebst schweigend mir im Leiden,
Wie ein treuer Tannenbaum,
Ob die Felder lustig blüh'n,
Ob der Winter zieht heran,
Immer finster, immer grün –
Reich' die Hand mir, wackrer Mann!

ZORN
1810

Seh' ich im verfall'nen, dunkeln
Haus die alten Waffen hangen,
Zornig aus dem Roste funkeln,
Wenn der Morgen aufgegangen,

Und den letzten Klang verflogen,
Wo im wilden Zug der Wetter,
Auf's gekreuzte Schwert gebogen,
Einst gehaust des Landes Retter.

Und ein neu Geschlecht von Zwergen
Schwindelnd um die Felsen klettern,
Frech, wenn's sonnig auf den Bergen,
Feige krümmend sich in Wettern,

Ihres Heilands Blut und Tränen
Spottend noch einmal verkaufen,
Ohne Klage, Wunsch und Sehnen
In der Zeiten Strom ersaufen;

Denk' ich dann, wie Du gestanden
Treu, da niemand treu geblieben:
Möcht' ich, über unsre Schande
Tiefentbrannt in zorn'gem Lieben,

Wurzeln in der Felsen Marke,
Und empor zu Himmels Lichten
Stumm anstrebend wie die starke
Riesentanne mich aufrichten.

NACHTFEIER
1810

Decket Schlaf die weite Runde,
Muß ich oft am Fenster lauschen,
Wie die Ströme unten rauschen,
Räder sausen kühl im Grunde,
Und mir ist so wohl zur Stunde;
Denn hinab vom Felsenrande
Spür' ich Freiheit, uralt Sehnen,
Fromm zerbrechend alle Bande,
Über Wälder, Strom und Lande
Keck die großen Flügel dehnen.

Was je Großes brach die Schranken,
Seh' ich durch die Stille gehen,

Helden auf den Wolken stehen,
Ernsten Blickes, ohne Wanken,
Und es wollen die Gedanken
Mit den guten Alten hausen,
Sich in ihr Gespräch vermischen,
Das da kommt in Waldes-Brausen.
Manchem füllt's die Brust mit Grausen,
Mich soll's laben und erfrischen!

Tag und Regung war entflohen,
Über'n See nur kam Geläute
Durch die monderhellte Weite,
Und rings brannten auf den hohen
Alpen still die bleichen Lohen,
Ew'ge Wächter echter Weihe,
Als, erhoben vom Verderben
Und vom Jammer, da die Dreie
Einsam traten in das Freie,
Frei zu leben und zu sterben.

Und so wachen heute Viele
Einsam über ihrem Kummer;
Unerquickt von falschem Schlummer,
Aus des Wechsels wildem Spiele
Schauend fromm nach Einem Ziele.
Durch die öde, stumme Leere
Fühl' ich mich Euch still verbündet;
Ob der Tag das Recht verkehre,
Ewig strahlt der Stern der Ehre,
Kühn in heil'ger Nacht entzündet.

SYMMETRIE

1810

O Gegenwart, wie bist du schnelle,
Zukunft, wie bist du morgenhelle,
Vergangenheit so abendrot!

Das Abendrot soll ewig stehen,
Die Morgenhelle frisch drein wehen,
So ist die Gegenwart nicht tot.

Der Tor, der lahmt auf einem Bein,
Das ist gar nicht zu leiden,
Schlagt ihm das andre Bein entzwei,
So hinkt er doch auf beiden!

HEIMKEHR

1810

Heimwärts kam ich spät gezogen,
Nach dem väterlichen Haus,
Die Gedanken weit geflogen
Über Berg und Tal voraus.
Nur noch hier aus diesem Walde!
Sprach ich, streichelt' sanft mein Roß,
Gold'nen Haber kriegst du balde,
Ruh'n wir aus auf lichtem Schloß.

Doch warum auf diesen Wegen
Sieht's so still und einsam aus?
Kommt denn keiner mir entgegen,
Bin ich nicht mehr Sohn vom Haus?
Kein' Hoboen hör' ich schallen,
Keine bunte Truppe mehr
Seh' ich froh den Burgpfad wallen –
Damals ging es lust'ger her.

Über die verguld'ten Zinnen
Trat der Monden eben vor,
Holla ho! ist niemand drinnen?
Fest verriegelt ist das Tor.

Wer will in der Nacht mich weisen,
Von des Vaters Hof und Haus!
Mit dem Schwert hau' ich die Eisen,
Und das Tor springt rasselnd auf.

Doch was seh' ich! wüst, verfallen
Zimmer, Hof und Bogen sind,
Einsam meine Tritte hallen,
Durch die Fenster pfeift der Wind.
Alle Ahnenbilder lagen
Glanzlos in den Schutt verwühlt,
Und die Zitter drauf zerschlagen,
Auf der ich als Kind gespielt.

Und ich nahm die alte Zitter,
Trat an's Fenster voller Gras,
Wo so ofte hinter'm Gitter
Sonst die Mutter bei mir saß:
Gern mit Märlein mich erbaute,
Daß ich still saß, Abendrot,
Strom und Wälder fromm beschaute –
Mutter, bist du auch schon tot?

So war ich in' Hof gekommen, –
Was ich da auf einmal sah,
Hat den Atem mir benommen,
Bleibt mir bis zum Tode nah:
Aufrecht saßen meine Ahnen,
Und kein Laut im Hofe ging,
Eingehüllt in ihre Fahnen,
Da im ewig stillen Ring.

Und den Vater unter ihnen
Sah ich sitzen an der Wand,
Streng und steinern seine Mienen,
Doch in tiefster Brust bekannt;
Und in den gefalt'nen Händen

Hielt er ernst ein blankes Schwert,
Tät die Blicke niemals wenden,
Ewig auf den Stahl gekehrt.

Da rief ich aus tiefsten Schmerzen:
Vater, sprich ein einzig Wort,
Wälz' den Fels von deinem Herzen,
Starre nicht so ewig fort!
Was das Schwert mit seinen Scheinen,
Rede, was dein Schauen will;
Denn mir graust durch Mark und Beine,
Wie du so entsetzlich still. –

Morgenleuchten kam geflogen,
Und der Vater ward so bleich,
Adler hoch darüber zogen
Durch das klare Himmelreich,
Und der Väter stiller Orden
Sank zur Ruh in Ewigkeit,
Steine, wie es lichte worden,
Standen da im Hof' zerstreut.

Nur der Degen blieb da droben
Einsam liegen über'm Grab;
»Sei denn Hab' und Gut zerstoben,
Wenn ich dich, du Schwert, nur hab'!«
Und ich faßt' es. – Leute wühlten
Über'n Berg, hinab, hinauf,
Ob sie für verrückt mich hielten –
Mir ging hell die Sonne auf.

GEBET
1810

Was soll ich, auf Gott nur bauend,
Schlechter sein, als all' die Andern,

Die, so wohlbehaglich schauend,
Froh dem eigenen Nichts vertrauend,
Die gemeine Straße wandern?

Warum gabst Du mir die Güte,
Die Gedanken himmelwärts,
Und ein ritterlich Gemüte,
Das die Treue heilig hüte
In der Zeit treulosem Scherz?

Was hast Du mich blank gerüstet,
Wenn mein Volk mich nicht begehrt,
Keinem mehr nach Freiheit lüstet,
Daß mein Herz, betrübt, verwüstet,
Nur dem Grabe zugekehrt? –

Laß die Ketten mich zerschlagen,
Frei zum schönen Gottesstreit
Deine hellen Waffen tragen,
Fröhlich beten, herrlich wagen,
Gib zur Kraft die Freudigkeit!

MAHNUNG
1810

I.

In Wind verfliegen sah ich, was wir klagen,
Erbärmlich Volk um falscher Götzen Thronen,
Wen'ger Gedanken, deutschen Landes Kronen,
Wie Felsen, aus dem Jammer einsam ragen.

Da mocht' ich länger nicht nach Euch mehr fragen,
Der Wald empfing, wie rauschend! den Entfloh'nen,
In Burgen alt, an Stromeskühle wohnen,
Wollt' ich auf Bergen bei den alten Sagen.

Da hört' ich Strom und Wald dort so mich tadeln:
»Was willst, Lebend'ger du, hier über'm Leben,
Einsam verwildernd in den eignen Tönen?

Es soll im Kampf der rechte Schmerz sich adeln,
Den deutschen Ruhm aus der Verwüstung heben,
Das will der alte Gott von seinen Söhnen!«

II.

Wohl mancher, dem die wirblichten Geschichten
Der Zeit das ehrlich deutsche Herz zerschlagen,
Mag, wie Prinz Hamlet, zu sich selber sagen:
Weh! daß zur Welt ich kam, sie einzurichten!

Weich, aufgelegt zu Lust und fröhlichem Dichten,
Möcht' er so gern sich mit der Welt vertragen,
Doch, Rache fordernd, aus den leichten Tagen
Sieht er der Väter Geist sich stets aufrichten.

Ruhlos und tödlich ist die falsche Gabe;
Des Großen Wink im tiefsten Marke spüren,
Gedanken rastlos – ohne Kraft zum Werke.

Entschließ Dich wie du kannst nun, doch das merke:
Wer in der Not nichts mag, als Lauten rühren,
Des Hand dereinst wächst mahnend aus dem Grabe.

DER TIROLER NACHTWACHE

In stiller Bucht, bei finst'rer Nacht,
Schläft tief die Welt im Grunde,
Die Berge rings steh'n auf der Wacht,
Der Himmel macht die Runde,
Geht um und um
Ums Land herum

Mit seinen goldnen Scharen
Die Frommen zu bewahren.

Kommt nur heran mit Eurer List,
Mit Leitern, Strick und Banden!
Der Herr doch noch viel stärker ist,
Macht Euren Witz zu Schanden.
Wie war't Ihr klug! –
Nun schwindelt Trug
Hinab vom Felsenrande –
Wie seid Ihr dumm! o Schande!

Gleichwie die Stämme in dem Wald,
Woll'n wir zusammenhalten,
Ein' feste Burg, Trutz der Gewalt,
Verbleiben treu die alten.
Steig', Sonne, schön!
Wirf von den Höh'n
Nacht und die mit ihr kamen,
Hinab in Gottes Namen!

AN DIE TYROLER
Im Jahre 1810

Bei Waldesrauschen, kühnem Sturz der Wogen,
Wo Herden einsam läuten an den Klüften,
Habt ihr in eurer Berge heitern Lüften
Der Freiheit Lebensatem eingesogen.

Euch selbst die Retter, seid ihr ausgezogen,
Wie helle Bäche brechen aus den Klüften;
Hinunter schwindelt Tücke nach den Schlüften,
Der Freiheit Burg sind eure Felsenbogen.

Hochherzig Volk, Genosse größrer Zeiten!
Du sinkst nun in der eignen Häuser Brande,
Zum Himmel noch gestreckt die freien Hände.

O Herr! laß diese Lohen weh'n, sich breiten
Auffordernd über alle deutsche Lande,
Und wer da fällt, dem schenk' so glorreich Ende!

AN DIE MEISTEN
1810

Ist denn alles ganz vergebens?
Freiheit, Ruhm und treue Sitte,
Ritterbild des alten Lebens,
Zog im Lied durch eure Mitte
Hohnverlacht als Don Quixote;
Euch deckt Schlaf mit plumper Pfote,
Und die Ehre ist euch Zote.

Ob sich Kampf erneut', vergliche,
Ob sich roh Gebirgsvolk raufe,
Sucht der Klüg're Weg' und Schliche,
Wie er nur sein Haus erlaufe.
Ruhet, stützet nur und haltet!
Untersinkt, was ihr gestaltet,
Wenn der Mutterboden spaltet.

Wie so lustig, ihr Poeten,
An den blumenreichen Hagen
In dem Abendgold zu flöten,
Quellen, Nymphen nachzujagen!
Wenn erst mut'ge Schüsse fallen,
Von den schönen Widerhallen
Laßt ihr zart Sonette schallen.

Wohlfeil Ruhm sich zu erringen,
Jeder ängstlich schreibt und treibet;
Keinem möcht' das Herz zerspringen,
Glaubt sich selbst nicht, was er schreibet.
Seid ihr Männer, seid ihr Christen?

Glaubt ihr Gott zu überlisten,
So in Selbstsucht feig zu nisten?

Einen Wald doch kenn' ich droben,
Rauschend mit den grünen Kronen,
Stämme brüderlich verwoben,
Wo das alte Recht mag wohnen.
Manche auf sein Rauschen merken,
Und ein neu Geschlecht wird stärken
Dieser Wald zu deutschen Werken.

NACHTGRUSS

Weil jetzo alles stille ist
Und alle Menschen schlafen,
Mein Seel' das ew'ge Licht begrüßt,
Ruht wie ein Schiff im Hafen.

Der falsche Fleiß, die Eitelkeit,
Was Keinen mag erlaben,
Darin der Tag das Herz zerstreut,
Liegt alles tief begraben.

Ein andrer König wunderreich
Mit königlichen Sinnen
Zieht herrlich ein im stillen Reich,
Besteigt die ew'gen Zinnen.

ERWARTUNG

O schöne bunte Vögel
Wie singt ihr gar so hell!
O Wolken, luft'ge Segel,
Wohin so schnell, so schnell?

Ihr alle, ach, gemeinsam
Flieg't zu der Liebsten hin,
Sag't Ihr, wie ich hier einsam
Und voller Sorgen bin.

Im Walde steh' und laur' ich,
Verhallt ist jeder Laut,
Die Wipfel nur weh'n schaurig,
O komm, Du süße Braut!

Schon sinkt die dunkelfeuchte
Nacht rings auf Wald und Feld,
Des Mondes hohe Leuchte
Tritt in die stille Welt.

Wie schauert nun im Grunde
Der tiefsten Seele mich!
Wie öde ist die Runde
Und einsam ohne Dich!

Was rauscht? – *Sie* naht von ferne! –
Nun, Wald, rausch' von den Höh'n,
Nun laß Mond, Nacht und Sterne
Nur auf und untergehn!

FRISCHE FAHRT

Laue Luft kommt blau geflossen,
Frühling, Frühling soll es sein!
Waldwärts Hörnerklang geschossen,
Mut'ger Augen lichter Schein;
Und das Wirren bunt und bunter
Wird ein magisch wilder Fluß,
In die schöne Welt hinunter
Lockt dich dieses Stromes Gruß.

Und ich mag mich nicht bewahren!
Weit von Euch treibt mich der Wind,
Auf dem Strome will ich fahren,
Von dem Glanze selig blind!
Tausend Stimmen lockend schlagen,
Hoch Aurora flammend weht,
Fahre zu! ich mag nicht fragen,
Wo die Fahrt zu Ende geht!

LEBEN UND SINGEN

Wohl vor lauter Sinnen, Singen
Kommen wir nicht recht zum Leben;
Wieder ohne rechtes Leben
Muß zu Ende geh'n das Singen;
Ging zu Ende dann das Singen:
Mögen wir auch nicht länger leben.

AN DEN HASENGARTEN

O schöner Grund, o Höhen,
O schöner, grüner Wald,
Du meiner Lust und Wehen
Andächt'ger Aufenthalt!
Da draußen, stets betrogen,
Saust die geschäft'ge Welt,
O schlag' die kühlen Wogen
Um mich, du grünes Zelt!

Wenn es beginnt zu tagen,
Die Erde dampft und blinkt,
Die Vögel lustig schlagen,
Daß dir das Herze klingt:
Da mag vergehn, verwehen

Das trübe Erdenleid,
Da sollst du auferstehen
In junger Herrlichkeit.

Da steht im Wald geschrieben,
Ein stilles, ernstes Wort
Von treuem Tun und Lieben
Und was des Menschen Hort:
Ich habe fromm gelesen
Die Worte schlicht und wahr,
Und durch mein ganzes Wesen
Ward's unaussprechlich klar.

Bald werd' ich Dich verlassen,
Fremd in der Fremde gehn,
Auf buntbewegten Gassen
Des Lebens Schauspiel sehn,
Und mitten in dem Leben
Wird Deines Ernsts Gewalt
Mich Einsamen erheben,
So wird mein Herz nicht alt.

Dir gibt nicht Ruhm, noch Namen,
Was ich hier dacht' und litt;
Die Lieder, wie sie kamen,
Schwimmen im Strome mit.
So rausche unverderblich
Und stark viel' hundert Jahr!
Der Ort bleibt doch unsterblich,
Wo Einer glücklich war.

DER JÄGER ABSCHIED

Wer hat dich du schöner Wald
Aufgebaut so hoch da droben?
Wohl den Meister will ich loben,

So lang noch mein' Stimm' erschallt.
Lebe wohl,
Lebe wohl, du schöner Wald!

Tief die Welt verworren schallt,
Oben einsam Rehe grasen,
Und wir ziehen fort und blasen,
Daß es tausendfach verhallt:
Lebe wohl,
Lebe wohl, du schöner Wald!

Banner, der so kühle wallt!
Unter Deinen grünen Wogen
Hast du treu uns auferzogen.
Frommer Sagen Aufenthalt!
Lebe wohl,
Lebe wohl, du schöner Wald!

Was wir still gelobt im Wald,
Wollen's draußen ehrlich halten,
Ewig bleiben treu die Alten:
Deutsch Panier, das rauschend wallt,
Lebe wohl!
Schirm' dich Gott, du schöner Wald!

INTERMEZZO

Wie so leichte läßt sich's leben!
Blond und rot und etwas feist,
Tue wie die andern eben,
Daß Dich jeder Bruder heißt,
Speise, was die Zeiten geben,
Bis die Zeit auch Dich verspeist!

WEHMUT

Ich kann wohl manchmal singen,
Als ob ich fröhlich sei,
Doch heimlich Tränen dringen,
Da wird das Herz mir frei.

So lassen Nachtigallen,
Spielt draußen Frühlingsluft,
Der Sehnsucht Lied erschallen
Aus ihres Käfigts Gruft.

Da lauschen alle Herzen,
Und alles ist erfreut,
Doch keiner fühlt die Schmerzen,
Im Lied das tiefe Leid.

IN DER NACHT

Das Leben draußen ist verrauschet,
Die Lichter löschen aus,
Schauernd mein Herz am Fenster lauschet
Still in die Nacht hinaus.

Da nun der laute Tag zerronnen
Mit seiner Not und Lust,
Was hast du in dem Spiel gewonnen,
Was blieb der müden Brust? –

Der Mond ist trostreich aufgegangen,
Da unterging die Welt,
Der Sterne heil'ge Bilder prangen
So einsam hochgestellt!

O Herr! auf dunkelschwankem Meere
Fahr' ich auf schwachem Boot,
Treu folgend Deinem goldnen Heere
Zum ew'gen Morgenrot.

ZWEIFEL

Könnt' es jemals denn verblühen,
Dieses Glänzen, dieses Licht,
Das durch Arbeit, Sorgen, Mühen
Wie der Tag durch Wolken bricht,
Blumen, die so farbig glühen,
Um das öde Leben flicht?

Golden sind des Himmels Säume,
Abwärts ziehen Furcht und Nacht,
Rüstig rauschen Ström' und Bäume
Und die heitre Runde lacht,
Ach, das sind nicht leere Träume,
Was im Busen da erwacht!

Bunt verschlingen sich die Gänge,
Tost die Menge her und hin,
Schallen zwischendrein Gesänge,
Die durch's Ganze golden ziehn,
Still begegnet im Gedränge
Dir des Lebens ernster Sinn.

Und das Herz denkt sich verloren,
Besser Andrer Tun und Wust,
Fühlt sich wieder dann erkoren,
Ewig einsam doch die Brust.
O des Wechsels, o des Toren,
O der Schmerzen, o der Lust!

DER VERLIEBTE REISENDE

I.

Da fahr' ich still im Wagen,
Du bist so weit von mir,
Wohin er mich mag tragen,
Ich bleibe doch bei dir.

Da fliegen Wälder, Klüfte
Und schöne Täler tief,
Und Lerchen hoch in Lüften,
Als ob dein' Stimme rief'.

Die Sonne lustig scheinet
Weit über das Revier,
Ich bin so froh verweinet
Und singe still in mir.

Vom Berge geht's hinunter,
Das Posthorn schallt im Grund,
Mein' Seel' wird mir so munter,
Grüß' dich aus Herzensgrund!

II.

Ich geh' durch die dunkeln Gassen
Und wandre von Haus zu Haus,
Ich kann mich noch immer nicht fassen,
Sieht alles so trübe aus.

Da gehen viel Männer und Frauen,
Die alle so lustig sehn,
Die fahren und lachen und bauen,
Daß mir die Sinne vergehn.

Oft wenn ich bläuliche Streifen
Seh' über die Dächer fliehn,
Sonnenschein draußen schweifen,
Wolken am Himmel ziehn:

Da treten mitten im Scherze
Die Tränen ins Auge mir,
Denn die mich lieben von Herzen
Sind alle so weit von hier.

III.

Lied, mit Tränen halb geschrieben,
Dorthin über Berg und Kluft,
Wo die Liebste mein geblieben,
Schwing' dich durch die blaue Luft!

Ist sie rot und lustig, sage:
Ich sei krank von Herzensgrund;
Weint sie Nachts, sinnt still bei Tage,
Ja dann sag: ich sei gesund!

Ist vorbei ihr treues Lieben,
Nun, so end' auch Lust und Not,
Und zu allen, die mich lieben,
Fliege, sage: ich sei tot!

IV.

Ach Liebchen, dich ließ ich zurücke,
Mein liebes, herziges Kind,
Da lauern viel Menschen voll Tücke,
Die sind dir so feindlich gesinnt.

Die möchten so gerne zerstören
Auf Erden das schöne Fest,
Ach könnte das Lieben aufhören,
So mögen sie nehmen den Rest.

Und alle die grünen Orte,
Wo wir gegangen im Wald,
Die sind nun wohl anders geworden,
Da ist's nun so still und kalt.

Da sind nun am kalten Himmel
Viel tausend Sterne gestellt,
Es scheint ihr goldnes Gewimmel
Weit übers beschneite Feld.

Mein' Seele ist so beklommen,
Die Gassen sind leer und tot,
Da hab' ich die Laute genommen
Und singe in meiner Not.

Ach wär' ich im stillen Hafen!
Kalte Winde am Fenster gehn,
Schlaf ruhig, mein Liebchen, schlafe,
Treu' Liebe wird ewig bestehn!

V.

Grün war die Weide,
Der Himmel blau,
Wir saßen beide
Auf glänziger Au.

Sind's Nachtigallen
Wieder, was ruft,
Lerchen, die schallen
Aus warmer Luft?

Ich hör' die Lieder,
Fern, ohne dich,
Lenz ists wohl wieder
Doch nicht für mich.

VI.

Wolken, Wälderwärts gegangen,
Wolken, fliegend über's Haus,
Könnt' ich an euch fest mich hangen,
Mit euch fliegen weit hinaus!

Taglang durch die Wälder schweif' ich,
Voll Gedanken sitz' ich still,
In die Saiten flüchtig greif' ich,
Wieder dann auf einmal still.

Schöne, rührende Geschichten
Fallen ein mir, wo ich steh,
Lustig muß ich schreiben, dichten,
Ist mir selber gleich so weh.

Manches Lied, das ich geschrieben
Wohl vor manchem langen Jahr,
Da die Welt vom treuen Lieben
Schön mir überglänzet war.

Find' ich's wieder jetzt voll Bangen:
Werd' ich wunderbar gerührt,
Denn so lang ist das vergangen,
Was mich zu dem Lied verführt.

Diese Wolken ziehen weiter,
Alle Vögel sind erweckt,
Und die Gegend glänzet heiter,
Weit und fröhlich aufgedeckt.

Regen flüchtig abwärts gehen,
Scheint die Sonne zwischendrein,
Und dein Haus, dein Garten stehen
Über'm Wald im stillen Schein.

Doch du harrst nicht mehr mit Schmerzen,
Wo so lang' dein Liebster sei –
Und mich tötet noch im Herzen
Dieser Schmerzen Zauberei.

VII.

Mit meinem Saitenspiele,
Das schön geklungen hat,
Komm' ich durch Länder viele
Zurück in diese Stadt.

Ich ziehe durch die Gassen,
So finster ist die Nacht,
Und alles so verlassen,
Hatt's anders mir gedacht.

Am Brunnen steh ich lange,
Der rauscht fort, wie vorher,
Kommt mancher wohl gegangen,
Es kennt mich keiner mehr.

Da hört' ich geigen, pfeifen,
Die Fenster glänzten weit,
Dazwischen drehn und schleifen
Viel' fremde, fröhliche Leut'.

Und Herz und Sinne mir brannten,
Mich trieb's in die weite Welt,
Es spielten die Musikanten,
Da fiel ich hin im Feld.

INTERMEZZO

Dein Bildnis wunderselig
Hab' ich in Herzensgrund,

Das sieht so frisch und fröhlich
Mich an zu jeder Stund'.

Mein Herz still in sich singet
Ein altes, schönes Lied,
Das in die Luft sich schwinget
Und zu dir eilig zieht.

TROST

Sag' an, du helles Bächlein du,
Von Felsen eingeschlossen,
Du rauschst so munter immerzu,
Wo kommst du hergeflossen?

»Dort oben steht des Vaters Haus
Still in den klaren Lüften,
Da ruh'n die alten Helden aus
In den krystall'nen Klüften.

Ich sah den Morgen freudig stehn
Hoch auf der Felsenschwelle,
Die Adler ziehn und Ströme gehn,
Und sprang hinaus in's Helle.«

Sag' an, du königlicher Strom,
Was geht mein Herz mir auf,
Seh' ich dich zieh'n durch Waldes Dom?
Wohin führt dich dein Lauf?

»Es treibt und rauscht der Eisenquell
Noch fort mir durch die Glieder;
Die Felsenlust, so kühl und hell,
Lockt zu mir alle Brüder.«

BEGEGNUNG

Ich wandert' in der Frühlingszeit,
Fern auf den Bergen gingen
Mit Geigenspiel und Singen
Viel' lust'ge Hochzeitsleut',
Das war ein Jauchzen und Klingen!
Es blühte rings in Tal und Höh'n,
Ich konnt' vor Lust nicht weitergeh'n.

Am Dorfe dann auf grüner Au
Begannen sie den Reigen
Und durch den Schall der Geigen
Lacht' laut die junge Frau,
Ihr Stimmlein klang so eigen,
Ich wußte nicht, wie mir gescheh'n –
Da wandt' sie sich in wildem Dreh'n.

Es war mein Lieb! 's ist lange her,
Sie blickt' so ohne Scheue,
Verloren ist die Treue,
Sie kannte mich nicht mehr –
Da jauchzt' und geigt's auf's neue,
Ich aber wandt' mich fort in's Feld,
Nun wandr' ich bis an's End' der Welt!

So eitel künstlich haben sie verwoben
Die Kunst, die selber sie nicht gläubig achten,
Und Sünde so in diese Unschuld brachten.
Wer unterscheidet, was noch stammt von oben?

Doch wer mag würdig jene Reinen loben,
Die in der Zeit hochmüt'gem Trieb und Trachten
Die heil'ge Flamme treu in sich bewachten,
Aus der die alte Schönheit neu erhoben!

O Herr! gib Demut denen, die da irren,
Daß, wenn ihr' Künste all' zu Schanden werden,
Sie töricht nicht den Gott in sich verfluchen!

Begeisterung, was falsch ist, zu entwirren,
Und Freudigkeit, wo's öde wird auf Erden,
Verleihe denen, die dich redlich suchen!

1811-1815

AN DIE ENTFERNTE

1.

Denk ich, Du Stille, an Dein ruhig Walten,
An jenes letzten Abends rote Kühle,
Wo ich die teu're Hand noch durfte halten:
Steh' ich oft sinnend stille im Gewühle,
Und, wie den Schweitzer heim'sche Alphornslieder
Auf fremden Bergen, fern den Freunden allen,
Oft unverhofft befallen,
Kommt tiefe Sehnsucht plötzlich auf mich nieder.

Ich hab' es oft in Deiner Brust gelesen:
Nie hast Du recht mich in mir selbst gefunden,
Fremd blieb, zu keck und treibend Dir mein Wesen,
Und so bin ich im Strome Dir verschwunden.
O nenn' drum nicht die schöne Jugend wilde,
Die mit dem Leben und mit seinen Schmerzen
Mag unbekümmert scherzen,
Weil sie die Brust reich fühlt und ernst und milde!

Getrennt ist längst schon uns'res Lebens Reise,
Es trieb mein Herz durch licht' und dunkle Stunden.
Dem festern Blick erweitern sich die Kreise,
In Duft ist jenes erste Reich verschwunden –
Doch, wie die Pfade einsam sich verwildern,
Was ich seitdem, von Lust und Leid bezwungen,
Geliebt, geirrt, gesungen:
Ich knie' vor Dir in all' den tausend Bildern.

II.

Als noch Lieb' mit mir im Bunde,
Hatt' ich Ruhe keine Stunde;
Wenn im Schloß noch alle schliefen,
War's, als ob süß' Stimmen riefen,
Tönend bis zum Herzensgrunde:
»Auf! schon gold'ne Strahlen dringen,
Heiter funkeln Wald und Garten,
Neu erquickt die Vögel singen,
Läßt Du so Dein Liebchen warten?«
Und vom Lager mußt' ich springen.

Doch kein Licht noch sah ich grauen,
Draußen durch die nächtlich lauen
Räume und die Wolken flogen,
Daß die Seele, mitgezogen,
Gern versank im tiefen Schauen –
Unten dann die weite Runde,
Schlösser glänzend fern erhoben,
Nachtigallen aus dem Grunde,
Alles wie im Traum verwoben,
Mit einander still im Bunde.

Wach blieb ich am Fenster stehen,
Kühler schon die Lüfte wehen,
Rot schon rings des Himmels Säume,
Regten frischer sich die Bäume,
Stimmen hört' ich fernab gehen:
Und durch Türen, öde Bogen,
Zürnend, daß die Riegel klungen,
Bin ich heimlich ausgezogen,
Bis befreit auf's Roß geschwungen,
Morgenwinde mich umflogen.

Läßt der Morgen von den Höhen
Weit die roten Fahnen wehen,
Widerhall in allen Lüften,
Losgerissen aus den Klüften
Silberner die Ströme gehen:
Spürt der Mann die frischen Geister,
Draußen auf dem Feld, zu Pferde
Alle Ängsten keck zerreißt er,
Dampfend unter ihm die Erde,
Fühlt er hier sich Herr und Meister.

Und so öffnet' ich die schwüle
Brust aufatmend in der Kühle!
Locken fort aus Stirn und Wange,
Daß der Strom mich ganz umfange,
Frei das blaue Meer umspüle,
Mit den Wolken, eilig fliehend,
Mit der Ströme lichtem Grüßen
Die Gedanken fröhlich ziehend,
Weit voraus vor Wolken, Flüssen –
Ach! ich fühlte, daß ich blühend!

Und im schönen Garten droben,
Wie aus Träumen erst gehoben,
Sah ich still mein Mädchen stehen,
Über Fluß und Wälder gehen
Von der heitern Warte oben
Ihre Augen licht und helle,
Wann der Liebste kommen werde. –
Ja! da kam die Sonne schnelle,
Und weit um die ganze Erde
War es morgenschön und helle!

SONETTE

I.

Es qualmt' der eitle Markt in Staub und Schwüle,
So klanglos öde wallend auf und nieder,
Wie dacht' ich da an meine Berge wieder,
An frischen Sang, Felsquell und Waldeskühle!

Doch steht ein Turm dort über dem Gewühle,
Der andre Zeiten sah und bess're Brüder,
Das Kreuz treu halten seine Riesenglieder,
Wie auch der Menschlein Flut den Fels umspüle.

Das war mein Hafen auf der weiten Wüste,
Oft kniet' ich betend in des Domes Mitte,
Dort hab' ich Dich, mein liebes Kind, gefunden;

Ein Himmelsbote wohl, der so mich grüßte:
»Verzweif'le nicht! die Schönheit und die Sitte
Sie sind noch von der Erde nicht verschwunden.«

II.

Ein alt Gemach voll sinn'ger Seltsamkeiten,
Still' Blumen aufgestellt am Fensterbogen,
Gebirg' und Länder draußen blau gezogen,
Wo Ströme geh'n und Ritter ferne reiten.

Ein Mädchen, schlicht und fromm wie jene Zeiten,
Das, von den Abendscheinen angeflogen,
Versenkt in solcher Stille tiefen Wogen –
Das mocht' auf Bildern oft das Herz mir weiten.

Und nun wollt' wirklich sich das Bild bewegen,
Das Mädchen atmet' auf, reicht aus dem Schweigen
Die Hand mir, daß sie ewig meine bliebe.

Da sah ich draußen auch das Land sich regen,
Die Wälder rauschen und Aurora steigen –
Die alten Zeiten all' weckt' mir die Liebe.

ANGEDENKEN

Wenn Zwei geschieden sind von Herz und Munde,
Da zieh'n Gedanken über Berg' und Schlüfte
Wie Tauben säuselnd durch die blauen Lüfte,
Und tragen hin und wider süße Kunde.

Ich schweif' umsonst, so weit der Erde Runde,
Und stieg' ich hoch auch über alle Klüfte:
Dein Haus ist höher noch als diese Lüfte,
Da reicht kein Laut hin, noch zurück zum Grunde.

Ja, seit Du tot – mit seinen blüh'nden Borden
Wich ringsumher das Leben mir zurücke,
Ein weites Meer, wo keine Bahn zu finden.

Doch ist Dein Bild zum Sterne mir geworden,
Der nach der Heimat weist mit stillem Blicke,
Daß fromm der Schiffer streite mit den Winden.

MORGEN

Fliegt der erste Morgenstrahl
Durch das stille Nebeltal,
Rauscht erwachend Wald und Hügel:
Wer da fliegen kann, nimmt Flügel!

Und sein Hütlein in die Luft
Wirft der Mensch vor Lust und ruft:
Hat Gesang doch auch noch Schwingen,
Nun so will ich fröhlich singen!

DIE WUNDERLICHE PRINZESSIN

Weit in einem Walde droben
Zwischen hoher Felsen Zinnen,
Steht ein altes Schloß erhoben,
Wohnet eine Zaub'rin drinne.
Von dem Schloß, der Zaub'rin Schöne
Gehen wunderbare Sagen,
Lockend schweifen fremde Töne
Plötzlich her oft aus dem Walde.
Wem sie recht das Herz getroffen,
Der muß nach dem Walde gehen,
Ewig diesen Klängen folgend,
Und wird nimmer mehr gesehen.
Tief in wundersamer Grüne
Steht das Schloß, schon halb verfallen,
Hell die gold'nen Zinnen glühen,
Einsam sind die weiten Hallen.
Auf des Hofes stein'gem Rasen
Sitzen von der Tafelrunde
All' die Helden dort gelagert,
Überdeckt mit Staub und Wunden.
Heinrich liegt auf seinem Löwen,
Gottfried auch, Siegfried der Scharfe,
König Alfred, eingeschlafen
Über seiner gold'nen Harfe.
Don Quixot' hoch auf der Mauer
Sinnend tief in nächt'ger Stunde,
Steht gerüstet auf der Lauer
Und bewacht die heil'ge Runde.
Unter fremdes Volk verschlagen,
Arm und ausgehöhnt, verraten,
Hat er treu sich durchgeschlagen,
Eingedenk der Heldentaten
Und der großen alten Zeiten,
Bis er, ganz von Wahnsinn trunken,

Endlich so nach langem Streiten
Seine Brüder hat gefunden.

Einen wunderbaren Hofstaat
Die Prinzessin dorten führet,
Hat ein'n wunderlichen Alten,
Der das ganze Haus regieret.
Einen Mantel trägt der Alte,
Schillernd bunt in allen Farben
Mit unzähligen Zieraten,
Spielzeug hat er in den Falten
Scheint der Monden helle draußen,
Wolken fliegen über'm Grunde:
Fängt er draußen an zu hausen,
Kramt sein Spielzeug aus zur Stunde.
Und das Spielzeug um den Alten
Rührt sich bald beim Mondenscheine,
Zupfet ihn beim langen Barte,
Schlingt um ihn die bunten Kreise
Auch die Blümlein nach ihm langen,
Möchten doch sich sittsam zeigen,
Zieh'n verstohlen ihn beim Mantel,
Lachen dann in sich gar heimlich.
Und ringsum die ganze Runde
Zieht Gesichter ihm und rauschet,
Unterhält aus dunklem Grunde
Sich mit ihm als wie im Traume.
Und er spricht und sinnt und sinnet,
Bunt verwirrend alle Zeiten,
Weinet bitterlich und lachet,
Seine Seele ist so heiter.

Bei ihm sitzt dann die Prinzessin,
Spielt mit seinen Seltsamkeiten,
Immer neue Wunder blinkend
Muß er aus dem Mantel breiten.
Und der wunderliche Alte

Hielt sie sich bei seinen Bildern
Neidisch immerfort gefangen,
Weit von aller Welt geschieden.
Aber der Prinzessin wurde
Mitten in dem Spiele bange
Unter diesen Zauberblumen,
Zwischen dieser Quellen Rauschen.
Frisches Morgenrot im Herzen
Und voll freudiger Gedanken,
Sind die Augen wie zwei Kerzen,
Schön die Welt dran zu entflammen.
Und die wunderschöne Erde,
Wie Aurora sie berühret,
Will mit ird'scher Lust und Schmerzen
Ewig neu sie stets verführen.
Denn aus dem bewegten Leben
Spüret sie ein Hochzeitsgrüßen,
Mitten zwischen ihren Spielen
Muß sie sich bezwungen fühlen.

Und es hebt die ewig Schöne,
Da der Morgen herrlich schiene,
In den Augen große Tränen,
Hell die jugendlichen Glieder.
»Wie so anders war es damals,
Da mich, bräutlich Ausgeschmückte,
Aus dem heimatlichen Garten
Hier herab der Vater schickte!
Wie die Erde frisch und jung noch,
Von Gesängen rings erklingend,
Schauernd in Erinnerungen,
Helle in das Herz mir blickte,
Daß ich, schamhaft mich verhüllend,
Meinen Ring, vom Glanz geblendet,
Schleudert' in die prächt'ge Fülle,
Als die ew'ge Braut der Erde.
Wo ist nun die Pracht geblieben,

Treuer Ernst im rüst'gen Treiben,
Rechtes Tun und rechtes Lieben
Und die Schönheit und die Freude?
Ach! ringsum die Helden alle,
Die sonst schön und helle schauten,
Um mich in den lichten Tagen
Durch die Welt sich fröhlich hauten,
Strecken steinern nun die Glieder,
Eingehüllt in ihre Fahnen,
Sind seitdem so alt geworden,
Nur *ich* bin so jung wie damals. –
Von der Welt kann ich nicht lassen,
Liebeln nicht von fern mit Reden,
In den Arm lebendig fassen! –
Laß mich lieben, laß mich leben!«

Nun verliebt die Augen gehen
Über ihres Gartens Mauer,
War so einsam dort zu sehen
Schimmernd Land und Ström' und Auen.
Und wo ihre Augen gingen:
Quellen aus der Grüne sprangen,
Berg und Wald verzaubert standen
Tausend Vögel schwirrend sangen.
Golden blitzt es über'm Grunde,
Selt'ne Farben irrend schweifen,
Wie zu lang entbehrtem Feste
Will die Erde sich bereiten.
Und nun kamen angezogen
Freier bald von allen Seiten,
Federn bunt im Winde flogen,
Jäger schmuck im Walde reiten.
Hörner munter drein erschallen
Auf und unter durch das Grüne,
Pilger fromm dazwischen wallen,
Die das Heimatsfieber spüren.
Auf vielsonn'gen Wiesen flöten

Schäfer bei schneeflock'gen Schafen,
Ritter in der Abendröte
Knien auf des Berges Hange,
Und die Nächte von Guitarren
Und Gesängen weich erschallen,
Daß der wunderliche Alte
Wie verrückt beginnt zu tanzen.
Die Prinzessin schmückt mit Kränzen
Wieder sich die schönen Haare,
Und die vollen Kränze glänzen
Und sie blickt verlangend nieder.

Doch die alten Helden alle,
Draußen vor der Burg gelagert,
Saßen dort im Morgenglanze,
Die das schöne Kind bewachten.
An das Tor die Freier kamen
Nun gesprengt, gehüpft, gelaufen,
Ritter, Jäger, Provenzalen,
Bunte, helle, lichte Haufen.
Und vor allen junge Recken
Stolzen Blicks den Berg berannten,
Die die alten Helden weckten,
Sie vertraulich Brüder nannten.
Doch wie diese uralt blicken,
An die Eisenbrust geschlossen,
Brüderlich die Jungen drücken,
Fallen die erdrückt zu Boden.
Andre lagern sich zum Alten,
Graust ihn'n gleich bei seinen Mienen,
Ordnen sein verworr'nes Walten,
Daß es jedem wohlgefiele;
Doch sie fühlen schauernd balde,
Daß sie ihn nicht können zwingen,
Selbst zu Spielzeug sich verwandelt,
Und der Alte spielt mit ihnen.
Und sie müssen töricht tanzen,

Manche mit der Kron' geschmücket
Und im purpurnen Talare
Feierlich den Reigen führen.
Andre schweben lispelnd lose,
Andre müssen männlich lärmen,
Rittern reißen aus die Rosse
Und die schreien gar erbärmlich.
Bis sie endlich alle müde
Wieder kommen zu Verstande,
Mit der ganzen Welt im Frieden,
Legen ab die Maskerade.
»Jäger sind wir nicht, noch Ritter,«
Hört man sie von fern noch summen,
»Spiel nur war das – wir sind Dichter!« –
So vertost der ganze Plunder,
Nüchtern liegt die Welt wie ehe,
Und die Zaub'rin bei dem Alten
Spielt' die vor'gen Spiele wieder
Einsam wohl noch lange Jahre. –

AUF EINER BURG

Eingeschlafen auf der Lauer
Oben ist der alte Ritter;
Drüber gehen Regenschauer,
Und der Wald rauscht durch das Gitter.

Eingewachsen Bart und Haare,
Und versteinert Brust und Krause,
Sitzt er viele hundert Jahre
Oben in der stillen Klause.

Draußen ist es still und friedlich,
Alle sind in's Tal gezogen,
Waldesvögel einsam singen
In den leeren Fensterbogen.

Eine Hochzeit fährt da unten
Auf dem Rhein im Sonnenscheine,
Musikanten spielen munter,
Und die schöne Braut die weinet.

ZWIELICHT

Dämmrung will die Flügel spreiten,
Schaurig rühren sich die Bäume,
Wolken zieh'n wie schwere Träume –
Was will dieses Grau'n bedeuten?

Hast ein Reh du, lieb vor andern,
Laß es nicht alleine grasen,
Jäger zieh'n im Wald' und blasen,
Stimmen hin und wieder wandern.

Hast du einen Freund hienieden,
Trau ihm nicht zu dieser Stunde,
Freundlich wohl mit Aug' und Munde,
Sinnt er Krieg im tück'schen Frieden.

Was heut müde gehet unter,
Hebt sich morgen neugeboren.
Manches bleibt in Nacht verloren –
Hüte dich, bleib' wach und munter!

Im beschränkten Kreis der Hügel,
Auf des stillen Weihers Spiegel
Scheue, fromme Silberschwäne –
Fassend in des Rosses Mähne
Mit dem Liebsten kühn im Bügel –
Blöde Bande – mut'ge Flügel
Sind getrennter Lieb' Gedanken!

AN FOUQUÉ

I.

Seh ich des Tages wirrendes Beginnen,
Die bunten Bilder flieh'n und sich vereinen,
Möcht' ich das schöne Schattenspiel beweinen,
Denn eitel ist, was jeder will gewinnen.

Doch wenn die Straßen leer, einsam die Zinnen
Im Morgenglanze wie Kometen scheinen,
Ein stiller Geist steht auf den dunklen Steinen,
Als wollt' er sich auf alte Zeit besinnen:

Da nimmt die Seele rüstig sich zusammen,
An Gott gedenkend und an alles Hohe,
Was rings gedeihet auf der Erden Runde.

Und aus dem Herzen lang verhalt'ne Flammen
Sie brechen fröhlich in des Morgens Lohe,
Da grüß' ich, Sänger, Dich aus Herzensgrunde!

II.

Von See'n und Wäldern eine nächt'ge Runde
Sah ich, und Drachen zieh'n mit glüh'nden Schweifen,
In Eicheswipfeln einen Horst von Greifen,
Das Nordlicht schräge leuchtend über'm Grunde.

Durch Qualm dann klingend brach die Morgenstunde,
Da schweiften Ritter blank durch Nebelstreifen,
Durch Winde scharf, die auf der Heide pfeifen,
Ein Harfner sang, lobt' Gott aus Herzensgrunde.

Tiefatmend stand ich über diesen Klüften,
Des Lebens Mark rührt' schauernd an das meine,
Wie ein geharn'schter Riese da erhoben.

Kein ird'scher Laut mehr reichte durch die Lüfte,
Mir war's, als stände ich mit Gott alleine,
So einsam, weit und sternhell war's da oben.

III.

In Stein gehau'n, zwei Löwen stehen draußen,
Bewachen ewig stumm die heil'ge Pforte.
Wer sich, die Brust voll Weltlust, naht dem Orte,
Den füllt ihr steinern Blicken bald mit Grausen.

Dir wächst Dein Herz noch bei der Wälder Sausen,
Dich rühren noch die wilden Riesenworte,
Nur Gott vertrau'nd, dem höchsten Schirm' und Horte –
So magst Du bei den alten Wundern hausen.

Ob auch die andern Deines Lieds nicht achten,
Der Heldenlust und zarten Liebesblüte,
Gedanken treulos wechselnd mit der Mode:

So felsenfester sei Dein großes Trachten,
Hau' klingend Luft Dir, ritterlich Gemüte!
Wir wollen bei Dir bleiben bis zum Tode.

DAS FLÜGELROSS

Ich hab' nicht viel hienieden,
Ich hab' nicht Geld noch Gut,
Was vielen nicht beschieden,
Ist mein – der frische Mut!

Was andre mag ergötzen,
Das kümmert wenig mich,
Sie leben in den Schätzen,
In Freuden lebe ich.

Ich hab' ein Roß mit Flügeln,
Getreu in Lust und Not,
Das wiehernd spannt die Flügel
Bei jedem Morgenrot.

Mein Liebchen, wie so öde
Wird's oft in Stadt und Schloß,
Frisch auf, und sei nicht blöde,
Besteig' mit mir mein Roß!

Wir segeln durch die Räume,
Ich zeig' dir Meer und Land,
Wie wunderbare Träume
Tief unten ausgespannt,

Hellblinkend zu den Füßen
Unzähl'ger Ströme Lauf;
Es steigt ein Frühlingsgrüßen
Verhallend zu uns auf.

Und bunt und immer wilder
In Liebe, Haß und Lust
Verwirren sich die Bilder –
Was schwindelt dir die Brust?

So fröhlich still im Herzen,
Zieh' all' ich himmelwärts,
Es kommen selbst die Schmerzen
Melodisch an das Herz.

Der Sänger zwingt mit Klängen,
Was störrig, dumpf und wild,
Es spiegelt in Gesängen
Die Welt sich göttlichmild.

Und unten nun verbrauset
Des breiten Lebens Strom,

Der Adler einsam hauset
Im stillen Himmelsdom.

Und sehn wir dann den Abend
Verhallen und verblühn,
Im Meere kühlelabend
Die heil'gen Sterne glühn:

So lenken wir hernieder
Zu Waldes grünem Haus,
Und ruhn vom Schwung der Lieder
Auf blüh'ndem Moose aus.

O sterndurchwebtes Düstern,
O heimlichstiller Grund,
O süßes Liebesflüstern,
So innig Mund an Mund!

Die Nachtigallen locken,
Mein Liebchen atmet lind',
Mit Schleier zart und Locken
Spielt buhlerisch der Wind.

Und schlaf' denn bis zum Morgen,
So sanft gelehnt an mich!
Süß sind der Liebe Sorgen,
Dein Liebster wacht für dich.

Ich halt' die blüh'nden Glieder,
Vor süßen Schauern bang',
Ich laß dich ja nicht wieder
Mein ganzes Leben lang.

Aurora will sich heben,
Du schlägst die Augen auf, –
O wonniges Erbeben,
O schöner Lebenslauf!

DER BRÄUTIGAM

Von allen Bergen nieder
So fröhlich Grüßen schallt –
Das ist der Frühling wieder,
Der ruft zum grünen Wald!

Ein Liedchen ist erklungen
Herauf zum stillen Schloß –
Dein Liebster hat's gesungen
Der hebt Dich auf sein Roß.

Wir reiten so geschwinde,
Von allen Menschen weit. –
Da rauscht die Luft so linde
In Waldeseinsamkeit.

Wohin? Im Mondenschimmer
So bleich der Wald schon steht. –
Leis rauscht die Nacht – frag' nimmer,
Wo Lieb' zu Ende geht!

STÄNDCHEN

Schlafe, Liebchen, weil's auf Erden
Nun so still und seltsam wird!
Oben gehn die goldnen Herden,
Für uns alle wacht der Hirt.

In der Ferne ziehn Gewitter;
Einsam auf dem Schifflein schwank,
Greif' ich draußen in die Zitter,
Weil mir gar so schwül und bang.

Schlingend sich an Bäum' und Zweigen
In Dein stilles Kämmerlein,
Wie auf goldnen Leitern, steigen
Diese Töne aus und ein.

Und ein wunderschöner Knabe
Schifft hoch über Tal und Kluft,
Rührt mit seinem goldnen Stabe
Säuselnd in der lauen Luft.

Und in wunderbaren Weisen
Singt er ein uraltes Lied,
Das in linden Zauberkreisen
Hinter seinem Schifflein zieht.

Ach, den süßen Klang verführet
Weit der buhlerische Wind,
Und durch Schloß und Wand ihn spüret
Träumend jedes schöne Kind.

DIE DEUTSCHE JUNGFRAU

Es stand ein Fräulein auf dem Schloß,
Erschlagen war im Streit ihr Roß,
Schnob wie ein See die finstre Nacht,
Wollt' überschrei'n die wilde Schlacht.

Im Tal die Brüder lagen tot,
Es brannt' die Burg so blutigrot,
In Lohen stand sie auf der Wand,
Hielt hoch die Fahne in der Hand.

Da kam ein röm'scher Rittersmann,
Der ritt keck an die Burg hinan,
Es blitzt sein Helm gar mannigfach,
Der schöne Ritter also sprach:

»Jungfrau komm in die Arme mein!
Sollst Deines Siegers Herrin sein.
Will bau'n Dir einen Pallast schön,
In prächt'gen Kleidern sollst Du geh'n.

Es tun Dein' Augen mir Gewalt,
Kann nicht mehr fort aus diesem Wald,
Aus wilder Flammen Spiel und Graus
Trag' ich mir meine Braut nach Haus!«

Der Ritter ließ sein weißes Roß,
Stieg durch den Brand hinauf ins Schloß,
Viel' Knecht' ihm waren da zur Hand,
Zu holen das Fräulein von der Wand.

Das Fräulein stieß die Knecht' hinab,
Den Liebsten auch ins heiße Grab,
Sie selbst dann in die Flammen sprang,
Über ihnen die Burg zusammen sank.

DIE STUDENTEN

Die Jäger zieh'n in grünen Wald
Und Reiter blitzend über's Feld,
Studenten durch die ganze Welt,
So weit der blaue Himmel wallt.

Der Frühling ist der Freudensaal,
Viel tausend Vöglein spielen auf,
Da schallt's im Wald bergab, bergauf:
Grüß' dich, mein Schatz, viel tausendmal!

Viel rüst'ge Bursche ritterlich,
Die fahren hier in Stromes Mitt',
Wie wilde sie auch stellen sich,
Trau' mir, mein Kind, und fürcht' dich nit!

Querüber über's Wasser glatt
Laß werben deine Äugelein,
Und der dir wohlgefallen hat,
Der soll dein lieber Buhle sein.

Durch Nacht und Nebel schleich' ich sacht',
Kein Lichtlein brennt, kalt weht der Wind,
Riegl' auf, riegl' auf bei stiller Nacht,
Weil wir so jung beisammen sind!

Ade nun, Kind, und nicht geweint!
Schon gehen Stimmen da und dort,
Hoch über'n Wald Aurora scheint,
Und die Studenten reisen fort.

STECKBRIEF

Grüß' euch aus Herzensgrund:
Zwei Augen hell und rein,
Zwei Röslein auf dem Mund,
Kleid blank aus Sonnenschein!

Nachtigall klagt und weint,
Wollüstig rauscht der Hain,
Alles die Liebste meint:
Wo weilt sie so allein?

Weil's draußen finster war,
Sah ich viel hellern Schein,
Jetzt ist es licht und klar,
Ich muß im Dunkeln sein.

Sonne nicht steigen mag,
Sieht so verschlafen drein,
Wünschet den ganzen Tag,
Daß wieder Nacht möcht' sein.

Liebe geht durch die Luft,
Holt fern die Liebste ein;
Fort über Berg und Kluft!
Und Sie wird doch noch mein!

NACHTWANDERER

Er reitet Nachts auf einem braunen Roß,
Er reitet vorüber an manchem Schloß:
Schlaf' droben, mein Kind, bis der Tag erscheint,
Die finstre Nacht ist des Menschen Feind!

Er reitet vorüber an einem Teich,
Da stehet ein schönes Mädchen bleich
Und singt, ihr Hemdlein flattert im Wind:
Vorüber, vorüber, mir graut vor dem Kind!

Er reitet vorüber an einem Fluß,
Da ruft ihm der Wassermann seinen Gruß,
Taucht wieder unter dann mit Gesaus,
Und stille wird's über dem kühlen Haus.

Wenn Tag und Nacht in verworrenem Streit,
Schon Hähne krähen in Dörfern weit,
Da schauert sein Roß und wühlet hinab,
Scharret ihm schnaubend sein eigenes Grab.

JÄGER UND JÄGERIN

Sie

Wär' ich ein muntres Hirschlein schlank,
Wollt' ich im grünen Walde geh'n,
Spazieren geh'n bei Hörnerklang,
Nach meinem Liebsten mich umseh'n.

Er

Nach meiner Liebsten mich umseh'n,
Tu' ich wohl, zieh' ich früh von hier,
Doch Sie mag niemals zu mir geh'n
Im dunkelgrünen Waldrevier.

Sie

Im dunkelgrünen Waldrevier,
Da blitzt der Liebste rosenrot,
Gefällt so sehr dem armen Tier,
Das Hirschlein wünscht, es läge tot.

Er

Und wär' das schöne Hirschlein tot,
So möcht' ich jagen länger nicht;
Scheint über'n Wald der Morgenrot:
Hüt' schönes Hirschlein, hüte dich!

Sie

Hüt' schönes Hirschlein, hüte dich!
Spricht's Hirschlein selbst in seinem Sinn,
Wie soll ich, soll ich hüten mich,
Wenn ich so sehr verliebet bin?

Er

Weil ich so sehr verliebet bin,
Wollt' ich das Hirschlein, schön und wild,
Aufsuchen tief im Walde drin
Und streicheln, bis es stille hielt.

Sie

Ja, streicheln, bis es stille hielt,
Falsch locken so in Stall und Haus!
Zum Wald springt's Hirschlein frei und wild
Und lacht verliebte Narren aus.

DER FREIWERBER

Frühmorgens durch die Winde kühl
Zwei Ritter hergeritten sind,
Im Garten klingt ihr Saitenspiel,
Wach' auf, wach' auf, mein schönes Kind!

Ringsum viel' Schlösser schimmernd steh'n,
So silbern geht der Ströme Lauf,
Hoch, weit rings Lerchenlieder weh'n,
Schließ' Fenster, Herz und Äuglein auf!

So wie du bist, verschlafen heiß,
Laß allen Putz und Zier zu Haus,
Tritt nur herfür im Hemdlein weiß,
Siehst so gar schön verliebet aus.

Ich hab' einen Fremden wohl bei mir,
Der lauert unten auf der Wacht,
Der bittet schön dich um Quartier,
Verschlaf'nes Kind, nimm dich in Acht!

Hinaus, o Mensch, weit in die Welt,
   Bangt dir das Herz in krankem Mut;
Nichts ist so trüb in Nacht gestellt,
   Der Morgen licht macht's wieder gut.

DIE FRÖHLICHE

Zwischen Bergen, liebe Mutter,
Weit den Wald entlang,
Reiten da drei junge Jäger
Auf drei Rößlein blank,
                    lieb Mutter,
Auf drei Rößlein blank.

Ihr könnt fröhlich sein, lieb' Mutter
Wird es draußen still:
Kommt der Vater heim vom Walde,
Küßt Euch wie er will,
lieb Mutter,
Küßt Euch wie er will.

Und *ich* werfe mich im Bettchen
Nachts ohn' Unterlaß,
Kehr' mich links und kehr' mich rechts hin,
Nirgends hab' ich was,
lieb Mutter,
Nirgends hab' ich was.

Bin ich eine Frau erst einmal,
In der Nacht dann still
Wend' ich mich nach allen Seiten,
Küss', so viel ich will,
lieb Mutter,
Küss', so viel ich will.

MORGENGRUSS

Stand ein Mädchen an dem Fenster
Da es draußen Morgen war,
Kämmte sich die langen Haare,
Wusch sich ihre Äuglein klar.

Sangen Vöglein aller Arten,
Sonnenschein spielt vor dem Haus,
Draußen über'm schönen Garten
Flogen Wolken weit hinaus.

Und sie dehnt' sich in den Morgen
Als ob sie noch schläfrig sei,
Ach, sie war so voller Sorgen,
Flocht ihr Haar und sang dabei:

Wie ein Vöglein hell und reine,
Ziehet draußen muntre Lieb',
Lockt hinaus zum Sonnenscheine,
Ach wer da zu Hause blieb'!

Schlag' mit den flamm'gen Flügeln!
Wenn Blitz aus Blitz sich reißt:
Steht wie in Rossesbügeln
So ritterlich mein Geist.

Waldesrauschen, Wetterblicken
Macht recht die Seele los,
Da grüßt sie mit Entzücken,
Was wahrhaft, ernst und groß.

Es schiffen die Gedanken
Fern wie auf weitem Meer,
Wie auch die Wogen schwanken:
Die Segel schwellen mehr.

Herr Gott, es wacht Dein Wille!
Wie Tag und Lust verweh'n,
Mein Herz wird mir so stille
Und wird nicht untergeh'n.

JÄGER-KATECHISMUS

Was wollt ihr in dem Walde haben,
Mag sich die arme Menschenbrust
Am Waldesgruße nicht erlaben,
Am Morgenrot und grüner Lust?

Was tragt ihr Hörner an der Seite,
Wenn ihr des Hornes Sinn vergaßt,

Wenn's euch nicht selbst lockt in die Weite,
Wie ihr vom Berg' frühmorgens blast?

Ihr werd't doch nicht die Lust erjagen,
Ihr mög't durch alle Wälder geh'n;
Nur müde Füß' und leere Magen –
Mir möcht' die Jägerei vergeh'n!

O nehmet doch die Schneiderelle,
Guckt in der Küche in den Topf!
Sonntags dann auf des Hauses Schwelle,
Krau' euch die Ehfrau auf dem Kopf!

Die Tierlein selber: Hirsch und Rehen,
Was lustig haust im grünen Haus,
Sie flieh'n auf ihre freien Höhen,
Und lachen arme Wichte aus.

Doch, kommt ein Jäger, wohlgeboren,
Das Horn irrt, er blitzt rosenrot,
Da ist das Hirschlein wohl verloren,
Stellt selber sich zum lust'gen Tod.

Vor allen aber die Verliebten,
Die lad' ich ein zur Jägerlust,
Nur nicht die weinerlich Betrübten;
Die recht von frisch' und starker Brust.

Mein Schatz ist Königin im Walde,
Ich stoß' in's Horn, in's Jägerhorn!
Sie hört mich fern und naht wohl balde,
Und was ich blas', ist nicht verlor'n! –

DIE GENIALE

Lustig auf den Kopf, mein Liebchen,
Stell' dich, in die Luft die Bein'!
Heißa! ich will sein dein Bübchen,
Heute Nacht soll Hochzeit sein!

Wenn du Shakespear kannst vertragen,
O du liebe Unschuld du!
Wirst du mich wohl auch ertragen
Und noch Jedermann dazu. –

NACHTLIED

Vergangen ist der lichte Tag,
Von ferne kommt der Glocken Schlag;
So reis't die Zeit die ganze Nacht,
Nimmt manchen mit, der's nicht gedacht.

Wo ist nun hin die bunte Lust,
Des Freundes Trost und treue Brust,
Des Weibes süßer Augenschein?
Will keiner mit mir munter sein?

Da's nun so stille auf der Welt,
Zieh'n Wolken einsam über's Feld,
Und Feld und Baum besprechen sich, –
O Menschenkind! was schauert Dich?

Wie weit die falsche Welt auch sei,
Bleibt mir doch Einer nur getreu,
Der mit mir weint, der mit mir wacht,
Wenn ich nur recht an Ihn gedacht.

Frisch auf denn, liebe Nachtigall,
Du Wasserfall mit hellem Schall!
Gott loben wollen wir vereint,
Bis daß der lichte Morgen scheint!

WARNUNG

Wann der kalte Schnee zergangen,
Stehst Du draußen in der Tür,
Kommt ein Knabe schön gegangen,
Stellt sich freundlich da zu Dir,
Lobet Deine frischen Wangen,
Dunkle Locken, Augen licht,
Wann der kalte Schnee zergangen
Glaub' dem falschen Herzen nicht!

Wann die lauen Lüfte wehen,
Scheint die Sonne lieblich warm:
Wirst Du wohl spazieren gehen,
Und er führet Dich am Arm,
Tränen Dir im Auge stehen,
Denn so schön klingt, was er spricht,
Wann die lauen Lüfte wehen,
Glaub' dem falschen Herzen nicht!

Wann die Lerchen wieder schwirren,
Trittst Du draußen vor das Haus,
Doch er mag nicht mit Dir irren,
Zog weit in das Land hinaus;
Die Gedanken sich verwirren,
Wie Du siehst den Morgen rot, –
Wann die Lerchen wieder schwirren,
Armes Kind, ach, wärst Du tot!

DIE STILLE

Es weiß und rät es doch Keiner,
Wie mir so wohl ist, so wohl!
Ach, wüßt' es nur Einer, nur Einer,
Kein Mensch es sonst wissen soll!

So still ist's nicht draußen im Schnee,
So stumm und verschwiegen sind
Die Sterne nicht in der Höhe,
Als meine Gedanken sind.

Ich wünscht', es wäre schon Morgen,
Da fliegen zwei Lerchen auf,
Die überfliegen einander,
Mein Herze folgt ihrem Lauf.

Ich wünscht', ich wäre ein Vöglein
Und zöge über das Meer,
Wohl über das Meer und weiter,
Bis daß ich im Himmel wär'!

DER GEFANGENE

In gold'ner Morgenstunde,
Weil alles freudig stand,
Da ritt im heitern Grunde
Ein Ritter über Land.

Rings sangen auf das beste
Die Vöglein mannigfalt,
Es schüttelte die Äste
Vor Lust der grüne Wald.

Den Nacken, stolz gebogen,
Klopft er dem Rösselein –
So ist er hingezogen
Tief in den Wald hinein.

Sein Roß hat er getrieben,
Ihn trieb der frische Mut:
»Ist alles fern geblieben,
So ist mir wohl und gut!«

Mit Freuden mußt' er sehen
Im Wald' ein' grüne Au,
Wo Brünnlein kühle gehen,
Von Blumen rot und blau.

Vom Roß ist er gesprungen,
Legt sich zum kühlen Bach,
Die Wellen lieblich klungen,
Das ganze Herz zog nach.

So grüne war der Rasen,
Es rauschte Bach und Baum,
Sein Roß tät stille grasen
Und alles wie ein Traum.

Die Wolken sah er gehen,
Die schifften immer zu,
Er konnt' nicht widerstehen, –
Die Augen sanken ihm zu.

Nun hört' er Stimmen rinnen,
Als wie der Liebsten Gruß,
Er konnt' sich nicht besinnen –
Bis ihn erweckt ein Kuß.

Wie prächtig glänzt die Aue!
Wie Gold der Quell nun floß,

Und einer süßen Fraue
Lag er im weichen Schoß.

»Herr Ritter! wollt Ihr wohnen
Bei mir im grünen Haus:
Aus allen Blumenkronen
Wind' ich Euch einen Strauß!

Der Wald ringsum wird wachen,
Wie wir beisammen sein,
Der Kuckuck schelmisch lachen,
Und alles fröhlich sein.«

Es bog ihr Angesichte
Auf ihn den süßen Leib,
Schaut mit den Augen lichte
Das wunderschöne Weib.

Sie nahm sein'n Helm herunter,
Löst' Krause ihm und Bund,
Spielt' mit den Locken munter,
Küßt ihm den roten Mund.

Und spielt' viel' süße Spiele
Wohl in geheimer Lust,
Es flog so kühl und schwüle
Ihm um die offne Brust.

Um ihn nun tät sie schlagen
Die Arme weich und bloß,
Er konnte nichts mehr sagen,
Sie ließ ihn nicht mehr los.

Und diese Au zur Stunde
Ward ein krystallnes Schloß,
Der Bach ein Strom, gewunden
Ringsum, gewaltig floß.

Auf diesem Strome gingen
Viel' Schiffe wohl vorbei,
Es konnt' ihn keines bringen
Aus böser Zauberei.

DIE SCHÄRPE

Mein Schatz, das ist ein kluges Kind,
Die spricht: »Willst du nicht fechten:
Wir zwei geschied'ne Leute sind,
Erschlagen dich die Schlechten:
Auch keins von beiden dran gewinnt.«
Mein Schatz, das ist ein kluges Kind,
Für die will ich *leben* und fechten!

BALLADE

Hoch über den stillen Höhen
Stand in dem Wald ein Haus,
Dort war's so einsam zu sehen
Weit über'n Wald hinaus.

Drin saß ein Mädchen am Rocken
Den ganzen Abend lang,
Der wurden die Augen nicht trocken,
Sie spann und sann und sang:

»Mein Liebster der war ein Reiter,
Dem schwur ich Treu' bis in Tod,
Der zog über Land und weiter,
Zu Krieges Lust und Not.

Und als ein Jahr war vergangen,
Und wieder blühte das Land,
Da stand ich voller Verlangen,
Hoch an des Waldes Rand.

Und zwischen den Bergesbogen
Wohl über den grünen Plan
Kam mancher Reiter gezogen,
Der meine kam nicht mit an.

Und zwischen den Bergesbogen
Wohl über den grünen Plan
Ein Jägersmann kam geflogen,
Der sah mich so mutig an.

So lieblich die Sonne schiene,
Das Waldhorn scholl weit und breit,
Da führt' er mich in das Grüne,
Das war eine schöne Zeit! –

Der hat so lieblich gelogen
Mich aus der Treue heraus,
Der Falsche hat mich betrogen,
Zog weit in die Welt hinaus.«

Sie konnte nicht weiter singen
Vor bittrem Schmerz und Leid,
Die Augen ihr übergingen
In ihrer Einsamkeit.

Die Muhme die saß bei'm Feuer
Und wärmet sich am Kamin,
Es flackert und sprüht das Feuer,
Hell über die Stub' es schien.

Sie sprach: »Ein Kränzlein in Haaren,
Das stünde dir heute gar schön,
Willst draußen auf dem See nicht fahren?
Hohe Blumen am Ufer dort steh'n.«

»Ich kann nicht holen die Blumen,
Im Hemdlein weiß am Teich

Ein Mädchen hütet die Blumen,
Die sieht so totenbleich.

Und hoch auf des Seees Weite,
Wenn Alles finster und still,
Da rudern zwei stille Leute, –
Der Eine dich haben will.

Sie schauen wie alte Bekannte,
Still', ewig stille sie sind,
Doch ein Mal der Eine sich wandte,
Da faßt' mich ein eiskalter Wind. –

Mir ist zu wehe zum Weinen –
Die Uhr so gleichförmig pickt,
Das Rädlein, das schnurrt so in Einem,
Mir ist, als wär' ich verrückt. –

Ach Gott! wann wird sich doch röten
Die fröhliche Morgenstund'!
Ich möchte hinausgeh'n und beten,
Und beten aus Herzensgrund!

So bleich schon werden die Sterne,
Es rührt sich stärker der Wald,
Schon krähen die Hähne von Ferne,
Mich friert, es wird so kalt!

Ach, Muhme! was ist euch geschehen?
Die Nase wird euch so lang,
Die Augen sich seltsam verdrehen –
Wie wird mir vor euch so bang!« –

Und wie sie so grauenvoll klagte,
Klopft's draußen an's Fensterlein,
Ein Mann aus der Finsternis ragte,
Schaut' still in die Stube herein.

Die Haare wild umgehangen,
Von blutigen Tropfen naß,
Zwei blutige Streifen sich schlangen,
Wie Kränzlein, um's Antlitz blaß.

Er grüßt sie so fürchterlich heiter,
Er heißt sie sein' liebliche Braut,
Da kannt' sie mit Schaudern den Reiter,
Fällt nieder auf ihre Knie.

Er zielt' mit dem Rohre durch's Gitter
Auf die schneeweiße Brust hin;
»Ach, wie ist das Sterben so bitter!
Erbarm' dich, weil ich so jung noch bin!« –

Stumm blieb sein steinerner Wille,
Es blitzte so rosenrot,
Da wurd' es auf ein Mal stille
Im Walde und Haus und Hof. –

Frühmorgens da lag so schaurig
Verfallen im Walde das Haus,
Ein Waldvöglein sang so traurig,
Flog fort, über den See hinaus.

MORGENLIED

Ein Stern still nach dem andern fällt
Tief in des Himmels Kluft,
Schon zucken Strahlen durch die Welt,
Ich wittre Morgenluft.

In Qualmen steigt und sinkt das Tal;
Verödet noch vom Fest
Liegt still der weite Freudensaal,
Und tot noch alle Gäst'.

Da hebt die Sonne aus dem Meer
Eratmend ihren Lauf:
Zur Erde geht, was feucht und schwer,
Was klar, zu ihr hinauf.

Hebt grüner Wälder Trieb und Macht
Neurauschend in die Luft,
Zieht hinten Städte, eitel Pracht,
Blau' Berge durch den Duft.

Spannt aus die grünen Tepp'che weich,
Von Strömen hell durchrankt,
Und schallend glänzt das frische Reich,
So weit das Auge langt.

Der Mensch nun aus der tiefen Welt
Der Träume tritt heraus,
Freut sich, daß alles noch so hält,
Daß noch das Spiel nicht aus.

Und nun geht's an ein Fleißigsein!
Umsumsend Berg und Tal,
Agieret lustig Groß und Klein
Den Plunder allzumal.

Die Sonne steiget einsam auf,
Ernst über Lust und Weh
Lenkt sie den ungestörten Lauf,
Zu stiller Glorie. –

Und *wie* er dehnt die Flügel aus,
Und *wie* er auch sich stellt:
Der Mensch kann nimmermehr hinaus
Aus dieser Narrenwelt.

DER VERIRRTE JÄGER

»Ich hab' geseh'n ein Hirschlein schlank
Im Waldesgrunde steh'n,
Nun ist mir draußen weh' und bang,
Muß ewig nach *ihm* geh'n.

Frischauf, ihr Waldgesellen mein!
Ins Horn, ins Horn frisch auf!
Das lockt so hell, das lockt so fein,
Aurora tut sich auf!«

Das Hirschlein führt den Jägersmann
In grüner Waldesnacht,
Talunter schwindelnd und bergan,
Zu niegeseh'ner Pracht.

»Wie rauscht schon abendlich der Wald,
Die Brust mir schaurig schwellt!
Die Freunde fern, der Wind so kalt,
So tief und weit die Welt!«

Es lockt so tief, es lockt so fein
Durch's dunkelgrüne Haus,
Der Jäger irrt und irrt allein,
Find't nimmermehr heraus. –

NACHHALL

Laß', mein Herz, das bange Trauern
Um vergang'nes Erdenglück,
Ach, von diesen Felsenmauern
Schweifet nur umsonst der Blick!

Sind denn alle fortgegangen:
Jugend, Sang und Frühlingslust?
Lassen, scheidend, nur Verlangen
Einsam mir in meiner Brust?

Vöglein hoch in Lüften reisen,
Schiffe fahren auf der See,
Ihre Segel, ihre Weisen
Mehren nur des Herzens Weh.

Ist vorbei das bunte Ziehen,
Lustig über Berg und Kluft,
Wenn die Bilder wechselnd fliehen,
Waldhorn immer weiter ruft?

Soll die Lieb' auf sonn'gen Matten
Nicht mehr bau'n ihr prächtig Zelt,
Übergolden Wald und Schatten
Und die weite, schöne Welt? –

Laß' das Bangen, laß das Trauern,
Helle wieder nur den Blick!
Fern von dieser Felsen Mauern,
Blüht Dir noch gar manches Glück!

AN PHILIPP

Nach einer Wiener Redouten-Melodie

Kennst Du noch den Zaubersaal,
Wo süß' Melodieen wehen,
Zwischen Sternen ohne Zahl
Frauen auf und nieder gehen?

Kennst Du noch den Strom von Tönen,
Der sich durch die bunten Reihen schlang,
Von noch unbekannten Schönen
Und von fernen blauen Bergen sang?

Sieh! die lichte Pracht erneut
Fröhlich sich in allen Jahren,
Doch die Brüder sind zerstreut,
Die dort froh beisammen waren.

Und der Blick wird irre schweifen,
Einsam stehst Du nun in Pracht und Scherz,
Und die alten Töne greifen
Dir mit tausend Schmerzen an das Herz.

Uhren schlagen durch die Nacht,
Drein verschlafne Geigen streichen,
Aus dem Saale, überwacht,
Sich die letzten Paare schleichen.

So ist unser Fest vergangen,
Und die lust'gen Kerzen löschen aus,
Doch die Sterne draußen prangen,
Und die führen mich und Dich nach Haus.

IN DER FREMDE

Ich hör' die Bächlein rauschen
Im Walde her und hin,
Im Walde in dem Rauschen
Ich weiß nicht, wo ich bin.

Die Nachtigallen schlagen
Hier in der Einsamkeit,
Als wollten sie was sagen
Von der alten, schönen Zeit.

Die Mondesschimmer fliegen,
Als seh' ich unter mir
Das Schloß im Tale liegen,
Und ist doch so weit von hier!

Als müßte in dem Garten
Voll Rosen weiß und rot,
Meine Liebste auf mich warten,
Und ist doch lange tot.

MITTAGSRUH

Über Bergen, Fluß und Talen,
Stiller Lust und tiefen Qualen
Webet heimlich, schillert, Strahlen!
Sinnend ruht des Tags Gewühle
In der dunkelblauen Schwüle,
Und die ewigen Gefühle,
Was dir selber unbewußt,
Treten heimlich, groß und leise
Aus der Wirrung fester Gleise,
Aus der unbewachten Brust,
In die stillen, weiten Kreise.

AN DIE FREUNDE

Der Jugend Glanz, der Sehnsucht irre Weisen,
Die tausend Ströme durch das duft'ge Land,
Es zieht uns All' zu seinen Zauberkreisen. –
Wem Gottesdienst in tiefster Brust entbrannt,
Der sieht mit Wehmut ein unendlich Reisen
Zu ferner Heimat, die er fromm erkannt;
Und was sich *spielend* wob als ird'sche Blume,
Wölbt still den Kelch zum *ernsten* Heiligtume.

So schauet denn das buntbewegte Leben
Ringsum von meines Gartens heitrer Zinn',
Daß hoch die Bilder, die noch dämmernd schweben –
Wo Morgenglanz geblendet meinen Sinn –
An Eurem Blick erwachsen und sich heben.

Verwüstend rauscht die Zeit darüber hin;
In Euren treuen Herzen neu geboren
Sind sie im wilden Strome unverloren.

ZEICHEN

So Wunderbares hat sich zugetragen:
Was aus uralten Sagen
Mit tief verworrener Gewalt oft sang,
Von Liebe, Freiheit, was das Herz erlabe,
Mit heller Waffen Klang
Es richtet sich geharnischt auf vom Grabe,
Und an den alten Heerschild hat's geschlagen,
Daß Schauer jede Brust durchdrang.

ZUM ABSCHIED

An L. 1812

Wenn vom Gebirg der Quell kommt hell geschossen,
Die Lerchen schwirrend sich ins Blaue schwingen,
Da fühlt die Seele in dem Rauschen, Singen,
Bald sei des Frühlings Wunderpracht erschlossen.

So schauend auch in deiner Brust das Sprossen,
Verborgner Quellen Gang und sehnend Ringen,
Jauchz' ich dir zu: es wird die Knospe springen,
Die deine Blüte neidisch hielt umschlossen.

Wer möchte nicht die weite Öde rühren,
Der ew'ge Winter auf den deutschen Auen,
Die lang in dumpfer Trägheit ruhmlos ruhten?

Nur Wen'ge will des Himmels Licht berühren,
Die mögen fromm den Frühling Gottes schauen,
Sich selig tauchen in die farb'gen Fluten.

AN ISIDORUS

Wie heil'ge Quellen von den Felsen springen
Aus stiller Höh', wo rings die Wälder rauchen,
In duft'ge Fernen sehnsuchtsvoll sich tauchen,
Mit Adern hell die Erde zu durchdringen:

So schlug mir an die Brust Dein neues Singen;
Ich fühle des Gebirges ernstres Hauchen,
Es bringt, was ritterlich' Gemüte brauchen,
Die Seele nimmt erkühnt die alten Schwingen.

Oft sonst zu des noch deutschen Stromes Strande
Wünscht' ich Dich her; denn Strom und Wald voll Sorgen.
Sie frugen mich: wo irrt der Freund so lange? –

Nun sind wir wieder ja in Einem Lande,
Dort treffen wir zusammen wohl all' Morgen
Und kennen uns an Kreuz und Waldhornsklange.

AN W.

Zum Abschiede. Im Jahre 1813

Steig' aufwärts, Morgenstunde!
Zerreiß' die Nacht, daß ich in meinem Wehe
Den Himmel wiedersehe,
Wo ew'ger Friede in dem blauen Grunde!
Will Licht die Welt erneuen;
Mag auch der Schmerz in Tränen sich erfreuen.

Mein lieber Herzensbruder!
Still war der Morgen. – *Ein* Schiff trug uns beide,
Wie war die Welt voll Freude!
Du faßtest ernst und fromm das schwanke Ruder,

Uns beide treulich lenkend,
Auf froher Fahrt nur Einen Stern bedenkend.

Mich irrte manches Schöne,
Viel reizte mich und viel mußt' ich vermissen.
Von Lust und Schmerz zerrissen,
Was so mein Herz hinausgeströmt in Töne:
Es waren Widerspiele
Von Deines Busens ewigem Gefühle.

Da ward die Welt so trübe
Und Wetter stiegen auf die Bergesspitzen,
Der Himmel borst in Blitzen,
Daß neugestärkt sich Deutschland draus erhübe. –
Nun ist das Schiff zerschlagen,
Wie soll ich ohne *Dich* die Flut ertragen! –

Aus *Einem* Fels geboren,
Verteilen kühle rauschend sich zwei Quellen,
Die eigne Bahn zu schwellen.
Doch wie sie fern einander auch verloren:
Es treffen echte Brüder
Im ew'gen Meere doch zusammen wieder.

So wolle Gott Du flehen,
Daß Er mit meinem Blut und Leben schalte,
Die Seele nur erhalte,
Auf daß wir freudig einst uns wiedersehen,
Wenn nimmermehr hienieden:
So dort, wo Heimat, Licht und ew'ger Frieden.

SÄNGER-FAHRT

Kühlrauschend unter'm hellen
Tiefblauen Himmelsdom
Treibt seine klaren Wellen
Der ew'gen Jugend Strom.

Viel rüstige Gesellen,
Den Argonauten gleich,
Sie fahren auf den Wellen
In's duft'ge Frühlingsreich.

Ich aber fass' den Becher,
Daß es durch's Schiff erklingt,
Am Mast steh' ich als Sprecher,
Der für euch alle singt.

Wie stehn wir hier so helle!
Wird mancher bald schlafen gehn,
O Leben, wie bist du schnelle,
O Leben, wie bist du schön!

Gegrüßt, du weite Runde,
Burg auf der Felsenwand,
Du Land voll großer Kunde,
Mein grünes Vaterland!

Euch möcht' ich alles geben,
Und ich bin fürstlich reich,
Mein Herzblut und mein Leben,
Ihr Brüder, alles für Euch!

So fahr't im Morgenschimmer!
Sei's Donau oder Rhein,
Ein rechter Strom bricht immer
In's ew'ge Meer hinein.

APPELL

Ich hört' viel' Dichter klagen
Von alter Ehre rein,
Doch wen'ge mochten's wagen
Und selber schlagen drein.

Mein Herz wollt' mir zerspringen,
Sucht' mir ein ander Ziel,
Denn anders sein und singen,
Das ist ein dummes Spiel.

So stieg ich mit Auroren
Still in's Gebirg hinan,
Ich war wie neugeboren,
So kühle weht's mich an.

Und als ich, Bahn mir schaffend,
Zum Gipfel trat hinauf,
Da blitzten schon von Waffen
Ringsum die Länder auf.

Die Hörner hört' ich laden,
Die Luft war streng und klar –
Ihr neuen Kameraden,
Wie singt ihr wunderbar!

Frisch auf, wir wollen uns schlagen,
So Gott will, über'n Rhein
Und weiter im fröhlichen Jagen
Bis nach Paris hinein!

AUFBRUCH

Silbern' Ströme zieh'n herunter,
Blumen schwanken fern und nah,
Ringsum regt sich's bunt und bunter –
Lenz! bist du schon wieder da?

»Reiter sind's, die blitzend ziehen,
Wie viel glänz'ger Ströme Lauf,
Fahnen, Liliengleich, erblühen,
Lerchenwirbel, Trommelwirbel
Wecken rings den Frühling auf.«

Horch! was hör' ich draußen klingen
Wild verlockend wie zur Jagd?
Ach, das Herz möcht' mir zerspringen,
Wie es jauchzt und weint und klagt.

»Und in Waldes grünen Hallen,
Tiefe Schauer in der Brust,
Lassen wir die Hörner hallen,
In das Blau die Stimmen schallen,
So zum Schrecken wie zur Lust.«

Wehe! dunkle Wolken decken
Seh' ich all' die junge Pracht,
Feur'ge Todeszungen strecken
Durch die grimme Wetternacht.

»Wettern gleich blüht Kampfes-Fülle,
Blitze zieht das gute Schwert,
Mancher wird auf ewig stille –
Herr Gott, es gescheh' Dein Wille!
Blast Trompeten! Frisch mein Pferd!«

Regenbogen seh' ich steigen,
Wie von Tränen sprüh'n die Au,
Jenen sich erbarmend neigen
Über den verweinten Gau.

»Also über Graus und Wogen
Hat der Vater Gnadenreich,
Ein Triumphtor still gezogen.
Wer da fällt, zieht durch den Bogen
Heim in's ew'ge Himmelreich.«

ABSCHIEDS-TAFEL

So rückt denn in die Runde!
Es schleicht die Zeit im Dunkeln,
Sie soll uns rüstig finden
Und heiter, stark und gut!
Gar viel ist zu vollbringen,
Gar vieles muß mißlingen.
So mag die letzte Stunde,
Nachleuchten uns und funkeln!
Wo unsre Pfad' sich winden,
Wir sind in Gottes Hut.

Dem Bruder meines Lebens,
Der, fern, mit mir zusammen,
Sei denn aus Herzensgrunde
Das erste Glas gebracht!
Ich brauch' ihn nicht zu nennen,
Er aber wird mich kennen.
Viel Land trennt uns vergebens,
Ihm soll dies Wort, die Stunde,
Durch alle Adern flammen,
Wie ich an Ihn gedacht!

Zu Dir nun, heitre Schöne,
Wend' ich mich voll Gedanken.
Wie sie zu Dir sich wenden,
Muß ich so fröhlich sein.
So weit Poeten wohnen,
So weit der Wälder Kronen,
So weit kunstreiche Töne
Die heiteren Gedanken
Und Himmelsgrüße senden:
Ist alles mein und Dein.

Laß' nie die Schmach mich sehen,
Daß auch Dein Herz, der Lüge
Des andern Volks zum Raube,
Bereuend feig und hohl,
An Licht und Schmuck mag zagen!
Nicht wahr ist, was sie sagen:
Daß Lieb' und Lust vergehen,
Nicht wahr, daß uns betrüge
Der schöne, freud'ge Glaube,
Und also lebe wohl!

Ihr aber, klug' Gesellen,
Die hier mit in dem Kreise,
Wohl quält Ihr mich seit Jahren
Mit weisem Rat und Wort. –
Stoßt an, es sei vergessen!
Im Meere, ungemessen,
Sind viele tausend Wellen
Und tausend Schiffe fahren
Ein jedes seine Reise,
Komm' jedes in seinen Port!

Vom Berg' hinabgewendet,
Seh' ich die Ströme, Zinnen,
Der Liebsten Schloß darunter –
Nun, Morgenlohe, hülle,
In Glorien Dein Reich!
Dir, tieflebend'ge Fülle,
Schleud'r' ich das Glas hinunter,
Mir schwindeln alle Sinnen,
So wend' ich mich geblendet,
Gott segne Dich und Euch!

FRÜHLINGSMARSCH

Hoch über euern Sorgen
Sah ich vom Berg in's Land
Voll tausend guter Morgen,
Die Welt in Blüten stand.

Was zag't ihr träg und blöde?
Was schön ist, wird doch Dein!
Die Welt tut nur so spröde
Und will erobert sein.

Laßt die Trompeten laden,
Durch's Land die Trommeln geh'n,
Es wimmeln Kameraden,
Wo rechte Banner weh'n.

Wir zieh'n durch die Provinzen,
Da funkelt manches Schloß,
Schön Lieb, hol' Dich vom Zwinger
Und schwing' Dich mit auf's Roß!

Und wenn das Blühen endet:
Noch taumelnd sprengen wir,
Vom Abendrot geblendet,
In's letzte Nachtquartier.

DIE ERNSTHAFTE FASTNACHT 1814

als das 11te schles. Landwehr-Infanterie-Regiment
Wittenberg in der Nacht mit Sturm nahm.

Wohl vor Wittenberg auf den Schanzen
Sind der edlen Werber viel,
Wollen da zur Fastnacht tanzen
Ein gar seltsam Ritterspiel.

Und die Stadt vom Felsen droben
Spiegelt sich im Sonnenschein,
Wie ein Jungfräulein erhoben –
Jeder will ihr Bräut'gam sein.

»Jäger, laßt die Hörner klingen
Durch den Morgen kalt und blank!
Wohl, sie läßt sich noch bezwingen,
Hört sie alten deutschen Klang.«

Drauf sie einen Reiter schnelle
Senden, der so fröhlich schaut,
Der bläst seinen Gruß so helle
Wirbt da um die stolze Braut.

»Sieh', wir werben lang' verstohlen
Schon um Dich in Not und Tod,
Komm! sonst wollen wir Dich holen,
Wann der Mond scheint blutigrot!«

Bleich schon fallen Abendlichter –
Und der Reiter bläst nur zu,
Nacht schon webt sich dicht und dichter –
Doch das Tor bleibt immer zu.

Nun so spielt denn Musikanten,
Blast zum Tanz aus frischer Brust!
Herz und Sinne mir entbrannten,
O du schöne, wilde Lust!

Wer hat je so 'n Saal gesehen?
Strom und Wälder spielen auf,
Sterne auf und nieder gehen,
Stecken hoch die Lampen auf.

Ja, der Herr leucht't selbst zum Tanze,
Frisch denn, Kameraden mein!

Funkelnd schön im Mondenglanze
Strenges Lieb, mußt unsre sein! –

Und es kam der Morgen heiter,
Mancher Tänzer lag da tot,
Und *Victoria* blies der Reiter
Von dem Wall ins Morgenrot.

*

Schlesier wohl zu Ruhm und Preise
Haben sich dies Lieb gewonnen,
Und ein Schlesier diese Weise
Recht aus Herzenslust ersonnen.

DIE EINSAME

Wenn Morgens das fröhliche Licht bricht ein,
Tret' ich zum offenen Fensterlein,
Draußen geh'n lau die Lüft' auf den Auen,
Singen die Lerchen schon hoch im Blauen,
Rauschen am Fenster die Bäume gar munter,
Zieh'n die Brüder in den Wald hinunter;
Und bei dem Sange und Hörnerklange
Wird mir immer so bange, bange.

Wüßt' ich nur immer wo Du jetzo bist,
Würd' mir schon wohler auf kurze Frist.
Könntest Du mich nur über die Berge sehen
Dein gedenkend im Garten gehen:
Dort rauschen die Brunnen jetzt alle so eigen,
Die Blumen vor Trauern im Wind sich neigen.
Ach! von den Vöglein über die Tale
Sei mir gegrüßt viel tausendmale!

Du sagtest gar oft wie süß und rein
Sind Deine blauen Äugelein!

Jetzo müssen sie immerfort weinen,
Da sie nicht finden mehr, was sie meinen.
Wird auch der rote Mund erblassen,
Seit Du mich, süßer Buhle, verlassen.
Eh Du wohl denkst, kann das Blatt sich wenden,
Geht alles gar bald zu seinem Ende.

AN DIE FREUNDE

Es löste Gott das lang verhaltne Brausen
Der Ströme rings – und unser ist der Rhein!
Auf freien Bergen darf der Deutsche hausen
Und seine Wälder nennt er wieder sein.
So brach gewaltig und mit kühnem Grausen
Ein mächt'ger Frühling in die Welt herein,
Und alle sah man ringen, fechten, streben –
O Heldenlust, in solchem Lenz zu leben!

Nun ist der Friede wieder wohl gekommen,
Gesühnt ist manche Sünde vor'ger Zeit. –
Doch wird der Kampf nicht von der Welt genommen,
So lang der Mensch sich ernst'rem Streben weiht.
Es hat der Krieg den Funken kühn entglommen,
Das Schlechte stürzt er um im blut'gen Streit:
Das *Beßre* über'm Schutte aufzuführen,
Muß sich nun Geister-Kampf lebendig rühren.

Nennt mir die Palme Eures hohen Strebens!
Wollüst'ge Rast ist nicht des Lebens wert.
Nach Ruh sehnt sich die Menschenbrust vergebens,
Erkämpft will sein, was hoher Sinn begehrt.
Ein Krieger bleibt der größ're Mann zeitlebens,
Er kämpf' mit Rede, Büchern oder Schwert,
Und rechter Friede wird nur dort geschlossen,
Wo jedem Streiter seine Palmen sprossen.

Wüst ras't der Krieg, Land, Herzen, Städte brennen,
Der Tag, er kommt und scheidet blutigrot;
Doch spannt der Friede ab die tapfern Sennen,
Dann hüte dich, mein Volk, vor größ'rer Not!
Denn tiefres Wehe weiß ich noch zu nennen:
Erschlaffter Hochmut ist der Völker Tod.
Umsonst geflossen ist das Blut im Kriege,
Sind wir unwürdig selbst der hohen Siege.

So laßt uns unser Deutschland denn umstellen
Bewachend brüderlich in treuer Hut,
Mit Lehren, Rat und Sang die Herzen schwellen,
Daß es bewahre rein die heil'ge Glut,
Den Ernst, den es erkämpft in Bluteswellen,
Der Ehre Hort, Eintracht und festen Mut.
Friede dem Herd' und ew'ger Krieg dem Bösen!
So mag uns Gott von aller Schmach erlösen.

DER FRIEDENSBOTE

Schlaf' ein, mein Liebchen, schlaf' ein,
Leis durch die Blumen am Gitter
Säuselt des Laubes Gezitter,
Rauschen die Quellen herein;
Gesenkt auf den schneeweißen Arm,
Schlaf' ein, mein Liebchen, schlaf' ein,
Wie atmest du lieblich und warm!

Aus dem Kriege kommen wir heim;
In stürmischer Nacht und Regen,
Wenn ich auf der Lauer gelegen,
Wie dachte ich dorten Dein!
Gott stand in der Not uns bei,
Nun droben, bei Mondenschein,
Schlaf' ruhig, das Land ist ja frei!

SOLDATENLIED

Was zieht da für schreckliches Sausen,
Wie Pfeifen durch Sturmes Wehn?
Das wendet das Herz recht vor Grausen,
Als sollte die Welt vergehn.

Das Fußvolk kommt da geschritten,
Die Trommeln wirbeln voran,
Die Fahne in ihrer Mitten
Weht über den grünen Plan,
Sie prangt in schneeweißem Kleide
Als wie eine milde Braut,
Die gibt dem hohe Freude,
Wen Gott ihr angetraut.
Sie haben sie recht umschlossen
Dicht Mann an Mann gerückt,
So ziehen die Kriegsgenossen,
Streng, schweigend und ungeschmückt,
Wie Gottes dunkeler Wille,
Wie ein Gewitter schwer,
Da wird es ringsum so stille,
Der Tod nur blitzt hin und her.

Wie seltsame Klänge schwingen
Sich dort von der Waldeshöh'!
Ja, Hörner sind es, die singen
Wie rasend vor Lust und Weh.

Die jungen Jäger sich zeigen
Dort drüben im grünen Wald,
Bald schimmernd zwischen den Zweigen
Bald lauernd im Hinterhalt.
Wohl sinkt da in ewiges Schweigen
Manch' schlanke Rittergestalt,
Die anderen über ihn steigen

Hurra! in dem schönen Wald –
Und des Lebens Bilder sich neigen,
Immer weiter das Horn verhallt,
Wie ferne spielende Träume,
So einsam rauscht nun der Wald,
Es funkelt das Blau durch die Bäume –
»Ach Vater, ich komme bald!«

Trompeten nun hör' ich werben
So hell durch die Frühlingsluft,
Zur Hochzeit oder zum Sterben
So übermächtig es ruft.

Das sind meine lieben Reiter,
Die rufen hinaus zur Schlacht,
Das sind meine lustigen Reiter,
Nun, Liebchen, gute Nacht!
Wie wird es da vorne so heiter,
Wie sprühet der Morgenwind,
In den Sieg, in den Tod und weiter
Bis daß wir im Himmel sind!

AN DIE LÜTZOWSCHEN JÄGER

Wunderliche Spießgesellen
Denkt ihr noch an mich,
Wie wir an der Elbe Wellen
Lagen brüderlich.

Wie wir in des Spreewalds Hallen,
Schauer in der Brust,
Hell die Hörner ließen schallen
So zu Schreck wie Lust?

Mancher mußte da hinunter
Unter den Rasen grün,

Und der Krieg und Frühling munter
Gingen über ihn.

Wo wir ruhen, wo wir wohnen:
Jener Waldeshort
Rauscht mit seinen grünen Kronen
Durch mein Leben fort.

WAFFENSTILLSTAND DER NACHT

Windsgleich kommt der wilde Krieg geritten,
Durch das Grün der Tod ihm nachgeschritten,
Manch Gespenst steht sinnend auf dem Feld,
Und der Sommer schüttelt sich vor Grausen,
Läßt die Blätter, schließt die grünen Klausen,
Ab sich wendend von der blut'gen Welt.

Prächtig war die Nacht nun aufgegangen,
Hatte alle mütterlich umfangen,
Freund und Feind mit leisem Friedenskuß,
Und, als wollt' der Herr vom Himmel steigen,
Hört' ich wieder durch das tiefe Schweigen
Rings der Wälder feierlichen Gruß.

DER SOLDAT

I.

Ist auch schmuck nicht mein Rößlein,
So ist's doch recht klug,
Trägt im Finstern zu 'nem Schlößlein
Mich rasch noch genug.

Ist das Schloß auch nicht prächtig:
Zum Garten aus der Tür

Tritt ein Mädchen doch allnächtig
Dort freundlich herfür.

Und ist auch die Kleine
Nicht die Schönst' auf der Welt,
So gibt's doch just Keine
Die mir besser gefällt.

Und spricht sie vom Freien:
So schwing' ich mich auf mein Roß –
Ich bleibe im Freien
Und sie auf dem Schloß.

II.

Wagen mußt du und flüchtig erbeuten,
Hinter uns schon durch die Nacht hör' ich's schreiten,
Schwing' auf mein Roß dich nur schnell
Und küß' noch im Flug mich, wildschönes Kind,
Geschwind,
Denn der Tod ist ein rascher Gesell.

BLUMEN UND LIEBE

Rührt euch, Blumen, wacht auf und hebt die verweineten Augen,
Morgenschauer schon gehn kühl über Wiesen und Wald.
Wie eine Braut entsteigt die Sonne dem rosigen Pfühle,
Blickt durch die Welt hin weit, schweigend vor seliger Lust;
Küßt die Tränen euch linde von den gemaleten Wangen,
Die ihr vor Sehnsucht geweint, träumend in stillauer Nacht,
Wie sich's nun überall regt und funkelt und jauchzet und sprühet,
Gott! o wie schön ist die Welt, wenn sie die Liebe bescheint!

Wie du verstohlen mich anblickst, Kornblume, aus nickenden Ähren,
Immerfort nach mir gewandt heiter das treublaue Aug';
Wirtlich, verständig, bescheiden, vertraulich, sinnig und herzig,
Deutscher Mädchen Bild bist du mir, liebliches Kind.

Hoch und einsam in nächtlichem Garten sah ich dich leuchten,
Lampe der Vesta, klar, himmelwärts hauchend den Duft,
Und ich selber gebannt stand vor dir in Andacht versunken,
Lilie, Jungfraue schlank, schneeweiße, himmlische Braut!

SPAZIERGANG

Ochse, wie bist du so stattlich, bedachtsam, fleißig und nützlich!
Wahrlich, ich brauche dich sehr – aber du bist doch ein Ochs!

Ho da! Kartoffeln und ihr ökonomische Knollengewächse,
Schreiten kaum kann man; gemach! macht euch nicht gar zu sehr breit!

Grüß dich, Klatschrose und Gänseblum', Butterblum', ländliches Völkchen,
Schmucklos und ohne Geruch, unschuldig – weiter sonst nichts? –

Nelke, du reizendes Kind, wie hast du so gar nichts Bescheid'nes!
Jauchzende Farben vor Lust flammst du in's traurige Grün,

Tief von den eigenen Düften du selber lustig berauschet
Spiele denn, brenne, von dir laß ich berauschen mich gern!

UNMUT

O Herbst! betrübt verhüllst du
Strom, Wald und Blumenlust,
Erbleichte Flur, wie füllst du
Mit Sehnsucht nun die Brust!

Weit hinter diesen Höhen
Die hier mich eng umstellt,
Hör' ich eratmend gehen
Den großen Strom der Welt.

In lichtem Glanze wandelt
Der Helden heil'ger Mut,
Es steigt das Land verwandelt
Aus seiner Söhne Blut.

Auch mich füllt' männlich Trauern,
Wie Euch, bei Deutschlands Weh'n –
Und muß in Sehnsuchts-Schauern
Hier ruhmlos untergehn!

LIED

»Ach, daß auch wir schliefen!
Die blühenden Tiefen,
Die Ströme, die Auen
So heimlich aufschauen,
Als ob sie all' riefen:
Dein Liebchen ist tot!
Unter Rosen rot
Ach, daß wir auch schliefen!«

»Hast doch keine Schwingen,
Durch Wolken zu dringen!
Mußt immerfort schauen
Die Ströme, die Auen –
Die werden Dir singen
Von Ihr Tag und Nacht,
Mit Wahnsinnes-Macht
Die Seele umschlingen.«

So singt, wie Sirenen,
Von hellblauen, schönen
Vergangenen Zeiten
Der Abend von weitem,
Versinkt dann in Tönen,
Erst Busen dann Mund,
Im blühenden Grund.
O schweige Sirene!

O wecke nicht wieder!
Denn zaub'rische Lieder
Gebunden hier träumen
Auf Feldern und Bäumen,
Und ziehen mich nieder
So müde vor Weh
Zu tief stillem See –
O weck' nicht die Lieder!

Du kanntest die Wellen
Des Sees, sie schwellen
In magischen Ringen.
Ein wehmütig Singen
Tief unter den Quellen
Im Schlummer dort hält
Verzaubert die Welt.
Wohl kennst Du die Wellen! –

Kühl wird's auf den Gängen,
Von alten Gesängen
Möcht's Herz mir zerspringen.
So will ich denn singen!
Schmerz fliegt ja auf Klängen
Zu himmlischer Lust,
Und still wird die Brust
Auf kühlgrünen Gängen.

Laß fahren die Träume!
Der Mond scheint durch Bäume,
Die Wälder nur rauschen,
Die Täler still lauschen,
Wie einsam die Räume!
Ach, Niemand ist mein!
Herz, wie so allein!
Laß fahren die Träume!

Der Herr wird Dich führen.
Tief kann ich ja spüren
Der Sterne still Walten.
Der Erde Gestalten
Kaum hörbar sich rühren;
Durch Nacht und durch Graus
Gen Morgen nach Haus –
Ja, Gott wird mich führen.

TRINKLIED

Was klingt mir so heiter
Durch Busen und Sinn,
Zu Wolken und weiter,
Wo trägt es mich hin?

Wie auf Bergen hoch bin ich
So einsam gestellt,

Und grüße herzinnig
Was schön auf der Welt.

Ja, Bacchus, dich seh' ich,
Wie göttlich bist du!
Dein Glühen versteh' ich,
Die träumende Ruh.

O rosenbekränztes
Jünglingesbild!
Dein Auge, wie glänzt es,
Die Flammen so mild!

Ist's Liebe, ist's Andacht,
Was so dich beglückt?
Rings Frühling dich anlacht,
Du sinnest entzückt. –

Frau Venus, du Frohe!
So schallend und weich
Erblick' ich gebreitet
Dein Frühlingesreich

Auf sonnigen Hügeln
Wie ein Zauberring. –
Zart' Bübchen mit Flügeln
Bedienen dich flink,

Durchsäuseln die Räume
Und laden, was fein,
Als goldene Träume,
Zur Königin ein.

Und Ritter und Frauen
Im grünen Revier
Durchschwärmen die Auen
Wie Blumen zur Zier.

Und jeglicher hegt sich
Sein Liebchen im Arm,
So wirrt und bewegt sich
Der selige Schwarm. –

Die Klänge verrinnen,
Es bleichet das Grün,
Die Frauen stehn sinnend,
Die Ritter schaun kühn.

Und himmlisches Sehnen
Geht singend durch's Blau,
Da schimmert von Tränen
Rings Garten und Au. –

Und mitten im Feste
Erblick' ich, wie mild!
Den stillsten der Gäste.
Woher, einsam' Bild? –

Mit blühendem Mohne,
Der träumerisch glänzt,
Und Lilienkrone
Erscheint er bekränzt.

Der Mund schwillt zum Küssen
So lieblich und bleich,
Als brächt' er ein Grüßen
Aus himmlischem Reich.

Eine Fackel wohl trägt er,
Die wunderbar prangt,
»Wo ist Einer,« frägt er,
»Den heimwärts verlangt?«

Und plötzlich da drehet
Die Fackel er um –

Tiefschauernd vergehet
Die Welt und wird stumm.

Und was hier versunken
Als Blumen zum Spiel,
Siehst oben du funkeln
Als Sterne nun kühl.

O Jüngling vom Himmel,
Wie bist du so schön!
Ich laß das Gewimmel,
Mit dir will ich gehn!

Was will ich noch hoffen?
Hinauf, ach hinauf!
Der Himmel ist offen,
Nimm, Vater, mich auf!

LIEDCHEN

Euch Wolken beneid' ich
In blauer Luft,
Wie schwingt ihr euch freudig
Über Berg und Kluft!

Mein Liebchen wohl seht ihr
Im Garten gehn,
Am Springbrunnen steht sie
So morgenschön.

Und wäscht an der Quelle
Ihr goldnes Haar,
Die Äugelein helle,
Und blickt so klar.

Und Busen und Wangen
Dürft ihr besehn,
Ich brenn' vor Verlangen,
Und muß hier stehn!

*

Euch Wolken bedaur' ich
Bei stiller Nacht;
Die Erde bebt schaurig,
Der Mond erwacht:

Da führt mich ein Bübchen
Mit Flügeln fein,
Durchs Dunkel zum Liebchen,
Sie läßt mich ein.

Wohl schaut ihr die Sterne,
Weit, ohne Zahl,
Doch bleiben sie ferne
Euch allzumal.

Mir leuchten zwei Sterne
In's Herz hinab,
Die bleiben mir gerne
Nah' bis in's Grab.

Euch grüßt mit Gefunkel
Der Wasserfall,
Und tief aus dem Dunkel
Die Nachtigall.

Doch süßer es tönet
Als Wellentanz,
Wenn Liebchen hold stöhnet:
»Dein bin ich ganz!«

So segelt denn traurig
In öder Pracht!

Euch, Wolken, bedaur' ich
Bei süßer Nacht.

HERBSTKLAGE

Herbstnebel ziehn über den Weiher,
Das ist recht des Todes Bild!
Und tagelang sinnet der Reiher
Am Ufer dort einsam wild.

Mein Liebchen das hat mich verlassen,
Die Freunde sind alle weit,
Und Garten und Wälder erblassen,
Und singen von tiefem Leid.

Verschneit liegt bald alles danieder,
Wir selber wir werden alt,
Und kennen einander nicht wieder,
Verkümmert, zerstreut und kalt.

Zum Wald denn! da raset lautschallend
Das Horn durch des Windes Schrein,
Da krachen die Wipfel und fallen
Zum Abgrund Strom, Baum und Stein.

Und Schneewolken jagt's über'n Weiher,
Die Windsbraut singt ihren Gruß,
Rasch stürzt in den Sturm sich der Reiher –
Ach, daß ich hier stehen muß!

AN EINE JUNGE TÄNZERIN

Castagnetten lustig schwingen
Seh' ich dich, du zierlich Kind,
Mit der Locken schwarzen Ringen

Spielt der sommerlaue Wind.
Künstlich regst du schöne Glieder,
Glühendwild
Zärtlichmild
Tauchest in Musik du nieder,
Und die Woge hebt dich wieder.

Warum sind so blaß die Wangen,
Dunkelfeucht der Augen Glanz,
Und ein heimliches Verlangen
Schimmert glühend durch den Tanz.
Schalkhaft lockend schaust du nieder,
Liebesnacht
Süß erwacht,
Wollüstig erklingen Lieder –
Schlag' nicht so die Augen nieder!

Wecke nicht die Zauberlieder
In des Venusberges Schoß!
Selbst verzaubert, sinkst du nieder,
Und sie lassen dich nicht los.
Tödlich schlingt sich um die Glieder
Sündlich Glühn,
Und verblühn
Müssen Schönheit, Tanz und Lieder –
Ach, ich kenne dich nicht wieder!

KLAGE

Du warst so herrlich anzuschauen,
So kühn und wild, und doch so lieb;
Dir mußt ich Leib und Seel vertrauen,
Ich mochte nichts was meine blieb.
Da hast du, Falscher, mich verlassen
Und Blumenlust und Frühlingsschein,
Die ganze Welt sah ich erblassen,
Ach Gott, wie bin ich nun allein. –

Wohl Jahre schaut ich von den Höhen
Und grüßte dich viel tausendmal,
Und viele sah ich unten gehen,
Doch du erschienst nicht in dem Tal.
Und mancher Lenz mit bunten Scherzen
Kam und verflog im lust'gen Lauf;
Doch ach, in dem betrognen Herzen
Geht niemals mehr der Frühling auf.

Ein Kränzlein trag ich nun im Haare
In reichen Kleidern schön geschmückt,
Führt mich ein andrer zum Altare;
Die Eltern sind so tief beglückt –
Und fröhlich kann ich mich wohl zeigen,
Die Sonne hell wie damals scheint,
Und vor dem Jauchzen und dem Geigen
Hört niemand wie die Braut still weint.

Die Frühlingslieder neu beginnen,
Du kehrst nach manchem Jahr zurück –
Und stehest still dich zu besinnen,
Wie auf ein längst vergangnes Glück.
Doch wüste liegt der schöne Garten,
Das Haus steht lange öd und leer,
Kein Blick will dein am Fenster warten
Und mich und dich kennt niemand mehr.

Doch eine Lerche siehst du steigen
Vom Tal zum blauen Himmelsport;
Ein Bächlein rauschet dort so eigen,
Als weinte es in einem fort. –
Dort haben sie mich hingetragen,
Bedeckten mir mit Stein den Mund,
Nun kann ich dir nicht einmal sagen –
Wie ich dich liebt' aus Herzensgrund.

MÄDCHEN

Gar oft schon fühlt' ich's tief, des Mädchens Seele
Wird nicht sich selbst, dem Liebsten nur geboren.
Da irrt sie nun verstoßen und verloren,
Schickt heimlich Blicke schön als Boten aus,
Daß sie auf Erden suchen ihr ein Haus.
Sie schlummert in der Schwüle, leicht bedeckt,
Lächelt im Schlafe, atmet warm und leise,
Doch die Gedanken sind fern auf der Reise,
Und auf den Wangen flattert träum'risch Feuer,
Hebt buhlend oft der Wind den zarten Schleier.
Der Mann, der da zum erstenmal sie weckt,
Zuerst hinunterlangt in diese Stille,
Dem fällt sie um den Hals vor Freude bang
Und läßt ihn nicht mehr all' ihr Lebelang.

DER POET

Bin ich fern Ihr: schau' ich nieder
Träumend in die Täler hier,
Ach, ersinn' ich tausend Lieder,
Singt mein ganzes Herz von Ihr.
Doch was hilft die Gunst der Musen,
Daß die Welt mich Dichter nennt?
Keiner frägt, wie mir im Busen
Sorge tief und Sehnsucht brennt.

Ja, darf ich bei Liebchen weilen:
Fühl' ich froh der Stunden Schwall
Wohl melodischer enteilen
Als der schönste Silbenfall,
Will ich singen, Lippen neigen
Sich auf mich, und leiden's nicht,
Und wie gerne mag ich schweigen,
Wird mein Leben zum Gedicht!

DIE BRAUTFAHRT

Durch des Meeresschlosses Hallen
Auf bespültem Felsenhang
Weht der Hörner festlich Schallen,
Froher Hochzeitsgäste Drang
Bei der Kerzen Zauberglanze
Wogt im buntverschlungnen Tanze.

Aber an des Fensters Bogen,
Ferne von der lauten Pracht,
Schaut der Bräut'gam in die Wogen
Draußen in der finstern Nacht,
Und die trunknen Blicke schreiten
Furchtlos durch die öden Weiten.

»Lieblich«, sprach der wilde Ritter
Zu der zarten, schönen Braut,
»Lieblich girrt die sanfte Zitter –
Sturm ist *meiner* Seele Laut,
Und der Wogen dunkles Brausen
Hebt das Herz in kühnem Grausen.

Ich kann hier nicht müßig lauern,
Treiben auf dem flachen Sand,
Dieser Kreis von Felsenmauern
Hält mein Leben nicht umspannt;
Schön're Länder blühen ferne,
Das verkünden mir die Sterne.

Du mußt glauben, du mußt wagen,
Und, den Argonauten gleich,
Wird die Woge fromm dich tragen
In das wunderbare Reich;
Mutig streitend mit den Winden
Muß ich meine Heimat finden! –

Siehst du, heißer Sehnsucht Flügel,
Weiße Segel dort gespannt?
Hörst du tief die feuchten Hügel
Schlagen an die Felsenwand?
Das ist Sang zum Hochzeitsreigen –
Willst du mit mir niedersteigen?

Kannst du rechte Liebe fassen,
Nun so frage, zaudre nicht!
Schloß und Garten mußt du lassen
Und der Eltern Angesicht –
Auf der Flut mit mir alleine,
Da erst, Liebchen, bist du *meine*!«

Schweigend sieht ihn an die milde
Braut mit schauerlicher Lust,
Sinkt dem kühnen Ritterbilde
Trunken an die stolze Brust.
»Dir hab' ich mich gern ergeben,
Weihe dir mein ganzes Leben«

Und er trägt die süße Beute
Jubelnd aus dem Schloß aufs Schiff,
Drunten harren seine Leute,
Stoßen froh vom Felsenriff;
Und die Hörner leis verhallen,
Einsam rings die Wogen schallen.

Wie die Sterne matter blinken
In die morgenrote Flut,
Sieht sie fern die Berge sinken,
Flammend steigt die hehre Glut,
Über'm Spiegel trunkner Wellen
Rauschender die Segel schwellen.

Monde steigen und sich neigen,
Lieblich weht schon fremde Luft,

Da seh'n sie ein Eiland steigen
Feenhaft aus blauem Duft
Wie ein farb'ger Blumenstreifen –
Meerwärts fremde Vögel schweifen.

Alle faßt ein freud'ges Beben –
Aber dunkler rauscht das Meer,
Schwarze Wetter schwer sich heben,
Stille wird es ringsumher,
Und nur freudiger und treuer
Steht der Ritter an dem Steuer.

Und nun flattern wilde Blitze,
Sturm rast um den Felsenriff,
Und von grimmer Wogen Spitze
Stürzt geborsten sich das Schiff.
Schwankend auf des Mastes Splitter,
Schlingt die Braut sich um den Ritter.

Und die Müde in den Armen,
Springt er abwärts, sinkt und ringt,
Hält den Leib, den blühendwarmen,
Bis er alle Wogen zwingt,
Und am Blumenstrand gerettet,
Auf das Gras sein Liebstes bettet.

»Wache auf, wach' auf, du Schöne!
Liebesheimat ringsum lacht,
Zaubrisch ringen Duft und Töne,
Wunderbarer Blumen Pracht
Funkelt rings im Morgengolde –
Schau um Dich! wach auf, du Holde!«

Aber frei von Lust und Kummer
Ruht die liebliche Gestalt,
Lächelnd noch im längsten Schlummer,
Und das Herz ist still und kalt,

Still der Himmel, still im Meere,
Schimmernd rings das Land von Zähren.

Und er sinkt zu ihr vor Schmerzen,
Einsam in dem fremden Tal,
Tränen aus dem wilden Herzen
Brechen da zum erstenmal,
Und vor diesem Todesbilde
Wird die ganze Seele milde.

Von der langen Täuschung trennt er
Schauernd sich – der Stolz erweicht,
Andre Heimat nun erkennt er,
Die kein Segel hier erreicht,
Und an echten Schmerzen ranken
Himmelwärts sich die Gedanken.

Schweigend scharrt er ein die Stille,
Pflanzt ein Kreuz hoch auf ihr Grab,
Wirft von sich die seidne Hülle,
Leget Schwert und Mantel ab,
Kleidet sich in rauhe Felle,
Haut in Fels sich die Kapelle.

Über'm Rauschen dunkler Wogen
In der wilden Einsamkeit,
Hausend auf den Felsenbogen,
Ringt er fromm mit seinem Leid,
Hat, da manches Jahr entschwunden,
Heimat, Braut und Ruh gefunden. –

Viele Schiffe drunten gehen
An dem schönen Inselland,
Sehen hoch das Kreuz noch stehen
Warnend von der Felsenwand,
Und des strengen Büßers Kunde
Gehet fromm von Mund zu Munde.

DAS KALTE LIEBCHEN

Er. Laß mich ein, mein süßes Schätzchen!
Sie. Finster ist mein Kämmerlein.
Er. Ach, ich finde doch mein Plätzchen.
Sie. Und mein Bett ist eng und klein.

Er. Fern komm' ich vom weichen Pfühle;
Sie. Ach, mein Lager ist von Stein!
Er. Draußen ist die Nacht so kühle.
Sie. Hier wird's noch viel kühler sein.

Er. Sieh! die Sterne schon erblassen.
Sie. Schwerer Schlummer fällt mich an. –
Er. Nun, so will ich schnell Dich fassen.
Sie. Rühr' mich nicht so glühend an!

Er. Fieberschauer mich durchbeben.
Sie. Wahnsinn bringt der Toten Kuß. –
Er. Weh! es bricht mein junges Leben!
Sie. Mit ins Grab hinunter muß.

VERSCHIEDENE BAHN

Gebannt in stillem Kreise sanfter Hügel,
Schlingt sich ein Strom von ewiggleichen Tagen,
Da mag die Brust nicht nach der Ferne fragen,
Und lächelnd senkt die Sehnsucht ihre Flügel.

Viel' andre stehen kühn in Rossesbügel,
Des Lebens höchste Güter zu erjagen,
Und, – was sie wünschen, müssen sie erst *wagen*,
Ein strenger Geist regiert des Rosses Zügel. –

Was singt ihr lockend so, ihr stillen Matten,
Du Heimat mit den Regenbogenbrücken,
Ihr heitern Bilder harmlos bunter Spiele?

Mich faßt der Sturm! wild ringen Licht und Schatten,
Durch Wolkenriß' bricht flammendes Entzücken –
Nur zu, mein Roß! wir finden noch zum Ziele!

GLÜCKLICHE FAHRT

Wünsch' an Wünsche feindlich schlagen
Und die feige Klugheit gilt.
Nur nach Schätzen siehst Du jagen,
Und die Gier wird nie gestillt.
Selig, wer es fromm mag wagen,
Durch das Treiben dumpf und wild
In der festen Brust zu tragen
Heil'ger Schönheit hohes Bild!

Sieh, da brechen tausend Quellen
Durch die felsenharte Welt,
Und zum Strome wird ihr Schwellen,
Der melodisch steigt und fällt.
Ringsum sich die Fernen hellen,
Gottes Hauch die Segel schwellt –
Rettend spülen Dich die Wellen
In des Herzens stille Welt.

DER ZAUBERISCHE SPIELMANN

Nächtlich in dem stillen Grunde,
Wenn das Abendrot versank,
Um das Waldschloß in die Runde
Ging ein lieblicher Gesang.

Fremde waren diese Weisen
Und der Sänger unbekannt,
Aber, wie in Zauberkreisen
Hielt er jede Brust gebannt.

Hinter blüh'nden Mandelbäumen
Auf dem Schloß das Fräulein lauscht –
Drunten alle Blumen träumen,
Wollüstig der Garten rauscht.

Und wie Wellen buhlend klingen,
Ringend in geheimer Lust:
Kommt das wunderbare Singen
An die süßverträumte Brust.

»Warum weckst Du das Verlangen,
Das ich kaum zur Ruh gebracht?
Siehst Du hoch die *Lilien* prangen? –
Böser Sänger, gute Nacht!

Sieh', die Blumen steh'n voll Tränen
Einsam die Viole wacht,
Als wollt' sie sich schmachtend dehnen
In die warme Sommernacht.

Wohl von süßem roten Munde
Kommt so holden Sanges Macht –
Bleibst Du ewig dort im Grunde,
Unerkannt in stiller Nacht?

Ach' im Wind' verfliegt mein Grüßen!
Einmal, eh' der Tag erwacht,
Möcht' ich Deinen Mund nur küssen,
Sterbend so in süßer Nacht!

Nachtigall, verliebte, klage
Nicht so schmeichelnd durch die Nacht! –

Ach! ich weiß nicht was ich sage,
Krank bin ich und überwacht.«

Also sprach sie, und die Lieder
Lockten stärker aus dem Tal,
Rings durchs ganze Tal hallt's wider
Von der Liebe Lust und Qual.

Und sie konnt' nicht widerstehen,
Enge ward ihr das Gemach,
Aus dem Schlosse mußt' sie gehen
Diesem Zauberstrome nach.

Einsam steigt sie von den Stufen,
Ach! so schwüle weht der Wind!
Draußen süß die Stimmen rufen
Immerfort das schöne Kind.

Alle Blumen trunken lauschen,
Von den Klängen hold durchirrt,
Lieblicher die Brunnen rauschen,
Und sie eilet süßverwirrt. –

Wohl am Himmel auf und nieder
Trieb der Hirt die goldne Schar,
Die Verliebte kehrt nicht wieder,
Leer nun Schloß und Garten war.

Und der Sänger seit der Stunde
Nicht mehr weiter singen will,
Rings im heimlich kühlen Grunde
War's vor Liebe selig still.

ABSCHIED UND WIEDERSEHEN

I.

In süßen Spielen unter nun gegangen
Sind Liebchens Augen, und sie atmet linde,
Stillauschend sitz' ich bei dem holden Kinde,
Die Locken streichelnd ihr von Stirn und Wangen.

Ach! Lust und Mond und Sterne sind vergangen,
Am Fenster mahnen schon die Morgenwinde,
Daß ich vom Nacken leis die Arme winde,
Die noch im Schlummer lieblich mich umfangen.

O öffne nicht der Augen süße Strahle!
Nur Einen Kuß noch – und zum letztenmale
Geh' ich von Dir durchs stille Schloß hernieder.

Streng greift der eis'ge Morgen an die Glieder,
Wie ist die Welt so klar und kalt und helle –
Tiefschaurend tret' ich von der lieben Schwelle.

II.

Ein zart Geheimnis webt in stillen Räumen,
Die Erde löst die diamantnen Schleifen
Und nach des Himmels süßen Strahlen greifen
Die Blumen, die der Mutter Kleid besäumen.

Da rauscht's lebendig draußen in den Bäumen,
Aus Osten langen purpurrote Streifen,
Hoch Lerchenlieder durch das Zwielicht schweifen –
Du hebst das blühn'de Köpfchen hold aus Träumen.

Was sind's für Klänge, die ans Fenster flogen?
So altbekannt verlocken diese Lieder,
Ein Sänger steht im schwanken Dämmerscheine. –

Wach' auf! Dein Liebster ist fernher gezogen
Und Frühling ist's auf Tal und Bergen wieder,
Wach auf, wach auf! nun bist Du ewig meine.

LIEDCHEN

Wie jauchzt meine Seele
Und singet in sich!
Kaum daß ich's verhehle,
So glücklich bin ich.

Rings Menschen sich drehen
Und reden gescheut,
Ich kann nichts verstehen,
So fröhlich zerstreut. –

Zu eng wird das Zimmer,
Wie glänzet das Feld,
Die Täler voll Schimmer,
Weit, herrlich die Welt!

Gepreßt bricht die Freude
Durch Riegel und Schloß,
Fort über die Heide!
Ach, hätt' ich ein Roß! –

Und frag' ich und sinn' ich,
Wie *so* mir geschehn? –
Mein Liebchen herzinnig,
Das soll ich heut' sehn.

TRENNUNG

Denkst Du noch jenes Abends, still vor Sehnen,
Wo wir zum letzte⟨n⟩mal im Park beisammen?

Kühl standen rings des Abendrotes Flammen,
Ich scherzte wild – du lächeltest durch Tränen.
So spielt der Wahnsinn lieblich mit den Schmerzen
An jäher Schlüfte Rand, die nach ihm trachten;
Er mag der lauernden Gefahr nicht achten,
Er hat den Tod ja schon im öden Herzen.

Ob Du die Mutter auch belogst, betrübtest,
Was andre Leute drüber deuten, sagen, –
Sonst scheu – heut mocht'st Du nichts nach allem fragen,
Mir einzig zeigen nur, wie Du mich liebtest.
Und aus dem Hause heimlich so entwichen,
Gabst Du ins Feld mir schweigend das Geleite,
Vor uns das Tal, das hoffnungsreiche, weite,
Und hinter uns kam grau die Nacht geschlichen.

Du gehst nun fort, sprach sie, ich bleib' alleine;
Ach! dürft' ich alles lassen, still und heiter
Mit Dir so ziehn hinab und immer weiter –
Ich sah Dich an – es spielten bleiche Scheine
So wunderbar um Locken Dir und Glieder;
So ruhig, fremd warst Du mir nie erschienen,
Es war, als sagten die versteinten Mienen,
Was Du verschwiegst: Wir sehn uns niemals wieder!

Stumm war ich, als Du endlich stehn geblieben;
Doch da Du weinend lagst an meinem Herzen,
Als sucht'st Du Rettung vor den eignen Schmerzen,
Da fühlt ich Mut, Dich ewig treu zu lieben.
Ich schwang aufs Roß mich, Deinem Arm entwunden
Sah noch einmal Dein weißes Tuch mir winken,
Schloß Garten, – all' die Zauberei versinken –
Wandt' mich noch um – und du warst auch verschwunden.

DER KNABE

Es war ein zartes Vögelein,
Das saß in Lieb' gefangen,
Ein Knabe hegt' und pflegt' sich's fein
Wohl hinter gold'nen Stangen.

Und draußen hört's auf grünem Plan
Verschied'ner Vögel Weisen,
Sah Tag und Nacht den Knaben an,
Mocht' nicht mit ihnen reisen.

Und als der Frühling weit und breit
Von neuem schien und schwärmte,
Da tat dem Knaben 's Vöglein leid,
Daß es kein Strahl erwärmte.

Da nahm er aus dem stillen Haus
Das Vöglein fromm und treue,
Und schweift' mit ihm durch's Feld hinaus
In's himmelblaue Freie.

Er setzt' es vor sich auf die Hand,
Da wend't und putzt sich's feine,
In bunten Farben spielt' und brannt'
Sein Kleid im Sonnenscheine.

Doch aus dem Wald ein Singen rief,
Bunt' Vöglein zieh'n und reisen,
Das lockt so hell, das lockt so tief
In wundersüßen Weisen.

Das Vöglein frisch die Flügel rührt –
Es ruft: kommst Du nicht balde? –
Das hat das Vögelein verführt,
Fort flog's zum grünen Walde –

Nun muß der Knabe einsam geh'n,
Klagt über Tal und Hügel:
»Süß' Lieb', süß' Lieb', wie bist Du schön:
Ach, hättst Du keine Flügel!« –

IN C. S.. STAMMBUCH
Dezember 1814

In verhängnisschweren Stunden,
Streitend für das Vaterland,
Haben wir uns brüderlich gefunden,
In der Menge still erkannt.

Sieh! es ruhet nun der Degen
Und die hohe Brandung fällt,
Sich verlaufend auf den alten Wegen,
Und langweilig wird die Welt.

Doch der Ernst der heil'gen Stunden
Waltet fort in mancher Brust,
Und was sich wahrhaftig hat verbunden,
Bleibt gesellt in Not und Lust.

Unsichtbar geschwungne Brücken
Halten Lieb' und Lieb' vereint,
Und in allen hellen Lebensblicken
Grüß' ich fern den lieben Freund.

Und so mag der Herr Dich segnen!
Frische Fahrt durch's Leben wild,
Gleichen Sinn und freudiges Begegnen,
Wo es immer Hohes gilt!

AUF DER FELDWACHT

Mein Gewehr im Arme steh' ich
Hier verloren auf der Wacht,
Still nach jener Gegend seh' ich,
Hab' so oft dahin gedacht!

Fernher Abendglocken klingen
Durch die schöne Einsamkeit;
So, wenn wir zusammen gingen,
Hört' ich's oft in alter Zeit.

Wolken da wie Türme prangen,
Als säh' ich im Duft mein Wien,
Und die Donau hell ergangen
Zwischen Burgen durch das Grün.

Doch wie fern sind Strom und Türme!
Wer da wohnt, denkt mein noch kaum,
Herbstlich rauschen schon die Stürme,
Und ich stehe wie im Traum.

AN MEINEN BRUDER
1815

Was Großes sich begeben,
Der Kön'ge Herrlichkeit,
Du sahst's mit freud'gem Beben,
Dir war's vergönnt zu leben
In dieser Wunderzeit.

Und über diese Wogen
Kam hoch ein himmlisch Bild
Durch's stille Blau gezogen,
Traf mit dem Zauberbogen
Dein Herz so fest und mild.

O wunderbares Grauen,
Zur selben Stund den Herrn
Im Wetterleuchten schauen,
Und über den stummen Gauen
Schuldloser Liebe Stern!

Und hat nun ausgerungen
Mein Deutschland siegeswund:
Was damals Lieb' gesungen,
Was Schwerter Dir geklungen,
Klingt fort im Herzensgrund.

Laß' bilden die Gewalten!
Was davon himmlisch war,
Kann nimmermehr veralten,
Wird in der Brust gestalten
Sich manches stille Jahr.

Die Fesseln müssen springen,
Ja endlich macht sich's frei,
Und Großes wird gelingen,
Durch Taten oder Singen,
Vor Gott ist's einerlei.

SOMMERSCHWÜLE

I.

Ich klimm' zum Berg und schau' zur niedern Erde,
Ich klimm' hinab und schau' die Berge an,
Süß-melancholisch spitzt sich die Gebärde
Und gift'ge Weltverachtung ficht mich an;
Doch will aus Schmerz und Haß nichts Rechtes werden.
Ermanne Dich! – Ich bin doch wohl ein Mann? –
Und ach! wie träge Silb' aus Silbe schleichet,
Mit Not hab' ich den letzten Reim erreichet.

O weg mit Reim und Leierklang und Singen!
Faß', Leben, wieder mich lebendig an!
Mit Deiner Woge will ich freudig ringen,
Die tief mich stürzt, hebt mich auch himmelan.
Im Sturme spannt der Adler seine Schwingen –
Blas' zu! da spür' ich wieder, daß ich Mann!
Viel lieber will ich raschen Tod erwerben,
Als, so verschmachtend, lebenslang zu sterben.

II.

Die Nachtigall schweigt, sie hat ihr Nest gefunden
Träg' ziehn die Quellen, die so kühle sprangen,
Von trüber Schwüle liegt die Welt umfangen,
So hat den Lenz der Sommer überwunden.

Noch nie hat es die Brust so tief empfunden,
Es ist, als ob viel' Stimmen heimlich sangen:
»Auch *Dein* Lenz, froher Sänger, ist vergangen,
An Weib und Kind ist nun der Sinn gebunden!«

O komm, Geliebte, komm' zu mir zurücke!
Kann ich nur Deine hellen Augen schauen,
Fröhlich Gestirn in dem verworr'nen Treiben:

Wölbt hoch sich wieder des Gesanges Brücke,
Und kühn darf ich der alten Lust vertrauen,
Denn ew'ger Frühling will bei *Liebe* bleiben.

ABEND

Gestürzt sind die gold'nen Brücken
Und unten und oben so still!
Es will mir nichts mehr glücken,
Ich weiß nicht mehr, was ich will.

Von üppig blühenden Schmerzen
Rauscht eine Wildnis im Grund,
Da spielt wie in wahnsinnigen Scherzen
Das Herz an dem schwindlichten Schlund. –

Die Felsen möchte ich packen
Vor Zorn und Wehe und Lust
Und unter den brechenden Zacken
Begraben die wilde Brust.

Da kommt der Frühling gegangen,
Wie ein Spielmann aus alter Zeit,
Und singt von uraltem Verlangen
So treu durch die Einsamkeit.

Und über mir Lerchenlieder
Und unter mir Blumen bunt,
So werf' ich im Grase mich nieder
Und weine aus Herzensgrund.

Da fühl' ich ein tiefes Entzücken,
Nun weiß ich wohl, was ich will,
Es bauen sich andere Brücken
Das Herz wird auf einmal still.

Der Abend streut rosige Flocken,
Verhüllet die Erde nun ganz,
Und durch des Schlummernden Locken
Zieh'n Sterne den heiligen Kranz.

1816-1830

TREUE

Frisch auf, mein Herz! wie heiß auch das Gedränge,
Bewahr' ich doch mir kühl und frei die Brust.
Schickt Wald und Flur doch noch die alten Klänge,
Erschütternd mich mit wunderbarer Lust.
Und ob die Woge feindlich mit mir ränge:
So frömmer nur sing' ich aus treuer Brust,
Da bricht das Wetter, Himmelblau scheint helle,
Das Meer wird still und zum Delphin die Welle.

»Was wollt Ihr doch, mit Euer'm Lieder-Spaße!
Des Würd'gern beut die große Zeit so viel,«
So schallt's hoffärtig nun auf jeder Gasse
Und jeder steckt sich dreist sein glänzend Ziel.
Die Lieder, die ich stammelnd hören lasse
Ew'ger Gefühle schwaches Widerspiel, –
Sie sind es wahrlich auch nicht, was ich meine,
Denn ewig unerreichbar ist das Eine.

Doch lieben oft, der Sehnsucht Glut zu mildern,
Gefang'ne wohl, das ferne Vaterland
An ihres Kerkers Mauern abzuschildern.
Ein Himmelsstrahl fällt schweifend auf die Wand,
Da rührt's lebendig sich in allen Bildern. –
Dem Auge scheint's ein lieblich bunter Tand,
Doch wer der lichten Heimat recht zu eigen,
Dem wird der Bilder ernster Geist sich zeigen.

So wachse nur und treibe fröhlich Blüte,
Du kräftig grüner deutscher Sangesbaum!
Rausch' nur erfrischend fort mir in's Gemüte
Aus Deiner Wipfel klarem Himmelsraum.
Du aber, wunderbare, ew'ge Güte,

Die mir den Himmel wies im schönen Traum,
Erhalt' auf Erden rüstig mir die Seele,
Daß ich, wo's immer ehrlich gilt, nicht fehle!

DIE LERCHE

Ich kann hier nicht singen,
Aus dieser Mauern dunklen Ringen
Muß ich mich schwingen
Vor Lust und tiefem tiefem Weh.
O Freude, in klarer Höh
Zu sinken und sich zu heben
In Gesang
Über die grüne Erde dahin zu schweben,
Wie unten die licht' und dunklen Streifen
Wechselnd im Fluge vorüberschweifen,
Aus der Tiefe ein Wirren und Rauschen und Hämmern
Die Erde aufschimmernd im Frühlingsdämmern,
Wie ist die Welt so voller Klang!
Herz, was bist du bang?
Mußt aufwärts dringen!
Die Sonne tritt hervor,
Wie glänzen mir Brust und Schwingen,
Wie still und weit ist's droben am Himmelstor.

FRÜHLINGSFAHRT

Es zogen zwei rüst'ge Gesellen
Zum ersten Mal von Haus
So jubelnd recht in die hellen
Klingenden, singenden Wellen
Des vollen Frühlings hinaus.

Die strebten nach hohen Dingen,
Die wollten trotz Lust und Schmerz,

Was Recht's in der Welt vollbringen,
Und wem sie vorübergingen
Dem lachten Sinnen und Herz. –

Der Erste, der fand ein Liebchen,
Die Schwieger kauft' Hof und Haus;
Der wiegte gar bald ein Bübchen,
Und sah aus heimlichen Stübchen
Behaglich in's Feld hinaus.

Dem zweiten sangen und logen
Die tausend Stimmen im Grund,
Verlockend' Sirenen, und zogen
Ihn in der buhlenden Wogen
Farbig klingenden Schlund.

Und wie er auftaucht vom Schlunde
Da war er müde und alt,
Sein Schifflein das lag im Grunde,
So still war's rings in die Runde
Und über die Wasser weht's kalt.

Es singen und klingen die Wellen
Des Frühlings wohl über mir;
Und seh ich so kecke Gesellen,
Die Tränen im Auge mir schwellen –
Ach Gott, führ' uns liebreich zu Dir!

DER STILLE FREIER

Mond, der Hirt, lenkt seine Herde
Einsam über'n Wald herauf,
Unten auf der stillen Erde
Wacht verschwieg'ne Liebe auf.

Fern vom Schlosse Glocken schlagen
Über'n Wald her von der Höh
Bringt der Wind den Schall getragen,
Und erschrocken lauscht das Reh.

Nächtlich um dieselbe Stunde
Hallet Hufschlag, schnaubt ein Roß,
Macht ein Ritter seine Runde
Schweigend um der Liebsten Schloß.

Wenn die Morgensterne blinken,
Totenbleich der Hirte wird,
Und sie müssen all' versinken:
Reiter, Herde und der Hirt.

DER FROHE WANDERSMANN

Wem Gott will rechte Gunst erweisen,
Den schickt er in die weite Welt,
Dem will er seine Wunder weisen
In Berg und Wald und Strom und Feld.

Die Trägen, die zu Hause liegen,
Erquicket nicht das Morgenrot,
Sie wissen nur vom Kinderwiegen
Von Sorgen, Last und Not um Brot.

Die Bächlein von den Bergen springen,
Die Lerchen schwirren hoch vor Lust,
Was sollt' ich nicht mit ihnen singen
Aus voller Kehl' und frischer Brust?

Den lieben Gott laß ich nur walten;
Der Bächlein, Lerchen, Wald und Feld
Und Erd' und Himmel will erhalten,
Hat auch mein' Sach' auf's Best' bestellt!

DER GÄRTNER

Wohin ich geh' und schaue,
In Feld und Wald und Tal
Vom Berg hinab in die Aue:
Viel schöne, hohe Fraue,
Grüß' ich Dich tausendmal.

In meinem Garten find' ich
Viel Blumen, schön und fein,
Viel Kränze wohl d'raus wind' ich
Und tausend Gedanken bind' ich
Und Grüße mit darein.

Ihr darf ich keinen reichen,
Sie ist zu hoch und schön,
Die müssen alle verbleichen,
Die Liebe nur ohne Gleichen
Bleibt ewig im Herzen stehn.

Ich schein' wohl froher Dinge
Und schaffe auf und ab,
Und, ob das Herz zerspringe,
Ich grabe fort und singe
Und grab' mir bald mein Grab.

LIEBE IN DER FREMDE

I.

Jeder nennet froh die Seine,
Ich nur stehe hier alleine,
Denn was früge wohl die Eine:
Wen der Fremdling eben meine?
Und so muß ich, wie im Strome dort die Welle,
Ungehört verrauschen an des Frühlings Schwelle.

II.

Wie kühl schweift sich's bei nächt'ger Stunde,
Die Zitter treulich in der Hand!
Vom Hügel grüß ich in die Runde
Den Himmel und das stille Land.

Wie ist da alles so verwandelt,
Wo ich so fröhlich war, im Tal.
Im Wald wie still! der Mond nur wandelt
Nun durch den hohen Buchensaal.

Der Winzer Jauchzen ist verklungen
Und all der bunte Lebenslauf,
Die Ströme nur, im Tal geschlungen,
Sie blicken manchmal silbern auf.

Und Nachtigallen wie aus Träumen
Erwachen oft mit süßem Schall,
Erinnernd rührt sich in den Bäumen,
Ein heimlich Flüstern überall. –

Die Freude kann nicht gleich verklingen,
Und von des Tages Glanz und Lust
Ist so auch mir ein heimlich Singen
Geblieben in der tiefsten Brust.

Und fröhlich greif ich in die Saiten,
O Mädchen jenseits über'm Fluß,
Du lauschest wohl und hörst's von weiten
Und kennst den Sänger an dem Gruß!

III.

Über die beglänzten Gipfel
Fernher kommt es wie ein Grüßen,

Flüsternd neigen sich die Wipfel
Als ob sie sich wollten küssen.

Ist er doch so schön und milde!
Stimmen gehen durch die Nacht,
Singen heimlich von dem Bilde –
Ach, ich bin so froh verwacht!

Plaudert nicht so laut, ihr Quellen!
Wissen darf es nicht der Morgen!
In der Mondnacht linde Wellen,
Senk' ich stille Glück und Sorgen. –

FRAU VENUS

Was weckst du, Frühling, mich von neuem wieder?
Daß all' die alten Wünsche auferstehen,
Geht über's Land ein wunderbares Wehen;
Das schauert mir so lieblich durch die Glieder.

Die schöne Mutter grüßen tausend Lieder,
Die, wieder jung, im Brautkranz süß zu sehen;
Der Wald will sprechen, rauschend Ströme gehen,
Najaden tauchen singend auf und nieder.

Die Rose seh' ich geh'n aus grüner Klause
Und, wie so buhlerisch die Lüfte fächeln,
Errötend in die laue Flut sich dehnen.

So mich auch ruft ihr aus dem stillen Hause –
Und schmerzlich nun muß ich im Frühling lächeln,
Versinkend zwischen Duft und Klang vor Sehnen.

Von kühnen Wunderbildern
Ein großer Trümmerhauf,
In reizendem Verwildern
Ein blüh'nder Garten drauf.

Versunk'nes Reich zu Füßen,
Vom Himmel fern und nah,
Aus anderm Reich ein Grüßen –
Das ist Italia!

Wenn Frühlingslüfte wehen
Hold über'm grünen Plan,
Ein leises Auferstehen
Hebt in den Tälern an.

Da will sich's unten rühren,
Im stillen Göttergrab,
Der Mensch kann's schauernd spüren
Tief in die Brust hinab.

Verwirrend in den Bäumen
Geh'n Stimmen hin und her,
Ein sehnsuchtsvolles Träumen
Weht über's blaue Meer.

Und unter'm duft'gen Schleier,
So oft der Lenz erwacht,
Webt in geheimer Feier,
Die alte Zaubermacht.

Frau Venus hört das Locken,
Der Vögel heitern Chor,
Und richtet froh erschrocken
Aus Blumen sich empor.

Sie sucht die alten Stellen,
Das luft'ge Säulenhaus,

Schaut lächelnd in die Wellen
Der Frühlingsluft hinaus.

Doch öd' sind nun die Stellen,
Stumm liegt ihr Säulenhaus,
Gras wächst da auf den Schwellen,
Der Wind zieht ein und aus.

Wo sind nun die Gespielen?
Diana schläft im Wald,
Neptunus ruht im kühlen
Meerschloß, das einsam hallt.

Zuweilen nur Syrenen
Noch tauchen aus dem Grund,
Und tun in irren Tönen
Die tiefe Wehmut kund. –

Sie selbst muß sinnend stehen
So bleich im Frühlingsschein,
Die Augen untergehen,
Der schöne Leib wird Stein. –

Denn über Land und Wogen
Erscheint, so still und mild,
Hoch auf dem Regenbogen
Ein andres Frauenbild.

Ein Kindlein in den Armen
Die Wunderbare hält,
Und himmlisches Erbarmen
Durchdringt die ganze Welt.

Da in den lichten Räumen
Erwacht das Menschenkind,
Und schüttelt böses Träumen
Von seinem Haupt geschwind.

Und, wie die Lerche singend,
Aus schwülen Zaubers Kluft
Erhebt die Seele ringend
Sich in die Morgenluft.

Hier bin ich, Herr! Gegrüßt das Licht,
Das durch die stille Schwüle
Der müden Brust gewaltig bricht
Mit seiner strengen Kühle.
Nun bin ich frei! Ich taum'le noch
Und kann mich noch nicht fassen –
O Vater, Du erkennst mich doch,
Und wirst nicht von mir lassen!

DER IRRE SPIELMANN

Aus stiller Kindheit unschuldiger Hut
Trieb mich der tolle, frevelnde Mut.
Seit ich da draußen so frei nun bin
Find' ich nicht wieder nach Hause hin.

Durch's Leben jag' ich manch trüg'risch Bild,
Wer ist der Jäger da? wer ist das Wild?
Es pfeift der Wind mir schneidend durchs Haar,
Ach Welt, wie bist Du so kalt und klar!

Du frommes Kindlein im stillen Haus,
Schau' nicht so lüstern zum Fenster hinaus!
Frag mich nicht, Kindlein, woher und wohin?
Weiß ich doch selber nicht wo ich bin!

Von Sünde und Reue zerrissen die Brust,
Wie rasend in verzweifelter Lust,
Brech ich im Fluge mir Blumen zum Strauß,
Wird doch kein fröhlicher Kranz nicht daraus! –

Ich möcht' in den tiefsten Wald wohl hinein,
Recht aus der Brust den Jammer zu schrei'n,
Ich möchte reiten an's Ende der Welt,
Wo der Mond und die Sonne hinunter fällt.

Wo schwindelnd beginnt die Ewigkeit,
Wie ein Meer, so erschrecklich still und weit,
Da sinken all' Ström' und Segel hinein,
Da wird es wohl endlich auch ruhig sein.

DER JÄGER

Was Segeln der Wünsche durch luftige Höh'!
Was bildendes Träumen im blühenden Klee!
Was Hoffen und Bangen, was Schmachten, was Weh!

Und rauscht nicht die Erde in Blüten und Duft?
Und schreitet nicht Hörnerklang kühn durch die Luft?
Und stürzet nicht jauchzend der Quell von der Kluft?

Drum jage Du frisch auch Dein flüchtiges Reh
Durch Wälder und Felder, durch Täler und See,
Bis Dir es ermüdet in Armen vergeh'!

WINTER

Wie von Nacht verhangen,
Wußt' nicht, was ich will,
Schon so lange, lange
War ich totenstill.

Liegt die Welt voll Schmerzen,
Will's auch draußen schnei'n:
Wache auf, mein Herze,
Frühling muß es sein!

Was mich frech wollt' fassen,
'S ist nur Wogen-Schaum,
Falsche Ehr', Not, Hassen,
Welt, ich spür' dich kaum.

Breite nur die Flügel
Wieder, schönes Roß,
Frei laß ich die Zügel,
So brich durch, Genoss!

Und hat ausgeklungen
Liebes-Lust und Leid,
Um die wir gerungen
In der schönsten Zeit;

Nun so trag' mich weiter,
Wo das Wünschen aus –
Wie wird mir so heiter,
Roß, bring' mich nach Haus!

AN – –

Eitelkeiten in dem sünd'gen Busen,
Nahest du der heil'gen Kunst,
Und geschminket betteln deine Musen
Um des Erdengeistes Gunst.
Falsche Metze und kein Mann!
Spitz' und kitzle nur den Witz,
Aus dem Himmel fällt der Blitz,
Der zerschmettern dich und zünden kann!

DER KRANKE

Vögelein munter
Singen so schön,

Lass't mich hinunter
Spazieren gehn!

»Nacht ist's ja draußen;
'S war nur der Sturm,
Den Du hörst sausen
Droben vom Turm.«

Liebchen im Garten
Seh' ich dort steh'n,
Lang' mußt' sie warten,
O laßt mich gehn.

»Still nur! der blasse
Tod ist's, der sacht
Dort durch die Gasse
Schleicht in der Nacht.«

Wie mir ergraute,
Bleiches Gesicht!
Geb't mir die Laute,
Mir wird so licht!

»Was willst Du singen
In tiefster Not?
Lenz, Lust vergingen,
Liebchen ist tot!« –

Lass't mich, Gespenster!
Lied, riegl' auf die Gruft!
Öffnet die Fenster,
Luft, frische freie Luft!

MANDELKERNGEDICHT

Zwischen Akten, dunkeln Wänden
Bannt mich, Freiheitsbegehr*enden*,
Nun des Lebens strenge Pflicht,
Und aus Schränken, Akten-Schichten
Lachen mir die beleid*igten*
Musen in das Amts-Gesicht.

Als an Lenz und Morgenröte
Noch das Herz sich erlab*ete*,
O du stilles, heit'res Glück!
Wie ich nun auch heiß mich sehne,
Ach, aus dieser Sandeb*ene*
Führt kein Weg dahin zurück.

Als der letzte Balkentreter
Steh' ich armer Enterb*eter*
In des Staates Symphonie,
Ach, in diesem Schwall von Tönen
Wo fänd' ich da des eig*enen*
Herzens süße Melodie?

Ein Gedicht soll ich Euch spenden:
Nun, so geht mit dem Leid*enden*
Nicht zu strenge ins Gericht!
Nehmt den Willen für Gewährung,
Kühnen Reim für Begeist*erung*.
Diesen Unsinn als Gedicht!

DER ISEGRIMM

Aktenstöße Nachts verschlingen,
Schwatzen nach der Welt Gebrauch
Und das große Tret-Rad schwingen
Wie ein Ochs, das kann ich auch.

Aber glauben, daß der Plunder
Eben nicht der Plunder wär',
Sondern ein hochwichtig Wunder,
Das gelang mir nimmermehr.

Aber Andre überwitzen,
Daß ich mit dem Federkiel
Könnt' den morschen Weltbau stützen,
Schien mir immer Narrenspiel.

Und so, weil ich in dem Drehen
Dasteh' oft wie ein Pasquill,
Läßt die Welt mich eben stehen –
Mag sie's halten, wie sie will!

DURCH!

Laß dich die Welt nicht fangen,
Brich durch, mein freudig Herz,
Ein ernsteres Verlangen
Erheb' dich himmelwärts!

Greif in die goldnen Saiten,
Da spürst du, daß du frei,
Es hellen sich die Zeiten,
Aurora scheinet neu.

Es mag, will Alles brechen,
Die gotterfüllte Brust
Mit Tönen wohl besprechen
Der Menschen Streit und Lust.

Und eine Welt von Bildern
Baut sich da auf so still,
Wenn draußen dumpf verwildern
Die alte Schönheit will.

ANDEUTUNGEN (AHNUNG UND GEGENWART)

1. Freiheit

Frei, ihr Kanaillen, sag' ich, sollt ihr sein,
Doch nicht, wie *ihr* es wollt, ihr Dumme, Blinde,
Versunken in des Aberglaubens Schein,
Nein, so wie *ich's* heut' eben dienlich finde.

2. Gleichheit

Wie? Niedrig wir, ihr hoch; wir arm, ihr reich?
Planierend schwirrt die Schere dieser Zeit;
Seid niedrig, arm, wie wir, so sind wir gleich
Und die Misere wird doch etwas breit.

3. Weltgeschichte

Inmitten steht die Sonn' und wandelt nicht,
Ringsum sehnsüchtig kreisen die Planeten,
Die deckt heut Nacht, *die* will der Morgen röten,
Doch ewig heiter strahlt das ew'ge Licht.

4. Tagesgeschichte

Es rast der Sturm in der Historie Blättern,
Und jeder schnappt sich schnell draus sein Fragment.
Doch deutle nur! Der Herr in Zorneswettern
Geht über dich hinweg und führt's zu End.

5. Wunder über Wunder

Du wunderst wunderlich dich über Wunder,
Verschwendest Witzespfeile, blank geschliffen.
Was du begreifst, mein Freund, ist doch nur Plunder,
Und in Begriffen nicht mit einbegriffen

Ist noch ein unermeßliches Revier,
Du selber drin das größte Wundertier.

SÄNGERGLÜCK

Herbstlich alle Fluren rings verwildern,
Und unkenntlich wird die Welt.
Dieses Scheidens Schmerzen sich zu mildern,
Wenn die Zauberei zerfällt,
Sinnt der Dichter, treulich abzuschildern
Den versunknen Glanz der Welt.
Selig Herze, das in kühnen Bildern
Ewig sich die Schönheit hält!

DER LIEDSPRECHER[1]

I.

Und wo ein tüchtig Leben
Und wo ein Ehrenhaus,
Da geht der Sänger eben
Gern gastlich ein und aus.

Der freudige Geselle
Grüßt Pfaff und Rittersmann
Und frische Morgenhelle
Weht all' im Liede an.

1 Das vorstehende Lied wurde am 20sten Juni 1822 während der Tafel, welche des Kronprinzen von Preußen Königliche Hoheit in dem großen Rempter des Marienburger Ritterschlosses gab, von einem Freunde des Verfassers, in dem Kostüm der alten Liedsprecher, gesungen.

Und kühn im Rossesbügel
Der Ritter waldwärts zieht,
Und das Gebet nimmt Flügel
Und überfliegt das Lied.

Denn ob's mit Schwert, mit Liedern
Sich Bahn zum Himmel schafft;
'S ist *eine* Schar von Brüdern
Und *eine* Liebeskraft.

Wo die vereint, da ranken
Sich willig Stein und Erz,
Da pfeilern die Gedanken
Sich freudig himmelwärts.

Die haben diesen Bogen
Kühn über'n wilden Strom
Empörter Zeit gezogen
Zum wunderbaren Dom.

Die Burgen sah'n wir fallen,
Die Adler zogen aus,
Wehklagend durch die Hallen
Geh'n Winde ein und aus.

Doch droben auf der Zinne
Steht noch der Heldengeist,
Der – was die Zeit beginne –
Still nach dem Kreuze weis't.

Es wechseln viel' Geschlechter
Und sinken in die Nacht –
Steh' fest, Du treuer Wächter,
Und nimm Dein Land in Acht!

Schon hat zum Kreuzeslichte
Dein Volk sich ernst gewandt,

Im Sturm der Weltgerichte
Tief schauernd Dich erkannt.

Nun hebt sich wieder fröhlich
Dein Haus im Morgenschein,
Die Jungfrau minneselig
Schaut weit ins Land hinein.

Gesänge hör' ich schallen,
Durch's Grün geschmückte Gäst'
Wallfahrten nach den Hallen –
Wem gilt das frohe Fest?

Der Königssohn, Ihr Preußen,
Weilt auf dem Ritterschloß,
Das ist nach Adlers Weisen,
Daß er der Höh' Genoß.

Das ist des Königs Walten,
Was herrlich, groß und recht,
Im Wechsel zu erhalten
Dem kommenden Geschlecht.

Er hob die Heldenmale
Zu neuer Herrlichkeit,
Damit das Volk im Tale
Gedenk' der großen Zeit.

Das ewig Alt' und Neue,
Das mit den Zeiten ringt,
Das, Fürst, ist's, was das treue
Herz Deines Volks durchdringt.

Wo das noch ehrlich waltet,
Da ist zu Gottes Ruhm
Die Kreuzesfahn' entfaltet,
Und rechtes Rittertum.

O, reicht dem Liedersprecher,
Bevor er scheiden muß,
Den hochgefüllten Becher
Zu seinem besten Gruß!

Doch einzeln nicht verhallen
Darf, was ich jetzt gedacht.
Was Jeder meint, von *Allen*,
Sei's freudig auch gebracht!

All' ritterliche Geister
Umringen fest den Thron,
Und auf zum höchsten Meister
Dringt treuer Liebe Ton:

Dem ritterlichen *König*
Heil, und dem *Königssohn*!

II.

Als die Kaiserin von Rußland
das Schloß Marienburg besuchte.

Will Lust die Tor' erschließen,
Da bleib' ich draußen nicht,
Das Hohe zu begrüßen,
Das ist des Sängers Pflicht.

Das ist die alte Halle,
Hier sang ich manchesmal,
Die hohen Ritter alle
Rings um mich her im Saal.

Und von dem Helden-Streiten
Erklang manch kühnes Lied,
Das noch in nächt'gen Zeiten
Den stillen Bau durchzieht.

Doch farbenlos vergrauen,
Ohn' Blüte, Fels und Au –
Es fehlt' der Schmuck der Frauen
Dem hochgewalt'gen Bau.

Die Stärke regt das Wilde,
Und nur, der Kraft gesellt,
Die königliche Milde
Bezwingt die starre Welt. –

Welch' Glanz hat mich umflogen
Und füllt das ganze Haus,
Als pfeilerten die Bogen
In's Himmelreich hinaus?!

Und was der Stein will sagen,
Der Mensch in tiefster Brust,
In Klängen anzuschlagen,
Das ist des Sängers Lust:

O Du – gleichbar der Hohen,
Die dieses Haus bewacht
Und Morgenrotes Lohen
Im Norden angefacht –

Was Großes hier ersonnen,
All Segen, der hier weilt,
All Wohl, das hier begonnen,
Dir, hohe Frau, zum Heil!

Und so nun will ich neigen
Mich vor der Majestät –
Dann laßt mich gehn und schweigen,
Bis ihr *Sie* wiederseh't.

Dein Wille, Herr, geschehe!
Verdunkelt schweigt das Land,
Im Zug der Wetter sehe
Ich schauernd Deine Hand.
O mit uns Sündern gehe
Erbarmend in's Gericht!
Ich beug' im tiefsten Wehe
Zum Staub mein Angesicht,
Dein Wille, Herr, geschehe!

HERRMANNS ENKEL

Altdeutsch! – Altdeutsch? – Nun, das ist,
Was man so in Büchern liest: –
Kluge Rosse – prächt'ge Decken,
Händel, Kruzifixe, Recken –
O, wie herrlich strahlt dies Leben!
Göttlich! – Doch mit Unterschied.
Es versteht sich, daß man's deute –
'S wär' doch gar zu unbequem,
Wenn man Alles wörtlich nähm',
Wie's da durcheinander blüht! –
Diese Ritter – gute Leute,
Ehrlich, tapfer, brave Reiter –
Gegen uns doch Bärenhäuter!
Eigentlich sind wir wohl weiter.
Lehnstreu – Klöster – Barbarei –
Davon machen *wir* uns frei. –
Fangen wir *so* an zu sichten:
Fürcht' ich, bleibt es bei Gedichten –
Nein doch! Eines, geht mir bei,
Eines bleibt doch: Dies Vernichten
Aller Mode-Sklaverei! –
Hohe Vaterländerei!
Schnittst Du los nicht Herrmanns Söhne
Von des Halstuchs schnöden Schlingen,

In den'n, sonder Kraft und Schöne,
Unsre Väter schmählich hingen?
Gabst Du nicht dem Löwen Mähne,
Die ihm frech die Zeit gestohlen?
Statt des wind'gen Fracks Geflatter
Der Litefka Schurz aus Polen,
Statt des Franzen knabenglatter
Schnauze: seinen Henri quatre? –
Bruder, ich sag's unverhohlen,
Und auch Du wirst's nicht bestreiten:
Große Zeichen großer Zeiten! –
Wahrlich, säh' ich nicht den Kragen
Über'n schwarzen Rock geschlagen,
Schien' mir Alles Ironie.
Doch wie sprech' ich da? Ironisch –
Dieses Wort ist nicht teutonisch.
Undeutsch ist die falsche Freude:
Künsteln am wahrhaften Wort!
Ob auch feige Poesie
Sauere Gesichter schneide:
Durch den welschen Lügenwitz
Schreitet stramm der Teutsche fort
Hinter seiner Nasenspitz',
Aller Ehrlichkeiten Sitz,
Biderb immer gradeaus.
Alles Welsche wird mir Graus,
Seit ich steck' im teutschen Kleide:
Du auch Liebchen wähle gleich
Deine Tracht Dir altteutsch aus!
Wie's auf Bildern noch zu schauen:
Wedel von dem Schweif der Pfauen,
Dann von Spitzen, blumenreich,
Wie 'ne mittelmäß'ge Scheibe,
Eine steife Hals-Rotunde!
'S ist so über'm schlanken Leibe
Wie ein Regenschirm gespannt,
Oben drauf dann, statt dem Knopf,

Schwebt der holde Frauenkopf,
In das Blütenmeer von Kragen,
Ariadnen gleich, verschlagen. –
O, und ein moral'scher Kragen!
Denn wer ist da so gewandt,
Flüsternd was in's Ohr zu sagen,
Was nicht gleich die Andern wissen?
Und – unmöglich ist das Küssen!

INTERMEZZO
Der Bürgermeister

Hochweiser Rat, geehrte Kollegen!
Bevor wir uns heut auf's Raten legen
Bitt' ich erst reiflich zu erwägen:
Ob wir vielleicht, um Zeit zu gewinnen,
Heut sogleich mit dem Raten beginnen,
Oder ob wir erst proponieren müssen,
Was uns versammelt und was wir alle wissen? –
Ich muß pflichtmäßig voranschicken hierbei,
Daß die Art der Geschäfte zweierlei sei:
Die einen sind die eiligen,
Die andern die langweiligen.
Auf jene pfleg' ich *Cito* zu schreiben,
Die andern können liegen bleiben.
Die Liegenden aber, geehrte Brüder,
Zerfallen in wicht'ge und in höchstwicht'ge wieder.
Bei jenen – nun – man wird verwegen,
Man schreibt nach amtlichem Überlegen
More solito hier, und dort *ad acta*,
Die Diener rennen, man flucht, verpackt da,
Der Staat floriert und bleibt im Takt da.
Doch werden die Zeiten so ungeschliffen,
Wild umzuspringen mit den Begriffen,
Kommt gar, wie heute, ein Fall, der eilig
Und doch höchstwichtig zugleich – dann freilich

Muß man von neuem unterscheiden:
Ob er mehr eilig oder mehr wichtig. –
Ich bitte, meine Herrn, verstehn sie mich richtig!
Der Punkt ist von Einfluß. Denn wir vermeiden
Die *species facti*, wie billig, sofort,
Find't sich der Fall mehr eilig als liegend.
Ist aber das Wichtige überwiegend,
Wäre die Eile am unrechten Ort.
Meine Herren, sie haben nun die Prämissen,
Sie werden den Beschluß zu finden wissen.

DER NEUE RATTENFÄNGER

Juchheißa! und ich führ' den Zug
Hopp über Feld und Graben.
Des alten Plunders ist genug,
Wir wollen neuen haben.

Was! wir gering? Ihr vornehm, reich?
Planierend schwirrt die Schere,
Seid Lumps' wie wir, so sind wir gleich,
Hübsch breit wird die Misere!

Das alte Lied das spiel' ich neu,
Da tanzen alle Leute,
Das ist die Vaterländerei,
O Herr, mach' uns gescheute! –

INTERMEZZO
Chor der Schmiede

Bist zum künft'gen Holmgang
Nun gehämmert, Nordmann!
Schlängelt sich im Todkampf
Glutrot einst dein Schwertblitz –

Sehr weint da die Heldbraut –
Denk! der Waffenmeister
Hammert, singet! Ist's auch
Ungereimt, so klappt's doch!

INTERMEZZO
Chor der Schneider

Nur vom Ganzen frisch gerissen,
Eh' die Ware ganz verschlissen,
Hier ein uralt gülden Stück,
Gibt so 'n gewissen frommen Blick,
Hier ein bunter welscher Flick,
Drauf ein Stück Hausleinewand,
Macht das Welsche erst pikant
Hie 'nen Fetzen Bärenhaut,
Daß man auch das Teutsche schaut,
Drüber einen span'schen Kragen,
Das Erhab'ne wird behagen,
Frisch gestichelt, fein zum Werke,
Und wird auch nichts Ganzes draus,
Sieht es doch gar niedlich aus!

DAS ALTE MÄDCHEN

Mohrenritter, Mohrenritter!
Hier gefangen auf dem Schlosse,
Steh' ich einsam an dem Gitter,
Warte wohl der süßen Rosen,
Schau' in's Tal beim Klang der Zitter;
Ob Du nah'st im Glanz des Morgens, –
Doch geschlossen bleibt das Gitter,
Und es fliegen Stunden, Wolken –
Mohrenritter, Mohrenritter!
Und es sinken Lenz und Rosen –

TERZETT

Hirt

Wenn sich der Sommermorgen still erhebt,
Kein Wölkchen in den blauen Lüften schwebt,
Mit Wonneschauern naht das Licht der Welt,
Daß sich die Ährenfelder leise neigen,
Da sink' ich auf die Knie im stillen Feld,
Und bete wenn noch alle Stimmen schweigen.

Jäger

Doch Keiner atmet *so* den Strom von Lüften,
Als wie der Jäger in den grünen Klüften!
Wo Euch der Atem schwindelnd schon vergangen,
Hat seine rechte Lust erst angefangen,
Wenn tief das Tal auffunkelt durch die Bäume
Der Aar sich aufschwingt in die klaren Räume.

Hirt

Und sinkt der Mittag müde auf die Matten,
Rast' ich am Bächlein in den kühlsten Schatten,
Ein leises Flüstern geht in allen Bäumen,
Das Bächlein plaudert wirre wie in Träumen,
Die Erde säuselt kaum, als ob sie schliefe,
Und mit den Wolken in den stillen Räumen
Schiff' ich still fort zur unbekannten Tiefe.

Jäger

Und wenn die Tiefe schwül und träumend ruh't,
Steh' ich am Berg' wie auf des Landes Hut,
Seh' fern am Horizont die Wetter steigen,
Und durch die Wipfel, die sich leise neigen,
Rauscht droben schwellend ein gewaltig Lied,
Das ewig frisch mir durch die Seele zieht.

Hirt

Es blitzt von fern, die Heimchen Ständchen bringen,
Und unter Blüten, die im Wind sich rühren,
Die Mädchen plaudernd sitzen vor den Türen;
Da lass' ich meine Flöte drein erklingen.
Daß ringsum durch die laue Sommernacht
In Fels und Brust der Widerhall erwacht.

Jäger

Doch wenn die Täler unten längst schon dunkeln,
Seh' ich vom Berge noch die Sonne funkeln,
Der Adler stürzt sich jauchzend in die Gluten,
Es bricht der Strom mit feuertrunk'nen Fluten
Durch's enge Steingeklüft, wie er sich rette,
Zum ew'gen Meer – ach, wer da Flügel hätte!

Angela

Wenn von den Auen
Die Flöte singt,
Aus Waldesrauschen
Das Horn erklingt,
Da steh' ich sinnend
Im Morgenlicht –
Wem ich soll folgen,
Ich weiß es nicht.

Doch kehrt ihr beide
Im letzten Strahl
Der Sonne wieder
Zurück ins Tal,
Schaut mir so freudig
In's Angesicht:
Da weiß ich's plötzlich –
Doch sag' ich's nicht.

VON ENGELN UND VON BENGELN

Im Frühling auf grünem Hügel
Da saßen viel' Engelein,
Die putzten sich ihre Flügel
Und spielten im Sonnenschein.

Da kamen Störche gezogen,
Und jeder sich eines nahm.
Und ist damit fortgeflogen,
Bis daß er zu Menschen kam.

Und wo er anklopft' bescheiden,
Der kluge Adebar,
Da war das Haus voller Freuden; –
So geht es noch alle Jahr.

Die Engel weinten und lachten;
Und wußten nicht, wie ihn'n gescheh'n. –
Die Einen doch bald sich bedachten
Und meinten: das wird wohl geh'n!

Die machten bald wichtige Mienen
Und wurden erstaunlich klug,
Die Flügel gar unnütz ihn'n schienen,
Sie schämten sich deren genug.

Und mit dem Flügelkleide
Sie ließen den Flügelschnack,
Das war keine kleine Freude:
Nun stattlich in Hosen und Frack!

So wurden sie immer gescheuter
Und applizierten sich recht; –
Das wurden ansehnliche Leute,
Befanden sich gar nicht schlecht.

Den Andren war's, wenn die Aue
Noch dämmert' im Frühlingsschein,
Als zöge ein Engel durch's Blaue
Und rief' die Gesellen sein.

Die suchten den alten Hügel,
Der lag so hoch und weit;
Und dehnten sehnsüchtig die Flügel
Mit jeder Frühlingszeit.

Die Flügeldecken zersprangen,
Weit, morgenschön strahlt' die Welt,
Und über's Grün sie sich schwangen
Bis an das Himmelszelt.

Das fanden sie droben verschlossen,
Versäumten unten die Zeit: –
So irrten die kühnen Genossen
Verlassen in Lust und Leid.

Und als es nun kam zum Sterben,
Gott Vater zur Erden trat,
Seine Kinder wieder zu werben,
Die der Storch vertragen hat.

Die Einen konnten nicht fliegen,
So wohlleibig, träg und schwer,
Die mußt' er da lassen liegen,
Das tat ihm leid so sehr.

Die Andren streckten die Schwingen
In den Morgenglanz hinaus,
Und hörten die Engel singen,
Und flogen jauchzend nach Haus.

HEIMWEH

Wer in die Fremde will wandern,
Der muß mit der Liebsten gehn,
Es jubeln und lassen die Andern
Den Fremden alleine stehn.

Was wisset Ihr, dunkele Wipfeln,
Von der alten schönen Zeit?
Ach, die Heimat hinter den Gipfeln,
Wie liegt sie von hier so weit.

Am liebsten betracht' ich die Sterne,
Die schienen, wenn ich ging zu ihr,
Die Nachtigall hör' ich so gerne,
Sie sang vor der Liebsten Tür.

Der Morgen, das ist meine Freude!
Da steig' ich in stiller Stund'
Auf den höchsten Berg in die Weite,
Grüß Dich Deutschland aus Herzensgrund!

AN DER GRENZE

Die treuen Berg' steh'n auf der Wacht:
»Wer streicht bei stiller Morgenzeit
Da aus der Fremde durch die Heid'?« –
Ich aber mir die Berg' betracht'
Und lach' in mich vor großer Lust,
Und rufe recht aus frischer Brust
Parol und Feldgeschrei sogleich:
Vivat Östreich!

Da kennt mich erst die ganze Rund,
Nun grüßen Bach und Vöglein zart

Und Wälder rings nach Landesart,
Die Donau blitzt aus tiefem Grund,
Der Stephansturm auch ganz von fern
Guckt über'n Berg und säh' mich gern,
Und ist er's nicht, so kommt er doch gleich,
Vivat Östreich!

WANDERLIED DER PRAGER STUDENTEN

Nach Süden nun sich lenken
Die Vöglein allzumal,
Viel' Wandrer lustig schwenken
Die Hüt' im Morgenstrahl.
Das sind die Herrn Studenten,
Zum Tor hinaus es geht,
Auf ihren Instrumenten
Sie blasen zum Valet:
Ade in die Läng' und Breite
O Prag, wir ziehn in die Weite:
Et habeat bonam pacem,
Qui sedet post fornacem!

Nachts wir durch's Städtlein schweifen,
Die Fenster schimmern weit,
Am Fenster drehn und schleifen
Viel schön geputzte Leut'.
Wir blasen vor den Türen
Und haben Durst genung,
Das kommt vom Musizieren,
Herr Wirt, einen frischen Trunk!
Und siehe über ein Kleines
Mit einer Kanne Weines
Venit ex sua domo –
Beatus ille homo!

Nun weht schon durch die Wälder
Der kalte Boreas,
Wir streichen durch die Felder,
Von Schnee und Regen naß,
Der Mantel fliegt im Winde,
Zerrissen sind die Schuh,
Da blasen wir geschwinde
Und singen noch dazu:
Beatus ille homo
Qui sedet in sua domo
Et sedet post fornacem
Et habet bonam pacem!

ABEND

Schweigt der Menschen laute Lust:
Rauscht die Erde wie in Träumen
Wunderbar mit allen Bäumen,
Was dem Herzen kaum bewußt,
Alte Zeiten, linde Trauer,
Und es schweifen leise Schauer
Wetterleuchtend durch die Brust.

KIRCHENLIED

O Maria, meine Liebe!
Denk' ich recht im Herzen Dein:
Schwindet alles Schwer' und Trübe,
Und, wie heller Morgenschein,
Dringt's durch Lust und ird'schen Schmerz
Leuchtend mir durch's ganze Herz.

Auf des ew'gen Bundes Bogen,
Ernst von Glorien umblüht,
Stehst Du über Land und Wogen;

Und ein himmlisch Sehnen zieht
Alles Leben himmelwärts
An das große Mutterherz.

Wo Verlass'ne einsam weinen,
Sorgenvoll in stiller Nacht,
Den'n vor allen läßt Du scheinen
Deiner Liebe milde Pracht,
Daß ein tröstend Himmelslicht
In die dunk'len Herzen bricht.

Aber wütet wildverkehrter
Sünder frevelhafte Lust:
Da durchschneiden neue Schwerter
Dir die treue Mutterbrust;
Und voll Schmerzen flehst Du doch:
Herr! Vergib ihn'n, schone noch!

Deinen Jesus in den Armen
Über'n Strom der Zeit gestellt,
Als das himmlische Erbarmen
Hütest Du getreu die Welt,
Daß im Sturm, der trübe weht,
Dir kein Kind verloren geht.

Wenn die Menschen mich verlassen
In der letzten stillen Stund',
Laß mich fest das Kreuz umfassen.
Aus dem dunkeln Erdengrund
Leite liebreich mich hinaus,
Mutter, in des Vaters Haus!

⟨TAFELLIEDER⟩

Damen-Liedertafel in Danzig.

Die Frauen
Gleich wie Echo frohen Liedern
Fröhlich Antwort geben muß,
So auch nah'n wir und erwidern
Dankend den galanten Gruß.

Die Männer
O, Ihr Güt'gen und Charmanten!
Für des Echo's holden Schwung
Nehm't der lust'gen Musikanten
Ganz ergeb'ne Huldigung!

Frauen
Doch Ihr huldigt, will's uns dünken,
Andern Göttern nebenbei.
Rot und golden seh'n wir's blinken –
Sag't, wie das zu nehmen sei?

Männer
Teure! zierlich, mit drei Fingern,
Sich'rer, mit der ganzen Hand –
Und so füllt man aus den Dingern
'S Glas nicht halb, nein, bis zum Rand.

Frauen
Nun, wir sehen, Ihr seid Meister.
Doch wir sind heut liberal;
Hoffentlich, als schöne Geister,
Treibt Ihr's etwas ideal.

Männer
Jeder nippt und denkt die Seine,
Und wer nichts *Besond'res* weiß:

Nun – der trinkt in's Allgemeine
Frisch zu *aller* Schönen Preis!

Alle

Recht so! Kling't denn in die Runde
An zu Dank und Gegendank!
Sänger, Frau'n, wo die im Bunde,
Da gibt's einen hellen Klang!

In die Höh'

Viel Essen macht viel breiter
Und hilft zum Himmel nicht,
Es kracht die Himmelsleiter,
Kommt so ein schwerer Wicht.
Das Trinken ist gescheiter,
Das schmeckt schon nach Idee,
Da braucht man keine Leiter,
Das geht gleich in die Höh'!

Viel Reden ist manierlich:
»Wohlauf?« – »Ein wenig flau!«
»Das Wetter ist spazierlich.«
»Was macht die liebe Frau?«
»Ich danke!« und so weiter
Und breiter als ein See –
Das Singen ist gescheiter,
Das geht gleich in die Höh'!

Die Fisch' und Musikanten,
Die trinken Beide frisch,
Die Wein, die Andern Wasser,
D'rum hat der dumme Fisch
Statt Flügel Flederwische,
Liegt elend in der See –
Doch wir sind keine Fische,
Das geht gleich in die Höh'!

Ja! Trinken frisch und Singen,
Das bricht durch alles Weh,
Das sind zwei gute Schwingen,
Gemeine Welt, ade!
Du Erd' mit deinem Plunder,
Ihr Fische samt der See –
'S geht Alles, Alles unter:
Wir aber in die Höh'!

Die Heymonskinder

Auf feur'gem Rosse kommt Bachus daher,
Den Becher hoch in der Hand,
Sein Rößlein wird wild, sein Kopf ist ihm schwer,
Er verschüttet den Wein auf das Land.

Den Dichter erbarmet der Rebensaft,
In den Bügel er kühn sich stellt
Und trinkt mit dem Gotte Brüderschaft –
Nun geht's erst, als ging's aus der Welt!

Ei sieh da, so einsam Herr Komponist!
Steig' auf mit, 's ist Schad' um die Schuh,
Du löst erst die Schwinge – und wo keine ist,
Da mach' uns die Flügel dazu!

Und was sie ersonnen nun, singen die Drei'.
»O weh!« ruft ein Sänger herauf,
»Ihr schreit ja die köstlichsten Noten entzwei!«
Und schwingt zu den Dreien sich auf.

Nun setzt der Tonkünstler, skandiert der Poet,
Der Sänger gibt himmlischen Schall,
Es lächelt Herr Bachus: »wahrhaftig das geht,
Und's Trinken verstehen sie all'.«

Und wie sie nun alle beisammen sind,
Hebt's sachte die seligen Leut',
Es wachsen dem Rosse zwei Schwingen geschwind,
Und überfliegen die Zeit.

Zum Abschied

Horcht! die Stunde hat geschlagen,
Und ein Schiffer steht am Bord,
Grüßt noch einmal, und es tragen
Ihn die Wellen rauschend fort.

Sturm wühlt, und die Zeiten bäumen
Sehnsüchtig sich himmelan,
Hoch in solcher Wellen Schäumen
Segle, kühner Steuermann!

Und den letzten Becher, Brüder,
Eh' wir hier verlassen stehn,
Und den letzten Klang der Lieder
Auf ein freudig Wiedersehn!

DER NACHTVOGEL

Liegt der Tag rings auf der Lauer,
Blickt so schlau auf Lust und Trauer:
Kann ich kaum mich selbst verstehen.
Laß die Lauscher schlafen gehen!
Nur ein Stündchen unbewacht
Lass' in der verschwiegenen Nacht
Mich in Deine Augen sehen
Wie in stillen Mondenschein.
In dem Park an der Rotunde,
Wenn es dunkelt, harr' ich Dein.
Still und fromm ja will ich sein.
Liebste, ach nur Eine Stunde! –

Sieh' mir nicht so böse drein!
Willst Du nie Dein Schweigen brechen,
Ewig stumm, wie Blumen, sein:
O so laß mich das Versprechen
Pflücken Dir vom stillen Munde:
Liebste, ach nur Eine Stunde!
In dem Park, an der Rotunde,
Wenn es dunkelt, harr' ich Dein.

*

Coda

Und kann ich nicht sein
Mit Dir zu zwei'n,
So will ich, allein,
Der Schwermut mich weih'n!

HIPPOGRYPH

Das ist das Flügelpferd mit Silberschellen,
Das heitere Gesellen
Empor hebt über Heidekraut und Klüfte,
Daß durch den Strom der Lüfte,
Die um den Reisehut melodisch pfeifen,
Des Ernst's Gewalt und Toren-Lärm der Schlüfte
Als Frühlingsjauchzen nur die Brust mag streifen;
Und so im Flug' belauschen
Des trunknen Lieder-Gottes rüst'ge Söhne,
Wenn alle Höh'n und Täler blüh'n und rauschen,
Im Morgenbad des Lebens ew'ge Schöne,
Die in dem Glanz erschrocken,
Sie glühend anblickt aus den dunklen Locken.

DER SCHALK

Läuten kaum die Maienglocken
Leise durch den lauen Wind,

Hebt ein Knabe froh erschrocken
Aus dem Grase sich geschwind,
Schüttelt in den Blütenflocken
Seine feinen blonden Locken,
Schelmisch sinnend wie ein Kind.

Und nun wehen Lerchenlieder
Und es schlägt die Nachtigall,
Rauschend von den Bergen nieder
Kommt der kühle Wasserfall,
Rings im Walde bunt Gefieder: –
Frühling, Frühling ist es wieder
Und ein Jauchzen überall.

Und den Knaben hört man schwirren,
Gold'ne Fäden zart und lind
Durch die Lüfte künstlich wirren –
Und ein süßer Krieg beginnt:
Suchen, Fliehen, schmachtend Irren,
Bis sich alle hold verwirren. –
O beglücktes Labyrinth!

Wandern lieb' ich für mein Leben,
Lebe eben wie ich kann,
Wollt' ich mir auch Mühe geben,
Paßt' es mir doch gar nicht an.

Schöne alte Lieder weiß ich,
In der Kälte, ohne Schuh'
Draußen in die Saiten reiß' ich,
Weiß nicht, wo ich Abend's ruh'.

Manche Schöne macht wohl Augen,
Meinet, ich gefiel' ihr sehr,
Wenn ich nur was wollte taugen,
So ein armer Lump nicht wär'. –

Mag dir Gott ein'n Mann bescheren,
Wohl mit Haus und Hof versehn!
Wenn wir zwei zusammen wären,
Möcht' mein Singen mir vergehn.

Mürrisch sitzen sie und maulen
Auf den Bänken stumm und breit,
Gähnend strecken sich die Faulen,
Und die Kecken suchen Streit.

Da komm' ich durch's Dorf geschritten,
Fernher durch den Abend kühl,
Stell' mich in des Kreises Mitten,
Grüß' und zieh' mein Geigenspiel.

Und wie ich den Bogen schwenke,
Ziehn die Klänge in der Rund'
Allen recht durch die Gelenke
Bis zum tiefsten Herzensgrund.

Und nun geht's ans Gläserklingen,
An ein Walzen um und um,
Je mehr ich streich', je mehr sie springen
Keiner frägt erst lang: warum? –

Jeder will dem Geiger reichen
Nun sein Scherflein auf die Hand –
Da vergeht ihm gleich sein Streichen,
Und fort ist der Musikant.

Und sie seh'n ihn fröhlich steigen
Nach den Waldeshöh'n hinaus,
Hören ihn von fern noch geigen,
Und gehn All' vergnügt nach Haus.

Doch in Waldes grünen Hallen
Rast' ich dann noch manche Stund',
Nur die fernen Nachtigallen
Schlagen tief aus nächt'gem Grund.

Und es rauscht die Nacht so leise
Durch die Waldeseinsamkeit,
Und ich sinn' auf neue Weise,
Die der Menschen Herz erfreut.

NACHTS

Ich wandre durch die stille Nacht,
Da schleicht der Mond so heimlich sacht
Oft aus der dunklen Wolkenhülle,
Und hin und her im Tal
Erwacht die Nachtigall,
Dann wieder Alles grau und stille.

O wunderbarer Nachtgesang:
Von fern im Land der Ströme Gang,
Leis Schauern in den dunklen Bäumen –
Wirr'st die Gedanken mir,
Mein irres Singen hier
Ist wie ein Rufen nur aus Träumen.

GLÜCKLICHE FAHRT

Wünsche sich mit Wünschen schlagen,
Und die Gier wird nie gestillt;
Wer ist in dem wüsten Jagen
Da der Jäger, wer das Wild?
Selig, wer es fromm mag wagen,
Durch das Treiben dumpf und wild
In der festen Brust zu tragen
Heil'ger Schönheit hohes Bild.

Sieh', da brechen tausend Quellen
Durch die felsenharte Welt,
Und zum Strome wird ihr Schwellen,
Der melodisch steigt und fällt.
Ringsum sich die Fernen hellen,
Gottes Hauch die Segel schwellt –
Rettend spülen dich die Wellen
In des Herzens stille Welt.

REISE-LIED

Durch Feld und Buchenhallen,
Bald singend, bald fröhlich still,
Recht lustig sei vor Allen,
Wer's Reisen wählen will.

Wenn's kaum in Osten glühte,
Die Welt noch still und weit,
Da weht recht durch's Gemüte
Die schöne Blütenzeit.

Die Lerch' als Morgenbote
Sich in die Lüfte schwingt,
Eine frische Reise-Note
Durch Wald und Herz erklingt.

O Lust, vom Berg zu schauen
Weit über Wald und Strom,
Hoch über sich den blauen
Tiefklaren Himmelsdom!

Vom Berge Vöglein fliegen
Und Wolken so geschwind,
Gedanken überfliegen
Die Vögel und den Wind.

Die Wolken zieh'n hernieder,
Das Vöglein senkt sich gleich,
Gedanken geh'n und Lieder
Fort bis in's Himmelreich.

BEI EINER LINDE

Seh' ich dich wieder, du geliebter Baum,
In dessen junge Triebe
Ich einst in jenes Frühlings schönstem Traum
Den Namen schnitt von meiner ersten Liebe?

Wie anders ist seitdem der Äste Bug –
Verwachsen und verschwunden
Im härt'ren Stamm der vielgeliebte Zug,
Wie ihre Liebe und die schönen Stunden!

Auch ich seitdem wuchs stille fort, wie du,
Und nichts an mir wollt' weilen;
Doch *meine* Wunde wuchs – und wuchs nicht zu,
Und wird wohl niemals mehr hienieden heilen!

Aus schweren Träumen
Fuhr ich oft auf und sah durch Tannenwipfel
Den Mond zieh'n über'n stillen Grund und sang
Vor Bangigkeit und schlummert' wieder ein. –

Ja, Menschenstimme, hell aus frommer Brust!
Du bist doch die gewaltigste, und triffst
Den rechten Grundton, der verworren anklingt
In all den tausend Stimmen der Natur! –

NACHTIGALL

Nach den schönen Frühlingstagen,
Wenn die blauen Lüfte wehen,
Wünsche mit dem Flügel schlagen
Und im Grünen Amor zielt,
Bleibt ein Jauchzen auf den Höhen;
Und ein Wetterleuchten spielt
Aus der Ferne durch die Bäume
Wunderbar die ganze Nacht,
Daß die Nachtigall erwacht
Von den irren Widerscheinen,
Und durch alle sel'ge Gründe
In der Einsamkeit verkünde,
Was sie alle, alle meinen;
Dieses Rauschen in den Bäumen
Und der Mensch in dunkeln Träumen.

NACHT

Die Vöglein, die so fröhlich sangen,
Der Blumen bunte Pracht,
'S ist alles unter nun gegangen,
Nur das Verlangen
Der Liebe wacht.

*

Tritt nicht hinaus jetzt vor die Tür,
Die Nacht hat eignen Sang,
Das Waldhorn ruft, als rief's nach Dir,
Betrüglich ist der irre Klang,
Endlos der Wälder Labyrinth –
Behüt' Dich Gott, Du schönes Kind!

VESPER

Die Abendglocken klangen
  Schon durch das stille Tal,
Da saßen wir zusammen
  Da droben wohl Hundertmal.

Und unten war's so stille
  Im Lande weit und breit,
Nur über uns die Linde
  Rauscht' durch die Einsamkeit.

Was geh'n die Glocken heute
  Als ob ich weinen müßt'?
Die Glocken, die bedeuten,
  Daß meine Lieb' gestorben ist!

Ich wollt', ich läg' begraben,
  Und über mir rauscht' weit
Die Linde jeden Abend
  Von der alten, schönen Zeit!

DIE SPÄTE HOCHZEIT

Der Mond ging unter – jetzt ist's Zeit. –
  Der Bräut'gam steigt vom Roß,
Er hat so lange schon gefreit –
  Da tut sich auf das Schloß,
Und in der Halle sitzt die Braut
  Auf diamant'nem Sitz,
Von ihrem Schmuck tut's durch den Bau
  Ein'n langen roten Blitz. –

Blass' Knaben warten schweigend auf,
  Still' Gäste steh'n herum,

Da richt't die Braut sich langsam auf,
So hoch und bleich und stumm.
Sie schlägt zurück ihr Goldgewand,
Da schauert ihn vor Lust,
Sie langt mit kalter, weißer Hand
Das Herz ihm aus der Brust.

Es schauert der Wald vor Lust,
Die Sterne nun versanken,
Und wandeln durch die Brust
Als himmlische Gedanken.

Gewalt'ges Morgenrot,
Weit, unermeßlich – du verzehrst die Erde!
Und in dem Schweigen nur der Flug der Seelen,
Die säuselnd heimzieh'n durch die stille Luft. –

FRISCHE FAHRT

Das ist unser Pegasus,
Der uns von dem schweren Volke
Hoch setzt über eine Wolke,
Da uns niemand schaden muß.
Flemming

(Mel. Mihi est propositum)

Viele Lerchen hellerwacht,
Die zum Himmel steigen,
Viele Sterne in der Nacht,
Vieler Wipfel Neigen,
Viele frische Herzen dann,
Die begeistert lauschen –

Da bricht erst der Lenz recht an,
Sang und Waldesrauschen!

So sind Viele hier gesellt:
Rüstige Gesellen,
Die ihr' Sach' auf Klang gestellt,
Schauspiel und Novellen,
Viele dann, die recht sich freu'n,
Wenn wir's löblich machen,
Und, greift einer falsch darein,
Auch von Herzen lachen.

Und wo solche Resonanz,
Klingt das Lied erst helle,
Und wie wir beisammen hier,
Blüht die sand'ge Schelle,
Kuckuck ruft und Nachtigall,
Und von Lust und Schmerzen
Weckt der Hall den Widerhall
Rings in tausend Herzen!

Ein Land, das *Ihr* schweigend meint,
Und *wir* freudig singen,
Und *ein* Meer, das uns vereint,
Soll hinüber bringen!
Frische Fahrt dann, nah und fern,
Allen mut'gen Seglern,
Die getreu dem rechten Stern,
Schleglern oder Heglern!

DER LANDREUTER

Ich ging bei Nacht einst über Land,
Ein Bürschlein traf ich draußen,
Das hat 'nen Stutzen in der Hand
Und zielt auf mich voll Grausen.

Ich renne, da ich mich erbos'
Auf ihn in vollem Rasen,
Da drückt das kecke Bürschlein los
Und ich stürzt' auf die Nasen.
Er aber lacht mir in's Gesicht,
Daß er mich angeschossen,
Cupido war der kleine Wicht –
Das hat mich sehr verdrossen.

DER GÖTTER IRRFAHRT

Nach einer Volkssage der Tonga-Inseln

1.

Unten endlos nichts als Wasser,
Droben Himmel still und weit,
Nur das Götterland, das blasse,
Lag in Meereseinsamkeit,
Wo auf farbenlosen Matten
Gipfel wie in Träumen steh'n,
Und Gestalten ohne Schatten
Ewig lautlos sich ergeh'n.

Zwischen grauen Wolken-Schweifen,
Die verschlafen Berg und Flut
Mit den langen Schleiern streifen,
Hoch der Göttervater ruht.
Heut zu fischen ihn gelüstet,
Und vom zack'gen Felsenhang
In des Meeres grüne Wüste
Senket er die Schnur zum Fang.

Sinnend sitzt er, und es flattern
Bart und Haar im Sturme weit,
Und die Zeit wird ihm so lange
In der stillen Ewigkeit.

Da fühlt er die Angel zucken:
»Ei, das ist ein schwerer Fisch!«
Freudig fängt er an zu rucken,
Stemmt sich, zieht und windet frisch.

Sieh, da hebt er Felsenspitzen,
Langsam aus der Wasser Grund,
Und erschrocken aus den Ritzen
Schießen schupp'ge Schlangen bunt;
Ringelnd Ungetüm der Tiefen,
Die im öden Wogen-Haus
In der grünen Dämm'rung schliefen,
Stürzen sich in's Meer hinaus.

Doch der Vater hebt auf's neue,
Und Gebirge, Tal und Strand
Taucht allmählich auf in's Freie;
Und es grünt das junge Land,
Irrend farb'ge Lichter schweifen
Und von Blumen glänzt die Flur,
Wo des Vaters Blick' sie streifen –
Da zerreißt die Angelschnur.

Wie 'ne liebliche Syrene
Halb nun über'm Wellenglanz,
Staunend ob der eig'nen Schöne,
Schwebt es mit dem Blütenkranz,
Bei der Lüfte lindem Fächeln
Sich im Meer, das rosig brennt,
Spiegelnd mit verschämtem Lächeln –
Erde sie der Vater nennt.

II.

Staunend auf den Göttersitzen
Die Unsterblichen nun stehn,
Seh'n den Morgen drüben blitzen,
Fühlen Duft herüberweh'n,

Und so süßes Weh sie spüren,
Lösen leis ihr Schiff vom Strand,
Und die Lüfte sie verführen
Fern durch's Meer zum jungen Land.

O wie da die Quellen sprangen
In die tiefe Blütenpracht
Und Lianen dort sich schlangen
Glühend durch die Waldesnacht!
Und die Wandrer trunken lauschen,
Wo die Wasserfälle geh'n,
Bis sie in dem Frühlings-Rauschen
Plötzlich all' erschrocken steh'n:

Denn sie seh'n zum Erstenmale
Nun die Sonne niedergeh'n
Und verwundert Berg' und Tale
Tief im Abendrote steh'n,
Und der schönste Gott von allen
Sank erbleichend in den Duft,
Denn dem Tode ist verfallen,
Wer geatmet ird'sche Luft.

Die Genossen faßt ein Grauen,
Und sie fahren weit in's Meer,
Nach des Vaters Haus sie schauen,
Doch sie finden's nimmermehr.
Mußten aus den Wogenwüsten
Ihrer Schiffe Schnäbel dreh'n
Wieder nach des Eilands Küsten,
Ach, das war so falsch und schön!

Und für immer da verschlagen
Blieben sie im fremden Land,
Hörten Nachts des Vaters Klagen
Oft noch fern vom Götterstrand. –
Und nun Kindeskinder müssen

Nach der Heimat seh'n in's Meer,
Und es kommt im Wind ein Grüßen,
Und sie wissen nicht woher.

Wenn die Bergesbäche schäumen
Und der Mond noch schweigend wacht,
Zwischen Felsen rings und Bäumen
Wie ein Feenland von Träumen
Ruht die wunderbare Nacht.

Da wird bei der Wipfel Wehen
Recht das Herz dem Jäger weit,
Talwärts von den stillen Höhen
Läßt er Hörnerklang ergehen
Durch die schöne Einsamkeit.

Und er weckt die Götter alle,
Von dem Berg Aurora lacht,
Venus folgt dem mut'gen Schalle,
Doch Diana, sie vor allen
Stürzt hervor aus Waldespracht.

Aus der Büchse sprühend Funken!
Immer höher schwillt die Brust!
Wild und Jäger todestrunken
In die grüne Nacht versunken –
O du schöne Jägerlust!

WANDERLIED

Vom Grund bis zu den Gipfeln,
So weit man sehen kann,
Jetzt blühts in allen Wipfeln,
Nun geht das Wandern an.

Die Quellen von den Klüften,
Die Ström auf grünem Plan,
Die Lerchen hoch in Lüften,
Der Dichter frisch voran.

Und die im Tal verderben
In trüber Qualme Haft,
Er will sie alle werben
Zu dieser Wanderschaft.

Und von den Bergen nieder
Erschallt sein Lied ins Tal,
Und die zerstreuten Brüder
Faßt Heimweh allzumal.

Da wird die Welt so munter
Und nimmt die Reiseschuh,
Sein Liebchen mitten drunter
Die nickt ihm heimlich zu.

Und über Felsenwände
Und auf dem grünen Plan
Das wirrt und jauchzt ohn Ende –
Nun geht das Wandern an!

TROST

Wenn schon alle Vögel schweigen
In des Sommers schwülem Drang,
Sieht man, Lerche, dich noch steigen
Himmelwärts mit frischem Klang.

Wenn die Bäume all verzagen
Und die Farben rings verglühn,
Tannbaum! deine Kronen ragen
Aus der Öde ewiggrün.

Darum halt nur fest die Treue!
Wird die Welt auch alt und bang:
Brich den Frühling an aufs neue,
Wunder tut ein rechter Klang!

MALERS MORGENLIED

Aus Wolken, eh im nächtgen Land
Erwacht die Kreaturen,
Langt Gottes Hand,
Zieht durch die stillen Fluren
Gewaltig die Conturen,
Strom, Wald und Felsenwand.

Wach auf, wach auf! die Lerche ruft,
Aurora taucht die Strahlen
Verträumt in Duft,
Beginnt auf Berg und Talen
Ringsher ein himmlisch Malen
In Meer und Land und Luft.

Und durch die Stille lichtgeschmückt
Aus wunderbaren Locken
Ein Engel blickt –
Da rauscht der Wald erschrocken,
Da gehn die Morgenglocken,
Die Gipfel stehn verzückt.

O lichte Augen ernst und mild,
Ich kann nicht von euch lassen!
Bald wieder wild
Stürmts her von Sorg und Hassen –
Durch die verworrnen Gassen
Führ mich, mein göttlich Bild!

1831-1836

DER ALTE HELD

Tafellied zu Goethe's Geburtstag 1831

»Ich habe gewagt und gesungen,
Da die Welt noch stumm lag und bleich,
Ich habe den Bann bezwungen,
Der die schöne Braut hielt umschlungen,
Ich habe erobert das Reich.

Ich habe geforscht und ergründet
Und tat es euch treulich kund:
Was das Leben dunkel verkündet,
Die heilige Schrift, die entzündet
Der Herr in der Seelen Grund.

Wie rauschen nun Wälder und Quellen
Und singen vom ewigen Port:
Schon seh' ich Morgenrot schwellen,
Und ihr dort, ihr jungen Gesellen,
Fahrt immer immerfort!«

Und so, wenn es still geworden,
Schaut er vom Turm bei Nacht
Und segnet den Sänger-Orden,
Der an den blühenden Borden
Das schöne Reich bewacht.

Dort hat er nach Lust und Streiten
Das Panner aufgestellt,
Und die auf dem Strome der Zeiten
Am Felsen vorübergleiten,
Sie grüßen den alten Held.

TOAST

Auf das Wohlsein der Poeten,
Die nicht schillern und nicht göthen,
Durch die Welt in Lust und Nöten
Segelnd frisch auf eig'nen Böten.

MORGENSTÄNDCHEN

In den Wipfeln frische Lüfte,
Fern melod'scher Quellen Fall,
Durch die Einsamkeit der Klüfte
Waldeslaut und Vogelschall,
Scheuer Träume Spielgenossen,
Steigen all' beim Morgenschein
Auf des Weinlaubs schwanken Sprossen,
Dir in's Fenster aus und ein.
Und wir nah'n noch halb in Träumen,
Und wir tun in Klängen kund,
Was da draußen in den Bäumen
Singt der weite Frühlingsgrund.
Regt der Tag erst laut die Schwingen:
Sind wir Alle wieder weit –
Aber tief im Herzen klingen
Lange nach noch Lust und Leid.

Lindes Rauschen in den Wipfeln,
Vöglein, die ihr fernab fliegt,
Bronnen von den stillen Gipfeln,
Sagt, wo meine Heimat liegt?

Heut' im Traum sah ich sie wieder,
Und von allen Bergen ging

Solches Grüßen zu mir nieder,
Daß ich an zu weinen fing.

Ach, hier auf den fremden Gipfeln:
Menschen, Quellen, Fels und Baum,
Wirres Rauschen in den Wipfeln, –
Alles ist mir wie ein Traum.

DIE JÄGER

Wir waren ganz herunter,
Da sprach Diana ein,
Die blickt so licht und munter,
Nun geht's zum Wald hinein!

Im Dunkeln Äuglein funkeln,
Kupido schleichet leis,
Die Bäume heimlich munkeln –
Ich weiß wohl was ich weiß!

IN DER FREMDE

Aus der Heimat hinter den Blitzen rot
Da kommen die Wolken her,
Aber Vater und Mutter sind lange tot,
Es kennt mich dort keiner mehr.
Wie bald, wie bald kommt die stille Zeit,
Da ruhe ich auch, und über mir
Rauschet die schöne Waldeinsamkeit
Und keiner mehr kennt mich auch hier.

ELFE

Bleib' bei uns! wir haben den Tanzplan im Tal
Bedeckt mit Mondesglanze,
Johanniswürmchen erleuchten den Saal,
Die Heimchen spielen zum Tanze.

Die Freude, das schöne leichtgläubige Kind,
Es wiegt sich in Abendwinden:
Wo Silber auf Zweigen und Büschen rinnt,
Da wirst Du die Schönste finden!

Es geht wohl anders, als du meinst,
Derweil du rot und fröhlich scheinst
Ist Lenz und Sonnenschein verflogen,
Die liebe Gegend schwarz umzogen;
Und kaum hast du dich ausgeweint,
Lacht Alles wieder, die Sonne scheint –
Es geht wohl anders als man meint.

KRIEGSLIED

Nicht mehr in Waldesschauern
An jäher Klüfte Rand,
Wo dunkle Tannen trauern,
Siehst du die Brut mehr lauern
Auf wüster Felsenwand.

Die Greifen nicht mehr fliegen,
Lindwürm' auf heißem Sand
Nicht mehr mit Löwen kriegen,
Auf ihren Bäuchen liegen
Die Drachen im platten Land.

Doch wo das Leben schimmelt,
Soweit man reisen kann,
Von Würmern es noch wimmelt,
Und was auf Erden himmelt,
Sie hauchen's giftig an.

Noch halten sie in Schlingen
Die wunderschöne Braut,
Bei Nacht hört man ihr Singen
Die stille Luft durchdringen
Mit tiefem Klagelaut.

Das ist die Brut der Natter,
Die immer neu entstand:
Philister und ihre Gevatter,
Die machen groß Geschnatter
Im deutschen Vaterland.

Sankt Georg, du blanker Streiter,
Leg' deine Lanze ein,
Und wo ein wackrer Reiter,
Dem noch das Herz wird weiter,
Der steche frisch mit drein!

DER VERZWEIFELTE LIEBHABER

Studieren will nichts bringen,
Mein Rock hält keinen Stich,
Meine Zitter will nicht klingen,
Mein Schatz, der mag mich nicht.

Ich wollt', im Grün spazierte
Die allerschönste Frau,
Ich wär' ein Drach' und führte,
Sie mit mir fort durch's Blau.

Ich wollt', ich jagt' gerüstet
Und legt' die Lanze aus,
Und jagte all' Philister
Zur schönen Welt hinaus.

Ich wollt', ich säß' jetzunder
Im Himmel still und weit,
Und früg' nach all' dem Plunder
Nichts vor Zufriedenheit.

AUF MEINES KINDES TOD

Das Kindlein spielt' draußen im Frühlingsschein
Und freut sich und hatte so viel zu sehen,
Wie die Felder schimmern und die Ströme gehen –
Da sah der Abend durch die Bäume herein,
Der alle die schönen Bilder verwirrt.
Und wie es nun ringsum so stille wird,
Beginnt aus den Tälern ein heimlich Singen,
Als wollt's mit Wehmut die Welt umschlingen,
Die Farben vergeh'n und die Erde wird blaß.
Voll Staunen fragt's Kindlein: ach, was ist das?
Und legt sich träumend in's säuselnde Gras;
Da rühren die Blumen ihm kühle an's Herz
Und lächelnd fühlt es so süßen Schmerz,
Und die Erde, die Mutter so schön und bleich,
Küßt das Kindlein und läßt's nicht los,
Zieht es herzinnig in ihren Schoß
Und bettet es drunten gar warm und weich
Still unter Blumen und Moos. –

»Und was weint ihr, Vater und Mutter, um mich?
In einem viel schöneren Garten bin ich,
Der ist so groß und weit und wunderbar,
Viel Blumen steh'n dort von Golde klar
Und schöne Kindlein mit Flügeln schwingen

Auf und nieder sich drauf und singen. –
Die kenn' ich gar wohl aus der Frühlingszeit,
Wie sie zogen über Berge und Täler weit
Und mancher mich da aus dem Himmelblau rief,
Wenn ich drunten im Garten schlief. –
Und mitten zwischen den Blumen und Scheinen
Steht die schönste von allen Frauen,
Ein glänzend Kindlein an ihrer Brust. –
Ich kann nicht sprechen und auch nicht weinen,
Nur singen immer und wieder dann schauen
Still vor großer, seliger Lust.«

IM GARTEN

Als ich nun zum erstenmale
Wieder durch den Garten ging,
Busch und Bächlein in dem Tale
Lustig an zu plaudern fing.

Blumen halbverstohlen blickten
Neckend aus dem Gras heraus,
Bunte Schmetterlinge schickten
Sie sogleich auf Kundschaft aus.

Auch der Kuckuck in den Zweigen
Fand sich bald zum Spielen ein,
Endlich brach der Baum das Schweigen:
»Warum kommst du heut allein?«

Da ich aber schwieg, da rührt' er
Wunderbar sein dunkles Haupt
Und ein Flüstern konnt' ich spüren
Zwischen Vöglein, Blüt' und Laub.

Tränen in dem Grase hingen,
Durch die abendstille Rund

Klagend nun die Quellen gingen,
Und ich weint' aus Herzensgrund.

AM ABEND

Was ist mir denn so wehe?
Es liegt ja wie im Traum
Der Grund schon wo ich stehe,
Die Wälder säuseln kaum
Noch von der dunklen Höhe.
Es komme wie es will,
Was ist mir denn so wehe –
Wie bald wird alles still.

NACHTS

Das ist's, was mich ganz verstöret:
Daß die Nacht nicht Ruhe hält,
Wenn zu atmen aufgehöret
Lange schon die müde Welt.

Daß die Glocken, die da schlagen,
Und im Wald der leise Wind
Jede Nacht von neuem klagen
Um mein liebes, süßes Kind.

Daß mein Herz nicht konnte brechen
Bei dem letzten Todeskuß,
Daß ich wie im Wahnsinn sprechen
Nun in irren Liedern muß.

AUF DEN TOD MEINES KINDES

1.

Freuden wollt' ich dir bereiten,
Zwischen Kämpfen, Lust und Schmerz
Wollt' ich treulich dich geleiten
Durch das Leben himmelwärts.

Doch du hast's allein gefunden.
Wo kein Vater führen kann,
Durch die ernste, dunkle Stunde
Gingst du schuldlos mir voran.

Wie das Säuseln leiser Schwingen,
Draußen über Tal und Kluft,
Ging zur selben Stund ein Singen
Ferne durch die stille Luft.

Und so fröhlich glänzt' der Morgen,
'S war als ob das Singen sprach:
Jetzo lasset alle Sorgen,
Liebt ihr mich, so folgt mir nach!

2.

Ich führt' dich oft spazieren
In Winter-Einsamkeit,
Kein Laut ließ sich da spüren,
Du schöne, stille Zeit!

Lenz ist's nun, Lerchen singen
Im Blauen über mir,
Ich weine still – sie bringen
Mir einen Gruß von dir.

3.

Die Welt treibt fort ihr Wesen,
Die Leute kommen und gehn,
Als wärst du nie gewesen,
Als wäre nichts geschehn.

Wie sehn' ich mich auf's neue
Hinaus in Wald und Flur!
Ob ich mich gräm', mich freue,
Du bleibst mir treu, Natur.

Da klagt vor tiefem Sehnen
Schluchzend die Nachtigall,
Es schimmern rings von Tränen
Die Blumen überall.

Und über alle Gipfel
Und Blütentäler zieht
Durch stillen Waldes Wipfel
Ein heimlich Klagelied.

Da spür' ich's recht im Herzen,
Daß du's, Herr, draußen bist –
Du weißt's, wie mir von Schmerzen
Mein Herz zerrissen ist!

4.

Von fern die Uhren schlagen,
Es ist schon tiefe Nacht,
Die Lampe brennt so düster,
Dein Bettlein ist gemacht.

Die Winde nur noch gehen
Wehklagend um das Haus,

Wir sitzen einsam drinne
Und lauschen oft hinaus.

Es ist, als müßtest leise
Du klopfen an die Tür,
Du hätt'st dich nur verirret,
Und kämst nun müd zurück.

Wir armen, armen Toren!
Wir irren ja im Graus
Des Dunkels noch verloren –
Du fandest längst nach Haus.

5.

Dort ist so tiefer Schatten,
Du schläfst in guter Ruh,
Es deckt mit grünen Matten
Der liebe Gott dich zu.

Die alten Weiden neigen
Sich auf dein Bett herein,
Die Vöglein in den Zweigen
Sie singen treu dich ein.

Und wie in goldnen Träumen
Geht linder Frühlingswind
Rings in den stillen Bäumen –
Schlaf wohl, mein süßes Kind!

Mein liebes Kind, Ade!
Ich konnt' Ade nicht sagen
Als sie dich fortgetragen,
Vor tiefem, tiefem Weh.

Jetzt auf lichtgrünem Plan
Stehst du im Myrtenkranze
Und lächelst aus dem Glanze
Mich still voll Mitleid an.

Und Jahre nah'n und geh'n,
Wie bald bin ich verstoben –
O bitt' für mich da droben,
Daß wir uns wiederseh'n!

ANGEDENKEN

Berg' und Täler wieder fingen
Ringsumher zu blühen an,
Aus dem Walde hört' ich singen
Einen lust'gen Jägersmann.

Und die Tränen drangen leise:
So einst blüht' es weit und breit,
Als mein Lieb dieselbe Weise
Mich gelehrt vor langer Zeit.

Ach ein solches Angedenken,
'S ist nur eitel Klang und Luft,
Und kann schimmernd doch versenken
Rings in Tränen Tal und Kluft!

STERBEGLOCKEN

Nun legen sich die Wogen,
Und die Gewitter schwül'
Sind all' hinabgezogen,
Mir wird das Herz so kühl.

Die Täler alle dunkeln,
Ist denn das Morgenzeit?
Wie schön die Gipfel funkeln,
Und Glocken hör' ich weit.

So hell noch niemals klangen
Sie über'n Waldes-Saum –
Wo war ich denn so lange?
Das war ein schwerer Traum.

Es wandelt, was wir schauen,
Tag sinkt in's Abendrot,
Die Lust hat eig'nes Grauen,
Und alles hat den Tod.

In's Leben schleicht das Leiden
Sich heimlich wie ein Dieb,
Wir alle müssen scheiden
Von allem, was uns lieb.

Was gäb' es doch auf Erden,
Wer hielt' den Jammer aus,
Wer möcht' geboren werden,
Hielt'st Du nicht droben Haus!

Du bist's, der, was wir bauen,
Mild über uns zerbricht,
Daß wir den Himmel schauen –
Darum so klag' ich nicht.

DAS KRANKE KIND

Die Gegend lag so helle,
Die Sonne schien so warm,

Es sonnt' sich auf der Schwelle
Ein Kindlein krank und arm.

Geputzt zum Sonntag heute
Ziehn sie das Tal entlang,
Das Kind grüßt alle Leute,
Doch niemand sagt ihm Dank.

Viel Kinder jauchzen ferne,
So schön ist's auf der Welt!
Ging' auch spazieren gerne,
Doch müde stürzt's im Feld.

»Ach Vater, liebe Mutter,
Helft mir in meiner Not! –«
Du armes Kind! die ruhen
Ja unter'm Grase tot.

Und so im Gras alleine
Das kranke Kindlein blieb,
Frug keiner, was es weine,
Hat jeder sein's nur lieb.

Die Abendglocken klangen
Schon durch die stille Welt,
Die Engel Gottes sangen
Und gingen über's Feld.

Und als die Nacht gekommen
Und alles das Kind verließ,
Sie haben's mitgenommen,
Nun spielt's im Paradies.

LIEDCHEN

Sing', Lerche, singe, singe!
Mir ist so weh, so weh! –
Vielleicht daß sich erschwinge
Mein' Seele mit in die Höh'.

Mein Kindlein ist schon in der Höhe
Und wartet droben mein –
Ach, wenn ich sie wiedersehe,
Das wird eine Freude sein!

NACHT

Wie schön hier zu verträumen
Die Nacht im stillen Wald,
Wenn in den dunklen Bäumen
Das alte Märchen hallt.

Die Berg' im Mondesschimmer
Wie in Gedanken stehn,
Und durch verworrne Trümmer
Die Quellen klagend gehn.

Denn müd ging auf den Matten
Die Schönheit nun zur Ruh,
Es deckt mit kühlen Schatten
Die Nacht das Liebchen zu.

Das ist das irre Klagen
In stiller Waldespracht,
Die Nachtigallen schlagen
Von ihr die ganze Nacht.

Die Stern' gehn auf und nieder –
Wann kommst du, Morgenwind,
Und hebst die Schatten wieder
Von dem verträumten Kind?

Schon rührt sich's in den Bäumen,
Die Lerche weckt sie bald –
So will ich treu verträumen
Die Nacht im stillen Wald.

WINTERLIED

Mir träumt', ich ruhte wieder
Vor meines Vaters Haus
Und schaute fröhlich nieder
In's alte Tal hinaus,
Die Luft mit lindem Spielen
Ging durch das Frühlingslaub,
Und Blüten-Flocken fielen
Mir über Brust und Haupt.

Als ich erwacht, da schimmert
Der Mond vom Waldesrand,
Im falben Scheine flimmert
Um mich ein fremdes Land,
Und wie ich ringsher sehe:
Die Flocken waren Eis,
Die Gegend war vom Schneee,
Mein Haar vom Alter weiß.

DAS STÄNDCHEN

Auf die Dächer zwischen blassen
Wolken schaut der Mond herfür,
Ein Student dort auf der Gassen
Singt vor seiner Liebsten Tür.

Und die Brunnen rauschen wieder
Durch die stille Einsamkeit
Und der Wald vom Berge nieder,
Wie in alter schöner Zeit.

So in meinen jungen Tagen
Hab' ich manche Sommernacht
Auch die Laute hier geschlagen
Und manch lust'ges Lied erdacht.

Aber von der stillen Schwelle
Trugen sie mein Lieb' zur Ruh –
Und du, fröhlicher Geselle,
Singe, sing' nur immer zu!

FRÜHLINGSKLÄNGE

Vom Münster Trauer-Glocken klingen,
Vom Tal ein Jauchzen schallt herauf.
Zur Ruh sie dort dem Toten singen,
Die Lerchen jubeln: wache auf!
Mit Erde sie ihn still bedecken,
Das Grün aus allen Gräbern bricht,
Die Ströme hell durch's Land sich strecken,
Der Wald ernst wie in Träumen spricht,
Und bei den Klängen, Jauchzen, Trauern,
So weit in's Land man schauen mag,
Es ist ein tiefes Frühlingsschauern
Als wie ein Auferstehungstag.

GUTER RAT

Springer, der in luft'gem Schreiten
Über die gemeine Welt,
Kokettieret mit den Leuten,
Sicherlich vom Seile fällt.

Schiffer, der nach jedem Winde,
Blas' er witzig oder dumm,
Seine Segel stellt geschwinde,
Kommt im Wasser schmählich um.

Weisen Sterne doch die Richtung,
Hörst du Nachts doch fernen Klang,
Dorthin liegt das Land der Dichtung,
Fahre zu und frag' nicht lang.

HEIMKEHR

Der Wintermorgen glänzt so klar,
Ein Wandrer kommt von ferne,
Ihn schüttelt Frost, es starrt sein Haar,
Ihm log die schöne Ferne,
Nun endlich will er rasten hier,
Er klopft an seines Vaters Tür.

Doch tot sind, die sonst aufgetan,
Verwandelt Hof und Habe,
Und fremde Leute sehn ihn an
Als käm' er aus dem Grabe;
Ihn schauert tief im Herzensgrund,
Ins Feld eilt er zur selben Stund.

Da sang kein Vöglein weit und breit
Er lehnt' an einem Baume,
Der schöne Garten lag verschneit,
Es war ihm wie im Traume,
Und wie die Morgenglocke klingt,
Im stillen Feld er niedersinkt.

Und als er aufsteht vom Gebet,
Nicht weiß wohin sich wenden,
Ein schöner Jüngling bei ihm steht,

Faßt mild ihn bei den Händen:
»Komm' mit, sollst ruhn nach kurzem Gang.« –
Er folgt, ihn rührt der Stimme Klang.

Nun durch die Bergeseinsamkeit
Sie wie zum Himmel steigen,
Kein Glockenklang mehr reicht so weit,
Sie sehn im öden Schweigen
Die Länder hinter sich verblühn,
Schon Sterne durch die Wipfel glühn.

Der Führer jetzt die Fackel sacht
Erhebt und schweigend schreitet,
Bei ihrem Schein die stille Nacht
Gleichwie ein Dom sich weitet,
Wo unsichtbare Hände baun –
Den Wandrer faßt ein heimlich Graun.

Er sprach: was bringt der Wind herauf
So fremden Laut getragen,
Als hört' ich ferner Ströme Lauf,
Dazwischen Glocken schlagen?
»Das ist des Nachtgesanges Wehn,
Sie loben Gott in stillen Höh'n.«

Der Wandrer drauf: ich kann nicht mehr –
Ist's Morgen, der so blendet?
Was leuchten dort für Länder her? –
Sein Freund die Fackel wendet:
»Nun ruh zum letztenmale aus,
Wenn du erwachst, sind wir zu Haus.«

DER UNVERBESSERLICHE

Ihr habt den Vogel gefangen,
Der war so frank und frei,

Nun ist ihm 's Fliegen vergangen,
Der Sommer ist lange vorbei.

Es liegen wohl Federn neben
Und unter und über mir,
Sie können mich alle nicht heben
Aus diesem Meer von Papier.

Papier! wie hör' ich dich schreien,
Da alles die Federn schwenkt
In langen, emsigen Reihen –
So wird der Staat nun gelenkt.

Mein Fenster am Pulte steht offen,
Der Sonnenschein schweift über's Dach,
Da wird so uraltes Hoffen
Und Wünschen im Herzen wach.

Die lustigen Kameraden,
Lerchen, Quellen und Wald,
Sie rauschen schon wieder und laden:
Geselle, kommst du nicht bald?

Und wie ich durch die Gardinen
Hinaussah in keckem Mut,
Da hört' ich lachen im Grünen,
Ich kannte das Stimmlein recht gut.

Und wie ich hinaustrat zur Schwelle,
Da blühten die Bäume schon all'
Und Liebchen so frühlingshelle,
Saß drunter beim Vogelschall.

Und eh' wir uns beide besannen,
Da wiehert' das Flügelroß, –
Wir flogen selbander von dannen,
Daß es unten die Schreiber verdroß.

WEGWEISER

»Jetzt mußt du rechts dich schlagen,
Schleich' dort und lausche hier,
Dann schnell drauf los im Jagen, –
So wird noch was aus dir.«

Dank! Doch durch's Weltgetümmel,
Sagt mir, ihr weisen Herrn,
Wo geht der Weg zum Himmel?
Dies *eine* wüßt' ich gern.

DIE NACHTBLUME

Nacht ist wie ein stilles Meer,
Lust und Leid und Liebesklagen
Kommen so verworren her
In dem linden Wellenschlagen.

Wünsche wie die Wolken sind,
Schiffen durch die stillen Räume,
Wer erkennt im lauen Wind
Ob's Gedanken oder Träume? –

Schließ' ich nun auch Herz und Mund,
Die so gern den Sternen klagen:
Leise doch im Herzensgrund
Bleibt das linde Wellenschlagen.

Denkst du des Schlosses noch auf stiller Höh?
Das Horn ruft nächtlich dort, als ob's dich riefe,
Am Abgrund grast das Reh,
Es rauscht der Wald verwirrend aus der Tiefe –

O stille! wecke nicht! es war, als schliefe
Da drunten unnennbares Weh. –

Kennst du den Garten? – Wenn sich Lenz erneut,
Geht dort ein Fräulein auf den kühlen Gängen
Still durch die Einsamkeit
Und weckt den leisen Strom von Zauberklängen,
Als ob die Bäume und die Blumen sängen,
Von der alten schönen Zeit.

Ihr Wipfel und ihr Brunnen, rauscht nur zu!
Wohin du auch in wilder Flucht magst dringen:
Du findest nirgends Ruh!
Erreichen wird dich das geheime Singen,
In dieses Sees wunderbaren Ringen
Gehn wir doch unter, ich und du! –

HEIMWEH

An meinen Bruder

Du weißt's, dort in den Bäumen
Schlummert ein Zauberbann,
Und Nachts oft, wie in Träumen,
Fängt der Garten zu singen an.

Nachts durch die stille Runde
Weht's manchmal bis zu mir,
Da ruf' ich aus Herzensgrunde,
O Bruderherz, nach dir.

So fremde sind die Andern,
Mir graut im fremden Land,
Wir wollen zusammen wandern,
Reich' treulich mir die Hand!

Wir wollen zusammen ziehen,
Bis daß wir wandermüd'
Auf des Vaters Grabe knieen
Bei dem alten Zauberlied.

AN MEINEN BRUDER

Gedenkst Du noch des Gartens
Und Schlosses über'm Wald,
Des träumenden Erwartens:
Ob's denn nicht Frühling bald?

Der Spielmann war gekommen,
Der jeden Lenz singt aus,
Er hat uns mitgenommen
In's blüh'nde Land hinaus.

Wie sind wir doch im Wandern
Seitdem so weit zerstreut!
Frägt einer nach dem andern,
Doch niemand gibt Bescheid.

Nun steht das Schloß versunken
Im Abendrote tief,
Als ob dort traumestrunken
Der alte Spielmann schlief'.

Gestorben sind die Lieben,
Das ist schon lange her,
Die Wen'gen, die geblieben,
Sie kennen uns nicht mehr.

Und fremde Leute gehen
Im Garten vor dem Haus –
Doch über'n Garten sehen
Nach *uns* die Wipfel aus.

Doch rauscht der Wald im Grunde
Fort durch die Einsamkeit
Und gibt noch immer Kunde
Von unsrer Jugendzeit.

Bald mächt'ger und bald leise
In jeder guten Stund'
Geht diese Waldes-Weise
Mir durch der Seele Grund.

Und stamml' ich auch nur bange,
Ich sing' es, weil ich muß,
Du hörst doch in dem Klange
Den alten Heimatsgruß!

DER LETZTE GRUSS

Ich kam vom Walde hernieder,
Da stand noch das alte Haus,
Mein Liebchen sie schaute wieder
Wie sonst zum Fenster hinaus.

Sie hat einen andern genommen,
Ich war draußen in Schlacht und Sieg,
Nun ist alles anders gekommen,
Ich wollt', 's wär wieder erst Krieg!

Am Wege dort spielte ihr Kindlein,
Das glich ihr recht auf ein Haar,
Ich küßt's auf sein rotes Mündlein:
»Gott segne dich immerdar!«

Sie aber schaute erschrocken
Noch lange Zeit nach mir hin,

Und schüttelte sinnend die Locken
Und wußte nicht wer ich bin. –

Da droben hoch stand ich am Baume,
Da rauschen die Wälder so sacht,
Mein Waldhorn das klang wie im Traume
Hinüber die ganze Nacht.

Und als die Vögelein sangen
Frühmorgens, sie weinte so sehr,
Ich aber war weit schon gegangen,
Nun sieht sie mich nimmermehr!

VOM BERGE

Da unten wohnte sonst mein Lieb,
Die ist jetzt schon begraben,
Der Baum noch vor der Türe blieb,
Wo wir gesessen haben.

Stets muß ich nach dem Hause sehn
Und seh doch nichts vor Weinen,
Und wollt' ich auch hinuntergehn,
Ich stürb' dort so alleine!

DER SCHATZGRÄBER

Wenn alle Wälder schliefen,
Er an zu graben hub,
Rastlos in Berges Tiefen
Nach einem Schatz er grub.

Die Engel Gottes sangen
Derweil in stiller Nacht,
Wie rote Augen drangen
Metalle aus dem Schacht.

»Und wirst doch mein!« und grimmer
Wühlt er und wühlt hinab,
Da stürzen Steine und Trümmer
Über dem Narren herab.

Hohnlachen wild erschallte
Aus der verfallnen Kluft,
Der Engelsang verhallte
Wehmütig in der Luft.

WANDER-SPRÜCHE

1.

Herz, in deinen sonnenhellen
Tagen halt' nicht karg zurück!
Allwärts fröhliche Gesellen
Trifft der Frohe und sein Glück.

Sinkt dein Stern: alleine wandern
Magst du bis an's End der Welt –
Bau' du nur auf keinen andern
Als auf Gott, der Treue hält.

2.

Was willst auf dieser Station
So breit dich niederlassen!
Wie bald nicht bläst der Postillon,
Du mußt doch alles lassen.

MORGENGEBET

O wunderbares, tiefes Schweigen,
Wie einsam ist's noch auf der Welt!

Die Wälder nur sich leise neigen,
Als ging' der Herr durch's stille Feld.

Ich fühl' mich recht wie neu geschaffen,
Wo ist die Sorge nun und Not?
Was mich noch gestern wollt' erschlaffen,
Ich schäm' mich des im Morgenrot.

Die Welt mit ihrem Gram und Glücke
Will ich, ein Pilger frohbereit,
Betreten nur wie eine Brücke
Zu dir, Herr, über'n Strom der Zeit.

Und buhlt mein Lied, auf Weltgunst lauernd,
Um schnöden Sold der Eitelkeit:
Zerschlag' mein Saitenspiel! und schauernd
Schweig' ich vor dir in Ewigkeit.

VOR DER STADT

Zwei Musikanten ziehn daher
Vom Wald aus weiter Ferne,
Der eine ist verliebt gar sehr,
Der andre wär' es gerne.

Die stehn allhier im kalten Wind
Und singen schön und geigen:
Ob nicht ein süßverträumtes Kind
Am Fenster sich wollt' zeigen?

RÜCKBLICK

Ich wollt' im Walde dichten
Ein Heldenlied voll Pracht,
Verwickelte Geschichten

Recht sinnreich ausgedacht.
Da rauschten Bäume, sprangen
Vom Fels die Bäche drein,
Und tausend Stimmen klangen
Verwirrend aus und ein.
Und manches Jauchzen schallen
Ließ ich aus frischer Brust,
Doch aus den Helden allen
Ward nichts vor tiefer Lust.

Kehr ich zur Stadt erst wieder
Aus Feld und Wäldern kühl,
Da kommen all' die Lieder
Von fern durchs Weltgewühl,
Es hallen Lust und Schmerzen
Noch einmal leise nach,
Und bildend wird im Herzen
Die alte Wehmut wach,
Der Winter auch derweile
Im Feld die Blumen bricht –
Dann gibt's vor Langerweile
Ein überlang Gedicht!

DER WANDERNDE STUDENT

Bei dem angenehmsten Wetter
Singen alle Vögelein,
Klatscht der Regen auf die Blätter,
Sing ich so für mich allein.

Denn mein Aug' kann nichts entdecken;
Wenn der Blitz auch grausam glüht,
Was im Wandeln könnt' erschrecken
Ein zufriedenes Gemüt.

Frei von Mammon will ich schreiten
Auf dem Feld der Wissenschaft,
Sinne ernst und nehm' zu Zeiten
Einen Mund voll Rebensaft.

Bin ich müde vom Studieren,
Wann der Mond tritt sanft herfür,
Pfleg' ich dann zu musizieren
Vor der Allerschönsten Tür.

Die fernen Heimathöhen,
Das stille hohe Haus,
Der Berg, von dem ich gesehen
Jeden Frühling in's Land hinaus,
Mutter, Freunde und Brüder,
An die ich so oft gedacht,
Es grüßt mich alles wieder,
In stiller Mondesnacht.

DRYANDER MIT DER KOMÖDIANTEN-BANDE

Mich brennt's an meinen Reiseschuh'n,
Fort mit der Zeit zu schreiten –
Was wollen wir agieren nun
Vor so viel klugen Leuten?

Es hebt das Dach sich von dem Haus
Und die Kulissen rühren
Und strecken sich zum Himmel raus,
Strom, Wälder musizieren!

Und aus den Wolken langt es sacht,
Stellt alles durcheinander,
Wie sich's kein Autor hat gedacht:
Volk, Fürsten und Dryander.

Da gehn die einen müde fort,
Die andern nah'n behende,
Das alte Stück, man spielt's so fort
Und kriegt es nie zu Ende.

Und keiner kennt den letzten Akt
Von allen die da spielen,
Nur der da droben schlägt den Takt,
Weiß, wo das hin will zielen.

DIE ZIGEUNERIN

Am Kreuzweg, da lausche ich, wenn die Stern'
Und die Feuer im Walde verglommen,
Und wo der erste Hund bellt von fern,
Da wird mein Bräut'gam herkommen.

»Und als der Tag graut' durch das Gehölz,
Sah ich eine Katze sich schlingen,
Ich schoß ihr auf den nußbraunen Pelz,
Die macht' einmal weite Sprünge!« –

'S ist Schad' nur um's Pelzlein, du kriegst mich nit!
Mein Schatz muß sein wie die andern:
Braun und ein Stutzbart auf ungrischen Schnitt
Und ein fröhliches Herze zum Wandern.

LOCKUNG

Hörst du nicht die Bäume rauschen
Draußen durch die stille Rund'?
Lockt's dich nicht hinabzulauschen
Von dem Söller in den Grund,
Wo die vielen Bäche gehen
Wunderbar im Mondenschein

Und die stillen Schlösser sehen
In den Fluß vom hohen Stein.

Kennst du noch die irren Lieder
Aus der alten schönen Zeit?
Sie erwachen alle wieder
Nachts in Waldeseinsamkeit,
Wenn die Bäume träumend lauschen
Und der Flieder duftet schwül
Und im Fluß die Nixen rauschen –
Komm herab, hier ist's so kühl.

DER KÜHNE

Und wo noch kein Wandrer gegangen,
Hoch über Jäger und Roß
Die Felsen im Abendrot hangen
Als wie ein Wolkenschloß.

Dort zwischen den Zinnen und Spitzen
Von wilden Nelken umblüht,
Die schönen Waldfrauen sitzen
Und singen im Wind ihr Lied.

Der Jäger schaut nach dem Schlosse:
Die droben das ist mein Lieb! –
Er sprang vom scheuenden Rosse,
Weiß keiner, wo er blieb.

SCHÖNE FREMDE

Es rauschen die Wipfel und schauern,
Als machten zu dieser Stund'
Um die halbversunkenen Mauern
Die alten Götter die Rund'.

Hier hinter den Myrtenbäumen
In heimlich dämmernder Pracht,
Was sprichst du wirr wie in Träumen
Zu mir, phantastische Nacht?

Es funkeln auf mich alle Sterne
Mit glühendem Liebesblick,
Es redet trunken die Ferne
Wie von künftigem großen Glück! –

Jetzt wandr' ich erst gern!
Am Fenster nun lauschen
Die Mädchen, es rauschen
Die Brunnen von fern.
Aus schimmernden Büschen
Ihr Plaudern so lieb
Erkenn' ich dazwischen,
Ich höre mein Lieb!

Kind hüt' dich! bei Nacht
Pflegt Amor zu wandern,
Ruft leise die andern,
Da schreiten erwacht
Die Götter zur Halle
In's Freie hinaus,
Es bringt sie dir alle
Der Dichter in's Haus.

VERLORENE LIEBE

Lieder schweigen jetzt und Klagen,
Nun will ich erst fröhlich sein,
All' mein Leid will ich zerschlagen
Und Erinnern – gebt mir Wein!

Wie er mir verlockend spiegelt
Sterne und der Erde Lust,
Stillgeschäftig dann entriegelt
All' die Teufel in der Brust,
Erst der Knecht und dann der Meister
Bricht er durch die Nacht herein,
Wildester der Lügengeister,
Ring' mit mir, ich lache dein!
Und den Becher voll Entsetzen
Werf' ich in des Stromes Grund,
Daß sich nimmer dran soll letzen
Wer noch fröhlich und gesund!

Lauten hör' ich ferne klingen,
Lust'ge Bursche zieh'n vom Schmaus,
Ständchen sie den Liebsten bringen,
Und das lockt mich mit hinaus.
Mädchen hinter'm blüh'nden Baume
Winkt und macht das Fenster auf
Und ich steige wie im Traume
Durch das kleine Haus hinauf.
Schütt'le nur die dunklen Locken
Aus dem schönen Angesicht!
Sieh, ich stehe ganz erschrocken:
Das sind *ihre* Augen licht,
Locken hatte sie wie deine,
Bleiche Wangen, Lippen rot –
Ach, du bist ja doch nicht meine,
Und *mein* Lieb ist lange tot!
Hättest du nur nicht gesprochen
Und so frech geblickt nach mir,
Das hat ganz den Traum zerbrochen
Und nun grauet mir vor dir.
Da nimm Geld, kauf Putz und Flimmern,
Fort und lache nicht so wild!
O ich möchte dich zertrümmern,
Schönes, lügenhaftes Bild!

Spät von dem verlor'nen Kinde
Kam ich durch die Nacht daher,
Fahnen drehten sich im Winde,
Alle Gassen waren leer.
Oben lag noch meine Laute
Und mein Fenster stand noch auf,
Aus dem stillen Grunde graute
Wunderbar die Stadt herauf.
Draußen aber blitzt's von weiten,
Alter Zeiten ich gedacht',
Schauernd reiß' ich in den Saiten
Und ich sing' die halbe Nacht.
Die verschlaf'nen Nachbarn sprechen,
Daß ich nächtlich trunken sei –
O du mein Gott! und mir brechen
Herz und Saitenspiel entzwei!

Vor dem Schloß in den Bäumen es rauschend weht,
Unter den Fenstern ein Spielmann geht,
Mit irren Tönen verlockend den Sinn –
Der Spielmann aber ich selber bin.

Vorüber jag ich an manchem Schloß,
Die Locken zerwühlet, verwildert das Roß,
Du frommes Kindlein im stillen Haus,
Schau nicht nach mir zum Fenster hinaus.

Von Lüsten und Reue zerrissen die Brust,
Wie rasend in verzweifelter Lust,
Brech ich im Fluge mir Blumen zum Strauß,
Wird doch kein fröhlicher Kranz nicht daraus!

Wird aus dem Schrei doch nimmer Gesang,
Herz, o mein Herz, bist ein irrer Klang,
Den der Sturm in alle Lüfte verweht –
Lebt wohl, und fragt nicht, wohin es geht!

PAROLE

Sie stand wohl am Fensterbogen
Und flocht sich traurig ihr Haar,
Der Jäger war fortgezogen,
Der Jäger ihr Liebster war.

Und als der Frühling gekommen,
Die Welt war von Blüten verschneit,
Da hat sie ein Herz sich genommen
Und ging in die grüne Heid.

Sie legt das Ohr an den Rasen,
Hört ferner Hufe Klang –
Das sind die Rehe, die grasen
Am schattigen Bergeshang.

Und Abends die Wälder rauschen,
Von fern nur fällt noch ein Schuß,
Da steht sie stille, zu lauschen:
»Das war meines Liebsten Gruß!«

Da sprangen vom Fels die Quellen,
Da flogen die Vöglein in's Tal.
»Und wo ihr ihn trefft, ihr Gesellen,
Grüßt mir ihn tausendmal!«

Waldeinsamkeit!
Du grünes Revier,
Wie liegt so weit
Die Welt von hier!
Schlaf' nur, wie bald
Kommt der Abend schön,
Durch den stillen Wald

Die Quellen gehn,
Die Mutter Gottes wacht,
Mit ihrem Sternen-Kleid
Bedeckt sie Dich sacht
In der Waldeinsamkeit,
Gute Nacht, gute Nacht! –

RÜCKKEHR

Wer steht hier draußen? – Macht auf geschwind!
Schon funkelt das Feld wie geschliffen,
Es ist der lustige Morgenwind,
Der kommt durch den Wald gepfiffen.

Ein Wandervöglein, die Wolken und ich,
Wir reis'ten um die Wette,
Und jedes dacht': nun spute dich,
Wir treffen sie noch im Bette!

Da sind wir nun, jetzt alle heraus,
Die drin noch Küsse tauschen!
Wir brechen sonst mit der Tür in's Haus:
Klang, Duft und Waldesrauschen.

Ich komme aus Italien fern
Und will Euch alles berichten,
Vom Berg Vesuv und Roma's Stern
Die alten Wundergeschichten.

Da singt eine Fei auf blauem Meer,
Die Myrten trunken lauschen –
Mir aber gefällt doch nichts so sehr,
Als das deutsche Waldesrauschen!

SEHNSUCHT

Es schienen so golden die Sterne,
Am Fenster ich einsam stand
Und hörte aus weiter Ferne
Ein Posthorn im stillen Land.
Das Herz mir im Leib entbrennte,
Da hab' ich mir heimlich gedacht:
Ach wer da mitreisen könnte
In der prächtigen Sommernacht!

Zwei junge Gesellen gingen
Vorüber am Bergeshang,
Ich hörte im Wandern sie singen
Die stille Gegend entlang:
Von schwindelnden Felsenschlüften,
Wo die Wälder rauschen so sacht,
Von Quellen, die von den Klüften
Sich stürzen in die Waldesnacht.

Sie sangen von Marmorbildern,
Von Gärten, die über'm Gestein
In dämmernden Lauben verwildern,
Palästen im Mondenschein,
Wo die Mädchen am Fenster lauschen,
Wann der Lauten Klang erwacht
Und die Brunnen verschlafen rauschen
In der prächtigen Sommernacht. –

ZUR HOCHZEIT

Was das für ein Gezwitscher ist!
Durch's Blau die Schwalben zucken
Und schrei'n: »sie haben sich geküßt!«
Vom Baum Rotkehlchen gucken.

Der Storch stolziert von Bein zu Bein;
»Da muß ich fischen gehen –«
Der Abend wie im Traum darein
Schaut von den stillen Höhen.

Und wie im Traume von den Höhen
Seh' ich Nachts meiner Liebsten Haus,
Die Wolken darüber gehen
Und löschen die Sterne aus.

DER WÄCHTER

Nächtlich macht der Herr die Rund',
Sucht die Seinen unverdrossen,
Aber überall verschlossen
Trifft er Tür und Herzensgrund,
Und er wendet sich voll Trauer:
Niemand ist, der mit mir wacht. –
Nur der Wald vernimmt's mit Schauer,
Rauschet fromm die ganze Nacht.

Waldwärts durch die Einsamkeit
Hört' ich über Tal und Klüften
Glocken in den stillen Lüften,
Wie aus fernem Morgen weit –
An die Tore will ich schlagen,
An Palast und Hütten: Auf!
Flammend schon die Gipfel ragen,
Wachet auf, wacht auf, wacht auf!

HERBST

Es ist nun der Herbst gekommen,
Hat das schöne Sommerkleid
Von den Feldern weggenommen

Und die Blätter ausgestreut,
Vor dem bösen Winterwinde
Deckt er warm und sachte zu
Mit dem bunten Laub die Gründe,
Die schon müde geh'n zur Ruh.

Durch die Felder sieht man fahren
Eine wunderschöne Frau,
Und von ihren langen Haaren
Gold'ne Fäden auf der Au
Spinnet sie und singt im Gehen:
Eia, meine Blümelein,
Nicht nach andern immer sehen,
Eia, schlafet, schlafet ein.

Und die Vöglein hoch in Lüften
Über blaue Berg' und Seen
Zieh'n zur Ferne nach den Klüften,
Wo die hohen Zedern steh'n,
Wo mit ihren gold'nen Schwingen
Auf des Benedeiten Gruft
Engel Hosianna singen
Nächtens durch die stille Luft.

DER BRAVE SCHIFFER

Der Sturm wollt' uns zerschmettern,
Was morsch war, lag zerschellt,
Es schrieb mit feur'gen Lettern
Der Herr und sprach in Wettern
Zu der erschrockenen Welt.

Durch wilder Wogen Spritzen
Vorüber manchem Riff,
Wo auf Korallen-Spitzen
Die finstern Nornen sitzen,
Flog da das Preußen-Schiff.

Das war von echtem Kerne;
Gedankenvoll die Wacht
Schaut durch die wüste Ferne
Zum königlichen Sterne,
Der leuchtet aus der Nacht.

Und, ob sie Nebel decken,
Was groß und heilig war,
Lenkten da aus den Schrecken
Gewaltig die treuen Recken –
Du mitten in dieser Schar.

Da sah man wohl den schlanken
Wald kühner Masten sich
Zum Himmel pfeilernd ranken!
Du lehntest voll Gedanken
Auf Deine Harfe Dich.

Bald mächtiger bald leise,
Mit wunderbarem Klang,
Zogst Du Gesanges-Kreise,
Daß eine tiefe Weise
Das wilde Meer bezwang.

Und Sturm und Nacht verzogen,
Schon blitzt es hier und da,
Das Land stieg aus den Wogen
Und unter dem Friedensbogen
Die alte Victoria. –

Fahr' wohl! wie Adlerschwingen
Wird in der Zeiten Schwung
Dein Ringen und Dein Singen
Durch deutsche Herzen klingen,
So bleibst Du ewig jung!

MEERESSTILLE

Ich seh' von des Schiffes Rande
Tief in die Flut hinein:
Gebirge und grüne Lande
Und Trümmer im falben Schein
Und zackige Türme im Grunde,
Wie ich's oft im Traum mir gedacht,
Das dämmert alles da unten
Als wie eine prächtige Nacht.

Seekönig auf seiner Warte
Sitzt in der Dämm'rung tief,
Als ob er mit langem Barte
Über seiner Harfe schlief';
Da kommen und gehen die Schiffe
Darüber, er merkt es kaum,
Von seinem Korallenriffe
Grüßt er sie wie im Traum.

SEEMANN'S ABSCHIED

Ade, mein Schatz, du mocht'st mich nicht,
Ich war dir zu geringe.
Einst wandelst du bei Mondenlicht
Und hörst ein süßes Klingen,
Ein Meerweib singt, die Nacht ist lau,
Die stillen Wolken wandern,
Da denk' an mich, 's ist meine Frau,
Nun such dir einen andern!

Ade, ihr Landsknecht', Musketier'!
Wir ziehn auf wildem Rosse,
Das bäumt und überschlägt sich schier
Vor manchem Felsenschlosse,

Der Wassermann bei Blitzesschein
Taucht auf in dunklen Nächten,
Der Haifisch schnappt, die Möwen schrein –
Das ist ein lust'ges Fechten!

Streckt nur auf eurer Bärenhaut
Daheim die faulen Glieder,
Gott Vater aus dem Fenster schaut,
Schickt seine Sündflut wieder,
Feldwebel, Reiter, Musketier
Sie müssen all' ersaufen,
Derweil mit frischem Winde wir
Im Paradies einlaufen.

DER SOLDAT

Und wenn es einst dunkelt,
Der Erd' bin ich satt,
Durch's Abendrot funkelt
Eine prächt'ge Stadt:
Von den goldenen Türmen
Singet der Chor,
Wir aber stürmen
Das himmlische Tor.

DER WANDRER

Du sollst mich doch nicht fangen,
Duftschwüle Zaubernacht!
Es stehn mit goldnem Prangen
Die Stern' ja auf der Wacht
Und machen über'm Grunde,
Wo du verirret bist,
Getreu die alte Runde,
Gelobt sei Jesus Christ!

Wie bald in allen Bäumen
Geht nun die Morgenluft,
Sie schütteln sich in Träumen
Und durch den roten Duft
Eine fromme Lerche steiget,
Wenn alles still noch ist,
Den rechten Weg dir zeiget –
Gelobt sei Jesus Christ!

WALDMÄDCHEN

Bin ein Feuer hell, das lodert
Von dem grünen Felsenkranz,
Seewind ist mein Buhl' und fodert
Mich zum lust'gen Wirbeltanz,
Kommt und wechselt unbeständig.
Steigend wild,
Neigend mild,
Meine schlanken Lohen wend' ich:
Komm nicht nach mir, ich verbrenn' Dich!

Wo die wilden Bäche rauschen
Und die hohen Palmen steh'n,
Wenn die Jäger heimlich lauschen,
Viele Rehe einsam geh'n.
Bin ein Reh, flieg' durch die Trümmer,
Über die Höh',
Wo im Schnee
Still die letzten Gipfel schimmern,
Folg' mir nicht, erjagst mich nimmer!

Bin ein Vöglein in den Lüften,
Schwing' mich über's blaue Meer,
Durch die Wolken von den Klüften
Fliegt kein Pfeil mehr bis hieher,
Und die Au'n und Felsenbogen,

Waldeseinsamkeit
Weit, wie weit,
Sind versunken in die Wogen –
Ach, ich habe mich verflogen!

DER EINSIEDLER

Komm' Trost der Welt, du stille Nacht!
Wie steigst du von den Bergen sacht,
Die Lüfte alle schlafen,
Ein Schiffer nur noch, wandermüd,
Singt über's Meer sein Abendlied
Zu Gottes Lob im Hafen.

Die Jahre wie die Wolken gehn
Und lassen mich hier einsam stehn,
Die Welt hat mich vergessen,
Da tratst du wunderbar zu mir,
Wenn ich beim Waldesrauschen hier
Gedankenvoll gesessen.

O Trost der Welt, du stille Nacht!
Der Tag hat mich so müd gemacht,
Das weite Meer schon dunkelt,
Laß' ausruhn mich von Lust und Not,
Bis daß das ew'ge Morgenrot
Den stillen Wald durchfunkelt.

MONDNACHT

Es war, als hätt' der Himmel
Die Erde still geküßt,
Daß sie im Blüten-Schimmer
Von ihm nun träumen müßt'.

Die Luft ging durch die Felder,
Die Ähren wogten sacht,
Es rauschten leis die Wälder,
So sternklar war die Nacht.

Und meine Seele spannte
Weit ihre Flügel aus,
Flog durch die stillen Lande,
Als flöge sie nach Haus.

DER STILLE GRUND

Der Mondenschein verwirret
Die Täler weit und breit,
Die Bächlein, wie verirret,
Gehn durch die Einsamkeit.

Da drüben sah ich stehen
Den Wald auf steiler Höh,
Die finstern Tannen sehen
In einen tiefen See.

Ein Kahn wohl sah ich ragen,
Doch niemand der es lenkt,
Das Ruder war zerschlagen,
Das Schifflein halb versenkt.

Eine Nixe auf dem Steine
Flocht dort ihr goldnes Haar,
Sie meint', sie wär' alleine,
Und sang so wunderbar.

Sie sang und sang, in den Bäumen
Und Quellen rauscht' es sacht
Und flüsterte wie in Träumen
Die mondbeglänzte Nacht.

Ich aber stand erschrocken,
Denn über Wald und Kluft
Klangen die Morgenglocken
Schon ferne durch die Luft.

Und hätt' ich nicht vernommen
Den Klang zu guter Stund':
Wär' nimmer mehr gekommen
Aus diesem stillen Grund.

GUTE NACHT!

Die Höh'n und Wälder schon steigen
Immer tiefer in's Abendgold,
Ein Vög'lein frägt in den Zweigen:
Ob es Liebchen grüßen sollt'?

O Vög'lein, du hast dich betrogen,
Sie wohnet nicht mehr im Tal,
Schwing' auf dich zum Himmelsbogen,
Grüß' sie droben zum Letztenmal!

DIE STILLE GEMEINE

Von Bretagne's Hügeln, die das Meer
Blühend hell umsäumen,
Schaute ein Kirchlein trostreich her
Zwischen uralten Bäumen.

Das Kornfeld und die Wälder weit
Rauschten im Sonntagsglanze,
Doch keine Glocken klangen heut
Vom grünen Felsenkranze.

Denn auf des Kirchhof's schatt'gem Grund
Die Jakobiner saßen,
Ihre Pferde alle Blumen bunt
Von den Grabeshügeln fraßen.

Am Kreuze auf der stillen Höh
Feldflasch' und Säbel hingen,
Derweil sie, statt des Kyrie,
Die Marseillaise singen.

Ihr Hauptmann aber lehnt' am Baum,
Todmüde von schweren Wunden,
Und schaute wie im Fiebertraum
Nach dem tiefschwülen Grunde.

Er sprach verwirrt: »da drüben stand
Des Vaters Schloß am Weiher,
Ich selbst steckt's an; das war ein Brand,
Der Freiheit Freudenfeuer!

Ich seh' ihn noch: wie durch den Sturm
Zwischen den feurigen Zungen
Mein stolzer Vater da vom Turm
Sein Banner hat geschwungen.

Und als es war entlaubt vom Brand,
Die Fahne im Wind zerflogen:
Den Schaft als Kreuz nun in der Hand
Teilt' er die Flammenwogen.

Er sah so wunderbar auf mich,
Ich konnt' ihn nicht ermorden –
Da sank die Burg, er wandte sich
Und ist ein Pfaff geworden.

Seitdem hör' ich in Träumen schwer
Von ferne Glocken gehen

Und seh' in rotem Feuermeer
Ein Kreuz allnächtlich stehen.

Es sollen keine Glocken gehn,
Die Nächte zu verstören,
Kein Kreuz soll mehr auf Erden stehn,
Um Narren zu betören!

Und dieses Kirchlein hier bewach't,
Sie sollen nicht Messe singen,
Wir reißen's nieder über Nacht,
Licht sei, wohin wir dringen!« –

Und als die Nacht schritt leis daher,
Der Hauptmann stand am Strande,
So still im Wald, so still das Meer,
Nur die Wachen riefen im Lande.

Im Wind die Glocke von selbst anschlug,
Da wollt' ein Hauch sich heben,
Wie unsichtbarer Engel Flug,
Die über's Wasser schweben.

Nun sieht er auch im Meere fern
Ein Lichtlein hell entglommen;
Er dacht', wie ist der schöne Stern
Dort in die Flut gekommen?

Am Ufer aber durch die Nacht
In allen Felsenspalten
Regt sich's und schlüpft es leis und sacht,
Viel' dunkle, schwanke Gestalten,

Nur manchmal von den Buchten her
Schallt Ruderschlag von weiten,
Auf Barken lautlos in das Meer
Sie nach dem Stern hin gleiten.

Der wächst und breitet sich im Nah'n,
Und streift mit Glanz die Wellen,
Es ist ein kleiner Fischerkahn,
Den Fackeln mild erhellen.

Und einsam auf des Schiffleins Rand
Ein Greis kommt hergezogen
In wunderbarem Meßgewand
Als wie der Hirt der Wogen.

Die Barken eine weite Rund'
Dort um den Hirten machen,
Der laut nun über'm Meeresgrund
Den Segen spricht im Nachen.

Da schwieg der Wind und rauscht' das Meer
So wunderbare Weise
Und auf den Knieen lag ringsher
Die stille Gemeine im Kreise.

Und als er das Kreuz hob in die Luft,
Hoch zwischen die Fackeln trat er –
Den Hauptmann schauert im Herzensgrund,
Es war sein alter Vater.

Da taumelt' er und sank in's Gras
Betend im stillen Grunde,
Und wie Felsenquellen im Frühling brach
Sein Herzblut aus allen Wunden.

Und als die Gesellen kommen zum Strand,
Einen toten Mann sie finden –
Voll Graun sie sprengten fort durch's Land,
Als jagt' sie der Tod in den Winden.

Die stürzten sich in den Krieg so weit,
Sie sind verweht und zerstoben,

Das Kirchlein aber steht noch heut
Unter den Linden droben.

WÜNSCHELRUTE

Schläft ein Lied in allen Dingen,
Die da träumen fort und fort,
Und die Welt hebt an zu singen,
Triffst du nur das Zauberwort.

ENTSCHLUSS

Noch schien der Lenz nicht gekommen,
Es lag noch so stumm die Welt,
Da hab' den Stab ich genommen,
Zu pilgern in's weite Feld.

Und will auch kein' Lerch sich schwingen,
Du breite die Flügel, mein Herz,
Laß hell und fröhlich uns singen
Zum Himmel aus allem Schmerz!

Da schauen im Tale erschrocken
Die Wand'rer rings in die Luft,
Mein Liebchen schüttelt die Locken,
Sie weiß es wohl, wer sie ruft.

Und wie sie noch stehn und lauschen,
Da blitzt es schon fern und nah,
All' Wälder und Quellen rauschen,
Und Frühling ist wieder da!

SPRUCH

Drüben von dem sel'gen Lande
Kommt ein seltsam Grüßen her,
Warum zagst du noch am Strande?
Graut dir, weil im falschen Meer
Draußen auf verlornem Schiffe
Mancher frische Segler sinkt?
Und von halbversunknem Riffe
Meerfei nachts verwirrend singt?
Wagst du's nicht draufhin zu stranden,
Wirst du nimmer drüben landen!

IM WALDE

Es zog eine Hochzeit den Berg entlang,
Ich hörte die Vögel schlagen,
Da blitzten viel' Reiter, das Waldhorn klang,
Das war ein lustiges Jagen!

Und eh' ich's gedacht, war Alles verhallt,
Die Nacht bedecket die Runde,
Nur von den Bergen noch rauschet der Wald
Und mich schauert im Herzensgrunde.

NACHHALL

Schon kehren die Vögel wieder ein,
Es schallen die alten Lieder,
Ach, die fröhliche Jugend mein
Kommt sie wohl auch noch wieder? –

Ich weiß nicht was ich so töricht bin!
Wolken im Herbstwind jagen,

Die Vögel ziehn über die Wälder hin,
Das klang wie in Frühlingstagen.

Dort auf dem Berge da steht ein Baum,
Drin jubeln die Wander-Gäste,
Er aber, müde, rührt wie im Traum
Noch einmal Wipfel und Äste.

DER SCHIFFER

Die Lüfte linde fächeln,
Aus stillen Meeres Schaum
Sirenen tauchend lächeln,
Der Schiffer liegt im Traum.

Da faßt der Sturm die Wellen
Durchwühlt die Einsamkeit:
Wach't auf, ihr Traumgesellen,
Nun ist's nicht Schlafens Zeit! –

In jenen stillen Tagen
Wie war ich stolz und klug,
In sichern Glück's Behagen
Mir selber gut genug.

Du hast das Glück zerschlagen.
Nimm wieder was du gabst,
Ich schweig' und will nicht klagen,
Jetzt weiß ich, wie du labst.

Das sind die mächt'gen Stürme,
Die wecken, was da ruht,
Es sinken Land und Türme,
Allmählich in die Flut.

Kein Meerweib will sich zeigen,
Kein Laut mehr langt zu mir,
Und in dem weiten Schweigen
Steh' ich allein mit dir.

O führe an den Riffen
Allmächtig deine Hand,
Wohin wir alle schiffen,
Uns zu dem Heimatsstrand!

FRÜHMORGENS

Die Nacht war kaum verblühet,
Nur eine Lerche sang
Die stille Luft entlang,
Wen grüßt sie schon so frühe?

Und draußen in dem Garten
Die Bäume über's Haus
Sah'n weit in's Land hinaus,
Als ob sie wen erwarten.

In festlichen Gewanden
Wie eine Kinderschar,
Tauperlen in dem Haar,
Die Blumen alle standen.

Ich dacht': ihr kleinen Bräute,
Was schmückt ihr euch so sehr? –
Da blickt' die eine her:
»Still, still, 's ist Sonntag heute.

Schon klingen Morgenglocken,
Der liebe Gott nun bald
Geht durch den stillen Wald.« –
Da kniet' ich froherschrocken.

FRISCHAUF!

Ich saß am Schreibtisch bleich und krumm,
Es war mir in meinem Kopf ganz dumm
Vor Dichten, wie ich alle die Sachen
Sollte auf's allerbeste machen.
Da guckt am Fenster im Morgenlicht
Durch's Weinlaub ein wunderschönes Gesicht,
Guckt und lacht, kommt ganz herein
Und kramt mir unter den Blättern mein.
Ich, ganz verwundert: »Ich sollt' dich kennen« –
Sie aber, statt ihren Namen zu nennen:
»Pfui in dem Schlafrock, siehst ja aus
Wie ein verfallenes Schilderhaus!
Willst du denn hier in der Tinte sitzen,
Schau, wie die Felder da draußen blitzen!«
So drängt sie mich fort unter Lachen und Streit,
Mir tat's um die schöne Zeit nur Leid.
Drunten aber unter den Bäumen
Stand ein Roß mit funkelnden Zäumen.
Sie schwang sich lustig mit mir hinauf,
Die Sonne draußen ging eben auf,
Und eh' ich mich konnte bedenken und fassen,
Ritten wir rasch durch die stillen Gassen,
Und als wir kamen vor die Stadt,
Das Roß aufeinmal zwei Flügel hatt';
Mir schauerte es recht durch alle Glieder:
»Mein Gott, ist's denn schon Frühling wieder?« –
Sie aber wies mir, wie wir so zogen,
Die Länder, die unten vorüberflogen,
Und hoch über dem allerschönsten Wald
Machte sie lächelnd aufeinmal Halt.
Da sah ich erschrocken zwischen den Bäumen
Meine Heimat unten wie in Träumen,
Das Schloß, den Garten und die stille Luft,
Die blauen Berge dahinter im Duft

Und alle die schöne alte Zeit
In der wundersamen Einsamkeit.
Und als ich mich wandte, war ich allein,
Das Roß nur wiehert' in den Morgen hinein,
Mir aber war's, als wär' ich wieder jung,
Und wußte der Lieder noch genung!

AN EINEN OFFIZIER, DER ALS BRÄUTIGAM STARB

Frisch flogst Du durch die Felder
Und faßtest ihre Hand,
Ringsum der Kreis der Wälder
In Morgenflammen stand.

O falsches Rot! Verblühen
Mußt' dieses Blütenmeer,
Wer dachte, daß dies Glühen
Das Abendrot schon wär'!

Nun dunkeln schon die Fernen,
Du wirst so still und bleich,
Wie ist da weit von Sternen
Der Himmelsgrund so reich!

Trompeten hört' ich laden
Fern durch die stille Luft,
Als zögen Kameraden –
Der alte Feldherr ruft.

Es sinken schon die Brücken,
Heut Dir und morgen mir.
Du mußt hinüberrücken,
Kam'rad, mach' uns Quartier!

Treulieb ist unverloren,
Empfängst – wie bald ist's hin! –

Einst an den Himmelstoren
Die müde Pilgerin.

DAS LIED

Halb Worte sind's, halb Melodie,
Was mir durchs Herze zieht,
Weiß nicht, woher, wozu und wie,
Mit *einem* Wort: ein Lied.

Der Lenz rauscht durch die offne Tür,
Da hab ich's mir erdacht,
Ich sel'ger Mensch kann nichts dafür,
Gott hat's so schön gemacht!

DIE BLAUE BLUME

Ich suche die blaue Blume,
Ich suche und finde sie nie,
Mir träumt, daß in der Blume
Mein gutes Glück mir blüh'.

Ich wand're mit meiner Harfe
Durch Länder, Städt' und Au'n,
Ob nirgends in der Runde
Die blaue Blume zu schau'n.

Ich wand're schon seit lange
Hab' lang' gehofft, vertraut,
Doch ach, noch nirgends hab' ich
Die blaue Blum' geschaut.

Hast du doch Flügel eben
Und das gewalt'ge Wort;
Halt' hoch dich über dem Leben,
Sonst geht's über dich fort.

Gleichwie auf dunklem Grunde
Der Friedensbogen blüht,
So durch die böse Stunde
Versöhnend geht das Lied.

Laß nur die Wetter wogen!
Wohl übers dunkle Land
Zieht einen Regenbogen
Barmherzig Gottes Hand.

Auf dieser schönen Brücke,
Wenn alles wüst und bleich,
Gehn über Not und Glücke
Wir in das Himmelreich.

Trennung ist wohl Tod zu nennen,
Denn wer weiß, wohin wir gehn,
Tod ist nur ein kurzes Trennen
Auf ein baldig Wiedersehn.

Von allen guten Schwingen
Zu brechen durch die Zeit,
Die mächtigste im Ringen,
Das ist ein rechtes *Leid*.

ÜBERMUT

Ein' Gems auf dem Stein,
Ein Vogel im Flug,
Ein Mädel, das klug,
Kein Bursch holt die ein.

DER BOTE

Am Himmelsgrund schießen
So lustig die Stern',
Dein Schatz läßt Dich grüßen
Aus weiter, weiter Fern!

Hat eine Zitter gehangen
An der Tür unbeacht',
Der Wind ist gegangen
Durch die Saiten bei Nacht.

Schwang sich auf dann vom Gitter
Über die Berge, über'n Wald –
Mein Herz ist die Zitter,
Gibt ein'n fröhlichen Schall.

Wär's dunkel, ich läg' im Walde,
Im Walde rauscht's so sacht,
Mit ihrem Sternenmantel
Bedecket mich da die Nacht,
Da kommen die Bächlein gegangen:
Ob ich schon schlafen tu'?
Ich schlaf' nicht, ich hör' noch lange
Den Nachtigallen zu,
Wenn die Wipfel über mir schwanken,

Es klinget die ganze Nacht,
Das sind im Herzen die Gedanken,
Die singen, wenn niemand wacht.

DIE FALSCHE SCHWESTER

Meine Schwester, die spielt' an der Linde –
Stille Zeit, wie so weit, so weit!
Da spielten so schöne Kinder
Mit ihr in der Einsamkeit.

Von ihren Locken verhangen
Schlief sie und lachte im Traum,
Und die schönen Kinder sangen
Die ganze Nacht unter'm Baum.

Die ganze Nacht hat gelogen,
Sie hat mich so falsch gegrüßt,
Die Engel sind fortgeflogen,
Und Haus und Garten steh'n wüst.

Es zittert die alte Linde
Und klaget der Wind so schwer,
Das macht, das macht die Sünde –
Ich wollt', ich läg' im Meer!

Die Sonne ist untergegangen
Und der Mond im tiefen Meer,
Es dunkelt schon über dem Lande,
Gute Nacht! seh' Dich nimmermehr!

VORWORT

Singen kann ich nicht wie du
Und wie ich nicht der und jener,

Kannst du's besser, sing' frisch zu!
Andre singen wieder schöner,
Droben an dem Himmelstor
Wird's *ein* wunderbarer Chor.

DER WINZER

Es hat die Nacht geregnet,
 Es zog noch grau in's Tal,
Und ruhten stillgesegnet
 Die Felder überall;
Von Lüften kaum gefächelt
 Durch's ungewisse Blau
Die Sonne verschlafen lächelt
 Wie eine wunderschöne Frau.

Nun sah ich auch sich heben
 Aus Nebeln unser Haus,
Du dehntest zwischen den Reben
 Dich von der Schwelle hinaus,
Da funkelt' auf einmal vor Wonne
 Der Strom und Wald und Au –
Du bist mein Morgen, meine Sonne,
 Meine liebe verschlafene Frau!

HERBSTLIED

Lust'ge Vögel in dem Wald,
 Singt, so lang es grün,
Ach, wer weiß, wie bald, wie bald
 Alles muß verblüh'n!

Sah ich's doch von Bergen einst
 Glänzen überall,
Wußte kaum, warum du weinst,
 Fromme Nachtigall.

Und kaum ging ich über Land
Frisch durch Lust und Not,
Wandelt' alles, und ich stand
Müd im Abendrot.

Und die Lüfte wehen kalt
Über's falbe Grün,
Vöglein, euer Abschied hallt –
Könnt' ich mit euch zieh'n!

DER VERZÜCKTE

Bist du manchmal auch verstimmt,
Drück' dich zärtlich an mein Herze,
Daß mir's fast den Atem nimmt,
Streich' und kneif' in süßem Scherze,
Wie ein rechter Liebestor
Lehn' ich sanft an dich die Wange,
Und du singst mir fein in's Ohr.
Wohl im Hofe bei dem Klange
Katze miaut, Hund heult und bellt,
Nachbar schimpft mit wilder Miene –
Doch was kümmert uns die Welt,
Süße, traute Violine!

GOTTES-SEGEN

Das Kind ruht aus vom Spielen,
Am Fenster rauscht die Nacht,
Die Engel Gott's im Kühlen
Getreulich halten Wacht.

Am Bettlein still sie stehen,
Der Morgen graut noch kaum,
Sie küssen's, eh' sie gehen,
Das Kindlein lacht im Traum.

WELTLAUF

Was du gestern frisch gesungen,
Ist doch heute schon verklungen
Und bei'm letzten Klange schreit
Alle Welt nach Neuigkeit.

War ein Held, der legt' verwegen
Einstmals seinen blut'gen Degen
Als wie Gottes schwere Hand
Über das erschrockne Land.

Mußt's doch blühn und rauschen lassen
Und den toten Löwen fassen
Knaben nun nach Jungen-Art
Ungestraft an Mähn' und Bart.

So viel Gipfel als da funkeln
Sah'n wir abendlich verdunkeln,
Und es hat die alte Nacht
Alles wieder gleich gemacht.

Wie im Turm der Uhr Gewichte
Rucket fort die Weltgeschichte,
Und der Zeiger schweigend kreist,
Keiner rät, wohin er weist.

Aber wenn die eh'rnen Zungen
Nun zum letztenmal erklungen,
Auf den Turm der Herr sich stellt,
Um zu richten diese Welt.

Und der Herr hat nichts vergessen,
Was geschehen wird er messen
Nach dem Maß der Ewigkeit –
O wie klein ist doch die Zeit!

TROST

Es haben viel' Dichter gesungen
Im schönen deutschen Land,
Nun sind ihre Lieder verklungen,
Die Sänger ruhen im Sand.

Aber so lange noch kreisen
Die Stern' und die Erde rund,
Tun Herzen in neuen Weisen
Die alte Schönheit kund.

Im Walde da liegt verfallen
Der alten Helden Haus,
Doch aus den Toren und Hallen
Bricht jährlich der Frühling aus.

Und wo immer müde Fechter
Sinken im mutigen Strauß,
Es kommen frische Geschlechter
Und fechten es endlich aus.

SÄNGERGLÜCK

O Welt, bin dein Kind nicht von Hause,
Du hast mir nichts geschenkt.
So hab' ich denn frisch meine Klause
In Morgenrot mir versenkt.

Fortuna, streif' nur die Höhen
Und wende dein Angesicht,
Ich bleibe im Wald bei den Rehen,
Flieg' zu, wir brauchen dich nicht.

Und ob auf Höh'n und im Grunde
Kein Streifchen auch meine blieb,
Ich segne dich, schöne Stunde,
Ich habe dich dennoch so lieb!

UMKEHR

Leben kann man nicht von Tönen,
  Poesie geht ohne Schuh,
Und so wandt' ich denn der Schönen
  Endlich auch den Rücken zu.
Lange durch die Welt getrieben
  Hat mich nun die irre Hast,
Immer doch bin ich geblieben
  Nur ein ungeschickter Gast.
Überall zu spät zum Schmause
  Kam ich, wenn die andern voll,
Trank die Neigen vor dem Hause,
  Wußt' nicht wem ich's trinken soll.
Mußt' mich vor Fortuna bücken
  Ehrfurchtsvoll bis auf die Zeh'n,
Vornehm wandt' sie mir den Rücken,
  Ließ mich so gebogen steh'n.
Und als ich mich aufgerichtet
  Wieder frisch und frei und stolz,
Sah ich Berg und Tal gelichtet,
  Blühen jedes dürre Holz.
Welt hat eine plumpe Pfote –
  Wandern kann man ohne Schuh –
Deck' mit Deinem Morgenrote
  Wieder nur den Wandrer zu.

ENTGEGNUNG

»Sei antik doch, sei teutonisch,
Lern', skandiere unverdrossen,
Freundchen, aber nur ironisch!
Und vor allem laß die Possen,
Die man sonst genannt: romantisch!«
Also hört man's ringsher schallen,
Aber mich bedünkt: pedantisch
Sei das Schlimmste doch von allen.

Wem der Herr den Kranz gewunden,
Wird nach alle dem nicht fragen,
Sondern muß, wie er's befunden,
Auf die eig'ne Weise sagen,
Stets auf's neu mit freud'gem Schrecken,
Ist sie auch die alte blieben,
Sich die schöne Welt entdecken,
Ewig jung ist, was wir lieben.

Oft durch des Theaters Ritzen
Bricht's mit wunderbarem Lichte,
Wenn der Herr in feur'gen Blitzen
Dichtend schreibt die Weltgeschichte,
Und das ist der Klang der Wehmut,
Der durch alle Dichtergeister
Schauernd geht, wenn sie in Demut
Über sich erkannt den Meister.

Viele Boten geh'n und gingen
Zwischen Erd' und Himmelslust,
Solchen Gruß kann keiner bringen,
Als ein Lied aus frischer Brust.

Ich reise über's grüne Land,
Der Winter ist vergangen,
Hab' um den Hals ein gülden Band,
Daran die Laute hangen.

Der Morgen tut ein'n roten Schein,
Den recht mein Herze spüret,
Da greif ich in die Saiten ein,
Der liebe Gott mich führet.

So silbern geht der Ströme Lauf,
Fernüber schallt Geläute,
Die Seele ruft in sich: Glück auf!
Rings grüßen frohe Leute.

Mein Herz ist recht von Diamant,
Ein Blum' von Edelsteinen,
Die funkelt lustig über's Land
In tausend schönen Scheinen.

Vom Schlosse in die weite Welt
Schaut eine Jungfrau runter,
Der Liebste sie im Arme hält,
Die seh'n nach mir herunter.

Wie bist du schön! – Hinaus, im Wald
Gehn Wasser auf und unter,
Im grünen Wald sing' daß es schallt,
Mein Herz, bleib' frei und munter!

Die Sonne uns im Dunklen läßt,
Im Meere sich zu spülen,
Da ruh' ich aus vom Tages-Fest
Fromm in der roten Kühle.

Hoch führet durch die stille Nacht
Der Mond die goldnen Schafe,

Den Kreis der Erden Gott bewacht,
Wo ich tief unten schlafe.

Wie liegt all' falsche Pracht so weit!
Schlaf wohl auf stiller Erde,
Gott schütz' dein Herz in Ewigkeit,
Daß es nie traurig werde!

DIE SPIELLEUTE

Frühmorgens durch die Klüfte
Wir blasen Victoria!
Eine Lerche fährt in die Lüfte:
»Die Spielleut' sind schon da!«
Da dehnt ein Turm und reckt sich
Verschlafen im Morgengrau,
Wie aus dem Traume streckt sich
Der Strom durch die stille Au,
Und ihre Äuglein balde
Tun auf die Bächlein all',
Im Wald, im grünen Walde
Das ist ein lust'ger Schall!

Das ist ein lust'ges Reisen,
Der Eichbaum kühl und frisch
Mit Schatten, wo wir speisen,
Deckt uns den grünen Tisch.
Zum Frühstück musizieren
Die muntern Vögelein,
Der Wald, wenn sie pausieren,
Stimmt wunderbar mit ein,
Die Wipfel tut er neigen,
Als gesegnet' er uns das Mahl,
Und zeigt uns zwischen den Zweigen
Tief unten das weite Tal.

Tief unten da ist ein Garten,
Da wohnt eine schöne Frau,
Wir können nicht lange warten,
Durch's Gittertor wir schau'n,
Wo die weißen Statuen stehen,
Da ist's so still und kühl,
Die Wasserkünste gehen,
Der Flieder duftet schwül.
Wir ziehn vorbei und singen
In der stillen Morgenzeit,
Sie hört's im Traume klingen,
Wir aber sind schon weit.

ABSCHIED

O Täler weit, o Höhen,
O schöner grüner Wald,
Du meiner Lust und Wehen
Andächt'ger Aufenthalt!
Da draußen, stets betrogen,
Saus't die geschäft'ge Welt,
Schlag' noch einmal die Bogen
Um mich, du grünes Zelt!

Wenn es beginnt zu tagen,
Die Erde dampft und blinkt,
Die Vögel lustig schlagen,
Daß dir dein Herz erklingt:
Da mag vergehn, verwehen
Das trübe Erdenleid,
Da sollst du auferstehen,
In junger Herrlichkeit!

Da steht im Wald geschrieben,
Ein stilles, ernstes Wort
Von rechtem Tun und Lieben,

Und was des Menschen Hort.
Ich habe treu gelesen
Die Worte schlicht und wahr,
Und durch mein ganzes Wesen
Ward's unaussprechlich klar.

Bald werd' ich dich verlassen,
Fremd in der Fremde geh'n,
Auf buntbewegten Gassen
Des Lebens Schauspiel sehn;
Und mitten in dem Leben
Wird deines Ernst's Gewalt
Mich Einsamen erheben,
So wird mein Herz nicht alt.

TÄUSCHUNG

Ich ruhte aus vom Wandern,
Der Mond ging eben auf,
Da sah ich fern im Lande
Der alten Tiber Lauf,
Im Walde lagen Trümmer,
Paläste auf stillen Höh'n
Und Gärten im Mondesschimmer –
O Welschland, wie bist du schön!

Und als die Nacht vergangen,
Die Erde blitzte so weit,
Einen Hirten sah ich hangen
Am Fels in der Einsamkeit.
Den fragt' ich ganz geblendet:
Komm' ich nach Rom noch heut?
Er dehnt' sich halbgewendet:
Ihr seid nicht recht gescheut!
Eine Winzerin lacht' herüber,
Man sah sie vor Weinlaub kaum,

Mir aber ging's Herze über –
Es war ja alles nur Traum.

⟨WANDERSPRÜCHE⟩

Die Lerche grüßt den ersten Strahl,
Daß er die Brust ihr zünde,
Wenn träge Nacht noch überall
Durchschleicht die tiefen Gründe.

Und du willst, Menschenkind, der Zeit
Verzagend unterliegen?
Was ist dein kleines Erdenleid!
Du mußt es überfliegen!

*

Der Sturm geht lärmend um das Haus,
Ich bin kein Narr, und geh' hinaus,
Aber bin ich eben draußen,
Will ich mich wacker mit ihm zausen.

*

Am Meer

Ewig muntres Spiel der Wogen!
  Viele hast du schon belogen,
Mancher kehrt nicht mehr zurück.
  Und doch weckt das Wellenschlagen
Immer wieder frisches Wagen,
  Falsch und lustig, wie das Glück.

*

Der Wandrer, von der Heimat weit,
Wenn rings die Gründe schweigen,
Der Schiffer in Meeres Einsamkeit,
Wenn die Stern' aus den Fluten steigen:

Die beide schauern und lesen
In stiller Nacht
Was sie nicht gedacht,
Da es noch fröhlicher Tag gewesen.

Wenn die Klänge nah'n und fliehen,
In den Wogen süßer Lust,
Ach! nach tiefern Melodieen
Sehnt sich einsam oft die Brust.

Wenn auf Bergen blüht die Frühe,
Wieder buntbewegt die Straßen,
Freut sich alles, wie es glühe,
Himmelwärts die Erde blühe:
Einer doch muß tief erblassen,
Goldne Träume, Sternenlust
Wollten ewig ihn nicht lassen –
Sehnt sich einsam nun die Brust.

Und aus solcher Schmerzen Schwellen,
Was so lange dürstend rang,
Will an's Licht nun rastlos quellen,
Stürzend mit den Wasserfällen,
Himmelstäubend, jubelnd, bang,
Nach der Ferne sanft zu ziehen,
Wo so himmlisch Rufen sang,
Ach! nach tiefern Melodieen.

Blüten licht' nun Blüten drängen,
Daß er möcht' vor Glanz erblinden;
In den dunklen Zaubergängen,
Von den eigenen Gesängen
Hold gelockt, kann er nicht finden
Aus dem Labyrinth der Brust.
Alles, alles will's verkünden
In den Wogen süßer Lust.

Doch durch dieses Rauschen wieder
Hört er heimlich Stimmen ziehen,
Wie ein Fall verlorner Lieder
Und er schaut betroffen nieder:
»Wenn die Klänge nah'n und fliehen
In den Wogen süßer Lust,
Ach! nach tiefern Melodieen
Sehnt sich einsam oft die Brust!«

Ein Wunderland ist oben aufgeschlagen,
Wo gold'ne Ströme geh'n und dunkel schallen,
Gesänge durch das Rauschen tief verhallen,
Die möchten gern ein hohes Wort dir sagen.

Viel goldne Brücken sind dort kühn geschlagen,
Darüber alte Brüder sinnend wallen –
Wenn Töne wie im Frühlingsregen fallen,
Befreite Sehnsucht will dorthin dich tragen.

Wie bald läg' unten alles Bange, Trübe,
Du strebtest lauschend, blicktest nicht mehr nieder,
Und höher winket stets der Brüder Liebe:

Wen einmal so berührt die heil'gen Lieder,
Sein Leben taucht in die Musik der Sterne,
Ein ewig Zieh'n in wunderbare Ferne!

Wer einmal tief und durstig hat getrunken,
Den zieht zu sich hinab die Wunderquelle,
Daß er melodisch mit zieht, selbst als Welle,
Auf der die Welt sich bricht in tausend Funken.

Es wächst sehnsüchtig, stürzt und leuchtet trunken
Jauchzend im Innersten die heil'ge Quelle,
Bald Bahn sich brechend durch die Kluft zur Helle,
Bald kühle rauschend dann in Nacht versunken.

So lass' es ungeduldig brausen, drängen!
Hoch schwebt der Dichter drauf in goldnem Nachen,
Sich selber heilig opfernd in Gesängen.

Die alten Felsen spalten sich mit Krachen,
Von drüben grüßen schon verwandte Lieder,
Zum ew'gen Meere führt Er alle wieder.

RETTUNG

Ich spielt', ein frohes Kind, im Morgenscheine,
Der Frühling schlug die Augen auf so helle,
Hinunter reisten Ström' und Wolken schnelle,
Ich streckt' die Arme nach in's Blaue, Reine.

Noch wußt' ich's selbst nicht, was das alles meine:
Die Lerch', der Wald, der Lüfte blaue Welle,
Und träumend stand ich an des Frühlings Schwelle,
Von fern rief's immer fort: Ich bin die Deine!

Da kam ein alter Mann gegangen
Mit hohlen Augen und bleichen Wangen,
Er schlich gebogen und schien so krank;
Ich grüßt' ihn schön, doch für den Dank
Faßt' er mich tückisch schnell von hinten,
Schlang um die Arme mir dreifache Binden,
Und wie ich rang und um Hülfe rief,
Geschwind noch ein andrer zum Alten lief,
Und von allen Seiten kamen Menschen gelaufen,
Ein dunkelverworr'ner, trübseliger Haufen.
Die drängten mich gar tückisch in ihre Mitte,

Führten durch's Land mich mit eiligem Schritte.
Wie wandt' ich sehnend mich oft zurücke!
Die Heimat schickte mir Abschiedsblicke;
Die Büsche langten nach mir mit grünen Armen,
Es schrie'n alle Vöglein recht zum Erbarmen.
Doch die Alten hörten nicht die fernen Lieder,
Sumsten düstere Worte nur hin und wider,
Führten mich endlich in ein altes Haus,
Da wogt' es unten in Nacht und Graus,
Da war ein Hämmern, ein Schachern und Rumoren,
Als hätte das Chaos noch nicht ausgegoren.
Hier hielt der Alte würdig und breit:
Mein Sohn, sprach er zu mir, das ist die Nützlichkeit!
Die haben wir so zum gemeinen Besten erfunden.
Das betrachte hübsch fleißig und sei gescheut. –
So ließen sie mich Armen allein und gebunden.

Da schaut' ich weinend aus meinem Kerker
Hinaus in das Leben durch düstern Erker,
Und unten sah ich den Lenz sich breiten,
Blühende Träume über die Berge schreiten,
Drüber die blauen unendlichen Weiten.
Durch's farbige Land auf blauen Flüssen
Zogen bunte Schifflein, die wollten mich grüßen.
Vorüber kamen die Wolken gezogen,
Vorüber singende Vöglein geflogen;
Es wollt' der große Zug mich mit fassen,
Ach! Menschen, wann werd't ihr mich wieder hinunter lassen!

Und im dunkelgrünen Walde munter
Schallte die Jagd hinauf und hinunter,
Eine Jungfrau zu Roß und blitzende Reiter –
Über die Berge immer weiter und weiter
Rief Waldhorn immer fort dazwischen:
Mir nach in den Wald, den frischen!

Ach! weiß denn niemand, niemand um mein Trauern?
Wie alle Fernen mir prophetisch singen
Von meinem künft'gen wundervollen Leben!

Von innen fühlt' ich blaue Schwingen ringen,
Die Hände konnt' ich innigst betend heben –
Da sprengt' ein großer Klang so Band wie Mauern.

Da ward ich im innersten Herzen so munter,
Schwindelten alle Sinne in den Lenz hinunter,
Weit waren kleinliche Mühen und Sorgen,
Ich sprang hinaus in den farbigen Morgen.

DAS BILDERBUCH

Von der Poesie sucht Kunde
Mancher im gelehrten Buch,
Nur des Lebens schöne Runde
Lehret Dich den Zauberspruch,
Doch in stillgeweihter Stunde
Will das Buch erschlossen sein;
Und so blick' ich heut hinein,
Wie ein Kind im Frühlingswetter
Fröhlich Bilderbücher blättert,
Und es schweift der Sonnenschein
Auf den buntgemalten Lettern,
Und gelinde weht der Wind
Durch die Blumen, durch das Herz
Alte Freuden, alten Schmerz –
Weinen möcht' ich, wie ein Kind!

DIE WERBER

»O Frühling, wie bist du helle!
Ade nun Hof und Haus!«

Und jubelnd auf den Schwellen
Mit fröhlichen Gesellen
Wandert der Dichter aus.

Doch ihre Lieder wecken
Rings leises Zischeln bald,
Kobold' aus allen Hecken
Erweisen sich mit Necken
Gar wunderbar im Wald.

Zu Roß, so schön und wüste,
Ein hohes Weib fliegt her,
Behelmt, entblößt die Brüste,
Ihr Aug' weckt wild Gelüste,
Sie heißt Soldaten-Ehr.

Ihr nach aus Felsenritzen
Schau'n graue Wichte klein,
Verstreu'n von ihren Mützen
Dukaten rings, die blitzen
Blutrot in's Land herein.

Der Schlauste gar durch's Blaue
Als Flügel-Bübchen schwirrt,
Führt über Berg' und Aue
Daher die schönste Fraue –
Die macht erst all' verwirrt.

Und der Dichter in dem Toben
Steht einsam auf der Höh',
Die andern sind zerstoben,
So still nun ist's da oben,
Sein Herz tut ihm so weh.

Er hört der Quellen Gänge
Durch die Waldeinsamkeit,
Da sinnt er auf Gesänge,

Die Welt gibt volle Klänge,
Sein Herz wird ihm so weit.

Und jeden Frühling wieder
Von der schönen Jugendzeit
Singt er vom Berg hernieder,
Und Heimweh faßt die Brüder,
Die in dem Tal zerstreut.

Sage mir mein Herz, was willst du?
Unstet schweift dein bunter Will';
Manches andre Herz wohl stillst du,
Nur du selbst wirst niemals still.

»Eben, wenn ich munter singe,
Um die Angst mir zu zerstreun,
Ruh' und Frieden manchen bringe,
Daß sich viele still erfreun:

Faßt mich erst recht tief Verlangen
Nach viel andrer, beßrer Lust,
Die die Töne nicht erlangen –
Ach, wer sprengt die müde Brust?«

AUFGEBOT

Waldhorn bringt Kund' getragen,
Es hab' nun aufgeschlagen
Auf Berg und Tal und Feld
Der Lenz seine bunte Zelt'!

In's Grün zieh'n Sänger, Reiter,
Ein jeglich Herz wird weiter,
Möcht' jauchzend über's Grün
Mit den Lerchen in's Blaue zieh'n.

Was stehst du so alleine,
Pilgrim, im grünen Scheine?
Lockt dich der Wunderlaut
Nicht auch zur fernen Braut?

»Ach! diese tausendfachen
Heilig verschlung'nen Sprachen
So lockend Lust wie Schmerz
Zerreißen mir das Herz.

Ein Wort will mir's verkünden,
Oft ist's, als müßt' ich's finden,
Und wieder ist's nicht so,
Und ewig frag' ich: Wo?« –

So stürz' dich einmal, Geselle,
Nur frisch in die Frühlingswelle!
Da spürst du's im Innersten gleich
Wo's rechte Himmelreich.

Und wer dann noch mag fragen:
Freudlos in blauen Tagen
Der wandern und fragen mag
Bis an den jüngsten Tag!

LIEDESMUT

Was Lorbeerkranz und Lobestand!
Es duftet still die Frühlingsnacht
Und rauscht der Wald vom Felsenrand,
Ob's jemand hört, ob niemand wacht.

Es schläft noch alles Menschenkind,
Da pfeift sein lust'ges Wanderlied
Schon über's Feld der Morgenwind
Und frägt nicht erst, wer mit ihm zieht.

Und ob ihr all' zu Hause saßt,
Der Frühling blüht doch, weil er muß,
Und ob ihr's les't oder bleiben laßt,
Ich singe doch aus frischer Brust.

DICHTERLOS

Für Alle muß vor Freuden
Mein treues Herze glüh'n,
Für Alle muß ich leiden,
Für Alle muß ich blüh'n,
Und wenn die Blüten Früchte haben,
Da haben sie mich längst begraben.

SPRUCH

Bau nur auf Weltgunst recht
Und paß' auf jeden Wink und Gruß,
Wirst dabei nimmer fröhlich werden!
Es hat's kein Hund so schlecht,
Der hinter seinem Herren muß,
Nicht frei spazieren kann auf Erden.

ELDORADO

Es ist von Klang und Düften
Ein wunderbarer Ort,
Umrankt von stillen Klüften,
Wir alle spielten dort.

Wir alle sind verirret,
Seitdem so weit hinaus,
Unkraut die Welt verwirret,
Find't keiner mehr nach Haus.

Doch manchmal taucht's aus Träumen,
Als läg' es weit im Meer,
Und früh noch in den Bäumen
Rauscht's wie ein Grüßen her.

Ich hört' den Gruß verfliegen,
Ich folgt' ihm über Land,
Und hatte mich verstiegen
Auf hoher Felsenwand.

Mein Herz ward mir so munter,
Weit hinten alle Not,
Als ginge jenseits unter
Die Welt in Morgenrot.

Der Wind spielt' in den Locken,
Da blitzt' es drunten weit,
Und ich erkannt' erschrocken
Die alte Einsamkeit.

Nun jeden Morgenschimmer
Steig' ich in's Blütenmeer,
Bis ich Glücksel'ger nimmer
Von dorten wiederkehr'.

Wo ruhig sich und wilder
Unstete Wellen teilen,
Des Lebens schöne Bilder
Und Kläng' verworren eilen,
Wo ist der sichre Halt? –
So ferne, was wir sollen,
So dunkel, was wir wollen,
Faßt alle die Gewalt.

TUSCH

Fängt die Sonne an zu stechen,
Tapfer schießen Gras und Kräuter
Und die Bäume schlagen aus:
Muß des Feinds Gewalt zerbrechen,
Nimmt der Winter schnell Reißaus,
Erd' und Himmel glänzen heiter;
Und wir Musikanten fahren,
Lustig auf dem Fluß hinunter,
Trommeln, pfeifen, blasen, geigen
Und die Hörner klingen munter.

IM HERBST

Der Wald wird falb, die Blätter fallen,
Wie öd' und still der Raum!
Die Bächlein nur geh'n durch die Buchenhallen
Lindrauschend wie im Traum,
Und Abendglocken schallen
Fern von des Waldes Saum.

Was wollt ihr mich so wild verlocken
In dieser Einsamkeit?
Wie in der Heimat klingen diese Glocken
Aus stiller Kinderzeit –
Ich wende mich erschrocken,
Ach, was mich liebt, ist weit!

So brecht hervor nur, alte Lieder.
Und brecht das Herz mir ab!
Noch einmal grüß' ich aus der Ferne wieder
Was ich nur Liebes hab',
Mich aber zieht es nieder
Vor Wehmut wie in's Grab.

ABLÖSUNG

Wir saßen gelagert im Grünen,
So traulich und lustig gesellt,
Die Lichter des Frühlings schienen
Hold spielend durch's grüne Gezelt.

Im Frühlingsglanz still auf und nieder
Ergingen der Frauen sich viel,
Und liebliche Augen und Lieder
Sie hielten ein herzliches Spiel.

Und unten von Tälern und Flüssen
Ein schallendes, wirrendes Reich –
O freudiges erstes Begrüßen
Von Leben und Lieben zugleich!

Verlassen nun stehen die Räume,
Es schauen und rauschen allein
Die groß gewordenen Bäume
So ernst in die Stille herein.

Von Allen, die dort sonst gesessen,
Es sehnet sich niemand hieher,
Sie haben den Frühling vergessen,
Kennt keiner den andern mehr.

Und wie ich so sinn', da erwachen
Die alten Lieder in mir!
Da hör' ich auf einmal ein Lachen
Und Schallen im grünen Revier.

Und fröhliche Lieder erklangen
Aus Herzensgrunde so recht,
Und unter den Bäumen ergangen
Erblick' ich ein ander Geschlecht.

Geöffnet bleibt ewig zum Feste
  Des Frühlings lustiges Haus,
Es schwärmen so wechselnd die Gäste
  Da immer herein und heraus.

Die vorigen Lieder verhallen,
  Wir sinken verblühend hinab,
Und neue Gesänge erschallen
  Hoch über dem blühenden Grab.

ANKLÄNGE

I.

Liebe, wunderschönes Leben,
Willst du wieder mich verführen
Soll ich wieder Abschied geben
Fleißig ruhigem Studieren?

Offen stehen Fenster, Türen,
Draußen Frühlingsboten schweben,
Lerchen schwirrend sich erheben,
Echo will im Wald sich rühren.

Wohl da hilft kein Widerstreben,
Tief im Herzen muß ich's spüren:
Liebe, wunderschönes Leben,
Wieder wirst du mich verführen!

II.

Hoch über stillen Höhen,
Stand in dem Wald ein Haus,
So einsam war's zu sehen
Dort über'n Wald hinaus.

Ein Mädchen saß darinnen
Bei stiller Abendzeit,
Tät seiden Fäden spinnen
Zu ihrem Hochzeitskleid.

III.
Jagdlied

Durch schwankende Wipfel
Schießt güldener Strahl,
Tief unter den Gipfeln
Das neblichte Tal.
Fern hallt es am Schlosse,
Das Waldhorn ruft,
Es wiehern die Rosse,
In die Luft, in die Luft!

Bald Länder und Seen
Durch Wolkenzug
Tief schimmernd zu sehen
In schwindelndem Flug,
Bald Dunkel wieder
Hüllt Reiter und Roß,
O Lieb' o Liebe
So laß' mich los! –

Immer weiter und weiter
Die Klänge zieh'n,
Durch Wälder und Heiden
Wohin, ach wohin?
Erquickliche Frische
Süß-schaurige Lust!
Hoch flattern die Büsche
Frei schlägt die Brust.

FRÜHLINGSGRUSS

Es steht ein Berg in Feuer,
In feurigem Morgenbrand,
Und auf des Berges Spitze
Ein Tann'baum über'm Land.

Und auf dem höchsten Wipfel
Steh ich und schau vom Baum,
O Welt, Du schöne Welt Du,
Man sieht Dich vor Blüten kaum!

ABENDLANDSCHAFT

Der Hirt bläst seine Weise,
Von fern ein Schuß noch fällt,
Die Wälder rauschen leise
Und Ströme tief im Feld.

Nur hinter jenem Hügel
Noch spielt der Abendschein –
O hätt' ich, hätt' ich Flügel,
Zu fliegen da hinein!

ADLER

Steig' nur, Sonne,
Auf die Höh'n!
Schauer weh'n,
Und die Erde bebt vor Wonne.

Kühn nach Oben
Greift aus Nacht
Waldespracht,
Noch von Träumen kühl durchwoben.

Und vom hohen
Fels-Altar
Stürzt der Aar
Und versinkt in Morgenlohen.

Frischer Morgen!
Frisches Herz,
Himmelwärts!
Laß den Schlaf nun, laß die Sorgen!

AUSSICHT

Komm zum Garten denn, Du Holde!
In den warmen, schönen Tagen
Sollst Du Blumenkränze tragen,
Und vom kühl krystall'nen Golde
Mit den frischen, roten Lippen,
Eh' ich trinke, lächelnd nippen.
Ohne Maß dann, ohne Richter,
Küssend, trinkend singt der Dichter
Lieder, die von selbst entschweben:
Wunderschön ist doch das Leben!

FRÜHLINGS-NETZ

Im hohen Gras der Knabe schlief,
Da hört' er's unten singen,
Es war, als ob die Liebste rief,
Das Herz wollt' ihm zerspringen.

Und über ihm ein Netze wirrt
Der Blumen leises Schwanken,
Durch das die Seele schmachtend irrt
In lieblichen Gedanken.

So süße Zauberei ist los,
Und wunderbare Lieder
Geh'n durch der Erde Frühlingsschoß,
Die lassen ihn nicht wieder.

DER KADETT

Meine Liebste die ist von allen
Grade die Schönste nicht,
Doch hat mir eben gefallen
Ihr spielendes Augenlicht.

Da kann ich von Glücke sagen,
Denn wär' sie die Schönste just,
Müßt' ich mit Allen mich schlagen
Um die Eine nach Herzenslust.

DER POLACK

Und komm' ich, komm' ich ohne Pelz,
Mein' Liebste fragt mich aus:
Wo hast Du lassen Deinen Pelz?
Und macht sich doch nichts draus.

Da drüben ist gut Schnaps und Bier,
Der Wirt bläst Clarinett,
Da stritten wir, drei oder vier,
Wer's schönste Liebchen hätt'.

Ich aber trank aus Deinem Schuh,
Ließ meinen Pelz im Haus
Und eine Handvoll Haar' dazu,
Ich mach' mir gar nichts draus.

DER TANZMEISTER

Wohlgerüstet war ich kommen;
Siegsgewiß doch, wie zum Scherz,
Hat ein Blick mein Herz genommen –
Wer kann kämpfen ohne Herz?

So vom Augenblick – geschlagen,
Kniet' ich Armer vor ihr hin,
Hatt' kein Herz nun, ihr zu sagen,
Daß ich ihr Entherzter bin.

DER GLÜCKSRITTER

Wenn Fortuna spröde tut,
Lass' ich sie in Ruh,
Singe recht und trinke gut,
Und Fortuna kriegt auch Mut,
Setzt sich mit dazu.

Doch ich geb' mir keine Müh:
»He, noch eine her!«
Kehr' den Rücken gegen Sie,
Lass' hoch leben die und die –
Das verdrießt Sie sehr.

Und bald rückt sie sacht zu mir:
»Hast Du deren mehr?« –
Wie Sie sehn. – »Drei Kannen schier,
Und das lauter Klebebier!« –
'S wird mir gar nicht schwer.

Drauf sie zu mir lächelt fein:
»Bist ein ganzer Kerl!«
Ruft den Kellner, schreit nach Wein,

Trinkt mir zu und schenkt mir ein,
Echte Blum' und Perl.

Sie bezahlet Wein und Bier,
Und ich, wieder gut,
Führe Sie am Arm mit mir
Aus dem Haus, wie'n Kavalier,
Alles zieht den Hut.

DER GLÜCKLICHE

Ich hab' ein Liebchen lieb recht von Herzen.
Hellfrische Augen hat's wie zwei Kerzen,
Und wo sie spielend streifen das Feld,
Ach wie so lustig glänzet die Welt!

Wie in der Waldnacht zwischen den Schlüften
Plötzlich die Täler sonnig sich klüften,
Funkeln die Ströme, rauscht himmelwärts
Blühende Wildnis – so ist mein Herz!

Wie vom Gebirge in's Meer zu schauen,
Wie wenn der Seefalk, hangend im Blauen,
Zuruft der dämmernden Erd', wo sie blieb? –
So unermeßlich ist rechte Lieb'!

TRAURIGER FRÜHLING

Mir ist's im Kopf so wüste,
Die Zeit wird mir so lang,
Wie auch der Lenz mich grüßte
Mit Glanz und frischem Klang,
Das Herz bleibt mir so wüste,
Mir ist so sterbensbang.

Viel' Vöglein lockend sangen
Im blühenden Revier,
Ich hatt' mir ein's gefangen,
Jetzt ist es weit von mir,
Viel Vöglein draußen sangen,
Ach, hätt' ich mein's nur hier!

DIE HOCHZEITSÄNGER

Fernher zieh'n wir durch die Gassen,
Steh'n im Regen und im Wind,
Wohl von aller Welt verlassen
Arme Musikanten sind.
Aus den Fenstern Geigen klingen,
Schleift und dreht sich's bunt und laut,
Und wir Musikanten singen
Draußen da der reichen Braut.

Wollt' sie doch keinen andern haben,
Ging mit mir durch Wald und Feld,
Prächtig in den blauen Tagen
Schien die Sonne auf die Welt.
Heißa; lustig Dreh'n und Ringen,
Jeder hält sein Liebchen warm,
Und wir Musikanten singen
Lustig so, daß Gott erbarm.

Lachend reicht man uns die Neigen,
Auf Ihr Wohlsein trinken wir;
Wollt' sie sich am Fenster zeigen,
'S wäre doch recht fein von ihr.
Und wir fiedeln und wir singen
Manche schöne Melodei,
Daß die besten Saiten springen,
'S war als spräng' mir's Herz entzwei.

Jetzt ist Schmaus und Tanz zerstoben,
Immer stiller wird's im Haus,
Und die Mägde putzen oben
Alle lust'gen Kerzen aus.
Doch wir blasen recht mit Rasen
Jeder in sein Instrument,
Möcht' in meinem Grimm ausblasen
Alle Stern' am Firmament!

Und am Hause seine Runde
Tritt der Wächter gähnend an,
Rufet aus die Schlafensstunde,
Und sieht ganz erbost uns an.
Doch nach ihrem Kabinette
Schwing' ich noch mein Tamburin,
Fahr' wohl in Dein Himmelbette,
Weil wir müssen weiter zieh'n!

NEUE LIEBE

Herz, mein Herz, warum so fröhlich,
So voll Unruh und zerstreut,
Als käm' über Berge selig
Schon die schöne Frühlingszeit?

Weil ein liebes Mädchen wieder
Herzlich an dein Herz sich drückt,
Schaust du fröhlich auf und nieder,
Erd' und Himmel dich erquickt.

Und ich hab' die Fenster offen,
Neu zieh in die Welt hinein
Altes Bangen, altes Hoffen!
Frühling, Frühling soll es sein!

Still kann ich hier nicht mehr bleiben,
Durch die Brust ein Singen irrt,
Doch zu licht ist's mir zum schreiben,
Und ich bin so froh verwirrt.

Also schlendr' ich durch die Gassen,
Menschen gehen her und hin,
Weiß nicht, was ich tu und lasse,
Nur, daß ich so glücklich bin.

FRÜHLINGSNACHT

Über'n Garten durch die Lüfte
Hört' ich Wandervögel zieh'n,
Das bedeutet Frühlingsdüfte,
Unten fängt's schon an zu blüh'n.

Jauchzen möcht' ich, möchte weinen,
Ist mir's doch, als könnt's nicht sein!
Alte Wunder wieder scheinen
Mit dem Mondesglanz herein.

Und der Mond, die Sterne sagen's
Und in Träumen rauscht's der Hain
Und die Nachtigallen schlagen's:
Sie ist Deine, sie ist Dein!

GLÜCKWUNSCH

Brech der lustige Sonnenschein
Mit der Tür Euch in's Haus hinein,
Daß alle Stuben so frühlingshelle!
Ein Engel auf des Hauses Schwelle
Mit seinem Glanze säume
Hof, Garten, Feld und Bäume,

Und geht die Sonne Abends aus,
Führ' er die Müden mild nach Haus.

DER JUNGE EHEMANN

Hier unter dieser Linde
Saß ich viel tausendmal
Und schaut' nach meinem Kinde
Hinunter in das Tal,
Bis daß die Sterne standen
Hell über ihrem Haus
Und weit in den stillen Landen
Alle Lichter löschten aus.

Jetzt neben meinem Liebchen
Sitz' ich im Schatten kühl,
Sie wiegt ein muntres Bübchen,
Die Täler schimmern schwül,
Und unten im leisen Winde
Regt sich das Kornfeld kaum
Und über uns säuselt die Linde –
Es ist mir noch wie ein Traum.

IM ABENDROT

Wir sind durch Not und Freude
Gegangen Hand in Hand,
Vom Wandern ruh'n wir beide
Nun über'm stillen Land.

Rings sich die Täler neigen,
Es dunkelt schon die Luft,
Zwei Lerchen nur noch steigen
Nachträumend in den Duft.

Tritt her, und laß sie schwirren,
Bald ist es Schlafenszeit,
Daß wir uns nicht verirren
In dieser Einsamkeit.

O weiter, stiller Friede!
So tief im Abendrot
Wie sind wir wandermüde –
Ist das etwa der Tod?

O Herbst, in linden Tagen
Wie hast Du rings Dein Reich
Phantastisch aufgeschlagen,
So bunt und doch so bleich!

Wie öde, ohne Brüder,
Mein Tal, so weit und breit,
Ich kenne Dich kaum wieder
In dieser Einsamkeit.

So wunderbare Weise
Singt nun Dein bleicher Mund,
Es ist, als öffnet' leise
Sich unter mir der Grund.

Und ich ruht' überwoben,
Du sängest immerzu,
Die Linde schüttelt oben
Ihr Laub und deckt mich zu.

WEHMUT

Ich irr' in Tal und Hainen
Bei kühler Abendstund',

Ach, weinen möcht' ich, weinen
So recht aus Herzensgrund.

Und alter Zeiten Grüßen
Kam da, im Tal erwacht,
Gleichwie von fernen Flüssen
Das Rauschen durch die Nacht.

Die Sonne ging hinunter,
Da säuselt' kaum die Welt,
Ich blieb noch lange munter
Allein im stillen Feld.

TREUE

Wie dem Wanderer in Träumen,
Daß er still im Schlafe weint,
Zwischen gold'nen Wolken-Säumen
Seine Heimat wohl erscheint:

So durch dieses Frühlings Blühen
Über Berg' und Täler tief,
Sah' ich oft Dein Bild noch ziehen,
Als ob's mich von hinnen rief,

Und mit wunderbaren Wellen
Wie im Traume, halbbewußt,
Gehen ew'ge Lieder-Quellen
Mir verwirrend durch die Brust.

AM STROM

Der Fluß glitt einsam hin und rauschte
Wie sonst, noch immer, immerfort,
Ich stand am Strand gelehnt und lauschte,

Ach, was ich liebt', war lange fort!
Kein Laut, kein Windeshauch, kein Singen
Ging durch den weiten Mittag schwül,
Verträumt die stillen Weiden hingen
Hinab bis in die Wellen kühl.

Die waren alle wie Syrenen
Mit feuchtem, langen, grünen Haar,
Und von der alten Zeit voll Sehnen
Sie sangen leis und wunderbar.
Sing' Weide, singe, grüne Weide!
Wie Stimmen aus der Liebsten Grab,
Zieht mich Dein heimlich Lied voll Leide
Zum Strom von Wehmut mit hinab.

Andre haben andre Schwingen,
Aber wir, mein fröhlich Herz,
Wollen grad' hinauf uns singen,
Aus dem Frühling himmelwärts!

⟨JUGENDANDACHT⟩

Daß des verlor'nen Himmels es gedächte,
Schlagen an's Herz des Frühlings linde Wellen,
Wie ew'ger Wonnen schüchternes Vermuten.
Geheimer Glanz der lauen Sommernächte,
Du grüner Wald, verführend Lied der Quellen,
Des Morgens Pracht, stillblüh'nde Abendgluten,
Ihr fragt: wo Schmerz und Lust so lange ruhten,
Die süß das Herz verdunkeln und es hellen?
Wie tut ihr zaub'risch auf die alten Wunden,
Daß losgebunden in das Licht sie bluten!
O sel'ge Zeit entfloss'ner Himmelbläue,
Der ersten Andacht solch inbrünst'ger Liebe,

Die ewig wollte knieen vor der Einen!
Demütig in der Glorie des Maien
Hob sie den Schleier oft, daß offen bliebe
Der Augen Himmel, in das Land zu scheinen.
Und stand ich still, und mußt' ich herzlich weinen
In Ihrem Blick gereinigt alle Triebe:
Da war nur Wonne, was ich mußte klagen,
Im Angesicht der Stillen, Ewigreinen
Kein Schmerz, als solcher Liebe Lieb' ertragen!

MITTAG

Vergeht mir der Himmel
Vor Staube schier,
Herr, im Getümmel
Zeig' Dein Panier!

Wie schwank' ich sündlich,
Läßt Du von mir,
Unüberwindlich
Bin ich mit Dir!

MORGENLIED

Kein Stimmlein noch schallt von allen
In frühester Morgenstund,
Wie still ist's noch in den Hallen
Durch den weiten Waldesgrund.

Ich stehe hoch über'm Tale
Stille vor großer Lust,
Und schau' nach dem ersten Strahle
Kühl Schauer in tiefster Brust.

Wie sieht da zu dieser Stunde
So anders das Land herauf,
Nichts hör' ich da in der Runde
Als von fern der Ströme Lauf.

Und ehe sich alle erhoben
Des Tages Freuden und Weh,
Will ich Herr Gott Dich loben
Hier einsam in stiller Höh. –

Nun rauschen schon stärker die Wälder,
Morgenlicht funkelt herauf,
Die Lerche singt über den Feldern,
Schöne Erde nun wache auf!

WERKTAG

Wir wandern nun schon viel hundert Jahr,
Und kommen doch nicht zur Stelle –
Der Strom wohl rauscht an die tausend gar,
Und kommt doch nicht zur Quelle.

SONNTAG

Weit in das Land die Ström' ihr Silber führen,
Fern blau Gebirge duftig hingezogen,
Die Sonne scheint, die Bäume sanft sich rühren,
Und Glockenklang kommt auf den linden Wogen;
Hoch in den Lüften Lerchen jubilieren,
Und, so weit klar sich wölbt des Himmels Bogen,
Von Arbeit ruht der Mensch rings in die Runde,
Atmet zum Herren auf aus Herzensgrunde.

FRÜHLING

Und wenn die Lerche hell anstimmt
Und Frühling rings bricht an:
Da schauert tief und Flügel nimmt,
Wer irgend fliegen kann.

Die Erde grüßt er hochbeglückt,
Die, eine junge Braut,
Mit Blumen wild und bunt geschmückt,
Tief in das Herz ihm schaut.

Den Himmel dann, das blaue Meer
Der Sehnsucht grüßt er treu,
Da stammen Lied' und Sänger her
Und spüren's immer neu.

Die dunkeln Gründe säuseln kaum,
Sie schau'n so fremd herauf.
Tiefschauernd fühlt' er, 's war ein Traum –
Und wacht im Himmel auf.

Was ich wollte, liegt zerschlagen,
Herr, ich lasse ja das Klagen,
Und das Herz ist still.
Nun aber gib auch Kraft, zu tragen,
Was ich *nicht* will!

⟨DER PILGER⟩

Man setzt uns auf die Schwelle
Wir wissen nicht, woher?
Da glüht der Morgen helle,
Hinaus verlangt uns sehr.

Der Erde Klang und Bilder,
Tiefblaue Frühlingslust,
Verlockend mild und wilder,
Bewegen da die Brust.
Bald wird es rings so schwüle,
Die Welt eratmet kaum,
Berg', Schloß und Wälder kühle
Steh'n lautlos wie im Traum,
Und ein geheimes Grausen
Beschleichet unsern Sinn:
Wir sehnen uns nach Hause
Und wissen nicht wohin?

*

So laß herein nun brechen
Die Brandung, wie sie will,
Du darfst ein Wort nur sprechen,
So wird der Abgrund still
Und bricht die letzte Brücke;
Zu Dir, der treulich steht,
Hebt über Not und Glücke
Mich einsam das Gebet.

*

Wie ein todeswunder Streiter,
Der den Weg verloren hat,
Schwank' ich nun und kann nicht weiter
Von dem Leben sterbensmatt.
Nacht schon decket alle Müden
Und so still ist's um mich her,
Herr auch mir gib endlich Frieden,
Denn ich wünsch' und hoff' nichts mehr.

*

Wie oft wollt' mich die Welt ermüden,
Ich beugt' auf's Schwert mein Angesicht
Und bat Dich frevelhaft um Frieden –
Du wußtest's besser, gabst ihn nicht.

Ich sah in Nacht das Land vergehen,
In Blitzen Du die Wetter brachst,
Da konnt' ich schauernd erst verstehen,
Was Du zu mir Erschrock'nen sprachst:

»Meine Lieder sind nicht Deine Lieder,
Leg' ab den falschen Schmuck der Zeit
Und nimm das Kreuz, dann komme wieder
In Deines Herzens Einsamkeit.«

Und alle Bilder ferne treten
Und tief noch rauschet kaum die Rund' –
Wie geht ein wunderbares Beten
Mir leuchtend durch der Seele Grund!

DER PILOT

Glaube stehet still erhoben
Über'm nächt'gen Wellenklang,
Lieset in den Sternen droben
Fromm des Schiffleins sichern Gang.

Liebe schwellet sanft die Segel,
Dämmernd zwischen Tag und Nacht
Schweifen Paradiesesvögel,
Ob der Morgen bald erwacht?

Morgen will sich kühn entzünden,
Nun wird's mir auf einmal kund:
Hoffnung wird die Heimat finden,
Und den stillen Ankergrund.

DER SÄNGER

1.

Siehst Du die Wälder glühen,
Die Ströme flammend sprühen,
Die Welt in Abendgluten,
Wie träumerische Fluten,
Wo blüh'nde Inseln trunken
Sich spiegeln in dem Duft? –
Es weht und rauscht und ruft:
O komm, eh' wir versunken!

Eh' noch die Sonn' versunken:
Geh'n durch die gold'nen Funken
Still Engel in den Talen,
Das gibt so leuchtend Strahlen
In Blumen rings und Zweigen. –
Wie frommer Widerhall
Weht noch der Glocken Schall,
Wenn längst die Täler schweigen.

Leis wächst durch's dunkle Schweigen
Ein Flüstern rings und Neigen
Wie ein geheimes Singen,
In immer weitern Ringen
Zieht's alle die da lauschen
In seine duft'ge Rund',
Wo kühl im stillen Grund
Die Wasserkünste rauschen.

Wie Wald und Strom im Rauschen
Verlockend Worte tauschen!
Was ist's, daß ich ergrause? –
Führt doch aus stillem Hause
Der Hirt die gold'ne Herde,

Und hütet treu und wacht,
So lieblich weht die Nacht,
Lind säuselt kaum die Erde.

II.

Und zu den Felsengängen
Der nächt'ge Sänger flieht,
Denn wie mit Wahnsinns Klängen
Treibt ihn sein eig'nes Lied.

Bei leuchtenden Gewittern
Schreckt ihn das stille Land,
Ein wunderbar Erschüttern
Hat ihm das Herz gewandt.

Bereuend sinkt sein Auge –
Da blickt durch Nacht und Schmerz
Ein unsichtbares Auge
Ihm klar in's tiefste Herz.

Sein Saitenspiel zur Stunde
Wirft er in tiefsten Schlund
Und weint aus Herzensgrunde,
Und ewig schweigt sein Mund.

MORGENDÄMMERUNG

Es ist ein still Erwarten in den Bäumen,
Die Nachtigallen in den Büschen schlagen
In irren Klagen, können's doch nicht sagen,
Die Schmerzen all' und Wonne, halb in Träumen.

Die Lerche auch will nicht die Zeit versäumen,
Da solches Schallen bringt die Luft getragen,
Schwingt sich vom Tal, eh's noch beginnt zu tagen,
Im ersten Strahl die Flügel sich zu säumen.

Ich aber stand schon lange in dem Garten
Und bin in's stille Feld hinausgegangen,
Wo leis die Ähren an zu wogen fingen.

O fromme Vöglein, ihr und ich, wir warten
Auf's frohe Licht, da ist uns vor Verlangen
Bei stiller Nacht erwacht so sehnend Singen.

NACHTGEBET

Es rauschte leise in den Bäumen,
Ich hörte nur der Ströme Lauf,
Und Berg und Gründe, wie aus Träumen,
Sie sah'n so fremd zu mir herauf.

Drin aber in der stillen Halle
Ruht' Sang und Plaudern müde aus,
Es schliefen meine Lieben alle,
Kaum wieder kannt' ich nun mein Haus.

Mir war's als lägen sie zur Stunde
Gestorben, bleich im Mondenschein,
Und schauernd in der weiten Runde
Fühlt' ich auf einmal mich allein.

So blickt in Meeres öden Reichen
Ein Schiffer einsam himmelan –
O Herr, wenn einst die Ufer weichen,
Sei gnädig Du dem Steuermann!

WEIHNACHTEN

Markt und Straßen steh'n verlassen,
Still erleuchtet jedes Haus,
Sinnend geh' ich durch die Gassen,
Alles sieht so festlich aus.

An den Fenstern haben Frauen
Buntes Spielzeug fromm geschmückt,
Tausend Kindlein steh'n und schauen,
Sind so wunderstill beglückt.

Und ich wandre aus den Mauern
Bis hinaus in's freie Feld,
Hehres Glänzen, heil'ges Schauern!
Wie so weit und still die Welt!

Sterne hoch die Kreise schlingen,
Aus des Schnees Einsamkeit
Steigt's wie wunderbares Singen –
O du gnadenreiche Zeit!

ABSCHIED

Abendlich schon rauscht der Wald
Aus den tiefen Gründen,
Droben wird der Herr nun bald
An die Sterne zünden,
Wie so stille in den Schlünden,
Abendlich nur rauscht der Wald.

Alles geht zu seiner Ruh,
Wald und Welt versausen,
Schauernd hört der Wandrer zu,
Sehnt sich recht nach Hause,
Hier in Waldes grüner Klause
Herz, geh' endlich auch zur Ruh!

GLÜCK AUF

Gar viel hab' ich versucht, gekämpft, ertragen;
Das ist der tiefen Sehnsucht Lebenslauf,

Daß brünstig sie an jeden Fels muß schlagen,
Ob sich des Lichtes Gnadentür tät' auf,
Wie ein verschütt'ter Bergmann in den Klüften
Heraus sich hauet zu den heitern Lüften.

Auch ich gelang' einst zu dem stillen Gipfel,
Vor dem mich schaudert in geheimer Lust.
Tief unten rauschen da des Lebens Wipfel
Noch einmal dunkelrührend an die Brust,
Dann wird es unten still im weiten Grunde
Und oben leuchtet streng des Himmels Runde.

Wie klein wird sein da, was mich hat gehalten,
Wie wenig, was ich Irrender vollbracht,
Doch was den Felsen gläubig hat gespalten:
Die Sehnsucht treu steigt mit mir aus der Nacht
Und legt mir an die wunderbaren Schwingen,
Die durch die Stille mich nach Hause bringen.

DURCH!

Ein Adler saß am Felsenbogen,
Den lockt' der Sturm weit über's Meer,
Da hatt' er droben sich verflogen,
Er fand sein Felsennest nicht mehr,
Tief unten sah er kaum noch liegen
Verdämmernd Wald und Land und Meer,
Mußt' höher, immer höher fliegen,
Ob nicht der Himmel offen wär'.

DIE ZAUBERIN IM WALDE

»Schon vor vielen, vielen Jahren
Saß ich drüben an dem Ufer,
Sah manch' Schiff vorüber fahren,
Weit hinein in's Waldesdunkel.

Denn ein Vogel jeden Frühling
An dem grünen Waldes-Saume
Sang mit wunderbarem Schalle,
Wie ein Waldhorn klang's im Traume.

Und gar seltsam hohe Blumen
Standen an dem Rand der Schlünde,
Sprach der Strom so dunkle Worte,
'S war, als ob ich sie verstünde.

Und wie ich so sinnend atme
Stromeskühl' und Waldesdüfte,
Und ein wundersam Gelüsten
Mich hinabzog nach den Klüften:

Sah ich auf kristall'nem Nachen,
Tief im Herzensgrund erschrocken,
Eine wunderschöne Fraue,
Ganz umwallt von gold'nen Locken.

Und von ihrem Hals behende
Tät sie lösen eine Kette,
Reicht' mit ihren weißen Händen
Mir die allerschönste Perle.

Nur ein Wort von fremdem Klange
Sprach sie da mit rotem Munde,
Doch im Herzen ewig stehen
Wird des Wort's geheime Kunde. –

Seitdem saß ich wie gebannt dort,
Und wenn neu der Lenz erwachte,
Immer von dem Halsgeschmeide
Eine Perle sie mir brachte.

Ich barg all' im Waldesgrunde,
Und aus jeder Perl der Fraue

Sproßte eine Blum' zur Stunde,
Wie ihr Auge anzuschauen.

Und so bin ich aufgewachsen,
Tät der Blumen treulich warten,
Schlummert' oft und träumte golden
In dem schwülen Waldes-Garten.

Fortgespült ist nun der Garten
Und die Blumen all' verschwunden,
Und die Gegend, wo sie standen,
Hab' ich nimmermehr gefunden.

In der Fern' liegt jetzt mein Leben,
Breitend sich wie junge Träume,
Schimmert stets so seltsam lockend
Durch die alten, dunklen Bäume.

Jetzt erst weiß ich, was der Vogel
Ewig ruft so bange, bange,
Unbekannt zieht ew'ge Treue
Mich hinunter zu dem Sange.

Wie die Wälder kühle rauschen,
Zwischendurch das alte Rufen,
Wo bin ich so lang' gewesen? –
O ich muß hinab zur Ruhe!«

Und es stieg vom Schloß hinunter
Schnell der süße Florimunde,
Weit hinab und immer weiter
Zu dem dunkelgrünen Grunde.

Hört' die Ströme stärker rauschen,
Sah in Nacht des Vaters Burge
Stillerleuchtet ferne stehen,
Alles Leben weit versunken.

Und der Vater schaut' vom Berge,
Schaut' zum dunklen Grunde immer,
Regte sich der Wald so grausig,
Doch den Sohn erblickt' er nimmer.

Und es kam der Winter balde,
Und viel' Lenze kehrten wieder,
Doch der Vogel in dem Walde
Sang nie mehr die Wunderlieder.

Und das Waldhorn war verklungen
Und die Zauberin verschwunden,
Wollte keinen andern haben
Nach dem süßen Florimunde. –

DIE RIESEN

Hoch über blauen Bergen
Da steht ein schönes Schloß,
Das hütet von Gezwergen
Ein wunderlicher Troß.

Da ist ein Lautenschlagen
Und Singen insgemein,
Die Lüfte es vertragen
Weit in das Land hinein.

Und wenn die Länder schweigen,
Funkelnd im Abendtau,
Soll manchmal dort sich zeigen
Eine wunderschöne Frau.

Da schworen alle Riesen,
Zu holen sie als Braut,
Mit Leitern da und Spießen
Sie stapften gleich durch's Kraut.

Da krachte manche Leiter,
Sie wunderten sich sehr:
Die Wildnis wuchs, je weiter
Je höher ringsumher.

Sie waren recht bei Stimme
Und zankten um ihren Schatz,
Und fluchten in großem Grimme,
Und fanden nicht den Platz.

Und bei dem Lärm sie stunden
In Wolken bis an die Knie,
Das Schloß, das war verschwunden,
Und wußten gar nicht wie. –

Aber wie ein Regenbogen
Glänzt's drüben durch die Luft,
Sie hatt' indes gezogen
Neue Gärten in den Duft.

DER WACHTTURM

Ich sah im Mondschein liegen
Die Felsen und das Meer,
Ich sah ein Schifflein fliegen
Still durch die Nacht daher.

Ein Ritter saß am Steuer,
Ein Fräulein stand am Bord,
Im Winde weht ihr Schleier,
Die sprachen kein einzig Wort.

Ich sah verfallen grauen
Das hohe Königshaus,
Den König steh'n und schauen
Vom Turm in's Meer hinaus.

Und als das Schiff verschwunden
Er warf seine Krone nach,
Und aus dem tiefen Grunde
Das Meer wehklagend brach.

Das war der kühne Buhle,
Der ihm sein Kind geraubt,
Der König, der verfluchet
Der eig'nen Tochter Haupt.

Da hat das Meer mit Toben
Verschlungen Ritter und Maid,
Der König starb da droben
In seiner Einsamkeit.

Nun jede Nacht vor Sturme
Das Schiff vorüberzieht,
Der König von dem Turme
Nach seinem Kinde sieht.

DIE NONNE UND DER RITTER

Da die Welt zur Ruh' gegangen,
Wacht mit Sternen mein Verlangen;
In der Kühle muß ich lauschen,
Wie die Wellen unten rauschen.

»Fernher mich die Wellen tragen,
Die an's Land so traurig schlagen
Unter Deines Fensters Gitter,
Fraue, kennst Du noch den Ritter?«

Ist's doch, als ob seltsam' Stimmen
Durch die lauen Lüfte schwimmen;
Wieder hat's der Wind genommen –
Ach, mein Herz ist so beklommen!

»Drüben liegt Dein Schloß verfallen,
Klagend in den öden Hallen
Aus dem Grund der Wald mich grüßte –
'S war, als ob ich sterben müßte.«

Alte Klänge blühend schreiten!
Wie aus lang versunk'nen Zeiten
Will mich Wehmut noch bescheinen,
Und ich möcht' von Herzen weinen.

»Über'm Walde blitzt's von Weitem,
Wo um Christi Grab sie streiten;
Dorthin will mein Schiff ich wenden,
Da wird alles, alles enden!«

Geht ein Schiff, ein Mann stand drinne –
Falsche Nacht, verwirrst die Sinne,
Welt, Ade! Gott woll' bewahren,
Die noch irr im Dunkeln fahren.

DER UNBEKANNTE

Vom Dorfe schon die Abendglocken klangen,
Die müden Vöglein gingen auch zur Ruh,
Nur auf den Wiesen noch die Heimchen sangen
Und von den Bergen rauscht der Wald dazu;
Da kam ein Wandrer durch die Ährenwogen,
Aus fernen Landen schien er hergezogen.

Vor seinem Hause, unter blüh'nden Lauben
Lud ihn ein Mann zum fröhl'chen Rasten ein,
Die junge Frau bracht' Wein und Brot und Trauben,
Setzt dann, umspielt vom letzten Abendschein,
Sich neben ihn und blickt halb scheu, halb lose,
Ein lockigt Knäblein lächelnd auf dem Schoße.

Ihr dünkt, er wär' schon einst im Dorf gewesen,
Und doch so fremd und seltsam war die Tracht,
In seinen Mienen feur'ge Schrift zu lesen
Gleich Wetterleuchten fern bei stiller Nacht,
Und traf sein Auge sie, wollt' ihr fast grauen,
Denn 's war, wie in den Himmelsgrund zu schauen.

Und wie sich kühler nun die Schatten breiten,
Vom Berg Vesuv, der über Trümmern raucht,
Vom blauen Meer, wo Schwäne singend gleiten,
Krystall'nen Inseln, blühend draus getaucht,
Und Glocken, die im Meeresgrunde schlagen,
Wußt' wunderbar der schöne Gast zu sagen.

»Hast viel erfahren, willst Du ewig wandern?«
Sprach drauf sein Wirt mit herzlichem Vertrau'n,
»Hier kannst Du froh genießen wie die andern,
Am eig'nen Herd Dein kleines Gärtchen bau'n,
Des Nachbars Töchter haben reiche Truhen,
Ruh' endlich aus, brauchst nicht allein zu ruhen.«

Da stand der Wandrer auf, es blühten Sterne
Schon aus dem Dunkel über'm stillen Land,
»Gesegn' euch Gott! mein Heimatland liegt ferne. –«
Und als er von den beiden sich gewandt,
Kam himmlisch Klingen von der Waldeswiese –
So sternklar war noch keine Nacht wie diese.

DER TRAURIGE JÄGER

Zur ew'gen Ruh sie sangen
Die schöne Müllerin,
Die Sterbeglocken klangen
Noch über'n Waldgrund hin.

Da steht ein Fels so kühle,
Wo keine Wandrer geh'n,
Noch einmal nach der Mühle
Wollt' dort der Jäger sehn.

Die Wälder rauschten leise,
Sein Jagen war vorbei,
Der blies so irre Weise,
Als müßt' das Herz entzwei.

Und still dann in der Runde
Ward's über Tal und Höh'n,
Man hat seit dieser Stunde
Ihn nimmer mehr geseh'n.

DIE VERLORENE BRAUT

Vater und Kind gestorben
Ruhten im Grabe tief,
Die Mutter hatt' erworben
Seitdem ein ander Lieb.

Da droben auf dem Schlosse
Da schallt das Hochzeitsfest,
Da lacht's und wiehern Rosse,
Durch's Grün zieh'n bunte Gäst'.

Die Braut schaut' in's Gefilde
Noch einmal vom Altan,
Es sah so ernst und milde
Sie da der Abend an.

Rings waren schon verdunkelt
Die Täler und der Rhein,
In ihrem Brautschmuck funkelt
Nur noch der Abendschein.

Sie hörte Glocken gehen
Im weiten, tiefen Tal,
Es bracht' der Lüfte Wehen
Fern über'n Wald den Schall.

Sie dacht': »O falscher Abend!
Wen das bedeuten mag?
Wen läuten sie zu Grabe
An meinem Hochzeitstag?«

Sie hört' im Garten rauschen
Die Brunnen immerdar
Und durch der Wälder Rauschen
Ein Singen wunderbar.

Sie sprach: »Wie wirres Klingen
Kommt durch die Einsamkeit,
Das Lied wohl hört' ich singen
In alter, schöner Zeit.«

Es klang, als wollt' sie's rufen
Und grüßen tausendmal –
So stieg sie von den Stufen
So kühle rauscht' das Tal.

So zwischen Weingehängen,
Stieg sinnend sie in's Land
Hinunter zu den Klängen,
Bis sie im Walde stand.

Dort ging sie, wie in Träumen,
Im weiten, stillen Rund,
Das Lied klang in den Bäumen,
Von Quellen rauscht' der Grund. –

Derweil von Mund zu Munde
Durch's Haus, erst heimlich sacht,

Und lauter geht die Kunde:
Die Braut irrt in der Nacht!

Der Bräut'gam tät erbleichen,
Er hört im Tal das Lied,
Ein dunkelrotes Zeichen
Ihm von der Stirne glüht.

Und Tanz und Jubel enden,
Er und die Gäst' im Saal,
Windlichter in den Händen,
Sich stürzen in das Tal.

Da schweifen rote Scheine,
Schall nun und Rosseshuf,
Es hallen die Gesteine
Rings von verworr'nem Ruf.

Doch einsam irrt die Fraue
Im Walde schön und bleich,
Die Nacht hat tiefes Grauen,
Das ist von Sternen so reich.

Und als sie war gelanget
Zum allerstillsten Grund,
Ein Kind am Felsenhange
Dort freundlich lächelnd stund.

Das trug in seinen Locken
Einen weißen Rosenkranz,
Sie schaut' es an erschrocken
Beim irren Mondesglanz.

»Solch' Augen hat das meine,
Ach meines bist Du nicht,
Das ruht ja unter'm Steine,
Den niemand mehr zerbricht.

Ich weiß nicht, was mir grauset,
Blick' nicht so fremd auf mich!
Ich wollt', ich wär' zu Hause,
Nach Hause führ' ich Dich.«

Sie geh'n nun miteinander,
So trübe weht der Wind,
Die Fraue sprach im Wandern:
»Ich weiß nicht, wo wir sind.

Wen tragen sie beim Scheine
Der Fackeln durch die Schluft?
O Gott, der stürzt' vom Steine
Sich tot in dieser Kluft!«

Das Kind sagt: »Den sie tragen,
Dein Bräut'gam heute war,
Er hat meinen Vater erschlagen,
'S ist diese Stund' ein Jahr.

Wir alle müssen's büßen,
Bald wird es besser sein,
Der Vater läßt Dich grüßen,
Mein liebes Mütterlein.«

Ihr schauert's durch die Glieder:
»Du bist mein totes Kind!
Wie funkeln die Sterne nieder,
Jetzt weiß ich, wo wir sind.« –

Da löst' sie Kranz und Spangen,
Und über ihr Angesicht
Perlen und Tränen rannen,
Man unterschied sie nicht.

Und über die Schultern nieder
Rollten die Locken sacht,

Verdunkelnd Augen und Glieder,
Wie eine prächtige Nacht.

Um's Kind den Arm geschlagen,
Sank sie in's Gras hinein –
Dort hatten sie erschlagen
Den Vater im Gestein.

Die Hochzeitsgäste riefen
Im Walde auf und ab,
Die Gründe alle schliefen,
Nur Echo Antwort gab.

Und als sich leis erhoben
Der erste Morgenduft,
Hörten die Hirten droben
Ein Singen in stiller Luft.

ZAUBERBLICK

Die Burg die liegt verfallen
In schöner Einsamkeit,
Dort saß ich vor den Hallen
Bei stiller Mittagszeit.

Es ruhten in der Kühle
Die Rehe auf dem Wall
Und tief in blauer Schwüle
Die sonn'gen Täler all.

Tief unten hört' ich Glocken
In weiter Ferne geh'n,
Ich aber mußt erschrocken
Zum alten Erker seh'n.

Denn in dem Fensterbogen
Ein' schöne Fraue stand,
Als hütete sie droben
Die Wälder und das Land.

Ihr Haar, wie'n gold'ner Mantel,
War tief herabgerollt;
Auf einmal sie sich wandte,
Als ob sie sprechen wollt'.

Und als ich schauernd lauschte –
Da war ich aufgewacht
Und unter mir schon rauschte
So wunderbar die Nacht.

Träumt' ich im Mondesschimmer?
Ich weiß nicht, was mir graut,
Doch das vergess' ich nimmer,
Wie sie mich angeschaut!

VALET

Ade nun, liebe Lieder,
Ade, du schöner Sang!
Nun sing' ich wohl nicht wieder
Vielleicht mein Leben lang.

Einst blüht' von Gottes Odem
Die Welt so wunderreich,
Da in den grünen Boden
Senkt' ich als Reiser euch.

Jetzt eure Wipfel schwanken
So kühle über mir,
Ich stehe in Gedanken
Gleichwie im Walde hier.

Da muß ich oft noch lauschen
In meiner Einsamkeit,
Und denk' bei euerm Rauschen
Der schönen Jugendzeit.

1837-1843

Überm Lande die Sterne
Machen die Runde bei Nacht,
Mein Schatz ist in der Ferne,
Liegt am Feuer auf der Wacht.

Übers Feld bellen Hunde;
Wenn der Mondschein erblich,
Rauscht der Wald auf im Grunde:
Reiter, jetzt hüte dich!

DIE STOLZE

Sie steckt mit der Abendröte
In Flammen rings das Land,
Und hat samt Manschetten und Flöte
Den verliebten Tag verbrannt.

Und als nun verglommen die Gründe,
Sie stieg auf die stillen Höh'n,
Wie war da rings um die Schlünde
Die Welt so groß und schön!

Waldkönig zog durch die Wälder
Und stieß in's Horn vor Lust,
Da klang über die stillen Felder,
Wovon der Tag Nichts gewußt. –

Und wer mich wollt' erwerben,
Ein Jäger müßt 's sein zu Roß,
Und müßt' auf Leben und Sterben
Entführen mich auf sein Schloß!

DER ALTE GARTEN

Kaiserkron' und Päonien rot,
Die müssen verzaubert sein,
Denn Vater und Mutter sind lange tot,
Was blühn sie hier so allein?

Der Springbrunn plaudert noch immerfort
Von der alten schönen Zeit,
Eine Frau sitzt eingeschlafen dort,
Ihre Locken bedecken ihr Kleid.

Sie hat eine Laute in der Hand,
Als ob sie im Schlafe spricht,
Mir ist, als hätt' ich sie sonst gekannt –
Still, geh vorbei und weck' sie nicht!

Und wenn es dunkelt das Tal entlang,
Streift sie die Saiten sacht,
Da gibt's einen wunderbaren Klang
Durch den Garten die ganze Nacht.

Hörst du die Gründe rufen
In Träumen halb verwacht?
Oh, von des Schlosses Stufen
Steig nieder in die Nacht! –

Die Nachtigallen schlagen,
Der Garten rauschet sacht,
Es will dir Wunder sagen
Die wunderbare Nacht.

AN DIE WALDVÖGEL

Konnt' mich auch sonst mit schwingen
Über's grüne Revier,
Hatt' ein Herze zum Singen
Und Flügel wie ihr.

Flog über die Felder,
Da blüht' es wie Schnee,
Und herauf durch die Wälder
Spiegelt' die See.

Ein Schiff sah ich gehen
Fort über das Meer,
Meinen Liebsten drin stehen –
Dacht' meiner nicht mehr.

Und die Segel verzogen,
Und es dämmert' das Feld,
Und ich hab' mich verflogen
In der weiten, weiten Welt.

WARNUNG

Aus ist dein Urlaub und die Laut' zerschlagen,
Nachts aus der stillen Stadt nun mußt du gehen,
Die Wetterfahnen nur im Wind sich drehen,
Dein Tritt verhallt, mag niemand nach dir fragen.

Doch draußen waldwärts, wo du herstammst, ragen
Die Zinnen noch der goldnen Burg, es gehen
Die Wachen schildernd auf dem Wall, das Wehen
Der Nacht bringt ihren Ruf in's Land getragen.

Der Engel dort mit seinem flamm'nden Degen
Steht blankgerüstet noch, das Tor zu hüten,
Und wird dich mit den ernsten Blicken messen,

Die manches Herze schon zu Asche glühten;
Hast du Parol' und Feldgeschrei vergessen:
Weh! wo nun willst dein müdes Haupt hinlegen?

DER KEHRAUS

Es fiedeln die Geigen,
Da tritt in den Reigen
Ein seltsamer Gast,
Kennt keiner den Dürren,
Galant aus dem Schwirren
Die Braut er sich faßt.

Hebt an, sich zu schwenken
In allen Gelenken.
Das Fräulein im Kranz:
»Euch knacken die Beine. –«
»Bald rasseln auch deine,
Frisch auf spiel't zum Tanz!«

Ein Kenner im Ringe
Betrachtet die Sprünge,
Er findet's gemein.
»Dir kann's auch nicht schaden!«
Die vornehmen Waden
Muß er schwingen im Reih'n.

Die Spröde hinter'm Fächer,
Der Zecher vom Becher,
Der Dichter so lind,
Muß auch mit zum Tanze,
Daß die Lorbeern vom Kranze
Fliegen im Wind.

So schnurret der Reigen
Zum Saal 'raus in's Schweigen
Der prächtigen Nacht,
Die Klänge verwehen,
Die Hähne schon krähen,
Da verstieben sie sacht. –

So ging's schon vor Zeiten
Und geht es noch heute,
Und hörest du hell
Aufspielen zum Reigen,
Wer weiß, wem sie geigen –
Hüt' dich, Gesell!

NACHRUF

Du liebe, treue Laute,
Wie manche Sommernacht,
Bis daß der Morgen graute,
Hab' ich mit dir durchwacht!

Die Täler wieder nachten,
Kaum spielt noch Abendrot,
Doch die sonst mit uns wachten,
Die liegen lange tot.

Was wollen wir nun singen
Hier in der Einsamkeit,
Wenn alle von uns gingen,
Die unser Lied erfreut?

Wir wollen dennoch singen!
So still ist's auf der Welt,
Wer weiß, die Lieder dringen
Vielleicht zum Sternenzelt.

Wer weiß, die da gestorben,
Sie hören droben mich,
Und öffnen leis die Pforten
Und nehmen uns zu sich.

DIE MAHNUNG
1837

O heil'ges Köln, dein Hirte ist gefangen,
Die halbe Welt steht jubelnd auf der Lauer,
Doch andre sinnen ernst in stummer Trauer,
Er mitten drin, von greisem Haar umhangen.

Da, als die Nacht und Trübsal näher drangen,
Ging durch die Seele ihm ein ahnend Schauer,
Ein recht Gebet hebt über Schloß und Mauer –
Still segnet er das Land, das ihn gefangen.

Und wie er segnet, klang's vom hohen Dome,
Die Glocken fingen an von selbst zu schlagen,
Und weithin drang ihr Ruf vom deutschen Strome.

Die Nacht entfloh, der Morgen strahlte nieder,
Und betend sah man in des Frührots Tagen
Sich alle sammeln um den Herren wieder.

FRÜHLINGSKLAGE

Ach, was frommt das Wehen, Sprossen,
In der schönen Frühlingszeit:
Ist des Liedes Born verschlossen
Und der Seele Freudigkeit,
Die erst Blüten bringt den Sprossen
Und den Frühling in die Zeit.

Gib den alten Frieden wieder,
In der Brust den Sonnenschein,
Gib die Laute mir und Lieder,
Dann laß blühen oder schnein,
Selbst weck' ich den Lenz mir wieder,
Sollt' es auch der letzte sein!

DIE NACHTIGALLEN

Möcht' wissen, was sie schlagen
So schön bei der Nacht,
's ist in der Welt ja doch niemand
Der mit ihnen wacht.

Und die Wolken die reisen,
Und das Land ist so blaß,
Und die Nacht wandert leise
Durch den Wald über's Gras.

Nacht, Wolken, wohin sie gehen
Ich weiß es recht gut,
Liegt ein Grund hinter den Höhen,
Wo meine Liebste jetzt ruht.

Zieht der Einsiedel sein Glöcklein,
Sie höret es nicht,
Es fallen ihr die Löcklein
Über's ganze Gesicht.

Und daß sie niemand erschrecket,
Der liebe Gott hat sie schier
Ganz mit Mondschein bedecket,
Da träumt sie von mir.

SCHLIMME WAHL

Du sahst die Fei ihr goldnes Haar sich strählen,
Wenn Morgens früh noch alle Wälder schweigen,
Gar viele da im Felsgrund sich versteigen,
Und weiß doch keiner, wen sie wird erwählen.

Von einer andern Dam' hört' ich erzählen
Im platten Land, die Bauern rings dir zeigen
Ihr Schloß, Park, Weiler – alles ist dein eigen,
Freist du das Weib – wer möcht' im Wald sich quälen!

Sie werden dich auf einen Phaeton heben,
Das Hochzeitskarmen tönt, es blinkt die Flasche,
Weitrauschend hinterdrein viel vornehm Wesen.

Doch streift beim Zug dich aus dem Walde eben
Der Feie Blick, und brennt dich nicht zu Asche:
Fahr' wohl, bist nimmer ein Poet gewesen!

WANN DER HAHN KRÄHT

Wann der Hahn kräht auf dem Dache,
Putzt der Mond die Lampe aus,
Und die Stern' ziehn von der Wache,
Gott behüte Land und Haus!

LUSTIGE MUSIKANTEN

Der Wald, der Wald! daß Gott ihn grün erhalt',
Gibt gut Quartier und nimmt doch Nichts dafür.

Zum Grünen Wald wir Herberg' halten,
Denn Hoffart ist nicht unser Ziel,

Im Wirtshaus, wo wir nicht bezahlten,
Es war der Ehre gar zu viel.
Der Wirt, er wollt' uns gar nicht lassen,
Sie ließen Kann' und Kartenspiel,
Die ganze Stadt war in den Gassen,
Und von den Bänken mit Gebraus
Stürzt' die Schule heraus,
Wuchs der Haufe von Haus zu Haus,
Schwenkt' die Mützen und jubelt' und wogt',
Der Hatschier, die Stadtwacht, der Bettelvogt,
Wie wenn ein Prinz zieht auf die Freit',
Gab Alles, Alles uns fürstlich Geleit.
Wir aber schlugen den Markt hinab
Uns durch die Leut' mit dem Wanderstab,
Und hoch mit dem Tamburin, daß es schallt', –

Zum Wald, zum Wald, zum schönen, grünen Wald!

Und da nun Alle schlafen gingen,
Der Wald steckt' seine Irrlicht' an,
Die Frösche tapfer Ständchen bringen,
Die Fledermaus schwirrt leis voran,
Und in dem Fluß auf feuchtem Steine
Gähnt laut der alte Wassermann,
Strählt sich den Bart im Mondenscheine,
Und fragt ein Irrlicht, wer wir sind?
Das aber duckt sich geschwind;
Denn über ihn weg im Wind
Durch die Wipfel der wilde Jäger geht,
Und auf dem alten Turm sich dreht
Und kräht der Wetterhahn uns nach:
Ob wir nicht einkehr'n unter sein Dach?
O Gockel, verfallen ist ja dein Haus,
Es sieht die Eule zum Fenster heraus,
Und aus allen Toren rauschet der Wald.

Der Wald, der Wald, der schöne, grüne Wald!

Und wenn wir müd' einst, sehn wir blinken
Eine goldne Stadt still über'm Land,
Am Tor Sankt Peter schon tut winken:
»Nur hier herein, Herr Musikant!«
Die Engel von den Zinnen fragen,
Und wie sie uns erst recht erkannt,
Sie gleich die silbernen Pauken schlagen,
Sankt Peter selbst die Becken schwenkt,
Und voll Geigen hängt
Der Himmel, Cäcilia an zu streichen fängt,
Dazwischen Hoch vivat! daß es prasselt und pufft,
Werfen die Andern vom Wall in die Luft
Sternschnuppen, Kometen,
Gar prächt'ge Raketen
Versengen Sankt Peter den Bart, daß er lacht,
Und wir ziehen heim, schöner Wald, gute Nacht!

DIE SAALE

Doch manchmal in Sommertagen
Durch die schwüle Einsamkeit
Hört man Mittags die Turmuhr schlagen,
Wie aus einer fremden Zeit.

Und ein Schiffer zu dieser Stunde
Sah einst eine schöne Frau
Vom Erker schaun zum Grunde –
Er ruderte schneller vor Graun.

Sie schüttelt' die dunklen Locken
Aus ihrem Angesicht:
»Was ruderst du so erschrocken?
Behüt' dich Gott, dich mein' ich nicht!«

Sie zog ein Ringlein vom Finger,
Warf's tief in die Saale hinein:

»Und der mir es wiederbringet,
Der soll mein Liebster sein!«

DER SCHRECKENBERGER

Auf's Wohlsein meiner Dame,
Eine Windfahn' ist ihr Panier,
Fortuna ist ihr Name,
Das Lager ihr Quartier!

Und wendet sie sich weiter,
Ich kümmre mich nicht drum,
Da draußen ohne Reiter,
Da geht die Welt so dumm.

Statt Pulverblitz und Knattern
Aus jedem wüsten Haus
Gevattern sehn und schnattern
Alle Lust zum Land hinaus.

Fortuna weint vor Ärger,
Es rinnet Perl' auf Perl'.
»Wo ist der Schreckenberger?
Das war ein andrer Kerl.«

Sie tut den Arm mir reichen,
Fama bläst das Geleit,
So zu dem Tempel steigen
Wir der Unsterblichkeit.

KLANG UM KLANG

1.

Es ist ein Klang gekommen
Herüber durch die Luft,
Der Wind hat 's gebracht und genommen,
Ich weiß nicht, wer mich ruft.
Es schallt der Grund von Hufen,
In der Ferne fiel ein Schuß –
Das sind die Jäger, die rufen,
Daß ich hinunter muß!

2.

Das sind nicht die Jäger – im Grunde
Gehn Stimmen hin und her.
Hüt' dich zu dieser Stunde,
Mein Herz ist mir so schwer!
Wer dich lieb hat, macht die Runde,
Steig nieder und frag nicht, wer!
Ich führ' dich aus diesem Grunde –
Dann siehst du mich nimmermehr.

3.

Ich weiß einen großen Garten,
Wo die wilden Blumen stehn,
Die Engel frühmorgens sein warten,
Wenn Alles noch still auf den Höh'n.
Manch zackiges Schloß steht darinne,
Die Rehe grasen um's Haus,
Da sieht man weit von der Zinne,
Weit über die Länder hinaus.

VORBEI

Das ist der alte Baum nicht mehr,
Der damals hier gestanden,
Auf dem ich gesessen im Blütenmeer
Über den sonnigen Landen.

Das ist der Wald nicht mehr, der sacht
Vom Berge rauschte nieder,
Wenn ich vom Liebchen ritt bei Nacht,
Das Herz voll neuer Lieder.

Das ist nicht mehr das tiefe Tal
Mit den grasenden Rehen,
In das wir Nachts viel tausendmal
Zusammen hinausgesehen. –

Es ist der Baum noch, Tal und Wald,
Die Welt ist jung geblieben,
Du aber wurdest seitdem alt,
Vorbei ist das schöne Lieben.

SCHIFFERGRUSS

Stolzes Schiff mit seidnen Schwingen,
Fährst mein Boot zu Grunde schier,
Sang von Bord und Lauten klingen,
O du fröhlicher Schiffsherr dir;
Ich muß selbst mein Lied mir singen,
Nur der Sturmwind singt mit mir.

Stolzes Schiff, wenn deine Feuer
Nachts verlöscht: beim falben Licht
Steht ein Fremder an dem Steuer,
Mit den Winden laut er spricht,

Und die Wogen rauschen scheuer –
Trau' dem finstern Bootsmann nicht!

Gleiche Winde, gleiche Wellen,
Reiches Schiff und armes Boot
Nach demselben Strande schwellen,
Deine Hoffart, meine Not
Wird an *einem* Riff zerschellen,
Denn der Bootsmann ist der Tod.

SONST

Es glänzt der Tulpenflor, durchschnitten von Alleen,
Wo zwischen Taxus still die weißen Statuen stehen,
Mit goldnen Kugeln spielt die Wasserkunst im Becken,
Im Laube lauert Sphynx, anmutig zu erschrecken.

Die schöne Chloe heut spazieret in dem Garten,
Zur Seit' ein Kavalier, ihr höflich aufzuwarten,
Und hinter ihnen leis Cupido kommt gezogen,
Bald duckend sich im Grün, bald zielend mit dem Bogen.

Es neigt der Kavalier sich in galantem Kosen,
Mit ihrem Fächer schlägt sie manchmal nach dem Losen,
Es rauscht der taftne Rock, es blitzen seine Schnallen,
Dazwischen hört man oft ein art'ges Lachen schallen.

Jetzt aber hebt vom Schloß, da sich's im West will röten,
Die Spieluhr schmachtend an, ein Menuett zu flöten,
Die Laube ist so still, er wirft sein Tuch zur Erde
Und stürzet auf ein Knie mit zärtlicher Gebärde.

»Wie wird mir, ach, ach, ach, es fängt schon an zu dunkeln –«
»So angenehmer nur seh' ich zwei Sterne funkeln –«
»Verwegner Kavalier!« – »Ha, Chloe, darf ich hoffen? –«
Da schießt Cupido los und hat sie gut getroffen.

ABSCHIED

Laß', Leben, nicht so wild die Locken wehen!
Es will so rascher Ritt mir nicht mehr glücken,
Hoch über'm Land von diamantnen Brücken:
Mir schwindelt, in den Glanz hinabzusehen.

»Vom Rosse spielend meine Blicke gehen
Nach jüngern Augen, die mein Herz berücken,
Horch, wie der Frühling aufjauchzt vor Entzücken,
Kannst du nicht mit hinab, lass' ich dich stehen.«

Kaum noch herzinnig mein, wend'st du dich wieder,
Ist das der Lohn für deine treusten Söhne?
Dein trunkner Blick, fast möcht' er mich erschrecken.

»Wer sagt' dir, daß ich treu, weil ich so schöne?
Leb' wohl, und streckst du müde einst die Glieder,
Will ich mit Blumen dir den Rasen decken.«

TODESLUST

Bevor er in die blaue Flut gesunken,
Träumt noch der Schwan und singet todestrunken,
Die sommermüde Erde im Verblühen
Läßt all' ihr Feuer in den Trauben glühen,
Die Sonne, Funken sprühend, im Versinken,
Gibt noch einmal der Erde Glut zu trinken,
Bis, Stern auf Stern, die Trunkne zu umfangen,
Die wunderbare Nacht ist aufgegangen.

VORWÄRTS!

Wie der Strom sich schwingt
Aus den Wolken, die ihn tränken,
Alle Bäche verschlingt,
Sie in's Meer zu lenken –
Drein möcht' ich versenken
Was in mir ringt!

Tritt nur mit in mein Schiff!
Wo wir landen oder stranden,
Erklinget das Riff,
Bricht der Lenz aus dem Sande,
Hinter uns dann in's Branden
Versenk' ich das Schiff!

ZUM ABSCHIED

Der Herbstwind schüttelt die Linde,
Wie geht die Welt so geschwinde!
Halte dein Kindlein warm.
Der Sommer ist hingefahren,
Da wir zusammen waren –
Ach, die sich lieben, wie arm!

Wie arm, die sich lieben und scheiden!
Das haben erfahren wir beiden,
Mir graut vor dem stillen Haus.
Dein Tüchlein noch läßt du wehen,
Ich kann's vor Tränen kaum sehen,
Schau' still in die Gasse hinaus.

Die Gassen schauen noch nächtig,
Es rasselt der Wagen bedächtig –
Nun plötzlich rascher der Trott

Durch's Tor in die Stille der Felder
Da grüßen so mutig die Wälder,
Lieb' Töchterlein, fahre mit Gott!

VERGEBNER ÄRGER

Im alten Hause steh' ich in Gedanken;
Es ist das Haus nicht mehr, der Wind mit Schauern
Geht durch das Gras im Hof, und Eulen lauern
In leeren Fenstern, die schon halb versanken.

Mich ärgern nur die jungen, kecken Ranken,
Die wie zum Spott noch schmücken Tor und Mauern,
Die grünen Birken, die mit falschem Trauern
Leicht über'm Grabe meiner Lieben schwanken.

So, Nachteul' selber, auf dem öden Gipfel
Saß ich in meines Jugendglücks Ruinen,
Dumpfbrütend über unerhörten Sorgen;

Da blitzten Frühlingslichter durch die Wipfel,
Die leuchtend unter mir das Land beschienen,
Und nichts nach Eulen fragt der junge Morgen.

DER WEGELAGERER

Es ist ein Land, wo die Philister thronen,
Die Krämer fahren und das Grün verstauben,
Die Liebe selber altklug *feilscht* mit Hauben –
Herr Gott, wie lang willst du die Brut verschonen!

Es ist ein Wald, der rauscht mit grünen Kronen,
Wo frei die Adler horsten, und die Tauben
Unschuldig girren in den kühlen Lauben,
Die noch kein Fuß betrat – dort will ich wohnen!

Dort will ich nächtlich auf die Krämer lauern
Und kühn zerhaun der armen Schönheit Bande,
Die sie als niedre Magd zu Markte führen.

Hoch soll sie stehn auf grünen Felsenmauern,
Daß mahnend über alle stillen Lande
Die Lüfte Nachts ihr Zauberlied verführen.

GLEICHHEIT

Es ist kein Blümlein nicht so klein,
Die Sonne wird's erwarmen,
Scheint in das Fenster mild herein,
Dem König wie dem Armen,
Hüllt Alles ein in Sonnenschein
Mit göttlichem Erbarmen.

GEDENK'

Es ist kein Vöglein so gemein,
Es spürt geheime Schauer,
Wenn draußen streift der Sonnenschein
Vergoldend seinen Bauer.

Und du hast es vergessen fast
In deines Kerkers Spangen,
O Menschlein, daß du Flügel hast
Und daß du hier gefangen.

SCHNEEGLÖCKCHEN

'S war doch wie ein leises Singen
In dem Garten heute Nacht,
Wie wenn laue Lüfte gingen:

»Süße Glöcklein, nun erwacht,
Denn die warme Zeit wir bringen,
Eh 's noch Jemand hat gedacht.« –
'S war kein Singen, 's war ein Küssen,
Rührt' die stillen Glöcklein sacht,
Daß sie alle tönen müssen
Von der künft'gen bunten Pracht.
Ach, sie konnten 's nicht erwarten,
Aber weiß vom letzten Schnee
War noch immer Feld und Garten,
Und sie sanken um vor Weh.
So schon manche Dichter streckten
Sangesmüde sich hinab,
Und der Frühling, den sie weckten,
Rauschet über ihrem Grab.

HERBSTWEH

1.

So still in den Feldern allen,
Der Garten ist lange verblüht,
Man hört nur flüsternd die Blätter fallen,
Die Erde schläfert – ich bin so müd.

2.

Es schüttelt die welken Blätter der Wald,
Mich friert, ich bin schon alt,
Bald kommt der Winter und fällt der Schnee,
Bedeckt den Garten und mich und alles, alles Weh.

WINTERNACHT

Verschneit liegt rings die ganze Welt,
Ich hab' Nichts, was mich freuet,

Verlassen steht der Baum im Feld,
Hat längst sein Laub verstreuet.

Der Wind nur geht bei stiller Nacht
Und rüttelt an dem Baume,
Da rührt er seinen Wipfel sacht
Und redet wie im Traume.

Er träumt von künft'ger Frühlingszeit,
Von Grün und Quellenrauschen,
Wo er im neuen Blüten-Kleid
Zu Gottes Lob wird rauschen.

DANK

Mein Gott, dir sag' ich Dank,
Daß du die Jugend mir bis über alle Wipfel
In Morgenrot getaucht und Klang,
Und auf des Lebens Gipfel,
Bevor der Tag geendet,
Vom Herzen unbewacht
Den falschen Glanz gewendet,
Daß ich nicht taumle ruhmgeblendet,
Da nun herein die Nacht
Dunkelt in ernster Pracht.

TROST

Der jagt dahin, daß die Rosse schnaufen,
Der muß im Staub daneben laufen;
Aber die Nacht holt beide ein,
Setzt Jenen im Traume neben die Rosse
Und den Andern in seine Karosse –
Wer fährt nun fröhlicher? der da wacht,
Oder der blinde Passagier bei Nacht?

KURZE FAHRT

Posthorn, wie so keck und fröhlich
Brachst du einst den Morgen an,
Vor mir lag's so frühlingsselig,
Daß ich still auf Lieder sann.

Dunkel rauscht es schon im Walde,
Wie so abendkühl wird's hier,
Schwager, stoß in's Horn – wie balde
Sind auch wir im Nachtquartier!

SCHIFFERSPRUCH

Wenn die Wogen unten toben,
Menschenwitz zu Schanden wird,
Weist mit feur'gen Zügen droben
Heimwärts dich der Wogen Hirt.
Sollst nach keinem Andern fragen,
Nicht zurückschaun nach dem Land,
Faß das Steuer, laß das Zagen!
Aufgerollt hat Gottes Hand
Diese Wogen zum Befahren
Und die Sterne, dich zu wahren.

SO ODER SO

Die handeln und die dichten,
Das ist der Lebenslauf,
Der Eine macht Geschichten,
Der Andre schreibt sie auf,
Und der will beide richten;
So schreibt und treibt sich's fort,
Der Herr wird Alles schlichten,
Verloren ist kein Wort.

WALT' GOTT!

Gestern stürmt's noch, und am Morgen
Blühet schon das ganze Land –
Will auch nicht für morgen sorgen,
Alles steht in Gottes Hand.

Putz' dich nur in Gold und Seiden:
In dem Felde über Nacht
Engel Gott's die Lilien kleiden,
Schöner als du 's je gedacht.

Sonn' dich auf des Lebens Gipfeln:
Über deinem stolzen Haus
Singt der Vogel in den Wipfeln,
Schwingt sich über dich hinaus!

Vögel nicht, noch Blumen sorgen,
Hat doch jedes sein Gewand –
Wie so fröhlich rauscht der Morgen!
Alles steht in Gottes Hand.

IM ALTER

Wie wird nun Alles so stille wieder!
So war mir 's oft in der Kinderzeit,
Die Bäche gehen rauschend nieder
Durch die dämmernde Einsamkeit,
Kaum noch hört man einen Hirten singen,
Aus allen Dörfern, Schluchten, weit
Die Abendglocken herüberklingen,
Versunken nun mit Lust und Leid
Die Täler, die noch einmal blitzen,
Nur hinter dem stillen Walde weit
Noch Abendröte an den Bergesspitzen,
Wie Morgenrot der Ewigkeit.

MEMENTO MORI

Schnapp' Austern, Dukaten,
Mußt dennoch sterben!
Dann tafeln die Maden
Und lachen die Erben.

DIE HEILIGE MUTTER

Es ist ein Meer, von Schiffen irr' durchflogen,
Die steuern rastlos nach den falschen Landen,
Die Alle suchen und wo Alle stranden
Auf schwanker Flut, die Jeden noch betrogen.

Es ist im wüsten Meer ein Felsenbogen,
An dem die sturmgepeitschten Wellen branden
Und aller Zorn der Tiefe wird zu Schanden,
Die nach dem Himmel zielt mit trüben Wogen.

Und auf dem Fels die mildeste der Frauen
Zählt ihre Kinder und der Schiffe Trümmer,
Stillbetend, daß sich rings die Stürme legen.

Das sind die treuen Augen, himmelblauen –
Mein Schiff versenk' ich hinter mir auf immer,
Hier bin ich, Mutter, gib mir deinen Segen!

MAHNUNG

Genug gemeistert nun die Weltgeschichte!
Die Sterne, die durch alle Zeiten tagen,
Ihr wolltet sie mit frecher Hand zerschlagen
Und Jeder leuchten mit dem eignen Lichte.

Doch unaufhaltsam rucken die Gewichte,
Von selbst die Glocken von den Türmen schlagen,
Der alte Zeiger, ohne euch zu fragen,
Weist flammend auf die Stunde der Gerichte.

O stille Schauer, wunderbares Schweigen,
Wenn heimlichflüsternd sich die Wälder neigen,
Die Täler alle geisterbleich versanken,

Und in Gewittern von den Bergesspitzen
Der Herr die Weltgeschichte schreibt mit Blitzen –
Denn seine sind nicht euere Gedanken.

WACHT AUF!

Es ist ein Kirchlein zwischen Felsenbogen
So tief versteckt: wie in den alten Sagen
Hat Nächtens drin die Glocke angeschlagen,
Weiß Keiner, wer die Glocken hat gezogen.

Erwache, Steuermann! hoch gehn die Wogen;
Ihr Hirten auf, die Herden nach euch fragen;
Ihr Wächter sollt an Schloß und Hütten schlagen,
Wacht auf, wacht auf, bevor der Klang verflogen!

Denn Heerschau halten will in deutschen Gauen
Der Herr und zählen, die ihm treu geblieben,
Eh' er den Engel mit dem Schwerte sendet.

Schon bricht's so dunkelrot durch's Morgengrauen,
Ob's Blut bedeutet oder feur'ges Lieben,
Es steht in Gottes Hand, die Niemand wendet.

DIE FLUCHT DER HEILIGEN FAMILIE

Länger fallen schon die Schatten,
Durch die kühle Abendluft,
Waldwärts über stille Matten
Schreitet Joseph von der Kluft,
Führt den Esel treu am Zügel;
Linde Lüfte fächeln kaum,
'S sind der Engel leise Flügel,
Die das Kindlein sieht im Traum,
Und Maria schauet nieder
Auf das Kind voll Lust und Leid,
Singt im Herzen Wiegenlieder
In der stillen Einsamkeit.
Die Johanneswürmchen kreisen
Emsig leuchtend über'n Weg,
Wollen der Mutter Gottes weisen
Durch die Wildnis jeden Steg,
Und durch's Gras geht süßes Schaudern,
Streift es ihres Mantels Saum;
Bächlein auch läßt jetzt sein Plaudern
Und die Wälder flüstern kaum,
Daß sie nicht die Flucht verraten.
Und das Kindlein hob die Hand,
Da sie ihm so Liebes taten,
Segnete das stille Land,
Daß die Erd' mit Blumen, Bäumen
Fernerhin in Ewigkeit
Nächtlich muß vom Himmel träumen –
O gebenedeite Zeit!

VOM HEILIGEN EREMITEN WILHELM

Von Jerusalem die Warten
Lagen schon in rotem Duft,

Stand der Patriarch im Garten,
Glockenklang ging durch die Luft.

Kommt ein Pilger da gezogen,
Tritt zu ihm im Abendrot,
Bleich, von strupp'gem Haar umflogen,
Bettelt um ein Stücklein Brot.

Kommst aus Frankreich, frommer Pilger,
Hör' der Heimat Laut so gern!
Kennst du dort den Grafen Wilhelm,
Meinen vor'gen Landesherrn?

»Kenn' ihn wohl, er hat geschrieben
Feur'ge Schrift mit blut'ger Hand,
Hat aus Frankreich dich vertrieben,
Und dein Kloster liegt verbrannt.«

Gott im Himmel, sollt' dich kennen,
Wie du so den Blick gewandt,
Bist Graf Wilhelm der Ardennen –
»Also ward ich sonst genannt.«

O mein lieber Herr, am Grabe
Stehen beid' als Sünder wir –
Haus und Garten, was ich habe,
Nehmt es hin und rastet hier!

»Bet' für mich, ich darf nicht rasten,
Denn ohn' Rasten geht die Zeit,
Hart mit Geißeln, Wachen, Fasten
Lieg' ich mit der Höll' in Streit.

Kron' und Land ließ ich den Erben,
Muß mit stürmender Gewalt
Mir ein andres Reich erwerben.« –
Und so schritt er fort zum Wald.

VERLOREN

Still bei Nacht fährt manches Schiff,
Meerfei kämmt ihr Haar am Riff,
Hebt von Inseln an zu singen,
Die im Meer dort untergingen.

Wann die Morgenwinde wehn,
Ist nicht Riff noch Fei zu sehn,
Und das Schifflein ist versunken,
Und der Schiffer ist ertrunken.

〈SINNGEDICHTE〉

Wie schön und wunderbar,
Da kaum noch der Tag brach an!
Seit nun alles so nüchtern und klar,
Hab ich keine Freude mehr dran.

*

Durcheinander

Spatzen schrein und Nachtigallen,
Nelke glüht und Distel sticht,
Rose schön durch Nesseln bricht,
Besser noch hat mir gefallen
Liebchens spielendes Augenlicht;
Aber fehlte auch nur eins von allen,
'S wär eben der närrische Frühling nicht.

*

Was für ein Klang in diesen Tagen
Hat übermächtig angeschlagen?
Der Völker Herzen sind die Saiten,
Durch die jetzt Gottes Finger gleiten!

*

Das ist ein Suchen, eine Angst und Hast!
Auf Schnellpost fliegen sie ohne Rast
Und Eisenbahnen hin und her –
Sie finden's draußen doch nimmermehr.

*

Haben den Dom mit Buden umbauert,
Die alten Fenster alle vermauert,
Und wollen nun nach ihrem Behagen
In Säcken das Licht in die Kirche tragen.

*

Und Licht schreit's rings, und immer Licht!
Nach Osten, Menschenkind, dich richt,
Die alte Sonne neu anbricht,
Draus schaut des Herren Angesicht,
So ernst – du siehst's nur noch vor Blendung nicht.

*

Es rast der Sturm ums Haus herum,
Ich frag nichts drum,
Eine feste Burg ist ein gut Gewissen,
Es hat's noch kein Sturm zerrissen.

*

Die Ehre und die Eitelkeit,
Die führen ewig den alten Streit,
Die eine schiene vor der Welt so gern,
Was die andre sein will vor dem Herrn.

*

Entdeckt sind alle Inseln, Riffe,
In der Windstille rings umher
Vor Langweile versinken die Schiffe –
Ja, wenn ein Columbus geboren wär,
Eine neue Welt holt' er aus dem Meer!

AN GÖRRES
Oktober 1839

Wo einer noch Christi Fahne hält
Hoch über dem Erden-Plunder,
Für einen Narren hält ihn die Welt
Für ein gar fabelhaft Wunder.

Der Alte vom Berge nachts umgeht
Und zieht die alten Glocken,
Im Schlaf auf die andre Seite dreht
Die Welt sich, fast erschrocken.

Einsiedler du, ja stürme nur fort!
Manch Wandrer noch irrt verspätet,
Spürt in dem Klange des Herren Wort
Und sinkt in die Knie und betet.

AUF DEN BERGEN
November 1839

Ich stehe in Waldesschatten
Wie an des Lebens Rand,
Die Länder wie dämmernde Matten,
Der Strom wie ein silbern Band.

BEI HALLE

Da steht eine Burg über'm Tale
Und schaut in den Strom hinein,
Das ist die fröhliche Saale,
Das ist der Gibichenstein.

Da hab' ich so oft gestanden,
Es blühten Täler und Höh'n,
Und seitdem in allen Landen
Sah ich nimmer die Welt so schön!

Durch's Grün da Gesänge schallten,
Von Rossen, zu Lust und Streit,
Schauten viel schlanke Gestalten,
Gleichwie in der Ritterzeit.

Wir waren die fahrenden Ritter,
Eine Burg war noch jedes Haus,
Es schaute durch's Blumengitter
Manch' schönes Fräulein heraus.

Das Fräulein ist alt geworden,
Und unter Philistern umher
Zerstreut ist der Ritterorden,
Kennt Keiner den Andern mehr.

Auf dem verfallenen Schlosse,
Wie der Burggeist, halb im Traum,
Steh' ich jetzt ohne Genossen
Und kenne die Gegend kaum.

Und Lieder und Lust und Schmerzen,
Wie liegen sie nun so weit –
O Jugend, wie tut im Herzen
Mir deine Schönheit so leid!

ROMANZE

Blonder Ritter, blonder Ritter,
Deine Blicke, weltschmerzdunkel,
Statt durch Helmes Eisengitter,
Durch die Brille gläsern funkeln.

Hinter'm Ohre, statt vom Leder,
Zornig mit verwegner Finte
Ziehst Du statt des Schwerts die Feder,
Und statt Blutes fließet Dinte.

Federspritzeln, Ehr' beklecken,
Ungeheueres Geschnatter!
Wilde Recken, wilde Recken,
Trampelt nicht die Welt noch platter.

WANDERLIED

Ich weiß nicht, was das sagen will!
Kaum tret' ich von der Schwelle still,
Gleich schwingt sich eine Lerche auf
Und jubiliert durch's Blau vorauf.

Das Gras ringsum, die Blumen gar
Stehn mit Juwelen und Perl'n im Haar,
Die schlanken Pappeln, Busch und Saat
Verneigen sich im größten Staat.

Als Bot' voraus das Bächlein eilt,
Und wo der Wind die Wipfel teilt,
Die Au' verstohlen nach mir schaut,
Als wär' sie meine liebe Braut.

Ja, komm' ich müd' in's Nachtquartier,
Die Nachtigall noch vor der Tür
Mir Ständchen bringt, Glühwürmchen bald
Illuminieren rings den Wald.

Umsonst! das ist nun einmal so,
Kein Dichter reist incognito,
Der lust'ge Frühling merkt' es gleich,
Wer König ist in seinem Reich.

DIE RÄUBERBRÜDER

»Vorüber ist der blut'ge Strauß,
Hier ist's so still, nun ruh' Dich aus.«

»Vom Tal herüber kommt die Luft;
Horch, hörst Du Nichts? Die Mutter ruft.«

»Die Mutter ist ja lange tot,
Eine Glocke klingt durch's Morgenrot.«

»Lieb' Mutter, hab' nicht solches Leid,
Mein wildes Leben mich gereut. –«

»Was sinkst Du auf die Knie in's Gras?
Deine Augen dunkeln, Du wirst so blaß. –«

Es war von Blut der Grund so rot,
Der Räuber lag im Grase tot.

Da küßt der Bruder den bleichen Mund:
»Dich liebt' ich recht aus Herzensgrund.«

Vom Fels dann schoß er noch einmal
Und warf die Büchse tief in's Tal.

D'rauf schritt er durch den Wald zur Stadt:
»Ihr Herrn, ich bin des Lebens satt.«

»Hie ist mein Haupt, nun richtet bald,
Zum Bruder legt mich in den Wald.«

MODERNE RITTERSCHAFT

O große, ritterliche Zeit
In diesen Friedenstagen,
Wo man in ganzer Christenheit
Nichts tut, als Ritter schlagen!

Wer so viel Adlerbrut nur treibt
Aus ihren Felsenhängen,
Daß drunten jedem Wichte bleibt
Im Knopfloch einer hängen!

O wunderbare Ritterschaft!
Ich wollt, ⟨. . .⟩
St. Georg mit seiner Lanze Schaft
Woll euch zu Rittern schlagen!

NACHTGRUSS
Den 16. Mai 1840

Nachts an der Küste wir vorüberfahren,
Von der ich schied vor vielen, vielen Jahren.
Der Liebsten Haus steht dort, wo wir so fröhlich waren;
Gott wolle sie bewahren!

Die Nachtigallen noch im Garten schlagen,
Wie damals in den schönen, stillen Tagen.
Was mögen sie jetzt klagen?
Nach mir will niemand fragen.

Sonst wenn die Linden in der Blüte waren,
Sahst du dort aus nach mir vor vielen, vielen Jahren, –
Ich muß vorüber fahren,
Gott wolle dich bewahren!

Jeder meint, die Schönste wär' sein Lieb'
Und das Allerbeste, was er schrieb.
Wär' es anders, möcht' keiner heiraten,
Und kein Liedchen würd' geraten.

WECHSEL

Es fällt Nichts vor, mir fällt Nichts ein,
Ich glaub' die Welt steht still,
Die Zeit tritt auf so leis und fein,
Man weiß nicht, was sie will.

Auf einmal rührt sich's dort und hier –
Was das bedeuten mag?
Es ist, als hört'st du über dir
Einen frischen Flügelschlag.

Rasch steigen dunkle Wetter auf,
Schon blitzt 's und rauscht die Rund',
Der lust'ge Sturmwind fliegt vorauf –
Da atm' ich aus Herzensgrund.

AUF OFFENER SEE

Ade, du Küste mit den falschen Sorgen,
Furcht, Glück und Not, sinkt unter in das Meer!
Nun bin ich frei, jetzt bin ich erst geborgen,
Kein eitles Hoffen langet bis hierher.
Wie still, wohin ich auch die Blicke wende,
Wie tief und hoch und ringsum ohne Ende!

Gestirne, Wolken gehen auf und unter
Und spiegeln sich im stillen Ozean,
Hoch Himmel über mir und Himmel drunter,
Inmitten wie so klein mein schwacher Kahn!

Walt Gott, ihm hab ich alles übergeben,
Nun komm nur, Sturm, ich fürcht nicht Tod noch
Leben!

Ein Eiland, das die Zeiten nicht versanden,
Von dem sehnsüchtig fromme Völker träumen,
Wo Himmelslichter ernst den Felsen säumen,
Der Wetter bricht und Weltwitz macht zu Schanden:

Dorthin kehrst *Du* das Schiff aus wildem Branden,
Wie auch die Wogen sich hoffärtig bäumen,
Das Steuer lenkend durch das eitle Schäumen,
Am heil'gen Heimatsstrand *Dein* Volk zu landen.

Dorther auch stammt der Poesie Gebilde,
Und mahnend zielt nach jenen stillen Höhen
Des Dichters Lied, daß Heimweh sich erneue.

Ein Hauch nur ist's – laß in die Segel milde,
Um *Deinen* Banner, hoher Herr, ihn wehen:
Es ist der Herzens-Klang der alten Treue.

MARIENLIED

Wenn in's Land die Wetter hängen
Und der Mensch erschrocken steht,
Wendet, wie mit Glockenklängen
Die Gewitter Dein Gebet,
Und wo aus den grauen Wogen
Weinend auftaucht das Gefild,
Segnest Du 's vom Regenbogen –
Mutter, ach wie bist du mild!

Wenn 's einst dunkelt auf den Gipfeln
Und der kühle Abend sacht

Niederrauschet in den Wipfeln:
O Maria, heil'ge Nacht!
Laß' mich nimmer wie die Andern,
Decke zu der letzten Ruh
Mütterlich den müden Wandrer
Mit dem Sternenmantel zu.

STIMMEN DER NACHT

1.

Weit tiefe, bleiche, stille Felder –
O wie mich das freut,
Über alle, alle Täler, Wälder
Die prächtige Einsamkeit!

Aus der Stadt nur schlagen die Glocken
Über die Wipfel herein,
Ein Reh hebt den Kopf erschrocken
Und schlummert gleich wieder ein.

Der Wald aber rühret die Wipfel
Im Schlaf von der Felsenwand,
Denn der Herr geht über die Gipfel
Und segnet das stille Land.

2.

Nächtlich wandern alle Flüsse
Und der Himmel, Stern auf Stern,
Sendet so viel tausend Grüße,
Daß die Wälder nah und fern
Schauernd rauschen in den Gründen;
Nur der Mensch, dem Tod geweiht,
Träumet fort von seinen Sünden
In der stillen Gnadenzeit.

DIE SPERLINGE

Altes Haus mit deinen Löchern,
Geiz'ger Bauer, nun Ade!
Sonne scheint, von allen Dächern
Tröpfelt lustig schon der Schnee,
Draußen auf dem Zaune munter
Wetzen unsre Schnäbel wir,
Durch die Hecken 'rauf und 'runter,
In dem Baume vor der Tür
Tummeln wir in hellen Haufen
Uns mit großem Kriegsgeschrei,
Um die Liebste uns zu raufen,
Denn der Winter ist vorbei!

FRÜHE

Im Osten graut's, der Nebel fällt,
Wer weiß, wie bald sich's rühret!
Doch schwer im Schlaf noch ruht die Welt,
Von Allem nichts verspüret.

Nur eine frühe Lerche steigt,
Es hat ihr was geträumet
Vom Lichte, wenn noch Alles schweigt,
Das kaum die Höhen säumet.

Es ist kein Blümlein ja so klein,
Die Sonn sich sein erbarmt,
Scheint in das tiefste Tal hinein,
Daß jeder Halm erwarmt.

So hast auch du im Königssaal
Der Armen stets gedacht,
Mit deiner Liebe mildem Strahl
Uns schirmend angelacht.

Gern dankten wir, wir können's nicht,
Denn Worte sind zu klein,
Drum laß uns fromm sein, treu und schlicht,
Das wird dich mehr erfreun.

O lieber Gott, ja deine Hand
Sei dieses Hauses Schild,
Erhalt die Königin dem Land
Und uns die Mutter mild!

DIE ENGEL VOM CÖLNER DOM

1

Es war die Nacht so trübe,
Jetzt blitzt der Morgen draus,
Als ob er hübe
Das schwere Dach vom Haus.

2

Ein steinerner Wald von Gedanken
Rührt sich 〈. . .〉
Als wollt' er wieder ranken
Von neuem himmelan.

3

Beschauet seine Bogen
Im alten deutschen Strom –
Das sind des Rheines Wogen,
Das ist der Cölner Dom.

4

Und über Städten, Weilern
Ein Singen ⟨. . .⟩ Nacht,
Das sind die Engel auf den Pfeilern,
Die hielten treulich Wacht.

5

Die sehen Aurora blitzen
Und dehnen die Flügel weit
Von den ⟨. . .⟩ Spitzen
In die ⟨. . .⟩ Morgenzeit.

6

Und über allen Triften,
Wo's Deutsche geben mag,
Hört man in den stillen Lüften
Wie'n leisen Flügelschlag.

7

»Wach't auf, wach't auf, ihr Frommen!
⟨. . .⟩ hinaus,
Jetzt ist die Zeit gekommen,
Es gilt des Vaters Haus.

8

Was soll das ⟨. . .⟩?
Laßt alles Eitle ruhn,
Ihr ⟨. . .⟩ Künstler alle,
Nun gibt's was Recht's zu tun!

9

Wie einst zu Landes Wehre,
Da Gott auch mit euch war,
Seid nun zu seiner Ehre
Eine ein'ge Brüderschar!«

DER ARME MANN

Stände noch das Feld im Flore
Wie in warmer Sommerzeit,
Ging' ich aus dem dunklen Tore
In die Waldeseinsamkeit.

Legt' im tiefsten Wald mich nieder,
Wo der Vöglein Nachtquartier,
Und es sängen ihre Lieder
Nachtigallen über mir.

Doch verschneiet Markt und Gassen
Nun der böse Winter hat,
Und ich wandre arm, verlassen
Durch die stille fremde Stadt.

Späte Gäste gleich Gespenstern
Schlüpfen da und dort ins Haus,
Und der Nachtwind an den Fenstern
Löscht die letzten Lampen aus.

Nur aus einem noch sprüht Glänzen
Weithin in den bleichen Schnee,
Spielen auf da drinn' zu Tänzen,
Klingt hier draußen fast wie Weh.

Wolle Gott die Stadt bewahren,
Mild behüten Hof und Haus –
Die da tanzen, die da fahren,
Hier doch ruhen alle aus!

Und im mitternächt'gen Sturme,
Der am Himmel brausend zieht,
Singt das Glockenspiel vom Turme
Über mir ein frommes Lied.

An dem Kirchhof die Kapelle
Ladet mich zur müden Ruh,
Lege stumm mich auf die Schwelle,
Und die Nacht, sie deckt mich zu.

Und ich stehe in Gedanken,
Als ob's mir alleine gilt,
Mir nur trostreich und den Kranken –
Lieber Gott, wie bist du mild!

FEE MORGANA

Du Pilger im Wüstensande,
Ich spiegle Wälder und Kluft,
Der Heimat blühende Lande
Dir wunderbar in der Luft.

Wer hielte in dieser Wüste
Das einsame Wandern aus,
Wenn ich ihn barmherzig nicht grüßte
Mit Frühlingsdüften von Haus?

Und ob's auch wieder verflogen
In Luft – und schien doch so nah –
Nur frisch durch die sengenden Wogen,
Wer weiß, wie bald bist du da!

DER BRAVE SCHIFFER

Heinrich Theodor v. Schön. 1847

Solang' an Preußens grünem Strand
Die Meereswogen schlagen,
Wird Kindeskind im ganzen Land
Vom braven Schiffer sagen.

In wilden Wettern trieb das Schiff,
Die wollten es begraben,
Da sprach er stolz zu Sturm und Riff:
Ihr sollt es nimmer wagen!

Kühn um der Nornen Felsenwand,
Durch Meeresungeheuer,
Weil er das hohe Wort verstand,
Lenkt mächtig er das Steuer.

Und als die Brandung sich verlief,
Die Waffen müde sanken,
Gerettet hatte aus der Tief'
Den Hort er der Gedanken.

Und ob auch Stern auf Stern versank
Und schlaff die Segel hingen,
Der Teufel, nicht das Schiff, ertrank,
Gedanken sind ja Schwingen.

So zwischen Schrecken, träger Ruh
Und Sandbank des Gemeinen
Dem ritterlichen König zu
Führt' er getreu die Seinen.

Jetzt über'm Lande auf der Wacht
Steht rastend er im Hafen:
Die See geht hoch; gebt Acht, gebt Acht,
Ihr Schiffer sollt nicht schlafen!

Ja, und so oft wir wogenwärts
Noch frische Fahrten wagen,
Soll hell an jedes Preußenherz
Des Schiffers Mahnung schlagen!

NACHTS
Danzig 1843

Dunkle Giebel, hohe Fenster,
Türme tief aus Nebeln sehn,
Bleiche Statuen wie Gespenster
Lautlos an den Türen stehn.

Träumerisch der Mond drauf scheinet,
Dem die Stadt gar wohl gefällt,
Als läg' zauberhaft versteinet
Drunten eine Märchenwelt.

Ringsher durch das tiefe Lauschen,
Über alle Häuser weit,
Nur des Meeres fernes Rauschen –
Wunderbare Einsamkeit!

Und der Türmer wie vor Jahren
Singet ein uraltes Lied:
Wolle Gott den Schiffer wahren,
Der bei Nacht vorüberzieht!

1844-1859

DAS ALTER

Hoch mit den Wolken geht der Vögel Reise,
Die Erde schläfert, kaum noch Astern prangen,
Verstummt die Lieder, die so fröhlich klangen,
Und trüber Winter deckt die weiten Kreise.

Die Wanduhr pickt, im Zimmer singet leise
Waldvöglein noch, so du im Herbst gefangen.
Ein Bilderbuch scheint Alles, was vergangen,
Du blätterst d'rin, geschützt vor Sturm und Eise.

So mild ist oft das Alter mir erschienen:
Wart' nur, bald taut es von den Dächern nieder,
Und über Nacht hat sich die Luft gewendet.

Ans Fenster klopft ein Bot' mit frohen Mienen,
Du trittst erstaunt heraus – und kehrst nicht wieder,
Denn endlich kommt der Lenz, der nimmer endet.

Es träumt ein jedes Herz
Vom fernen Land des Schönen.
Dorthin durch Lust und Schmerz
Schwingt wunderbar aus Tönen
Manch' Brücke eine Fei, –
O! holde Zauberei!

Scherz im Ernst und Ernst im Scherz,
Also hält'st du's mit den Dingen,
Daß des Lebens Kampf und Schmerz

Selber heiter muß erklingen.
Alter Dichter, junges Herz,
Sollst noch lang auf Erden singen
Und dereinst dich himmelwärts
Jubelnd, wie die Lerche, schwingen.

GRUSS AN DIE »EINTRACHT«

Wien, im Februar 1847

Lerche, wo sie's grünen sieht,
Lenkt sie hin von ferne –
Wo ein Liederfrühling blüht,
Weilt der Dichter gerne.

Segnet dankbar Strom und Tal,
Die ihn traut empfangen,
Grüßt die Sänger allzumal,
Die so liebreich sangen.

Und senkt alternd sich sein Schwung,
Mag's ihn immer schmerzen,
Bleibt doch Poesie stets jung
In dem deutschen Herzen.

ZUM 8. APRIL 1847

Selig, wo sich zwei gesellt
In den schlimmen Tagen
Und ihr häuslich frommes Zelt
Schirmend aufgeschlagen!

Vor dem Zelt da halten Wacht
Engel Stund' um Stunde,
Drüben machen bei der Nacht
Sterne ihre Runde.

Und wenn's draußen wirbelnd schwirrt,
Flüchten hin viel' Gäste,
Und ein jeder *Sonntag* wird
So zum heitern Feste.

Einer scheidet, zögernd noch,
Denn er blieb so gerne!
Mit dem Herzen bleibt er, *doch* –
Denk't sein' in der Ferne!

1848

I
Die Altliberalen

Die wilden Wasser, sagt man, hat entbunden
Ein Lehrling einst, vorwitzig und vermessen,
Doch hinterdrein den Zauberspruch vergessen,
Der streng die Elemente hält gebunden.

Ein tödlich Pulver, sagt man, zu erkunden,
Hat einst ein Mönch sich überklug vermessen,
Und als er eben recht darauf versessen,
Im Zauberdampf den eignen Tod gefunden.

So habt den Zeitgeist ihr gebraut, gemodelt,
Und wie so lustig dann der Brei gebrodelt,
Ihm eure Zaubersprüche zugejodelt.

Und da's nun gärt und schwillt und quillt – was Wunder,
Wenn platzend dieser Hexentopf jetzunder
Euch in die Lüfte sprengt mit allem Plunder!

II

Ihr habt es ja nicht anders haben wollen

Es fährt die Welt mit Dampf, die Meister grollen
Dem treuen Roß ob seinem trägen Schritte,
Und stacheln es, daß es den Zaum nicht litte,
Und stachelten, bis ihm der Kamm geschwollen.

O wunderschön: ein edles Roß im vollen
Kühnfreien Lauf durch grüner Wälder Mitte,
Lichtfunken sprühen hinter jedem Tritte,
Die Mähne flattert und die Augen rollen!

Was ruft ihr nun so ängstlich? Euren Winken
Hat es zum Ritt sich wieder stellen sollen?
Zu spät! Das Roß riß plötzlich aus zur Linken.

Ihr müßt zur Rechten hinterdrein jetzt hinken,
Da ist es nicht mehr Zeit, vornehm zu schmollen,
Ihr habt es ja nicht anders haben wollen.

III

Kein Pardon

Hervor jetzt hinter euren rost'gen Gittern,
Heraus, ihr Schriftgelehrten, Hochmutstollen!
An euch ist der Posaunenruf erschollen,
Vor dem die Schlechten und Gerechten zittern.

Denn Deutschland dunkelt tief in Ungewittern,
Wo alle Quellen, Bäche, zorngeschwollen
Als Ströme donnernd von den Höhen rollen,
Und Blitze, was der Sturm verschont, zersplittern.

Die Ströme werden nimmer rückwärts stauen,
Die Blitze werden zielen nach den Kronen,
Die Stürme rastlos fegen durch die Gauen,

All' Türme brechend, wo die Stolzen wohnen,
Bis All' erkannt demütig in dem Grauen
Den *einen* König über allen Thronen.

IV

Will's Gott!

Kein Zauberwort kann mehr den Ausspruch mildern,
Das sündengraue Alte ist gerichtet,
Da Gott nun selbst die Weltgeschichte dichtet
Und auf den Höhen zürnend Engel schildern:

Die Babel bricht mit ihren Götzenbildern
Ein junger Held, der mit dem Schwerte schlichtet,
Daß Stein auf Stein, ein Trümmerhauf, geschichtet,
Die Welt vergeht in schauerndem Verwildern.

Doch *eins*, das hastig alle übersehen,
Das Kreuz, bleibt auf den Trümmern einsam stehen;
Da sinkt ins Knie der Held, ein Arbeitsmüder,

Und vor dem Bild, das alle will versöhnen,
Legt er dereinst die blut'gen Waffen nieder
Und läßt den neuen Bau den freien Söhnen.

V

Wer rettet?

Es ist den frischen hellen Quellen eigen,
Was alt und faul, beherzt zu unterwühlen
Und Wasserkünste unversehns und Mühlen
Wild zu zerreißen, wenn die Fluten steigen.

Es liebt das Feuer frei emporzusteigen,
Verzehrend, die mit seinen Lohen spielen,
Es liebt der Sturm, was leicht, hinwegzuspülen,
Und bricht, was sich hochmütig nicht will neigen.

Sah'n wir den Herren nun in diesen Tagen
Ernstrichtend durch das deutsche Land geschritten,
Und Wogenrauschen hinter seinen Tritten,

Und Flammen aus dem schwanken Boden schlagen,
Empor sich ringelnd in des Sturmes Armen:
Wer rettet uns noch da, als Sein Erbarmen?

VI

Das Schiff der Kirche

Die alten Türme sah man längst schon wanken,
Was unsre Väter fromm gebaut, errungen,
Thron, Burg, Altar, es hat sie all' verschlungen
Ein wilder Strom entfesselter Gedanken.

Der wühlt sich breit und breiter ohne Schranken,
Ein Meer, wo zornigbäumend aufgeschwungen
Die trüben Fluten Fels um Fels bezwungen,
Und alle Rettungsufer rings versanken.

Doch drüberhin gewölbt ein Friedensbogen,
Wohin nicht reichen die empörten Wogen,
Und unter ihm ein Schiff dahingezogen,

Das weiß nichts von der Wasser wüstem Branden,
Das macht der Stürme Wirbeltanz zuschanden –
O Herr, da laß uns alle selig landen!

VII

Der welsche Hahn

Es rief der welsche Hahn
Und schlug mit seinen Flügeln,
Da hebt's zu krähen an
Auf allen deutschen Hügeln.
Den neuen Tag bricht an

Der Herr auf allen Höhen;
Da will der Hahn sich blähen
Und meint, *er* hätt's getan
Mit seinem heisern Krähen.

VIII
Spruch

Magst du zu dem Alten halten
Oder Altes neu gestalten,
Mein's nur *treu* und laß Gott walten!

IX
Familienähnlichkeit

Zwei Arten von Getieren,
Nach *einem* Schliff geschliffen:
Aufwarten, apportieren,
So wie der Herr gepfiffen.

Wo zwei zusammenlaufen,
Zaust einer dem andern die Ohren,
Und all' zusammen raufen
Den Bruder, der verloren.

Die einen nennt man Hunde,
Die andern heißen Deutsche.
'S ist einerlei im Grunde,
Und beiden gebührt die Peitsche.

DER FREIHEIT WIEDERKEHR

1.

Um mich wogt es wie ein Meer,
Fast wie in vergangnen Tagen,
Da die Wälder ringsumher
Rauschten von uralten Sagen.

Dort blitzt's auf, das ist der Rhein,
Wo sich zwischen Rebenhügeln
Bei dem glühen Morgenschein
Burgen in den Fluten spiegeln.

Sei gegrüßt, du schöner Strom!
Brüderlich wob seine Äste
Damals deiner Wälder Dom
Dir zum Schutz und Trutz als Veste,

Als der Römer-Adler flog
Und ich flüchtet' vor dem Volke,
Das den Erdkreis überzog,
Eine Zornes-Wetterwolke;

Das einst kühn nach Heldenart,
Mit dem Schwert die Welt gemessen,
Doch geworden stolz und hart,
Seit es meiner hatt' vergessen.

Hinter mir in Schmach und Tod
Sah ich da die Länder dunkeln,
Vor mir frisches Morgenrot
Rings von deinen Bergen funkeln.

Freudig zog ich zu dir hin,
Bracht' dir aller Länder Kronen,

Bis auch du in blödem Sinn
Mir's nicht länger mochtest lohnen.

Jetzt nach langer banger Fahrt,
Hab ich wieder dich gefunden,
Und es grüßt nach Landesart,
Mich die ganze weite Runde.

Feuerzeichen steigen auf,
Von den Gipfeln ringsum schallt es,
Und zum Willkomm mir herauf
Rauscht der Rhein und widerhallt es.

Und von Berg zu Bergeswand,
Weit hinab durch alle Gaue
Segn' ich dich, du deutsches Land,
Dem ich wieder mich vertraue.

2.

Geht ein Klingen in den Lüften,
Aus der Tiefe rauscht der Fluß,
Quellen stürzen von den Klüften,
Bringen ihr der Höhen Gruß.

Denn es naht in Morgenblitzen
Eine hohe Frau zu Roß,
Als wär' mit den Felsenspitzen
Das Gebirge dort ihr Schloß.

Und die grauen Schatten senken,
Wie sie durch die Dämm'rung bricht,
Und die Creaturen trinken
Durstend alle wieder Licht.

Ja, sie ist's, die wir da schauen,
Unsre Königin im Tal,

Holde Freiheit, schöne Frauen,
Grüß dich Gott viel tausendmal!

MEMENTO

So lange Recht regiert und schöne Sitte,
Du schlicht und gläubig gehst in sich'rer Mitte,
Da trittst du siegreich zwischen Molch und Drachen,
Und wo du ruhst, da wird ein Engel wachen.
Doch wenn die Kräft', die wir »*Uns selber*« nennen,
Die wir mit Schaudern raten und nicht kennen,
Gebundne Bestien, wie geklemmt in Mauern,
Die nach der alten Freiheit dunkel lauern –
Wenn die rebellisch sich von dir lossagen,
Gewohnheit, Glauben, Sitt' und Recht zerschlagen,
Und stürmend sich zum Elemente wenden:
Mußt Gott du werden oder teuflisch enden.

LIBERTAS' KLAGE

Weh' du Land, das keck mich bannte,
Und da ich zu dir mich wandte,
Mich blödsinnig nicht erkannte;

Wo aus Trümmern nun die blassen
Geister stieren: Stolz und Hassen,
Brüder sich ingrimmig fassen.

Habt ihr euch von dem gewendet,
Der barmherzig mich gesendet,
Wird in Schmach die Ehr' geendet.

Wer will meinen Banner schwingen,
Muß erst mit dem Teufel ringen,
Der ihn selber hält in Schlingen.

Wer so kühn, um mich zu werben,
Zage nicht, für mich zu sterben,
Um das Himmelreich zu erben,

Lieble nicht, nach andern lugend,
Denn ich bin des Herzens Jugend
Und der Völker strenge Tugend.

Bin die Lebensluft der Höhen,
Wo der Atem mag vergehen
Allen, die zur Tiefe sehen,

Flamme, schlank emporgelodert,
Die in Zornesmut, was modert,
Sengend zu Gerichte fodert.

'S war ein mächt'ger Wald da droben,
Treulich Stamm in Stamm verwoben,
Mir zum grünen Dom erhoben.

Weh', du schönes Land der Eichen!
Bruderzwist schon, den todbleichen,
Seh' ich mit der Mordaxt schleichen.

Und in künft'gen öden Tagen
Werden nur verworrne Sagen
Um den deutschen Wald noch klagen.

FRÜHLINGSAHNEN

Was gibt's, daß vom Horste
An der zackigen Kluft
Der Adler schon steigt
Und hängt überm Forste
In der stillen Luft,
Wenn alles noch schweigt?

Ich hörte in Träumen
Ein Rauschen gehn,
Sah die Gipfel sich säumen
Von allen Höhn, –
Ist's ein Brand, ist's die Sonne?
Ich weiß es nicht,
Aber ein Schauer voll Wonne
Durch die Wälder bricht.

Die gebunden da lauern,
Sprengt' Riegel und Gruft,
Du ahnend' Schauern
Der Felsenkluft,
Unsichtbar ringen in der stillen Luft,
Du träumend Singen
Im Morgenduft!
Brecht auf, schon ruft
Der webende, blaue
Frühling durchs Tal.

FRÜHLINGSDÄMMERUNG

In der stillen Pracht,
In allen frischen Büschen und Bäumen
Flüstert's wie Träumen
Die ganze Nacht.
Denn über den mondbeglänzten Ländern
Mit langen weißen Gewändern
Ziehen die schlanken
Wolkenfrau'n wie geheime Gedanken,
Senden von den Felsenwänden
Hinab die behenden
Frühlingsgesellen, die hellen Waldquellen,
Die's unten bestellen
An die duft'gen Tiefen,
Die gerne noch schliefen.

Nun wiegen und neigen in ahnendem Schweigen
Sich alle so eigen
Mit Ähren und Zweigen,
Erzählen's den Winden,
Die durch die blühenden Linden
Vorüber den grasenden Rehen
Säuselnd über die Seen gehen,
Daß die Nixen verschlafen auftauchen
Und fragen,
Was sie so lieblich hauchen –
Wer mag es wohl sagen?

DER VÖGEL ABSCHIED

Ade, ihr Felsenhallen,
Du schönes Waldrevier,
Die falben Blätter fallen,
Wir ziehen weit von hier.

Träumt fort im stillen Grunde!
Die Berg' stehn auf der Wacht,
Die Sterne machen Runde
Die lange Winternacht.

Und ob sie all' verglommen,
Die Täler und die Höh'n –
Lenz muß doch wiederkommen
Und Alles auferstehn!

EIN AUSWANDERER
Fragment

1.

Europa, du falsche Creatur!
Man quält sich ab mit der Cultur,
Spannt vorn die Locomotive an.
Gleich hängen sie hinten eine andre dran,
Die eine schiebt vorwärts, die andre retour,
So bleibt man stecken mit der ganzen Cultur.
Und Ärger hier, und Ärger da,
Und Prügel! – Vivat Amerika
Mit den vereinigten Provinzen,
Wo die Einwohner alle Prinzen
Und alle Berge in Gold verhext,
Wo die Cigarre und der Pfeffer wächst! –

Und also flog ich dahin wie ein Pfeil,
Über uns Wolken in großer Eil',
England zur Rechten und Frankreich links,
Jetzt in den Ocean grad hinein ging's,
Daß mir der Wind am Hute pfiff;
Ich stand ganz vorn in dem Schiff;
Und als die alte Welt versank,
Nahm ich mein Waldhorn und blies Ade,
Das gab einen prächtigen Klang,
Mir aber tat's doch im Herzen weh.

2.

Auf einmal stößt das Schiff ans Land,
Greift jeder nach seinem Plunder,
Am Land hat man mich gleich erkannt,
Das war ein Lärm, Gott's Wunder!
Da wurden Böller abgebrannt,

Entgegen mir gegangen
Kam ganz Newyork heraus zum Strand,
Mich würdig zu empfangen.

Der bot mir fürstliches Quartier,
Der bat um meine Sachen,
Man riß sich ordentlich nach mir,
Ich aber mußte lachen.
Mein' Herberg heißt zum Himmelszelt,
Mein Ränzel nun geschwungen,
So bin ich in die neue Welt
Vom Schiff hineingesprungen.

Doch kaum hatt' ich zum Umsehn Zeit,
Spricht Einer aus dem Haufen:
Mein Schiff das läge schon bereit
Um eben auszulaufen,
Geheimerat und Hofmarschall,
Kurz meine ganze Suite,
Sei schon in freudenreichem Schall
Am Bord, und tät sich Güte.

Ich: wie? *Er*: Jes! *Ich*: zuviel Ehr',
Sehr gütig! und so weiter;
Das half nun Alles nimmermehr,
Ein Dampfboot braust, zur Leiter
Trug man mich auf den Händen fast
Wie einen Potentaten,
Und stromauf ging's sogleich voll Hast
In die vereinten Staaten.

Auf dem Verdecke aber dort
Sah ich viel Herrn, die lasen
In langen Blättern immerfort,
Nichts als Papier und Nasen.
Zuweilen nur ein Rauschen schallt,
Wenn einer 's Blatt umdrehte,

Da merkt' ich's wohl, und wußt' es bald:
Das sind die Geheimen Räte!

Nur einer ging stolz her und hin,
Die Hände in den Taschen,
In seinen Rock geknöpft, vom Kinn
Bis unter die Kamaschen.
Aha, dacht' ich, der Hofmarschall,
Der scheint, als wollt' er beißen?
Engländer waren's aber all',
Die dorten Yankees heißen.

Ich bracht' gleich ein Gespräch ins Gleis,
Wir sprachen erst ganz gelassen,
Doch konnten wir bei allem Fleiß
Einander nicht recht fassen,
Da fiel mir grad zum Glücke ein,
Was ich gehört schon häufig:
Musik soll eine Weltsprach' sein,
Die überall geläufig.

Sprach nun zu mir der Hofmarschall,
Als wie ein Puter im Zorne,
Gab ich ihm gleich mit sanftem Schall
Antwort auf meinem Horne,
Er blickte martialisch dann
Durch seine goldne Brille,
Ich aber blies ihn tapfer an
Mit einem langen Trille-r.

Und das gelang erstaunlich gut,
Je mehr ich blies und lauter,
Je mehr bekam er frischen Mut,
Je aufgeweckter schaut' er.
Und nun gings immer rascher los,
Ein lebhaft Diskurrieren,
Er Wort auf Wort, ich Stoß auf Stoß,
Als wollten wir duellieren.

Geheime Räte alt und jung,
Die nahten auch ganz leise,
Und standen voll Bewunderung
Rings um mich her im Kreise,
Ich aber brech auf einmal aus,
Und fröhlich Platz mir mache –
Ich hörte mitten durchs Gebraus
Meine Fraumuttersprache!

Da kommt auch Einer schon gerannt,
Tritt fast mir auf die Zehen:
»Ei, ei, grüß Gott, Herr Musikant,
Freut mich, Sie wohl zu sehen!«
Ich drauf: »Bitt sehr, ein Musi*kus*!«
Wie fuhr da der Geselle
Zu einem ehrfurchtsvollen Gruß
Nach seinem Hut so schnelle!

Der Abend aber unterdes
War schon hereingebrochen,
Und plötzlich Preuße, Schwab und Hess',
Da wir so deutsch gesprochen,
Kam's Kopf auf Kopf, und Hut und Mütz'
Da aus dem Schiff gekrochen,
Wie Fledermäus aus jedem Ritz,
Weiß nicht, wo All' gestochen.

»Auf Ehre«, da der Eine rief,
»Das heiß ich einmal blasen!
Der Hut sitzt Euch schon ganz windschief,
Vor kunstreichen Ekstasen.«
Ein andrer mich erstaunt besieht:
»Wir möchten gerne wissen,
Ob Sie vielleicht europamüd
Vom Weltschmerz so zerrissen?«

Zerrissen? Ja, das einz'ge Loch,
Der Schalk hat's gleich erspähet,
Und hatt's am Ellenbogen doch
Erst gestern zugenähet!
Auch mein Castor, das leugn' ich nicht,
Hatt' manchen Bug erlitten,
Weil ich so *rasch* mit Zeit und Licht
Und Bildung fortgeschritten.

O ho, rief ich den Schälken zu,
Gemach, ihr Herrn Landsleute,
Es sind wohl meine Reiseschuh
Von gestern nicht, noch heute.
Bin ich in Kiez, im Bingerloch,
Im Kuhstall doch gewesen?
Man kann da meinen Namen noch
Auf allen Bänken lesen.

Durch Polen nahm ich meinen Weg,
Man trägt noch Weichselzöpfe,
Nach München zur Pinaglypthek,
Dann über Bockbiertöpfe
Fort, bis Savoyen immerfort,
Wo das Gebirg' wie Lanzen
Hellfunkelnd in die Wolken bohrt
Und Murmeltiere tanzen.

In Danzig sah ich's schwarze Meer,
In Wien den Wurstelprater,
Viel Residenzen hin und her
Von manchem Landesvater;
Die Jungfrau von Neu-Orleans,
Mit dem schwarzen Ritter fechten,
Vom großen Schill den Pos'ner dann
Mit seinen Menschenrechten.

Und Dampfschiff, Treckschuit, Eisenbahn
Und Pesth, Triest und Halle – – –
»Halt, halt, Herr Landsmann, haltet an!«
Schrien die voll Staunen Alle.
Und alles jubiliert und ruft,
Und ihre Hüte schwingen
Sie wie besessen in die Luft,
Ein Vivat mir zu bringen.

Jetzt erst erkenn ich bei dem Lärm
Verwundert manch Bekannten
Von Deutschland her in dem Geschwärm,
Es waren Komödianten,
Und der Direktor tät alsbald
Als Staberl mich engagieren,
Um bei den Yankees im Urwald
Die Bildung einzuführen.

AN MEINEM GEBURTSTAGE
1850

Sonnenglanz lag überm Garten,
Warm und herrlich aufgetan
Lenz und Licht des Reisleins harrten,
Daß es wuchs zum Himmel an.

Wie die Blätter ringsum glühten
In der frohen Morgenzeit!
Alle Zweige voller Blüten,
Vögel sangen weit und breit.

Mittag kam, die Blätter hingen,
In den Wipfeln säuselt's kaum,
Wetter stiegen auf und gingen,
Stumm erwartend stand der Baum.

Jetzo sinkt die Abendröte,
Blüte fällt, es schweigt der Sang,
Und ich rausch' wie im Gebete
Mit den Zweigen: Gott sei Dank!

DIE ZEIT GEHT SCHNELL

Lieb' Vöglein, vor Blüten
Sieht man dich kaum.
Im dämmernd beglühten
Flüsternden Baum,
Wann in Morgenfunken
Sprüh'n Täler und Quell,
Singst du frühlingstrunken –
Aber die Zeit geht schnell.

Wie balde muß lassen
Seine Blätter der Wald,
Die Blumen erblassen,
Die Gegend wird alt,
Erstarrt ist im Eise
Der muntere Quell –
Rüst' die Flügel zur Reise,
Denn die Zeit geht schnell!

ZAUBEREI DER NACHT

Hörst Du nicht die Quellen gehen
Zwischen Stein und Blumen weit
Nach den stillen Waldes-Seen,
Wo die Marmorbilder stehen
In der schönen Einsamkeit?
Von den Bergen sacht hernieder,
Weckend die uralten Lieder,
Steigt die wunderbare Nacht,

Und die Gründe glänzen wieder,
Wie du's oft im Traum gedacht.

Kennst die Blume Du, entsprossen
In dem mondbeglänzten Grund?
Aus der Knospe, halb erschlossen,
Junge Glieder blühend sprossen,
Weiße Arme, roter Mund,
Und die Nachtigallen schlagen,
Und rings hebt es an zu klagen,
Ach, vor Liebe todeswund,
Von versunknen schönen Tagen –
Komm', o komm' zum stillen Grund!

PRINZ ROCCOCCO

Prinz Roccocco, hast dir Gassen
Abgezirkelt fein von Bäumen
Und die Bäume scheren lassen,
Daß sie nicht vom Wald mehr träumen.

Wo sonst nur gemein Gefieder
Ließ sein bäurisch Lied erschallen,
Muß ein Papagei jetzt bieder:
Vivat Prinz Roccocco! lallen.

Quellen, die sich unterfingen,
Durch die Waldesnacht zu tosen.
Läss'st du als Fontainen springen
Und mit goldnen Bällen kosen.

Und bei ihrem sanften Rauschen
Geht Damöt bebändert flöten,
Und in Rosenhecken lauschen
Daphnen frommentzückt Damöten.

*

Prinz Roccococo, Prinz Roccococo,
Laß dir raten, sei nicht dumm!
In den Bäumen, wie in Träumen,
Gehen Frühlingslüfte um.

Springbrunn in dem Marmorbecken
Singt ein wunderbares Lied,
Deine Taxusbäume recken
Sehnend sich aus Reih' und Glied.

Daphne mag nicht weiter schweifen
Und Damöt erschrocken schmält,
Können beide nicht begreifen,
Was sich da der Wald erzählt.

Laß die Wälder ungeschoren,
Anders rauscht's, als du gedacht.
Sie sind mit dem Lenz verschworen,
Und der Lenz kommt über Nacht.

DEM DICHTER DER »PALMEN UND BIRKEN«

Wo sie schwindeln, und vor Bangen
In der zack'gen Gipfel Bann
Andern längst der Mut vergangen,
Geht erst deine Lust recht an,
Und bei wilder Brandung Schäumen
An des Nordlands Felsenhang
Oder unter Palmenbäumen:
Wo du stehst, gibt's frischen Klang.

Wanderdichter, nimm vom Greise,
Da er von dir scheiden muß,
Recht aus Herzensgrund zur Reise
Seinen allerbesten Gruß:
Wo die Pfade kühn sich schlingen

Nach des Lebens lichten Höhn,
Freud'ges Ringen, herzhaft Singen
Und ein bald'ges Wiedersehn!

DER VERSPÄTETE WANDRER

Wo werd' ich sein im künft'gen Lenze?
So frug ich sonst wohl, wenn beim Hüteschwingen
In's Tal wir ließen unser Lied erklingen,
Denn jeder Wipfel bot mir frische Kränze.

Ich wußte nur, daß rings der Frühling glänze,
Daß nach dem Meer die Ströme funkelnd gingen,
Von fernem Wunderland die Vögel singen,
Da hatt' das Morgenrot noch keine Grenze.

Jetzt aber wird's schon Abend, alle Lieben
Sind wandermüde längst zurückgeblieben,
Die Nachtluft rauscht durch meine welken Kränze,

Und heimwärts rufen mich die Abendglocken,
Und in der Einsamkeit frag' ich erschrocken:
Wo werd' ich sein im künft'gen Lenze?

EINEM PATEN ZU SEINEM ERSTEN GEBURTSTAGE

Noch singt der Wind, der durch die Bäume
Am Fenster lind vorüberzieht,
Das Meer von fern in deine Träume,
Du Dichterkind, ein Schlummerlied.

Doch wenn dereinst die Segel schwellen:
Glücksel'ge Fahrt durch Ebb' und Flut,
Lenzfrischen Hauch beim Klang der Wellen,
Ein fröhlich Herz in Gottes Hut!

Und so mag dich von Strand zu Strande
Ein milder Wind hinüberwehn
Einst zum geheimnisvollen Lande,
Wohin wir Alle hoffend sehn.

GRUSS

Über Wipfel und Saaten
In den Glanz hinein –
Wer mag sie erraten,
Wer holte sie ein? –
Gedanken sich wiegen,
Die Nacht ist verschwiegen,
Gedanken sind frei.

Es rät es nur Eine,
Wer an sie gedacht
Beim Rauschen der Haine,
Wenn niemand mehr wacht,
Als die Wolken, die fliegen,
Mein Lieb ist verschwiegen
Und schön wie die Nacht.

MAHNUNG

Was blieb dir nun nach allen Müh und Plagen?
So viel der Ehre dir die Welt gespendet,
Es treibt vom stolzen Ziele, kaum geendet,
Nach neuem Ziel dich neues Unbehagen.

Hättst du zu ihm, von dem die Himmel sagen,
Den kleinsten Teil der Liebe nur gewendet,
Die du an eitel Hoffart hast verschwendet,
Du würdest jetzt nicht rettungslos verzagen.

Wohl liebt die Welt, den Günstling zu erheben,
Doch wenn du glaubst, im Siegesschmuck zu prangen,
Sind's Ketten nur, die rasselnd dich umfangen.

Laß, eh's zu spät, von dem verlornen Leben;
Gott wartet deiner noch, in seinen Armen,
Da find'st du, was die Welt nicht kennt, Erbarmen.

Mauern, Felsen fühl' ich wanken,
Und mir graut, die mich umranken,
Vor den eigenen Gedanken.

Ward er treulos seinen Göttern,
Warum kamst du nicht in Wettern,
Zeus, den Frevler zu zerschmettern?

Laß' die Welt verblühn, verblassen,
Wie den Sohn mir, nur das Hassen,
Rache nur sollst du mir lassen!

Wilder hätten selbst Hyänen
Nicht berührt ihn mit den Zähnen,
Wüßten sie von Vatertränen.

O zerrissen so in Stücke!
Euer Richtschwert der Geschicke
Gebt mir, Götter, daß ich's zücke!

Wer je um sein Kind getrauert,
Was auf Mord in Klüften lauert,
Pesthauch, der aus Grüften schauert,

Furien mit den Schlangenhaaren,
Geister, die in Wettern fahren,
Kommt, ich führe eure Scharen!

Und wenn meine Tage enden,
Mag sich Charon von mir wenden,
Komm' ich nicht mit blut'gen Händen.

Fromme Vöglein hoch in Lüften
Über blaue Berg' und Seen
Ziehn zur Ferne nach den Klüften,
Wo die hohen Cedern stehn,
Wo mit ihren goldnen Schwingen
Auf des Benedeiten Gruft
Engel Hosianna singen
Nächtlich durch die stille Luft.

Morgenschauer, still Erwarten!
Hören wir doch Stimmen gehn,
Wie aus einem fernen Garten
Heimatsgruß herüberwehn;
Warum sollten wir verzagen?
Aus der Fremde wüst' und fern,
Wo wir irrend hier verschlagen,
Führe heim uns, Morgenstern!

DER ERLÖSER

Wie Du auch die Kraft magst wenden;
Was die tiefste Seele will,
Niemals wirst Du's hier vollenden
Und die Sehnsucht wird nicht still.

JUGENDGEDICHTE
1800-1805

Selig, wer im Schoß der Freuden
Oft an den Verlassenen denkt;
Wer auf herdevollen Weiden
Einen Blick den Armen schenkt.

AN DAS BETTE

Von dir du goldnes Bette du
Soll mein Lied erklingen,
Dich, Tochter sanfter Erdenruh
Will ich jetzt besingen.

Du heiterst uns den trüben Blick
Bei der Krankheit Plagen
Und linderst jedes Mißgeschick
In betrübten Tagen.

Drum will ich auch dafür zum Lohn
Ernstlich mich befleißen
Anjetzt im hohen Dichterton
Würdig Dich zu preisen.

Du bist es, deren weicher Arm
Mich selbsten oft erquickt,
Wenn mich ein düstervoller Harm
Am Abend niederdrückt.

Du beust dem Müden Ruh und Rast
Stärkest ihm die Glieder,
Sinkt er nach schwerer Tageslast
Matt auf dich hernieder.

Wenn Winterfrost mit Diamant
Mein Fensterchen bereift
Und hart unter des Wandrers Tritt
Der Schnee erknirschend pfeift,

Wenn vom beeisten Pole her
Der kalte Nordwind braust
Und wild der Winterstürme Heer
Des Feldes Schnee durchsaust.

Da schläfts in deinem Schoß sich gut
In dich – o Bett – gehüllt
Da fühl' ich nicht der Kälte Wut
Beb' nicht, wenn Eurus brüllt.

Gleich einem Schwan, der schaukelnd sich
In blaue Fluten taucht,
Senk' ich in deine Federn mich
Und schlafe ruhig ein.

Auch wenn von schwerer Arbeit schier
Ich halb verwirrt schon bin,
So heiterst du durch Ruhe mir
Den dichtumwölkten Sinn.

Auch legt sich mancher arme Wicht
Abends kränklich nieder
Und sieht des jungen Tages Licht
Frisch und froh schon wieder.

Auch wird, was oft im Tage kaum
Der Geist nur leis begehrt,
Uns dann zur Nacht im frohen Traum
In deinem Arm gewährt.

Manch' Hasenfuß schlägt dann als Held
Ein ganzes Riesenheer,

Und setzt sich oft der ganzen Welt
Mit Tapferkeit zur Wehr.

Doch wem ein innrer Seelensturm,
Mit scharfer Geißel plagt
Und des Gewissens schwarzer Wurm
Am kranken Herzen nagt.

Wer wild im tollen Wollustschwarm
Sein Hab und Gut verpraßt
Der findet nie in deinem Arm
Am Abend Ruh und Rast.

Doch wer das Laster stets, als Mann,
Mit edelm Stolze mied,
Dem singt das gut' Bewußtsein dann
Im Bett' ein Wiegenlied.

Drum will ich stets der Tugend mich
Mit frommen Herzen weihn,
So schlaf' in deiner Mitte ich
Vergnügt und fröhlich ein.

———

Da strahlt mir aus des Dunkels Pracht
Des Ew'gen Götterkraft
Ich fühle etwas, das mir sagt:
Gott ists, der dies erschafft.

Verliert sich dann mein trunkner Blick
In Aethers Sternenzonen
Da flüstert sanft mein Genius:
Dort muß ein Höchster – wohnen.

———

Zu Dom Remi im niedern Hirtenstand geboren
Ward sie von Gott zu Frankreichs Retterin erkoren
Als Heil'ge focht sie siegend für ihr Vaterland
Als Hexe wurde sie im Dorf Rouan verbrannt.

AN DIE QUELLE DER VERGESSENHEIT

Du rinnest zwar, ich leugn' es nicht
Zum Heile uns auf Erden,
Und linderst, wenns an Trost gebricht
Uns manche Herzbeschwerden.

Doch fließt auch öfters deine Well'
Zum Unheil uns, hinieden
Und leider wird auch deine Quell
Manch' Unwürd'gen beschieden.

Manch' Schuldner trinkt, wenn Zahltag ist,
Um seine Not zu dulden,
Aus deiner Quelle, und vergießt,
Auf Gläubiger und Schulden

Auch sieht man: Dieb und Bösewicht
An dir sich stets erholen
Und dann vergießt oft vor Gericht
Der Dieb, daß er gestohlen.

Doch bald entwich ei⟨n⟩
Des stolzen Rit⟨ters⟩
Ihm überfiel eins⟨t⟩
Ein wilder Heide

Zwar wehrte er ⟨sich⟩
Vergoß viel Tür⟨kenblut⟩

Doch nichts half
Umsonst war all ⟨sein Mut⟩

Der Türken Sch⟨ar⟩
Wirft ihm
Und säbelt zu, bis
Endlich aus Not er⟨gab⟩

Nun wurde er am
Mit Knebeln f⟨estgeschnürt⟩
Und so unter der
Nach Nissa hinge⟨führt⟩

Freunde, Feinde, sollen leben!
Jene bei dem besten Wein.
Diesen muß man Wasser geben,
Bis sie unsere Freunde sein!

Dort in moosumrankten Klüften,
Wo der Kühlung Weste wehn,
Und, den Kranz um Schläf und Hüften
Elfen sich im Tanz ergehn.

Dort harr' ich des lieben Mädchens,
Wenn durchs Grau der Morgen bricht,
Und das grüne Rosenpfädchen,
Sanft bestreut mit matten Licht.

Dort harr' ich, wenn sich die Sonne,
In des Sees Fluten taucht,
Und der Abend neue Wonne,
In des Müden Seele haucht

*

Denn nur wenig Jahr' durchglühet
Uns der Jugend Götterhauch
Und, ach – nur zu früh verblühet
Uns des Lebens Blütenstrauch.

AN EINEN STÄDTER

O unglückselger Mann, den fern von Land und
Ländlichkeit,
Nur Schauspiel, Ball und Oper freut.
Der nicht den Blumflor kennt, und nur durchs düstre
Fenster sieht,
Wie welk die Ros' am Fenster blüht.

Wie purpurn entsteigt dort den bläulichen Gipfeln
Der Berge, des Tages schönrosigte Jugend,
Aus Fluren, und golden beschimmerten Wipfeln
Begrüßen sie fröhlicher Vögel Gesänge.
Es prangen so herrlich von Frühlicht beschienen,
Die silbernen Ströme, und Dörfchen und Zinnen.

Wenn schon von des Kirchturms Halle
Dumpf die Abendglocke summet,
Und im düstern Birkentale
Echowidernd sanft verstummet.

Wenn dort hinter blauen Gipfeln
Goldner Abendschein versinket,
Und nur schwach durch Lindenwipfel
Noch der letzte ⟨. . .⟩ blinket

Wenn durchs Dörfchen, Flur' und Gärte
Froh des Hirten Ruf erschallet,
Und der Rinder bunte Herde
Von der Trift nach Hause wallet,

Da flieg' ich voll Hochgefühle
Hin in Fluren, Hain' und Auen
Um in sanften Zephyrspiele
Gottes Allgewalt zu schauen.

Milde Maienlüftchen küssen
Hier der Blümchen Purpurwangen,
Die im Gras zu meinen Füßen
Hell im Silbertaue prangen.

Holder Blütenhauch umgaukelt
Dort den Nußstrauch und die Quelle
Und ein zweiter Vollmond schaukelt
Sich auf jeder Silberwelle.

Sinnend wandl' ich, wo die Eiche
Auf der manch Jahrhundert grauet,
Prachtvoll aus des Staubes Reiche
Hin zu höhern Zonen schauet

Hier wo oft bei Mondscheinshelle
Um des Stammes Epheuranken,
Sanft entschwebt der Grabeshöhle,
Alter Barden Geister wanken.

Wo sich einst vielleicht im Schatten
Edle deutsche Ritter streckten
Und der Ahnen Heldentaten
Aus der Zeiten Schlummer weckten.

Oder wo einst teutsche Mädchen
Kränzewindend Küsse tauschten

Die beim knurrend' Spinnerädchen
Durch die dunkeln Wipfel rauschten.

Wo, schon silberweis von Haare
Eines Barden Lieder schallten
Und von Wallhallas Altare
Düfte durch die Zweige wallten

Hier steh ich, und staunend walle
Ich Jahrhunderte zurücke,
In der Vorzeit düstern Halle
Schwärmen meines Geistes Blicke

TRINKLIED

Auf Brüder auf, schafft Gläser her
Jetzt muß getrunken werden
Es geht ja über'n Wein nichts mehr
Nichts über'n Wein auf Erden.

Der Wein allein, der schmeckt mir gut
Vor allen andern Dingen
Drum lasset schnell nur Rebenblut
In vollen Flaschen bringen.

Was schwatzt ihr da vom Ringelreihn
Vom Tanz und Schmausereien
Mich kann der volle Krug allein
Und 's volle Gläschen freuen.

Der Tanz verdirbt uns Blut und Brust
Und Schmauserei den Magen
Vom Wein jedoch, – o welche Lust –
Kann man dies nimmer sagen.

Der Wein verscheucht der Sorgen Heer
Heilt alle Seelenwunden
Taucht uns ins Seligkeiten Meer
Und flügelt uns die Stunden.

Er gibt der Zeit den schnellern Flug
Wenn Langeweil uns drücket –
Drum Brüder, zecht am vollen Krug
Bis ihr den Grund erblicket

Schon steht ein blinkend' Gläserheer
Einladend aufgepflanzet,
Schon ist der Zechtisch ringsumher
Mit Krappen fest verschanzet.

Seht, wie im vollen Glase euch
Der goldne Wein dort schäumet
Drum trinkt, daß ihr ins Himmelreich
Euch wohlgemut bald träumet.

Mit Rebenblute kann man sich
Von Sorgen frei ja waschen
Drum leeret Brüder so wie ich
Recht schnell die vollen Flaschen.

Trinkt Brüder, bis in eurer Brust
Ihr jeden Harm vertrinket,
Und dann berauscht von Götterlust
Euch 's Deckelglas entsinket.

CONDITIONSLIED

Auf, Brüder, laßt heute,
Heut' fröhlich uns sein,
Es stimme zur Freude
Uns heute der Wein!

Noch wenige Tage,
Dann sind wir ja frei,
Dann ist unsre Plage
Für dies' Jahr vorbei.

Drum laßt uns Pokale
Voll schäumendem Wein
Dem sinkenden Strahle
Dies Jahres noch weihn!

Drum lustig und munter,
Ihr Brüder – und trinkt,
Bis taumelnd ihr unter
Die Tischecke sinkt;

Und ist dann die Seele
Vom Weingeist enthüllt,
Dann sei auch der Kehle
Ein: Vivat entbrüllt! –

Ja, Vivat erschalle
Den beiden anizt,
Die bald unsrer Halle
Das Schicksal entreißt.

Ja, hoch sollt Ihr leben,
Doch, schwöret uns fest,
Daß zeit' eurem Leben
Ihr uns nicht vergeßt,

Auch wenn auf der Reise
Durchs Leben ein Freund
Euch, fern unserm Kreise
Die Biederhand reicht.

Und habt Ihr den Willen;
Versprecht Ihr uns das

Auch treu zu erfüllen,
So leeret das Glas.

Wir andern wir tun dann
Euch treulich Bescheid,
⟨. . .⟩

DER ERSTE MAITAG

O siehe, frei
von Schnee entschwebt
Des Äthers Blau der junge Mai, –
Und alles regt sich, fühlt und lebt.

Der Nordwind flieht,
Aus Hain und Flur
Und mildrer Frühlingshauch durchglüht
Mit neuem Leben die Natur.

Des Stromes Wut
Besänftigt sich
Und schäumend wälzt die wilde Flut
Sich in ihr Kieselbett zurück.

Von Ferne sieht
Man Flaggen schon;
Und auf den Silberwellen flieht
Dem Pfeile gleich das Schiff davon.

Dem Keim entschlüpft
Das junge Blatt,
Und Aug' und Herz des Landmanns hüpft
Beim Anblick seiner jungen Saat.

Die Wipfel krönt
Der Blüten Schnee;

Sieh – Hügel Flur und Au verschönt
Der kaumentsproßte zarte Klee.

Der Käfer summt
Im Blumenflor
Und horch – aus fernem Schilfe brummt
Der grünen Frösche dumpfes Chor.

Der Himmel glänzt,
Die Wipfel blühn.
Mit duftumhauchten Veilchen kränzt
Der junge Mai der Hügel Grün.

Im See glimmt
Die Abendglut,
Und sanft wie Schwanenflug durchschwimmt,
Ein Kahn die rosenfarbne Flut.

Im Wasser sieht
Der Hain sein Bild:
Und auf der Wellen Spiegel flieht
Der rote Abendhimmel hin.

Frohtschwitschernd schießt
Aus Wolkenhöh'
Die Schwalbe dort herab, und küßt
Und furcht im Flug den Silbersee

Doch horch – dort singt
Ein Knabenheer
O sieh – im trauten Kreise springt,
Es um die frohen Eltern her.

Jetzt klimmt die Schar
Den Berg hinauf,
Und sucht sich, für der Mutter Haar
Zum Kranze frische Veilchen auf.

Ach sieh, wie flink
Ein Hut dort fliegt,
Nach jenem bunten Schmetterling
Der sich am jungen Halme wiegt.

Doch er entflieht
Dem Todesschlag,
Und traurig stehend, staunend sieht
Ihm der getäuschte Knabe nach.

Der Vater sieht
Das muntre Spiel,
Und gleich dem Frühlingshauch durchglüht
Sein Herz ein göttliches Gefühl.

Kommt Kinder, sprach
Er jetzt, und seht,
Wie schön des Maies erster Tag,
Dort hintern Bergen untergeht.

Ach wißt, so sinkt,
Wenn einst der Tod,
Mit grinsendem Gerippe winkt,
Auch unsers Lebens Abendrot.

Zufrieden steht
Ihr jetzt umher,
Und mit entwölktem Blicke seht
Ihr in des Abends Feuermeer.

Doch werdet ihr
Dann auch so stehn,
Auch dann so kummerlos wie hier
Dem Abendrot entgegensehn?

O ja, bleibt gut,
Hegt Edelsinn,

Und wandelt froh mit Männermut
Durch dieses Pilgerleben hin:

Entwanket nicht
Bis an den Tod
Von eines braven Mannes Pflicht
Wenn selbst der Großen Rache droht.

Schmiegt, Kinder, euch
Dem Fürsten nie,
Nicht glücklich macht er uns, nur reich,
mit Schätzen, die er selbst erlieh

Drum, Kinder ehrt
Den Reichtum nicht;
Der Unschuld sanfte Klagen hört,
Nicht was des Schmeichlers Giftmund spricht.

Dann, wisset – gleicht
Einst euer Tod
Wenn ihr des Lebens Ziel erreicht,
An Heitre diesem Abendrot

Dann folget ihr
Am Scheidetag
Einst froh, und ohne Kummer mir
In jene beßre Welten nach.

So sagte er,
Und tränend stand
Der frohen Knaben Schar umher,
Bis auch die Abendröte schwand.

Mit stiller Freude hegte
Ein Bäumchen sich ein Mann,
Und da ers sorgsam pflegte
Gedieh es schnell heran

Sein frohes Auge glühte;
Frohtrunken stand er da,
Wenn er den Keim zur Blüte
Am jungen Bäumchen sah.

Du, sprach er, du wirst Schatten
Vor Hitz und Sonnenschein
Einst meinen kranklich matten
Und morschen Gliedern beun,

Wenn einst vom Abendrote
Mein heitrer Äther blinkt,
Und dann dem blassen Tode
Die Sense schnell entsinkt

So sprach er oft, und schaute
In ferne Zukunft hin:
Doch Kartenhäuser baute
Sein frohzufriedner Sinn.

Denn ach – ein Sturmwind sauste
Vom kalten Nordpol her
Und dem Gewölk entbrauste
Ein düstres Hagelheer.

Im Augenblick entblättert
Der Sturm das Bäumchen au⟨c⟩h
Und mitleidswert zerschmettert
Sinkt sanft sein Knospenhaupt.

So stehn, ach guter Knabe,
Mit nassem Blick auch wir
An deinem frühen Grabe,
Und weinen Tränen dir.

Ja heiße bange Zähren
Verfloßner Seligkeit
Und ach – der kummerleeren
Frohen Vergangenheit.

Wo du auf grüner Weide
Dem Lämmchen gleich, oft sprangst
Und Lieder reiner Freude
Nach Kinderweise sangst.

Von jungen Maienglocken
Die du am Bache fandst,
Für deine Silberlocken
Oft dir ein Kränzchen wandst.

Wo nach dem Schmetterlinge
Der sich am Halm dort wog
Oft deines Hutes Schwinge
Mit schneller Vorsicht flog

Und du mit Kindesdanke
Die Freudenträne dann
Entküßtest; die der Wange
Der Mutter oft entrann.

Doch ach, im Sterbekleide
Den Totenkranz im Haar,
Ruhst du jetzt, der die Freude
Und Trost der Eltern war

Ach nichts, du guter Knabe,
Kein Laut, kein Tränenblick

Ruft dich aus deinem Grabe
Jetzt mehr zu uns zurück.

CARMEN SAECULARE

Froh stimm' ich die goldnen Saiten
Heut zum hohem Jubellied,
Das Entzücken anzudeuten,
Das des Jünglings Brust durchglüht,
Der mit Dankgefühlen heut'
Froh sich dieses Festes freut.

Ach ein düstrer Nebel deckte
Einst Silesens Forsten-tal
Nur zu Streit und Kampfe weckte
Es der Kriegstrompete Schall;
Und Minerva schlief gebückt,
Von Trophaeen unterdrückt.

Als vor Leopoldens Blicken
Plötzlich Nacht und Dunst entschwebt,
Und auf wilder Roheit Rücken
Sich ein Weisheitstempel hebt,
Der bereits schon hundert Jahr
Breslaus Glück und Zierde war.

Heil daher dem edlen Kaiser!
Schöner als des Kriegsglücks Spiel,
Krönet heut mit Lorbeerreiser
Ihm der Väter Dankgefühl,
Deren Söhne, hier bemüht,
Holder Tugend aufgeblüht.

Doch ins Lied der muntern Freuden
Steigt auch Schmerzgefühl heut auf. –
Denn von Männern soll ich scheiden,

Mit den ich Minervens Lauf,
Und der Weisheit ernsten Pfad
Hier zum erstenmal betrat.

Ach gern wollt' ich Ihnen danken,
Gern ein würdig Opfer weihn!
Doch wie kann des schwachen Ranken
Dank der Ulme würdig sein? –
Nein, nur wo der Höchste thront,
Wird einst Ihre Müh belohnt.

Nur des Jünglings stumme Zähren,
Dessen Keime ohne euch,
Nie zum Stamm' geworden wären,
An der Tugend Früchten reich,
Sind euch höhrer, schönrer Dank
Als des Barden Lobgesang.

Als des Allmächtgen Schöpfungswort
Des alten Chaos Nacht durchtönte
Da rollten plötzlich 1000 Welten,
Von 1000 Sonnen hell umstrahlt,
Und rosig stieg der erste Tag empor

Doch einsam in dem weiten Raum'
Der Schöpfung stand er da, der Schöpfer,
Tief unter sich der Welten Donner,
Und tot und ödenähnlich war
Der Schöpfung Gang, und blindes Streben ihm.

Da hauchte er – und erdwärts glomm
Belebend seiner Flamme Funken,
Den Mond der Sonne seines Glanzes! –
Zum Wohnsitz gab dem Sohne er
Ein sinnlich Tier – und ⟨so⟩ entstand der Mensch.

Empor sich ringend himmelwärts
Das Urlicht wieder zu umarmen,
Von Sinnlichkeit gehemmt im Fluge,
Schwebt zwischen Erd' und Himm'l er nun:
Das hohe Band, das Gott um Welten knüpft.

Gesetzen folgen Sonnen, Erd' und Tier
Sinnlos ohn' Denken, und ohn' Handeln.
Mit Eisenarm umfaßt Naturen
Notwendigkeit, die ewig fest,
Der Sonne Ruh, den Welten Lauf gebeut.

Mit Kraft knüpft jedoch diese hier
Ans Allerheiligste, ans Höchste –
Verborgne hehre Sympathie
Aus Schönheit rings um uns entsprießend
Wir fühlen es und ahnen staunend – Gott.

AN ZEDLITZ

Seit wenn o sag' es mir,
Hat Mutter Venus dir,
Da Schmuck und Pfeil geraubt.
Zu wachsen denn erlaubt?

AM GRABE EINES TRÄGEN LANGSCHLÄFERS

Hier ruht Herr Dik, o weint nicht um den Mann,
Denn nach dem Tode erst, fing er zu leben an.

DIE LEICHENREDE

Für meinen sel'gen Mann, um eine Leichenrede
Sprach eine Witwe einst, bitt' ich Herr Pfarrer sie,

Daß doch die Welt es weiß, was ihn berühmt gemacht;
O, sicher ists Madam sprach drauf der Pfarr' und lacht,
Sie überlassen ganz den Gläubigern die Müh.

DIE ENTSTEHUNG DER AUGENSPRACHE

Seitdem samt Pfeil und Zaubertücken
Man Amorn aus der Würklichkeit verbannt',
Schießt er unsichtbar itzt und unerkannt
Doch schlauer noch, mit Mädchenblicken.

Als Feindin grinst, mechanischer Geschäftsmann!
Ach! Deines Brotes – Wissenschaft dich an,
Und kleinlich suchst du dich, durch List ihr zu entwinden,
Doch freudig wirft, der Weisre sich in deinen Arm,
Freud' und Vervollkommnung, für Geist und Herz zu
finden.

Willkommen, entsprudelnder Bergquell
Tanz' fröhlich herab ins Gefild!
Schön strahlt mir aus deinem Gesprudel
Des menschlichen Schicksales Bild.

Sieh, munter noch hüpfet dein Silber
Sanftrieselnd durch blumigte Au
Noch spiegelt auf ruhiger Fläche
Sich heiter das himmlische Blau.

Sanft küßt dich, vom Zephyr gebogen
Errötend der 〈. . .〉 Mund
Und arglos und traulich noch schimmert
Durch jegliche Welle dein Grund

FABULA

Ein Kätzchen, das im Walde saß,
Sah, wie ein Tigertier
Mit wilder Mordbegier
Ein armes junges Lämmchen fraß.

Ha rief es grimmig aus: halt ein
Blutdürstiger Tyrann!
Und sage mir wie kann,
Dein Herz so wild und grausam sein?

Doch kaum sprach sies, als eine Maus
Leis' ihrem Loch entrann.
Stracks griff die Katz' sie an,
Und fraß den langgesuchten Raub.

*

Drum Katzen fluchet nie der Tiger Mordbegier,
Sie üben ihre Wut
An Lamm' und Rossen aus;
Und ihr stillt eure Glut
Im Blute einer Maus.
Wer ist nun strafbarer, der Tiger oder ihr?

Wenn schon von des Kirchturms Halle
Dumpf die Abendglocke summet,
Und im stillen Birkentale
Echowidernd dann verstummet;

Wenn durchs Dörfchen, Hain und Gärte
Laut des Hirten Horn erschallet;
Und der Rinder bunte Herde
Froh dem Stall entgegenwallet;

Wenn schon hinter blaue Gipfel
Sanft das Abendrot versinket,
Und nur schwach durch Lindenwipfel
Noch der letzte Goldstrahl blinket;

Da flieg' ich voll Hochgefühle
Hin in Fluren, Berg und Auen,
Um im leisen Zephyrspiele
Gottes Allgewalt zu schauen.

⟨...⟩

Wo den Blühstrauch an der Quelle
Holder Blütenhauch umgaukelt,
Und im Bach, auf jeder Welle
Sanft der Silbermond sich schaukelt.

Sinnend wandl' ich, wo die Eiche,
Auf der manch' Jahrhundert grauet,
Prachtvoll aus des Staubes Reiche
Hin zu höhern Zonen schauet.

Unter deren kühlen Schatten
Einst vielleicht sich Ritter streckten
Und der Ahnen Heldentaten
Aus der Zeiten Schlummer weckten.

Wo im Glanz verklärter Seelen
Um des Stammes Epheuranken
Sanft entschwebt den Grabeshöhlen
Alter Barden Geister wanken.

Wo schon silberweis von Haare,
Frommer Barden Lieder hallten,
Und von Walhallas Altare
Dämpfe durch die Zweige wallten,

Oder wo einst teutsche Mädchen
Kränzewindend Küsse tauschten,
Die zum knurrend Spinnerädchen
Durch die dunkeln Wipfel rauschten.

Hier steh ich, und staunend wallen
Meines Geistes freie Blicke
Zu der Vorzeit düstern Hallen,
Zu der Väter Mut zurücke.

Des umrauschten Haines Stille
Flügelt meine trunkne Seele höher,
Ach mit Wonnentzücken fühle
Ich der Gottheit froh mich näher!

DER BRAVE WOLTEMADE

Schnell furchet der Meeresflut Spiegel
Froh jauchzend ein segelndes Schiff
Schnell schwinden, Hain, Fluren und Hügel;
Sanft taucht sich das Ufer ins Meer.

Den Freund, der am Strande noch winket,
Hüllt auch schon ein bläulicher Dunst,
Und endlich – ach endlich versinket
Der höchste der Berge dann auch

Da tönet ein plötzliches Sausen
Gleich Donner und Hagelgeschoß;
〈...〉

Die dunkele Ferne umhallet
Der Donner, und heulender Sturm,
Und langsam, mit Majestät wallet
Stets näher das Unglücksgewölk,

Der Delphin im Abgrund erbebet
Und wühlet im Schlamme sich ein;
Selbstzitternd, erwartungsvoll hebet
Sich langsam die grünliche Flut.

Doch sieh, jetzt durchzischet und teilet
Das Dunkel der leuchtende Blitz;
Und wütend mit Donnern dur⟨ch⟩heulet
Die tobenden Fluten der Sturm

Es wogen die türmenden Wellen
Dem grausenden Felsgrund entbohrt,
Am ragenden Granit zerschellen
Sie schäumend ihr tönendes Haupt.

Da schaukeln die Wogen und heben
In wallendem Sturze das Schiff,
Auf furchtbarer Wellenhöh schweben
Die Segler, und rufen zu Gott.

Schnell treibt sie der Sturmwind zum Lande
Zum heimischen Eiland zurück,
Wo staunend am sicheren Strande
Ein Haufen von Zuschauern steht.

Ach nützet die schnellen Minuten
So jammern die Segler, ach helft!
Bald schlucken wir salzige Fluten,
Bald wird uns der Haifisch zum Grab.

O höret das Jammern der Waisen,
Den Vater, das bebende Weib,
Sohn, Vater und Gatten entreißen
Ach ihnen die Fluten jetzt bald!

Schnell stürzte das Schiff jetzt hernieder
Vom Donner der Wogen umbraust,

Schnell schleudern die Wellen es wieder
Zur blitzenden Wolke hinan.

Auf spitziger Felsenkluft Rücken
Wirft itzo der Sturmwind das Schiff.
Still stockt es, – und morschere Stücken
Des Schiffes zerspaltet der Fels.

Da stürzt durch der Staunenden Menge
Am Strande, ein reitender Greis
Hoch trug er im edlen Gemüte
Der Menschlichkeit warmes Gefühl

Nicht achtend das Rasen der Woge
Stürzt er sich ins schäumende Meer
und 〈. . .〉 in wallendem Bogen
〈. . .〉

Blaß flimmerte schon auf See und Forst
Der Mond vom Sterngebäue,
Da jagte Karl von Palmenhorst
Auf seinem Roß ins Freie –
Wohl trieb ihn fort ein innrer Sporn,
Denn rasch gings über Stein und Dorn
Daß von der Hufe Toben
Die Feuerfunken stoben.

Auf, auf, mein Klepper, tummle dich!
Rief er in Hast und Eile;
Denn sicher schon härmt Trudchen sich,
Daß ich so lange weile!
Noch vor des Mondes frühstem Schein
Versprach ich heute dort zu sein –
Und schon glühn Mond und Sterne
Und ich bin noch so ferne! –

Hu wie durchsaust so wild und toll
Die Windsbraut Zweig und Blätter,
Und ach! am Mond' ziehn trauervoll
Vorüber schwarze Wetter!
Doch laß nur immer Wetter ziehn,
Laß Stürme heulen immerhin!
Bald wird in Liebchens Armen
Die kalte Brust erwarmen!

So sprach der Ritter wohlgemut;
Hoch tobt in Brust und Wangen
Ihm feuervoll sein heißes Blut
Vor liebenden Verlangen.
Da spornte er sein Dänenroß
Und bald lag vor ihm da das Schloß,
Wo stets auf ihrer Warte
Gertrudchen sein sonst harrte.

Auf Liebchen, rief er, blick' herab!
Schon harrt dein Karl voll Jagen,
Doch horch – stumm bliebs rings wie ein Grab
Fest hört sein Herz er schlagen,
O weh! wo bist du Herzenskind?
Rief ängstlich er, doch nur der Wind
Heult klagend an der Mauer
Voll banger Ahnungsschauer.

Da tönte plötzlich durch den Sturm
Des Wächters Warnungsstimme:
Ach! ach. Herr Ritter, flieht den Turm,
Ach! flieht vor 〈...〉 Grimme!
Ihr wißts, im Schloß allein nur mir
Vertrautet eure Liebe Ihr.
Drum folgt, und eilt von hinnen
Nichts ist hier zu gewinnen!

Um Gottes Willen sage doch
Was hast du auf dem Herzen?
Verdopple nicht durch Zögern noch
Der Ahndung bange Schmerzen!
Sei noch so schwer des Unglücks Last
Sag' es heraus – ich bin gefaßt.
Sprich, eh uns Lauscher sehen,
Was, was ist geschehen?
So sprach der Ritter, da begann
Der Knappe zu erzählen:
⟨...⟩

Schon sank der Schlaf herab aus seinem Himmel
Manch' Tränenaug' umhüllt sein Schwan'gefieder
Es starrt des Lebens drängendes Getümmel,
Mit ihm des Grames schlangenköpf'ge Hyder
Und ringsum ists so hehr, so stille, da entfalten
Kühnstrebend schnell sich der Erinnerung Flügel
Da steigen der Vergangenheit Gestalten
Empor aus der Vergang'nheit Grabeshügel

MEINEM: JACOB MÜLLER

1.

Freund, der von meinen düstern Blicken
Den Nebelschleier hob,
Daß ich voll heiligem Entzücken
In Morgenrot gehüllt
Arkadiens Flur, der Menschheit Unschulds-Wiege,
Und Agamemnons Heer
Und Thetis Sohn im stolzen Siege,
Und Trojas Flammen sah!

2.

Ja, Freund, das Trennungswort im Munde
Mit furchtbar schnellem Schritt,
Naht schon die nachtumwölkte Stunde,
Die uns – auf immer trennt.

AN DEM GRABE MEINES FREUNDES: JAKOB MÜLLERS

Freund, der von meinen düstern Blicken
Den Nebelschleier hob,
Daß ich voll heiligem Entzücken
In Morgenrot gehüllt,
Hellas, der Menschheit Unschulds-Wiege
Und Agamemnons Heer,
Und Thetis Sohn im stolzen Siege,
Und Trojas Flammen sah! –

Ach Freund, entschwebt ist schon der Hülle
Dein fesselfreier Geist,
Aus welcher seiner Kräfte Fülle
So feurig oft gestrebt.
Schon sank sie Dir, die Nacht des Lebens!
Der Tag des Lichts brach an!
Enthüllt schaust du, um was vergebens
Hier unser Denken kreist.

Doch mich faßt kalt der Trennung Stunde,
Und Nacht ists rings um mich;
Denn ach! das Licht, das manchem Schlunde
Mich weichen hieß, verlosch!
Mein Herz bebt einsam und betroffen,
Und wild brausts durch die Nacht:
»Auch selbst des Wiedersehens Hoffen
Erstickt Unmöglichkeit!«

Nicht mehr strömt nun der Lindrung Quelle
Vom Freunde mir ins Herz,
Wenn Kränkung mir, und Gram die Seele
Mit schwarzer Nacht umhüllt.
Nicht mehr lehrst du mich nun zu meiden
Des Zweifels Dunstgewölk,
Das, Schein von Wahrheit kühn zu scheiden
Mir oft die Blicke hemmt.

Doch Freundschaft ists, die nie verrauchet
Die ewig ihre Kraft
Magnetisch durch die Menschheit hauchet,
Auch wenn ihr Wetter drohn,
Der heil'ge Funke, der von oben
Gesandt, im Busen glimmt,
Und schnell bei wilder Stürme Toben
Zur hellen Flamme wird!

Drum schwebe immer über Sternen
Den hehren Geisterflug
Daß deinem Blick in düstern Fernen
Die kleine Erde schwind't –
Ich zage nicht – getrost durchfliegen
Will ich die düstre Nacht,
Es grub dein Bild mit Flammenzügen
Ja Freundschaft mir ins Herz!

Wenn einst des Lasters Fluten winken,
(Der glatte Silberstrom)
Wenn matt schon meine Knie sinken –
Und Bosheit höhnisch lacht,
Daß ich so schwach so töricht wanke,
Dann Freund, dann denk' ich dein,
Und mächtig faßt mich der Gedanke –
Ich steh' und weiche nicht!

Doch wankt' ich noch, o Freund, dein Schatten
Umschwebe sanft mich dann,
Ein Säuseln flüstre im Ermatten
Mir deine Nähe zu;
Daß schaudernd ich den Freund erkenne,
Und zu den Sternen auf
Errötend deinen Namen nenne,
Und schuldlos bleib' wie *Du*! –

Bis, wenn Vollendung einst zum Lohne
Für manchen edlen Kampf
Mir lächelnd reicht die Palmenkrone,
Das Band uns neu umschlingt,
Dort, wo erhaben über Erden,
Der Freundschaft Samenkorn,
Um nie geerntet mehr zu werden
Für Ewigkeiten reift.

AN EINEN STUTZER, MIT EINEM BRUTUSKOPFE

Wie meine Locken doch, rufst du, mich Bruten ähnlich machen!
Wahr ists, ich wills nicht leugnen:
Doch ähnlich leider nur, eh seines Busens Freiheitsflamme
Tarquinens Stolz verzehrte.[1]

AN EBENDENSELBEN

Brutum, non Brutus simile tibi

1 Denn ehe die Revolution ausbrach, stellte sich Brutus, wie bekannt, als ein einfältiger Verrückter

AN DIE REVOLUTIONS-UNGEHEUER UND EMIGRANTEN FRANKREICHS

Aus dem Französischem

Ihr, des olympischen Donners Räuber!
Die ihr der ewigen Menschheits Rechte Altäre
zertrümmert,
Tyrannen der Erde!
Zittert – denn ihr seid unsterblich!
Doch ihr, des eisernen Schicksals Opfer,
Über die eines Gottes Vaterblicke wachen,
Irrend im fremdem Gefild'
Tröstet euch – ihr seid unsterblich!

DER JÜNGLING UND DAS MÄDCHEN

Unaufhaltbar ist der Wille des Jünglings; unabschlagbar die
Bitte des Mädchens
Beide reichen als Sieger der Menschheit sich die Hände.

AN EINEN STUBENGELEHRTEN

Dem Knaben gleichst du, der zu Mond und Sternen blickt,
Und übers Steinchen fällt, das ihm zu Füßen liegt.

DER MORGEN

Sei mir gegrüßt, o Morgensonne!
Erquickend strömt dein Strahlenhaupt
Des neuen Lebens Frohgefühle
Schnell über eine halbe Welt!

Wie einst des Abgrunds schwarze Nächte,
Als: Licht des Schöpfers Hand entrann,
Erstaunten Welten sich entwälzten,
Und Ordnung aus dem Chaos stieg;

So windet mir aus düstern Nebeln
Auch itzt sich Flur und Stadt und Dorf,
Bis, ganz entschleiert, meinen Blicken
Das bunt' Gemisch entgegenlacht.

Wie rings um mich die Täler dampfen;
Es rauscht der Wald, es tönt der Fluß,
Das Gräschen lispelt – Gott – dein Lob!
Und ich – ich bete, danke nicht?

Einst, ach! wer fasset den Gedanken?
Wenn meines Lebens Genius winkt,
Strahlt so mir der Vollendung Sonne,
Des ew'gen Tages Morgenrot.

Da schwindet: Nebel – jedes Wölkchen,
Das sonst den Späherblick gehemmt,
Und in das Wonnemeer des Urlichts
Taucht sich der fesselfreie Geist.

O, schwebe bald herab vom Himmel!
Du schöner Tag! – zum Vater mich,
In meine Heimat mich zu schwingen.
Ich zage nicht, o komm, o komm!

EINE GUTE LEHRE

Willst Krisp, die Kunst du lernen,
Durch fröhlich-heitern Sinn
Die Sorgen zu entfernen;
Willst du stets Nektarsaft

Aus Freudenkelchen schlürfen,
Und hoher Schurken Gunst
Und Gnade nie bedürfen,
So merk' ein Wörtchen Dir;
Und, wie das Schiff die Sterne
Leit' auch das Wörtchen Dich
Bis an des Grabes Ferne:
Es heißt – Genügsamkeit.

KUNTZ UND GERTRUDE
Romanze

Lieb' Tochter, hör und folge fein,
Sprach einst Graf Lobesinn,
Laß fahren: Kuntz von Markenstein,
Denn nie kann er der deine sein,
So wahr ich Reichsgraf bin;

Daß nicht auf solche schöne Hand,
Aus altem Stamm', der oft
Mit Fürstensöhnen sich verband
Der Ritter ohne Gut und Land
Im Übermute hofft.

Er sprachs, und Trudchen wurde blaß
Und rot im Angesicht,
Und weinte sich die Äuglein naß,
Und seufzt' und schluchzt' ohn' Unterlaß
Bis zu des Morgens Licht.

Und als das Morgenrot erwacht',
Tät sie mit blassem Mund
Den letzten Gruß, und was gesagt
Der Vater ihr, durch ihre Magd
Dem Markensteiner kund.

Da ward der Ritter baß entbrannt,
Er schwur bei Helm und Speer,
Eh seines Stammes Schimpf und Schand
Zu tragen, eh er Trudchens Hand
Ohn' Schwerterklang verlör'.

Und als auf Forst, und See, und Schloß
Der Mond sein Gold gestreut,
Stand schon zu Fuße und zu Roß
Ein rüstiger Vasallentroß
Zu seinem Wink bereit.

Indes saß einsam und allein
Und härmt' sich schlummerlos,
Sein Mädchen hoch im Kämmerlein,
Wo sanften Glanz der Mondenschein
Auf ihre Tränen goß.

Doch horch – da tönt still und gemach
Ein schwacher Rossehuf,
Und: »Schläfst du oder bist du wach,
Fein Liebchen?« tönte leise nach
Des Markensteiners Ruf.

Mit Schrecken, sprach er, hört' ich heut
Von deiner Magd die Mär',
Und komme nun, zu Kampf und Streit
Mit Hand und Blut für dich bereit,
Mit meinen Mannen her.

Doch willst du, daß der Brauttag dir
Nicht blutbezeichnet sei,
Nun wohl! – so sieh die Leiter hier,
Steig' schnell und leis' herab auf ihr!
Noch steht der Weg uns frei.

Sieh schnaubend harrt der Senner dein,
Der dich von hinnen trägt,
Auf, auf! weit über Berg und Hain,
Sind wir, eh noch der Morgenschein
Die ferne Heimat weckt.

Auch nimm mein Ritterwort zu Pfand:
Ich reiße eher nicht
Der Zucht und Ehrfurcht heil'ges Band,
Eh nicht in Guten deine Hand
Der Vater mir verspricht.

So sprach er, und wie Sonnenlicht
Strahlt' ihm des Fräuleins Blick,
Schamrötlich glühte ihr Gesicht,
Und höher hob, mit Lieb' und Pflicht
Im Kampf', ihr Busen sich.

Ach! Liebster, eile schnell von hier,
Hub jungfräulich sie an,
Und reiz' nicht schädliche Begier
Im Herzen, das allein nur dir
Auf ewig schlagen kann!

Denn gleich dem Baume, der entlaubt
Ins trockne Gras herab
Sich beugt, sänk' Meiner so beraubt,
Des guten Vaters graues Haupt
Gar bald ins kühle Grab.

Drum ach! – verlasse – fliehe mich!
Vergiß auf immer mein!
In Klostereinsamkeit will ich
Mit Beten nur allein für dich
Im Geist beschäftigt sein.

Sie sprachs, und warf ein Busenband
Dem Ritter weinend zu,
(Als ew'ger Treue Unterpfand:)
Und winkt' ihm mit der Lilienhand
Auf immer – gute Ruh;

Als plötzlich schnell vor Markenstein
Der alte Reichsgraf stand.
Kuntz zog – es blitzt' wie Wetterschein
Sein Schwert; ein trauliches: Halt ein!
Hemmt' jedoch seine Hand.

Vernehmet Ritter, sprach der Graf,
Daß ich euch, da mir heut
So lang entwich der sanfte Schlaf
Geheim belauscht; – zur blut'gen Straf
Lag schon das Schwert bereit.

Da trat als Friedensmittlerin
Gertrudens Rede drein,
Und Groll und Rachsucht war dahin. –
Ich schämt' mich bei so frommen Sinn
Der Tochter Qual zu sein.

Drum nimm sie hin; halt' stets sie wert
Auch jetzt im Ehestand,
Denn eh' der Abend wiederkehrt
Knüpft euch, von mir nun ungestört,
Des heil'gen Priesters Hand.

Und Enkeln lehret, wenn vielleicht
Im Grab mein Leib schon wohnt
Noch, wie, von Kummer unerreicht,
Den, der von seiner Pflicht nie weicht
Sein eignes Schicksal lohnt! –

AN EINEN UNEDLEN VON ADEL

O horch auf sie, die dir den Adel schufen!
O störe ihrer Asche Ruhe nicht!
In ihren Grüften stehn sie auf und rufen:
»So Knabe, waren deine Väter nicht!«

Was blickst du stolz herab auf Niedrer Leben?
Frei ist der Mann, und keines Mannes Knecht,
Den Adel kann sich Jeder selbst nur geben,
Zu deinem haben alle gleiches Recht.

Nur einmal Freund fürchte, und einmal zu fallen
Vergebens suchen deiner Reue Tränen
Vergebens dann der ⟨. . .⟩
⟨. . .⟩ beschielt dann jeden deiner Schritte
Des bleichen Argwohns hohles Auge
Und, was dem Busen arglos auch entschwebte
Der Argwohn hascht es geizig auf, und legts
Zur Waag'schal deiner Schande krittelnd hin.
Und hascht und wägt, bis dich hinab die Last
Der Schande Last, zum alten Abgrund zieht.
Vergebens sproßt dein Stamm mit frischer Kraft
Des Frühlings schönste, reinste Blüte,
Die wen'gen welken Blättchen dicht umschattend,
⟨. . .⟩

Noch hüpfst du schön umstrahlt von Morgenröte
Durchs Leben hin,
Kein zartes Blättchen noch entwehte
Der Stadtpest gift'ger Odem deiner Blüte,
Kein Streben, zu gefallen,
Umwölkte deiner Augen reinen Himmel.
In deines ⟨. . .⟩

Lieber, lieber kleiner Eros,
Ach! erbarme Dich!
Heil' die Wunde, die dein Pfeil schoß.
Sonst ach! töt' sie mich.

Sieh, schon welken meine Wangen
Sonst ein Bild der Kraft
Trauernd jetzt wie Blüten hangen,
Die kein Regen rafft,

Siehst du hier die kleine Leier,
Die Apoll mir gab?
Tönen soll sie deine Feier
Tönen bis ins Grab.

Nie solls Mavors Kunst gelingen
Seiner Waffen Glanz
Mir ein Liedchen abzuzwingen.
Deinen Myrtenkranz
Nur, o Eros, will ich singen.

Wie selten sind der Freude Augenblicke,
Wie oft läßt man sie unbenutzt entfliehn,
Kaum daß die Göttin ich an Busen drücke,
Flieht sie behend zu einem andern hin.
Drum selig, wem es einmal und gelungen,
Vom Himmel ab, in seines nächsten Brust
Die Göttin herzuwinken – stets umschlungen
Sei ihm der Pfad mit reiner Himmelslust!
Drum Dank auch Dir, du kleines Herzensmädchen,
Das Du mir jüngst das stille Rosenpfädchen
Der reinen Freud' so unschuldsvoll gedeutet,
Froh war ich, froh – wie wenn emporgeleitet
Vom Hochgefühl, von Göttertraum umschwebt,
Mein Geist sich über des Geschickes Wogen

Mit Lyras Silberharmonien hebt –
Ja ich gestehs – mag hämisch auch verzogen
Des spött'schen Grämlings Sklavenmiene sein,
Des Tors, der ohn' Gefühl selbst das Entzücken
Vom Zwang der Etikette unterdrücken
Zu sehn, sich weinenswürdig würde freun,
Ja ich gestehs – es regte sanfte Triebe
In mir o P†† dein Blick – dein Kinderblick,
Der kalte Mensch nennt die Empfindung Liebe,
Der Liebende sein einzges, höchstes Glück.
Was hülf' es mir, hätt' ichs dir auch verhohlen,
Hat nicht der leise, rasche Druck der Hand,
Mir das Geheimnis längst schon abgestohlen,
Als ich mit dir mich durch die Reihen wand?
Nicht längst der seelenvoll beredte Blick,
Des Herzens hüpfend schneller Schlag, als ich
Ach! in des Tanzes ungebundner Freie
Froh deinen Kuß auf meinem Mund empfand.
Als ich so nah des Mündchens Hauch vernahm,
Vor mir des Auges Himmelsbläue,
In der der Unschuld Abdruck schwamm
Drum weg mit der Verstellung schwarzen Siegel,
Das nahe Tugend, nahes Glück uns raubt,
Schön bist du – das sagt längst ja dir der Spiegel,
Dem jedes schöne Mädchen ach! so willig glaubt – –
O selig, wem von ihrer Götterfülle
Den ird'schen Funken Schönheit lächelnd schenkt,
Der zaubrisch eint die Seele mit der Hülle,
Daß man beim Körper nicht des Körpers denkt.
Doch Schönheit nur, der schönen Seele Spiegel,
Glaub Mädchen mir, entzücket nie allein,
Geschirmt und von der Unschuld Rosenflügel
Gräbt sie ins fremde Herz sich flammend ein!

Wie selten sind der Freude Augenblicke,
Wie oft läßt man sie unbenutzt entfliehn;
Kaum, daß die Holde ich an Busen drücke,
Flieht sie behend' zu einem Andern hin.
Drum selig, wem es einmal nur gelungen,
Vom Himmel ab, in seines Nächsten Brust
Die Göttin herzuwinken – stets umschlungen
Sei ihm der Pfad mit reiner Himmelslust!
Drum Dank auch Dir, du zartes, holdes Mädchen,
Das Du mir jüngst das stille Rosenpfädchen
Der Freud' so unschuldsvoll gedeutet!
Froh war ich, froh – wie, wenn emporgeleitet
Von Hochgefühl, vom Göttertraum umschwebt,
Mein Geist sich über des Geschickes Wogen
Mit Lyras Silberharmonien hebt. –
Drum weg mit der Verstellung schwarzem Siegel,
Das manches Glück uns schon entzogen,
Die Sprache sei mir heut der Seele Spiegel!

In nächt'ger Weile nistet der Verleumdung
Verbrechenbrütend schwarzes Ungeheuer
Aus düstrer Nacht sprützt's seines Geistes Mehltau
Hervor auf die gesunde Unschuldsblüte
Bis ach! auch sie verwelkend niedersinkt
O boshaft blindes, menschliches Geschlecht!
Blickt auf! – Ein Gott küßt lächelnd seinem Kinde
Der Reue Tränen von der bleich⟨en Wange⟩

O, ewig denke ich der bangen Abendstunde,
Da uns, vereint, zum letztenmal das Abendrot beschien,
In heil'ger Dämm'rung schwieg des Erdkreis' weite Runde,
Und trauernd starrten wir in's öde Dunkel hin.
Dort standen wir am wohlbekannten Hügel,

Umgoldet lag vom ⟨. . .⟩ Mondesstrahl
Und schön umhüllt von sanfter Ruhe Schwanenflügel,
Tief unter uns, des Friedens Bild, das Tal.
Und über uns in reinern Ätherlüften,
Da strömte mildes Licht des Abends sanfte Glut,
Und silbern nur, wie Schwanenflug, durchschifften
Zwei Wölkchen sanft vereint die blaue Sternenflut.
Noch glänzten sie von Luna's Strahlenkranze,
Doch fort riß sie mit sich des Abendwindes Drang,
Und weiter stets entschwebten sie dem Glanze,
Bis endlich sie der Ferne Nacht verschlang.
So, gold'nes Mädchen, so, ach! wallten
Tief auch im Busen mir der Zukunft Schreckgestalten.
Nicht Rosenträume mehr, wie ehe,
Von schöner Hoffnung Morgenlicht umlacht,
Nein, weggeschleudert von der lichten Höhe,
Versanken sie in ew'ge, ew'ge Nacht!
Und bange Ahnung war mit ihrem leisen Wehe
Im Innersten des Herzens mir erwacht,
Denn meiner Jugend schönste Hoffnung sah ich lügen.
Da schmiegt' ich fester, inn'ger dich an meine Brust,
Zum letztenmal in vollen Zügen
Zu trinken reine Himmelslust.
Harmonisch fühlt' dein Herz ich an dem meinen schlagen,
Wild tobte es in meiner Seele Grund,
Nicht konnt' ich's länger, die Flamme dämpfend, tragen!
Ein heißer, langer Kuß vereinte Mund und Mund.
Und eine Trän' von dir, verzeih', daß ich's zu hoffen wage,
Bewilligte des Kusses stummen Bund.
Noch seh' ich sie, die schöne Träne, blinken,
Schön, wie im Morgenrot der Tau auf Rosen glüht,
O Gott! ein Grämling selbst muß sich beseligt dünken,
Wenn er in solchem Aug' solch eine Träne sieht!
An deinen Busen wollt' ich damals sinken
Und trunken stammeln, was mein Herz empfand,
Doch kalt und tot nur blieb das schwache Wort zurück,
Mit solch' Gefühles Fülle unbekannt!

Tief aus der Seele sprach allein mein Blick,
Leis' und zart dein Herz mein Herz verstand.
O, sei es auch, daß bald der Zeit ver⟨⟩ Hand
Des Rosentraums Gedächtnis in dir töte,
(Denn leise Ahnung ja hat itzt dir erst geträumt,
Zu wecken dich zu hell'rer Liebe Morgenröte,
Die dämmernd noch die Himmel säumt,)
Mich wird er freundlich stets umschweben,
Wo immer auch mein Fuß verlassen irrt,
Mit ihm will ich des Schicksals Arm umweben,
Daß minder spitz der Trennung Giftdolch wird.
Und tönet einst an dein erstauntes Ohr
Ein Lied, das in der gold'nen Harfe Klang
Aus seiner fernen Einsamkeit hervor
– – – der Unschuld und Liebe sang,
Dann wisse, C†, daß du die heil'ge Gottheit bist,
Die ihn in der Begeist'rung Zauberland hinüberwinkt,
Daß du in seine Seele heiß sein Ideal ihm gießt,
Daß er nun dich und ewig dich nur singt!
Und widerhallen dann vielleicht die süßen Töne,
O Mädchen, dann weih' mir noch eine solche Träne!

———

Doch magst du immerhin den Jugendfreund vergessen
Wenn schöne Kränze dir die Liebe flicht,
Mag all 's das Schicksal rauben mir, was Schönes ich besessen,
Die Räuberin auch, die Holde, raubt sie nicht.
Wie selbst des Greises Haupt, der Jugend Rosenbilder
Am Abend noch in süßen Schlummer schaukeln,
Den Niebeglückten, die süßen Träum', die milder
Sein Schicksal ihm gemalt, am Morgen noch umgaukeln,
So führt auch meinen sehnsuchtsvollen Blick
In die Vergangenheit das mitleidsvolle Wesen
Und so entfernt von dir und deinem Liebesglück,
Bin ich noch nie so oft so nahe dir gewesen –

O ewig denke ich der bangen Stunde
Die feindlich trennte, was Gott selbst zusammentrug
Ach! Balsam trug die Falsche für die Wunde.

O bei dem schönen, göttlichen Gedanken
Geliebt zu sein vom edlern Teil der Welt,
Bei diesem Wunsch, der aus der Hoffnung Schranken
So früh als Würklichkeit sich dir entgegenstellt,
Bei dem beschwör' ich Dich – laß nie die Unschuld schwanken
Die sich dein Herz zum Heiligtum gewählt!
Wie Epheu an der Ulme mächt'gen Ranken
Festschmiegend sich mit zarten Armen hält,
So schmiege Dich an sie; – Mag alles dann auch wanken
Dann blühet dieser Stamm, von keinem Sturm gefällt;
Hält er allmächtig Dich wenn auch die Eisenrechte
Des Winters einst dir Blatt und Blüt' entstreift.
O pflege sie, der Unschuld zarte Pflanze
Sie ists allein, aus der die reinste Freude träuft,
Und dräun ihr auch der Bosheit schwarze Mächte,
So denk' daß sie für beßre Welten rechte
Folg' nie den 〈. . .〉 Flitterglanze
Mit dem ach! Modewitz und Ziererei sich prahlt!
Durchschaue sie mit des Verstandes scharfen Blicke,
Und düster wird, was sonst an ihnen strahlt;
Und nackt – bedauernswürdig arm – stehn beid' vor deinem Blicke!
O laßt dem Armen doch, dem die Natur ach! viele
Der Gaben Anderer stiefmütterlich versagt',
Laßt ihm das Mäntelchen, daß er die Mängel drein verhülle!
Und dem Vernünftigern nur doppelt seine Schwäche klagt.
Doch wen Natur mit ihrer Götterfülle
Umgürtet sandte in das Erdenrunds Gewühl
Beglückt zu sein, und andre zu beglücken,
Dem ziemt es wahrlich nicht, uneingedenk der eignen Kraft

Mit fadem Flittergolde sich zu schmücken.
Die Toren glauben dich – Natur – ach! zu beschämen;
Und wissen nicht, daß sie dadurch, was du ihn' gabst, sich nehmen
Wie viel' verfehlten nicht, von Sucht stets zu gefallen,
Berauscht schon des edlen Beifalls schöne Hallen?
Drum folge stets der weichen Hand der waltenden Natur,
Die sicher ihren Freund durchs Tal des Dunkels leitet
Nicht Eitelkeit, noch Stadtgeschwätz trenn' dich von ihrer Spur.
Vertrau' nur einzig ihr; sie täuscht dich nicht, sie deutet
Allein die weis' verborgne Rosenbahn
Zum Heiligtum der Grazien Dir an.
Und hast du sie erreicht, die lichten Höhen,
Wo, holdumkränzt von ewig grüner Myrt'
Sanft Edens Zauberlüfte dich umwehen,
Daß lebend plötzlich tote Schönheit wird,
Dann selig du! – Getrost dann kannst du sehen
Wie auch des schönsten Tages Abendschimmer
In der Vergangenheit Ocean entsinkt,
Da schönre Zukunft noch dir immer
Aus jeder neuen Morgenröte täglich winkt. –
Nie welkt dann deines Lorbeers schöne Blüte,
Nie wird vom rauhen Sturme sie entweiht,
Ob Mißgunst auch im niedern Abgrund wüte,
Sie steht unerreicht – erhaben über Neid!
Und reicht aus ihrer Freuden Zauberland
Der Unschuld schönrer Himmelspreis, die Liebe
Dir freundlich dann die ewig jugendliche Hand,
Dann freue Mädchen dich – Sie, die mit heil'gem Band
Ans Himmlische, an Gott knüpft deine Triebe:
Und schön vereint von ihrem Hauch, durchschweben
Genuß und Tugend friedlich dann dein Leben.
Ja! schön ist es, und wert darnach zu streben;
Für den, dem Kräfte g'nug im Innern leben,
Sich über Niedrigkeit und Sinnenwut zu heben,
Mit zarter Liebe Morgenröte zu umweben,
Was lichtlos starrt in unser Leben,

Sanft auszuruhen an der Lieben Busen
Von der Gemeinheit ew'gen Alltagsgang;
Gewaltger tönt ihm ins Herz der Musen
Der Menschentrösterinnen Seelenruf,
Und schöner strahlet dem erstaunten Blicke,
Was Schönes je Natur und Kunst erschuf!
Nicht mehr vertrauet er des schnellen Glückes Tücke
Sein eignes Herz verschließt sein einzig Glück!
Doch ach! vom Erdenrund entwich einst auch der Liebe Glück,
Als schwach sein Paradies der erste Mensch entweihte,
Und selten nur erspäht ein heller Blick
Entschleiert nun die zürnende Verscheute.
Nur wer ein neues Paradies im Busen pflanzt und hegt,
Dem kehrt von selbst die Göttin hold zurück,
So still, daß er's kaum merkt, was ihn so himmlisch regt.
Ja, Unschuld nur kann Liebe ganz verstehen,
Die Lieb' allein ist zarter Seelen zarter Lohn.
O Gott! wer wollt' dann freudig nicht das Pfädchen gehen,
Weht ihm am Ziel der Liebe Palmenkron'?!
O Liebe, heil'ge Götterliebe, blüht
Auch mir dein holder Kranz hienieden?
Ach! oder ist mein liebend Herz umsonst bemüht,
Hier zu erspäh'n des Herzens gold'nen Frieden?
Ist meiner Liebe Furcht etwa für jene Welt,
Wo ew'ge Lieb' die Seligen umfängt, beschieden?
Ach, düster steigt in meines Herzens Räumen
Wie ein Gespenst die Unglücksfrage auf,
Und in des Lebens schönsten Blütenträumen
Steht zwischen Hoffnung und Erfüllung sie.
Seit meiner Stunden Freudenlauf
Der Trennung Hand, o C†††, so grausam mir zerrissen.
Seit mich des Schicksals harter Spruch von dir gewiesen,
Seh' ich in Nacht das All um mich versinken,
Aus deinen Blicken mehr 〈k〉ein reines Licht zu trinken!
Bald seh' ich's flieh'n, das Glück, aus meiner Ferne,
Früh sind verloschen meiner Liebe Sterne.

Wohin floh sie, die schöne Morgenröte,
Die, ach! so herrlich mir den schönsten Tag verhieß,
Die Kühlung sanft auf meine Pfade wehte,
Ein Eden mir in naher Zukunft wies?
Was tat ich, Menschen, euch, daß kalt aus ihrem Schimmer
In alte Nacht mich eure Rechte stieß?

Warum das Herz vom Rosentraume scheiden,
Der ahnungsvoll des Jünglings Haupt umschwebt?
Nacht ist uns Wirklichkeit, tot alle Menschenfreuden,
Wenn nicht der Zauber sie der Phantasie umwebt.
Das eig'ne Herz nur ist's, wo uns, ein süßes Traumbild,
Der Freude Welt erfreuend blüht und lebt.

Was konnte ich dafür, daß heiß Entzücken
In Busen mir des Mädchens Augen sah'n?
Wollt des Gefühls zart' Pflänzchen ihr ersticken,
Weil's über ⟨euch⟩ sich hebt und Menschenwahn?
O tut es nicht! nicht Früchte wird es tragen,
Wenn es nicht ⟨. . .⟩ blühen kann.

Auch ich, ach! hatte einst in dieses Edens Freie
Beglückt der Liebe Hüttchen mir gebaut.
O, nie habt ihr, wie sie, in heil'ger Weihe
Der Unschuld Aug', so himmelrein, umschaut,
Nie habt die Liebe ihr empfunden, die euch
Mein Hüttchen zu zerstören nicht gegraut!

ERINNERUNG

⟨. . .⟩
Und wie, in ird'scher Schwäche Nacht gehüllt,
Der Gottheit Bild im Strom der reinen Liebe spielt,
So schaukelte in seinem Silberschoß
Der See des Sternenhimmels zitternd Bild,
Und traulich flüsterten die Abendwinde

Durch uns're Laube ihre Geisterlieder,
Und leise, leise säuselte die Linde
Aus gold'nem Wipfel süße Schauer nieder.
Süßdrängend fühlte ich an meiner Brust
Sanft deines Busens schwellend Wallen,
Harmonisch schlug dein Herz an meinem,
Daß leis' das meinige dem Schlage lauscht',
Und ach! so süß, so himmlisch süß umrauscht'
Mich deines Purpurmundes Odemzug.
Umsonst nun lachte mir des Mondes Blick,
Umsonst des Mondtals Goldgewand,
Dich nur erblickt' ich in der Schöpfung Ferne,
Du fülltest meiner Seele tiefsten Raum,
Und wie der Morgendämm'rung falbe Sterne
Schnell in des jungen Tages Purpur flammen,
So schmolz Vergangenheit und Zukunftstraum
In dieses Kusses Wollust mir zusammen.
O kehrt, o kehrt zurück, ihr sel'gen Stunden!
Schnell wie, von der Erfüllung Kranz umwunden,
Dem Liebenden sein holder Rosentraum,
Seid ihr mit scheuem Flug hinabgeschwunden
In des Gewes'nen dunkles Dämmerreich.
Noch taucht in eures Abends Rosensaum
Mein trunk'ner Blick aus seinem Dunkel sich,
Noch glimmt das sanfte Rot in meiner Träne –
Und helle Fluten nie versuchter Töne
Strömt trauernd aus mein armes Saitenspiel.
Euch, und euch seufzt jeder Ton zurück!
Doch ach! umsonst, ihr lauschet nicht, ihr flieht!
Umsonst durchströmt die Saiten mein Gefühl,
Die Nacht verschlingt mein innig Herzenslied.

LIEBE
Ode

Mädchen, wenn in deiner Reize
Wonnemeer mein Blick sich taucht,
Wenn von deinem Purpurmunde
Heiße Sehnsucht mich durchhaucht;

O, wie schwind't dann jeder Wunsch, der
Kühn sonst in die Zukunft sah,
Einer nur steht allverschlingend
Und allmächtig vor mir da!

Ach, der Wunsch, hinwegzuküssen
Von der Lippen zarten Rot
Sanft Vergessen des Vergangnen,
Kraft für Zukunft, Mut für Tod!

Auf dann lodern alle Kräfte,
Die, in düstrer Nacht versteckt,
In des Herzens Räumen schliefen,
Von der Liebe Tag geweckt.

Nieder stürzt der Täuschung Vorhang
Den des Menschen Sinne ziehn,
Nichtig, und im bunten Wechsel,
Schwebt, was irdisch ist, dahin!

Nur die Lieb', die ew'ge Schöne
Streckt ihr Haupt den Sternen zu;
Unstet kreisen Welt und Zeiten –
Sie geneußt und spendet Ruh!

Sieh – es sinkt die alte Welt mir
Vor des Geistes kühnem Lauf;
Rosig strahlt mir eine neue –
Eine Welt der Liebe auf!

Offen, offen steht der Himmel!
Auf, frei von der Tierheit Last,
Auf zum Vater, wo die Wesen
Alle heil'ge Lieb' umfaßt!

AN A. S.

Mädchen, welches Glutverlangen
Seel' an Seel' und Mund an Mund
Sanft geschmiegt, Dich zu umfangen,
Flammet mir im Busen auf?

Sieh, froh stimmt' mit Kindertriebe
Ich zum Frühlingslied mein Spiel;
Da tratst du hervor, und Liebe,
Liebe tönt das Saitenspiel.

Tausend junge Leben raffen
Aus der Seele Abgrund sich,
Und zum Jüngling umgeschaffen,
Fühlt der Knabe staunend sich. –

Einen Blick nur, der mit hellen
Strahl von Herz zu Herzen spricht! –
Und durch tausend Schicksals-Wellen
Stürz ich trunken zu dir hin.

Mit dem Tode will ich scherzen,
Ringen mit Unmöglichkeit,
Bis ich ach! an meinem Herzen
Deines Busens Wogen fühl'!

Bis an deinem Purpurmunde
Bebend meine Lippe glüht,
Und zum ew'gen heilgen Bunde
Seel' in Seele überströmt.

O dann halt ich dich umschlungen,
Trotzend jeglicher Gewalt,
Bis vom Staub' emporgeschwungen
Unser Geist vereint entschwebt.

Doch hinweg du Freudenträne,
Weg du süßer Fiebertraum,
Ach! sie liebt mich nicht, o töne
Bange Schwermut mein Gesang!

AN A. S.

Weine nicht, zwar trennen uns Berge und Fluren, doch ferne über Tal und Wälder denk ich dein. Wenn das Morgenrot emporsteigt, denk' ich dein, bei der Abendröte denk ich dein, und wenn das Heer der Sterne aufzieht, da blicke ich herauf zum Mond, der auch damals uns so anlächelte, als ich deinem Purpurmunde zum erstenmal das lispelnde Geständnis der Liebe in der Laube, von Sternen umblinkt, entküßte. Blickst du dann etwa auch zum Monde, begegnen sich in Himmelssphären unsre Blicke, o so flüstre dir das Abendlüftchen, daß der Mond eine Sehnsuchtsträne beglänzt, die dein Jüngling um dich weint.

———

Wo flohst du, Mädchen hin,
Mir einst gesandt.
Das Schöne
In deren Brust
Arkadien, schuldlos noch blühte,
⟨. . .⟩
Sieh – in des Erdgewimmels wilder Mitt
Denk ich nur dein.

Seh keuchend ich in raschen Sprüngen
Der Ehrsucht Knecht,
Nach falschen Diademen ringen,
Seh ich sein Aug
In dunkler Fern nur Glück erspähen,
Und was, schon sein
Was in der Brust ihm blühet übersehn,
Da denk' ich dein.

Wenn Wollüstlinge, wilder Triebe
– Glut verschlingt,
Und blind das Veilchen zarter Liebe
Im Lauf zertritt,
Wenn roher Bonzen wilde Haufen
Im Humpen Wein
Der Liebe Zartgefühl versaufen,
Da denk ich dein

Wank' alles auch im Wahnestraume
Mir streift sein 〈...〉
Kein Blütchen von des Lebens Baume,
Dem still und tiefen.
Im Herzen sprossen seine Triebe –
Tod haucht er auch dir und getrost
Hüll ich mich in die Liebe
Und denke dein.

AN EINEN UNEDLEN VON ADEL

Auf, auf, du Weichling, auf vom Nebeltraume,
Der schmeichelnd dir den kindschen Blick umwebt!
Schau um dich her, wie schön dem goldenen Saume
Des Himmels die hell're Sonn' entschwebt.

Zur Hölle floh die Eisen-Zeit der Nächte
Vom Strahlentag der Wahrheit schnell verscheucht,

Die Zeit, da freier Menschheit heilge Rechte
Dem Joch' beglückter Schwelger einst gebeugt.

Erwacht aus seines Vorurteiles Höhle
Begrüßt den jungen Tag das Freigefühl
Nicht Waffenklang mehr schreckt die Kraft der Seele
Im Himmel steckt sie sich der Weisheit hohes Ziel.

Weh dir. Dann sind die abgeschreckten Blicke
Der Göttin ernsten Blick entwohnt!
Hier äfft Verdienste keines Glückes Tücke
Erworben muß erst sein, was sie belohnt.

Bei ihr deckst du mit keinem Ordensbande
Mit k⟨einem⟩ Flittergold die Blöße zu
Kühn zieht bei ihr dich der Verachtung Schande
Hervor aus deiner Ahnen trägen Ruh.

Drum auf was staunst du schaudernd noch am Schlunde
Der mit dem alten Wahn dein Glück verschlingt?
Hoffst du noch, daß das Wechselrad der Stunde
Dein schwacher Arm zum Stillstand zwingt?

O schnell zurück, von hier ins freudige Gewühle,
Wo eigne Kraft und eigner Mut noch gilt!
Wo jeder froh aus eigner Kräfte Fülle,
Sich selbst den Becher des Genusses füllt.

Dort ringe nach der Höh, wo brav und bieder
Die Väter harrend dir entgegensehn,
Und hast du sie erreicht dann wage wieder
Dem braven Bürger kühn ins Aug' zu sehn. –

AN EINEN UNEDLEN VON ADEL

Auf, auf, du Weichling, auf vom Nebeltraume,
Der schmeichelnd dir den kind'schen Blick umwebt!
Schau um dich her, wie schön dem goldnem Saume
Des Himmels, dort die hell're Sonn' entschwebt.

Zur Hölle floh die Eisenzeit der Nächte,
Vom Strahlentag der Wahrheit kühn verscheucht,
Die Zeit, die freier Menschheit heil'ge Rechte
Dem Joch' beglückter Schwelger einst gebeugt.

Erwacht aus seines Vorurteiles Höhle
Begrüßt den jungen Tag das Freigefühl.
Nicht Waffenklang mehr schreckt die Kraft der Seele
Im Himmel steckt sie sich der Weisheit hohes Ziel.

Weh dir, sind deine abgeschwächten Blicke
Der Göttin ernstes Aug' entwohnt! –
Hier äfft Verdienste keines Glückes Tücke,
Erworben muß erst sein, eh sie belohnt.

Bei ihr deckst du mit keinem Ordensbande,
Mit keinem Flitter deine Blöße zu
Kühn reißet hier Dich der Verachtung Schande
Hervor aus deiner Ahnen trägen Ruh –

Ernst wallt die Göttin über'm Weltgewühle
Und steil und einsam ist der Weg hinauf –
Doch oben küßt des Himmels duft'ge Kühle
Den Schweiß dem müden Wandrer freundlich auf.

Drum auf – Was weilst du spöttelnd noch am Schlunde
Der mit dem alten Wahn dein Glück verschlingt?
Hoffst du noch, daß das Wechselrad der Stunde
Dein schwacher Arm zurück zum Stillstand zwingt?

Vergebens blickst Du stolz auf Niedrer Leben –
Frei ist der Mann, und keines Mannes Knecht!
Den Adel kann sich Jeder selbst nur geben,
Zu deinem haben Alle gleiches Recht.

O horch' auf sie, die dir den Adel schufen,
O störe ihrer Asche Ruhe nicht!
In ihren Gruften stehn sie auf, und rufen:
»So, Knabe, waren deine Väter nicht!«

O schnell von hier, dorthin ins tätige Gewühle
Wo eigne Kraft und eigner Mut noch gilt,
Wo jeder froh aus eigner Tatkraft Fülle
Sich selbst den Becher des Genusses füllt.

Dort ringe nach der Höh', wo brav' und bieder
Der Väter Geister winkend stehn,
Und hast Du sie erreicht, dann wag' es wieder
Dem Biedermann ins Aug' zu sehn! –

WARNUNG

Nur einmal fürchte, einmal nur zu fallen;
Vergebens suchen deiner Reue Tränen
Vergebens dann den treuen Unterstützer,
Der, statt zu 〈. . .〉
Dir schnell und freundlich seine Rechte reicht.

O laßt, wem tiefer einzuschauen,
Ins Himmlische, die Gottheit Kraft verleiht,
Laßt ihn in Busen sich das Beßre bauen!
Denn wem Natur ins Herz den Samen streut,

O fühlt er Kraft, enthüllter zu umschauen
Des Schönen Reiz – laßt ungescheut
Im Busen ihn das Schöne sich erbauen
Das ihm nicht Flitterglanz nicht ⟨. . .⟩ beut,

Schnell wächst zur Tat, was heiß den Busen füllet
Ein Bürger steht er da verklärter Zeit –
Doch tausend Herzen die ⟨. . .⟩ trunken lauschen,
Wenn Seelengröße Schiller – Göthe singt,

Die spotten dann wenn von der Harfe Rauschen
Geweckt, ein Geist die alte Nacht durchdringt,
Und frei von Wahn in höhern Luftgefilden
Kühn nach dem schönen Pocale ringt.

O hemmet nicht, hemmt nicht das kühne Streben,
Nicht Traum ists, was ihm feuervoll entglüht,
Vielleicht gelingts – vielleicht, daß er ins Leben
Die Zeit aus ihrem Himmel niederzieht,
Die Zeit, wo schwach des Vorurteils Tempel stürzet,
Und ew'ge Wahrheit aus den Trümmern blüht.

Sonst, eh der Liebe Zauber mich umschlang
Ertönte ach! mein Saitenspiel so helle,
Und leiser murmelt' oft die Silberquelle
Und lauschte auf der Lieder süßen Klang.

Oft, wenn die Rosendämmrung niedersank,
Horcht' ich umrauscht von ihrer Purpurwelle
Wie sanft ins Seelenlied der Philomele
Der Nachhall meine kleinen Lieder sang.

Doch jetzt sind sie dahin die Wonnezeiten
Zu einem Lied' ist jeder Ton verhallt,
Nur Liebe, Liebe seufzen alle Saiten

Ach armes Lied, wo in der großen weiten
Runde findst du den Nachhall nun, wo wallt,
Ein Busen, der dir Liebe widerhallt.

SONST UND JETZT
Sonett

Sonst tönte ach! mein Saitenspiel so helle,
Eh noch der Liebe Zauber mich umschlang;
Frohlauschend auf der Lieder süßen Klang
Enthüpfte leiser oft die Silberquelle.

Da horcht' ich oft, umrauscht von ihrer Welle
Wenn Rosendämmrung ihren Fittig schwang,
Wie sanft ins Seelenlied der Philomele
Der Nachhall meine kleinen Lieder sang.

Jetzt sind sie hin, der Kindheit Wonnezeiten.
Zu einem Ton ist jedes Lied verschallt,
Nur Liebe, Liebe seufzen alle Saiten! –

Doch es verhallt der Ton im unermeßlich Weiten
Kein Nachhall tönt ihm nun; kein Busen wallt,
Der sanft ihm Liebe – Liebe widerhallt! –

AN STOLBERG

Unsterblicher, schön, aus der Wahrheit hellem Quell ⟨em⟩porgestiegen,
Steht vor mir da dein Geist, und strömt Entzückung mir ins Herz,
Und sonnend sich, an deinem Strahl, entfaltet mir der Seele Fittig sich,
Den hehren Adlerschwung, dir kühnlich nachzuflattern.

Mag immerhin, des Himmels Veste ringsumher erkrachend beben,
Sieh! unerschrocken streckt, der Edle ihr sein Haupt empor,
So wandelst du, der Seelengröße sich bewußt, durch deines Glücks Ruin,

So wandelst du jetzt über den Ruin deines Glücks. Sie wollen
deinen Ruhm verleugnen, und was das schlimmste ist, ein
Freund zieht dir die Biederhand zurück. Doch du bist überzeugt,
und wankst nicht. O auf der Bahn zum Wissen sei du mein Stern,
wenn schwarze Wolken den Nachthimmel umziehen, Und wenn
ich strauchle, umschwebe mich. Ich denke dein, und falle nicht.

AN MÜLLER ODER HUMBOLDT

Schön ist es und wert der Fortpflanzung des Ruhmes
Durch Bardenbegeisterung, wenn der Held siegend
sich freiwillig opfert, und dahinsinkt, rettend
das Vaterland. Doch schöner, und der fühlenden Tränen
wert, wenn, mit nicht von Blut triefenden Ruhme
kühn der Mann durch das düstere Gewühl der
Nebel ins Heiligtum die erhellten Höhen des Wissens
eindringt, und hoffend, einst dich Glück noch bei⟨m⟩
Enteilen zu leben, dahinsinkt auf die Trophäen
ermattet. So liegst du kühner Jüngling! Feurig flammt
auch in mir der Entschluß dir zu folgen auf. Leit mich,
bis ich dir in jenen Gefilden die Hand reiche, wo kein
Trug der Freundschaft droht.

Seid mir gegrüßt, ihr Fluren, die ich zuerst erblickte,
wo mir des ganzen Lebens Bahn in Morgenrot
gehüllt, vorkam; wo mich unter säuselnden
Schatten, am rieselnden Bache die Muse zuerst
überraschte, und mich den schönen Morgen, den
Abend etc. schöner fühlen lehrte. Schüchtern versuchte
ich die Leyer und Unschuld stammelten die Saiten.
O umfaßt mich doch einmal ihr kühlenden
väter⟨lichen⟩ Schatten, nach der Lebensreise Ermattung
Auf demselben Hügel, wo ich mit goldnen Locken
im Morgenrot getaucht voll Begeisterung ewig gut zu sein,
schwur,
säng ich itzt im Silberhaare im Abendrote der Unschuld
noch ein
Lied, bis auf immer die Saiten verstummten.

TRINKLIED

Sei mir willkommen, du socrat⟨ischer⟩ Becher, der du
nicht berauschst, sondern die Seele zu guten
Entschlüssen entflammst, den Freund dem Freunde
näher führst, du seist mir willkommen.

Zürnend ach! goldene Harfe, daß kalt nur am Felsen
Mein glühendes Lied einst verhallte,
Zürnend ach! legt' ich dich weg – und grollende Tränen
Ersticken manch! inniges Lied!

Jetzt, Harfe, ergreif ich dich wieder, dich einsame Freundin,
Verzeih mir die kindische Träne.
Heiß glühet voll himmlischer Weihe der Busen mir wieder
O zürne nicht, töne mir wieder im Lied!

Nicht ihm ja ertönest du Harfe, dem brennende Rangsucht,
An goldenen Ketten
Dem klatschend die lebend⟨ige⟩ Menge des Freundes im Busen
Geheiligte zartere Stimm' übertönt!

Er folget vertrauend des Glückes holdlächelnder Göttin?
O unsterblicher Tücke umhüllet ihr lockender Busen,
Schön strahlet und lockt sie, bis plötzlich, umwandelt, sie aus ihrer Hölle
Den schwachen, getäuschten Folger verlacht.

Da steht er und möchte im Busen den Freund nun umarmen,
Doch wehe! auch er floh längst zürnend zurück in den Himmel,
Und rastlos im Unglück auch treibt ihn die Geißel der Ehrfurcht,
Die zehrende Flamme verschlingt nur das Grab!

Auch ihm ja nicht tönest du, Harfe, dem irrenden Lüstling,
Der brünstig der Liebe, der Keuschen Umarmung von sich stoßt,
Und viehisch im Arme der Wollust, im giftig behenden
Des schändlichen Todes
Doch seit ich dich sah, ergreif ichs wieder. Kein Ruhm
Eine Träne nur von dir etc.

AM FRÜHEN GRABE UNSERES BRUDERS GUSTAV

So steht beim jungen Baume,
Den wild der Nachtsturm brach,
Der noch im Abendtraume
Ihm Blüt' und Frucht versprach,
Ein Pflanzer starren Blickes
Stumm und in sich gekehrt;
Die Hoffnung seines Glückes,
Denn ach! die ist zerstört!

So stand, ach! guter Knabe!
Jüngst unser Vater da,
Als er am frühen Grabe
Dich, seinen Liebling, sah;
So hing voll heißer Zähren
Die Mutter ihm am Arm;
Doch, wer mag Klagen wehren,
Bei ach! so tiefem Harm!

Und wir, wir Deine Brüder!
Für uns ist's öd' und leer!
Denn kehren wir einst wieder,
Wir finden Dich nicht mehr!
Wo sonst uns Freuden sprießen
Auf väterlicher Flur,
Geliebter! o! da fließen
Um Dich jetzt Tränen nur.

Der Du, wie Strahl der Sonne,
Uns froh entgegensprangst
Und laut ins Lied der Wonne
Nach Kinderart mitsangst;
Du, der Du Maienglocken,
Die Du am Bache fand'st,
Für Deiner Brüder Locken
Schon in die Kränze wand'st.

Du ruhst im Sterbekleide,
Den Totenkranz im Haar,
Du, der der Eltern Freude
Und seiner Brüder war!
Und nichts, ach! holder Knabe!
Kein Gram, kein Tränenblick
Bringt Dich aus Deinem Grabe
Zu unsrem Spiel zurück!

Du schlummerst sonder Kummer,
In Deiner kühlen Gruft,
Bis Gott auch uns vom Schlummer
Zu Dir hinüberruft;
Streu, Engel! Gottes Segen
Auf unsrer Eltern Pfad!
Leit' uns auf unsern Wegen
Zu jeder Edeltat!

WILHELM VON EICHENDORFF: GEDICHTE

Nicht im Getümmel, nein, im Schoße der Natur,
Am Silberbach, in unbelauschtem Schatten,
Besuchet uns die holde Freude nur
Und überrascht uns oft auf einer Spur,
Wo wir sie nicht vermutet hatten.

Des dunklen Schicksals Spruch,
Nicht menschliches Bemühen,
Muß Menschen von einander trennen.
Was je sich fliehen soll, wird im Moment sich fliehen
Was je sich kennen kann –
Wird im Moment sich kennen.

AN ISIDORUS

Es tönt ein Laut in allen Creaturen
Strömt durch sie hin, wie des Gesanges Fluten
Und schlägt in wilden funkenreichen Gluten
Als ew'ger Pulsesschlag durch die Naturen.

Noch kannt ich nicht des alten Wunders Spuren
Als schon in deinem Arm die Engel ruhten
Und mich ins ewge Reich zu folgen luden
Als sie mit dir zum hellen Himmel fuhren.

Der lichte Schein wollt mir den Blick verrammen
Ich scheute mich auf dem Gewölk zu wiegen,
Da schallt dein Ruf, es bricht der Dunst zusammen

Ich lasse hoch die Kämpfer-Fahne fliegen,
Stürz mutig mich, in die verworrnen Flammen
Und sterben will ich, oder männlich siegen.

AN ISIDOR

Verschmähe nicht in mir die leise Welle
Die klingend sich um meinen Busen legt,
Die zwar nicht halb so rein nicht halb so helle
Als deine Feuerstrahlen sich bewegt,
Doch auch aus jener reichen Gnadenquelle
Ans Licht in sanften stillen Stäuben schlägt
Und sehnsuchtsvoll, in schüchternem Entzücken,
Den Himmel möcht in seine Arme drücken.

Hab ich nicht auch so manches Leid erlitten
Nicht auch der Sehnsucht dunklen Schmerz gefühlt
Hat nicht nach mir, auf allen meinen Schritten
Auch jener giftge schwarze Pfeil gezielt?
Auch ich hab jenen harten Kampf gestritten
Der kühnen Muts, um Höll und Himmel spielt
Und möchte jetzt in deinen treuen Armen
Vom kalten eis'gen Fieberfrost erwarmen.

Verstoß mich nicht, mich matten Liebekranken
Laß mich nicht ohne Trost von dannen ziehn
Ich will nicht mehr von deiner Seite wanken
Will mit in deinen warmen Äther fliehn.
Als Epheu will ich immer dich umranken
In ewgen Kuß an deiner Lippe glühn
Und aufgelöst sei alles andre Streben
In die Verschlingung eines höhern Leben.

Wenn einst dem tiefen Sinn die blaue Blume
Mit tausendfarbgen Strahlenglanz entblüht,
Wenn einst im innern dieser Heiligtume
Mein Geist im andachtsvollen Strom entglüht
Und froh und frei, als wie zu seinem Eigentume
In jenen durch und durch kristallnen Fels entflieht,
Dann will ich frisch die jungen Schwingen rühren
Und Isidor wird hoch den Reigen führen. –

AN HEINRICH GRAFEN VON LOEBEN
Antwort

Was hör ich doch, dein Lied so lockend schlagen
Von hoher Burg, in Grund herniederziehen,
Es lockt und ruft, wollt' gern darniederknieen
Vor diesem Lied, und ewig mit ihm klagen.

Ist mir es nicht wie in den alten Tagen
Wo Ritter stattlich durch die Ebnen ziehen
Zum Kampf, für Frauengunst und Minn' entglühen
Und Turm und Klaus im farbgem Scheine ragen.

Da steh' ich nun vor diesem Heiligtume
Hör frommen Laut aus fernen Glocken schallen
Und fühl mich einsam immermehr verarmen.

O! Möcht der Kelch sich öffnen dieser Blume
Wie wollt ich froh an deinen Busen fallen
Und fest, und fest dich halten in den Armen.

Wenn sanfte Quellen ferne rauschend klagen,
Erwachend Grün sich weit hinaus will legen
Wenn Duft und Schall im warmen Hauch sich regen
Und aus dem Lenz die Blüten ringend schlagen:

Da möcht der Mensch ins Blau des Himmels ragen,
Er bangt und seufzt im goldnen Blüten-Regen,
Fühlt sich so heimlich unbewußt bewegen
Und läßt im Lenze alle seine Flaggen.

O! großer Lenz wie sink ich vor dir nieder!
O! süße Luft aus Süden hergeschwommen
Auch mir tratst du einst heilgend ins Gemüte!

Dem Mund entquoll ein frischer Hauch der Lieder,
Das Herz war hell, in frommer Lieb entglommen,
Wo trieb ein Lenz wohl jemal schönre Blüte?

Ist's wohl das ewge Rauschen klarer Quellen,
Etwa der Vögel schallende Gesänge
Im großen Wald, des fernen Jagdhorns Klänge
Die mir die Brust so überselig schwellen?

Ach! in der Flut der grünen Laubes-Wellen
Wenn jeder Zweig mich noch so fest umschlänge,
Wenn jeder Quell mir an den Busen spränge,
Will doch nur Eins den dunklen Blick erhellen.

Doch was es ist, was ich hier schweigend meine
Das sagt kein Laut, kein einziger von allen,
Im tiefsten lebt, die holdentblühte Schöne.

Doch buhlend rufen mirs schon alle Töne
Und lockend schlägts aus allen Nachtigallen
Ans bange Herz, sie wird die Deine! Deine!

Der kühle Herbst streut seine goldnen Blätter,
Des Waldes Grün will schon die Lust verschließen
Ins Tal muß sich der Bach entlaubt ergießen
Und alles schweigt beim Nah'n der trüben Wetter.

Da bangt das Herz, und blickt nach einem Retter
An dem es sich mit warmem Puls mag schließen
Da Quell und Wald es trostlos von sich stießen,
Im wilden Todeskampf der falschen Götter.

Ich habe Quell und Wald, und Grün gefunden
Die mich mit ew'gem Frühlingshauch umwogen
In hellen Farben ewig mich umglühen

Seitdem sie mich an ihre Brust gezogen
Sah' ich dem Lenz die Blumen frisch entblühen
Es floh der Herbst, ich mußt' vom Schmerz gesunden.

So rauschen wieder linde Frühlingsquellen,
Die Blüten süß zum bunten Kranze weben,
Der Liebe Gruß dem bangen Herze geben
Und es zur Flut der ewgen Sehnsucht schwellen.

Aus kühlem Grund der grünen Laubes-Wellen
Will Waldhornsruf so lockend zu mir schweben,
Den kranken Busen sehnsuchtsvoll erheben
Mit seinem Klang in Tönen hinzuquellen.

Doch tief betrübt, horch ich der holden Weise,
Schau in den Lenz und seine blühnden Matten
Und schweige still, wenn alle Stimmen schlagen.

Und so verarmt, im Liederreichen Kreise
Wölbt sich beklommen über mir der Schatten
Und lauscht selbst bang der Wehmut stummen Klagen.

Es gibt geheime schauervolle Stunden
In denen Trost, und Hoffnung will entweichen,
Die scheuen Blicke um die Zukunft schleichen
Mit dumpfer Nacht, das Auge zu verwunden.

Verschollen sind des Herzens heilge Kunden,
Die es nach langen Kämpfen durft erreichen,

Die ew'gen Stimmen die sie riefen bleichen
In zehr'nden Flammen, die sich angezunden.

Ist es ein Sterben angeborner Sünden
Die man bereuend in sich selbst erwogen?
Ist es ein Rein'gen in der Lohe Fluten?

Oft pflegt sich selbst der Phönix zu entzünden,
Verherrlicht steigt er dann, zum blauen Bogen
Hinangezogen, aus der Asche Gluten.

Ein Zauberwald steht jungen Herzen offen
In dessen Zweigen tausend Stimmen schwirren
Mit holdem Sang, die Sinne festzukirren.
Der Seele reicht die Zukunft sehnend Hoffen.

Fühlt sich ein Herz vom Zauber erst getroffen
Nie mehr will es das goldne Netz entwirren,
Wähnt, möcht es jemal sich daraus verirren
Der Zauber Wunderzeiten längst verloffen.

O! schwacher Sinn der Gegenwart verbündet
Das Schicksal wird das Alter nicht verhöhnen
Verlöschend ihm der Weihe heilge Kerzen.

Verflossene Zukunft ist auch ihm entzündet:
Dem Zauberwald entströmt es zu versöhnen
In selgen Tönen Erinnerung zum Herzen.

Beklommen frag ich, was ich wohl gewonnen
Durch Lieb in jenen warmen Sommerstunden.
Da ruft aus Bergen Echo leise: Wunden,
Und klar ist mir's wie Morgenlicht der Sonnen.

Da fragt das Herz benetzt vom Tränenbronnen:
Wie mag ich wohl von meinem Schmerz gesunden?
Und Echo ruft: an süßen roten Munden.
Ach! wäre Fern' in Nähe mir zerronnen.

Doch sie ist fort weit über Höhn und Täler
Mein Grüßen reicht nicht durch die weite Bläue.
In leere Luft möcht ich die Arme spreiten,

So ratet mir vergangner Freuden Mähler
Doch immer rufts, bewahre dir die Treue
Und drück dein Herz fest in der Laute Saiten.

Das Horn schlägt an, erwachet Jagdgenossen
Es locken uns mit frischem Zug die Klänge
In Waldes Nacht und grüner Zweig Gedränge
Mit Tau und Morgenluft kühl übergossen.

So reiten sie, sich wiegend auf den Rossen
Mit luftgem Speer, den jeder gerne schwänge
Durch Ästebug und schroffer Felsen Enge
Den blanken Helm von sicherm Mut umflossen.

Wenn sie an Bergen waldwärts niederziehen
Und jeden mutigen zu folgen laden
Da wecken stets mich ihrer Jagden Lieder.

Auch ich will gern im Morgentaue baden,
Dem Klange nach mit himmlischem Erglühen
Zieh' ich, und nichts schlägt mein Vertrauen nieder.

Schon Nebel flatterten, und Abendscheine
Auf Bergeshang, und blaue Stromeswellen,

Als ich auf alter Burge, morschen Schwellen
Stund, einsam schauend in die Himmelsreine.

Da sah ich zu dem Abgrund grüner Haine
Den Strom entlang manch blühend Segel schwellen
Und um die Lust der hier verwaisten Stellen
Schien mir's, als ob die ganze Gegend weine.

Ich weinte mit, warum kann ich nicht sagen,
Doch drängte mich bewußtlos innre Schwüle
Mit Wolk und Schiff so fröhlich hinzuziehen

⟨...⟩

Wie die dunklen Wälder rauschen,
Hochgerötet ihre Wipfel
Von der Morgensonne Strahlen!
Auf den Teichen schwimmen Nebel,
Schallend singet scheu Gevögel
Fern aus tiefem Tal hervor,
Fern aus Wäldern hört man Sang,
Sehnsuchtsvoller Hörner Klang.

Siehe da beginnt zu wallen
Durch der Bäume kühle Hallen
Auch ein Jüngling dunkles Blickes
Mit gespanntem Feuerrohre.
Von der schwülen Nächte Träumen
Pochet ihm das Herz noch schwer,
Ach! er kann nicht länger säumen,
Muß in Morgenluft hervor.

Kaum im Labyrinth verloren
Alter Eichen, hoher Tannen,
Fühlet er sein Herz beengen

Von der Wälder mächt'gem Walten.
Fern im Tale fallen Schüsse!
Fernher klagend Hörnerklang!
Ruhe für dies Herz und Kühle!
Und hinab in Kriegestanz.

In dem wilden unendlichen Walde
Unter der Tannen dunkelen Hallen
Hebet sich reger der Sinn,
Wenn fernher die Hörner erschallen
Und sehnsuchtsvoll klagend verhallen
In der Wipfel einsamen Rauschen.

In der Wipfel einsamen Rauschen
Fühlet die Seele sehnendes Beben
Hin nach dem ewigen Glück
Ein heiliges glühendes Streben
In göttlicher Liebe zu leben
Mit der schönen stolzen Geliebten.

Mit der schönen stolzen Geliebten
Welche unendliche Seelen nur kennen
Wandeln in waldigter Nacht.
Der himmlischen Namen, ach, können
Nur rauschende Wälder mir nennen
In der Lüfte flüchtigem Wehen.

In der Lüfte flüchtigem Wehen
Sah ich euch Wolken, hoch oben fliehen
Rastlos im himmlischen Blau.
Möcht mit über die Berge ziehen
Wo ewig die Wälder entblühen,
Ins Land der heilgen Gesänge.

Ins Horn, ins Horn, ins Jägerhorn
Es wacht Aurora wieder
Hinab, hinab durch Busch und Dorn
Ins Felsental hernieder.

Wohl rauscht, wohl rauscht der Tannenwald
Fern fallen wilde Schüsse,
Die letzte Stund der Nacht erschallt
Vorbei ist nun die süße.

Es raucht, es raucht das Nebeltal
In grauer Morgenstunde,
Da stehl ich noch zum letztenmal
Den Kuß vom vollen Munde.

Ade! Ade! nun Buhle mein
Laß mich aus deinen Armen!
Hörst nicht den Klang, er zieht mich 'nein,
In kühlen Wald mich Armen!

In Wald, in Wald, in kühlen Wald
Vom Busen warm, geflohen
Horch wenn die Abendglocke schallt
Komm ich wohl heim gezohen.

Und hebt und hebt sich deine Brust
In sehnsuchtsvollem Bangen
Dann komm zu mir in die Waldeslust
Dort stillt sich dein Verlangen.

In Wald, in Wald
Das Herze wollt!
Im Winde fliehn die Locken.
Das Horn stößt an
Wohl Roß und Mann
Tät es ins Dunkel locken.

Schlag auf o Herz!
In Lust und Schmerz
Schlag auf in helle Flammen!
Siehst du es glühn
Das ewge Grün
Schlägt über dir zusammen.

Fahrt Sorgen hin,
Fahrt alle hin,
Das Horn hör ich erschallen
Gegrüßt o Pracht
Der süßen Nacht,
Euch grüß ich grüne Hallen.

Ade! Leb wohl
Leb alles wohl
Leb wohl du Weltgedränge!
Frisch Waldgewühl,
Das Herz wird kühl
Umweht mich Hörnerklänge!

Goldner Schein ist ausgegangen
Ach voll Bangen
Trägt mein Herz nach ihm Verlangen,
In dem Morgen
Seh' ich Reiter
Immer weiter
Lustig ziehen
Helm und Panzer glühen!
Stolz auf Rossen
Muntre Jagdgenossen
Rasch in die Gebüsche
Durch Tau und Morgenfrische.
Fern die Berge stehen
Still sie auf mich sehen,

Zwischendrein schlägt Jagdgesang
Und Hörnerklang,
Alles Wälderwärts.
O großer Schmerz,
O, armes Herz!

AN DIE LANGE WEILE, CHEF D'ŒUVRE

Qual zum sterben, Langeweile,
Die mich unaussprechlich quält,
Mir die Stunden langsam zählt
Daß ich keine übereile,
Mir zur Marter auserwählt
Laß mich los!
Lieber will ich Schmerzen leiden,
Lieber Stadt und Schauspiel meiden,
Als so ohne Lust und Leiden
Träge ruhn in deinem Schoß!

Graut mir früh des Tages Morgen,
Fürcht ich schon den langen Tag;
Ach er kriecht nach einem Schlag,
Wie der vor'ge ohne Sorgen,
Daß ich ihm kaum leben mag.
Und so zieht
Wie ein schwer bepackter Wagen,
Den die Achsen knarrend tragen,
Nun die Zeit, die, nicht zu tragen,
Ungenossen mir entflieht.

Und das ganze Werk zu krönen,
Das die Lange Weile schafft,
Wird die Welt, zum Spott der Kraft,
Und zum Hohne alles Schönen,
Mit Quintillien bestraft
Und o Schreck!

Eh ich's ahnte matt von Gähnen,
Ausgerenkt durch vieles Dehnen,
Nach dem sich die Glieder sehnen,
War er fertig dieser D . . .

WIEDERGENESUNG DES DICHTERS

Öffne freudig deine Kehle
Singe schmerzenslos dein Lied,
In das Lied leg deine Seele,
Wie es dunkel sie durchzieht.

Aber kann ich denn wohl singen,
Da die Freude mich verwirrt
Tränen aus dem Herzen dringen
Und das Auge trunken irrt?

Ach ich weiß mich nicht zu fassen
Bin mir selber nicht bewußt
Der nur weiß mein Glück zu fassen
Der wie ich entbehrt der Lust.

Und so stamm'l ich nun und fühle,
Singen, sprechen, kann ich nicht
Jedes Wort wird zum Gefühle
Jeder Laut ist mir Gedicht.

DER DURCH DIE LUFT FAHRENDE SPIELMANN

Ein Spielmann zu Sanct Gallen
War arm und unbekannt
Doch sang er schön, vor allen
Im ganzen Schweizerland.

Wenn seine Lieder klangen
So rührt er jedes Herz,
Wollt jedem einsam bangen
In Liebes-Lust und Schmerz.

Einst schickt er sich zur Reise
Und ging zur Brücke grad,
Als Theophrast der Weise
Vertraulich zu ihm trat.

Der grüßte ihn bescheiden
Und fragt wohin er zieht
Und bittet vor dem Scheiden
Noch um ein kleines Lied.

Der Spielmann sprach: nach Baden
Zieh' ich zum Festgelag,
Wohin man mich geladen
Daß ich dort singen mag.

Doch will ich bei euch bleiben
Ob ich gleich fort gesollt,
Die Zeit euch zu vertreiben
Wenn ihr nicht spotten wollt.

Den Weg mitsammen schreiten
Die Beiden nun entlang
Und setzen sich zur Seiten
Auf eine Brückenbank.

Vor ihren Blicken gleitet
Der silberhelle Fluß,
Mit sanften Wellen schreitet
Er um der Berge Fuß.

Die alten Schlösser heben
Sich aus der Felsen Schoß,

Und über'm Strome schweben
Sie schwindelnd, kühn und groß.

Wie sich die Aussicht lichtet
Wird sie des Lebens Quell,
Der alle Kämpfe schlichtet
Im Busen klar und hell.

So fühlt er selbst kein Streiten
Die Wehmut ist gestillt,
Er greift in seine Saiten
Daß rings Gesang entquillt.

Die Töne schwingend schweifen
Hinaus auf Berg und Tal,
Die Seele tief ergreifen
Mit Leid und Lust zumal.

Von seinem Sitz behende
Springt fröhlich Theophrast
Indem des Spielmanns Hände
Er also redend faßt:

Es hat der Geist der Dinge
Wie er sich heimlich regt
Gleich wie im Zauberringe
Sich klar in dir bewegt.

Der Zeiten Morgengräue
Gibt grüßend dir den Blick,
Strömt mit erneuter Treue
Im Liede nun zurück.

Schon geht die Sonne unter
Jetzt kommt ihr doch zu spät,
Wenn ihr auch noch so munter
Die ganze Nacht durch geht:

Ein Roß will ich Euch geben
Für Euer Lied zum Lohn,
Das Roß das soll Euch heben
Bis Baden schnell davon.

Ihr dürft es keck besteigen,
Es trägt euch stolz und leicht,
Doch müßt ihr glaubend schweigen,
Bis ihr den Ort erreicht.

Die Zauberkraft entzunden
Flammt nur im stillen fort,
Doch schnell ist sie verschwunden,
Sprichst du ein einzig Wort.

Der alte Zaubrer winket,
Und ein geflügelt Pferd
Kömmt aus der Luft und sinket
Vor ihnen auf die Erd.

Der Spielmann faßt die Zügel
Greift in sein Saitenspiel
Schwingt kühn sich in den Bügel
Und hebt sich zu dem Ziel.

So zieht der Sänger oben
Auf weißem Zauberroß
Ins Himmelblau verwoben,
Zum klaren Wolkenschloß.

Die Leute die ihn schauen
Wenden furchtsam den Blick,
Kehren mit Angst und Grauen,
Zur stillen Stadt zurück.

DIE ZAUBERISCHE VENUS

Bei dem lauten Hochzeitsfeste
Klingen rings die vollen Becher,
Fröhlich schwingen sie die Gäste,
Wohlgeübte wackre Zecher;
Und von seinem Sitz erhoben,
Grüßt ein jeder schön mit Witzen,
Die Verliebten, die da oben
Schamrot bei einander sitzen.

Doch kaum hat das Fest geendet,
Als der Bräutigam alleine
Sich zum stillen Garten wendet,
Um im hellen Mondenscheine,
Wenn sich sanft die Lüfte kühlen,
Einsam, vom Gewühl verlassen,
Sein errungnes Glück zu fühlen,
Das er kaum vermag zu fassen.

Während sehnsuchtsvolle Träume
Liebend seine Brust umschleichen,
Geht er unterm Laub der Bäume
Nach dem Grunde zu den Teichen;
Dort sieht er vom Tau befeuchtet
Einen Nachen angebunden,
Von dem blassen Licht beleuchtet,
Das der Mond der Nacht verbunden.

Wie im weitern Kreis die Wellen
Spielend auseinander schweben,
Will die Brust Verlangen schwellen,
Sich der Flut zu übergeben.
Denn es scheint aus klarem Grunde,
Wo ein immerwährend Schweigen
Gibt unendlich tiefe Kunde,
Seiner Liebe Bild zu steigen.

Doch eh' er zum Kahn hinunter
Steigt, den er zur Fahrt erkoren,
Zieht er noch den Ring herunter,
Bei dem ihm die Braut geschworen;
Daß er nicht, das Ruder schwenkend,
Um den Nachen zu regieren,
Ihrer Treue Pfand versenkend,
In den Fluten mag verlieren.

Dorten wo am grünen Lande
Hohe Schilfe wehend schossen,
Steht ein Venus-Bild am Strande
Von dem Mondenlicht umflossen;
Kalten Marmorstein begeistert
Alter Zeiten heilig Leben;
Von des Künstlers Hand gemeistert,
Später Nachwelt übergeben.

An den Finger nun dem Bilde
Steckt er seinen Ring mit Eilen,
Stößt dann ab in's Flutgefilde
Seinen Nachen ohn' Verweilen.
Als die Wogen wiegend schweben,
Schmeichelnd bald den Kahn umspülen,
Muß er des Gemüts Erheben
Höher in dem Busen fühlen.

Wie mit blüh'nden Segeln Kähne
Aus dem grünen Hang der Bäume,
Sieht er kreisen sanfte Schwäne,
Vögel linder Götter-Träume.
Über ihnen fern dem hellen
Mondenschein, den sie begrüßen,
Unter ihnen kühl die Wellen,
Die der Schwäne Busen küssen.

Einsam lodern stille Flammen,
Um die beiden zu verwirren
Schwan und Schiffer, die zusammen
Auf den öden Wassern irren.
Doch vom weißen Marmor gleitet
Schimmer auf den See so milde,
Und von diesem Licht geleitet
Kehrt er sicher zu dem Bilde.

Still erblaßt schaun dessen Augen
In die blauen Fluten nieder,
Und der Welle Spiegel saugen
Durstig diese Marmorglieder,
Die im feuchten Bette schliefen.
Von dem lauen Wind umflogen,
Schwebend über jenen Tiefen,
Wiegen buhlend sie die Wogen.

Sanfter durch den grünen Zwinger
Hört er jetzt die Winde fliehen,
Als er seinen Ring dem Finger
Jenes Bildes will entziehen –
Aber Schrecken zum Vergehen
Fühlt er durch die Adern schießen!
Denn die feuchten Augen sehen
Sich die Hand von Marmor schließen.

Rückwärts zum betauten Boden
Sinkt er ohne Leben nieder,
Spät erwacht der schwache Odem,
Gibt ihm das Bewußtsein wieder.
Und er fühlt ein heimlich Grauen
Und dabei doch süß Behagen,
Beides zwingt ihn zu vertrauen
Und die Blicke aufzuschlagen.

Und er sieht, im toten Bilde
Regt sich wunderbares Leben,
Und es scheint der Busen milde
Sich im Mondenhauch zu heben.
Wie die Augen buhlend strahlen,
Zu dem Knienden niederlachen,
Fühlt er andre Liebesqualen
In bewegter Brust erwachen.

Neue Leiden, neue Schmerzen,
Lust und unbewußt Verlangen
Steigen aus zerriss'nem Herzen,
Tränen feuchten seine Wangen,
Wie gebannt von Zauberringen
Hat er keine Kraft zu fliehen,
Fühlt von Sehnsucht sich bezwingen,
An den Marmorbusen ziehen.

Und als sollt' in seinen Armen
Dieses Bild im Traume lachen,
Von des Herzens Puls erwarmen,
Und an seiner Brust erwachen,
Also muß er es umfassen,
Schlägt um seinen Leib die Hände,
Kann es nimmermehr verlassen
Bis an seines Lebens Ende.

Braut und Hochzeit sind vergessen,
Jedes ird'sche Band zerbrochen,
Und die Schwüre, die vermessen,
Seine blinde Glut gebrochen,
Büßen spät Gebet und Tränen,
Baut sich eine stille Zelle,
Einsam schlägt mit tiefem Sehnen
Jetzt an sie des Sees Welle.

Wie in tiefster Nacht verborgen
Rauschen heimlich Zauberquellen,
Nie ergraute je ein Morgen
Über den verborgnen Wellen,
Und noch keinem ist's gelungen,
Ihren Ursprung zu belauern,
Doch daß manchen sie bezwungen,
Fühlen wir in bangen Schauern.

WALLFAHRT NACH DEM GELOBTEN LANDE

Es wehte der Wind so leise,
Die Segel waren gespannt
Nun wohl denn, glückliche Reise
Leb wohl du heimatlich Land!
Und wie die Masten sich biegen
In die See stechend hervor
Und schimmernd die Flaggen fliegen,
Schlägt höher die Brust empor.
So rauschet der Argonauten
Hoffnung beladener Kiel,
Dem sie sich glaubend vertrauten
In Stürmen und Wellenspiel.
Rings hört man Tritonen blasen
Tauchend und badend zur Lust,
Nymphen auf schwimmenden Rosen
Sonnend die schneeweiße Brust.
Endlich aus dampfendem Meere
Steiget ein grünes Gestad,
Drüber erhebt sich die hehre
Mit Türmen prangende Stadt.
Ha! Seh ich dich glückliche Insel
Vom Abendrot lieblich verschönt,
Wo niemals klagend Gewinsel
Des Schmerzes und Leides getönt.
Hier will ich ewig verweilen

Weil alles fuget und paßt,
Mein Schicksal wollt ich ereilen,
Ich hab es glücklich gefaßt.
Der Wissenschaft leb ich verbunden
Den Künsten ergeb ich den Sinn:
So fliegen die kreisenden Stunden
Im wirbelnden Strome dahin.
Das Ewige will ich ergründen
In allem; doch riet mir der Stolz,
Auch irdische Hoheit zu finden,
So klettert ich höher am Holz.
Da fand ich andre viel weiter,
Höher am Gipfel, und stumm
Stieg ich herab von der Leiter
Und wurde mürrisch und dumm.
Nun! sprach ich in dumpfen Verzagen,
So will ich entbehren des Lichts
Was soll ich weiter mich plagen,
Gerät mir von allem doch nichts.
Und packte eilends zusammen
Alles gelehrte Gerät
Und warf es hin in die Flammen
Von Hochmut und Kummer verdreht.
Auf, rief ich, lichtet die Anker!
Hier wird nur Undank zum Lohn.
Und reiste mürrisch, ein Kranker
An Herzen und Beutel davon.
Und fuhr, mit Leiden befrachtet
Weithin in ein fremdes Land,
Wo leider die Kunst nicht geachtet,
Sondern nur Reichtum und Stand.
Hier fing ich nun an zu studieren
Und beugt vor mir selber die Knie,
Der Hochmut mußt mich verführen,
Fleiß hielt ich für großes Genie. –
Ob mühsam ich, oder nicht, worden,
Galt unter dem Narrenvolk eins.

Von allen den Titeln und Orden
Gab mir das Schicksal doch keins.
Da ging ich 'naus, traurig im Herzen
Zu sehen, wie's Sonnenlicht scheint,
Und hatte, seit Jahren, voll Schmerzen
Zum erstenmal herzlich geweint.
Nun wurde mir leichter die Seele
Als wenn sich ein Wetter verzieht,
Und fröhlich aus offener Kehle
Sang ich das folgende Lied:

Es ist so still und abendlich geworden,
Ein sanftes Rot strömt von den Bergen nieder,
Der farb'ge Schein streift schweigend das Gefieder
Der scheuen, Schlaferfüllten Vögel Horden.

So auch an jenes Schiffes braunen Borden
Legt Segel sich und Mastbaum nieder,
Und um den Kiel schlingt seine feuchten Glieder
Ein kühler Hauch aus dem beeisten Norden.

So ruhig wird es immer mehr in meinem Herzen,
Des Lebens heller Wein hat ausgegoren,
Kein Trübsal kann die Süßigkeit ihm rauben.

Aus tiefem Pfuhl Vernunftempörter Schmerzen
Hat sich der Phönix freudig ausgeboren,
Der ungeschwächte, zweifellose Glauben.

TEUTSCHER WETTSTREIT

Es lebten zwei teutsche Kaiser
Vor alter grauer Zeit,
Die wurden nur immer heißer
Entbrannt zu Kampf und Streit.

Denn beide war'n von den Reichen
Berufen zu dem Thron,
Wollt keiner dem andern weichen
Ein jeder wert der Kron.

Sie riefen die Untertanen
Um Hülfe in der Not,
Die zogen unter die Fahnen
Und scheuten nicht den Tod.

Sie wollten viel lieber sterben
Aus Treu fürs Vaterland,
Als so ihr Leben verderben
In Reue und in Schand.

So sprachen die Kaiser eben:
Der Freiheit höchstes Gut
Geht uns noch über das Leben,
Und fochten voller Mut.

Doch endlich nach langen Kriegen
Wo Kraft mit Kräften rang,
Mußt einer von ihnen siegen,
Es schwieg der Waffe Klang.

Er führt den andern gefangen
Hinüber auf sein Schloß
Und ließ ihm Ketten umhangen
Verwahrt mit Ring und Schloß.

Wie jener, das Aug gebrochen,
Sein graues Haupt gestützt,
Als einer der nichts verbrochen
Voll Kummer schweigend sitzt:

Da öffnet dem stolzen Sieger
Sich weit sein großes Herz;

Wie er den tapfersten Krieger
Verderben sieht im Schmerz.

Ich darf mit diesem nicht rechten
Er tat was ich getan.
Er soll nicht gegen mich fechten
Und mag die Freiheit ha'n.

Mit eigner Hand dem gebundnen
Macht er die Bande los,
Führt den doppelt überwundnen
Selber aus seinem Schloß.

Nur muß ihm dieser versprechen
Zu brechen nicht die Treu;
Der schwört sie nimmer zu brechen,
Und ist von Stund an frei.

Doch als der Winter vergangen,
Der Schnee von Bergen rann,
Die zarten Knospen zersprangen
Die Blüt' ihr Netze spann:

Hat der Gefangne sich wieder
Im Schlosse eingestellt,
Als einer der fromm und bieder
Auf Treu und Glauben hält.

Herr! sprach er: lege die Ketten
Mir wieder um die Hand
Willst du vor Unglück dich retten
Und mich vor eigner Schand.

So lange der Winter dem Leben
Den toten Schlummer gab,
Lag auch mein Fühlen und Streben
Vermodert, wie im Grab.

Doch als an den blauen Bogen
Die Sonne höher stand,
Die blitzenden Reiter zogen
So fröhlich durch das Land,

Und jeder mir rief, zu führen
Sie gegen dich zur Schlacht:
Da wollt es mich schlau verführen
Der Satan war erwacht.

Drum sollst du lieber behalten
Mich in dem Kerker dicht
Als daß ein Kaiser nicht halten
Sollt, was er dir verspricht. –

Auf das, was du mir geschworen
Hältst du fürwahr mit Kraft,
Du bist zum Herrscher geboren
Und nicht zu niedrer Haft.

So sprach noch stolzer der Sieger
Und ward gerührt und weich
Und gab dem edelsten Krieger
Die Hälft' von seinem Reich.

Und so ist des Teutschen Sitte:
Mitleid für fremde Not,
Voll Glauben an Gott und Sitte
Und Treue bis in Tod.

KANZONEN

1.

⟨. . .⟩
Liebt' ich den Schmerz und seine stille Qualen:
An seiner Brust den nassen Blick zu weiden,
Zu schlürfen tiefer noch aus seinen Schalen
Sehnt sich mein Herz, und kehrt zu diesen Weiden
Stets dürstend wieder und zu diesen Talen.

Hier sah' ich euch, o Anfang meiner Qualen!
Euch süße Flammen jener holden Augen,
Aus denen ich den Himmel wollte saugen,
Der ewig rein in euch sich schien zu malen.
Nun klag' ich's allen Hügeln allen Talen,
Den grauen Felsen und den linden Quellen
Was mir geschehn, durch dieser Lichter Strahlen.
Doch Licht wohl nicht! es müßt' den Blick erhellen,
Und Helle war's, die sie den Blicken stahlen
Als sie mich zwangen tränend hinzuquellen.

Du sanftes Grün an flutenreichen Quellen
Tauchst oft von deines Ufers Blumenhügel
Den Blick in kühler Bronnen dunkle Spiegel,
Doch sicher steigst du immer aus den Wellen;
Wollt ich vor ihrer Augen Licht zu stellen
Mich oft, wie ihr, zu hellen Fluten wagen,
Wollt ich bemerken solcher Anmut Quellen
Wie Sehnsucht sie in ihren Sternen tragen:
Den Tod fänd ich in ihrer Liebe Schwellen
Und nie würd mir ihr sanftes Licht mehr tagen.

Doch zieht mich's hin mit Bangen und mit Zagen,
Dem Liebestode sterbend preisgegeben
Vergehe ich, und find im Tode Leben,

An dem so Lust wie Schmerzen wieder nagen.
Nein! nimmer könnt ich solche Wehmut tragen,
Wollt' nicht ein Wunder frohe Kunde bringen
In meinem Schmerz, von künftgen heitern Tagen.
Schon fühl ich junger Kräfte Fesseln springen
Zum Licht, die goldnen Fitge glühend schlagen
Und wagend hohen Flug zur Sonne dringen.

Und so vertrauend Liebbeseelten Schwingen
Heiß ich willkommen Liebeslust und Schmerzen,
Des Himmels neuerwachte Saiten klingen
Und öffnen ihren Schoß dem treuen Herzen!

II.

Ein altes Lied das in der Seele Tiefen
Schon lange schlief, erwacht zum neuen Leben,
Der Sehnsucht Zauber regt es aus dem Schlummer,
Und jene Stimmen, die ihm ahndend riefen
Seh' ich zum kräftgem Sange sich verweben.
Gehemmt wird bald der Edlen trüber Kummer
Die wilden Stürme werden bald sich legen,
Aus dumpfer Nacht die frischen Keime steigen
Und jenes Helden Sünden sühn'der Degen
Wird über uns sich neigen,
Erringend so des Himmels weiten Segen.
Und daß es Gott nicht anders werde leiten
Sprech ich anitzt, mit hochprophet'schem Munde,
Der lichten Sterne Kunde
Zeigt mir im Hintergrunde künftge Zeiten.

Nicht weiter darf der Hyder Haupt sich strecken;
Die Schwäche die mit tausend schweren Armen
Die Völker faßte auf dem Erdenrunde,
Sie mußt der ew'gen Götter Zorn erwecken,
Der große Schatz der Güte mußt verarmen
Und dräuend naht des Rächers ernste Stunde.

Ein flammend Schwert zuckt aus den Wolken nieder,
Und zischend hat's die Seine aufgefangen;
Doch schnell entrissens ihr des Helden Glieder:
Mit grausenvollem Bangen
Sehn blitzend es die tief entnervten wieder,
Und daß es einzelnes nicht solle mähen
Hat nun der stolze Geist mit stürmschen Wogen
Die ganze Welt umzogen
In der die Götter ihre Sühnung sehen.

O Deutschland! Vaterland der ernsten Weisen,
Wie ist des Waldes heilge Nacht gelichtet
In dem der Liebe hohe Tempel standen.
Es zieht ein Strom sich stets in engern Kreisen
Um Dich herum, und wenn er sich verdichtet,
Wie magst Du dann zum sichern Eiland landen?
Du wirst es nicht, es muß die Ernte fallen
Aus jener Saat, die deine Vorwelt streute
Die Sünden-Saat, wodurch dein Wert verfallen
Und was ich stets bereute,
Ich hör des Schnitters blut'ge Sichel schallen.
Nein! nicht umsonst darfst du den Himmel spotten:
Seitdem dir Hoffnung, Glaub' und Lieb' entschwunden
Die sonst in dir entzunden,
Mußt auch der Gott die fremden Rächer rotten.

Du unglückschwangrer Kampf vor vielen Jahren
Den Menschensichtung, kalt verständges Denken
In selige Gemüter mußte ziehen –
Ein Licht ging auf, die Klarheit zu bewahren
Des Aberglauben's Schatten abzulenken;
Doch ihre Schwachheit schien das Licht zu fliehen.
Mit Füßen mußten sie die Jungfrau treten,
Der ewgen Sehnsucht still Geheimnis stürmen
Der Heilgen Andacht schlugen sie in Ketten
Und – Schande den Gewürmen!
Sie konnten weder fluchen mehr noch beten.

Entschwunden sind der Töne süße Wellen
Der Künstler Bildermäler umgestoßen
Und Tränen die sonst flossen
Vertrocknen itzt an des Altares Schwellen.

So steht die Nacht, so sternlos wild und dunkel
Rings um uns her, der Vorwelt heilge Schauer
Wehn mahnend nur in wen'ger Edlen Seelen,
Die itzo reuvoll suchend den Karfunkel
Im Kampf sich rüsten gegen eine Mauer
Die seinen Glanz dem Retter will verhehlen.
In solcher Geistesspaltung wilden Stürmen
Kränzt sich den Schlaf mit Lorbeern nun der Krieger,
Und wie sich immer Schwachheit möge türmen,
So bleibt er dennoch Sieger
Da ihn der Rache zornge Weihen schirmen.
Es muß der Mammon und die Götzen sterben:
Der matten Völker Pfühle zu verheeren
Kann ihm nichts länger wehren,
Ein neues Reich muß er auf uns vererben.

Europa brennt zuerst auf Opfer-Herden,
Damit die Mattheit nicht den Endzweck störe,
Und liegt es ganz einst zu des Helden Füßen
Daß es schamvoll bedrückt von den Beschwerden
In Demut höhern Geistern Achtung schwöre,
Dann wird des Friedens Sonne uns begrüßen.
Fern über's Meer wo Indiens Palmen wehen,
Aus sanftem Grün in laue Lüfte steigen,
Wird man den raschen Strom sich wälzen sehen
Da ferner keine Feigen
Des Schicksals kühnem Lauf entgegen stehen.
Und dieses Brandes heldenmütge Flammen
Die hier zerschlugen, werden dort erheben:
Ein wunderbares Leben
Fügt Süd und Nord in heilgen Bund zusammen.

Wenn Indiens Wollust sehnender Gefühle
Getragen auf des Meeres grünen Wogen
Die Felsen kränzt in dem beeisten Norden,
Zum lauen Hauch sich einen Flamm und Kühle,
Dann hellt in Osten sich der Himmels-Bogen,
Der Morgen weht, Tag ist aus Nacht geworden;
Dann grüßen wieder uns die alten Quellen
Es schweifen durch das Grün die ew'gen Lieder,
Den Dichter wird der dunkle Wald umstellen,
Die Burgen kehren wieder
Und decken uns mit tiefromant'schen Wellen.
Der König wirft den Becher von der Zinne
In Meeresflut, es stürzt das alte Thule
Und Edda, seine Buhle,
Reicht ihm das neue Reich der ew'gen Minne.

Aus süßem Rausch vom Weine künftger Zeiten
Erwach ich itzt und fühl mein Lied verklungen.
Was ich verbrach an zaubervollen Tönen
Mag Wahrheit mir versöhnen,
Bereuen darf ich nicht was ich gesungen.

III.

Kennst du der Sehnsucht Schmerzen
So wirst du auch des Liedes Ursprung fühlen.
Die selgen Töne wühlen,
Und klagen, sterben, freuen sich und ringen
Aus meiner Brust zu dringen
Und mögten's Felsen, jedem Echo sagen
Was sie so süß beklagen,
Und blühn als Lobe zu dem eignen Herzen.
Wie könnt ich sie verschmerzen
Die dunklen Tage jener Andachtskühlen
Verworrnen Zeit, die mich so schwer umhüllten,
Mit irdscher Hoffnung füllten;
Nun fühl ich mich von heilger Flut umspülen,

Berauscht vom Wellendruck muß ich gesunden,
Als alten Wunden lodern Liebeskerzen.

Die Augen süßer Frauen
Laß ich so gern auf meiner Bildung weilen,
So manche Wünsche teilen
In Lust und Schmerzen sich; kristallne Bäume
Der hoffnungsreichen Träume
Blühn an das Herz, wenn sie den Blick mir senden.
Ich mag ihn nimmer wenden;
Adonis will sich gern in blauen Quellen schauen,
Doch kann man auf sie bauen
Daß sie dem Arm nicht flatterhaft enteilen,
Dann soll ihm auch des Dichters Lied gehören,
In holden Tönen schwören
Daß er das süße Band nicht woll zerteilen
Denn ihre Augen war'n ja ihm die Glocken
Die tönend locken, Tönen zu vertrauen.

Wenn Waldsnacht hohe Schatten
Die luftgen Wipfel in das Blau verweben,
So schwindelnd oben schweben,
Die wallnden Wässer murmelnd wollen sprechen,
Den Klüften laut entbrechen
Und zwischendrein die Nachtigallen schlagen
Die schuldlos selber fragen,
Warum sie denn in Klagen süß ermatten:
Dann wird von blühnden Matten
Des Dichters Haupt sich in den Frühling heben,
Ein stummes Sehnen und ein leises Hoffen
Hält Herz und Himmel offen,
Die kühlnden Flammen geben Licht und Leben
Er seufzt und singt, der Nachtigall zu Trutze,
Im dunklen Schutze duftumblühter Schatten.

Wenn dumpf die Berge dröhnen,
Des Krieges wilde Wogen flammend branden

Worin die Feigen stranden,
Der kräftge Geist mit Mutentbrannten Streichen
Die Sonne will erreichen;
Dann muß der Heldentaten ruhig Glänzen
Mit würdgen Lorbeerkränzen
Des Dichters holde Gabe erst verschönen:
In seinen vollen Tönen
Sieht sich der Held nun sanft und sicher landen,
Und was er tat, fühlt er verherrlicht wieder
Im Klange hoher Lieder,
Die sich des Dichters zarten Mund entwanden.
Geteilte Kräfte müssen sich vereinen
In ihrer Wurzel einen und versöhnen.

Wer mag sich ihr entringen
Der Sehnsucht die mich zwang zu sprechen?
Die Welt gehöret ihm, der Dichter ihr zu eigen,
Mein Lied sollt es euch zeigen
Daß nichts vermag, den großen Bund zu brechen:
Das Ewge nur will still der Dichter bauen,
Im Äther-Blauen rührt er seine Schwingen.

VENUS VON MEDICIS UND ALBERT DÜRER

Aus Perlenschaum sah man dich Zeh'n gestalten,
Voll Zauber formen sich die runden Glieder,
Ziehn alle Sinne taumelnd zu sich nieder,
Und lüstern droht dein Arm mich festzuhalten:

Da fühl ich frische nord'sche Lüfte walten,
Ein Laut erwacht, es klingen ferne Lieder
Ein junges Licht zuckt jubelnd hin und wider,
Der Vorhang reißt, die tausendjährgen Falten

Und rosigt Licht quillt aus des Ostens Ferne.
Da sieht man Blumen, hohe schatt'ge Bäume
Viel Blau Gebürg, und drunten goldne Sterne,

Schön Farbenglanz, wie grüne Waldesträume,
Wohl seh ich dich du süße Venus winken:
Umsonst, ich muß ins teutsche Wunder sinken.

REISELIED

So ruhig geh' ich meinen Pfad,
So still ist mir zu Mut;
Es dünkt mir jeder Weg gerad'
Und jedes Wetter gut.

Wohin mein Weg mich führen mag,
Der Himmel ist mein Dach,
Die Sonne kommt mit jedem Tag,
Die Sterne halten Wach'.

Und komm' ich spät und komm' ich früh
Ans Ziel, das mir gestellt:
Verlieren kann ich mich doch nie,
O Gott, aus Deiner Welt!

BILDER DES LEBENS

Wie am mondbestrahlten Himmel
Sterne auf- und niedergehen,
Wolkenbilder im Gewimmel
An dem Glanze niederwehen;
Also nehmen Leid und Schmerzen
Und der süßen Sehnsucht Pein
In dem stets gequälten Herzen
Wechselnd ihre Stelle ein.

Wenn in Wäldern dunkler Schatten
Heilge Schauer um uns ziehn;
Sonnenblicke über Matten

Ihrer grünen Wölbung fliehn:
O! so ist es unser Leben,
Das dem flüchtgen Bilde gleicht,
Dem die Sehnsucht mitgegeben,
Die nur mit dem Tode weicht.

Fest gegründet stehn die Bäume
In der stürm'schen Winde Spiel,
Quellen ziehn durch grüne Säume
Ruhig nach dem fernen Ziel.
Alles muß sich ausgestalten
Und gehorcht dem höhern Sinn,
Alles führt ein ewig Walten
Zum bestimmten Zwecke hin.

Nur dem Menschen ward es eigen,
In der Ungewißheit Pein
Sich von Herz zu Herz zu neigen,
Ohne Ruh und Rast zu sein!
Wen'gen nur ist es beschieden,
In dem Nebel Licht zu sehn,
Und des Ew'gen Strahl hienieden
Aus der Täuschung zu erspähn.

LIED

Kräuselt euch, ihr raschen Wellen,
Rauschend jenen Strom entlang,
Aus dem Rauschen sanfter Quellen
Steigt der Sehnsucht Zauberklang.

Und die Sehnsucht zu bewahren,
Lassen gern wir Herd und Haus,
Mit den luftgen Wimpeln fahren
Wir getrost vom Hafen aus.

Also kömmt auf stolzen Wogen
Mit der Segel blühnder Pracht
Manches Schiff daher geflogen,
Suchend blauer Ferne Nacht.

Und die raschen Wellen tragen,
Bald wo heitre Blumen blühn,
Bald wo wilde Felsen ragen,
Ihre Steuer leicht und kühn.

Und der Strom wird immer breiter,
Kühlend fühlt man Seeluft wehn;
Und das Herz wird immer weiter,
Wie die Wogen höher gehn.

Und so komm' auch ich geschwommen
Mutig auf der regen Flut,
Trost und Hoffnung sind entglommen
Und entflammt geheime Glut.

Schon fühl' ich die Segel schwellen
Und die Flaggen stolzer wehn;
Kämpfend, strebend gegen Wellen
Kann mein Schiff nicht untergehn.

DER BLICK

Schaust du mich aus deinen Augen
Lächelnd wie aus Himmeln an,
Fühl' ich wohl, daß keine Lippe
Solche Sprache führen kann.

Könnte sie's auch wörtlich sagen,
Was dem Herzen tief entquillt,
Still den Augen aufgetragen,
Wird es süßer nur erfüllt.

Und ich seh' des Himmels Quelle,
Die mir lang verschlossen war,
Wie sie bricht in reinster Helle
Aus dem reinsten Augenpaar.

Und ich öffne still im Herzen
Alles, alles diesem Blick,
Und den Abgrund meiner Schmerzen
Füllt er strömend aus mit Glück.

WINTER

Legst du dich ins Leichenkleid,
Meiner Heimat Aue,
Bist zum Sterben still bereit,
Ohne daß dir graue?

Als dein goldner Halm verschwand,
Floh von dir die Lerche;
Bald an grauer Wolken Rand
Zogen fern die Störche;

Auch das gelbe Laub entwich
Bei der Winde Stöhnen,
Leise nur beträufelt dich
Schnee mit kalten Tränen.

Und so einsam, bleich und kahl
Sinkst du gern in Schlummer,
Lächelst noch dem Sonnenstrahl
Sterbend ohne Kummer?

Ja, du kannst es, ahnst das Glühn
Künft'ger Frühlingssonne,
Die dich weckt zum lichten Blühn
Süßer Maienwonne.

Veilchen weckt ja schon der März,
Mai der Vögel Lieder, –
Aber ein gebrochen Herz
Weckt kein Frühling wieder.

DER EINSAME KÄMPFER

So bist du ganz verlassen,
So bist du ganz allein;
Wirst du nicht bald erblassen
Und müder Schatten sein?

Es will ja kein Genosse
Mit dir zum Streite ziehn,
Sie fliehn auf schlankem Rosse
Nach andern Wegen hin.

Geht, laßt mich einsam streiten
Mit meinem kurzen Beil,
Ich will auch nichts erbeuten
Zu meinem eignen Teil.

Von keinem Kranz vergöttert,
Werd' ich der Wunden Raub,
Ein Herbstbaum nur entblättert
Auf meinen Schlaf sein Laub.

Doch drück' ich meine Wimpern
Gar fest und ruhig zu,
Und meine Waffen klimpern
Das Totenlied dazu.

Da lieg' ich kaum im Grünen,
So kommt ein junger Held
Mit hellen Siegesmienen
Wohl auf dasselbe Feld.

Halt, ruft er, treue Brüder,
  Wir sind die Ersten nicht,
Hier liegen blut'ge Glieder
  Und ein verklärt Gesicht!

DAS REH

»Im grünen Holz, im grauen Tal,
An stillen wilden Orten
Hab' ich dich zehnmal, hundertmal
Gelockt mit süßen Worten.

Und standest mir auch still im Wald,
Wohl schüchtern von der Seite,
Du sahst mich an, du zucktest bald,
Da sprangst du weg ins Weite!

O, Rehlein schlank und wunderlich,
Willst du denn immer irren?
Laß einmal nur beschmeicheln dich
Und mit nach Haus dich kirren!

Dir halt' ich dar den süßen Klee,
Mein Rohr, das hängt am Rücken;
Tritt aus dem Busch, vielliebes Reh,
Und mußt nicht ängstlich blicken!«

Es hört, es kommt, mit Zagen tritt
Sein Fuß vom Rain hernieder;
»Noch einen Schritt! Noch einen Tritt!
O halt! und zuckst du wieder?

Halt, oder –«, doch da half kein Halt,
Da ward es heiß dem Schützen,
Die Büchse blinket, blitzet, knallt,
Was kann das Blitzen nützen!

Das Reh, die Kugel in der Brust,
Rennt hin mit blutigem Herzen; –
So treffen, o, ist kurze Lust;
Er sah wohl nach mit Schmerzen.

Bruder, an die alten Zeiten,
An die längstversunk'ne Welt,
Mahnt Dein Brief und schneidend gleiten
Seine Worte, ernst gestellt,
Tief mit der Erinn'rung Schmerzen
Zu dem einsam stillen Herzen.
Fern und einsam hingestellt
Zwischen den beeisten Klippen,
Sehn' ich mich mit heißen Lippen
Nach dem Strom der alten Welt.
Wenig ist zurückgeblieben
Von des Sängers alten Trieben,
Von dem heimatlichen Port.
Nur noch ein'ge Liebeswunden
Aus den lauen Sommerstunden
Bluten sanft und heimlich fort.
Wenn auf den beschneiten Matten
Wie ein Geist die Wolkenschatten
Durch die Mondenhelle zieh'n,
Bangt mir vor dem fremden Lande,
Lösen möcht' ich alle Bande,
Und zu Deinem Herzen flieh'n.
Doch die kühnen Felsenzacken,
Wie im Sturm das zorn'ge Meer,
Beugen nicht den grauen Nacken,
Halten Wache um mich her.
Grüße unsres Kampfs Genossen;
Ihnen auf den Flügelrossen
Reich' ich meines Grams Gedicht!
Ob in diesem ew'gen Wehe

Ich verderbend untergehe,
Ob ich siegend auferstehe,
Gott, ich weiß es selber nicht!

ÜBERTRAGUNGEN AUS DEM SPANISCHEN 1839

VOM STRANDE

Ich rufe vom Ufer
Verlorenes Glück,
Die Ruder nur schallen
Zum Strande zurück.

Vom Strande, lieb' Mutter,
Wo der Wellenschlag geht,
Da fahren die Schiffe,
Mein Liebster drauf steht.
Je mehr ich sie rufe,
Je schneller ihr Lauf,
Wenn ein Hauch sie entführet,
Wer hielte sie auf?
Der Hauch meiner Klagen
Die Segel nur schwellt,
Je mehr mein Verlangen
Zurücke sie hält!
Verhielt' ich die Klagen:
Es löst' sie der Schmerz,
Und Klagen und Schweigen
Zersprengt mir das Herz.

Ich rufe vom Ufer
Verlorenes Glück,
Die Ruder nur schallen
Zum Strande zurück.

So flüchtige Schlösser,
Wer könnt' ihn'n vertraun
Und Liebe, die bliebe,
Mit Freuden drauf baun?
Wie Vögel im Fluge,

Wo ruhen sie aus?
So eilige Wandrer
Sie finden kein Haus,
Zertrümmern der Wogen
Grünen Krystall,
Und was sie berühren
Verwandelt sich all',
Es wandeln die Wellen
Und wandelt der Wind –
Meine Schmerzen im Herzen
Beständig nur sind.

Ich rufe vom Ufer
Verlorenes Glück,
Die Ruder nur schallen
Zum Strande zurück.

DIE MUSIKANTIN

Schwirrend, Tamburin, dich schwing' ich,
Doch mein Herz ist weit von hier.

Tamburin, ach könnt'st du's wissen,
Wie mein Herz von Schmerz zerrissen,
Deine Klänge würden müssen
Weinen um mein Leid mit mir.

Weil das Herz mir will zerspringen,
Laß ich hell die Schellen klingen,
Die Gedanken zu versingen
Aus des Herzens Grunde mir.

Schöne Herren, tief im Herzen
Fühl' ich immer neu die Schmerzen,
Wie ein Angstruf ist mein Scherzen,
Denn mein Herz ist weit von hier.

TURTELTAUBE UND NACHTIGALL

Bächlein, das so kühle rauschet,
Tröstest alle Vögelein,
Nur das Turteltäubchen trauert.
Weil's verwitwet und allein.

Nachtigallenmännchen draußen
Schmettert so verlockend drein:
Mir vertraue, süße Fraue,
Will dein Lieb, dein Liebster sein!

»Böser, laß die falschen Lieder!
Ruh' auf keinem Zweig, der blüht,
Lass' auf keiner Au mich nieder,
Die von schönen Blumen glüht.

Wo ich finde eine Quelle
Helle in dem grünen Haus,
Mit dem Schnabel erst die Welle
Trüb' ich, eh ich trink' daraus.

Einsam soll man mich begraben,
Laß mich trauernd hier allein,
Will nicht Trost, nicht Lust mehr haben,
Nicht dein Weib, noch Liebchen sein!«

GRAF ARNOLD UND DER SCHIFFER

Wem begegnet' je solch Wunder,
Als Graf Arnold ist geschehn,
Da er am Johannes-Morgen
Wollt' am Meere jagen gehn?

Auf dem Meer ein Schifflein fahren
Sah er, als ob's landen wollt',
Seiden seine Segel waren
Und das Tauwerk war von Gold.

Fing der Schiffer da zu singen,
Wunderbar zu singen an,
Daß die Wogen leiser gingen,
Wind hielt seinen Atem an;

Daß die Fische lauschend stiegen
Tief aus ihrem kühlen Haus,
Und die Vögel, die da fliegen,
Auf dem Maste ruhten aus:

»Durch die Einsamkeit der Wogen,
Schifflein, lenk' dich Gottes Hand
An Gibraltars Felsenbogen,
An dem tück'schen Mohrenstrand.

Flandern gürten sand'ge Banken,
Bei Leon da steht ein Riff,
Wo schon viele Schiffe sanken,
Hüt' dich Gott, mein schönes Schiff!«

»Schiffer!« rief der Graf am Strande,
»Schiffer, lehre mich dein Lied!« –
Doch der Schiffer lenkt' vom Lande:
»Lehr's nur den, der mit mir zieht.«

DER HOCHZEITSTANZ

Wie so zierlich in dem Saale
Führt die Braut den Hochzeitsreih'n,
Wie so mutig schaut Graf Martin
In die freud'gen Klänge drein!

Und sie im Vorüberschweifen
Flüstert: »Graf, was sinnet Ihr?
Sag't mir, schaut Ihr nach dem Tanze,
Oder blicket Ihr nach mir?«

»Hab' schon manchen Tanz gesehen,
Und das war's nicht, was ich sann,
Eure Schönheit mich verblendet,
Eure Augen tun mir's an.«

»Wenn so schöne meine Augen,
Führt mich hier vom Tanze heim,
Alt und grau schon ist mein Bräut'gam
Und er holt uns nimmer ein.«

BLANKA

Blanker seid Ihr, meine Herrin,
Blanker, als der Sonne Strahl!
Einmal sorglos möcht' ich schlafen
Ohne Waffen diese Nacht,
Denn wohl sieben lange Jahre
Legt' ich nicht die Rüstung ab,
Dunkler schon als ruß'ge Kohlen
Ist mein junger Leib vom Stahl.

Ruhet diese Nacht nur, Ritter,
Schlaft entwaffnet ohne Arg,
Denn der Graf ist fern im Walde,
Jagend über Berg und Tal.
Wollt', der Sturm zerriß die Hunde
Und der Adler ihm den Falk,
Und die Berg', im Grunde wankend,
Stürzten ihn vom Fels herab!

Drauf, heimkehrend aus dem Walde,
Trat in's Zimmer ihr Gemahl:
»Was hier einsam sinnt Ihr, Dame?
Euer Stamm ist voll Verrat.« –
»Herr, ich kämme meine Locken,
Kämme sie mit großem Gram,
Weil Ihr so allein mich lasset,
Draußen schweifend auf der Jagd. –«
»Diese Worte, schöne Blanka,
Haben einen falschen Klang,
Wessen ist das Roß im Hofe,
Dessen Wiehern dort erschallt?« –
»Meines Vaters Rößlein ist es,
Das er Euch geschickt zur Jagd.« –
»Wessen sind die blanken Waffen,
Die ich leuchten sah im Gang?« –
»Herr, 's sind meines Bruders Waffen,
Euch hat er sie heut gesandt.« –
»Wessen ist die fremde Lanze,
Die dort herblinkt von der Wand?« –
»Nehmt sie rasch und stoßt mich nieder,
Das verdien' ich, guter Graf!«

DIE JUNGFRAU UND DER RITTER

Eine Jungfrau wandert' einsam
In dem wunderschönen Frankreich,
Gen Paris sie wollte ziehen,
Wo die Eltern ihrer harrten;
Von den Ihren abgekommen,
Hatt' sie sich verirrt im Walde,
Lehnte sich an eine Eiche,
Andre Wandrer abzuwarten.

Kam ein Ritter da geritten,
Gleichfalls gen Paris er trabte.

»Wenn es Euch beliebt, Herr Ritter,
Nehmt mich mit aus diesem Walde. –«
»Herzlich gerne, schöne Herrin!«
Und, ihr höflich aufzuwarten,
Sprang der Ritter von dem Rosse,
Hob hinauf sie, in den Sattel
Drauf sich selber zu ihr schwingend.

Aber als sie so im Walde
Einsam ritten, da begann er
Ihr verliebt den Hof zu machen.
»Hüt' dich, Ritter, sei nicht schändlich,
Ein Todkranker war mein Vater
Und verpestet meine Mutter,
Siech und elend müßt' verschmachten,
Wer mich frevelhaft berührte. –«
Und der Ritter schwieg erblassend.
Aber in Paris am Tore
Still in sich die Jungfrau lachte.
»Warum lacht Ihr, schöne Herrin?« –
»Über den feigen Ritter lach' ich,
Der sein Mädchen hat im Freien
Und Nichts macht als Redensarten!«

Voller Scham sprach da der Ritter:
»Kehrt noch einmal um zum Walde,
Habe draußen was vergessen.«
Doch die schlaue Jungfrau sagte:
»Nimmer kehr' ich um, und tät' ich's,
Keiner doch wagt's, mir zu nahen,
Denn ich bin die Tochter Frankreichs,
Und der König ist mein Vater,
Und wer meinen Leib berührte,
Müßt's mit seinem Kopf bezahlen.«

HERKULES' HAUS

König Rodrich in Toledo,
Seiner Krone Glanz zu mehren,
Ließ ein groß Turnier verkünden.
Hell schon die Trompeten schmettern,
Sechzigtausend Ritter kamen,
Die zu kämpfen dort begehrten.
Doch, bevor der Kampf begonnen,
Zu ihm die Toleder treten
Bittend, daß er Tor und Riegel
Woll' mit neuem Schloß versehen
An des Herkules Palaste.
Wie's bisher der Brauch gewesen.
Aber in dem alten Hause
Dacht' er, reichen Schatz zu heben,
Ließ die Riegel all' zerbrechen
Und des Tempels Tore sprengen.

Als er eintrat, war's so still drin,
Nur ein Spruch glänzt ihm entgegen:
»Weh dir, Rodrich, denn der König,
Der betreten diese Schwelle,
Der gebrochen diese Stille,
Wird Hispanien versengen!«
Seitwärts hinter einem Pfeiler
War ein prächt'ger Schrank zu sehen,
Drinnen lagen fremde Banner
Mit Figuren zum Erschrecken,
Und Araber, hoch zu Rosse,
Funkelnd mit gezückten Schwertern,
Hielten an dem Schrein die Wache,
Lautlos, ohne sich zu regen. –
Rodrich wandt' sich vor Entsetzen,
Wollt' fortan Nichts weiter sehen,
Und ein Blitzstrahl zuckt' vom Himmel
Und verbrannt' den Zaubertempel.

Über's Meer wohl sandt' er Kriegsvolk,
Sollten Afrika erwerben,
Wetter stiegen, wo sie fuhren,
Mußten all' im Meer verderben.

DONNA URRACA

Schon in Trümmern lag Zamora,
Das der stolze Cid umzingelt,
Auf den Turm da trat Urraca,
Rief von den zerschoss'nen Zinnen:
»Übermüt'ger Cid da drunten,
Solltest dich der Zeit erinnern,
Da am Altar von Sanct Jago,
Sie geschlagen dich zum Ritter!
An dem Tage gab mein Vater
Waffen dir zum Angebinde,
Meine Mutter gab dein Roß dir.
Wie so fein die Sporen klingen!
Ich hab' dir sie umgebunden –
Damals schien's, wir schieden nimmer,
Anders wollten's meine Sünden,
Anders wandten's die Geschicke:
Mit Ximene von Lozano
Tauschtest treulos du die Ringe.
Schlecht gezielet, Don Rodrigo!
Höh'res Ziel war dir beschieden,
Kron und Reich, die ich dir brachte,
Gabst du hin für Silberlinge,
Und verlorst die Königstochter,
Um die Magd dir zu gewinnen!«

»Auf, mein Volk,« rief da der Ritter,
»Auf und wendet euch von hinnen!
Denn ein Pfeil dort durch die Lüfte
Schwirrte von des Turmes Zinnen,

Ohne Eisen war die Spitze,
Hat mir doch das Herz zerrissen,
Und kein Heilkraut gibt's auf Erden,
Muß fortan nun trostlos irren!«

DURANDARTE'S ABSCHIED

Durandarte, Durandarte,
Ritterlich in Lust und Streit,
Bitt' dich, laß' uns einmal plaudern
Wieder von der alten Zeit.

Denkst du noch der schönen Tage,
Wo du mir dein Herz geweiht,
Und in Sang und Ritterspielen
Vor der Welt um mich gefreit?

Wie viel Mohren warfst du nieder,
Rief ich zum Turniere dich!
Fast kenn' ich dich jetzt nicht wieder,
Sag', warum vergaßst du mich? –

»Schmeichelnd klingen solche Worte
Und verlockend ist die Huld,
Aber wenn mein Herz sich wandte,
Euer, Dame, ist die Schuld.

Wohl weiß ich's, für Gaiferos
Waret Ihr in Lieb' entbrannt,
Als ich trostlos und geächtet
Irrte fern im fremden Land.

Drum, wenn Ihr von Lieb' jetzt redet,
Habt Ihr's weislich nicht bedacht,
Denn um nicht die Schmach zu tragen,
Wend' ich mich in Todesnacht.«

DURANDARTE'S TOD

O Belerma, o Belerma,
Du geboren mir zum Unheil!
Sieben Jahr dient' ich dir treulich,
Hab' mir doch kein Lieb errungen,
Und jetzt, da du mich erhörtest,
Muß ich in der Schlacht verbluten.
Nicht die Todesstimmen fürcht' ich,
Wenn sie auch so früh mich rufen,
Darum nur ist Tod so bitter,
Weil er mir dein Bild verdunkelt.
O mein Vetter Montesinos,
Wenn sich meine Seel' entschwungen,
Bringt mein Herze zu Belerma,
Woll't ihr meinetwegen huld'gen,
Bitten, daß sie mein gedenke,
Der so treu um sie gerungen.
Gebt ihr alle meine Länder,
Die ich freudig einst bezwungen;
Da mein Lieb nun untergehet,
Sei all' Gut mit ihr versunken! –
Montesinos, Montesinos,
Heiß brennt diese Lanzenwunde,
Müde schon ist meine Rechte,
Aus viel' Quellen hier verblut' ich,
'S wird so kühl nun – ach die Augen,
Die uns ausziehn sah'n so mutig,
Sehn uns nimmermehr in Frankreich. –
Drückt noch einmal an die Brust mich,
Vetter, denn ich sprech' verworren
Und vor meinen Augen dunkelt's,
Euch befehl' ich all' mein Sorgen
Und vertraue Eurem Schwure,
Denn der Herr, an den Ihr glaubet,
Höret uns in dieser Stunde.

Tot nun ruhet Durandarte
In dem stillen Felsengrunde,
Weinend löst ihm Montesinos
Helm und seiner Rüstung Gurte,
Löst sein Herze für Belerma
Mit dem Dolche aus der Brust ihm
Und begrub ihn unter'm Felsen,
Sprach dabei aus Herzensgrunde:
»O mein Vetter Durandarte,
Tapfrer Degen, Herzensbruder,
Was soll ich fortan auf Erden,
Da die Mohren dich erschlugen!«

DONNA ALDA

In Paris saß Donna Alda,
Roland's Braut, im hohen Saal
Und mit ihr dreihundert Damen,
Ihrer Gespielinnen Schar;
Alle waren gleich beschuhet,
Alle trugen gleich Gewand,
Aßen rund um eine Tafel
Von demselben Brot zumal,
Donna Alda ausgenommen,
Weil sie ihre Herrin war.
Hundert spannen goldne Fäden,
Hundert woben Tepp'che zart,
Hundert aber musizierten,
Sie zu trösten mit Gesang.

Donna Alda war entschlummert
Bei der Instrumente Klang,
Plötzlich fuhr sie auf, lautschreiend,
Daß man's hört' bis in die Stadt.

Zu ihr sprachen da die Jungfraun:
»Wer tat Euch was Schlimmes an? –«
»Einen Traum hatt' ich, ihr Mädchen,
Der mir großen Schrecken gab:
Einsam im Gebirge stand ich,
Durch die Öde flog ein Falk,
Hinterdrein ein junger Adler,
Drängend ihn in wilder Jagd,
So geängstigt stürzt der Falke
Flüchtend sich in mein Gewand,
Doch der Aar mit seinen Fängen
Hatt' ihn zornig schon umkrallt,
Riß den Falken mir in Stücke,
Streut' die Federn über'n Plan.«

Drauf zu der erschrocknen Herrin
Eins der Kammerfräulein sprach:
»Diesen Traum will ich Euch deuten:
Euer Bräut'gam ist der Falk,
Der sich über's Meer verflogen,
Eure Schönheit ist der Aar,
Der den wilden Edelfalken
Sich im Flug gefangen hat,
Und das Hochgebirg die Kirche,
Wo man traut Euch am Altar. –«
»Reichlich wohl will ich dir's lohnen,
Liebes Mädchen, sprichst du wahr.«

Kam ein Brief am andern Morgen,
Drin mit Blut geschrieben war,
Daß ihr Roland war gefallen
In der Schlacht von Roncesval.

DAS WALDFRÄULEIN

Falke war im Wald verflogen
Und die Hunde irrten weit,
Jagdmüd' lehnt' an eine Eiche
Sich der Ritter im Gestein,
Eine Jungfrau da erschrocken
In des Wipfels Dunkelheit
Sah er stehen, ihre Locken
Rings umgaben Stamm und Zweig.
»Staune nicht und laß dein Grauen,
Bin ein Königstöchterlein,
Sieben Zauberfraun mich haben
Auf der Amme Schoß gefeit,
Daß ich sieben Jahr muß wohnen
Hier in Waldeseinsamkeit.
Sieben Jahr sind heut verflossen
Oder morgen um die Zeit,
Bitte dich um Gotteswillen,
Führ' mich aus dem Walde heim,
Will als Ehefrau dir dienen,
Oder auch dein Liebchen sein.«

»Fräulein, noch bis morgen frühe
Harret in dem Walde mein,
Hab' zu Haus 'ne weise Mutter,
Will erst fragen, was sie meint.« –
Sie vom Baum rief: »Weh dem Ritter,
Der die Jungfrau läßt allein!«

Er ritt fort, sie blieb im Walde,
Mutter riet, er sollt' sie frein.

Als er Morgens kehrt' zurücke,
War's so stille im Gestein,
Konnt' den Baum nicht wiederfinden,

Aber weit, vom Walde weit
Sah er ziehn ein Fähnlein Reiter,
Führten fort das Waldfräulein;
Und er stürzt zu Boden nieder
In der grünen Einsamkeit:
»Schwer Gericht verdient der Ritter,
Der verloren solche Maid!
Ich will selbst den Stab mir brechen,
Ich will selbst mein Richter sein,
Abhaun soll man mir die Rechte
Und mich schleifen durch die Heid!«

WEH VALENCIA!

Eingeschlossen war Valencia,
Konnte kaum sich länger wahren,
Weil sich die Almoraniden
Zögernd nicht zum Beistand wandten.
Da dies sah ein alter Maure:
Auf des höchsten Turmes Warte
Stieg er schweigend da, noch einmal
Zu beschauen Stadt und Lande.
Und wie sie herauf so leuchten,
Brach das Herz ihm bei dem Glanze;
Gramvoll mit prophet'schem Munde
Also von dem Turme sprach er:
»O Valencia, o Valencia,
Würd'ge Herrscherin der Lande,
Deine heitre Pracht muß sinken,
So sich Gott nicht dein erbarmet!
Die vier Felsen, drauf du thronest,
Würden, wenn sie könnten, klagen,
Deine festen Mauern seh' ich
Von dem wilden Anlauf wanken,
Deine Türme, die so trostreich
Über Land und Völker ragen,

Werden unaufhaltsam stürzen,
Deine Zinnen, gleich Krystallen,
Ihren Wunderglanz verlöschen,
Und dein mächt'ger Guadalaviar
Wird aus seinen Ufern steigen,
Trüben jeden Bach im Lande.
In den trocknen Wasserkünsten
Funkeln nimmermehr die Strahlen,
Rings in deinen schönen Gärten,
Die fortan verwildernd ranken,
Werden Hirsche einsam grasen,
Alles fröhl'che Grün zernagend.
Keinen Duft mehr haucht die Luft her,
Wo viel tausend Blumen standen,
Muß das Glühen all' verblühen;
Wo jetzt Schiffe kommen, fahren,
Liegt verödet Strand und Hafen,
Und vom weiten Bergeskranze,
Den du mächtig einst beherrschtest,
Schlagen blutrot auf die Flammen,
Daß das Qualmen dich erblindet
Rings von deiner Länder Brande,
Bis, als eine Todeswunde
Alles Volk dich hat verlassen. –
O Valencia, o Valencia,
Helf' dir Gott in jenen Tagen!
Oft schon hab' ich es verkündet,
Was ich weinend jetzt beklage.«

DON GARCIA

In der Hand den Bogen haltend,
Goldne Pfeile in der andern,
Trat Don Garcia auf die Mauern,
Hub da schmerzlich an zu klagen:
Aufgezogen im Palaste

Mich als Kind der König hatte,
Gott gab Mut mir, Roß und Waffen,
Gab sodann Donna Maria
Mir zum Weib und Ehgemahle,
Hundert Jungfrau'n, sie zu warten,
Gab mir auch das Schloß Uranna,
Hundert Ritter, es zu wahren,
Und das Schloß mit Wein versah er
Und mit Brot und süßem Wasser,
Denn kein Brunnen ist im Hause.
Mohren mir's umzingelt haben,
War am Sankt Johannistage,
Sieben Jahre sind vergangen,
Und noch immer stehn sie draußen.
Seh' die Meinen all' verschmachten,
Da ich nichts mehr für sie habe,
Und die Toten hell in Waffen
Stell' ich an die Zinnen alle,
Daß sie's unten bei dem Glanze
Halten schier für Streiterscharen.
In dem Schloß ist mir zur Nahrung
Nur ein einzig Brot belassen –
Will ich meine Kinder laben,
Wovon soll mein Weib ich sätt'gen?
Eß ich's selber feig, verklagen
Jenseits mich die Meinen alle.
Und das Brot in Stücken brach er,
Reicht dem König hin die Hälfte,
Warf den Rest ins Mohrenlager.
»Meine Mohren Allah wahre!
Aus dem Schloß vom reichen Mahle
Wirft die Brocken uns Don Garcia!«
Und zum Aufbruch hört man's blasen,
Alle Mohren ziehn von dannen.

LIED DES GEFANGENEN

Wieder ist der Mai erschienen,
Wo die frohe Zeit beginnt,
Wo die Lerche jubelnd singet,
Nachtigall ihr Antwort gibt,
Mit einander die Verliebten
Plaudernd durch das Grüne ziehn.
Ich nur bleibe traurig immer,
Weil ich hier im Kerker bin;
Weiß nicht, steigt der Abend nieder,
Weiß nicht, ob der Tag anbricht.
Wohl ein Vöglein sang mir Lieder
Jedesmal beim Morgenlicht,
Schütze tät's vom Zweige schießen,
Lohn' ihm Gott, wie er's verdient!
Meine langen Haare fließen
Wie ein Mantel über mich,
Meinen Bart wie einen Teppich
Kann ich breiten übern Tisch;
Langgewachs'ne Nägel dienen
Wie ein scharfes Messer mir.
Ist's der König, der mir's bietet,
Vor dem Herren beug' ich mich,
Aber ist's der Kerkerdiener,
Tut er wie ein Schuft an mir.
Wer mir jetzt ein Vöglein liehe,
Lerche, Drossel oder Fink,
Unter Damen abgerichtet
Wohl zum Sprechen frei und flink,
Meiner Frau Lenore schicken,
Ach, als Boten wollte ich's,
Daß sie schnell mir zugehn ließe
Backwerk, das nicht Fleisch noch Fisch,
Sondern Feilen in sich schließe,
Eine Haue, scharf und spitz –

Feile für die Kettenringe,
Haue für das Turmverlies! –
König hört' die Klagen wieder,
Frei er den Gefangnen ließ.

ECHTE LIEBE

Lau in der Liebe mag ich nimmer sein, –
Kalt oder brennend wie ein lohes Feuer!
O, Lust und Leiden sind nur farblos, klein,
Wo Liebe nicht ergriffen hat das Steuer!

Wer noch bei Sinnen, ist kein rechter Freier;
Wirf von dir ohne Zagen all was dein,
Der stirbt vor Liebe nicht, ein halbgetreuer,
Wer von der Liebe mehr verlangt, als Pein.

Gleichwie ein Schiff, wenn sich die Wetter schwärzen,
An jähen Klippen treibt bei finstrer Nacht,
Auf weitem Meer der Wind' und Wogen Spiel,

So auf dem wüsten Meere meiner Schmerzen
Such' ich, auf neue Leiden nur bedacht,
Im Hoffnungslosen meines Glückes Ziel.

Im Winde fächeln,
Mutter, die Blätter,
Und bei dem Säuseln
Schlumm're ich ein.

Über mir schwanken
Und spielen die Winde,
Wiegen so linde
Das Schiff der Gedanken,
Wie wenn ohne Schranken

Der Himmel mir offen,
Daß still wird mein Hoffen
Und Frieden ich finde,
Und bei dem Säuseln
Schlumm're ich ein.

Erwachend dann sehe,
Als ob sie mich kränzen,
Rings Blumen ich glänzen,
Und all' meine Wehen
Verschweben, vergehen,
Der Traum hält sie nieder,
Und Leben gibt wieder
Das Flüstern der Blätter,
Und bei dem Säuseln
Schlumm're ich ein.

DER SEEMANN

Früh am Sankt Johannistag
Fiel ein Seemann in das Wasser.
– Was erhalt' ich, Schifferlein,
Wenn ich rette dich zum Strande?
Geb' dir alle meine Schiffe
Samt der Gold- und Silberladung.
– Nicht nach allen deinen Schiffen,
Deinem Gold und Silber frag' ich,
Deine Seele, wenn du stirbst,
Will ich nur zum Lohne haben.
Meine Seel' empfange Gott,
und den Leib das salz'ge Wasser!

VERSEPEN

JULIAN

I.

Die Stadt Paris wogt festlich, vom alten Mauerkranz
Schaun Bürger bunt und Frauen im schönsten
Sonntagsglanz,
Sie lehnen heiter plaudernd über der Zinnen Rand
Und eifrig weisen Andre hinaus in's grüne Land.

»Sie kommen!« ruft's da plötzlich, und still wird's auf dem
Wall;
Schon hört man Rosse wiehern und fernen Waffenschall,
Und da und dort vom Felde blitzt's auf im Sonnenschein –
Das ist das Heer der Römer, das siegreich kommt vom
Rhein.

Jetzt nahte sich das Fußvolk, der Boden bebt vom Tritt.
»Willkommen!« schrien die droben, »wen bringt ihr da uns
mit?« –
»Gefangene Germanen.« – »Wie die verächtlich schaun!
Die sehn ja aus wie Sieger, nicht möcht' ich denen traun!«

Auf einmal aber schmettert's herüber aus dem Tal –
»Das sind die lust'gen Reiter, gegrüßt viel tausendmal!«
Und alle Blicke wenden, von dem Klange froh erschreckt,
Sich nach dem Staubeswirbel, der noch die Schar bedeckt.

Da teilt der Wind die Wolke, und hoch auf weißem Roß
Im Waffenschmucke leuchtend, dem blanken Reitertroß
Voran mit weh'ndem Helmbusch, erscheint der Julian,
Und ein Jauchzen von der Mauer hallt über den ganzen
Plan.

Vom Mauerkranze aber flüstert manch' schöner Mund:
»Wie zierlich läßt er tanzen sein Rößlein über'n Grund,
Blickt aus der Nacht der Locken recht wie ein Morgen frisch,
So kühn die edle Stirne, die Augen so träumerisch.«

Doch die Bürger schütteln die Köpfe und wundern sich gar sehr:
»Was reiten da für Gesellen hinter dem Julian her?
Philosophen mit langen Bärten, Poeten ohne Schwert,
Das sind gewißlich Griechen, denn der Julian ist sehr gelehrt.«

Er aber wandt' sich scherzend zurück vom luft'gen Sitz,
Da flogen spielend Witze, anmutig Blitz um Blitz,
Und grüßend oft dazwischen sein Blick über die Zinnen schweift,
Da senkt sich manches Auge, wenn es sein Blick gestreift.

Und als er kam zum Tore, der Bischof trat hervor,
In festlichen Gesängen pries Gott der Priester Chor,
Daß Er für seine Kirche in wilder Heiden Schwarm
So wunderbar gestählet des jungen Helden Arm.

Fürst Julian sprang vom Rosse und kniete auf den Grund'
Aber ein spöttisch Lächeln spielt' ihm um Aug' und Mund,
Denn hinter ihm der Dichter flüstert' ihm leise zu:
»Wie lullt ihr wildes Kindlein die heisre Amm' in Ruh!«

»Dompfaffen lehrt man pfeifen,« entgegnet Julian,
»Was ficht es in dem Walde die andern Vögel an!
Ihr Lied bleibt doch das alte« – »Und frei des Adlers Flug,«
Versetzt der bärt'ge Weise, »doch, hoher Herr, sei klug!« –

II.

Klangreich auf die Stadt hernieder
Sank die laue Sommernacht,
Zitherklänge, schöne Lieder
Waren da genug erwacht.

Kühl die alten Brunnen rauschten,
Bei dem hellen Mondenschein
Mädchen vor den Türen lauschten
Mancher Mär' vom schönen Rhein.

Da wird's plötzlich still, sie lassen
Lied und Zither bleich und stumm,
Und, wie Geister, durch die Gassen
Gehen düstre Kunden um.

Botschaft, heißt es, ist gekommen
Von dem Kaiser aus Byzanz;
Weit im Orient sei entglommen
Neuer Kriegesfackel Glanz.

Dorthin soll der Julian senden
Seines tapfern Heeres Kern
Und er selbst, mit leeren Händen,
Gallien hüten seinem Herrn.

O Constantius, arger Kaiser,
Lohnst du so mit schnödem Hohn?
Windest ihm die Lorbeerreiser,
Die er brach, zur Dornenkron'!

Und sie wollen es nicht leiden,
Treu im Glück wie in der Not,
Keiner will von Julian scheiden,
Ihres Ruhmes Morgenrot.

Fern des Schicksals Donner rollen,
Und durch das verstörte Heer
Geht ein tiefverhaltnes Grollen
Wie vor nahem Sturm im Meer.

III.

»Wie ich auch rang und fleht' und frug: Entsagen
War stets die Antwort, die mir Christus bot,
Das schöne Leben an das Kreuz zu schlagen,
Ist Christenbrauch, und ihre Kunst der Tod.

Wie anders einst in Roma's großen Tagen,
Die jetzt der Glaubenswahn gebunden hält!
Da hieß ihr Losungswort: lebend'ges Wagen,
Und vor den Kühnen beugte sich die Welt.

Die Heldensagen aber einsam ragen
Herein noch in's verwandelte Geschlecht,
Und auf den Riesentrümmern stehn und fragen
Die alten Götter nach dem alten Recht.

Da wacht allnächtig auf geheimes Sehnen,
Der Wald schaut träumend nach Diana aus,
Um Venus stehn die Blumen all' in Tränen,
Das Meer umwogt Neptun's kristallnes Haus.

O heil'ge Nacht! Zuweilen nur Sirenen
Noch tauchen aus dem mondbeglänzten Grund
Und tun, wenn Alles schläft, in irren Tönen
Dem Menschenkind die tiefe Wehmut kund.«

So klagte Julian bei nächt'ger Stunde
Im Garten zu dem Sternendom empor,
Und draußen macht der Aufruhr seine Runde,
Schlug immer wilder an des Palasts Tor.

»Wer rief mich da? – Wie? schüttelt seine Locken
Der alte Löwe schon, den ich befreit?« –
Er hob sich rasch vom Sitz und blickt' erschrocken
Rings um sich in der stillen Einsamkeit.

Denn zwischen dem verwitterten Gesteine,
Den schönen Leib umrankt von Blumen wild,
Stand geisterhaft im bleichen Mondenscheine
Fernab manch' halbversunknes Götterbild.

Brünstig umschlungen hatt' der Lenz das eine,
Man sah's vor purpurroten Rosen kaum,
Er hieb sich durch's Geflecht von wildem Weine,
Und stand erschreckt – »Dich sah ich oft im Traum!

Sei Roma, Venus – mahnend mir erschienen,
Ich grüß' als Braut dich!« und vom Finger wand
Er eines Ringes funkelnde Rubinen,
Steckt' ihn dem Liebchen an die kalte Hand.

Da war's, als ob ihr Auge sich bewegte,
Leis flüsterte der alten Ulmen Rund'
Und wie aus Träumen Bild auf Bild sich regte –
Er floh entsetzt, ihn graut im Herzensgrund.

Und immer näher draußen braust das Rufen
Gleichwie ein Sturmwind durch das öde Haus,
Schon donnert es herauf die Marmorstufen –
Sie riefen ihn zu ihrem Kaiser aus.

Und als er naht, umringen ihn die Wilden
Zudringlich roh – *der* stürzt ihm an die Brust,
Die heben ihn empor auf ihren Schilden,
Es war ein tödlich Dräu'n in dieser Lust.

Doch Einer riß der Ehrenketten Schlinge
Sich von der Brust und wand um Julian's Haupt

Als Herrscher-Diadem die goldnen Ringe,
Das Keinen noch erfreute, der's geraubt.

IV.

Der Gegenkaiser Heere, zu ringen um das Reich,
Standen gegen einander zwei Ungewittern gleich,
Constantius' Schar verdrossen lagert' im platten Land,
Der Julian mit den Seinen hoch auf der Alpenwand.

Die Waffen ruhn, der Himmel, der nächtlich Alles eint,
Mit seinem Sternenmantel bedeckte Freund und Feind,
Man hört' nur die Wachen rufen weit durch die stille Luft,
Der Rosse Stampfen und Wiehern, sie witterten
Morgenduft.

Der Julian lag entschlummert – o Rast voll kühler Pracht!
Hoch über ihm der Abgrund der sternenklaren Nacht,
In weitem Ringe schimmernd der zack'gen Firnen Wall,
Fern der Lawine Donner und wilder Wässer Fall.

So in den Schlaf der Menschen graute die Nacht herein,
Da, bei der Lagerfeuer verworrnem Widerschein,
Trat eine hohe Frau gewappnet zu Julian:
»Gegrüßt, Caesar Augustus!« – Er starrt erstaunt sie an.

Und wie er starrt', erkannt' er das nächt'ge Marmorbild,
Den Ring an ihrem Finger, die Züge so schön und wild. –
»Was will in solcher Frühe dein rätselhafter Gruß?
Noch dämmern die Geschicke, noch lebt Constantius.«

Doch eh' er noch vom Traume sich völlig aufgericht't,
War die Gestalt verschwunden, und durch das
Dämmerlicht
Flogen Boten vom Tal her, daß Mann und Roß erwacht:
Constantius war gestorben da unten dieselbe Nacht.

V.

Und als nun der Traumberückte
Umherschaut im Felsensaal,
Ein früher Strahl da zückte
Schon weit über Berg und Tal,
Und schwindelnd vom Klippenrande
Im Morgengold
Sah er die taufrischen Lande
Rings unter sich aufgerollt,
Und aus der Tiefe wehten Düfte
Berauschend her,
Und hinaus in's Meer
Rief er der rosigen Lüfte:

»Steig', Helios, auf!
Von Gipfel zu Gipfel,
Entzünde flammend die Wipfel
Und der funkelnden Ströme Lauf,
Daß die Welt wieder, trunken von Licht,
Ein himmlisch Gedicht!
Die dunkele Waltung,
Der Zeiten Gestaltung,
Der wunderbaren Schönheit Mythe,
Apollo, Zeus, Aphrodite,
Oder wie die begeisterte Menge es heißt:
Es ist des Menschen ewiger Geist,
Der durch die Äonen kreis't.
Wer kann dich knechten,
Du von Geschlecht zu Geschlechten
Sich leuchtend schlingende
Ewig verjüngende
Göttliche Kraft?
Was der Genius schafft
In schauerndem Entzücken,
Wölbt unsichtbar durch die Luft

Über der Jahrhunderte Kluft
Demantene Brücken,
Wo die verwegenen
Unsterblichen Fechter
Getrennter Geschlechter
Sich freudig begegnen.
Alexander, du Dichterheld!
Dich hab' ich erkannt
Über den Wogen der Welt,
Dir reich' ich die Hand!
Was Du Großes gesonnen,
Dein Wagen, die Wonnen,
Die göttlichen Schmerzen
Der Schöpferlust:
Mir alles im Herzen
Erwacht ist's, und sprengt mir die Brust.
O du Frühlingssturm der Gedanken!
Deines Adlerflugs Wehen
Löset den Bann,
Und ein leis' Auferstehen
Hebt in den Gründen an:
Die die Tiefe durchranken,
Die verlorenen Bronnen
Dringen an's Licht der Sonnen,
Lebendig rührt sich der Hain
In Kron' und Zweigen,
Es bricht sein Schweigen
Der gefesselte Stein,
Und zwischen Trümmern steigen
Eratmend aus allen
Versunkenen Hallen
Die uralten Lieder,
Die heiteren Götter,
Dem Menschen als Retter
Hülfreich gesellt,
Und unser ist wieder
Die weite, schöne, herrliche Welt!«

Und zwischen den Felsenbogen
Die Scharen zogen
Blitzend zu Tal hernieder,
Und die Sonne ging auf,
Und: Caesar Augustus! wieder
Schallt' es jubelnd herauf.

VI.

Das war ein vergnüglich Leben!
Zwischen Palmen, schlank und glatt,
Funkelte im Abendwinde
Antiochia, die stolze Stadt.
Von dem Markte, von den Gassen
Stieg empor ein fetter Rauch,
Ganze Hekatomben Ochsen
Schlachtet' man nach altem Brauch,
Überall von den Altären
Wirbelt's durch die blaue Luft;
Die Germanen und die Gallier
Wittern bald den Bratenduft,
Und derweil der Heidenpriester
Mit geprüftem Seherblick
Und Gebete heimlich murmelnd,
Künft'ger Zeiten Not und Glück
In des Opferduftes Kräuseln
Und den Eingeweiden las,
Lagerten sich die Soldaten
Gierig um den Götterfraß,
Achten nicht der würz'gen Hauche
Und der süßen Melodien,
Die vom nahen Hain der Daphne
Durch die Abendlüfte ziehn.
Halbe Heiden, halbe Christen,
Die das Kreuz schier wund gedrückt,
Freun sich dort der neuen Freiheit

Und umarmen sich entzückt.
Jungfrauen auch, die zweifelhaften,
Die längst seitwärts schon geschielt
Nach dem nackten Flügelknaben,
Der aus allen Hecken zielt,
Laufen aus den engen Kammern –
Ward der *alte* Gott zum Spott:
Draußen findet jede Nymphe
Herzhaft ihren *jungen* Gott.
Und zum sel'gen Ringeltanze
Flöte nun und Leier klingt,
Trunken rasen die Mänaden,
Hinterdrein der Satyr springt,
Und beim rosenduft'gen Becher
Fühlt der Weise, tiefgerührt,
Nach der finsteren Verdummung
Auch *sein* Fleisch emanzipiert.
Mitten durch den Jubel aber,
Reichgeschmückt den schönen Leib,
Zog da auf schneeweißem Zelter
Das geheimnisvolle Weib;
Von der Hand ihr funkelt' wieder
Kaiser Julian's goldner Reif,
Hinter ihr von alt und jungen
Rittern ein glücksel'ger Schweif.
Und es ging ein wirr Gerede
Und sie schworen fest und steif:
Fausta sei es, eine Fürstin,
Die, aus ihrem Reich verbannt,
Um es wieder zu erobern,
Sich an Julian gewandt.
Hei, wie wimmelt's da von Rettern!
Tausend Bolzen auf Ein Ziel,
Eifersücht'ger Blicke Dolche
Und verliebter Augen Spiel.
Jeder fühlt von ihrer Schönheit
Sich selbst wunderbar verschönt

Während sie die glatten Freier
Zugleich anlockt und verhöhnt:
Der muß ihr die Bügel halten,
Der zum Schemel sein Genick,
Der mit Palmen Kühlung fächeln,
Keiner merkt den Marmorblick.

So durch Herzensfeuersbrünste
Ritt sie unversehrt und stolz,
Und sie schaudert', fröstelnd rief sie:
O wie trüb brennt faules Holz!
Beiher aber lief ihr Knappe,
Lächerlich und doch voll Graun,
Kürbisgleich auf dünnen Beinen,
Niemand mocht' dem Dickkopf traun:
Rotes Haar zerzaust vom Winde,
Graue Augen schiefen Blicks,
Breiter Mund und spitze Nase
Und ein Buckel hinterrücks.
Der Germanen ungeschlachte
Riesenleiber bei dem Mahl
Stichelt' er mit spitzen Witzen;
Zornig griffen die zum Stahl,
Doch wie sie den Flammberg schwingen,
Sehn sie den Verwegnen weit
Feldwärts schon in luft'gen Sätzen,
Und das tat den Recken leid.
Drauf den heil'gen Hain der Daphne
Streift er im Vorübergehn,
Mischt sich wütend in den Reigen,
Eh' sie dessen sich versehn,
Macht so unerhörte Sprünge
So galant und so verliebt,
Daß da plötzlich ganz erschrocken
Alles auseinanderstiebt.
Vor Erstaunen stockt die Leier,
Liebchen kreischt, der Liebste schilt,

Hinter ihnen durch die Wirrung
Sein durchdringend Lachen schrillt.
Fausta aber schaut' indessen
Halb erschreckt, halb zornigwild
In die Ferne, rief dem tollen
Knappen, was ihn sehr verdroß,
Und wandt' drauf sich furchtbar'n Blickes
Waldwärts aus dem Freiertroß,
Denn da drüben in dem Haine
Hebt ein neuer Lärmen an,
Held *Severus* ist gekommen,
Julian's alter Kriegskumpan.
Julian hatt' ihn mit dem Sohne
Zu entlegnem Kampf entsandt,
Da erscholl so wirre Kunde
Bis zu ihm in's fremde Land,
Und dem Sohn' ließ er das Fähnlein
Nach siegreich vollbrachtem Strauß,
Eilte, wie vom Sturm getrieben,
Den Heimziehenden voraus,
Und kam eben ungeladen
Zu dem Fest und Opferschmaus,
Und beschaut' mit schlechtverhaltnem
Grimm die lose Neuigkeit.
Um ihn her die Tänzer höhnten:
»Seht die gute alte Zeit!«
Doch stumm blickt er in die Runde,
Achtend weder Spott noch Witz,
Jeder Blick ein Wetterleuchten,
Todeswunde jeder Blitz. –
»Und wenn« – sprach er – »nein, unmöglich!
Das ist nie und nimmer wahr!« –
Vor den Blicken, vor der Stimme
Wich entsetzt die bunte Schar,
Und durch die verstörten Reigen
Lenkt er seines Rosses Lauf
Über Kränze hin und Schleifen,
Sucht den Kaiser Julian auf.

VII.

Schon dunkelte der Abend, kaum noch ein Vöglein sang
Über den weiten Feldern, den finstern Wald entlang
Spielten zuckende Blitze fern an des Himmels Saum,
Und prächtig über den Wipfeln stieg die Nacht auf wie ein
Traum.

Nur eines Hüfthorns Laut noch tönt' aus den Bergen tief,
Es war der Kaiser Julian, der die Gefährten rief,
Der hatt' sich weit von ihnen verstiegen auf der Jagd
Zwischen jähen Schlünden von Klippen rings umragt.

Dort konnt' ihn Niemand hören, es lag zu weit
Die Welt, schon halbentschlummert, von dieser Einsamkeit,
Da sah er sich verwundert in seinem Reich allein,
Es fragte nach dem Caesar hier weder Baum noch Stein.

Jetzt fuhr aus fernem Wipfel ein Falk mit wildem Schrei,
Ein Reh, wie vor dem Jäger, schoß an der Kluft vorbei
Und hinter ihm zum Abgrund rollten die Kiesel hinab –
Wer schreckt das Wild vom Schlafe in diesem Felsengrab?

Da plötzlich hört er Tritte, das Laub am Boden rauscht,
Schon knistern nahe Äste, und wie er steht und lauscht,
Bricht atemlos durch's Dickicht ein totenbleicher Mann –
»Severus, du?!« – ruft staunend der Kaiser den Wandrer an.

Der aber sprach voll Freuden: »mich rief des Hornes Laut.
O Gott, wer ist so teuflisch, daß ihm davor nicht graut,
Mit Höllenqualm zu schwärzen dies edle Angesicht!
Sie lügen! und fragt Keiner, ob mir das Herz auch bricht.« –

»Sprichst irre wie der Nachtwind, Freund, ich versteh' dich
nicht.« –
»Laß nur! Derweil wir wandern, erstatt' ich dir Bericht.

Jetzt komm, denn wüst Gesindel, auf Mord und Raub bedacht,
Geht um in dieser Wildnis und lauert in der Nacht.«

Der Kaiser folgte schweigend, Severus sagt' im Gehn:
»Schau', wie die Sterne fragend auf dich herniedersehn,
Das ist die rechte Stunde, so still und ungestört,
Wo uns der ernste Wald nur und Gott im Himmel hört.

Sieh', Heer und Volk verwildert wie ein entfesselt Tier,
Vom Banner, statt des Kreuzes, schau'n Götzenbilder stier,
Verkehrt in Wahn und Schande sah' ich all' frommen Brauch.« –
Julian entgegnet' lächelnd: »Kein Feuer ohne Rauch!

Schilt'st die Natur du, Alter, weil sie ihr Joch zerbricht,
Aus Quell und Bäumen wieder die Götterseele spricht,
Und Helios durch die Nebel den Siegeswagen lenkt,
Die Welt im Licht eratmet, der Mensch begeistert denkt?« –

»Ei Worte, Worte, Worte! ich weiß bloß: die Natur
Ist nur eine arme demütige Creatur,
Die schauernd von dem träumet, in dessen Hand sie ist. –
Ja oder Nein verlang' ich: glaubst du an Jesus Christ?«

Der Kaiser drauf unwillig und finster: »Nein!«
Da stand sein Führer plötzlich am Steinweg selbst wie Stein,
Die dunkle Stirn umlodert von der Blitze rotem Licht,
Als ging' der Rache Engel da zu Gericht.

Er aber senkt' die Blicke und sagte trüb in sich:
»Wie oft auf meinen Knieen wiegt' ich als Knaben dich,
Hatt'st so schöne große Augen, wie in den Himmel frei
Und tief war's da zu schauen – das ist nun alles vorbei!«

Und wie sie weiter schritten, tat's einen langen Blitz,
Da schwirrt' ein Pfeil herüber aus wüstem Felsenritz,
Sever', den Schützen gewahrend, fing rasch der Waffe Lauf,
Die grad auf Julian herflog, mit Arm und Mantel auf.

Dann richtet hoch empor sich der Kämpe treu,
Als schüttelte seine Mähne ein wunder Leu,
Und späht nach allen Seiten noch einmal scharf umher.
»Du blutest,« sagt der Kaiser. – »Mein Herz das blutet mehr.« –

Und über Dorn und Gerölle, wo nur die Gemse ging,
Führt' er nun seinen Herren rasch aus der Felsen Ring,
Bis auf den letzten Klippen, die über'm Lande stehn,
Aufeinmal die weiten Täler kühl ihnen entgegenwehn.

Das Wetter war verzogen, sie sahen von der Höh'
Tief unten Julian's Zelte, wie Schwäne auf stillem See,
Schon kamen einzelne Stimmen herüber durch die Luft –
Da stand der Kaiser plötzlich still an der Kluft:

»Mein alter Kriegsgeselle, du hast dich treu bewährt,
So sei als mein Feldhauptmann vor Allen fortan geehrt!«
Severus aber schüttelt sein Haupt: »Das kann nicht sein,
Ich bin nicht mehr, wie ehmals, mit ganzem Herzen Dein.

Es scheiden unsre Wege an dieser Felsenwand,
Wohin dereinst sie führen, das steht in Gottes Hand,
Dich rufen deine Scharen, ich hab' ein andres Heer,
Geh' du dorthin, ich dahin – wir sehn uns nimmermehr.«

Und als des Kaisers Tritt nun zögernd im Tal verklang
Setzt' sich Severus nieder am Bergeshang,
Den Kopf er stützte, müde und leideswund,
In seine beiden Hände und weinte aus Herzensgrund.

VIII.

Unter schwankenden Palmen
So fremde Welt!
Wie von blitzenden Halmen
Ein wallendes Feld
Funkeln Helme und Speere,
Ziehen Julian's Heere.
Aus prächtigen Decken
Über die Felsen
Kamele strecken
Traumhaft die Hälse,
Und dem Zuge voran
Auf grünem Plan,
Gleich luft'gem Gefieder
Bunt hin und wider
Tummeln sich Reiter
Zu Spiel und zu Wehr.
So immer weiter
Durch's Land sich schlang es,
Aus dem heiligen Ganges
Ewige Jugend zu trinken,
Wo die Länder versinken
In's endlose Meer.
Aber die Schwellen
Zu des Orients hellen
Gärten voll Pracht
Ein Löwe heißblütig,
König Sapor, bewacht –
Julian, hüt' dich!

Und wie sie so zogen,
Ein Kreuz da stand
Auf dem Felsenbogen,
Als segnet's das Land
Und des Stromes Grüßen,

Der ihm rauschte zu Füßen;
Ein blühend Gehege
Die Reben drum schlangen,
Das hemmte die Wege,
Und Äxte bald klangen,
Daß klagend der Wald
Von Mord widerhallt
Und Kreuz und Ranken
Schwankten und sanken,
Vereint noch im Falle,
In den Abgrund hinab,
Wo des Stroms Kristalle
Es schauernd umfassen.
»Licht sind nun die Gassen,«
Rief Julian den Gesellen,
»Mein Bild sollt ihr stellen
Auf des Kreuzes Grab,
Daß die Jahrhunderte lesen,
Wer stärker gewesen
Und Sieger der Welt:
Der Jude lammsmütig
Oder Roma's Held –«
Julian, hüt' dich!

Und weiter wieder
Am Bergeshang
In Flammen nieder
Ein Kirchlein sank;
Durch die hohen
Blutroten Lohen
Sah Julian erschrocken
Fausta dringen,
Mit wallenden Locken
Die Brandfackel schwingen,
Hatt' so furchtbarschön
Sie noch niemals gesehn.
Und auf dem Fluß im Grunde

Zur selben Stunde
Glitt singend vorüber
Ein Christenschiff,
Als Mast darüber,
Dem Strom enthoben,
Das Kreuz von droben,
Das leuchtet wie Feuer,
Severus am Steuer
Lenkte um's Riff. –
Fausta lauscht lange
Dem fremden Gesange,
Zu dem Kaiser dann
Rief sie zornmütig:
»Vor dem Steuermann,
Julian, hüt' dich!«

Am Abend aus dem Walde tat's manchen Waffenblick,
Es kehrte Octavian wieder, Severus' Sohn, zurück
Mit seinem Reiterfähnlein aus fernem Land,
Die Seinen hieß er rasten da an des Waldes Rand.

Er selber stieg vom Rosse, ging schweigend in die Heid',
Er wußt' ein altes Kirchlein in dieser Einsamkeit,
Dort wollt' er hin sich knieen nach überstandner Fahrt
Und Gott im Stillen danken, der ihn so treu bewahrt.

Hier war die alte Stätte, er hat sie wohl erkannt,
Da rauschte noch die Linde; doch wo das Kirchlein stand,
Lag wie ein Grabeshügel heute ein Trümmerhauf',
Die Linde streut' im Winde all' ihre Blüten drauf.

Und wie er naht, vom Schutte ein Knäul sich wirrt
Verworrener Gestalten, Weib, Jäger, Kind und Hirt,
Die blickten scheu herüber, doch da sie ihn erkannt,
Umringten sie ihn traulich und jeder reicht die Hand.

’S sind Christen, die vor’m Glanze hoffärt’ger Niedertracht
Geflüchtet zu der Armut der freien Waldespracht.
Da hörte er berichten von falscher Liebe Glut,
Von schnödem Abfall und von Julian’s Frevelmut.

Sie sagten von einem Dämon, der, weder Mann noch Weib,
In güldne Zauberwaffen gehüllt den schlanken Leib,
Voranzög’ ihrem Heere, und hinter ihm, wo er ritt,
Schlüg’ Flammen aus dem Boden seines Rosses Tritt.

Auf einmal schrie’s: da kommt er! Entsetzt fuhr Alles auf,
Die Christen rings zerstoben, und donnernd in wildem Lauf
Braust eine Horde von Söldnern über’s Moor,
Ein Helm mit Geierflügeln ragt über Alle empor.

Octavian aber stürzt’ sich, wie’s so vorübersaust,
Dem Führer keck entgegen, das Schwert in seiner Faust.
Der stutzt’; »Mach Platz da!« rief er, »du weißt nicht, wer ich bin!« –
»Und wärest du der Teufel, so fahr’ zur Hölle hin!«

Sie fochten mit einander, dicht Schlag auf Schlag da fiel,
Der Stahl in Waldesstille klang wie ein Glockenspiel,
Der Augen Wetterleuchten sprüht zornig, o wie bald
Entströmt’ Octavian’s Blut da aus seines Helmes Spalt.

Und immer mehr der Quellen entlockt des Gegners Schwert,
Schon färben Purpurwellen den Panzer und die Erd’,
Ihm flimmert’s vor den Augen wie tiefes Abendrot,
So sank er auf den Rasen – wußt’ niemand von seiner Not.

Der Abend aber senkte in Tränen rings das Land,
Die Wälder glühten rauschend wie in Zornesbrand,
Der Vögel irres Singen durch alle Wipfel lief,
Als ob’s für den Gefallnen um Hülfe rief.

*

Und als er wieder aufwacht', der Mond schon helle schien,
Ein wunderherrlich Fraunbild sich beugte über ihn,
Es war ihm wie im Traume, da er an dem Gewand
Den übermächt'gen Gegner in diesem Weib erkannt.

Sie kniete ihm zu Häupten, ihr Helm von rotem Gold
Lag neben ihr im Grase, und wallend aufgerollt
Umgab von allen Seiten der Locken dunkle Pracht
Den Traumestrunkenen wie eine Zaubernacht.

Die Wunden nicht mehr bluten; ihr eigenes Gewand
Hatt' eilig sie zerrissen zum heilenden Verband,
Warf hin ihr Schwert zu Boden, ließ ihren wilden Brauch,
Und lauschte, Mund an Munde, auf seines Atems Hauch.

Doch als aus seinem Auge sie traf der erste Strahl,
Hob sie sich schnell vom Rasen, rasselnd im blanken Stahl,
Schüttelt' die wilden Locken und band sie wieder auf,
Drückt' mit den Geierflügeln den güld'nen Helm darauf.

Zurück noch einmal blickt sie dann auf den Ritter wund:
»O hätt'st du mich erschlagen in diesem stillen Grund!« –
»Wer bist du?« fragt er schauernd. – »Fausta werd' ich genannt.« –
Er konnt' ihr nicht mehr zürnen, da sie sich traurig wandt'.

X.

Ein Ritter zog im Tale, der Abend glüht' so schön,
Die Christen sah'n ihn reiten von ihren Waldeshöhn:
»Der hielt einst treulich zu uns in manchem harten Strauß,
Jetzt kennt er uns nicht wieder, sieht so fremd und vornehm aus!«

Er ritt vorbei am Lager: »Hei, fröhlicher Kamerad!«
Dacht' mancher wohl im Stillen: »'s ist um den Ritter doch schad.« –

Doch wie er kam in's Freie, vom Berg zum grünen Plan
Ein Reiter zu ihm sprengte: »Gegrüßt, Octavian!« –

»Was bringst du mir für Kunde?« – »Severus schickt mich her,
Er zieht so eben heimwärts, will kämpfen nimmermehr,
Sein gutes Schwert soll rosten, frei grasen soll sein Roß,
Und Ihr, Ihr sollt heimkehren auf Eurer Väter Schloß.«

Octavian drauf finster: »Das hat er nicht wohl bedacht,
Der Perser droht – heimkehren kann ich nicht vor der Schlacht,
Geh', sage meinem Vater, ich wäre nicht sein Sohn,
Ertrüg' daheim ich müßig des ganzen Heeres Hohn.

Sag' ihm, ich würde kommen, doch nicht, eh' Waffenklang
Mein wackres Schild mir gescheuert rein und blank,
Daß an dem Glanz die Zukunft sich spiegelnd einst erbaut,
Der Kampf ist meine Heimat, die Ehre meine Braut.« –

»Geb't Gott allein die Ehre, so scheint mir's fein und recht,
Doch Ihr seid hochgeboren und ich nur euer Knecht,
Ihr müßt das besser kennen und wissen, was Ihr sollt,
Ich brachte Euch die Botschaft, so tu't nun, wie Ihr wollt.« –

Und wie der gute Knappe, weil der Bescheid ihn kränkt,
Mit einem leisen Fluche nun wieder waldwärts lenkt',
Hört' er es ringsher zischeln, ihm war, als ob die Nacht,
Die schon hereingebrochen, ihn schnöde da verlacht.

Da saß ein bucklig Männlein am Weg, der konnt's nicht sein,
Der schlug den Takt, die Heimchen und Frösche sangen drein,
Und Nebel, wie Phantome, sich wanden leis empor
Mit wehenden Gewändern und tanzten über'm Moor.

Und Fledermaus und Eule, das schwirrt und dreht und schwenkt,
Und schreit, wenn es ein Irrlicht in wildem Sprung versengt,
Und zwischendurch das Männlein fix Burzelbäume schoß –
Den frommen Knappen endlich der Spuk gar sehr verdroß.

»Das ist ja ein toll Gesindel!« rief er mit großem Zorn,
Zog ungesäumt vom Leder, setzt' herzhaft ein die Sporn,
Und brach durch Moor und Äste, und hieb und schimpft' um sich,
Daß Nebelfrau und Irrwisch erschreckt zur Seite wich.

XI.

Rings der Jubel kräht' schon heiser,
Mancher lag in wüstem Traum,
Ihres Lagerfeuers Reiser
Flackerten im Winde kaum.

Auf der Götter Wohl den Becher
Stießen, die noch wachten, an
Mit dem wildesten der Zecher,
Und das war Octavian.

Immer wieder mußt' der denken
An des Vaters Gruß und Haus;
Die Gedanken zu ertränken,
Stürzt er keck den Becher aus.

Drauf vom Sitz empor sich reißt er:
»Flammen züngeln aus dem Wein,
Wildester der Lügengeister,
Ring' mit mir, ich lache dein!«

Und erbleichend warf den Becher
Mit des letzten Weines Gischt
In das Feuer der wilde Zecher,
Daß die Glut verlöschend zischt.

Rasch dann schritt er in die Felder,
Schauert', als er draußen stand,
Wie ein dunkler Strand die Wälder,
Wie ein stilles Meer das Land. –

War das einer Nixe Klage,
Eine Nachtigall, die sang?
Nacht, du Mutter wirrer Sage,
Hast so wunderbaren Klang.

Und wie durch der Harfe Saiten
Windeshauch melodisch zieht,
Hört er durch die Wipfel gleiten
Einer süßen Stimme Lied:

»Hörst Du nicht die Quellen gehen
Zwischen Stein und Blumen weit
Nach den stillen Waldes-Seen,
Wo die Marmorbilder stehen
In der schönen Einsamkeit?
Von den Bergen sacht hernieder,
Weckend die uralten Lieder,
Steigt die wunderbare Nacht,
Und die Gründe glänzen wieder,
Wie du's oft im Traum gedacht.« –

Drauf von neuem tiefes Schweigen,
Und der Ritter schritt voll Hast,
Sah aus duft'gen Gärten steigen
Einen prächtigen Palast:

Luft'ger Säulen schlanke Fülle,
Als hätt' jener holde Laut
In der träumerischen Stille
Sie aus Mondschein aufgebaut.

Über blüh'nder Myrten Krone
Leuchtend sich ein Springbrunn schwang,
Und herüber vom Balkone
Wieder tönte der Gesang:

»Kennst die Blume Du, entsprossen
In dem mondbeglänzten Grund?
Aus der Knospe, halb erschlossen
Junge Glieder blühend sprossen,
Weiße Arme, roter Mund,
Und die Nachtigallen schlagen,
Und rings hebt es an zu klagen,
Ach, vor Liebe todeswund,
Von versunknen schönen Tagen –
Komm', o komm' zum stillen Grund!«

Und fort tönt's, die Nacht rauscht leise
Und der Mond so zaubrisch scheint,
Er erkannte Fausta's Weise,
Wußt' wohl, wen das Singen meint.

Hat dem Klange folgen müssen
In den duftberauschten Grund –
Dort seitdem vor glüh'nden Küssen
War verstummt der Liedermund.

XII.

Aus Träumen um die Mittagstunde
Fuhr plötzlich auf Octavian
Und schaut' erschrocken in die Runde,
So fremd blickt' ihn der Garten an.

Da war's so wundersam verwandelt,
So still und geisterhaft und bleich
Der Grund, wo er mit ihr gewandelt,
Die Schwäne schliefen auf dem Teich.

Wie mit dem Schlaf die Blumen rangen,
Liane müd' vom Baume sank,
Die Wasserkünste nicht mehr sprangen,
Kein Vogel in der Schwüle sang.

Das Bächlein selber ließ sein Wandern
Im unermeßnen Schweigen dort,
Ein Baum nur flüsterte zum andern
Leis ein geheimnisvolles Wort.

Verfallen aber, halbversunken
Lag Fausta's luft'ges Säulenhaus,
Giftblumen wuchsen traumestrunken
Aus allen Trümmern wild heraus.

Sie selbst schlief auf den Marmorschwellen,
Verlöscht der muntre Augenschein,
Erstarrt der schönen Glieder Wellen,
Ihr Angesicht streng wie von Stein.

Dem Ritter graut' vor ihren Wangen,
Er sann, und wußt' nicht, wo er ist,
Doch wie er aufsprang, schlüpften Schlangen
Grüngolden züngelnd in's Genist.

Entsetzt in dieser öden Schwüle
Durchirrt' er nun den Trümmerhauf,
Und atmet' in der Waldeskühle
Erst wieder tief und freier auf.

Da sah er durch der Bäume Spitzen
Die Ströme unten wieder gehn,

Fern seine lust'gen Reiter blitzen,
Ihr Banner hoch im Winde wehn.

Die bliesen frisch zum Kriegestanze,
Und wie er aus dem Walde schritt,
Gluthell in vollem Waffenglanze
Ihm Julian entgegenritt.

»Wo warst so lange du, Geselle?«
Rief der ihm zu, »jetzt gilt das Schwert,
Wir stehn an der Entscheidung Schwelle,
Voran nun, wer des Ruhmes wert!« –

Hier stockt er plötzlich und schaut wilde –
Den Ring, den er als Liebespfand
Einst angesteckt dem Marmorbilde,
Gewahrt er an Octavian's Hand.

Der tat weithin da einen langen
Blutroten Blick im Sonnenschein. –
»Von wem hast du den Reif empfangen?« –
»Es gab ihn mir die Liebste mein.« –

Da starrt Julian in finsterm Sinnen,
Daß Jener tief zusammenschrickt,
Dann stürzt er wüst und bleich von hinnen,
Als hätt' er ein Gespenst erblickt.

XIII.

Unter kühlen Waldesschatten
An Assyriens Wüstenrand,
Als die letzte Christen-Warte,
Starr die Burg Severus' stand.
In dem Garten vor dem Hause,
Von der Wüste angeglüht,

War schon lange von der neuen
Zeit die alte überblüht;
Über eines Heidentempels
Halbversunknem Steingebild
Brütete der junge Frühling,
Hatte, was da unten wild
Aus der Götterdämm'rung Abgrund
Noch die Menschenseele schreckt,
Heiter mit unschuld'gen Blumen
Und mit Reben überdeckt.
In der Väter Halle aber
Barg Severus streng sein Schwert,
Denn es schien ihm, es zu schwingen,
Diese Welt nicht länger wert.
Sinnend unter einem blüh'nden
Sonndurchblitzten Lindenbaum
Bei der Bienen Schlummerliede
Saß der Alte wie im Traum,
Überschaut' die Weingelände,
Die im Mittagsglanze glühn,
Sah die Ährenfelder wogen
Und die Wolken drüber ziehn,
Tiefe Rast auf Berg und Talen –
Nur *ihn*, schien es, mied die Ruh,
Denn scharf durch die weite Stille
Flog sein Blick der Ferne zu.

Plötzlich sprang er auf: »Da kommt er!«
Und ein Reiter funkelnd bricht
Aus dem Wald, steht und blickt um sich –
Doch es war Octavian nicht,
Der von Stund' zu Stund' Erharrte! –
Rings noch einmal in die Rund'
Schaut der Fremde, winkt dann rückwärts
Und weist freudig nach dem Grund.
Und nun immer mehr Gestalten
Sah man von der Höhe ziehn,

Bald helleuchtend in der Sonne,
Bald verdeckt vom Waldesgrün.
Zelter führten sie am Zügel,
Drauf im Arm manch' lieblich Kind,
Schöne Frauenbilder schwebten,
Mit den Schleiern spielt' der Wind;
Und so auf gewundnem Pfade
Senkten sie vom Waldeshang
Sich zu Tal wie Wandervögel,
Und herüber tönt' Gesang.

An den frommen Wanderliedern
Hat Severus sie erkannt:
Christen waren's, die der Heiden
Zorn von Hof und Herd verbannt.
Und er sandte ihnen Boten,
Ließ sie laden auf sein Schloß,
Und empfing am offnen Tore
Brüderlich den müden Troß.
Da begann sich's bald zu regen
In dem stillen, finstern Haus,
Fremde Trachten, fremde Stimmen
Gingen plaudernd ein und aus,
Auf der Rasenflur im Garten
Glänzte festlich Tisch an Tisch,
Durch die Wipfel über ihnen
Strich der Wind so reisefrisch,
Und die Diener unverdrossen
Rannten hülfreich ohne Rast,
Denn in abgeschiedner Stille
Stets willkommen ist der Gast,
Der, in langentbehrten Lauten,
Draußen aus den Ländern weit
Freundesgrüße bringt und Kunde
Von des Lebens Lust und Leid.
Sie erzählten von des Kaiser
Julian's stolzer Heeresfahrt,

Wie er alle falschen Götter
Wider den wahrhaft'gen schart;
Sie erzählten von einem Ritter,
Der da schnöde Seel' und Leib
Und sein Christenheil verkaufte
An ein schönes Zauberweib,
Selber nun der Christen Geißel. –
»Den vernichte Gottes Hand!
Fluch ihm!« rief Sever' da, füllend
Seinen Becher bis zum Rand.
»Und wie heißt der falsche Ritter?« –
»Octavian wird er genannt.« –
Bei dem Klange dieses Namens
Ward Severus totenblaß
Und zerschmetterte am Boden,
Als enthielt' es Gift, sein Glas.

Da aufeinmal durch den Garten
Ruft es: »Rette sich wer kann!
Unaufhaltsam wie ein Waldbrand
Schon dringt Julian heran!«
Und nun schwirrt es durcheinander,
Weiber weinen, Kinder schrein,
Tische werden umgestoßen
Und verschüttet wird der Wein.

In der Wirrung da Severus
Wie aus Träumen sich besann,
Hieß sich die Erschrocknen scharen,
Legte seine Rüstung an
Und führt' drauf auf öden Pfaden
Eilig Weib und Mann und Roß
Zwischen Klippen, durch Gestrüppe
In die Wildnis über'm Schloß.
Hinter ihren Tritten wieder,
Sie zu schützen vor Verrat,
Schlugen Zweig und Gras zusammen,

Und kein Fremder ahnt den Pfad,
Der in Wolken sich verloren;
Denn todstill und einsam war
Dieser Gang, hoch in den Lüften
Nur gewahrte sie der Aar.
Droben aber eine Aue
Hat der alte Wald umstellt,
Den ein Kranz von Felsenzacken
So geschieden von der Welt,
Daß verhallend kaum des Lebens
Flut den Felswall noch bespült',
Auf dem ein verfallnes Kirchlein,
Immer treu noch, Wache hielt.

Dort jetzt lagerten die Christen
In der rauhen Einsamkeit,
Wie wenn späte Herbsteslüfte
Buntes Laub durchs Grün verstreut;
Frühling aber wirkt den Teppich,
Den mit Silber säumt der Bach,
Auf den schlanken Säulen drüber
Wölbt der Wald sein luft'ges Dach,
Und die Wipfel alle rauschten
Und die Vögel sangen hell,
Kinder da und Blumen spielten
Miteinander an dem Quell,
Als wär' eben nichts geschehen
Und auf Erden Alles gut,
Wußten doch die Blumenkinder,
Daß sie all' in Gottes Hut.
Und als drauf im Abendgolde
Berg und Tal versunken war,
Kinder schon und Vögel schliefen,
Sang ihr Abendlied die Schar,
Und es stimmt' des Waldes Rauschen
Und von fern die Nachtigall
In die wunderbaren Weisen
Träum'risch ein mit süßem Schall.

Doch Severus zog indessen
Mit den Sternen auf die Wacht,
Er konnt' nicht mit ihnen singen,
Ihm ward wohl erst in der Nacht.
In die Tiefe horcht' er nieder
Und vernahm der Ströme Lauf,
Heerestritt und Hörnerklänge
Wehte oft der Wind herauf,
Und es rührten diese Laute
Wild ihm in der festen Brust
Seiner Jugend Angedenken
Und die alte Kriegeslust.
Und da, immer mächt'ger steigend,
Mit der dunklen Wetterpracht
Ihre Fahnen nun entfaltet
Über'm Himmelsgrund die Nacht,
War es ihm, als säh' er Krieger
Zornig reiten durch die Luft
Und den Rache-Engel schreiten,
Der da zu Gerichte ruft,
Und sie schleudern glüh'nde Speere,
Und es zündet jeder Speer
Grimme Flammen ihm im Herzen. –
Da klang's von dem Waldplatz her:

»Sieh, die Wetter sind verzogen
Und die Erde glänzt verweint,
Wölbe, Herr, den Friedensbogen
Milde über Freund und Feind!«

Und Severus bei dem Klange
Stürzt' erbebend auf die Knie:
»Du, der in der Todesstunde
Seinen Feinden einst verzieh,
Hilf, daß mich Erbarmungslosen
Nicht der Hölle Wahnsinn fass'!
Einen Hauch nur deiner Liebe!

Lösch das Feuer, brich den Haß!« –
Und derweil er im Gebete
Also mit dem Teufel rang,
Tönt' aufs neue da herüber
Von dem Walde der Gesang:

»Ave Maria, benedeite!
Um uns in der falschen Nacht
Deinen Sternenmantel breite,
Schütz' uns vor des Bösen Macht!«

XIV.

Schon hat der Perserkönig sein Banner aufgerollt,
Und wie ein feurig Wetter, das immer näher grollt,
Rings steigen die Geschicke still und verhängnisschwer,
Dem letzten Kampf entgegen zieht Kaiser Julian's Heer.

Durch glüh'nden Staubes Wirbel sucht das Kamel den Weg
Und hinter seiner Fährte verweht der Wind den Steg,
Da rieselt keine Quelle, da rauscht nicht Halm noch Baum,
Blutrot die Wüstensonne droht aus dem öden Raum.

So lautlos gehn die Scharen, kaum hört man ihren Tritt,
Es hält der Tod mit ihnen unsichtbar gleichen Schritt,
Und lauernd über'm Schweigen der unermeßnen Gruft
Hängt beutelustig der Geier hoch in der fahlen Luft.

Gespenstisch nur zuweilen ein Strauß vorüberschweift,
Die Luft lügt ferne Auen, von Strömen kühl durchstreift,
Daß der Soldat im Traume noch einmal Labung trinkt,
Bevor er in das Sandmeer verschmachtend niedersinkt.

Und als die Wüste dunkelt, einsam vor seinem Zelt
Späht Julian in den Sternen, wem zugedacht die Welt,
Befragt den Flug der Wolken um's Los der nahen Schlacht,
Lacht seines Aberglaubens, und glaubt was er verlacht.

Da sprengt heran ein Bote. – »Was bringst du so schreckensbleich?« –
»O Herr, setz' heut, nur heut nicht auf's Schwert dein junges Reich!
Mars hat, das du entzündet, verstört dein Opfermahl,
Dein Marmorbild auf dem Felsen zerschlug ein Wetterstrahl.«

Ein Hauptmann drauf sich nahte: »dumpf Grollen geht durch's Heer,
Sie blicken scheu zurücke, sie blicken nach dem Meer,
Nach den rettenden Schiffen – der betet und der flucht,
Und jedes Aug' verzweifelnd die ferne Heimat sucht.« –

Da hob sich Julian finster in Trotz und Hohn:
»O falsche, falsche Götter, karg lohnt ihr eurem Sohn!«
Da hieß er verbrennen die Schiffe all' im Meer,
Daß fortan keine Hoffnung, als nur im Siege wär!

*

Eine Höhle rauh sich klüftet, der finstern Schrecken Haus,
Da ziehn bei Nacht die Winde wehklagend ein und aus,
Es windet sich und ringelt aus feuchtem Felsenspalt
Viel' giftgeschwollner Würme verworrne Mißgestalt.

Da ist nicht Tag, ist Nacht nicht, kein Laut den Tod dort stört,
Kaum daß den leisen Flug man der scheuen Eule hört,
Nur unten in der Tiefe ein dunkles Wasser rauscht,
Von Wahnsinn wird ergriffen, wer da hinunterlauscht.

Ein Kind, das Julian opfert', liegt dort in seinem Blut,
Vor dem Sterbenden der Kaiser auf seinen Knieen ruht,
Wühlt in den Eingeweiden, horcht auf des Herzens Schlag,
Ob keiner ihm der Götter draus Heil verkünden mag.

Da war es ihm auf einmal – er meint' allein zu sein –
Als kauert' Fausta's Kobold seitwärts beim Fackelschein,

Sein Aug' wie eine Kohle durch's Graun herüberglüht;
Er warf ihm an's Hirn die Fackel, daß sie verlöschend sprüht.

Und als er drauf heraustritt, der Morgen ihn erschreckt,
Er sah mit Schaudern seine Hände blutbefleckt;
Da tönte eine Glocke fern durch den Morgenduft,
Der Kaiser fuhr zusammen: »Wer ist's, der da mich ruft?«

Severus' Kirchlein, hieß es, dort über'm Walde steht,
Die Luft in solcher Frühe den Klang herüberweht. –
»Vor dem Severus hüt' dich – das war der Götter Wink!«
Er dacht' der alten Warnung, dacht' an Octavian's Ring.

Und hastig zu den Seinen wandt' er sich und gebot,
Sie sollten ihm beide bringen, sei's lebend oder tot!
Und über ihm der Morgen flammt' in blutroter Pracht,
Am Himmelsgrund verlöschend den letzten Stern der Nacht.

XV.

Severus' Schloß indessen mit seinem Mauerkranz
Lag, von der Welt vergessen, in klarem Mondesglanz,
Geschlossen alle Fenster, als ob es träumend schlief,
Der Garten, der verwildert, begrub's in Blüten tief.

Vorüber an dem Monde flogen die Wolken schnell,
Daß finster bald der Garten, bald wieder seltsam hell,
Die alten Bäume ragten wie Geister über's Haus,
Als sähen ihre Wipfel in andre Welt hinaus.

Da fuhren plötzlich Rehe, die um das Schloß gegrast,
Erschrocken über die Beete, die längst schon überrast,
Ein Wandrer, von den Dornen zerrissen, wüst und bleich,
Schlüpft durch das Waldgehege in dies verschwiegne Reich.

Der stand erst still und horchte, dann schlich er
heimlichsacht
Durch das Gebüsch, stand wieder und lauschte in die
Nacht;
Todstille war's in die Runde, von fern nur hallte Tritt,
Als ob zum Überfalle ein Häuflein Krieger schritt.

»Und wenn's zu spät schon wäre!« dacht' er in seinem Sinn
Warf kurze scharfe Blicke durch alle Gänge hin,
Seitwärts in dem Gebüsche schlug eine Nachtigall,
Er fuhr erschreckt zusammen bei dem unschuld'gen Schall.

Jetzt kommen immer näher die Tritte aus dem Wald,
Schon zeigte zwischen den Bäumen sich manche wilde
Gestalt,
Und aus dem Dunkel traten der Männer immer mehr,
Faustina, waffenglänzend, schritt rasch vor ihnen her.

»Was folgst du mir so früh schon?« rief ihr der Wandrer zu,
»Scheu flieht das Wild von dannen, stör't ihr die nächt'ge
Ruh.« –
Durch die zerrißnen Wolken sah streng der Mond ihn an,
Die Wipfel rauschten zornig – es war Octavian.

Da nun erkannt die Andern sein wüstes Angesicht,
Die ganze Horde plötzlich aus allen Hecken bricht,
Ein jeder, ihn zu fangen, will da der erste sein;
Da wendet sich Faustina: »Zurück! denn der ist mein!«

Sie kannt' wohl seine Liebe und ihres Zaubers Macht,
So hatt' sie ihn geworben zum Führer in dieser Nacht
Und selber an die Spitze der Schergen sich gestellt,
Um ihren Buhlen zu retten, derweil Severus fällt.

»Das Nest ist ausgeflogen,« rief jetzt Octavian,
»Harret lauernd in dem Grunde und laßt mich rasch voran,
Ich weiß hier aller Pfade verschlungnen Lauf
Und stöbre die Mauerfalken aus ihren Klüften auf.«

Drauf sah'n sie schnell ihn klimmen hinan die steilen
Höh'n,
Bald schwindelnd über'm Abgrund auf jäher Klippe stehn,
Bald wie ein Tiger sich schwingend von Fels zu
Felsenhang,
Als jagten ihn Erinnyen auf diesem wilden Gang.

Jetzt von dem letzten Steine betrat er droben die Heid',
Da schien der Mond so helle durch die Waldeinsamkeit,
Ein Mann, gleich einem Steinbild, dort eingeschlummert
saß,
Sein Schwert, sein Schild und Mantel lag neben ihm im
Gras.

Severus war's. – »Dich such' ich!« rief da Octavian.
Sever, vom Schlaf auffahrend, starrt die Erscheinung an,
Dann rafft er sich vom Boden: »Entsetzlich Traumgesicht!
Du blickst wie Basilisken, weg! mit *dir* fecht' ich nicht!«

Und fort zum Walde stürzt' er, wie vor der Hölle Macht,
Der Sohn ihm nach. – Vergebens! Die trügerische Nacht
Mit ihrem Dämmer hatte die Pfade all' verwirrt,
Der Widerhall der Tritte nur durch die Steine irrt.

Im Tale aber hatte Faustina nicht länger Rast,
Ihre Blicke folgten dem Ritter in wilder Hast,
Die enge Schlucht, die einz'ge die durch's Gestein da brach,
Führt' sie die Ihren schweigend dem Liebsten nach.

Und Einer nach dem Andern, gleichwie ein Lindwurm,
schlang
Hinan die tückische Rotte sich durch den schmalen Gang,
Jetzt hört' man Waffen klirren und einzle Stimmen schon –
»Dorthin! rief Einer plötzlich, der Alte ist entflohn!«

»Ihr lüg't, hie bin ich!« donnert's da von der Felsenwand,
Ein hoher Mann stand droben, das Schwert blitzt in der
Hand,

Der Helmbusch rollt wie Mähnen – wohl seinen letzten
Gang
Tat da, wer aus der Felsschlucht sich keck in's Freie
schwang.

Doch immer mehr' der Krieger hoben sich nun empor.
Aus vielen Todeswunden verblutend am Felsentor,
Schon auf ein Knie gesunken, von Leichen rings umwallt,
Focht wie ein wunder Löwe die schreckliche Gestalt.

Faustina wohl erkannte Severus' Helm und Schild,
Ihr Herz in wildem Grimme lechzt nach dem edlen Wild,
Sie prüft des Pfeiles Spitze, sie zielt und zielte gut,
Der Pfeil schwirrt rasch vom Bogen, der Held sinkt in sein
Blut.

Drauf wie ein schlanker Panther schwingt sie sich schnell
herbei –
Doch wie sie lüpft den Helmbusch: mit einem gellenden
Schrei
Sie über dem Erschlagnen da plötzlich zusammenbricht –
Es war des Octavianus todschönes Angesicht!

Dem war in tödlicher Reue die alte Treu' erwacht,
Sein Haar vor Gram und Schrecken ergrauet über Nacht,
Den Vater zu warnen trieb es voran ihn unverweilt,
Als auf der letzten Höhe Faustina ihn ereilt.

Da hatt' er lebensmüde, da rings die Dränger nah'n,
Des Vaters Helm und Waffen vom Boden angetan,
Und täuschend so die Pfeile, in herber Todeslust,
Die dem Severus galten, gelenkt auf seine Brust.

Ein Siegesjubel jauchzte jetzt auf in wildem Chor,
Da richtet sich Faustina aufeinmal hoch empor,
Und wie sie sich gewendet, faßt All' ein tiefes Graun,
Da sie in ihr entsetzlich verwandelt Antlitz schaun.

Gleich Geiersflügeln flattert der Locken dunkle Pracht,
Ihre wilden Blicke funkeln wie aus des Wahnsinns Nacht,
So drängt und treibt sie rasend von Fels zu Fels hinab
Mit ihrem Schwert die Horde in ein gemeinsam Grab.

Und als sie dann alleine am jähen Felsenrand
Zwischen den starren Zacken über dem Abgrund stand,
Nach dem die Tanne schwindelt und die wilden Wasser
gehn,
Stürzt' sie sich selbst hinunter, und ward nie mehr gesehn.

Aber in stillen Nächten von unsichtbarem Mund
Hören noch Hirten und Jäger oft aus dem finstern Grund
Trostlose Klagen tönen, und wer's vernommen, flieht,
So wild und herzzerreißend tönt dieses irre Lied.

XVI.

Es hatte längst der Sünden blüh'nde Saaten
Gereift die Sonne blutigrot,
Und durch das üpp'ge Feld der Freveltaten
Ging nun der grause Schnitter Tod.

Schon ringt die wilde Feldschlacht um die Brücke,
Die überführt in's Morgenland,
Und über'm Kampfgewühl lenkt die Geschicke
Unsichtbar des Allmächt'gen Hand.

Es dröhnt das Land von Rom's geschloßnen Massen,
Und wider sie hat wild der Orient
Die Meute seiner Wüsten losgelassen
Und sein versengend Element.

Wie Schakal's gier'ge Reiterschwärme schweifen,
Der Elefant, ein wandernd Schloß,
Bricht Speer und Schwert, und mit den Zähnen greifen
Einander sterbend Mann und Roß.

Schon sieht der Julian die Römer schwanken
Und wie ein mürbes Wurmgenist
Im Sturm der Weltgeschichte wanken
Der Herrscherlüste Prachtgerüst.

Und wütend greift er in des Schicksals Zügel,
Und wo der Bau zusammenkracht,
Hebt er den Adler über Leichenhügel
Und wendet noch einmal die Schlacht.

So vorgesprengt, des Feindes Lanzengittern
Und seinem eignen Heer gleich fern,
Stand plötzlich er wie zwischen zwei Gewittern,
Einsam, ein halbverlorner Stern.

Da mäht' hervor recht aus des Kampfes Mitte
Ein Ritter sich auf schwarzem Roß,
Nicht achtend Freund noch Feind im tollen Ritte,
Der Tod nur schien sein Kampfgenoß.

Und wie durch's Meer der Luft mit scharfem Sausen
Ein Speer nach seinem Ziele schnellt,
Fliegt dieses kühnen Reiterbildes Grausen
Grad auf den Kaiser über's Feld.

»Allein jetzt, rief der Reiter, stehn wir beide
Vor des Allmächt'gen Antlitz hier,
Auf! wehre dich, du ungetreuer Heide!
Gott richte zwischen dir und mir!«

Den Kaiser schaudert bei dem Klang der Stimme;
»Stehn denn die Toten wieder auf?«
Der Reiter aber gab in wildem Grimme
Nur mit dem Schwerte Antwort drauf.

So fochten Beide nun in furchtbar'm Schweigen
Wie zwei Gewitter Strahl auf Strahl,

Und wo ein Schwertblitz niederzuckt, entsteigen
Purpurne Wellen heiß dem blanken Stahl.

Der Schilde Riß hemmt das gewalt'ge Ringen,
Sie schleudern kühn die Trümmer fort
Und bieten unbewehrt die Brust den Klingen,
Als hing' die Welt an diesem Mord.

Es flammt ein wunderbar versengend Feuer
Aus dieses Reiters Aug' hervor,
Schon wankte Julian scheu und immer scheuer –
Dann rafft er nochmals sich empor.

Doch wie er ausholt weit, sein Schwert zu schwingen
Zum letzten unheilvollen Streich,
Fühlt er des Gegners Stahl sein Herz durchdringen
Und sinkt vom Rosse todesbleich.

Da rollten des erneuten Kampfes Wogen
Dumpf über den Gefallnen her,
Und mit Wehruf auf Geisterrossen flogen
Die alten Götter durch das Heer.

Dem noch die Welt zu klein vor wenig Stunden,
Hatt' nun am Streifen Sand genug;
Im Schlachtgewühle aber war verschwunden
Der Schreckliche, der ihn erschlug.

XVII.

»O Herr, du hast die Waffe zerbrochen dem Verrat,
Schon' nun des Waffenlosen, er wußt' nicht was er tat,
Und rufe Alle wieder zu dir, die da verirrt,
Auf daß fortan auf Erden Eine Herde und Ein Hirt!«

So beteten die Christen am Morgen nach der Schlacht,
Als kaum noch über ihnen die erste Lerch' erwacht,
Mit ihrem Liede weckend die Welt zu Gottes Lob,
Der vom Gebirg allmählig die Nebelschleier hob.

Da hörten sie voll Staunen, eh' noch begann der Tag,
So früh schon in der Tiefe des Lebens Wellenschlag,
Weit durch den Riß der Nebel blitzt's manchmal festlich auf,
Ein unermeßner Jubel steigt aus dem Tal herauf.

Über die Klippen aber schwingt sich ein Bursch hinan:
»Victoria! frohe Botschaft! Sie haben den Jovian
Zum Kaiser ausgerufen, der unserm Glauben treu,
Nun danket All' dem Herren, die Welt ist wieder frei!«

Und wie die frohe Kunde jetzt flog von Mund zu Mund,
Begann ein buntes Wirren über den ganzen Grund,
Sank Mancher auf die Kniee, betend vor Freuden stumm,
Die Kinder alle jauchzten, und wußten nicht warum.

Da plötzlich bricht durch's Dickicht ein todmüder Mann –
Severus! rufen Alle und sehn entsetzt ihn an,
So wundersam beleuchtet schien er von Morgenglut –
Es waren nicht Morgengluten, er war so rot von Blut.

Und ringsher rief's: »Du führtest aus Knechtschaft uns hinaus,
Nun führe auch die Deinen zurück in's freie Haus!
Sieh, friedlich glänzt da unten dein Schloß im Morgenschein,
Die Vögel und Quellen wieder laden zum Garten dich ein.«

Er aber sprach gar traurig: »Ich führ' euch nimmer mehr,
Laßt die Vögel verfliegen, die Quellen rinnen in's Meer,
Die Mauern sollen zerfallen und der Garten mag verblüh'n, –
Ich hab' den Kaiser erschlagen – ich kann nicht mit euch ziehn!

Ich kann nicht mit euch beten: vergib uns unsre Schuld!
Ich übt' an meinem Schuldner Erbarmen nicht, noch Huld!
Betet für meine Seele, mein Tagewerk ist vollbracht
Und über mir herein schon dämmert die ew'ge Nacht.«

Und als die Sonne aufging, und Alle zogen hinab,
Da sank der Todeswunde tot auf des Sohnes Grab,
Und in den Morgenjubel, der durch die Täler schallt,
Rauscht von der stillen Höhe so feierlich der Wald.

Ob ihm verzieh'n? – die Sage berichtet nicht den Spruch,
Denn Keiner hat gelesen in des Gerichtes Buch –
Du aber hüt' den Dämon, der in der Brust dir gleißt,
Daß er nicht plötzlich ausbricht und wild dich selbst
zerreißt.

ROBERT UND GUISCARD

Als ich dereinst in Heidelberg studierte,
Stand dort ein kleines Haus, duftig umweht
Vom Lindengange, der zum Schloßberg führte,
Ich weiß nicht, ob es jetzt noch droben steht,
Denn viele, viele Jahre sind vergangen,
Seit wir dort unsre ersten Lieder sangen.

Schien hell die Abendsonne durch die Zimmer,
Sah man darin wohl manch' verblichne Pracht,
Altmodischen Gerätes gold'gen Schimmer,
Von Porzellan-Chinesen stumm bewacht,
Die vom Kamine, wenn die Uhren pickten,
Mit ihrem Kahlkopf schläfrig dazu nickten.

Ein Gärtchen, wie ein Teppich, lag daneben,
Mit bunten Steinen kunstreich ausgelegt,
Wo Tulp' und Nelken Namenszüge weben,
Von Buchsbaum labyrinthisch eingehegt;
Der Lenz von allen Bergen sah verwundert
Auf dieses Stück vom vorigen Jahrhundert.

Dort pflegte oft ein hoher Greis zu ruhen
In seiner Muschelgrotte Einsamkeit,
Die Silberschnallen blitzten von den Schuhen,
Ein Ordensstern von seinem seidnen Kleid,
Doch mächt'ger noch der Blicke düstres Lodern,
Als wollten zu Gericht die Zeit sie fodern.

In fremden Lauten plaudernd aber jagen
Zwei schöne Knaben durch die stille Rund'
Wie Frühlingsblüten, die der Wind vertragen,

Und schmerzlich Lächeln spielt um seinen Mund,
Wie sie, obgleich noch selber Sansculotten,
Als Royalisten sich zum Kampfe rotten.

Auch eine schöne Frau wohl sah man wehen
Mit ihrem Tuch vom Fenster über'n Fluß,
Und drüben einen Jäger einsam stehen,
Der in die Lüfte schoß zum Gegengruß
Und aus des Felsgeklüftes grüner Klause
Allabendlich einkehrte in dem Hause.

Und manche Sommernacht nach schwülen Tagen
Sang dort die Frau, das gab so süßen Schall,
Von Heimweh und der Liebe Lust und Klagen,
Und in dem Tale schlug die Nachtigall,
Es blitzte fern, und Wald und Neckar rauschte,
Daß mancher Wandrer stille stand und lauschte.

Öd stehn wohl längst nun Garten, Haus und Bäume,
Doch aus der Ferne tönet noch bis heut
Das Lied verlockend oft durch meine Träume,
Und was vernommen ich seit jener Zeit
Von dieser Bergeinsiedelei Geschichte,
Ward unversehns mir selber zum Gedichte.

Es schien der Wald noch von der Nacht zu träumen,
Kein Lüftchen in der Einsamkeit sich regt,
Nur feuchte Schleier hingen von den Bäumen,
Von unsichtbaren Händen leis bewegt,
Und Nebel ringelten aus allen Schlünden,
Die einen schwülen Sommertag verkünden.

Doch wo die Höh'n die Wälder übergipfeln,
Dorthin spornt Robert durch's Gestrüpp sein Roß,
Dahinter zwischen düstern Tannenwipfeln,

Als ob es grollte, seiner Väter Schloß,
Vor ihm im Land, das sich schon golden sonnte,
Paris aufdunkelnd fern am Horizonte,

Wo über Volk und Kön'ge zum Gerichte,
Gleich schwerer Wetter ungewissem Gang,
Sich mahnend rüstete die Weltgeschichte,
Das Alte sterbend mit der Zukunft rang. –
Es schnob das Roß, es wittert' Morgenlüfte,
Er aber wandt' es wieder in's Geklüfte.

Denn ihn verdroß der Vögel lust'ges Singen,
Und daß mit Blumen spielt' das Frühlingsweh'n
Und Quellen plaudernd durch die Wildnis gingen,
Als wäre draußen eben nichts geschehn;
Vor den Gedanken floh er, die ohn' Frieden
Durch Berg und Tal nachsetzten dem Todmüden.

Auf einmal hielt der Reiter fast erschrocken
Im Felsengrund, da lag die Welt so weit,
Man hörte nur von fern die Morgenglocken
Und Vogelschall in dieser Einsamkeit.
So hatte, wenn der laute Tag verklungen,
Auch damals hier die Nachtigall gesungen.

Hier war er mit der Mutter oft gegangen,
Ein frommes Kind, bei stillem Abendrot,
Die streichelt', wenn er weinte, ihm die Wangen –
Jetzt war die Mutter lange, lange tot,
Der Vater hatt' zu ihm kein rechtes Herze
Und Niemand fragte mehr nach seinem Schmerze.

Da setzt er rasch die Sporen ein, daß Funken
Der Stein von seines Rosses Hufen sprüht,
Die Wälder schauern von der Sonne trunken,
Die blutrot durch die falben Nebel glüht,
Die Köhler grüßten scheu, die Kinder wichen,
Als käm' der wilde Jäger hergestrichen.

Nun hört' er schon des Gartens Brunnen rauschen,
Da klang ein Lied so wunderfrisch darein,
Daß rings die Vögel schwiegen, um zu lauschen;
Es war Marie, des Gärtners Töchterlein,
Das Tor mit Blumen schmückend *ander'm* Reiter,
Als schwebt' ein Engel auf der Himmelsleiter.

Sie wandt' sich rasch, und blickt' fast trotzig nieder,
Da sich ihr Hoffen trügerisch erwies. –
»Was soll der eitle Blumentand schon wieder?« –
»Der junge gnädge Herr kommt von Paris.« –
»Mein Bruder, heut?« – So schwang er sich vom Rosse,
Sie sang von Neuem, und er eilt' zum Schlosse.

Wie rätselhaft mit deinen Lust und Wehen
Liegst du so weit nun, wunderliche Zeit,
Wo um den Springbrunn Marmorbilder stehen,
Die Aloe glänzt, der Pfau vom Kiosk schreit,
Und zwischen labyrinthischen Spalieren
Anmutig Chloe scherzt mit Kavalieren.

So auch zu Clairmont in der Mittagsschwüle
Träumt' einst bei der Fontainen Schlummerlied
Der Garten schweigend von der Morgenkühle,
Nur mancher Schmetterling noch gaukelnd zieht,
Wie bunte Blüten, die der Wind verwehte,
Selbst träum'risch über die verträumten Beete.

Und aus des Schlosses offnen Fenster trillert
Die Spieluhr künstlich durch die stille Luft,
Tief unten aber in der Hitze schillert
Die Landschaft in geheimnisvollem Duft,
Als wär' das ganze Leben schlummertrunken
Da in ein stilles Zaubermeer versunken.

Am Abhang stand ein Baum und in den Zweigen,
Man unterschied's vor dichtem Laube kaum,
Das Gärtnermädchen, sah Gewitter steigen
Wie Bergeszacken über'm Waldessaum,
Und blickt' hinaus von ihrem luft'gen Sitze,
Ob nicht ein Reiter fern durch's Kornfeld blitze.

Und sah weitab in einer der Alleen,
Die regelrecht den Tulpenflor durchschnitt,
Den alten Grafen auf und nieder gehen
Im höf'schen Kleid mit abgemeßnem Schritt;
Er sprach mit dem Kaplan von alten Tagen,
Vom Wildpack und dem königlichen Jagen,

Wie da, ein Tressenhütlein auf den Locken,
Hinflog durch's Grün an der Cascaden Fall
Der junge König hinter Wild und Doggen,
Bis bei des Hifthorns langgezognem Schall
Der Hirsch verlechzte zu der Damen Füßen,
Die vom Balkon den Sieger hold begrüßen;

Wie beim Bankett – hier hielt er plötzlich inne,
Denn Robert trat in's schattge Rebenzelt.
Der Vater maß ihn in mißmütgem Sinnen,
Er schaut' so fremd in diese stille Welt,
Als hätt' er, einer andern Zeit entsprossen,
Ein unbekannt Geschlecht zum Kampfgenossen.

Da hat Marie sich von dem Baum geschwungen,
Er kommt, er kommt! rief jubelnd sie heran,
Sie mußte schrein, das Herz wär' ihr zersprungen.
Robert sah streng die Atemlose an,
Und, wie in bösen Blickes Zauberbanne,
Stand sie errötend vor dem finstern Manne.

Im Schlosse aber mit demütgem Neigen
Tat schon ein Diener auf des Saales Tür

Und zwischen der Orangen blüh'nden Reigen
Eilt' von der Marmortrepp' ein Offizier,
Guiscard, in blankem Reiterschmuck herunter;
Da war's, als würde Alles plötzlich munter.

Die Rose, Tulp' und Malve ließ ihr Träumen
Bei der bekannten Stimme heiterm Klang,
Ein leises Grüßen flüstert' in den Bäumen,
Der Springbrunn sich vor Freuden höher schwang,
Die Statuen hoben selbst sich auf die Zehen,
Nach ihrem Spielkamraden auszusehen.

Der Vater aber tat den Sohn umschlingen,
Daß von den Locken rings der Puder stob,
Hieß Wein und Obst im Silberaufsatz bringen,
Der funkelnd Strahlen durch das Laubwerk wob,
Dann winkt' er rasch die Diener aus dem Garten,
Er konnt' den Augenblick kaum mehr erwarten.

»Was macht der König,« rief er, »den Gott segne!« –
»Er steht allein mit seinem ew'gen Recht,«
Erwidert' ernst der Sohn, »und der verwegne
Verrat stellt sich nicht offen zum Gefecht,
Bald da bald dort, wohin kein Schwert mag reichen,
Hört man ihn unsichtbar den Thron umschleichen.«

»O daß ich jung nicht mehr, mit dreinzuschlagen!« –
»Ich bin's, und so wie ich sind überall
Noch Viele treu bereit, den Strauß zu wagen,
Dicht Stamm an Stamm ein brüderlicher Wall,
An dem vergebens ihren Gischt verrollen
Die Wogen, oder uns begraben sollen.«

»Doch tut's nicht Not, ein Haufen Krämer, Schreiber
Schwingt seine schmier'gen Mützen in die Luft,
Voran Gelehrte und ästhetsche Weiber,
Und Jeder schreit und weiß nicht was er ruft;

Nur drauf! und dieses Donquixotes Mähre
Sinkt vor der Lanze ritterlicher Ehre.«

Hier schenkt' der Schloßherr ein vom besten
Weine,
Der glüht' wie Blut, es galt der alten Zeit.
Robert stieß nicht mit an, er stand alleine
In seines Herzens tiefster Einsamkeit,
Dann fuhr er plötzlich auf beim Gläserklange,
Ein flüchtig Rot durchzuckt' die bleiche Wange:

Vergebens fabelt Ihr von Frau'n und Schreibern,
Nein, mit Gedanken heißt's zum Kampfe gehn,
Die immerdar aus der Erschlagnen Leibern,
Ein unsichtbarer Heerbann, neu erstehn,
Von Menschenadel geht durch's Volk ein Ahnen,
Der älter ist als unsre ältsten Ahnen.

Unadlig ist's, den Löwen an der Mähne
Zu zupfen, der schmachvoll in Ketten hängt,
Gereizt wird er zur furchtbaren Hyäne,
Die ihre rostzerfreßnen Ringe sprengt
Und alle Leichen auswühlt aller Grüfte,
Daß nicht ihr Pesthauch, was noch lebt, vergifte.

Woll't Ihr die Ersten sein, zeigt Euch als solche,
So haben Eure Ahnen einst getan,
Erwürgt der alten Nacht geschwollne Molche,
Brecht selbst den Morgen an und löst den Bann,
Wie's Rittern zukommt, der gefangnen Dame,
Die Zukunft ist ihr Reich, Freiheit ihr Name.«

Da hielt der alte Clairmont sich nicht länger,
Das halbgeleerte Glas noch in der Hand
Herüberhorchend immer finstrer, bänger,
Schleudert' er's plötzlich in den heißen Sand
Daß klingend es zerschellt': »*So* soll verderben,
Wer ungetreu sich selber mag enterben!

Wo Schwerter klirren und Geschicke kreißen
Brüt' nur, brüt' über deinem Bücherschrein,
Voltaire, Rousseau und wie sie alle heißen,
Weid' Grillen unterdes, Schulmeisterlein,
Und weis' den Blitz an mit dem Gänsekiele;
Wen er verschone und wohin er ziele.

Ja reiß' das Wappen von dem Tor nur immer
Und bricht das Schloß zusammen über dir,
Und geht der Pflug einst über seine Trümmer,
Geh hin und bettle vor des Bauers Tür
Nur um ein Bröcklein von den Menschenrechten –
O Tor, wer auf Erbarmen hofft von Knechten!«

Die Stimme brach. Als schüttelte die Mähne
Ein wunder Leu umgarnt im Jagdrevier,
Schritt er, des Zorns sich schämend wie der Träne,
Zum Schlosse, jeder Zoll ein Kavalier.
Dem Robert zitterte durch alle Glieder
Ein Gegenwort, er rang's gewaltsam nieder.

Der Hauptmann aber fühlt' des Bruders Wunde;
Der Vater, tröstet' er, mein's nicht so hart.
Da fiel Robert, als gält's die letzte Stunde,
Ihm um den Hals, 's war sonst nicht seine Art:
»Wir meinen's alle ehrlich, wer von Beiden
Hie Recht, wer Unrecht hat, mag Gott entscheiden!«

Schon schliefen Alle, Garten, Schloß und Lüfte,
Nur Guiscard und die Nachtigallen nicht,
Er stand am offnen Fenster, Fliederdüfte
Atmet' die Nacht herauf im Mondenlicht;
Da war's, als hört' er gehn – zu solcher Stunde
Schweift' oft Marie – er sang aus Herzensgrunde:

»Über Wipfel und Saaten
In den Glanz hinein –
Wer mag sie erraten,
Wer holte sie ein? –
Gedanken sich wiegen,
Die Nacht ist verschwiegen,
Gedanken sind frei.

Es rät es nur Eine,
Wer an sie gedacht
Beim Rauschen der Haine,
Wenn niemand mehr wacht,
Als die Wolken, die fliegen,
Mein Lieb ist verschwiegen
Und schön wie die Nacht.« –

Das war Marie nicht! – Durch den Hauptgang schreiten
Sah er nur eine dunkele Gestalt,
Drauf um die blüh'nden Kaktushecken gleiten
Weithin den Schatten nach dem nahen Wald,
Doch eh' er sich verwundert noch besonnen,
War in der Nacht Laut und Gestalt zerronnen.

Die Statuen nur da unten wie Gespenster,
Jetzt Rossestritte fern, dann in dem Grund
Rings Alles wieder still – er schloß das Fenster,
So seltsam flüsterte die nächtge Rund' –
Als aber Morgens Tal und Höh'n entzunden,
War *Robert* spurlos mit der Nacht verschwunden.

Es flog damals die Zeit mit wilden Sätzen,
Ein schnaubend Roß in ungemeßnem Lauf,
Und hinter seinem Huf schritt das Entsetzen,
Sprüht' Blut empor und schlugen Flammen auf,
Ein bleicher Reiter stand hoch in den Bügeln,
Der *Robert* war's, er wollt' es mächtig zügeln.

Oft packt' es ihn, ob nicht vergeblich sänken
Die Lande rings in Brand und Blut und Mord –
Er schauderte zurück, es auszudenken.
Unmöglich! rief er dann, und stürmte fort
Und klammert' um so fester mit den Zähnen
Sich in des Rosses rabenschwarze Mähnen.

So eilt' er in Paris einst durch die Gassen,
Die Sterne leuchteten in stiller Pracht,
Doch keine Laute mocht' sich hören lassen,
Das Volk wogt tosend durch die laue Nacht
Zu *Gand* dem Jugendfreund, auf den er baute,
Drängt' er sich durch, da vor dem Lärm ihm graute.

Im Haus, nicht mehr ein Palast war's zu nennen,
Strich durch die offnen Fenster frei der Wind,
Da war Trepp auf Trepp ab ein wüstes Rennen,
Auf des Parkett's kunstreichem Labyrinth,
Das trübe von vergoßnem Weine schimmert',
Lag manches Ahnenbild im Staub zertrümmert.

Vom Saal her schallte rohen Toast's Geschmetter,
Gand aber mit zweischneidger Rede Wut
Zerwühlte vom Balkon, wie'n feurig Wetter,
Des wirren Aufruhrs wandelbare Flut,
Dann, da er unten sah die Wogen schwellen,
Wandt' er zum Saal sich zu den Zechgesellen.

»Bist rasend du?« rief Robert ihm entgegen,
»Frech aufzuwirbeln zu noch wildrer Hast
Der Flamme Spiel? wer wäre so verwegen
Vorauszusagen, wen die grimm'ge faßt,
Wenn ihre Loh'n, die nach Vernichtung züngeln,
Ins Unermeßliche empor sich ringeln!«

Da unterbrach ihn Gand mit lautem Lachen:
»Hältst du mich wirklich für so kindisch, mich

So unaussprechlich lächerlich zu machen,
Daß ich mit diesem Volk feinbrüderlich
Der eignen Ahnen Galantrieen räche
Und hirnlos selber glaube, was ich spreche?«

»Meinst du, ich opfre meine vollen Flaschen,
Drück' stündlich diesen Kerls die schmier'ge Faust,
Um stündlich meine wieder reinzuwaschen
Von dem plebeischen Schmutz, vor dem mir graust,
Bloß um die Dame Freiheit zu erspähen,
Die Jeder nennt und keiner noch gesehen?

Was kümmert uns der Krämer weis' Gegacker!
Das Volk, im Grunde herzlich dumm und faul,
Das sonst uns willig düngt und pflügt den Acker,
Es ist zur Zeit ein tollgewordner Gaul,
Wer keck ihn greift und weiß sich drauf zu schwingen,
Den trägt er unbewußt zu hohen Dingen.

Auf frischen Ritt denn!« trank der wüste Sprecher,
Doch Robert, der bis jetzt tiefsinnend stand,
Schlug dem halbtrunknen aus der Hand den Becher
Und stürzte, ehe Gand noch Worte fand
Und eh' die Andern wußten was geschehen,
Hinaus, als hätt' er ein Gespenst gesehen.

Und stürzte weiter zwischen mondscheinblassen
Palästen, wo kein heitrer Tanz mehr schwirrt,
Bis in die allerfernsten stillen Gassen,
Ein todesmüder Wanderer, verirrt.
Im Trümmerschutt der eigenen Gedanken,
Die wie Phantome hinter ihm versanken.

Da blitzten zornig nieder alle Sterne,
Ihm war, als säh' er über Stadt und Fluß
Die junge Freiheit fortziehn in die Ferne
Und hört' in Lüften ihren Scheidegruß,

Und zu den Wolken, die vorüberjagen,
Tönt' er hinaus der Göttin Schmerz und Klagen:

»Weh' du Land, das keck mich bannte,
Und da ich zu dir mich wandte,
Mich blödsinnig nicht erkannte;

Wo aus Trümmern nun die blassen
Geister stieren: Stolz und Hassen,
Brüder sich ingrimmig fassen.

Habt ihr euch von dem gewendet,
Der barmherzig mich gesendet,
Wird in Schmach die Ehr' geendet.

Wer will meinen Banner schwingen,
Muß erst mit dem Teufel ringen,
Der ihn selber hält in Schlingen.

Wer so kühn, um mich zu werben,
Zage nicht, für mich zu sterben,
Um das Himmelreich zu erben,

Lieble nicht, nach Andern lugend,
Denn ich bin des Herzens Jugend
Und der Völker strenge Tugend.

Bin die Lebensluft der Höhen,
Wo der Atem mag vergehen
Allen, die zur Tiefe sehen.

Flamme, schlank emporgelodert,
Die in Zornesmut, was modert,
Sengend zu Gerichte fodert.

'S war ein mächtger Wald da droben,
Treulich Stamm in Stamm verwoben,
Mir zum grünen Dom erhoben.

Weh', du feste Burg der Eichen!
Bruderzwist schon, den todbleichen,
Seh' ich mit der Mordaxt schleichen.

Und in künft'gen öden Tagen
Werden nur verworrne Sagen
Um den schönen Wald noch klagen.«

Hier tost es plötzlich durch die nächt'gen Klagen,
Die Trommeln wirbeln dumpf, von jedem Turm
Gespensterhaft die alten Glocken schlagen
Und immer näher wälzt sich her der Sturm,
Den da und dort ein Schrei des Volks begrüßte
Wie das Geheul der Schakals in der Wüste.

Von bleichen Rachegeistern schien entstiegen
Ein fremd Geschlecht des Bodens Zauberdampf',
Um das der Fackeln grelle Scheine fliegen –
Der Robert lechzte recht nach offnem Kampf,
Verzweifelt warf er sich an ihre Spitze,
Denn solche Nacht wird nur erhellt durch Blitze.

Und schwellend immer mächt'ger, breiter,
Wuchs hinter ihm das wilde Geisterheer,
Es riß der Strom ihn unaufhaltsam weiter
Und rollt sich auf zu einem wüsten Meer,
Dess' Wogen an des Königschlosses Hallen
Mit grimmem Zornesmute donnernd prallen.

Das Schloß stand düster, eine Inselveste,
Darin belagert ward die alte Zeit,
Die Garden dort, geschmückt heut wie zum Feste,
Die treuen, die dem Tode sich geweiht,
Sah man zum Abschied droben sich umarmen,
Denn draußen in der Nacht war kein Erbarmen.

Noch einmal aber jetzt ward's still im Dunkeln,
Vom Schloß her nur der Wachen Tritt und Gruß,
Von unten tausend wilder Augen Funkeln,
Da blitzt von unbekannter Hand ein Schuß,
Und des geballten Wetters schweigend Drohen
Entfaltet plötzlich seine roten Lohen.

Gleich einem Panther wand die schlanken Glieder
Ein kecker Bursch am Gittertor hinauf,
Ein zweiter Schuß vom Fenster streckt' ihn nieder
Und über ihn klimmt rasch ein Andrer auf,
Ein Hauptmann aber ordnet seine Scharen,
Das Tor mit seinem Herzblut zu bewahren.

Ein Schrei, ein Stoß – da bricht das Tor mit Krachen,
Und auf des unsichtbaren Dämons Wink,
Wie in des sichern Todes offnen Rachen
Springt Robert in des Hofes dunklen Ring:
Noch war Verheißung ja im mut'gen Siegen,
Verloren Alles, wenn sie heut erliegen!

Jetzt stürzt sich jener Hauptmann ihm entgegen,
Hei, wie der grause Schnitter Tod da mäht!
Man sieht vor Staub nichts als den Blitz der Degen –
»Den Hauptmann greif't lebendig!« rief's – Zu spät!
Schon sank vor Roberts Stahl der kühne Ritter
Und rasend braust das Volk herein durch's Gitter.

Ein Windlicht plötzlich streift das wilde Jagen,
Entsetzt starrt Robert da den Toten an,
Den Bruder Guiscard hatte er erschlagen,
Und ehe er sich schauernd noch besann,
Hob siegesjubelnd ihn aus dem Gedränge
Auf ihre Schultern hoch die trunkne Menge.

Wer mag den Sturm in seinem Fluge halten?
Schon hatt' der Leidenschaften Trauerspiel
Entfesselt die dämonischen Gewalten,
Gleichwie Lawinen, die, fernab vom Ziel
Im Sturze wachsend, von den sonn'gen Höhen
Zum dunklen Abgrund donnernd niedergehen.

Wüst lagen längst der Freiheit grüne Bäume,
Verschüttet war das schöne Paradies,
Zertrümmert so viel' jugendliche Träume,
Und durch die Grabesstille von Paris,
Wie Geisterspuk aus unterird'scher Mine,
Hallt nur noch dumpf das Beil der Guillotine.

Da trat bei Nacht hervor aus Clairmonts Heide
Ein Wandrer, wüst, zerlumpt, voll Staub,
Ein Säbel schimmerte an seiner Seite,
Man wußt' nicht, ob zur Wehre, ob zum Raub,
Und Zweig und Wind wühlt in den wirren Haaren,
Die, schien es, vor der Zeit ergraut ihm waren.

Die Nacht in ihrem prächt'gen Sterngewande
Sah durch die Wipfel ernst in's Land herein,
Und ferne über'm schwarzen Waldesrande
Stieg düsterleuchtend auf manch' roter Schein:
Von Schloß zu Schlosse, wie ein feur'ger Drache,
Zog sengend durch die Nacht des Landvolks Rache.

Der Wandrer aber brach durch Zweig und Ranken,
Daß krächzend auffuhr rings der Raben Heer –
Der *Robert* war's, gleich einem Fieberkranken,
Der konnt' nicht hoffen und nicht fürchten mehr
In des zerstörten Lebens Wüsteneien,
Da tot die Braut, um die er wagt' zu freien.

Jetzt stand er vor dem Garten, fast betroffen,
Und sah erstaunt das Tor weit aufgetan,

Im Gärtnerhäuschen Tür und Fenster offen;
Er hielt im Gehn den Atem lauschend an
Und schlich, umschauend, leise durch die Hecken,
Als scheut' er sich, die stumme Nacht zu wecken.

Da lag verwildert rings des Gartens Runde,
Die weißen Statuen nur hielten Wacht,
Das Schloß zu hüten in der bösen Stunde,
Das träumte wohl von der vergangnen Pracht,
Die Spieluhr schluchzte drin mit müden Klängen,
Dann Alles wieder still auf Flur und Gängen.

Nur der Fontainen halbverschlafnes Schallen
Sprach wirr, und weitab aus der Einsamkeit,
Wie ehedem, noch schlugen Nachtigallen,
Als wüßten sie nichts von der Menschen Leid,
Von dem die Wälder nächtlich klagend rauschen –
Ihn schaudert', in die Nacht hinauszulauschen.

Denn zwischen den zerrißnen Wolken schweifte
Das Mondenlicht, das durch der Wipfel Weh'n
Seltsam die Klüfte, Berg und Täler streifte;
So hatt' er nie die Gegend noch gesehn,
Als wollte ihres Geisterblickes Grauen
Entsetzliches dem kranken Gast vertrauen.

Auf einmal fuhr er auf in wildem Schrecken:
Ein Fenster öffnet' sich im stillen Haus
Und nach dem Wandrer, den die Büsche decken,
Schaut Jemand horchend in die Nacht hinaus
O Grauenbild aus längstversunknen Tagen!
Der Bruder Guiscard war's, den er erschlagen.

Der Mond brach eben durch die Wolkenflüge,
Er blickte schärfer hin, er täuscht sich nicht,
Das waren Guiscard's ritterliche Züge,
Nur totenbleich sein schönes Angesicht,

Es starrt' zum Mörder her mit furchtbar'm Schweigen,
Und schwand, da's unten raschelt' in den Zweigen.

Da stürzte Robert sich, von den Geschossen
Der geisterhaften Augen wildverstört,
Durch's Laub zum Haus; die Türe war verschlossen,
Er rief, ob ihn vielleicht der Tote hört,
Doch nur die Dohlen auf dem Turm erwachen,
Ein Fußtritt endlich sprengt die Tür mit Krachen.

Der weite Bau erdröhnte von dem Schalle,
Drauf plötzlich alles wieder still – und doch,
Am Marmorboden der verlaßnen Halle
Lag eine Fackel dort und brannte noch,
Und warf rings durch den Ahnensaal so wilde
Glutscheine über Harnisch, Wand und Schilde.

Wie ein Nachtwandler graunvoll über Dächer,
Die Fackel in der Hand, treppab, treppauf,
Schritt Robert nun durch Gänge und Gemächer,
Die Fackel sprüht' und ließ beim hastgen Lauf
Den Widerschein in jeden Winkel gleiten;
Da stand noch Alles wie in alten Zeiten,

Die Wanduhr pickt, es glänzt das Jagdgepränge,
Doch kein Lebendger atmet in der Pracht,
Er hörte in dem Labyrinth der Gänge
Nichts als den leisen Widerhall der Nacht,
Als käme hinter ihm auf allen Tritten
Heimlich ein Andrer unsichtbar geschritten.

Und draußen regen sich beim Lied der Rüstern
Die Marmorbilder in der Einsamkeit,
Von Brudermorde schien es rings zu flüstern,
Zuweilen nur erschallt vom Walde weit
Ein wilder Ruf herüber aus der Tiefe,
Als ob die wunderbare Nacht ihn riefe.

Da überwältigt ihn das Grauen – schweigend,
Verfolgt vom eignen Schatten an der Wand,
Von Stock zu Stockwerk hastig niedersteigend,
Steckt mit der Fackel er das Haus in Brand,
Den Prunk, die Schlachtenbilder der Tapeten
Die wie im Wahnsinn ihm den Weg vertreten.

Und lustig hat der Zugwind, der durch's ganze
Gemäuer streicht, die schlanken Loh'n gefaßt,
Die Feuergeister wirbeln auf zum Tanze
Und weh'n und klettern in geschäft'ger Hast,
Bis sie den dunklen Zinnenkranz erringen
Und von dem Dach die rote Fahne schwingen.

Jetzt hört er Stimmen schon und Waffen klingen,
Und immer lauter, näher durch den Wald
Des räuberischen Landvolks Rotte dringen,
Schon lugt durch's Laub manch' lauernde Gestalt,
Er hörte, wie sie unten widrig lachten,
Und ihn durchzuckt ein tödliches Verachten.

So eilt er nieder von den Marmorstufen,
Rings von den Lohen schauerlich umlaubt,
Dem Ersten, der am Tor ihn angerufen,
Wirft er die Fackel an das freche Haupt
Und stürzt sich rasend mit gezognem Degen
In die Gespensternacht dem Volk entgegen.

Und in der Flammenwogen furchtbar'n Helle,
Verhüllend mit dem Mantel sein Gesicht,
Sinkt er getroffen auf des Hauses Schwelle,
Das prasselnd über ihm zusammenbricht,
Und über'm Toten, statt der Grabgesänge,
Erschallt ein Jauchzen aus der wüsten Menge.

Wohl lüftet oft die Nacht, wenn Alle schweigen,
Den Schleier, hinter dem die Träume stehn
Und fremde Schatten auf und nieder steigen,
Gefährlich ist's, ihr Aug in Aug' zu sehn.
So war die Nacht, die Roberts Sinne neckte,
Denn Guiscard *lebt*, dess' Geisterblick ihn schreckte.

Da um das Königsschloß sie damals rangen,
Sank er und wußte nicht von wessen Hand,
Fort über ihn war wild der Kampf gegangen,
Sein Auge dämmert', die Erinn'rung schwand,
Doch nicht bis in das Herzblut schnitt die Wunde,
Verhüllt' nur milde ihm die Schmach der Stunde.

Gleichwie ein Bergmann, der aus dunklem Grunde,
Wohin nur wirr der Laut des Lebens fällt,
An's heitre Tageslicht emporgewunden,
Schaut Guiscard wieder nun die fremde Welt;
Er wußte nicht, wo er so lang' gewesen,
Und fühlt' vom Licht sich wunderbar genesen.

Erstaunt blickt' er umher nach allen Seiten,
Ein ärmlich Stübchen war sein Krankensaal,
Durch's kleine Fenster über Holzrat gleiten
Sah er der Abendsonne letzten Strahl,
Der draußen niedre Dächer müd beglänzte;
Die Vorstadt war's, wo schon der Wald sie kränzte.

Ein bärtger Mann, entblößt die nerv'gen Arme,
Stählt Waffen dort am ruß'gen Herd und schürt
Den Brand, umsprüht vom grellen Funkenschwarme,
Und wendet sich, da Guiscard leis sich rührt,
Der fährt empor: es sind die wilden Mienen,
Die ihm im Fiebertraume oft erschienen.

»Wo ist der König?« frug er rasch. – »Erschlagen,
Doch was schert's uns! das hat mehr keine Not,

Ja, Bürger Robert, ja in jenen Tagen,
Als man uns armes Wild gehetzt zu tod,
Zerhiebt den Jägern Ihr des Garnes Maschen,
Habt brav mit Blut den Grafen abgewaschen.«

Dem Guiscard war's, als läg' er noch im Traume:
»Wahnsinnger Irrtum! Ich«? – Da sah der Mann
Ihn unter dichter Brauen düsterm Saume
Mit Basiliskenblick durchdringend an,
Dann stürmt' er aus der Tür, als sollt' sie brechen,
Er hört' ihn noch im Hausflur heftig sprechen.

So kam die Nacht, tiefdunkle Wolken strichen
Wie Drachenleiber hin in trägem Zug,
Kein Laut, nur Marder, die nach Raube schlichen,
Und wirrer Fledermäuse Geisterflug;
Ein' jener Nächte, wo der Mensch verloren,
Und Haß und Mord im Finstern wird geboren.

Aufeinmal klang's von fern wie Männerschritte
Und näher, immer näher kam's heran:
Geheimnisvolles Flüstern, leise Tritte,
Ein Hund beim Nachbar schlug erwachend an
Und wild' Gesichter durch die Scheiben schielten,
Als ob Gespenster draußen Wache hielten.

Da öffnet sich die Hintertüre, und verstohlen,
Unhörbar schlüpft ein junger Bursch herein.
»Wir sind verraten! hier nehm't die Pistolen,
Zwei Kugeln reichen hin, uns zu befrein,
Für jedes Jakobiners Brust die eine,
Die andre, wenn ich treulos, für die meine.«

Drauf zog und drängt' er in lautloser Eile,
Zur selben Tür ihn in die Nacht hinaus,
Als ob der Tod in dieser Höhle weile,
Ein Garten wüst umwildert' dort das Haus,

Hier hieß der Bursch ihn hinter'm Dickicht warten,
Denn rauhe Stimmen nahten durch den Garten,

Und näher bald sieht er's durch's Unkraut waten,
Jetzt lauernd halten sie den Atem an,
Ein Trupp republikanischer Soldaten,
Sein düstrer Wirt, der Waffenschmied, voran,
Der Bursch aus dem Versteck springt ihm entgegen:
»Nur schnell, nur schnell! daß wir das Wild umhegen.«

So falsches Wort brannt' tief in Guiscards Herzen,
Er folgt mit scharfem Blick des Burschen Lauf,
Der aber führt die Männer unter Scherzen
Vorbei zum Hause, reißt die Türe auf,
Und wie sie alle durch die Pforte brausen,
Schließt er sie hinter ihnen rasch von außen.

Als er sich wieder wandte, mußt' er lachen,
Da Guiscard aus dem Dunkel nach ihm zielt.
»Lass't nur,« rief er, »die werden Augen machen!
Jetzt aber fort! Der Grund ist unterwühlt,
Der Tod ist ein gar hurtiger Geselle,
Wir müssen weit sein, eh' es wieder helle.«

So führt' er rasch hinaus ihn, wo gewunden
An Busch und Wiesen hin die Seine zieht,
Ein Fischernachen lag dort angebunden,
Sich träumrisch schaukelnd zwischen dunklem Ried,
Der Führer löste ungesäumt die Bande
Und leise stießen sie vom stillen Lande.

Der flinke Bursch am Steuer rudert' munter
Und sprach kein Wort, tief in der Stirn den Hut,
So flogen pfeilschnell sie den Strom hinunter,
Manchmal nur wirbelt rauschend auf die Flut,
Das Schilf am Ufer, wie verschlafen, flüstert,
Der Knabe stutzt, wenn's in den Zweigen knistert.

»Was rötet dort sich fern? kannst du's erkennen?« –
»Ei, Schlösser sind's.« – »Was war das für ein Schrei?« –
»Die Bauern sind es, die sie niederbrennen,
Um Gotteswillen still, bald ist's vorbei.« –
Und wieder weiter geht's in tiefem Schweigen
Und immer höher rings die Feuer steigen.

Da plötzlich, wo die schwarzen Tannen dunkeln,
Lenkt er das Schifflein an des Ufers Sand,
Durch's Dickicht spähend seine Augen funkeln,
Dann reicht dem Guiscard er die treue Hand,
Stößt hinter ihnen mit behendem Tritte
Den Nachen rückwärts in des Stromes Mitte.

Das war ein Waldkranz, Ast in Ast verschlungen,
Den nur das Wild bei stiller Nacht betrat,
Wo selten Menschenstimmen noch erklungen,
Erobern mußten sie den rauhen Pfad
Sich Schritt um Schritt, und wie sie rastlos wandern,
Sieht in dem Schatten einer kaum den andern.

Jetzt standen sie an einem Bergesrande,
Weit unermeßlich Schweigen ringsumher,
Tief unten rätselhaft die stillen Lande.
Der Bursch eratmend sprach: »ich kann nicht mehr,
Auf diesem Fels kann uns kein Feind ereilen,
Hier lass't uns rastend nur ein Stündchen weilen.«

Sie setzten sich am Abhang hin, doch schlummertrunken
War bald, wie er auch rang, im feuchten Moos
Der wandermüde Knabe umgesunken
Halb auf den Rasen, halb auf Guiscards Schoß,
Unsichtbar rauschten Quellen von der Höhe
Und seitwärts am Gelände grasten Rehe.

Da hörte Guiscard fernher Hähne krähen,
Schon eine Lerche sang hoch in der Luft

Und durch die Wipfel ging ein frisches Wehen.
»Wo sind wir?« rief er staunend, da im Duft
Allmählich nun mit Feldern, Dörfern, Bäumen
Die Gegend dämmernd aufstieg wie aus Träumen.

Der Bursch erwacht bei dem bekannten Lauten,
Da streift durch's Laub das erste Morgenlicht
Die Augen ihm, die halbverträumt aufschauten,
Jetzt kennt Guiscard das liebe Angesicht,
Es ist *Marie*, der Hut war ihr entfallen,
Daß aufgerollt die Locken sie umwallen.

Da sprang empor sie plötzlich ganz erschrocken,
Band schweigend unter'm Hute wieder auf
In Eile die verräterischen Locken
Und wies nach eines Steg's verlornem Lauf;
Schloß Clairmont sah er unten schimmernd stehen,
Sie aber war verschwunden mit den Rehen.

Eh' aber alles das sich zugetragen,
Sah man Marie, die Haus und Blumen ließ,
Daheim nach Kunde jeden Wandrer fragen,
Und als nun immer wilder in Paris
Aufwirbelten des blut'gen Aufruhrs Lohen,
War plötzlich sie aus Schloß und Wald entflohen.

Und in Paris drauf war sie eingezogen
In Knabentracht mit einem wüsten Troß,
Die Trommeln rasten und die Fahnen flogen
Im Sturme um das königliche Schloß,
Der Waffenschmied voran, ihr trotzger Vetter,
Stürzt' mitten sie in's Graun der dunklen Wetter.

Sie aber sucht' nur eines Sternes Blinken
Im Wogenbranden dieser furchtbarn Nacht.
Zu spät! Getroffen sieht sie Guiscard sinken,

Sie springt hinzu – im Kampfe unbewacht,
Reißt sie vom Leib ihm Rock und Ehrenzeichen,
Bedeckt mit schlichtem Mantel den Todbleichen.

Und wie sie Alle nun vorüberrauschen,
Kniet sie und betet still aus Herzensgrund
Und blickt umher und neigt mit bangem Lauschen
Sich über des Gefallnen stummen Mund,
Sie fühlt noch Atem weh'n, o freudig Zagen!
An ihrem Herzen noch das seine schlagen.

»Hierher, hierher!« ruft sie, »hier liegt verwundet
Der tapferste aus uns'rer Bürgerschar,
Es siecht die Tirannei, wenn er gesundet!
Sie wußten's wohl da drüben, wer er war,
Daß sie zuerst den Besten niedermähten,
Helft mir ihn bergen, eh sie ihn zertreten!«

Da ließen Mehre ab vom wüsten Jagen,
Aus dem Getümmel auf Marie's Geheiß
Ward zu des Vetters Haus er fortgetragen,
Dort pflegt sie seiner mit getreuem Fleiß,
Im Fieber, da die Wunden heißer brennen,
Spricht von Marie er, ohne sie zu kennen.

Und als der Schmied heimkehrt in später Stunde,
Von Blute rauchend noch, zu kurzer Rast,
Mißt er mit strengem Blick sie und den Wunden:
»Du müßig hier? wer ist der fremde Gast?« –
»Sein Name ist schon oft euch hell erklungen,
Graf *Robert* ist's, der für das Volk gerungen.« –

Den Robert hatt' auf Clairmonts Schloß die Kunde
Längst totgesagt, doch niemand kannt' sein Grab.
Guiscard macht rastlos um das Schloß die Runde,

Der alte Graf späht weit in's Tal hinab,
Zur Reise wird gerüstet in der Halle,
Gesattelt stampfen schon die Ross' im Stalle.

Und als die letzten Abendlichter schwanden,
Da waren über'm Land, das still versank,
Die Feuer draußen wieder aufgestanden,
Und enger schon der feur'ge Ring sich schlang,
Das war der Freiheit düstre Leichenfeier,
Die Nacht schwebt' drüber wie ein ries'ger Geier.

»Und Keiner hat seitdem Marie gesehen?«
Fragt' da der Graf; die Diener schwiegen all',
Und wieder blieb der Graf am Fenster stehen,
»Das arme Kind!« – Da rötet sich der Wall,
»Oho! so nah schon rückt der tolle Reigen?
Das gilt dem Nachbar, wie die Flammen steigen!«

Indes tritt Guiscard rasch nach langem Suchen
Auf den Balkon heraus, der weithin schaut,
Es flüstern von Verrat die alten Buchen,
Die Uhr vom Turme mahnt mit dumpfem Laut,
Noch einmal schweift sein Blick in's Grau verloren,
Als wollte er die stumme Nacht durchbohren.

Da hört er plötzlich leichte Tritte drinnen,
Die Marmortreppe kommt es schnell herauf,
Er fährt empor aus seinem düstern Sinnen,
Die Glastür hinter ihm fliegt hastig auf –
»Meine Marie! kaum wagt' ich's noch zu hoffen!«
Sie stutzt' und stand verwirrt, betroffen.

»Den alten gnädgen Herrn nur wollt' ich sprechen –
Doch drängt die Zeit, trau't nicht der falschen Nacht,
Die wilden Bauern, die die Schlösser brechen,
Sie haben sich nach Clairmont aufgemacht,
Seht, wie die Wolken über'n Garten eilen,
Der Tod ereilt sonst Alle, die da weilen!«

Guiscard lauscht still der Stimme süßem Klange,
Vernimmt kaum, was die Atemlose spricht,
Ihr Herz klopft' hörbar von dem raschen Gange,
Und unten zauberte das Mondenlicht
Und schlugen fern die Nachtigallen wieder
Und haucht', wie ehedem, herauf der Flieder.

»So komm!« rief er, des Mädchens Wangen glühten.
»Ich zieh' nicht mit, mir werden sie nichts tun,
Ich will indes hier Schloß und Garten hüten
Und für Euch beten, wenn die Wälder ruhn
Und Busch und Springbrunn in den Einsamkeiten
Mir Nachts erzählen von den alten Zeiten.

Und Morgens früh hab' ich den Berg bestiegen,
Wenn Alles rings noch schläft im tiefen Tal,
Und grüß' die Wolken, die nach Deutschland fliegen,
Und denk' an Euch viel tausend tausendmal,
Und kehrt Ihr einst zurück nach vielen Jahren,
Fragt Ihr: wer ist das Weib mit grauen Haaren?

Doch ich seh Eure Kinder an und zähle
Die roten Mündlein all' und küss' sie drauf« –
»Herzlieb!« rief Guiscard da aus Grund der Seele,
Sie horcht erschrocken bei dem Klange auf –
»Nein, nein, belüg't mich nicht, um Gotteswillen!«
Er schaut' in's Auge ihr, sie weint' im Stillen.

Da hob er sie empor in seinen Armen:
»Jetzt laß' hinaus uns in die Fremde gehn!«
So selig mocht' sie lange nicht erwarmen,
Sie schwieg und wußte nicht, wie ihr geschehn,
Und ihre Locken sein Gesicht umwallen,
So trägt er rasch sie in des Saales Hallen.

Dort ließ er vor des Vaters Sitz sie nieder;
»Hier bring' ich sie, mein Lieb, nein, meine Braut!«

Umschlossen hielt er noch die zarten Glieder;
Der Vater richtet hoch sich auf und schaut
Ihn strenge an, als wollt' er ihn durchdringen,
Drauf, schweigend, schien er mit sich selbst zu ringen.

Es war ein bang verhängnisvolles Schweigen,
Wie wenn von Ferne auf die stillen Höhn',
Das Land verdunkelnd, Ungewitter steigen
Und unten, ungewiß, wohin sie gehn,
Die Waldeswipfel flüsternd kaum sich regen –
Es barg *der* Augenblick Fluch oder Segen.

»Ich hoff, du frevelst nicht in solchen Stunden,«
Sagt' endlich ernst der Graf, »was sonst uns lieb,
Ruhm, Glanz und Reichtum ist dahingeschwunden,
Verloren Alles, nur die Ehre blieb;
Du hast vor Gott dein Herz ihr zugesprochen,
Es hat kein Clairmont noch sein Wort gebrochen.

Es wird die Welt fortan nach uns nicht fragen,
So frag' auch du fortan nicht, was sie spricht,
Schütz' sie, die dich geschützt in blut'gen Tagen!
So tretet her, vor Gottes Angesicht
Füg' ich hier ineinander eure Hände,
Bleib't treu, ob Alles auch sich treulos wende.«

»Unmöglich,« rief sie, konnte mehr nicht sagen
Vor Staunen, Lust und Weh, sie atmet' kaum,
Die Augen schienen zagend noch zu fragen,
Ob nicht das Alles nur ein falscher Traum,
Da sie als Tochter nun der Graf begrüßte
Und segnend auf die klare Stirn sie küßte.

Dann sank er auf die Knie, es drängt die Stunde,
Und neben ihm stillsinnend kniet' Marie,
Er aber betete aus Herzensgrunde:
»Vergib dem Robert, wie ich ihm verzieh,

Die Kinder schütz', die heut mir neugeboren,
Und segne Frankreich, Herr, das ich verloren!«

»Fort, fort!« rief Guiscard jetzt vom offnen Fenster,
»Schon dringen Lichter durch den Wald heran,
Als zaubert' aus dem Moor die Nacht Gespenster,
Und durch den Garten schleicht ein fremder Mann« –
Er ahnte nicht, daß der da draußen lauert,
Der Bruder war, den sie als tot betrauert.

Da sprang Marie auf, wie aus Träumen
Ein Waldvöglein, wenn früh der Tag anbricht,
Rief schnell die Diener, ließ die Pferde zäumen,
Half überall, und trieb und merkte nicht,
Wie rings die Wipfel sie so traurig grüßten,
Als ob sie alle von dem Scheiden wüßten.

Den Guiscard aber faßten tiefe Schauer,
Wie so herauf mondbleich der Garten sieht,
Ihn rührt geheimnisvoll die wilde Trauer,
Der Heimatswälder wunderbares Lied,
Die irre von vergangnen Tagen sprechen;
Er wandt' sich rasch, es wollt' das Herz ihm brechen.

Und Tritt' und Stimmen leise nun verhallten
Wie Geisterwehen in dem öden Haus,
Zu Rosse stiegen schweigende Gestalten,
Auf schlankem Zelter hoch die Braut voraus,
So zogen lautlos sie zum letztenmale
Durch's alte Burgtor in die stillen Tale.

Der Wald nur grüßt', wo sie vorüberflohen,
Kein Wort die feierliche Stille brach,
Und über'n Wald her leuchteten die Lohen
Des Schlosses weit den Heimatlosen nach,
Wie ein Vulkan, mit dessen letzten Funken,
Was hinter ihnen lag, spurlos versunken.

Am Himmel aber blinkt's wie Hochzeitskerzen,
Die Erde strahlt' im Brautkleid silberrein,
Marie, gedankenvoll, sang still im Herzen
Und weint' und konnte doch nicht traurig sein,
Die Nachtigallen, da kein Mensch mehr wachte,
Verstanden's wohl und sagten, was sie dachte.

Seitdem war mancher Reisetag vergangen,
Schon blitzt von fern des Rheines Silberband,
Wohin der Heimat Laute nicht mehr langen,
Und abendlich färbt' sich das fremde Land,
Als in geheimnisvoller Berge Mitten
Durch Waldesnacht die Wandermüden ritten.

Doch da sie jetzt um einen Fels sich wandten,
Tat's plötzlich einen wunderbaren Schein,
Kirchtürme, Fluren, Fels und Wipfel brannten,
Und weit in's farbentrunkne Land hinein
Schlang sich ein Feuerstrom mit Funkensprühen,
Als sollt' die Welt in Himmelsloh'n verglühen.

Geblendet sahen zwischen Rebenhügeln
Sie eine Stadt, von Blüten wie verschneit,
Im klaren Strome träumerisch sich spiegeln,
Aus lichtdurchblitzter Waldeseinsamkeit
Hoch über Fluß und Stadt und Weilern
Die Trümmer eines alten Schlosses pfeilern.

Und wie sie an das Tor der Stadt gelangen,
Die Brunnen rauschend in den Gassen gehn,
Und Hirten ferne von den Bergen sangen,
Und fröhliche Gesell'n beim duftgen Wehn
Der Gärten rings in wunderlichen Trachten
Vor ihrer Liebsten Türen Ständchen brachten.

Der Wald indes rauscht von uralten Sagen,
Und von des Schlosses Zinnen über'm Fluß,
Die wie aus andrer Zeit herüberragen,
Spricht abendlich der Burggeist seinen Gruß,
Die Stadt gesegnend seit viel hundert Jahren
Und Schiff und Schiffer, die vorüberfahren.

In dieses Märchens Bann verzaubert stehen
Die Wandrer still. – Zieh' weiter, wer da kann!
So hatten sie's in Träumen wohl gesehen,
Und Jeden blickt's wie seine Heimat an,
Und Keinem hat der Zauber noch gelogen,
Denn *Heidelberg* war's, wo sie eingezogen.

*

Das war das kleine Haus am Neckarstrande,
Der Greis in seiner Träume Zauberring,
Der Jägersmann, der in die duftgen Lande
Allabendlich den Felssteig niederging,
Das war die schöne Frau mit ihrem Liede,
Das war des stillen Gärtchens sel'ger Friede.

Und saßen dort sie so beim Waldesrauschen,
Das nimmer weiß von der Welteitelkeit,
Mit keinem Kön'ge mochten sie da tauschen
In dieser abendstillen Einsamkeit. –
So wolle Gott all' Wirrsaal mild entwirren.
Und gnädig richten, die da menschlich irren.

LUCIUS

I.

Wo jetzt nur arme Hirten einsam weilen
Und Falken nisten in der Trümmer Graus,
Stand eine Villa sonst mit stolzen Säulen;
Das war der schönen Tänzerin *Julia* Haus,
Von luft'ger Höh' verlockend irre Gäste
Zu immer neuem Rausche üpp'ger Feste.

Auf weichen Pfühlen ruhn sie in die Runde,
Beim Becherklange durch die laue Luft
Schwebt att'scher Witz behend von Mund zu Munde,
Der Römischen Giftblume feinster Duft:
Poeten blondgelockt, geistreich und eitel,
Ein Philosoph sogar mit kahlem Scheitel.

Wollüst'ge Weisen aber sind erklungen,
Durch die das Tamburin wehklagend schrillt,
Die blühende Gestalt leicht aufgeschwungen
Im Tanz, jetzt zärtlichmild, jetzt glühendwild,
Taucht *Julia* in Musik die schlanken Glieder
Und die melod'sche Woge hebt sie wieder.

Träumerisch, die Lippen brennend, bleich die Wangen,
Durch schwarzer Locken wunderbare Pracht
Kostbare Spangen, ringelnd sich wie Schlangen,
Und aus der dunklen Augen Zaubernacht
Ein Wetterleuchten, das kein Herz mag schonen,
Der Männer Lust, das Schrecken der Matronen.

Die Dichter süße Pfeile nach ihr schickten
Mit Blick und Spruch; sie achtet nicht den Gruß,

Dem Philosophen drauf, dem ernstverzückten,
Reicht zierlich sie im Flug den kleinen Fuß,
Die losgegangnen Schleifen festzumachen;
Er bückt mit Würde sich, die Andern lachen.

Und als das müde Kind nun in der Halle
An Venus' Marmorbild den weißen Arm
Tiefatmend lehnt, da riefen trunken Alle:
»Wie altgeworden ist der Götter Schwarm!
Nur den Lebendigen gehört das Leben,
Sei unsre Göttin du im Reich der Reben!«

Und rasch – freisinnig wollt' sich jeder zeigen –
Den Kranz jetzt, der der Göttin Stirn umlaubt,
Erfassen sie, mit seinen Blütenzweigen
Voll Jubel schmückend Julia's lockigt Haupt. –
So stand sie schweigend in den Frühlingsscheinen,
Sie sehnt' nach Liebe sich, und liebte keinen.

Da tönt, als ob's zum Weltgerichte riefe,
Trompetenklang hell aus der Landschaft Glanz;
Ein Reiterfähnlein durch die blüh'nde Tiefe
Kehrt aus dem Gotenland vom Schwertertanz
An Ruhm und Wunden reich zur Heimat wieder –
Schaulustig blicken Julia's Gäste nieder:

»Seht da den *Nerva* in des Häufleins Mitte,
Der Tor! jung, reich, von adliger Gewalt,
Ein Triumphator hier auf jedem Schritte,
Wo's holden Kampf um Myrtenkronen galt;
Und so aus Rom in wüsten Krieg zu laufen,
Um mit Barbaren um den Preis zu raufen!«

Dem heitern Nerva aber dicht zur Seiten,
Gespenstisch ragend aus dem muntern Troß,
Sah'n eine düstere Gestalt sie reiten,
Graubärtig, streng und wild auf schwarzem Roß.

»Der finstre *Stephan*!« schallt's von Mund zu Munde,
»Der kehret heim zu unglückselger Stunde!« –

Da plötzlich sprengt vom fernen Waldesrande
Ein Ritter über's Feld dem Fähnlein nach,
Die Funken sprühten hinter ihm im Lande,
Ein jubelnd Grüßen aus dem Haufen brach,
Weit strahlten Helm und Schild im Sonnenblitze,
Er setzt sich leuchtend an der Reiter Spitze.

Und wie er naht, fährt Julia erschrocken
Aus ihrem Schweigen; unter'm Blütenstrauß
Rasch schüttelnd von der weißen Stirn die Locken:
»Wer ist der Führer?« ruft sie, starrt hinaus,
Als wär' da unten in der Welt nur Einer –
Die Andern bleiben stumm, es kennt ihn Keiner.

Und weit im Feld schon Glanz und Klang verrinnen,
Sie steht noch immer still und atmet kaum,
Sie sann und sann und konnt' sich nicht besinnen,
Dann plötzlich, wie aus einem furchtbarn Traum,
Derweil rings Alles wieder fröhlich plaudert,
Sagt: »*Lucius*!« sie halblaut in sich und schaudert.

Der aber blickt hinauf aus dem Geklüfte,
Er stutzt – »Nein, nein, wie käm' sie auf das Schloß!«
»Wer ist's?« frug Nerva rasch. – »Der schwülen Lüfte
Verwirrend Spiel.« – Und Lucius spornt sein Roß,
Doch Nerva, lange noch zurückgewendet,
Schaut' nach dem schönen Bilde wie geblendet.

Aufeinmal von des letzten Berges Gipfel,
O Wunderblick! fernab das ew'ge Rom,
Das Meer aufleuchtend durch die Waldeswipfel
Und drüber weit des klaren Himmels Dom,
Durch dessen Öde Adler einsam zogen,
Gleichwie aus alter, größrer Zeit verflogen.

Seltsam beleuchtet aber aus den Gründen,
Wie vor Gewittern, schauten Stadt und Land,
Als wollten Unerhörtes sie verkünden;
Gedankenvoll der Ritter lange stand
Da an des großen Heldengrabes Schwellen,
Dann wandt' er sich zum liebsten Kampfgesellen:

»So, Nerva, sahen wir's bei nächt'ger Stunde
Im Geiste oft auf stiller Lagerwacht,
Und über'm Lager machten ernst die Runde
An dem geheimnisvollen Dom der Nacht
Mars, Jupiter und all' die alten Götter,
Als frügen sie strengmahnend nach dem Retter.

Sieh', majestätisch auf den sieben Hügeln
Der Löwe ruht, den sie zum Ritt gezäumt,
Und rückt im Schlafe an des Caesars Zügeln;
Glaub' nur – ich spür's im Herzensgrund – es träumt,
Träumt immerfort der schlummernd hingestreckte
Noch von der alten Zeit – o wer ihn weckte!

Stets waren's Einzle, die die Welt gestalten;
Was damals wir beschlossen und gedacht,
Reich mir die Hand, wir wollen's treulich halten!«
Nerva, gleichwie aus Träumen aufgewacht,
Schlug freudig ein, und in der Völkerwogen
Brandung gen Rom die beiden Freunde zogen.

II.

Im Circus, lauernd auf den Marmorsteigen,
Saß, wie ein schlechtgezähmtes Wüstentier,
Das Röm'sche Volk in grauenvollem Schweigen,
Und tausend Blicke mit blutdürst'ger Gier
Hinunter nach dem weiten Kampfplatz zielten,
Wo Sklaven frevelnd mit dem Tode spielten.

Verstaubt noch, glühend von des Rittes Hitze,
Macht Stephan da und Lucius sich Bahn
Durch das Gedräng' zum ritterlichen Sitze.
Viel Augen sah'n erstaunt den Stephan an,
Ein seltsam Flüstern, wo er naht, schwirrt leise,
Er blickt verwundert, trotzig um im Kreise.

Sie kamen spät, längst rangen schon die Fechter,
Als wären unter der Lebend'gen Reih'n
Die Marmorbilder göttlicher Geschlechter
In hehrer Schönheit Glanz von ihrem Stein
Herabgestiegen heut, und prüften wieder
Im Kampf die ewigjugendlichen Glieder.

»Wie prächtig,« dachte Lucius, »sie da ringen
Um Nichts! O lügenhafter kranker Schein,
Könnt'st deines Wesens Seele du erschwingen:
Rom wäre frei, die Welt wär' wieder dein!
Schmach diesem Kreis und doppelt Schmach dem Mute,
Dem's gnügt, daß er um Pöbellob verblute!«

Jetzt aber tönt aus tausend rauhen Kehlen
Ein heisrer Schrei nach neuer wilder Lust:
»Die Bestien endlich hetz't aus ihren Höhlen
Auf der Gefangnen längst verfemte Brust!«
Die Ordner in der Bahn geschäftig wirren,
Die Riegel stöhnen und die Ketten klirren.

Da öffnet sich ein Tor; mit wildem Sprunge
Ein Tiger bricht aus seinem dunklen Haus,
Umkreist die Bahn in kühnem Gliederschwunge,
Dann streckt er auf den Sand die Tatzen aus,
Die Augen glüh'n, er ringelt mit dem Schweife,
Die Menge musternd, wen er d'raus sich greife.

Und wieder stöhnt es jetzt und klirrt so eigen,
Und wieder tut sich auf ein anders Tor,

Ein schöner Jüngling, wie zum Hochzeitsreigen
Geschmückt, tritt in den Kreis – nach ihm weit vor,
Der abgewandt, beugt Stephan sich erschrocken –
Er sah nur einen Schleier blonder Locken.

Der Jüngling aber fest und furchtlos schaute
Dem lauernden Untier in's Gesicht, das drückt'
Scheu beide Augen zu, als ob ihm graute.
So steht ein Wetter, eh' der Blitz d'raus zückt;
Es war so still ringsum, man hörte leise
Den Tod nur schreiten in dem furchtbarn Kreise.

Da hob der Jüngling plötzlich, wie ein Sieger,
Die freien Arme freudig himmelan,
Und wie er kaum geregt sich, wirft der Tiger,
Gelöst von des unschuld'gen Blickes Bann,
Sich rasch auf ihn, der in die Knie gesunken,
Und krallt in's Herz die Zähne ihm mordtrunken.

Nun war vom Lockenschleier wohl gelichtet
Die klare Stirn, die Seele war entflohn –
Da hat sich Stephan schrecklich aufgerichtet,
Er hatt' des Tigers Blick – es war sein Sohn!
Er zuckt' am Schwert, starrt zornbleich nieder,
Und stieß es rasselnd in die Scheide wieder.

»Wer,« frug er, »wer hat mir mein Kind gestohlen,
Auf wess' Geheiß, Spruch oder höll'sche List?« –
»Domitian, der Kaiser, hat's befohlen.«
»Und was verbrach der Knab'?« – »Er war ein Christ.«
Dies Wort, das unerwartetste von allen,
Fühlt' er durch Mark und Bein zerschmetternd hallen.

Nicht eine Träne wollt' sein Auge netzen,
Man sah ihn schweigend von dem Sitze geh'n,
Die Menge teilt' vor ihm sich voll Entsetzen,
Ein jeder glaubte ein Gespenst zu seh'n,

Und wie er hinsinkt draußen an den Säulen,
Hört er noch jauchzen und die Bestien heulen.

III.

Es war ein lauer Abend, Lauten klangen,
Die Wipfel regten sich im Winde kaum,
Und Nachtigallen in den Gärten sangen,
Die Gegend lag leisatmend wie im Traum;
Da in die Auen fern, die schon verblassen,
Eilt Lucius durch abgelegne Gassen.

So feierlich und einsam war es draußen,
Da wo die letzten Häuser steh'n, weither
Nur durch die Stille hallte noch das Brausen
Der Stadt herüber, wie ein fernes Meer.
Dem Wandrer klopft das Herz vor Lust und Bangen,
Wie oft sonst war er diesen Pfad gegangen!

Wie oft saß hier sein Lieb im Lindengipfel
Und schaute nach ihm aus vom Bergeshang
Und schüttelt neckend dann vor Lust die Wipfel,
Wenn er, sie suchend, sich vom Rosse schwang,
Daß ihn die Blütenflocken ganz verschneiten –
O süß Erinnern schöner stiller Zeiten!

Jetzt konnt' er durch das Rebenlaub schon sehen:
Das war der Baum, das war das kleine Haus!
Doch plötzlich blieb er fast betroffen stehen,
Da sah's so fremd und anders heute aus,
Verwildert lag der Garten und die Laube,
Ein Falk umkreist' das Dach anstatt der Taube.

Er trat durch hohes Gras und wüst Gerölle
Und klopfte hastig an die niedre Tür,
Ein Schlänglein schlüpft' erschrocken von der Schwelle,

Ein unbekanntes Weib trat keck herfür.
»Das ist ihr Haus doch,« rief er, »das die Linde,
Führ' rasch mich zu dem armen schönen Kinde!«

»Kind? arm? Ihr seid wohl fremd noch in dem Lande?
Die hier gewohnet hat vor langer Zeit
Kärglich, zerlumpt, ja 's war recht eine Schande
Solch' Perl versenkt in Meereseinsamkeit!
Die prangt da oben jetzt auf Purpursitzen,
Die Augen funkeln, die Juwelen blitzen –«

»Sie? wo? Dort in der prächt'gen Säulenhalle?
Beim Zeus, verfluchtes Weib, sag: Nein, nein, nein!« –
»Nun, nun, die faßt noch kaum die Freier alle,
Ihr seht so vornehm aus und reich und fein,
Was gibt's für Not da! braucht nicht weit zu wandern,
Sie wird Euch freundlich lächeln, wie den Andern.«

Da fuhr empor er plötzlich aus Gedanken,
Schaut Haus und Garten an zum letztenmal,
Dann wandt' er durch die wilden Blütenranken
Aus seiner Liebe Grab sich rasch zum Tal;
Die Alte summt', er hört' nicht, waren's Flüche,
Was sie ihm nachrief, oder Zaubersprüche.

Ihm war, als hätt' ein Basiliskenauge
Ihn aus der Liebe tödlich angeblickt,
Als ob die Sonne Blut im Scheiden sauge,
Als ob die Gegend vor sich selbst erschrickt,
Da hinter ihm die Felder nun verdunkeln
Und alle Sterne zornig niederfunkeln.

Vorbei ging er am Säulenhaus, da wehen
Die Klänge her, wild Lachen schallt darein,
Er glaubte droben Julia zu sehen,
Bleich in der Fackeln rotem Widerschein –
»Wie bist du,« rief er, »nun so arm, du Reiche,
Fort, fort! mir grauet vor der schönen Leiche!«

IV.

Von Stephan's Landhaus ragten nur noch Trümmer,
Bei Wetterleuchten deckt' die ernste Nacht
Des Sohnes Grab mit ungewissem Schimmer,
Da saßen dort, wie eine Geisterwacht,
Zwei Männer; Stephan war's, stumm, leidbenommen,
Und Lucius, der in der Nacht gekommen.

Der sprach: »Ich kenn' dich kaum in solchem Brüten!
Ist das die Zeit, im wüsten Mauerritz,
Der Eule gleich, den eignen Gram zu hüten?
Sieh', über Rom spielt ferne Blitz auf Blitz,
Als rollten zürnend ihre feur'gen Fahnen
Die Götter auf am Himmel, uns zu mahnen.«

»Gedenk', was in der Fremde wir beschworen:
Nicht herrschen soll das Heer, des Cäsar's Knecht,
Es soll der freie Rat der Senatoren
Treu' wieder wahren und das ew'ge Recht,
Die Fäulnis wollten mit dem Schwert wir schneiden
Vom Leben oder selbst vom Leben scheiden.«

Der Stephan aber starrte vor sich nieder
Noch immerfort und sprach kein einzig Wort.
Jetzt blitzt' es blendend durch die Wipfel wieder,
Da fuhr er plötzlich auf: »Wer nahet dort?
Steh'n denn die Toten auf und können lodern
Aus hohlen Augen, zum Gericht zu fodern!«

Rasch wandt' sich Lucius, nun selbst erschrocken,
Denn seinen Pagen *Guido* durch's Gestein
Sah' atemlos er nah'n, die blonden Locken
Durchleuchtet von des Blitzes Widerschein –
»Wie hat der in dem Schatten nächt'ger Stunden
Durch's Labyrinth der Gassen mich gefunden?

Seltsam! – den Knaben, als der Kampf verglommen,
Fand ich einst in des Schlachtfelds Einsamkeit,
Weiß nicht, woher er stammt, woher gekommen,
Ich nahm ihn auf – seitdem gibt er Geleit
Mir durch der Sorg' und Waffen wild Getümmel
Wie'n milder Stern am wolkenlosen Himmel.«

Jetzt rief der Knab': »Ich wittre Morgenlüfte,
Mein hoher Herr, trau' nicht der falschen Nacht,
Da irren finstre Geister, in die Grüfte
Lautlos verschlüpfend, wenn der Tag erwacht.«
Sie schauten um, und sahen falbe Streifen
Am Morgenhimmel schon verrät'risch schweifen.

»Es darf der Tag nicht wissen, was wir träumen,
Leb' wohl denn, Kampfgesell,« sprach Lucius,
»Auf Wiedersehn wo sich die Wogen bäumen!«
Stephan reicht' schweigend ihm die Hand zum Gruß,
Doch wie im Grün nun schwanden Freund und Knabe,
Stürzt' auf die Knie er auf des Sohnes Grabe:

»Mauern, Felsen fühl' ich wanken,
Und mir graut, die mich umranken,
Vor den eigenen Gedanken.

Ward er treulos seinen Göttern,
Warum kamst du nicht in Wettern,
Zeus, den Frevler zu zerschmettern?

Laß' die Welt verblühn, verblassen,
Wie den Sohn mir, nur das Hassen,
Rache nur sollst du mir lassen!

Milder hätten selbst Hyänen
Nicht berührt ihn mit den Zähnen,
Wüßten sie von Vatertränen.

O zerrissen so in Stücke!
Euer Richtschwert der Geschicke
Gebt mir, Götter, daß ich's zücke!

Wer je um sein Kind getrauert,
Was auf Mord in Klüften lauert,
Pesthauch, der aus Grüften schauert,

Furien mit den Schlangenhaaren,
Geister, die in Wettern fahren,
Kommt, ich führe eure Scharen!

Und wenn meine Tage enden,
Mag sich Charon von mir wenden,
Komm' ich nicht mit blut'gen Händen.«

*

Guido und Lucius aber wie in Träumen
Gehn durch die Flur, da flüstert' es so sacht,
Die Flügel sich im ersten Strahl zu säumen,
War manche Lerche schon im Feld erwacht,
Die Ährenfelder fingen an zu wogen,
Durch die des nahen Lichtes Schauer flogen.

Es war die Welt noch wie ein stiller Hafen,
Wo leise nur das Meer von ferne rauscht,
Die Sorgen ruhen und die Sünden schlafen,
Die Au nur schmückte sich schon unbelauscht,
Und in der taudurchblitzten Stille Prangen
Sah'n sie im Felde Hirten knien, die sangen:

»Fromme Vöglein hoch in Lüften
Über blaue Berg' und Seen
Ziehn zur Ferne nach den Klüften,
Wo die hohen Zedern stehn,
Wo mit ihren goldnen Schwingen
Auf des Benedeiten Gruft

Engel Hosianna singen
Nächtlich durch die stille Luft.

Morgenschauer, still Erwarten!
Hören wir doch Stimmen gehn,
Wie aus einem fernen Garten
Heimatsgruß herüberwehn;
Warum sollten wir verzagen?
Aus der Fremde wüst' und fern,
Wo wir irrend hier verschlagen,
Führe heim uns, Morgenstern!«

Und wie es durch die weite Stille klinget
Herüber aus der schönen Einsamkeit,
Steht Lucius fast betroffen still: »Wer singet
So mild und trostreich in der wilden Zeit?« –
»Es geht der Herr durch's Feld in solcher Stunde,
Da bringen sie der Welt die frohe Kunde.«

Drauf Lucius wieder: »Horch', ferngrollend ziehet
Das Wetter hin, schon rauscht der Tiber Lauf,
Zuweilen unter'm Wolkensaum nur glühet
Des Morgens Aug' mit falschem Blick herauf,
Daß geisterhaft rings die Paläste stehen,
Nie hab' ich Rom so seltsam fremd gesehen.«

»Auf, Herr, frischauf! einst über Rom, das hohe,
Steigt eines andern Morgenrotes Brand,
Und unermeßlich zünden wird die Lohe
Des Lebens Gipfel weit von Land zu Land.« –
Er sah den Knaben sinnend an, der heiter
In Rätseln sprach – sie schritten schweigend weiter.

V.

Es schmückten Julien singend ihre Frauen.
Im Purpurkleid, Rubin im schwarzen Haar,
War sie beim Abendschimmer anzuschauen
Wie eine Kriegesgöttin wunderbar.
Doch eh' der Schmuck vollbracht, den sie beginnen,
Trieb sie unruhig fort die Dienerinnen.

»Wie,« rief sie, »da die Nachtigallen klagen
Und durch die Au mit lieblichem Getön
Die Quellen, die sehnsüchtig nach ihm fragen.
Klagt, sucht! was nützt es mir, daß ich so schön,
Was wollen meiner Augen lichte Scheine,
Wenn sie nicht wiederfinden, den ich meine!«

Jetzt sah die Alte sie, die seitwärts kauert'.
»Verbraucht sind Deine Künste, falsches Weib,
Das, Spinnen gleich, nur auf mein Unheil lauert! – –
Nein, sei nicht böse mir, mein bleib' nur, bleib'.«
Sie setzt' sich zu ihr auf die Marmorstufen
Und lauschte auf den Schall von Rosseshufen.

»Noch einmal nur erzähl' mir unterdessen,
Wie er Dich in dem kleinen Hause fand,
Haßt er mich oder hat er mich vergessen?
Hatt'st Du denn keinen Liebestrank zur Hand?«
Das Weib sprach: »Einen Liebesbann ich sandte,
Den kräftigsten, ihm nach, als er sich wandte.

Doch unerhört! Ein wunderbarer Knabe
Verstörte seltsam mich, der bei ihm war,
In dem wohnt wohl geheimnisvolle Gabe,
Ich mußt' mich fürchten vor dem Auge klar,
Und allen Zauberbann, kaum ausgesprochen,
Hat mir des Knaben lichter Blick gebrochen.«

Nur halb hört' Julie vor Erinnerungen
Aus alter Zeit; ein längstvergessenes Lied
War in der Seele bebend ihr erklungen.
Sie sang's – das sang sie, als er von ihr schied –
Dann warf sie plötzlich wieder fort die Laute
Und schaut' in's Land, das abendlich schon graute.

»Siehst Du noch nichts? Sein Haus ragt aus dem Haine,
Der Tag mit seinen letzten Gluten küßt's.« –
Und wieder sang sie nun, und mußte weinen.
Da schallten Tritte fern: »Er ist's, er ist's!«
Und wie ein Reh flog sie hinab die Stiegen,
Ihr klopfend Herz an seine Brust zu schmiegen.

Er war es nicht. – In keckem Jugendmute,
Vom Abendhauch und Klang und Duft verführt,
Der Liebeshoffnung grünes Reis am Hute,
Rasch *Nerva* durch die tau'gen Zweige spürt,
Ein schöner Jäger nach dem schönen Wilde –
Sie starrt vor ihm gleich einem eh'rnen Bilde.

Er sprach von einem tiefen Meer von Sehnen,
Auf dem er, ein verirrter Schiffer, schlief,
Vom wunderbaren Liede der Syrenen,
Das rastlos ihn in seinen Träumen rief
Zum Zauberland, wo glüh'nde Rosen düften,
Berauscht die Wellen kosen mit den Lüften.

Doch wie den schlanken Leib er wollt' umfassen,
Fuhr sie empor: »Zurück, rühr' mich nicht an!
Nur Einen muß ich lieben oder hassen.
Hüt' Dich! Syrenenlied zieht Schiff und Mann
Zum Klippenstrande, dem erbarmungslosen,
Die Wellen glühn und blutrot sind die Rosen.

Meinst Du mit Glanz der Rede mich zu blenden?
Ich kenn' Dich wohl, und Deines Meisters Geist,

Ein blindes Schwert nur bist Du seinen Händen,
Das eitelfunkelnd durch die Lüfte gleißt,
Wie und wohin sein Arm es hat geschwungen,
Und das er wegwirft, wenn das Ziel errungen.

Der Übel schrecklichstes ist sein Verachten,
Betrüglich ist die Liebe, falsch das Glück!
Erst wenn die Todesschauer ihn umnachten,
Kehr' über seine Leiche Du zurück,
Der Kühnste nur fortan gilt meinem Herzen,
O süßer Wahnsinn, wilde Lust der Schmerzen!«

Der Nerva stand verloren in Gedanken,
Ihm graut' vor dieser Augen Geisterblick,
Es war, als ob sie Blut und Feuer tranken,
Als wollte ein entsetzliches Geschick
Ihm sein Gorgonenhaupt von ferne zeigen. –
»Den also meinst Du?« – brach er jetzt sein Schweigen –

»Ihn? dacht' ich's doch – um aller Götter willen,
Weib, dränge Dich nicht zwischen den und mich!
Du weißt nicht, was Du tust, was hier im stillen
Abgrund der Seele lauert fürchterlich!«
Drauf wandt' der Zornige sich schnell von hinnen,
Sie sah ihm zweifelnd nach in düstrem Sinnen.

VI.

Es schweifte Lucius durch Gassen Plätze:
Ob noch die alten Heldenmale stehn,
Ob von den Bergen durch des Tag's Geschwätze
Die Wälder noch erfrischend niederwehn,
Ob bei dem Rauschen Rom, das todeswunde,
Sich heimlich sehne noch, daß es gesunde.

Er kam von einem alten Spielgesellen,
Der kannt' ihn kaum, der hatte, statt der Ehr',
Klug Gold gefischt sich aus den stürm'schen Wellen
Nun war die Fracht für kühne Fahrt zu schwer,
Er selber übersatt und dick geworden –
So kann die schnöde Zeit auch Geister morden.

Er kam von andern Jugendfreundes Schmause,
Der ward gelehrt seitdem, vornehm und fein,
Es standen fremde Götter in dem Hause,
Der hatte fast vergessen sein Latein,
Er wollt' den alten Sagenwald ausroden,
Und macht für schöne Frauen griech'sche Oden.

Doch draußen unterdes durch alle Gassen
Ritt da auf dunklem Roß ein finstrer Geist,
Um tödlich mit der Knochenhand zu fassen,
Wohin des Cäsars blut'ger Finger weist,
Und wen sein Roß hat in den Staub getreten,
Wand noch im Staube sich, ihn anzubeten.

Und über ihre Leichen, ohne Schaudern,
Wälzt' sich die Menge fort im dumpfen Trieb,
Ein Lauern, Jagen, Schachern, Plaudern,
Da hatte jeder nur sich selber lieb,
Der Tod ging um, verbuhlte Lauten schwirrten,
Die Sklaven tanzten und die Ketten klirrten.

So kehrte Lucius von dem Gange wieder
Zu der Veranda nun vor seinem Haus,
Dort warf er müd' sich auf die Steinbank nieder
Und brach in seltsam wildes Lachen aus,
Kam er doch selbst in diesen Einsamkeiten
Wie ein Gespenst sich vor aus alten Zeiten!

Die Riesenschlange, dacht' er, kühn geschwungen
Hat sie sich einst von dieser Felsen Rand

Und gierig Völker, Städt' und Land verschlungen
Bis an des unbekannten Meeres Strand,
Was Wunder, feiert nach dem grausen Feste
Das Ungetüm nun regungslos Sieste!

Und wie er so versank in herben Kummer,
Erblickt' er seinen Guido neben sich,
Der atmet' sorgenlos in süßem Schlummer,
Ein Windeshauch durch seine Laute strich,
Da richtet sich der Knabe auf erschrocken,
Und schüttelt lächelnd aus der Stirn die Locken.

»Du glücklich' Kind,« sprach Lucius, »das im Grausen
Der Welt aus Mondschein sich sein Bettlein macht!
Dich fand ich stets getreu – wie oft da draußen
Erzähltest Du mir sonst bei stiller Nacht
Von euer'm Christentum so schöne Märe –«
»Und wenn, rief Guido da, wenn's *Wahrheit* wäre?!«

Der Ritter schwieg – dann sagt' er sinnend wieder:
»Ich hört' davon manch' wunderbares Wort,
Doch das ist alles nur ein Hort Todmüder;
Hier nichts, als Tücke und Verrat und Mord,
Dort nur Entsagen, Dulden, Frieden –
So wär' uns ew'ge Sklaverei beschieden.«

»Nein, nein!« entgegnete der Knabe heiter,
»Er brach die Ketten, die der Rost zernagt,
Sein Banner weht, die Brüderschar Befreiter
Führt er zum Kampfe, aus dem Frührot ragt
Hellglänzend eine Stadt mit goldnen Türmen,
Und Alle rief er, sie beherzt zu stürmen.«

Es lauscht' dem Knaben Lucius verwundert:
»Du sprichst ja wie ein feurig Römerherz
Aus längstverklungnem, kühnerem Jahrhundert.
Was weißt Du, heimatsloser, vom dem Schmerz

Um Roma's Untergang, vom Vaterlande,
Von seinem Heldenruhm und seiner Schande!«

»O höher, hoher Herr! mußt Größeres wagen,
Wenn hinter Dir des Unsichtbaren Hand
Der alten Roma Hoffart hat zerschlagen!
Da droben ist Dein neues Vaterland,
Wo schweigend über den versunknen Trümmern
Die jungen Morgenstrahlen freudig schimmern.«

Der Ritter schaute lange, halb in Träumen,
In's Aug' ihm, wie in's Himmelblau hinein. –
»Kind, Kind, fürwahr in solcher Wogen Schäumen,
Wär' ich nicht Römer, möcht' ich Christ wohl sein –
Doch horch', von fern die Hirten wieder singen,
Komm nur, und sag' mir mehr von diesen Dingen.«

VII.

Es ruht' Domitian auf weichem Pfühle,
Ihm träumt', er hätt' sich Nachts verirrt im Wald,
Da flog schon über's Land die Morgenkühle,
Der Nacht geheimes Flüstern war verhallt,
Und über Wäldern, die sich leise wiegen,
Die Morgenröte purpurn aufgestiegen.

Doch wie er hinschaut: über alle Gipfel
Wuchs da und wuchs die Glut graunvoll heran,
Jetzt eine Hecke hier, dort einen Wipfel
Schon zündete der feur'ge Morgen an,
Von Baum zu Baum die Lohen prasselnd rannten,
Die Funken sprühten und die Wälder brannten.

Er floh entsetzt auf nie betretnen Wegen,
Die Gegend war ihm fremd und unbekannt,
Er mußte Bahn sich hauen mit dem Degen,

Denn auf dem Boden, wo er hintrat, wand
Sich Schlingkraut und Gestrüpp, wie grüne Schlangen
Sich um die Füße ringelnd, ihn zu fangen.

Und wie die Stämme lodernd niederkrachen,
Stürzt da der Finsternis lichtscheue Brut,
Scheußlich Gewürm und giftgeschwollne Drachen,
Vorbei in wilder Flucht vor dieser Glut
Und immer näher schon in kühnen Bogen
Braust hinter ihm das Meer von Flammenwogen.

Jetzt wollt' er rasch um eine Ecke biegen,
Da klüftet sich ein Abgrund vor ihm auf,
In den kein Tag noch je hinabgestiegen,
Da starrten Felsenzacken wild herauf
Und Nebel qualmten aus den Klippenspalten,
Die in dem Graun sich wunderbar gestalten.

Er wandt' sich ab, und mußt' hinab doch sehen,
Wie in des Meeres Grund, so dämmernd tief,
Verlorne Stimmen hört' er unten gehen,
Es war, als ob es seinen Namen rief. –
Hier zwischen Brand und Absturz führt in's Freie
Ein Felsengrat, zu scharf und schmal für Zweie.

Vom Sturm gejagt schon feur'ge Zungen lecken
Und treiben ihn zum grausen Felsenring.
Kaum noch erreicht er zwischen beiden Schrecken
Die Klippe jetzt, die über'm Abgrund hing,
Und hinter ihm zur Tiefe rollt das lose
Gestein dumpfdonnernd von dem glatten Moose

Da plötzlich schien's, als ob sich was bewege,
Und ihm entgegen trat ein fremder Mann.
Den *letzten* Gang galt's auf den furchtbar'n Stege,
Sie sahen beid' einander schweigend an,
Dann Hieb um Hieb, daß Kling' und Helm zersprangen,
Sie schleuderten die Schwerter fort und rangen.

Schon wirbelte um Domitian die Runde
In immer wilder'm Tanz, am jähen Hang
Faßt Schwindel ihn, er taumelt nach dem Schlunde
Er schwankt und sinkt – ein Schrei den Saal durchdrang.
Er war vor Schreck erwacht vom schweren Traume
Und schaute wild sich um im stillen Raume.

»Verfluchtes Blendwerk! nur in luft'gen Blitzen
Spielt dort die Nacht den Tiberstrom entlang
Und leuchtet trüg'risch durch der Seele Ritzen
In meinen Schlaf. – Wer war's, der mit mir rang?«
Gestalt und Züge glaubt' er wohl zu kennen
Des wilden Feind's, doch wußt' ihn nicht zu nennen.

So saß er grübelnd, ob er sich besinne –
Der schien ihm falsch, auch jener konnt' es sein,
Und immer mehrere, gleich einer Spinne,
Flocht er in's Todesnetz geschäftig ein,
Verzeichnend Mann auf Mann in seine Rollen,
Die morgen sie dem Orkus weihen sollen.

»Es schläft,« sprach er, »der letzte meiner Sklaven
Und süß Vergessen zieht sie All' hinab
In's Meer der Nacht – warum kann *ich* nicht schlafen?
Das macht, weil Nacht ein unermeßlich Grab,
Wo die Erschlagnen steigen aus den Grüften –
Entsetzlich ist es, ihren Vorhang lüften.«

Er trat an's Fenster, in den Hof zu schauen,
Da war es bei des Blitzes flücht'gem Schein,
Als stünde ein Verhüllter dort am grauen
Gemäuer drunten, selber wie von Stein,
Doch eh' sein Blick noch recht hinabgedrungen,
Hatt' Alles schon die Finsternis verschlungen.

Jetzt aber flüstern Stimmen tief im Grunde,
Drauf wieder Totenstille weit und breit,

Die Wachen machten schweigend ihre Runde,
Er hörte durch die öde Einsamkeit
Den Wind nur klagen in den dunklen Rüstern,
Im Saal den Todeswurm im Holze knistern.

Auf einmal in dem angestrengten Lauschen
Hält Domitian erschreckt den Atem an;
Das war nicht der bewegten Bäume Rauschen!
Im Gange draußen schleicht es sacht heran,
Schon auf der Treppe schallt's von leisen Tritten
Und immer näher kommt's heraufgeschritten,

Er richtet' rasch sich auf und wollte rufen,
Doch bebt' die Hand ihm, seine Stimme brach,
Denn durch die Pforte von den Marmorstufen
Trat ein Gewaffneter in das Gemach,
Sein Aug' nur aus dem Mantel glutrot brannte,
Und ihm entgegen rief der Unbekannte:

»Herr, auf Dein Herzblut in dem Dunkel lauern
Verschwörung und Verrat – *ich* bin ihr Schwert!
Wehr' Dich! Denn aus dem Zwinger dieser Mauern
Nur Einer von uns Beiden wiederkehrt,
Und sink' ich hier: noch meine blut'ge Leiche
Ringt drüben einst mit Dir im Schattenreiche!«

Das war der grause Felsenpaß im Traume,
Die Brücke schmal von Zeit zu Ewigkeit;
Die Blitze leuchteten im düstern Raume,
Scharf, kurz und lautlos war der grimme Streit,
Ein Klang, ein Schrei, es flackern wild die Kerzen,
Des Gegners Stahl fühlt' Domitian im Herzen.

Da plötzlich drang's herein: Dolch, Speer, Windlichte,
Als hätt' der Mord geweckt die stille Nacht
Und seiner Furien schreckliche Gesichte.
Der Mörder sprach: »Mein Tagwerk ist vollbracht,

Hündisch Gesind', sollst nimmermehr verrennen
Den Weg mir, den nur freie Römer kennen.«

Und wie die Fackeln blutrot ihn umflammen,
Stürzt' sich in's eigne Schwert das Schreckensbild
Und brach ohn' Reu' und Schmerzenslaut zusammen,
Das Angesicht in sein Gewand gehüllt.
Sie lüfteten entsetzt des Mantels Falten,
Der Stephan war's – er hat sein Wort gehalten.

VIII.

Dieselbe Nacht fand an dem Fensterbogen
Den *Nerva* wach, von Ungeduld zerwühlt.
Ein Greis hat magische Kreise dort gezogen,
Gespensterhaft ein Rohr gen Himmel zielt,
Als wollt's erspäh'n auf ihrer nächt'gen Reise
Der ewigen Gestirne stille Gleise.

Sie wechselten nur flüsternd wen'ge Worte,
Daß nichts der Geister scheuen Flug verstört,
Der Greis mit Ohr und Aug' die Nacht durchbohrte,
Ob er den leisen Tritt der Zeiten hört.
»Was siehst Du?« fragte Nerva, »welche Kunde
Gibt uns des Himmels rätselhafte Runde?«

»Herr, wirre Blitze dort die Wolken spalten,
Dazwischen eines Sterns blutroter Blick,
Es ist, als bauten droben die Gewalten
Verhängnisvoll ein unerhörtes Glück.«
Der Nerva rief unmutig: »Eitle Scheine,
Was soll mir alles Glück, wenn's nicht das *meine*!«

»Still, still, jetzt hat sich's aus dem Grau gerungen,
Von großer Herrschaft träumet diese Nacht« –
»Sprich weiter, weiter!« – »Wunderbar verschlungen

Seh' ich *Dein* Bild in einer Krone Pracht –
Heil, Cäsar, Dir! die glänzendste der Kronen
Beu'n Dir im Wetterleuchten die Dämonen!« –

Und Nacht und Sterne und der Greis versanken,
Schon rötete sich leis des Himmels Saum,
Der Nerva saß noch immer in Gedanken,
Es war ihm Alles, wie ein wüster Traum.
Da plötzlich pocht's am Tor mit heft'gem Klange,
Ein Mann stürmt her, er kannt' ihn wohl am Gange.

»Wach' auf, wach' auf!« rief *Lucius* in der Pforte,
»Erschlagen ist der Kaiser in der Nacht!«
Empor fuhr Nerva bei dem Schreckensworte.
Der Lucius drauf: »*So* hatt' ich's nicht gedacht,
Aus Wolken fielen der Entscheidung Stunden,
Weh', wen sie träg und unbereit gefunden!

Der Ahnen Geister durch die stillen Gassen
Und die Geschicke zweifelhaft noch geh'n,
Laß' uns die flatternden Gewande fassen,
Jetzt gilt's, was wir so oft im Traum geseh'n:
Kühn herzustellen Roma's strenge Jugend,
Ein unvergänglich Reich von Männertugend!

Ich weiß, die Menschen fabeln viel Verkehrtes,
Man buhlt mit Lug und Schmeichelwort um Dich –
Erkennst Du noch die Schneide dieses Schwertes?
Es focht mit Dir und hat einst brüderlich,
Da Dich umschattet schon des Todes Grauen,
Heraus Dich aus dem Schlachtgewühl gehauen.

Schwör' auf dies treue Schwert, daß Du willst streiten
Für Freiheit und für Recht, wie wir's gelobt,
Daß nimmer Deine Blicke abseits gleiten
Nach falscher Ehr', um die die Menge tobt,
Und den Meineid'gen ew'ger Fluch zerstöre –
Du zauderst noch, was zitterst Du so? – Schwöre!«

Der Nerva rang, und rang gewaltsam nieder
Den trotz'gen Dämon in der Brust – und schwor –
Dann sank er schaudernd auf die Kissen nieder,
Als höhnte ihn ein unsichtbarer Chor.
Der Lucius aber schied zu freud'gem Wagen,
Den Banner über'm wüsten Strom zu tragen.

Da sprang aufeinmal Nerva auf vom Pfühle:
»Wein her! schenkt ein vom wild'sten Feuerwein!«
Er riß das Fenster auf, die Morgenkühle
Weht' wie ein junger Schöpfungshauch herein
Und in die Glut, die prächtig aufgestiegen,
Sprach er, und trank in langen, durst'gen Zügen:

»Wie die roten Strahlen klingen,
Aus der feierlichen Ruh
Kreisend die Geschicke ringen,
Morgenrot, dir trink ich zu!
Seine Lohen dich umwehen,
Julia, stehst in Feuer ganz,
Streng die Augen nach mir sehen
Forderst mich zum blut'gen Tanz,
Parze an des Schicksals Rocken!
Bleiche Wangen, Lippen rot,
Schüttle nicht die dunklen Locken
Deine Augen bringen Tod
Und der Krone Spangen flimmern
Aus den Locken glühendwild –
O ich möchte dich zertrümmern,
Schönes, lügenhaftes Bild!
Alle Klagen, all' mein Denken
Schleudr' ich, Nacht, dir hinterdrein,
All' mein Leid will ich versenken
Und Erinnern in dem Wein!
Wie er mir verlockend spiegelt
Sterne und der Erde Lust,
Stillgeschäftig dann entriegelt

All' die Teufel in der Brust,
Erst der Knecht und dann der Meister,
Bricht er aus der Nacht herein,
Wildester der Lügengeister,
Ring' mit mir, ich lache dein!
Und den Becher voll Entsetzen
Werf' ich in des Stromes Grund,
Daß sich nimmer dran soll letzen,
Wer noch fröhlich und gesund!«

Und wie er also träum'risch noch gesprochen,
Ist unterdessen in den stillen Saal
Von edlen Römern eine Schar gebrochen,
Gesichter überwacht, scheu, schreckensfahl,
Die Blicke schweiften ratlos durch die Halle,
Und wirre durcheinander schrieen Alle:

»Entfesselt sind der Wogen Ungeheuer,
Wild treibt das Schiff vom Sturm gepeitscht hinab,
Aufruhr, wahnsinnig grinsend, steht am Steuer
Und unter uns gähnt ein gemeinsam Grab.
Du bist beliebt beim Heer, der Rede Meister,
Ergreif' das Wort, o hilf, beschwör' die Geister!«

Und tausendstimmig wogt's und murmelt's draußen,
Wie wenn Gewässer tosen über's Wehr,
Schon lauter hört man's durch die Straßen brausen
Und näher, immer näher wälzt sich's her –
Der Nerva lauscht', sein Herz ward ihm so munter,
»Mein Roß, mein Roß!« rief er und stürzt' hinunter.

IX.

»Ein Stoiker verachtet, was da eitel!
Was wollt' Ihr denn von mir? Laßt mich doch los!«
Der Philosoph war's mit dem kahlen Scheitel,

Und hinter ihm ein unerhört Getos':
»Sollst *Lucius* rufen, nicht hier müßig wandern!«
»Nein: *Nerva*!« schrieen wutentbrannt die Andern.

Jetzt kam auch der Poet mit weiten Sprüngen,
Er meint, daß *ihn* das Volk als Herrscher sucht,
Nun soll er Nerva'n gar ein Carmen singen!
Er schimpft Böotier sie, der Pöbel flucht,
Das war ein schwer Getrampel, Stoßen, Drängen
Daß schon die Fetzen um den Dichter hängen.

Und immer mehr und mehr Soldaten kamen,
Rings Schwert an Schwert und Schild am Schilde klirrt,
Durch die erschrock'ne Luft verschied'ne Namen
Nun wirbelten, bis endlich sich's entwirrt
Und aus den Stimmen, tausendfach verschlungen,
Der Name *Lucius* siegreich durchgeklungen.

Da brach er selber durch die wüsten Haufen,
Ein endlos Jauchzen dröhnte über'n Grund,
Um seinen Gruß, um seine Hand sie raufen,
Und wie aus Einem breiten, bärt'gen Mund
Tönt's da: »Heil Lucius dir, Ruhm, langes Leben,
Sollst Cäsar sein und höhern Sold uns geben!«

Von Aug' zu Aug' umher in dem Getümmel
Schaut Lucius, entsetzlich war sein Blick,
Und wie ein Donnerschlag aus heiterm Himmel
Rollt seiner mächt'gen Stimme Klang: »Zurück!
Zum Kapitol! Dort schirmt mit Schwert und Spießen,
Was Roma's Bürger und Senat beschließen!«

Die Menge stutzt, gleich wilden Sturmeswellen,
Die unverseh'ns ein Felsen staut und bricht;
Den Weisen da und seinen Leidgesellen
Ergreift vor Lucius' zorn'gem Angesicht
Urplötzlich Graun – ei, wie die ausgezogen,
Daß hinter ihnen weit die Mäntel flogen!

Der Lucius indes drang durch's Gewühle,
Doch wie er staunend immer weiter schritt,
Vernimmt er Sang und kriegerische Spiele,
Von fern geschloßner Scharen dumpfen Tritt,
Die Helme blitzen, Ritter funkelnd reiten –
Was soll so unerwartet Fest bedeuten?

Und als er an das Kapitol gekommen,
Geblendet traut er seinen Augen kaum:
Der *Nerva* hat den Kaisersitz erklommen,
Gehüllet in des Purpurs goldnen Saum
Stand er todbleich im schimmernden Gepränge,
Sein Auge, schien's, sucht Jemand in der Menge.

Die Sonne aber glitzerte so eigen
Im Diadem, das seine Stirne schmückt,
Die Speere und die Adler tief sich neigen,
Vor seinem Herrscher stand ganz Rom gebückt,
Und: »Cäsar Nerva hoch!« erschallt ein Rufen
In's weite Reich hin von des Thrones Stufen.

Da winkt er – ringsum plötzlich tiefe Stille –
Und nochmals späht sein Blick scharf in die Rund',
Drauf tut er seinen ersten Herrscherwillen
Mit lauter Stimme seinem Volke kund:
Der *Lucius* soll sofort an seiner Seiten
Als Mitregent den Kaiserthron beschreiten.

Und wieder brachen los des Jubels Wogen
Und bei Trompetenschmettern in die Luft
Zahllos der Bürger schmutz'ge Mützen flogen.
Vergebens man den Lucius sucht und ruft,
Der starrt zu Boden dort in ernstem Schweigen,
Als säh' er schaudernd ein Gespenst draus steigen.

Darauf wandt' er sich zu Guido, dem getreuen,
Der im Gedränge sich zu ihm gesellt:

»Mir träumte einst von einem wunden Leuen,
Vorüber! morsch geworden ist die Welt –
Durch der entfernten Gassen stille Reihe
Führ' mich wohin Du willst, in's Frei', in's Freie.«

X.

Wie liegt so einsam nun und selbstvergessen
Da droben Julia's schönes Säulenhaus!
Wo sie auf seidnen Pfühlen sonst gesessen,
Dringt aus dem Boden jetzt das Gras heraus,
Im Garten von den Blüten fremder Zonen
Bedeckt das Unkraut rings die stolzen Kronen.

Der Frühling aber baut sich neu den Garten,
Die Rebe klettert rasch, Epheu umschlingt
Brünstig die Statuen, die marmorharten,
Das Bächlein lustig über Kiesel springt,
Und über'n Grund, mag auch dort Niemand schreiten,
Die wilden Blumen bunte Tepp'che breiten.

Die Nachtigallen auch nun wieder grüßten,
Die Schwalben zogen schwatzend ein und aus,
Als ob sie um der Herrin Trauer wüßten;
Ein Regenbogen wölbt' sich über'm Haus,
Und wenn verklungen sind der Vöglein Lieder,
Rauscht von den Bergen ernst der Wald hernieder.

Sie dacht' der Zeit dort, die dahingefahren,
Des kleinen Hauses grüner Einsamkeit,
Da sie in frommer Hut zusammen waren,
Wie lag das alles nun so weit, so weit,
Die Linde, Hütte, Laube, schlummertrunken,
Wie in ein tiefes Abendrot versunken.

Wohl sah sie wieder, wie vor Zeiten,
Wenn heiter über'n Plan die Sonne schien,
Viel' schöne Knaben keck vorüberreiten,
Die mußten alle traurig weiter zieh'n,
Denn Julia's Augen spähten durch den Schimmer
Nach einem Andern aus – sie sah ihn nimmer.

Da legt' sie schweigend ab die goldnen Spangen,
Den eitlen Putz und falsche Ziererei,
Und aus dem todeswunden Herzen drangen
Die langverhaltnen Tränen wieder frei,
Was sie so lange frevelhaft gelogen:
Die Lieb', ist triumphierend eingezogen.

So stand sie einst in frühster Morgenstunde,
Im Feld war keine Lerche noch erwacht,
Da hat herüber aus dem stillen Grunde
Die Luft so seltsam wirren Laut gebracht,
Wie Widerhall von steigenden Gewittern
Tost' fern aus Rom ein wunderbar Erschüttern.

Und wie sie staunend noch hinunter lauschte,
Hört' sie in ihrer Nähe eilig gehn,
Tausprühend das Gesträuch im Garten rauschte,
Mit wirren Haaren, die im Winde wehn,
Sieht sie das alte Zauberweib herschreiten,
Die rief ihr atemlos schon zu von weitem:

»Goldkind, Goldkind, Dein Stündlein hat geschlagen!
Bring' frohe Botschaft, o glückselig Haus!
Der Kaiser Domitian der ist erschlagen,
Den *Nerva* rufen sie zum Kaiser aus,
Dir über'm Haupte schwebt der gold'ne Reifen,
Du Kaiserbraut, brauchst nur darnach zu greifen!«

Da schaudert Julia innerlich zusammen,
Des schwülen Sommerabends sie gedacht,

Wo sie in Nerva's Brust so rote Flammen
Mit wildem Wort wahnsinnig angefacht,
Der Stimmen Sturm, von Rom dahergetragen,
Schien um des Lucius Tod sie anzuklagen.

Da griff sie rasch nach einer Fackel Brande,
Das Zauberweib sah sie betroffen an,
Sie aber steckt der Wände Prachtgewande,
Bildwerk und Teppiche rings schweigend an,
Daß Flammen, wo sie durch das Haus geschritten,
Aufschlugen züngelnd hinter ihren Tritten.

Vergebens war der Alten Schrei'n und Mühen,
Der Morgenwind griff lustig in den Brand,
Ein feur'ger Epheu, kühn mit Funkensprühen,
Sich um die Statuen und Säulen wand,
Und all' Vergangnes sollt' die Glut verzehren,
Und nimmer wollte Julia wiederkehren.

Wie'n Salamander hin und wider fahren
Sah sie das Weib, die hascht' nach Gold und Gut,
Die Lohen leuchten in den grauen Haaren –
Ob sie verschlungen hat die wilde Glut?
Vor ihrer Gier faßt' Julia ein Grauen,
Sie eilte fort, mocht' nicht zurück mehr schauen.

So ist sie in die Stadt hinabgestiegen,
Die Sonne brach soeben prächtig vor,
Drommeten klingen rings, die Fahnen fliegen,
Es schien ganz Rom ein trunkner Jubelchor;
Doch Freudenklänge, Jauchzen, Glanz und Fahnen
Die Einsame zu größrer Hast nur mahnen.

Jetzt wuchs der Jubelruf von Troß zu Trosse,
Festlich von Schmuck umblitzt aus jedem Haus
Grüßt schöner Frauen Flor; auf stolzem Rosse
Naht *Nerva* sich – er sah nicht fröhlich aus,

Als ob beim Hall, vor dem die Lüfte zittern,
Gedanken wild ihm in der Brust gewittern.

Aufeinmal in den buntbewegten Gassen,
Gleichwie aus einem Traume aufgeschreckt,
Hält er sein Roß an, man sah ihn erblassen,
Er hatte Julia's flüchtig Bild entdeckt;
Doch kaum den glänz'gen Fluten noch entrungen,
Hat schon die Woge wieder sie verschlungen.

Und wie sie durch das wüste Drängen, Rennen
So weitereilt, hört sie bald da bald dort
Das Volk nach Lucius forschen, Lucius nennen.
Der armen Schuldbewußten klang's wie Mord,
Die Meute schien das edle Wild zu jagen,
Sie zitterte und wagte nicht zu fragen.

Da plötzlich stürmte eine wilde Horde
Aus der entlegnen Gassen Labyrinth,
Die schrieen: »An des alten Kaisers Morde
Der Nazarener Tücken schuldig sind,
Blut, Blut für Blut und nieder mit den Christen,
Fort zu den Katakomben, wo sie nisten!«

Rasch teilte Julia die tollen Wirren,
Das Herz wollt' brechen ihr, sie atmet tief,
Das Volk macht scheu ihr Platz, wie einer Irren,
Verzweifelnd sie in Todesängsten rief:
»Wo ist der Lucius? ich *muß* es wissen!« –
Umsonst, sie ward vom Strom mit fortgerissen.

XI.

Derweil so Drachen dort mit Drachen stritten
Und Jubel rang mit herbem Herzeleid,
War Lucius und Guido schon geschritten

Weit in der Felder tiefe Einsamkeit
Wie in ein Meer, wo rings die Ufer weichen
Und keine Rufe mehr herüberreichen.

Die Vögel aber draußen fröhlich grüßten,
Im Brautschmuck blitzend bunte Blumen stehn;
Wie wenn sie von der Menschen Krieg nichts wüßten,
Rauscht' Wald und Quell, als wäre nichts geschehn,
Und sangen träumerisch von Gottesfrieden
Ein uralt Lied, der von der Welt geschieden.

»Wo gehn wir hin?« frug Lucius den Knaben,
»Fremd ist mir dieses Hain's unheimlich Tun.« –
»Hier, Herr, sind meiner Brüder viel begraben!«
»Nur weiter, weiter, laß' die Toten ruhn!«
Sie schritten fort und fort, und immer wilder
Die Gegend ward, der Himmel immer milder.

Drauf Lucius wieder: »Was für Felsen halten
So stumme Wacht dort über'm stillen Grund,
In rauhe Klüfte wunderbar gespalten,
Als tät' sich vor uns auf des Hades Schlund?« –
»O Herr, in solcher Einsamkeit Entsetzen
Schürft treu der Bergmann dort nach ew'gen Schätzen.«

Jetzt stutzte Lucius: »Hörst Du kein Rufen?
Dort aus der Stadt, wie Waffen blinkt's herauf,
Die Heide dröhnt von fernen Rosseshufen,
Helmbüsche wehn, Staubwirbel steigen auf.« –
»O eile, Herr! das ist die rote Fahne,
Die Christen morden sie in ihrem Wahne.«

»Die Christen, sagst Du? – auf! ich führ' den Reigen,
Ein Römer noch, so lang ich atmen kann!« –
Erschrocken sah der Knab' in düsterm Schweigen
Bei diesem Wort den Ritter fragend an;
Der aber achtet's nicht, stand lauschend wieder
Und starrt' verwundert jetzt zum Boden nieder:

»Horch, aus der Tiefe unter uns verborgen
Tönt wunderbar ein unsichtbarer Chor,
Das ist der Hirten Lied von jenem Morgen,
Dorthin, dorthin!« – »Um Gott, was hast Du vor?«
Rief Guido da aus Herzensgrund, »was taten
Dir die Schuldlosen, willst Du sie verraten?«

Doch seine Stimm' verklang', der hurt'gen Rotten
Blutdürst'ger Schrei schon immer näher schallt',
Die kannten wohl die unterird'schen Grotten,
Der ersten Christen Schirm und Aufenthalt,
Wo die dem Tod Geweihten treu Gott lobten;
Das war das Ziel, wohin die Würger tobten.

Da in der Waffenrüstung blankem Stahle,
An der zerrißnen Klüfte Felsentor,
Funkelnd im Glanz der jungen Morgenstrahle
Richtet sich plötzlich Lucius hoch empor,
Im Angesicht vor dem erstaunten Schwarme
Zum Himmel aufgeschwungen beide Arme:

»Christus, Du hast gesiegt! In qualm'gen Flammen
Brach, wo ich sie gefaßt, mir über'm Haupt
Die faule, wurmzerfreßne Welt zusammen;
Ein Stamm, vom gift'gen Hauch der Zeit entlaubt,
Hab' ich fortan kein Vaterland hienieden,
Nimm Du mich auf in Deines Reiches Frieden!«

Und so stürzt' er entgegen sich dem Trosse,
Der wütend nach der Höhle Eingang drang,
Dort, in der Wolken klirrender Geschosse
Er freudig um die neue Heimat rang
Und fühlt es kaum, daß ihm des Lebens Quellen
Purpurn entrieseln auf die steinern Schwellen.

Da sah man atemlos aufeinmal dringen
Durch das Gewühl ein wunderschönes Weib,

Die Locken flatterten wie Adlerschwingen
Um's Haupt ihr, sie umklammert seinen Leib,
Um vor der Pfeile wirren Todesblitzen
Mit ihrer Brust die seinige zu schützen.

»Du, Julia!« rief erstaunt der Todeswunde,
»Horch, Glockenklänge gehen durch die Luft,
Versinkend dämmert schon um mich die Runde,
Ist's Abend denn? ich spüre Morgenduft –
Wer ruft mich da? – O göttliches Erbarmen –
Ich heb' Dich mit empor in meinen Armen!«

Darauf durchbohrt von zahllosen Geschossen,
Mit einem Arm noch fechtend auf den Knieen
Und mit dem andern fest die Braut umschlossen,
Sank er, und Julia sterbend über ihn,
So Beide in dem Ernst der letzten Stunde
Barmherzig noch vereint zu ew'gem Bunde.

Da stockt die Schar, als ob sie Geister scheuchten,
Denn unverwundbar bei den Toten stand
Ein Knabe dort, es strahlt mit hehrem Leuchten
Der Locken Gold und sein schneeweiß Gewand,
Sie konnten seine Blicke nicht ertragen,
Wie Tiger vor des Menschen Auge zagen.

Doch da sie noch so unentschlossen stehen,
Sprengt, wie von unsichtbarem Feind gejagt,
Der *Nerva* her: »Hier hat man ihn gesehen!«
Nach Lucius er hastig späht und fragt,
Die Kriegerscharen, die ihn weit umkreisen,
Da schweigend nach den beiden Toten weisen.

Sein Roß bäumt schnaubend, sinnend er betrachtet
Den bleichen Freund, der Julia stumme Pracht,
So schön im Schlummer noch, der sie umnachtet,
Er schaut des Knaben lichte Totenwacht,

Verwirrt ganz von den stillen Geisterblicken,
Die aus der Locken Glorie nach ihm zücken.

Dann plötzlich in der feierlichen Stille
Rief er: »Die menschlichen Geschicke lenkt
Ob aller Menschen Rat der Götter Wille.
Vor diesem Heldenpaar die Waffen senkt,
Scheu sollen sie fortan dem Höhern weichen,
Frieden den Christen rings in unsern Reichen!«

So wandt' er sich, das Schwert klirrt in die Scheide
Und murrend Ruf und Waffenklang verwehn,
Ein seltsam Leuchten noch ging durch die Heide,
Der Knabe aber ward nie mehr gesehn;
Im Morgenglanz nur schwirrten Lerchenlieder
Und in den Katakomben sang es wieder:

»Und die Vöglein hoch in Lüften
Über blaue Berg' und Seen,
Ziehn zur Ferne nach den Klüften,
Wo die hohen Zedern stehn,
Wo mit ihren goldnen Schwingen
Auf des Benedeiten Gruft
Engel Hosianna singen
Nächtlich durch die stille Luft.«

NACHWORT

Unter den Dichtern der Romantik ist Joseph von Eichendorff wohl der einzige, der mit seinen Liedern bis heute ein breiteres Publikum erreicht. Die Popularität zahlreicher Eichendorff-Gedichte im 19. und 20. Jahrhundert beruht in erster Linie auf den Vertonungen dieser Texte. Von »wahren Volksliedern, die auf den Flügeln des Gesanges von Mund zu Mund gingen«, berichtet etwa Hyazinth Holland 1907 und bezieht sich damit auf Lieder wie »In einem kühlen Grunde«, das Friedrich Glück bereits 1814 vertonte, oder Theodor Fröhlichs Komposition des »Taugenichts«-Liedes »Wem Gott will rechte Gunst erweisen« von 1817. Beide Lieder erschienen im vierstimmigen Satz von Friedrich Silcher in zahlreichen populären Liederbüchern und im studentischen Kommersbuch und fanden so in Deutschland große Verbreitung.

Auch die 1840 von Felix Mendelssohn-Bartholdy veröffentlichten »Sechs Lieder für vierstimmigen Männerchor« gehören bis heute zum Repertoire und konnten von den Nationalsozialisten nicht verdrängt werden. »Auf Mendelssohns sicheren Spuren gingen wir blutjungen Gesellen ... diesen ätherischen Klängen nach und entdeckten den auf den Texten und Programmen fehlenden Namen Eichendorffs und damit seine Gedichte und Werke«, schreibt Holland. Hinzu kamen die durchkomponierten Sololieder, denn es sind die berühmtesten deutschen Komponisten, deren Melodien mit den Worten Eichendorffs eine kaum trennbare Einheit eingingen. Die »Mondnacht«: Wer könnte sie lesen und denken, ohne die Musik von Robert Schumann oder Johannes Brahms mitzuhören?

Etwa 5000 Eichendorff-Vertonungen soll es bereits im letzten Drittel des 19. Jahrhunderts gegeben haben. Über die Männergesangs-, Studenten- und Jugendbewegung entfalteten sie ihre Wirkung ebenso wie in den Konzertsälen und Salons. Was Goethe für die romantisierende Volksliedsammlung »Des Knaben Wunderhorn« erhofft hatte, sollte sich für Eichendorffs Liedersammlung im Wunderhorn-Ton, die zum erstenmal 1837 als umfassende Sammlung erschien, erfüllen. »Am besten aber läge doch dieser Band auf dem Clavier des Liebhabers oder Meisters der Tonkunst, um den darin enthaltenen Liedern entweder mit bekannten hergebrachten Melodien ganz ihr Recht widerfahren zu lassen, oder ihnen schickliche Weisen anzuschmiegen, oder, wenn Gott wollte, neue bedeutende Melodien durch sie hervorzulocken«, hatte Goethe in seiner Rezension der »Kunstvolkslieder« des ersten Wunderhorn-Bandes von Achim von Arnim und Clemens Brentano formuliert und prophezeit: »Würden dann diese Lieder, nach und nach, in ihrem eigenen Ton- und Klangelemente von Ohr zu Ohr, von Mund zu Mund getragen, kehrten sie, allmählich, belebt und verherrlicht, zum Volke zurück, von dem sie zum Theil gewissermaßen ausgegangen: so könnte man sagen, das Büchlein habe seine Bestimmung erfüllt, und könne nun wieder, als geschrieben und gedruckt, verloren gehen, weil es in Leben und Bildung der Nation übergegangen.«

Eichendorffs Lieder gingen tatsächlich auf diese Weise »in Leben und Bildung der Nation« über, sie überlebten die beiden Weltkriege und nahmen auch keinen Schaden, als man begann, die Identifikation des Eichendorffschen »Taugenichts« mit dem musischen deutschen Nationalcharakter, die sich bei Theodor Fontane und Thomas Mann findet, skeptischer zu sehen und Männergesangsbewegung und studentische Sängerschaften an Bedeutung verloren.

Nach dem Zweiten Weltkrieg wurde die Wortkunst Eichendorffs auch in der Germanistik neu entdeckt. So unterschiedliche Interpreten wie Emil Staiger, Richard Alewyn, Theodor W. Adorno und Oskar Seidlin widmeten der Lyrik des Romantikers bedeutende Arbeiten. Die geheimnisvollen Abgründe hinter den archetypischen Bildern und Formeln Eichendorffs und ihre magische Kraft wurden entdeckt. Seine Welt läßt sich auf eine Reihe von klaren, symbolträchtigen Bildern reduzieren, die nicht ausdifferenziert sind: ein Wald, ein Feld, ein Bach – ein Tal, ein Berg, ein Abgrund – Morgenfrische, Mittagsschwüle, Abendstille – der Klang eines Wald- oder Posthorns, der Gesang einer aufsteigenden Lerche, das Plätschern eines Springbrunnens, ein Schloß, eine Mühle, ein Garten – ein einsames Reh, Jäger und Schüsse – Wandergesellen und Studenten, die in eine unbestimmte Ferne aufbrechen und sich an ihre Liebste erinnern: Das sind die Bestandteile der Welt, die Eichendorff mit wenigen Worten charakterisiert und in einfachen syntaktischen Formeln, die er den Liedern des »Wunderhorn« abgelauscht hat, beschwört.

Fragt man nach den Details dieser Bilder, so stellt sich heraus, daß die Gedichte »Leerstellen« bieten: Es ist der Leser oder Hörer dieser Lieder, der seine eigenen Traumbilder in diese Texte hineinprojiziert. Gerade die Wiederholung der einfachen »Formeln« und die Reduktion der Bilder auf wenige, in der Regel recht allgemeine Charakteristika lassen der Phantasie genügend Spielraum und setzen Emotionen und Wunschbilder beim Rezipienten frei, die Eichendorff im Text gar nicht ausdifferenziert hat. Heinrich Heine vergleicht Eichendorffs Lieder mit denen Ludwig Uhlands und schreibt in seiner »Romantischen Schule«: »In der That, welch ein vortrefflicher Dichter ist der Freyherr von Eichendorff; die Lieder die er in seinen Roman ›Ahnung und Gegenwart‹ eingewebt hat, lassen sich von den Uhlandschen gar nicht unterscheiden, und zwar von den besten derselben. Der Unterschied besteht vielleicht nur in der grüneren Waldesfrische und der kristallhafteren Wahrheit der Eichendorffschen Gedichte.« Der auf wenige Grundbilder reduzierte, archetypische Charakter der Eichendorff-Welt ist damit treffend bezeichnet. Kaum eines der Uhland-Gedichte besitzt diese Ausstrahlung und magische Wirkung von Traumbildern, die von Eichendorffs Liedern ausgeht. Unter dem Titel »Wünschelrute« hatte er diese Wirkung seiner »Zauberworte« selbst beschrieben:

Schläft ein Lied in allen Dingen,
Die da träumen fort und fort,
Und die Welt hebt an zu singen,
Triffst du nur das Zauberwort.

In die dichterische Form eines Wortkunstwerks eingebunden und durch wenige Worte in den Zusammenhang einer allgegenwärtigen göttlichen Ordnung gebracht, vermögen die Bilder seiner Gedichte das gefährliche Chaos der Traumwelt zu gestalten und zu bändigen. Eichendorff selbst gelingt diese Bändigung erst in seiner zweiten Lebenshälfte. Während die frühen Gedichte oft in das schwüle Dickicht eines künstlichen Urwalds führen oder von der Idee eines modernen Dichter-Kreuzzugs getragen werden, die der Student von seinem Heidelberger Mentor »Isidorus orientalis« (dem Grafen Otto Heinrich von Loeben) übernahm, und die Mischung aus Erotik und Marienkult in dieser frühen Lyrik pubertär wirkt, gewinnen seine Gedichte nach Ende von Studien- und Soldatenzeit an Klarheit.

Die technischen Mittel für den neuen Ton konnte Eichendorff beim Studium des »Wunderhorn« lernen, die innere Reife gewinnt er, nachdem er die Frau seines Lebens gefunden und Verantwortung als Familienvater übernommen hat. In einem sehr persönlichen Gedicht an seine Frau Luise, das er nicht in seine Publikationen aufnahm, beschreibt Eichendorff selbst diesen Vorgang. Dabei ist es bemerkenswert, daß nicht die einsame Versenkung in die Tiefen des Ich eine Beruhigung und Zähmung des »wilden Tieres« ermöglicht, das nach der berühmten Formel seiner Erzählung »Das Schloß Dürande« in jedem Menschen schlummert, sondern die Hinwendung zu Frau und Kind. Von ihr geht Frieden aus, das »halbverwilderte Gemüt«, das »verworrene Leben« und »des Mannes Unruh« wird gebändigt. Der erotisch aufgeladene Marienkult der frühen Lyrik verwandelt sich zugleich in eine Verehrung, die einer realen Mutter und ihrem Kind gilt und sich dabei ihrer christlichen Wurzeln im Marien-Mythos stets bewußt bleibt. So endet dieses Gedicht –

wie viele der reifen Eichendorff-Gedichte – in einer gebetsartigen Wendung:

An Luise
1816

Ich wollt in Liedern oft dich preisen,
Die wunderstille Güte,
Wie du ein halbverwildertes Gemüte
Dir liebend hegst und heilst auf tausend süße Weisen,
Des Mannes Unruh und verworrnem Leben
Durch Tränen lächelnd bis zum Tod ergeben.

Doch wie den Blick ich dichtend wende,
So schön in stillem Harme
Sitz'st du vor mir, das Kindlein auf dem Arme,
Im blauen Auge Treu und Frieden ohne Ende,
Und alles laß ich, wenn ich dich so schaue –
Ach, wen Gott lieb hat, gab er solche Fraue!

Eichendorff selbst hat seine Gedichte von einem kundigen Zeitgenossen 1837 und 1841 nach der Mode der Zeit zu einem thematisch geordneten Zyklus zusammenstellen lassen. In dieser Form erscheinen sie noch in den Bänden der historisch-kritischen Eichendorff-Ausgabe von 1921 und 1993. Damit wird die Entwicklungsgeschichte seiner Lyrik jedoch verwischt, und es entsteht der falsche Eindruck, daß Eichendorffs Lyrik keine Entwicklung kennt. Wir ziehen es daher vor, die Gedichte chronologisch nach ihrer Entstehung darzubieten, um die allmähliche Entfaltung und Veränderung von Eichendorffs Bilder- und Formenwelt erkennbar zu machen. Dabei werden im Anhang auch die konventionellen Schülergedichte und die Gedichte des Bruders Wilhelm einbezogen, die während der gemeinsamen Studienzeit entstanden und mit denen von Joseph von Eichendorff auf das engste verknüpft sind.

Ergänzend enthält die vorliegende Ausgabe Eichendorffs

Übertragungen von Romanzen einiger spanischer Barockdichter sowie seine Versepen »Julian«, »Robert und Guiscard« und »Lucius«, in denen sich die religiösen und politischen Konflikte seiner eigenen Zeit spiegeln.

GEDICHTANFÄNGE UND -ÜBERSCHRIFTEN

ALPHABETISCHES VERZEICHNIS DER GEDICHTANFÄNGE UND -ÜBERSCHRIFTEN

unter Einschluß der Gesänge in den Versepen.
Die Gedichte Wilhelm von Eichendorffs
sind mit Sternchen gekennzeichnet.

ZU DIESER AUSGABE

insel taschenbuch 3158: Der Text folgt der gebundenen Ausgabe: Joseph von Eichendorff, Sämtliche Gedichte und Versepen. Herausgegeben von Hartwig Schultz. © Insel Verlag Frankfurt am Main und Leipzig 2001. Umschlagabbildung: Joseph von Eichendorff. Lithographie von Franz Kugler, um 1832.